培文书系 · 大学创新课程教材

文学批评方法与案例

(第二版)

主编／邱运华

北京大学出版社
PEKING UNIVERSITY PRESS

图书在版编目（CIP）数据

文学批评方法与案例（第二版）/ 邱运华主编. —— 北京：北京大学出版社，2006.5
ISBN 978-7-301-09215-6

Ⅰ. 文… Ⅱ. 邱… Ⅲ. 文学评论—研究 Ⅳ. I06

中国版本图书馆 CIP 数据核字 (2005) 第 088947 号

书　　名	文学批评方法与案例（第二版）
	WENXUE PIPING FANGFA YU ANLI (DI-ER BAN)
著作责任者	邱运华　主编
责 任 编 辑	高秀芹　于海冰
标 准 书 号	ISBN 978-7-301-09215-6
出 版 发 行	北京大学出版社
地　　址	北京市海淀区成府路 205 号　100871
网　　址	http://www.pup.cn　新浪微博：@北京大学出版社 @阅读培文
电 子 信 箱	编辑部 pkupw@pup.cn　总编室 zpup@pup.cn
电　　话	邮购部 010-62752015　发行部 010-62750672　编辑部 010-62750883
印 刷 者	河北博文科技印务有限公司
经 销 者	新华书店
	730 毫米 ×980 毫米　16 开本　19.25 印张　360 千字
	2005 年 8 月第 1 版　2006 年 5 月第 2 版　2024 年 9 月第 17 次印刷
定　　价	49.00 元

未经许可，不得以任何方式复制或抄袭本书之部分或全部内容。
版权所有，侵权必究
举报电话：010-62752024　电子信箱：fd@pup.cn
图书如有印装质量问题，请与出版部联系，电话：010-62756370

目 录

导 言 /1

第一章 社会学批评 /11

第一节 社会历史批评理论的发展及贡献 /11

第二节 社会批评的若干核心概念解说 /17

第三节 社会学批评的案例 /22

参考书目 /41

思考题 /41

第二章 意识形态批评 /42

第一节 意识形态批评理论描述 /42

第二节 意识形态批评的四种形态 /50

第三节 意识形态批评关键词 /62

第四节 意识形态批评案例分析 /65

参考书目 /81

思考题 /82

第三章 精神分析批评 /83

第一节 精神分析理论的核心要素 /83

第二节 精神分析批评的主要内容 /87

第三节 精神分析批评的渊源与影响 /92

第四节 精神分析批评案例分析 /96

参考书目 /111

思考题 /112

第四章 神话原型批评/113

第一节 基本理论及方法/113
第二节 原型批评案例分析/121
参考书目/137
思考题/137

第五章 形式主义—新批评/138

第一节 形式主义的批评方法/138
第二节 英美新批评/149
参考书目/164
思考题/164

第六章 结构主义—符号学批评/165

第一节 结构主义—符号学批评理论/165
第二节 结构主义—符号学批评理论示例分析/176
参考书目/188
思考题/188

第七章 解构主义批评/189

第一节 解构主义批评理论/189
第二节 解构主义批评示例分析/200
参考书目/213
思考题/214

第八章 女性主义批评/215

第一节 女性主义批评方法的现实背景和
　　　　思想先驱/215
第二节 女性主义文学批评的两大形态/218
第三节 女性主义文学批评方法及关键词/223
第四节 女性主义文学批评的批评个案/228
参考书目/236
思考题/237

第九章　接受—读者反应批评/238

　　第一节　接受—读者反应批评理论描述/238
　　第二节　接受—读者反应批评的基本观念
　　　　　　和术语/241
　　第三节　接受—读者反应批评案例/243
　　参考书目/251
　　思考题/251

第十章　后殖民主义批评/252

　　第一节　后殖民主义批评理论描述和
　　　　　　关键术语/252
　　第二节　后殖民主义批评经典案例分析/261
　　参考书目/275
　　思考题/276

附　录　中国古典文学批评方法/277

　　第一节　中国古典文学批评理论描述和
　　　　　　关键术语/277
　　第二节　中国古典文学批评经典案例分析/285
　　参考书目/301
　　思考题/301

后　记/302

导 言

文学批评方法本身是历史时间中的存在——它们属于历史造就的,也受历史的制约,因此,理解把握它们就需要考虑历史的因素。我们看待任何方法,都必然了解它存在的历史时间。但是,另一方面,这并不意味着,当制约这一文学批评方法存在的具体历史时间消失了的时候,方法本身就失去了言说的功能;不,它仍然活着。

特定的批评方法具有两种存在方式:一是与产生它的历史时间一同存在,一是剥离历史时间而在当下的话语中存在。我们在描述文学批评方法的过程中,是叙述它的前一种生存方式,而当我们把它付诸实践时,是它的后一种存在方式。固然,这两种存在方式不可分离,但是,另一简单的事实是,假如我们仅仅需要实践一种批评方法的操作程序,是并不一定需要了解它的哲学背景的。

这也就是文学批评方法案例教学的基础。

一

古代希腊哲学家柏拉图在论述他的理想国时,把诗人有条件地驱逐出去了。他的理由主要有两点:一是诗歌不是直接反映真理本身,而是反映真理的影子的影子;二是诗歌表现人们的情欲,不利于培养人们的道德情操。在中国,较早的文学批评也是围绕诗歌进行的。《论语·八佾》:"《关雎》乐而不淫,哀而不伤。"《论语·阳货》:"小子何莫学乎《诗》?《诗》,可以兴,可以观,可以群,可以怨;迩之事父,远之事君;多识于鸟兽草木之名。"从这两个例证可以看到,古代的思想家对诗歌的批评是与他们所站的哲学立场密切联系在一起的。柏拉图指责诗人没有反映真理本身,其立足点是他的理念论;孔子评价《关雎》乐而不淫,哀而不伤,则体现了他的"中和"伦理思想;而"可以兴,可以观,可以群,可以怨;迩之事父,远之事君"的提法,则表现了儒家的入世精神。

古代中国和欧洲的诗歌发展,也相应地带来了批评的发展。随着诗的体裁分类意识的成熟,对它们的批评意识也相应地成熟起来。亚里士多德的《诗学》对希腊古典时期的悲剧艺术进行了系统的批评,这种批评甚至建立起一种有关文学的基本观念。在亚氏看来,诗较之历史更具有哲学意味。这个原则,成为后来一千多年欧洲文学批评的基本准则。直到文艺复兴后期,欧洲的文学批评家们还在争论能否超越亚里士多德所建立起来的文学法典问题。对中国古代文学批评起到巨大作用的,是魏晋南北朝时期的文学批评家们,尤其是刘勰的《文心雕龙》。这部用韵文写成的文学批评名著,几乎涉及后人从事文学批评实践的一切方面,包括文学基本理念、范畴、文体分类、规范和历代典范的文学作品。后人把魏晋南北朝时期称为"文的自觉"时期。对于文学和文学批评来说,它具有先秦思想界"百家争鸣"同样的价值。

在文学批评产生的同时,批评意识本身也成熟起来。批评意识指的是对批评本身的自觉,包括批评的方法和基本原则。在这个方面必须提及柏拉图的一篇对话。柏拉图在一篇名为《巴门尼德篇》的对话里这样写道:"任何事物与其他事物相连必定采取下列方式之一:或者是相同,或者是相异;要是既不相同也不相异,那么它们必定是部分与整体或整体与部分的关系。"①在这篇被后人作了意义多样化阐释的对话里,柏拉图实际上展示的是纯粹思维方法。他以"一"作为例证,讨论定位它的思维方法和模式。可以说,这是一篇对思维方法进行自我反思的对话。有的研究者认为,要想读懂它,"难度很大,因为连最优秀的柏拉图主义者对它的含义都持有不同的看法。普通人读起来会感到它毫无意义"。②的确,假如我们把它理解为谈论某一个固定主题和外在对象的篇章,那么,这篇对话就充满了自我否定,甚至具有解构和自我颠覆的意味。但是,我们感觉到,这篇对话的主旨乃是演示思维方法,是一篇纯粹思维领域的方法论对话。假如我们从方法论的角度去阅读它,就会感受到它的丰富性和生动性。

《巴门尼德篇》里的巴门尼德认为,定位"一"与"多"之间的关系,要考虑的因素是多样化的,诸如时间、空间、运动、静止、整体、部分、相似、相异……"一存在"或"一不存在",无论是肯定判断还是否定判断,都要在这些因素的环境下来思考。他的结论是:假如说"一存在",那么就一定是在具体时间和空间、在运动或静止的状态下、具有部分和整体的构成方式……的存在,假如说"一不存在",那么就"根本没有任何事物存在"。因此,"无论一存在或不存在,其他事物存在或不存在,它们都以所有事物的方式和样式,对它们自身或在它们之间,显得既存在又不存在。"③这个结论实际上不具有外在指涉的明晰性,但是,它的内在含义却是清晰的;对这个命题的论证过

---

① 《柏拉图全集》中文版第二卷,王晓朝译,北京:人民出版社,2003年,第781页。
② 同上书,《巴门尼德篇》提要,第754页。
③ 同上书,第806页。

程毫无疑问是非常清楚的。在纯粹理性的思辨活动中,走向"真"的路径,就是如此。

刘勰在《文心雕龙》里表现出清晰的批评方法论意识。刘勰的批评方法论意识,首先表现在对诗歌流变的历史意识上。他讨论诗、文的基本立场是历史的,就是站在发生、演变的历史继承性这个立场上看待具体的文学作品的优劣和价值,不是简单地对文本做结构分析而定位。关于这一点,在几乎所有的篇章中都有所体现,例如见诸《明诗》:

> 人禀七情,应物斯感,感物吟志,莫非自然。昔葛天氏乐辞云,《玄鸟》在曲;黄帝《云门》,理不空绮。至尧有《大唐》之歌,舜造《南风》之诗,观其二文,辞达而已。及大禹成功,九序惟歌;太康败德,五子咸怨;顺美匡恶,其来久矣。自商暨周,《雅》、《颂》圆备,四始彪炳,六义环深。子夏监"绚素"之章,子贡悟"琢磨"之句,故商、赐二子,可与言《诗》。自王泽殄竭,风人辍采;春秋观志,讽诵旧章,酬酢以为宾荣,吐纳而成身文。逮楚国讽怨,则《离骚》为刺。秦皇灭典,亦造《仙诗》。汉初四言,韦孟首唱,匡谏之义,继轨周人。孝武爱文,《柏梁》列韵,严马之徒,属辞无方。至成帝品录,三百余篇,朝章国采,亦云周备,而辞人遗翰,莫见五言,所以李陵、班婕妤,见疑于后代也。按《召南·行露》,始肇半章;孺子《沧浪》,亦有全曲;《暇豫》优歌,远见春秋;《邪径》童谣,近在成世;阅时取证,则五言久矣。又《古诗》佳丽,或称枚叔,其《孤竹》一篇,则傅毅之词,比采而推,两汉之作乎!观其结体散文,直而不野,婉转附物,怊怅切情,实五言之冠冕也。至于张衡《怨篇》,清典可味;仙诗缓歌,雅有新声。暨建安之初,五言腾涌,文帝陈思,纵辔以骋节;王徐应刘,望路而争驱;并怜风月,狎池苑,述恩荣,叙酣宴,慷慨以任气,磊落以使才,造怀指事,不求纤密之巧;驱辞逐貌,唯取昭晰之能;此其所同也。乃正始明道,诗杂仙心,何晏之徒,率多浮浅。唯嵇志清峻,阮旨遥深,故能标焉。若乃应璩《百一》,独立不惧,辞谲义贞,亦魏之遗直也。晋世群才,稍入轻绮,缛旨潘左陆,比肩诗衢,采缛于正始,力柔于建安,或柝文以为妙,或流靡以自妍,此其大略也。江左篇制,溺乎玄风,嗤笑务之志,崇盛亡机之谈,袁孙已下,虽各有雕采,而辞趣一揆,莫与争雄。所以景纯《仙篇》,挺拔而为俊矣。宋初文咏,体有因革,庄老告退,而山水方滋,俪采百字之偶,争价一句之奇,情必极貌以写物,辞必穷力而追新,此近世之所竞也。

> 故铺观列代,而情变之数可监;撮举同异,而纲领之要可明矣。

诗歌的体裁流变、风格差异等,在刘勰看来本就属于一个历史的概念,不可以就事论事。他光大的这一批评的历史意识,在中国古代诗话和词话中,得到了继承和发展。刘勰诗、文批评意识的另一个特点是诗、文的情感自然论。"人禀七情,应物斯感,感物吟志,莫非自然。"这个观念与古代希腊人的摹仿论有相近之趣。柏拉图也强调诗的摹仿论。在柏拉图看来,诗的来源源自两个路径的摹仿:一是对外在自然界的摹仿,一是对灵感的摹仿。前者包括对历史和自然界等事物、景观的摹仿,后者乃是对灵魂前世的回忆。诗人在摹仿活动中,精神和心理处于一种"迷狂"的状态。在表达"真"这个理念指导下形成的文学批评观,把诗看得低于哲学和道德,就是自然。柏拉图借苏格拉底之口说:

> 告诉我,我能以什么样的方式创造一切。
>
> 我说,这一点也不难,匠人可以到处制造,而且造得很快。如果你拿上一面镜子到处照,那么这是最快的方式了。你能够很快地造出太阳和天空中的一切,也能很快地造出大地和你自己,以及其他动物、用具、植物和我们刚才提到的一切。
>
> 他说,是的,但它们都是影子,而不是实体和真相。(《国家篇》第十)①

但是,刘勰的诗文情感本乎自然的思想,不仅与先秦的儒学思想、道家思想密切相关,而且还与汉魏之际流入中华的佛学思想之变化相关。他之强调诗文与自然的本源关系,乃是在"感物吟志"的立场上说的,也就是把人的性情作为第一自然而说的。

在古代哲学思想的基础上生成的诗文批评方法,分别影响了中国和欧洲两千年文学批评历史。柏拉图和亚里士多德的摹仿论基础上形成的文学批评理念,分别经由欧洲中世纪和阿拉伯文化的洗礼,演变成为近代欧洲文学批评的典范。这一典范的核心乃是"反映—表现论"文艺观念基础上的批评理念。它几乎成为20世纪以前欧洲文学批评最主要的方法论基础。M. H. 艾布拉姆斯把这个批评传统归结为"镜与灯"。在《镜与灯:浪漫主义理论批评传统》一书里,他描述了文学批评的这两种路径。像苏格拉底所说,最快的创造方式——拿上一面镜子四处照上一遍,就能创造天地、动物、植物和你自己。而浪漫主义文学批评则强调先验的心灵,它能够成为文学的另一个源头,成为表现的对应物,它照亮了语言,成为了诗。

但是,这一切稳固的东西在 20 世纪发生了变化。

二

20 世纪在人类历史长河中留下的一个名称是方法论的世纪,对于文学批评也

---

① 《柏拉图全集》中文版第二卷,王晓朝译,北京:人民出版社,2003年,第 614 页。

是如此。造成这种局面的先决条件是整个社会发生了巨大的结构性变化,首先是欧洲社会结构和知识体系发生了巨大的变化。19世纪末期欧洲经济危机、政治危机、文化危机的爆发,20世纪初期无产阶级革命运动的高涨和爆发,以及第一次世界大战的爆发——作为启蒙理想的人类概念的破产、西方社会的沦落危机以及阶级矛盾、民族矛盾的尖锐化,在人文社会科学(包括文学批评)领域突出地表现出来。作为欧洲知识体系里不容置疑的形而上学思维遭到了迎头痛击。理性、存在、物质、意识、宗教、信仰,以及善、恶、美等观念的稳定性,面临着前所未有的挑战。相对于欧洲社会而言,中国社会在辛亥革命和五四运动后,开始了西方化的过程,各种新潮西学流派在20世纪二三十年代进入了中国知识界,例如叔本华的学说、德国古典哲学、马克思主义学说、实用主义学说、精神分析学说、无政府主义学说、新人文主义学说等等,这些学说在相当程度上主宰了中国当时的文学批评方向,而作为中国文学批评儒道佛相互补充的传统诗话、词话和小说评点模式,在西学思潮的影响下,或者被边缘化,或者在彼此渗透中存在。整个20世纪世界的文学批评格局向着西方化的方向迅速推进。

在以上描述的这种格局中,对文学批评本身的反思也在进行着。19—20世纪之交,撰写过《文学批评发展史》的法国学者文学批评家布伦蒂埃(1849—1906)在为《大百科全书》撰写的"文学批评"词条的开头就这样说:"严格地讲,文学批评不是一种文学体裁,它与戏剧、小说并无相似之处,它倒不如说是所有其他文学体裁的对立面,是对于它们的美学意识(如果可以这样说的话)和对于它们的评判。"[①]假如说,蒙田还没有意识到自己作为一个批评家的身份,莱辛在《汉堡剧评》还未明晰地区分"批评"这种文体与艺术散文的话,那么,在19世纪40年代别林斯基已经在运用"政论"和"短评"文体面对文学创作了。但我宁愿把蒙田、莱辛和别林斯基那优美的文字当作文学作品本身来看待,而不愿意把它与20世纪文学批评的晦涩文字相提并论。19—20世纪之交对"文学批评"的反思,实际上造成了这样的局面:"历史学家、社会学家、精神分析学家在把文学作为这些科学的研究对象的同时,正在迫使批评——在他想首先作为一名思考更周密的读者的前提下——考虑他们的结论。"[②]文学批评的角色被重新定位了。假如说,孔子、柏拉图、亚里士多德、贺拉斯等古典批评家多少还是就诗论诗的话,那么,到了20世纪,文学作品成为了历史学、社会学、病理学以及诸如此类的人文科学的研究材料。文学批评家的身份与哲学家、社会学家、政治学家、民俗学家、语言学家甚至精神病理学家、医生的身份彼此交叉起来。

---

① 见罗杰·法约尔:《批评:方法与历史》,初版序,怀宇译,天津:百花文艺出版社,2002年,第1页。
② 同上书,第6页。

"实际上,我们已经从简单地决定作品的'价值'的批评,转变到了一种强调阐明对作品所能说明的全部内容、以致最终似乎根本不顾其文学特点的批评。"①在这个思想环境下,先后产生了象征主义批评、形式主义批评、社会学批评、精神分析批评、神话原型批评、新批评、意识形态批评、结构主义批评、符号学批评、解构主义批评、读者反应批评、女权主义批评、后殖民主义批评等文学批评流派。在西方学术背景下,这些文学批评流派形成了彼此纠缠、对应和补充的方法论体系。实际上,这些表面上看来彼此矛盾、对立的批评方法,具有深刻的一致性、联系性和互补性。它们属于19—20世纪西方文化整体版块自我调整、彼此纠正的一个历史性过程,虽然,其中的一些批评方法(例如从结构主义以来的批评方法)在理念上抱有反历史主义甚至反历史意识的主观倾向,但是,正如罗杰·法约尔所说:"诚然,我们不能否认十五年来文学批评一直在坚定地反对任何'**历史性研究**',执著地从诗歌、叙事、描写和戏剧等的文本出发进行**方法性**研究。可是,谁又敢肯定,凭着这样的变化,文学批评就已经形成了独立的'科学',人们今天就已经比昨天更容易知道什么是文学批评呢?"②

文学批评的历史意识和历史主义问题,的确是20世纪下半期以来理论界关心的一个重要问题。应该说,从俄国形式主义文学思想产生后,文学批评的形式倾向在相当程度上与非历史主义倾向联系在一起。当索绪尔的语言学理论强调共时研究而反对历时研究成为文学研究的方法论基础,当新批评和结构主义者强调要把文本以外的世界放在括号里面存而不论的时候,文学批评的历史视野就遭受到了严峻的挑战。罗杰·法约尔所描述的50年代以来任何"历史性研究"被坚定地反对的局面,被新历史主义加以普遍化。

70年代以来,英美新历史主义提出了一套"新""历史"观念。新历史主义正是把"历史"作为诗学的对象,正如他们曾经把广义"文化"作为诗学的对象一样。1973年,美国历史学家海登·怀特在《元历史》(*Metahistory*)一书中将"历史诗学"作为该书"导言"的副题(Introduction: The Poetics of History),认为:传统观念"隐瞒了'创造'在历史学家的作业里也有所参与的程度",指出历史修撰过程中"情节编排"、"论证解释"和"意识形态含义"等"创造性"环节不可避免,因此"历史"在本质上是"诗学的"。他在《评新历史主义》(1989)的论文里认为,新历史主义提出了"文化诗学"观点后,又进而提出了一种"历史诗学"以作为对历史序列的许多方面进行鉴别的手段,而它所专注的历史记载中的零散插曲、逸闻逸事、偶然事件、反常事物、卑微情形

---

① 见罗杰·法约尔:《批评:方法与历史》,初版序,怀宇译,天津:百花文艺出版社,2002年,第6页。
② 同上书,第2—3页。

等内容"在'创造性'的意义上可以被视为'诗学的'"。① 20 世纪 80 年代,美国新历史主义学者斯蒂芬·格仁布莱特(Stephen Greenblatt)发表了论文《通向一种文化诗学》(*Towards a Poetics of Culture*),他写道:文化诗学"是一种实践活动"。他感兴趣的是"需要有一些新的术语,用以描述诸如官方文件、私人文件、报章剪辑之类的材料如何由一种话语领域转移到另一种话语领域而成为审美财产"。② 1988 年,在《莎士比亚的商讨》一书中,格氏将"文化诗学"界定为"对集体生产的不同文化实践之研究和对各种文化实践之间关系之探究"。具体而言,就是"追问集体信念和经验如何形成,如何从一种媒介转移到它种媒介,如何凝聚于可操作的审美形式以供人消费。我们可以考察被视为艺术形式的文化实践与其他相近的表达形式之间的边界是如何标示出来的。我们可以设法确定这些被特别划分出来的领域是如何被权利赋予,进而或提供乐趣、或激发兴趣、或产生焦虑的。"③ 显然,英美新历史主义学派的"历史诗学"概念以及它的内涵界定,与新历史主义学说的语境密切相关。

  新历史主义的基本立场是打破话语种类间的界限,对亚里士多德《诗学》所确立的"诗"与"历史"之间的对比而形成的"诗学"观念进行否定,而强调跨越诸如历史与文学等不同话语之间进行往返叙事研究。琳达·哈钦(Linda Hutcheon)在《后现代主义质疑历史》一文里的这番表述基本上是切实的:"史述元小说拒绝通常意义的历史事实与小说之间的区分方法,拒绝只有历史才具真实性的观点,一方面责问那种说法的依据,另一方面坚持两者都是话语(人类赋予事物意义的体系),而且两者都从同一的本体获得'真实'。这类后现代小说还以艺术自主生成的名义拒绝把超文本的过去降为历史范畴。"④ 海登·怀特认为,当今历史学家的主导观点已逐渐趋同于这样的认识:以叙事表征过去的形式来撰写历史是十分常见的,实际上成了文学写作。这并不是说他们不相信过去的事件出现过:"一桩特定的历史的考究并不是因为有确认某些历史事件的必要性,而主要出于要弄清那些历史事件对某一特定的人群和社会意味着什么,或者对现时的任务和未来的前景有什么样的文化含义。"(White,"*Historical Pluralism*",1986:487)转向事件的意义,话语系统如何赋予过去以意义,意味着一种多元的——也许会是令人不安的——历史编撰观点,包含了

---

① 转自张进:《走向一种历史诗学》,详见张进:《新历史主义与历史诗学》第二章,北京:中国社会科学出版社,2004 年。
② 斯蒂芬·格仁布莱特:《通向一种文化诗学》,见张京媛主编:《新历史主义与文学批评》,北京:北京大学出版社,1993 年,第 63 页。
③ Stephen Greenblatt *Shakespearean Negotiations*, University of California Press, 1988, p. 5.
④ 琳达·哈钦:《后现代主义质疑历史》,见王逢振主编:《2003 年度新译西方文论选》,桂林:漓江出版社,2004 年,第 48 页。

不同的但同样有意义的对过去的现实的建构,或者不如说对那段过去的文本化遗物(文献资料、档案实证、目击者证词)的建构。①

在以上的语境下讨论"历史诗学"问题,我们可以很清楚地看到,"历史诗学"并非诗学意义上的问题,而是一种文化价值评判意义上的问题;同样,"历史诗学"本身既并非讨论诗学,也不是讨论历史。这是一种解构历史的真实观念的后现代主义学说。它的最终目的,一是解除历史的"真实",二是拆除诗与历史之间的话语边界。前者指向历史叙事的深度模式,后者指向不同叙事的特殊性结构。基于这个认识,我们再来反思"历史诗学"这个术语本身,就可以发现:"The Poetics of History"不是指涉诗学的历史意识,更不是维谢洛夫斯基的"历史诗学"(Историческая поэтика)所强调的关注诗意的历史发展。新历史主义并不注重历史,因此,它之称为"历史诗学"显然也不是"历史主义"的,而是多种话语中的一种"话语"而已。关于这一点,有人已经明确地说过了:"新历史主义并不那么看重历史,特别是在自我批评或自我反思方面它并不是历史的。"②而维谢洛夫斯基、巴赫金和赫拉普钦科的"历史诗学"恰恰是以对诗学的历史正本清源为旨归的。

在新历史主义话语里,最鲜明的特征是诗学存在的两个维度被取消了:一是诗学的等第、深度和系统,一是诗学存在的历史背景。我认为,当下中国文学批评最应该强调的反倒是历史意识,是建立诗学研究的历史意识,而不是取消"诗学"与"历史"的边界,把历史"诗学化"、"话语化"。

各领风骚三五年的20世纪西方文学批评的话语,当然不是彼此隔绝的,也不是彼此对立矛盾和不可调和的分裂,实际上,它们连接在对当下这个世界予以解释的企图的基础上。看待具体事物的方法,思考具体问题或生活现实的方法,应该在制约这一"事物"或"问题"或"现实"的多样条件中进行。人们述说的条件往往制约述说的意义。在人类的思维活动发展的历史中,总是要面对不同的问题,或者在不同的环境下面对相同的问题,这样,思维活动本身就构成了话语历史。在累积的话语环境下,"时间"因素变成了一个重要的思维维度。它不再是抽象的时间,而是积淀着条件和主题的历史内容的时间,饱含着人和事的时间,充斥着必然和偶然的时间,也是具有具体的发展向度的时间。我倾向于这样来把握20世纪文学批评的基本状态。

---

① 琳达·哈钦:《后现代主义质疑历史》,见王逢振主编:《2003年度新译西方文论选》,桂林:漓江出版社,2004年,第48页。

② 伊丽萨白·福克斯-杰诺韦塞:《文学批评和新历史主义的政治》,见张京媛主编:《新历史主义与文学批评》,第54页。

三

虽然20世纪是文学批评方法繁荣的"盛世",但是,并不意味着在此之前文学批评在方法论上毫无作为。相反,在20世纪得到繁荣和发展的一些批评方法,在以前的世纪里已经取得了很高的成就。例如,传记批评、道德批评、社会历史批评、实证主义批评、宗教文化批评等,有的远自古希腊时期就取得了显赫的成果,有的在19世纪获得了至尊的地位。它们在方法论和文学思想方面都形成了独立而完整的体系。然而,我们在本书中对这些批评方法并未给予足够的重视,理由有两个:一是出于时效性考虑,以上的批评方法对于当下的文学创作实践和欣赏经验来说显得过于陈旧了;相对而言,20世纪兴盛起来的批评方法更能切近当下大学生的创作和批评实践。二是本课程的时间不允许教材包揽太多的内容,因此只能割舍一部分内容。

本教材是对"传统的"文学理论教学的改革尝试之一。中国内地高等院校《文学理论》课程常常表现为纯粹理论教学,从概念到概念,从体系到体系,对于大学本科一二年级的学生来说,教学的效果很难得到保障。实行文学批评方法的案例教学,基本意图就是把文学理论区别为两个基本版块:一是基本问题,一是批评方法的实践。前者瞄准文学理论发展的前沿问题,对这个问题做历史的而非本质主义式的清理,其教学目标是帮助学生建构起动态的文学理论思想;后者则针对文学批评方法的训练,借助文学批评发展史中形成的经典案例解剖,使学生得以直观、实践地学习。

生活过于丰富而且直观,具像化的生存环境养成了现代人接受知识和技能训练的习惯。案例教学的方式似乎已经成为当下大学教学的一种时尚,从哈佛大学、柏林大学,以及牛津剑桥,到中国内地和边远省份的地方性大学,通过多媒体和网络、借助图像和音响教学,已经成为不得不如此之举措。也许,本教材可以视为对这个潮流的迎合之举吧?唯一担忧的是,本教材是各自独立地介绍文学批评方法及其批评案例,读者是否能够树立起明朗的历史意识以建构文学批评方法的演变历史呢?

毕竟,从语言论、非本质论、新历史主义和文化研究立场的演变,文学批评方法的确发生了巨大的变化,然而,谁又敢肯定,凭着这样的变化,文学批评就已经形成了独立的"科学",人们今天就已经比昨天更容易知道什么是文学批评呢?

第一章
社会学批评

　　从本体论来看,文学显然不是发生于影响人类生活的意图,但当文学一旦被意识到其对人类生活的巨大影响力时,它便不可避免地具有了种种附加功能,相应地,也便产生了对文学的种种期待。在孔子所说的"诗可以兴,可以观,可以群,可以怨"中,如果说"兴"和"怨"是文学的原初功能,则"观"和"群"则是由社会性需求所造成的文学的附加功能。也就是说,文学除了抒发情感、宣泄积郁,也可以,并且应当能够"考见得失"(发现社会生活中的当与不当之处)、"群居切磋"(彼此交流以达成社会和谐)。古罗马的贺拉斯所提出的"寓教于乐"的主张,也说明文学作用于社会的特定功能,即文学不仅是愉悦性情的一种个人行为,同时也是一种维护群体利益、引导道德规范的集团行为。因而,从历史发展的角度来看,在文学的可阐释构成中,社会的、时代的内容是其必不可少的组成部分。这也就导致了对文学的社会学批评观的形成。

第一节　社会历史批评理论的发展及贡献

(一)文学的"环境、时代、种族"因素的提出

　　对文学的批评从原初开始即有社会影响及时代认识的诉求,这种诉求也塑成了文学的社会历史品格,成为推动文学创作的一种有力的需求性动力。但社会学批评作为一种自觉的批评理论,应当说起始于19世纪的法国。随着大革命风潮的平息,在法国有越来越多的知识分子开始关注于文学的社会性内容,这既是对现实的逃离,也是对现实热情的一种虚拟性实现。

　　最早的社会批评文本当属**斯达尔夫人**的一系列论述,其中最集中体现其文学思想的则是《从社会制度与文学的关系论文学》(1800)、《论德国》(1810)等著作。斯达尔夫人的批评观可以概括为两个大的方面:一是自然环境因素对文学形态的作用。斯达尔夫人将当时的欧洲文学分为南方和北方两种文学类型,"希腊人、拉丁人、意大利人、西班牙人和路易十四时代的法兰西人属于我称之为南方文学这一类型。英国作品、德国作品、丹麦和瑞典的某些作品应该列入由苏格兰行吟诗人、冰岛寓言和斯坎的纳维亚诗歌肇始的北方文学。"①她这样划分的理由是,南方有着清新的空气、茂密的丛林、清澈的溪流,这种自然条件在诗人内心激发起强烈的热情,从而形成南方文学的形态;而北方阴暗多云的天气条件则使得诗人更关心人生的痛苦,从而使文学趋向忧郁的气质。斯达尔夫人的另一个重要的批评观就是将文学与广义的社会制度相联系,考察其间的互动关系,她在《从社会制度与文学的关系论文学》的绪言中明确宣称:"我的本旨在于考察宗教、风尚和法律对文学的影响以及文学对宗教、风尚和法律的影响。"②在考察欧洲文学史的过程中,斯达尔夫人实际上把对文学关系密切的因素划分为三个重要的方面——宗教观念、民族风尚和时代特征,而这些方面已经涵括了制约文学的"现实"维度的全部内容,从而将文学置于一个广泛的语境之中,揭示它在这特定语境之中的存在意义。可以说,这部著作是社会批评观的一个宣言,标志着社会批评的方法论的自觉。20世纪法国著名文学理论家梵·第根也认为社会批评作为一种思想是斯达尔夫人的首创,他说:"把文学的历史与社会环境联系起来,这种思想源于孟德斯鸠,但无论是孟德斯鸠还是维柯,是莱辛还是赫尔德,都没有把这种思想提出来,而把这种思想应用于文学,这在1800年还是前所未有的。"③

在整个19世纪,法国人始终保持着对文学与社会之关系的热情,另一位被视为"社会学派"的艺术理论家泰纳基于科学化的努力,试图将文学的本质在特定的语境因素中加以确定。于是,他在其《〈英国文学史〉序言》(1863—1864)中提出了著名的"三要素"说。在泰纳看来,文学艺术是人类所建立的道德形态之一,而"有助于产生这个基本的道德状态的,是三个不同的根源——'种族'、'环境'和'时代'。我们所谓的种族,是指天生的和遗传的那些倾向,人带着它们来到这个世界上,而且它们通常更和身体的气质与结构所含的明显差别相结合。这些倾向因民族的不同而不同。"而所谓"环境"是指种族生存于其中的环境,"因为人在世界上不是孤立的;自然界环绕着他,人类环绕着他;偶然性的和第二性的倾向掩盖了他的原始的倾向,并且物质环境或社会环境在影响事物的本质时,起干扰或凝固的作用。"④在泰纳所说的环境中,其实包括了如气候、国家政策、社会的种种情况等诸多因素。在"环境"这一

---

① 斯达尔夫人:《论文学》,徐继曾译,北京:人民文学出版社,1986年,第145页。
② 同上书,第12页。
③ 梵·第根:《〈斯达尔夫人论文学〉导言》,第11页。
④ 泰纳:《〈英国文学史〉序言》,杨烈译,见伍蠡甫、胡经之主编:《西方文艺理论名著选编》中,北京:北京大学出版社,1994年,第149—150页。

要素中,泰纳比斯达尔夫人置入了更为广泛的条件,即,决定文学艺术的不仅有其内部因素,也包括所有与之发生影响关系的"外力"因素,"这些外力给予人类事物以规范,并使外部作用于内部"。此外,在泰纳看来,"除了永恒的冲动和特定的环境外,还有一个后天的动量。当民族性格和周围环境发生影响的时候,它们不是影响于一张白纸,而是影响于一个已经印有标记的底子。人们在不同的顷间里运用这个底子,因而印记也不相同;这就使得整个效果也不相同。例如,考察一下文学或艺术的两个时代——高乃依时代的和伏尔泰时代的法国文学,埃斯库罗斯时代的和欧里庇得斯时代的希腊戏剧,达·芬奇时代的和伽多时代的意大利绘画。"①它们的"一般的思想"可能未变,但是却有先驱与后继、无范本和有范本、直接和间接观照之分,前者影响后者。因此,文学艺术同时是历史的,时间性在其中起着决定其本质的作用。

(二) 文学的"服务于社会"功能的提出

如果说法国人从理论形态上为社会学批评方法做出了界定,则俄国人更是在理论与具体的批评实践中为这一方法的确立做出了实质性的贡献。

19世纪的俄国在政治与经济制度上是一个失败的典范,而英法等其他欧洲国家的物质发展与思想的活跃对俄国形成了巨大的压力,然而贵族革命的失败与资产阶级的弱小导致俄国无法像其他西欧国家那样建立一种合理的社会秩序,在这样的情形之下,文学就借助于其宣传功能而被赋予了改造社会的责任。

别林斯基是俄国社会批评的奠基者。在他看来,文学就是对现实生活的再现。他在《论俄国中篇小说和果戈理君的中篇小说》(1835)中有一个对诗的理解:"诗歌,可以说是用两种方法,来概括和再现生活现象的。这两种方法互相对立,虽然引向同一个目标。诗人或者根据全靠他对事物的看法、对生活在其中的世界、时代和民族的态度来决定他那固有的理想,来再造生活;或者忠实于生活的现实性的一切细节、颜色和浓淡色度,在全部赤裸和真实中来再现生活。"②不管这两种诗歌的手法如何,它都是由诗人所处的"世界、时代和民族"所决定的,这成为别林斯基艺术本体论的基础。但别林斯基并不认为艺术只是社会现实的某种附属物,他有着对艺术自足性的认识,如他在《孟采尔,歌德的批评家》(1840)中就曾说过:"艺术既然表现着社会的自觉,通过对善和真的崇高印象和高贵看法,表达着构成社会的个人的精神,那么,也可以说它是为社会服务的;可是,它不是作为一个为社会而存在的东西,而是作为一个为自己而独自存在,在自身中具有它的目的和它的原因的东西,来为社

---

① 泰纳:《〈英国文学史〉序言》,杨烈译,见伍蠡甫、胡经之主编:《西方文艺理论名著选编》中,北京:北京大学出版社,1994年,第152页。

② 别林斯基:《论俄国中篇小说和果戈理君的中篇小说》,满涛译,上海:上海文艺出版社,1963年,第147页。

会服务的。"① 或者说,别林斯基首先是把艺术视为一种独立的社会现象来看待的,其次要说明艺术必须依赖于对社会现实的关系而存在。纯艺术并不存在,但非艺术的诗歌也是没有意义的。他说:"纯艺术是什么,——连它的拥护者们也说不出所以然,因此,它对于他们显得是一种理想,实际上却是并不存在的。就本质上说来,这便是一种坏的极端——即把艺术说成是观善惩恶的、教训的、冷淡的、枯燥的和死的东西,其作品不过是关于特定主题的修辞学的练习——的另一坏的极端而已。毫无疑问,艺术首先必须是艺术,然后才能够是社会精神和倾向在特定时期中的表现。不管一首诗充满着怎样美好的思想,不管它多么强烈地反映着现代问题,可是如果里面没有诗歌,那么,它就不能够包含美好的思想和任何问题,我们所能看到的,充其量不过是执行得很坏的美好的企图而已。"② 别林斯基的理论告诉我们,文学艺术应当是一种具有特殊功能的作用于社会的文化形态,从文学中发现社会现实或要求它作用于社会现实,并不能以损害文学的艺术性为代价。这也是在我们理解文学的社会批评方法时应当注意到的。

别林斯基的继承者车尔尼雪夫斯基则更为明确地将文学与人类社会活动以及特定群体的倾向性联系在一起。大家知道,车尔尼雪夫斯基的美学观是现实主义的,在他看来,美就是生活,艺术的美将永远隶属于活的现实。他的批评观可以从三个方面来概括:第一,文学艺术必须是与现实条件相联的,脱离开现实生活则失去其生命力。他说:"在人类活动的所有方面,只有那些和社会的要求保持活的联系的倾向,才能获得辉煌的发展。凡是在生活的土壤中不生根的东西,就会是萎靡的,苍白的,不但不能获得历史的意义,而且它的本身,由于对社会没有影响,也将是渺不足道。"艺术"只有当它的发展是以时代的普遍要求为条件的时候,就会得到辉煌的发展。雕塑所以能够在希腊人中间得到繁荣,只是因为,它是他们生活中主要特征的表现,——它是热烈崇拜人体形态美的表现。歌特式建筑术所以能够创造美妙的纪念物,只是因为它体现了和表达了中世纪的追求。意大利派绘画所以能够创造奇妙的图画,只是因为,它是这个时代、这个国家的社会追求的表达者,它是为了把对于人体美的古典崇拜和中世纪的朦胧的追求混合起来的时代精神而服务的。"③ 第二,文学应当服务于现实生活。他认为,文学是生活的服务者,是思想的传播者,这是文学的毋庸置疑的本质属性。文学是服务于生活的,但并不意味着它就可以成为

---

① 《孟采尔,歌德的批评家》,满涛译,《别林斯基选集》第二卷,上海:上海译文出版社,1979年,第47页。
② 别林斯基:《一八四七年俄国文学一瞥》,满涛译,《别林斯基选集》第二卷,北京:时代出版社,1953年,第414—415页。
③ 车尔尼雪夫斯基:《俄国文学果戈理时期概观》,辛未艾译,《车尔尼雪夫斯基论文学》上卷,上海:上海译文出版社,1978年,第543—544页。

生活享乐的一部分,因为,"享乐主义在我们今天的生活中,是一种冷漠而自私的勾当,从而,根本不是诗的,同样,我们今天在文学中的享乐主义倾向,也必然会带有冷淡的死气沉沉的烙印。诗就是生活、行动、斗争、热情。"第三,"文学不能不是某一种思想倾向的体现者。这是一种它的本性中所包含的使命,——这是一种它即使要想摆脱也没有力量可以摆脱的使命。"也就是说,文学与生活的关系不仅仅是一种再现,而应当具有干预性,它应当是某种特定声音的表达者,应当体现出时代的要求。车尔尼雪夫斯基说:"文学所应当服务的思想是怎样的思想,是这种由于在时代生活中没有重要的地位,就使受到它们限制的文学带上空虚、无聊的性质的思想呢,还是为推动前进的思想而服务。要回答这一点是不容犹豫的:只有那些在强大而蓬勃的思想的影响之下,只有能够满足时代的迫切要求的文学倾向,才能得到灿烂的发展。我们这时代的生活和光荣是由这两种彼此紧紧相连而又互相补充的追求构成的:人道精神和关于改善人类生活的关心。"[①]

俄国 19 世纪社会批评方法的持守者还有杜勃罗留波夫、赫尔岑、托尔斯泰、普列汉诺夫等。这其中值得一提的是托尔斯泰的艺术观,因为他毕生除了文学创作之外,就是致力于建立他独特的道德社会道德批评模式,他将道德视为艺术的首要衡量标准,并以一个知识分子的勇气、以堂吉诃德的方式奋力捍卫这一标准。这一点我们在后面还要加以论述。

(三)文学的社会因素向更深层的结构拓进

社会批评模式即使在批评方法多元化的 20 世纪仍然是最主要艺术批评模式之一,并且这种批评从 19 世纪较为单一的对环境、时代、道德倾向等因素的关注,转向了文学与社会之间更为隐秘的深层关系的探究。

苏联时期的**卢那察尔斯基**是一个卓越的社会学方法的批评大师,尽管由于其官方身份而导致其批评有许多明显的政治色彩,但这并不妨碍他的批评理论成为 20 世纪最深刻的思想之一。卢那察尔斯基的文学批评是建立在马克思主义的社会批判基础之上的,这一批评的首要任务是在整体的社会构成中,在社会的经济基础和意识形态的互动中考察文学现象。他在《马克思主义批评任务提纲》中说:"马克思主义的批评家以什么精神来进行这种社会学的分析呢?马克思主义视社会生活为有机的整体,在这里,个别的部分都是相互依存的,而且起决定作用的是最物质的、最有规律可循的经济关系,首先是劳动的形式。例如,在广泛研究某个时代的时候,马克思主义批评家应该努力勾画出整个社会发展的图景。当涉及某个具体的作家

[①] 车尔尼雪夫斯基:《俄国文学果戈理时期概观》,辛未艾译,《车尔尼雪夫斯基论文学》上卷,上海:上海译文出版社,1978 年,第 547—548 页。

或作品的时候,没有必要非去全面研究基本的经济条件不可,因为在这里,无时不在起作用的、可以称为普列汉诺夫原则的原则,开始特别有力地显现出来。这条原则是:艺术作品只是在极其微不足道的程度上直接依附于该社会的生产形式。这种依附要通过其他的环节为媒介,即社会的阶级结构在阶级利益基础上发展起来的阶级心理。"[1] 20世纪初期,俄国的庸俗社会学批评相当盛行,这种批评是机械地、单向度地、纯粹以政治甚至经济的标准来进行文学批评,简单地将文学与社会现象加以类比,卢那察尔斯基对此给以尖锐批判。在他看来,社会学的批评是在社会学的基础上考察文学的发展规律,而不是以社会规律代替艺术规律,社会经济条件并非与艺术表现力成正比,因为文学艺术与社会的联系是通过复杂的"社会阶级结构"所产生的"阶级心理"来实现的。当然,艺术的表现形式也与这些复杂的因素有着复杂的结构关系,如他所说:"一部作品的形式不仅取决于它的内容,而且还取决于某些其他的因素。诸如思维和言语的阶级心理习惯,可以称为该阶级(或对作品有影响的阶级集团)的生活方式,一个社会的普遍物质文化水平,邻里的影响,可能影响到生活各个方面的昔日的惰性和对更新的渴望,——所有这一切,都可能对形式产生影响,都是决定形式的补充因素。形式常常不是跟作品联在一起,而是跟整个时代和整个学派联系在一起。"[2] 实际上,思维、言语等因素,都是特定语境中的社会性因素,它们在不同程度上都会对艺术表现形态产生影响,并且这种影响并非通过简单比附的方式就可以说清,而必须通过对系统整合及结构制约的整体辨析才能把握艺术表现的规律。

在20世纪将社会学批评理论推向一个新阶段的代表人物还有匈牙利的**卢卡契**。卢卡契是黑格尔哲学的坚定遵奉者,他相信这个世界存在着一种统一的"总体性",犹如黑格尔的"绝对理念"。艺术作品便是一种整合了日常经验的整体性存在,人类在日常生活中所获得的是虚假的、片面的概念,而艺术作品通过对日常生活的"反映",而使其可以"再度体验",从而创造一个总体性世界。他说:"每件意味深长的艺术作品都创造'自己的世界'。人物、情景、行动等都各有独特的品质,不同于其他作品,并且完全不同于日常现实。一个作家越是伟大,他的创造力就越是强烈地洋溢在他作品的各个方面,他的小说'世界'也就通过作品的全部细节而显得越是意蕴深远。"但这并不是说艺术是独立于现实的,相反,"艺术作品必须准确无误和恰如其分地反映客观地决定着它所再现的生活领域的全部重要因素。他必须如此这般地

---

[1] 卢那察尔斯基:《马克思主义批评任务提纲》,郭家申译,见《艺术及其最新形式》,天津:百花文艺出版社,1999年,第327页。

[2] 同上书,第329页。

反映这些因素,使得这一生活领域从里到外都是可理解的,可重新体验的,使它表现为一种总体生活。"①那么艺术如何通过反映现实而创造总体性世界呢?在卢卡契看来,艺术作品是一种对看似偶然的现实的整合,发现现实的片面性与虚假性,重建日常现实的关联,从而获得普遍性意义。如他所说:"无论艺术作品的意图是描写整个社会还是描写一个人为的孤立事件,目标总是要描写对象内存的挖掘不尽的内容。这意味着它的目标是在虚构中把所有那些在客观现实中为某一特定事件或一组事件提供基础的重要因素创造性地关联起来。而艺术的关联意味着所有这些因素都将呈现为行动中的个人的个性特征、所描写的情形的特质,等等,因而呈现在特殊和一般的直接可见的统一中。"②从卢卡契的这些观点来看,社会批评方法已经从对艺术与社会的一般联系的关注转向了意识形态批判,他已不仅仅将艺术作品的批判功能局限于内容之中,而是将艺术作品视为一种对现实的整体性批判。

受卢卡契的影响,法国批评家戈德曼提出了"有意义的结构"概念,即,在文本、创造文本的个人主体、作为社会文化的超个人主体等三重系统之间,存在着同构的关系,从而导致意义的发生。戈德曼的独到之处在于破解艺术形式与社会存在之间的关系问题,而这一问题是此前的社会批评家,包括卢卡契都未曾有效解读的问题。所以鲍埃豪尔称戈德曼是"赋予其'卢卡契式的'范畴以一种新的范围,从而达到了智识自主的思想"。③ 这一点我们在下面还将进一步加以论述。

第二节 社会批评的若干核心概念解说

(一) 环境

环境在社会批评方法看来,是文学形态的关键性制约因素,"**环境**"这一概念被许多批评家使用过,但在不同的批评家那里有不同的内涵,但概括起来大致有几方面内容:第一,自然环境,包括气候、地理条件等因素。如前面我们所谈到的斯达尔夫人的论述,"南方的诗人不断把清新的空气、繁茂的树林、清澈的溪流这样一些形象和人的情操结合起来。甚至在追忆心之欢乐的时候,他们也总要把使他们免于受烈日照射的仁慈的阴影掺和进去。他们周围如此生动活泼的自然界在他们身上所激起的情绪超过在他们心中所引起的感想。……北方各民族萦怀于心的不是逸乐

---

① 卢卡契:《艺术与客观真理》,郭军译,见《文学批评理论——从柏拉图到现在》,北京:北京大学出版社,2000年,第58—59页。
② 同上书,第59—60页。
③ 鲍埃豪尔:《〈文学社会学方法论〉引论》,见戈德曼:《文学社会学方法论》,段毅、牛宏宝译,北京:中国工人出版社,1988年,第2页。

而是痛苦,他们的想象却因而更加丰富。大自然的景象在他们身上起着强烈的作用。这个大自然,跟它在天气方面所表现的那样,总是阴霾而暗淡。当然,其他种种生活条件也可以使这种趋于忧郁的气质产生种种变化。"①气候的因素作用于创作者的心灵,从而将或开朗或阴郁的情绪贯注于艺术作品。第二,社会环境,包括政治制度、经济发展程度、民俗等因素。泰纳将这些因素称为人类的"偶然性和第二性"的倾向,因为它区别于自然环境之处,在于它们是人类在社会活动中所创造出来的,与文学现象一起,它们彼此之间发生着相互的影响,泰纳认为,"国家的政策"也会影响到对艺术的理解,例如在意大利,一个时期,由于"用以自卫的城的原来位置、边境的大市场、武装的贵族政权"等因素,使得人们无法摆脱内部不和与贪婪本能,于是只有经常性的战争;另一时期,则由于"各个城邦政权的稳固、教皇的世界地位以及邻国的军事干涉",造成政治上的衰弱,但这时的文明却受到高尚和谐的精神的引导,而趋向于对快乐和美的崇拜。② 也就是说,文学归根结底是一种社会现象,在整个社会系统中,各部分之间构成因素之间存在着密不可分的有机联系,因此,在批评中忽略了艺术文本生成的社会环境将无法对其进行充分的阐释。第三,综合语境。在具体的批评过程中,实际上"环境"并不是一个十分明确的因素,它往往是由多种条件所构成的,其中除了自然条件、社会制度、民俗习惯等因素之外,还包括着由这些因素综合创作者个人的感受性条件而形成的一种"语境",即艺术文本所赖以产生的整体性结构作用。这也就是卢卡契所归纳的在艺术文本的"总体性"中所存在的"体验",即艺术家以其个人理解(包括童年经验、生存态度等)、集体心理等面对客观环境,从而由一个个体的人成为一个社会结构中的人,来创造艺术作品,在这种情况下,就不是单纯的自然环境或社会某一方面的条件对艺术文本发生作用,而是一个综合的语境在制约文本的艺术形态。而批评的责任就是从中发现这一语境的复杂性以及如何对艺术文本发生影响,或者说,用明晰的语言向读者描述出这一语境的结构内容及其价值体系如何进入艺术文本。

环境与艺术的关系可以在两个重要方面体现出来:

一、艺术模仿环境。 泰纳在其《艺术哲学》中分析了许多例证,以说明艺术作品是对创作者所处环境的模仿,当然,艺术对环境的模仿不是简单的描摹,而是选择性模仿,或曰重构性模仿。如他在分析法兰德斯画派时不厌其烦地描述了当地的生存环境,在这个描述过程中,泰纳已经将这一环境的主要特征有选择地加以概括,他说:"所有这些日常生活的细节,心满意足与繁荣日久的标志,都显出基本特征的作

---

① 斯达尔夫人:《论文学》,徐继曾译,第147页。
② 泰纳:《〈英国文学史〉序言》,杨烈译,见伍蠡甫、胡经之主编:《西方文艺理论名著选编》,第151页。

用;而气候与土地,植物与动物,人民与事业,社会与个人,无一不留着基本特征的痕迹。从这些数不清的作用上面可以想见基本特征的重要。艺术的目的就是要把这个特征表现得彰明较著;而艺术所以要担负这个任务,是因为现实不能胜任。"① 也就是说,艺术在模仿的过程中要删除那些遮盖特征的东西,彰显那些显示特征的东西,对于妨碍特征显现的东西加以修正,从而使之成为与第一自然相区别的艺术作品。而批评的责任就是从中发现艺术在模仿这一环境的过程中做出了哪些修正,其修正的效果如何,以确认其艺术价值的高低。

二、环境与艺术的制约关系。环境与艺术不是简单的"环境制约艺术"的关系,准确的说,环境与艺术是一种互文性关系,即彼此交互作用,共同形成一个统一的体系。对此,匈牙利批评家豪泽尔说:"艺术既影响社会,又被社会变化所影响。艺术与社会的关系可以互为主体和客体。事实上,社会对艺术的影响决定了两者关系的性质。当社会决定艺术的时候(这种情况在原始文化中特别显著),它就很少受到艺术的影响。当历史进入了更高级的阶段,艺术从一开始就反映了社会的特性,社会也是一开始就留下了艺术发展的痕迹。因此,我们必须看到社会和艺术影响的同时性和相互性。"② 一方面,艺术文本的思想倾向和表现形式受到环境制约,这是毋庸置疑的,无论你怎样认为艺术文本有其自身的形成规律,它只要是由社会的人来创作的,就起码受到两重因素——现实条件和创作主体条件——的制约。现实条件便是具体的历史语境,而作为创作主体的人说到底也是社会的人,其思想意识和审美态度同样受到历史语境的制约,并进一步制约艺术文本。另一方面,艺术是整个社会系统中的一种话语形态,当它成为一种独立的社会现象时,也便具有了独立的价值标准,并进一步给"环境"制定规范。我们说,人类的道德维系不仅有赖于各种可见的国家机器,也有赖于无形的意识形态表现形式,艺术就是其中最有力的中介之一。这也可从艺术的叙事机制来理解,即,艺术既是环境(现实)向人显现的阐释方式,也是人借助于艺术对自身的阐释,或曰基于自身立场的叙事,并进而阐释环境。这其实也就是艺术的"教化"功能的哲学解释。

(二)道德

文学作为现实的阐释而具有影响社会的巨大功能,因此,历来的批评家大多都对文学持有"教化"的诉求,即要求它遵循提升人类精神品格的准则来实现其存在的意义。在某些特定的历史时期,当然也出现过相反的观点,如唯美主义、形式主义批评观等,他们力图使文学仅仅成为无功利的审美样式,但这种努力自身就已经隐含

---

① 丹纳:《艺术哲学》,傅雷译,北京:人民文学出版社,1983年,第25页。
② 豪泽尔:《艺术社会学》,居延安译,上海:学林出版社,1987年,第35页。

着对文学教化功能的承认，他们不过是在特定的语境中表达某种对文学的立场而已。实际上，从本体论的角度来看，文学必然是道德的。

我们说文学是道德的，不是说它应当成为社会道德的卫道士，而是从文学发生的机制来讲，其本身便是人类道德律的产物。文学作为人类的精神表现形式，是一种社会性行为，因此，它不能等同于直接的欲望宣泄。用弗洛伊德的观点来看，艺术即等同于梦，它的实现不能是直接的，必然要接受某种监督机制的制约，因为如果幻想或欲望可以直接实现，则无须通过"梦"的形式来进行替代性宣泄。弗洛伊德说："我们相信在人类生存竞争的压力之下，曾经竭力放弃原始冲动的满足，将文化创造起来，而文化之所以不断地创造，也由于历代加入社会生活的各个人，继续地为公共利益而牺牲其本能的享乐。而其所利用的本能冲动，尤以性的本能为最重要。因此，性的精力被升华了，就是说，它舍却性的目标，而转向他种较高尚的社会的目标。"①这段话包含了丰富的内容，它说明了公共利益观念（道德）的出现乃是基于生存竞争的压力，或者说是出于自我保护的目的；但是人类的本能冲动并不是、也不可能被放弃，它的目标发生了变化，转向了文化艺术，即它通过一种被社会所认可的高级形式最终得以实现。由此可以得出这样的结论：真正的艺术必然是道德的，是本能冲动转化为文化形态的高级形式。

从这一角度看，道德标准也就是衡量文学是否成其为文学的根本性标准。我们说，原始冲动的直接满足是非文化创造行为，它舍弃了升华的环节，并没有转向高尚的社会目标，因而就是低级的享乐形式，因而也难以称之为严格意义上的文学。托尔斯泰曾引英国作家罗斯金的话说："艺术只有以道德完善为目的时才是在自己相宜的位置上。艺术的任务——是关爱地教诲人。假如艺术不是帮助人们揭示真理，而只是提供愉悦的消遣，那么它就是可耻的事业，而非崇高的事业了。"②我们必须认识到，道德标准的建立对作为人类精神依托形式的文学是至关重要的，在私人化写作盛行的今天，人类的弱点会在这种特定的情形下借着文学的媒介而透露，并显现为艺术的形式，从而可能改变人们对艺术的期待品格，并且进而反作用于人类的行为本身。如果真的如此，则文学艺术的彻底堕落与消亡的末日就真的到来了。因此，法国思想家福柯也在后现代语境中提醒人们，如何去区分优秀文学与劣等的文学，"这正是总有一天必须面对的问题。我们必须反躬自问，在社会上发行、传播小说、诗歌、故事……这到底是一种什么活动？"③尽管福柯所忧虑的是文学成为某些特

---

① 弗洛伊德：《精神分析引论》，高觉敷译，北京：商务印书馆，1984年，第9页。
② 托尔斯泰：《阅读圈》，杜文娟译，见《托尔斯泰读书随笔》，上海：上海三联书店，2000年，第211页。
③ 福柯：《文学的功能》，秦喜清译，《国外社会科学》，1994年第6期。

定意识形态控制的工具,但这从另一个方面也提醒我们,如何使文学成为一种真正建立人类美好精神家园的手段。

此外,文学的道德关怀还关乎到文学的表现形式。文学,作为一种审美结构,在本质上是人类对世界的理想重构,这不仅体现在作品所要表达的理念之中,还体现在这种表达的过程与手段之中。这也就是为什么文学最早的形式是诗。这形式的选择虽然是人类的一种神秘现象,但我们仍然能够从中看出,人类是将其对美的理解与匀整的形式联系在一起的。或者反过来说,只有美的形式才适于表现美好的情感与理念。有史以来文学表现的各种形态都说明了这一点。对这一点,托尔斯泰在论述莫泊桑的小说时曾谈到:一部真正的艺术作品除了才华之外有三个必备条件:"1)作者对待事物正确的、即合乎道德的态度,2)叙述的晓畅或形式美,这是一回事,以及 3)真诚,即艺术家对他所描写的事物的爱憎分明的真挚情感。"[①]这里,托尔斯泰把艺术文本创造者的道德态度与其表现形式看作是一回事,其背后所隐藏的潜台词就是,艺术家只有具备了提升人类道德水准的责任,并在其创作中建立了超越的精神维度,才有可能创造美好的艺术表现形态。

(三)结构

社会学批评中的"结构"概念是由法国批评家**戈德曼**提出来的,他说:"在对人类事实,特别是哲学、文学或艺术作品(这三者,我们将冠以'文化'这一全方位性的术语)的研究中,我们发现了一种能把它们与物化科学根本区别开来的内在决定性。如果要严格地考虑人类事实,就必须按照'结构'的一般概念,并且加上限定性术语'有意义的'来界定它们。"[②]所谓"有意义的结构"就是构成艺术作品的不同元素之间的必要关系的聚合。因此,戈德曼所说的结构并非结构主义语言学的范畴,而是将社会与人的因素纳入其中的"结构",即在结构是如何发生之处建立其逻辑起点,所以戈德曼将自己的理论称为"发生结构主义"。

那么结构是如何发生的呢?在戈德曼看来,结构有两个层面,一个层面是社会、个人与文本的统一结构,一个层面是三者各自的价值形态。结构主义语言学考察的只是文本的结构形态,而根本无视文本与社会与个人主体间的联系;而以往的社会学批评则往往忽略了文本自身所蕴含的"整体性",只是从文本中寻找社会事件的反映。发生结构主义则认为,一部艺术作品的决定性元素起码应包括文本、创作者个人主体和作为集团利益代言者的超个人主体,而这三者在精神结构上是同源的、一

[①] 托尔斯泰:《〈莫泊桑文集〉序》,王志耕译,见《托尔斯泰读书随笔》,上海:上海三联书店,2000年,第30页。

[②] 戈德曼:《文学社会学方法论》,段毅、牛宏宝译,北京:中国工人出版社,1989年,第83页。

体的。我们说,社会实践的主体实际上集团,而不是单独的个人,而单独的个人却是依存于集体而存在,真正的伟大的个人更是必须与这一集体的利益保持一致,或者说,一个伟大的作家必须与超个人主体保持精神的一致性,从而将特定的历史需求融入艺术表现,从而在艺术文本中建立起"有意义的结构"。这也就是戈德曼的"结构"发生的程序。如他在《论小说的社会学》中所说的:"伟大的作家恰恰是这样一种特殊的个人,他在某个方面,即文学(或绘画、观念艺术、音乐等)作品里,成功地创造了一个一致的、或几乎严密一致的想象世界,其结构与集团整体所倾向的结构相适应;至于作品,它尤其是随着其结构远离或接近这种严密的一致而显得更为平凡或更为重要。"①

我们看,"有意义的结构"这一概念是在结构主义语言学的背景之下重新建立起了主体、尤其是社会主体(集团)在艺术创造中的关键地位,并且通过这一整体概念,在艺术形式与社会现实之间建立了沟通关联。戈德曼说:"小说社会学所面临的首要问题是:小说形式本身与小说在其中得以发展的社会环境的结构之间的关系,也就是说,作为一种文学体裁的小说与个人主义的现代社会之间的关系。……小说的特点是在一个衰变了的社会中以一种衰变了的方式寻求真确价值的故事。这种衰变现象,只要是关系到主人公的,都是通过中介来表现的:即将真确价值减弱到隐晦不清的水平,而不再作为明白的现实出现。这显然是一个特别复杂的结构,因此,很难想象有一天,它能够毫无群体社会生活方面的基础而仅仅从个人的创造中出现。然而,如果作品形式与社会生活中最重要方面之间没有同构关系或某种重要的联系,那么很难想象具有如此辩证的复杂性的一种文学形式会于几个世纪之后,在最为不同的国家中、最为不同的作家那里得到重新发现;很难想象它会成为文学水平上表现整整一个时代内容的最好形式。"②也就是说,小说的意义在于它的对"真确价值"的寻求,因为社会的衰变(无序)隐藏了本质的真实,而个体的人也处于这种衰变之中,他以个体的身份将无法承担拯救这衰变的责任,他必须寻求在群体精神中找到守持真确性的源泉,并以一种与社会衰变相适应的衰变(由史诗退化为小说的)形式将其纳入一种艺术的"有意义的结构"。

第三节 社会学批评的案例

(一)托尔斯泰《〈莫泊桑文集〉序》(节选自《托尔斯泰读书随笔》,王志耕译,上

---

① 戈德曼:《论小说的社会学》,吴岳添译,北京:中国社会科学出版社,1988年,第236页。
② 戈德曼:《小说社会学问题导论》,张鹏译,见《现代美学新维度——西方马克思主义美学论文精选》,北京:北京大学出版社,1990年,第277—278页。

海三联书店,2000年版)

> **按语**：或许我们可以说，托尔斯泰是一个泛道德主义者，但在我看来，他更像是一个乌托邦批评家，拥有堂吉诃德式的英雄气概。而在今天可能也是最缺乏堂吉诃德精神的时代，或者明确地说，是最缺少道德准则的时代。因此，重建文学的社会道德之维，不仅对于人类整体精神的提升，同时对于文学作为人类精神家园的存在，都是有重要意义的。在这篇文章中，托尔斯泰并未否定莫泊桑展现在其所有作品中的艺术追求和巨大才华，但有了这些，并不意味着艺术的成功，而决定艺术是否有价值的最重要的因素却是"作者对待事物正确的、即合乎道德的态度"。用这一标准，托尔斯泰评价了莫泊桑几乎所有重要的作品，他发现，只要作者具有了就有的道德感，其作品就能达到艺术表现的完美，而一旦他情不自禁地沉浸于他本想要批判的情欲之中去，即在作品中直接去满足人的动物性官能欲望的时候，便违背了文学的道德律，导致艺术的堕落。

从第一篇小说《泰利埃妓馆》来看，尽管其情节有伤大雅，并且也不足为道，但我不能不看到作者身上那种可称为才华的东西。

作者拥有特殊的、人们所说的才华和天赋，这体现为一种强化的、紧张的、因其兴趣所在而关注于某种事物的能力，一个秉有这种能力的人便可以借此在他所关注的那些对象身上见他人所未见。显然，莫泊桑拥有的就是这种在一些事物上见他人所未见的天赋。但遗憾的是，就我所读过的这本书来判断，其中缺少一部真正的艺术作品除才华之外三个必备条件之最主要的一项。这三个条件是：1) 作者对待事物正确的、即合乎道德的态度，2) 叙述的晓畅或形式美，这是一回事，以及 3) 真诚，即艺术家对他所描写的事物的爱憎分明的真挚情感。在这三个条件中，莫泊桑拥有的仅仅是后两个，而根本不具备第一个条件。他对描写对象没有正确的，即合乎道德的态度。就我所读到的判断，我确信莫泊桑拥有一种才华，即关注能力，这种天赋把诸多事物和生活现象中别人所未见的那些特征展现在他的面前；他同样拥有漂亮的形式，即明晰、简捷而优雅地表达他所要说的一切；他也拥有一部艺术作品的价值所需要的那种条件，没有这种条件一部艺术作品就不能产生影响力，——这种条件就是真诚，就是说他不去假装爱或者恨，而是对他所描写的事物爱憎分明。但遗憾的是，他缺少了艺术作品的价值所需要的第一个、甚或是主要的条件，即对其表现对象的正确的、合乎道德的态度，也就是说他缺少辨别善恶的认识，因此他便会去爱和表现那些不应去爱和表现的东西，而不去爱和表现那些应当去爱和表现的东西。这样一来，在这本书里以极大的热情不厌其烦地描写女人如何引诱男人、男人如何引诱女人,甚至如在《La femme de Paul》①所表现的某些不可思议的龌龊行为,他不仅是以冷漠的、而且是以蔑视的态度把乡下的劳动人民描写成牲畜一样。

小说《Une partie de campagne》②因这种在分辨善恶上的无知而尤其令人惊诧。这篇小说以极为轻柔和玩笑的笔调细致地描写了两个裸着臂膀划船的先生如何同时勾引女人的事:一个勾引一位年老的母亲,另一个勾引她的年青的女儿。

显然,作者始终站在赞许这两个恶棍的一方,以至于他不是故意忽视、而根本就是看不到在被勾引的母亲、年青的女儿、以及她的父亲和显然是她未婚夫的年轻人身上必然会产生的感受,因此,作品不仅以玩笑的笔调对那种丑恶行径做了可憎的描写,而且对这一事件本身的描写也是虚假的,因为它只描写了事件中最没有意义的一个方面:即两个恶棍所得到的满足。

这本书里还有一篇小说《Histoire d'une fille de ferme》③,是屠格涅夫特别向我推荐过的,但也是我特别不喜欢的,原因同样是作者对事物的错误态度。显然,作者把他描写的所有劳动者都只当成不超出性爱和母爱的牲畜来看,因此,从他的描写所得到的是不完整的、矫揉造作的印象。

对劳动人民的生活和利益不了解,把他们看成仅受情欲、恶欲和私利所驱使的半人半畜的东西,是近来大多数法国作家主要的、十分严重的缺陷之一,包括莫泊桑在内,不仅在这篇小说里,在其他所有小说里,凡是涉及到人民的地方,他们都被描写成粗鲁的、愚昧的、只配受嘲笑的牲畜。当然,法国作家对本国人民的特征比我知道得更清楚。但尽管我是个俄国人,没有与法国人民一起生活过,我仍然坚信,法国的作者这样描写自己的人民是不对的,法国人民不可能像他们所描写的那样。如果存在着一个如我们所知道的法国,有着众多真正伟大的人物,有着由这些伟人在科学、艺术、国家性和人类道德完善等方面所做的伟大贡献,那么,过去和现在肩负着拥有众多伟人的法国的劳动人民就不会是牲畜,而是有着伟大精神品质的人;因此,我不相信像《La terre》④那样的长篇小说和莫泊桑的短篇小说所描述给我的东西,就像如果有人给我讲述存在着漂亮的空中楼阁而我不会相信一样。很有可能,人民的这些高尚品质也不像

---

① 法文(下同):《保罗的女人》。
② 《郊游》。
③ 《田家姑娘的遭遇》。
④ 《土地》。——左拉的长篇小说。

《La petite Fadette》和《La Mare aux diables》①中所描绘给我的那样,但这些品质是存在的,这一点我坚信不疑。如果一个作家只是像莫泊桑那样去描写人民,只以赞许的笔调去描写布勒塔尼女仆们的 hanches 和 gorges②,而以厌恶和嘲讽的笔调去描写劳动者的生活,这在艺术上就犯了大错,因为他只是从毫无意义的肉体方面去描写事物,而完全忽略了另一面——构成事物本质最重要的精神方面。

....

《一生》是一部出色的长篇小说,不仅是莫泊桑其他作品不可比拟的优秀之作,而且或许是在雨果《Miserables》③之后的最佳法国长篇小说。在这部小说中,除了出众的才华,即那种对事物的特殊的、紧张的、使作者得以发现他所描写的那种生活最新特点的注意力,此外,一部真正艺术作品的全部三个条件几乎同等程度地统一在了这部小说之中:1)作者对待事物正确的、即合乎道德的态度,2)形式美,和 3)真诚,即对作者所描写事物的爱。这里,在作者的心目中,生活的意义已不是形形色色淫荡男女们的奇遇,这部作品的内容,正如标题所道出的,是描写一位被戕害的、天真的、期待着一切美好事物的、可爱的女人的一生。她正是被极为粗野的兽欲所戕害的,这种兽欲在以前那些短篇小说里被作者看成如同主宰一切的核心生活现象。而在这里,作者的认同是在善的一方。

早期短篇小说里就已存在的优美形式在这部作品里达到了完美的高度,在我看来,还没有哪一个法国散文作家曾经做到这一点。除此之外,最主要的是,作者在这里真的爱着,并且是深深地爱着他所描写的那个善良的家庭,而真的恨着那个破坏了这可爱的家庭、尤其是小说女主人公幸福与安宁的那个粗暴的淫棍。

正是这个原因,这部小说中的所有事件和人物都是那样生动而令人难忘:软弱、善良、渐渐倒下去的母亲,高尚、软弱、可爱的父亲,还有更为可爱的、朴素的、期待而并不奢望一切美好事物的女儿,以及他们的相互关系、他们的第一次旅行;他们的仆人、邻居,还有那个精于算计、粗俗好色、悭吝而猥琐、厚颜无耻的新郎,他总是把最粗俗的感情加上通常所见的庸俗的理想色彩,以此来欺骗天真的少女;还有婚礼,对科西嘉美丽的自然风光的描写,以及乡村的生活,丈

---

① 小法岱特;魔沼。——带有空想色彩的浪漫主义女作家乔治·桑的长篇小说。
② 大腿;胸脯。
③ 《悲惨世界》。

夫对妻子粗暴的背弃,他对田产所有权的攫取,与岳父的冲突,善者的忍让和无耻之徒的得势,与乡邻们的关系。所有这一切就是全部复杂多样的生活。这一切都描写得生动而美好,但不仅如此,在这之中还有着真挚而充满激情的音调,自然而然地感染着读者。人们可以感受到,作者是爱这个女人的,他之所以爱她不是因为其外表,而是因为其心灵,因为在她的身上存在着美好的东西,他同情她,为她而痛苦,这种情感也自然而然地传达给了读者。于是人们要问:为了什么原因,为了什么事,这个美丽的生命遭到了毁灭?难道是必然如此吗?这些问题自然就会在读者心里产生,并促使他们去思索人生的意义与内涵。

尽管小说里还混进了些不和谐的音符,比如对少女皮肤的详尽描写,还有些不可能发生也不必要的细节描写,比如,被遗弃的妻子听从了神父的劝告又重新作了母亲,这些细节破坏了女主人公全部纯洁的魅力;尽管同样还有被侮辱的丈夫复仇的过分夸张而做作的故事,尽管有这些污点,但小说不仅使我感到很优美,而且我从中得到的已不是莫泊桑第一本小册子所给我的印象,那个以饶舌和取笑为能事、不懂也不想懂得分辨好坏的天才不见了,我所见到的是一个严肃而深沉地谛视着人生并开始解析人生的莫泊桑。

在莫泊桑这部小说之后,接下来我读到的是《Bel ami》①。

《漂亮的朋友》是一本非常污秽的书。显然,作者没有节制地放纵自己去描写那些令他痴迷的东西,有时仿佛失去了对主人公基本否定的观点而站到他的一方去,但总的说来,像《一生》一样,《漂亮的朋友》是建立在作者严肃的思想和情感基础上的。在《一生》中有一个基本的思想:一个漂亮的女子被男人粗暴的情欲所戕害,而作者面对其痛苦生活中剧烈的空虚感而困惑不解;而在这部小说里,作者不仅是困惑,而且是愤慨,——那个粗俗而好色的禽兽竟得以发迹和成功,他正是凭借这种情欲而飞黄腾达,在上流社会获得了显赫的地位。令作者感到愤慨的还有其主人公赖以获得成功的荒淫无度的整个环境。书中作者仿佛在追问:为了什么事,为了什么原因美好的生命受到了戕害?这种事件的根源是什么?他又仿佛在书中做了回答:我们社会中所有纯洁而善良的事物都遭到了毁灭,并且仍在遭到毁灭,因为这个社会就是败坏的、疯狂的、恐怖的。

小说的最后一个场景是,那个志得意满、佩戴着荣誉团勋章的恶棍与一个纯洁的少女在新式教堂里举行的婚礼,而这个少女年老的母亲、一个无可挑剔的家庭主妇也是曾被他引诱过的。这桩得到主教的祝福、被亲友们公认为正当而美满的婚姻,以非同寻常的力量表达了这种思想。尽管在这部小说里堆砌了

---

① 《漂亮的朋友》。

一些污秽的细节,并且遗憾的是作者似乎在其中 se plaît①,但作者对生活的那些严峻的质询却是显而易见的。

请读一读老诗人与 Duroy② 大概是从瓦尔特的家宴上出来时的那段对话吧。老诗人对这个年轻的交谈者揭示了什么是生活,指明了生活的本来面目和它难以摆脱的永恒旅伴和归宿——死亡。

"它正在抓住我,la gueuse③",他说的是死亡,"它已经拔掉了我的牙齿,扯去了我的头发,摧残了我的肢体,眼看着就要把我吞下去了。我已经是受它所控制了,它知道我无法逃脱它,于是一味地像猫戏老鼠一样玩弄着我。荣誉、财富,如果不能用它们买来女人的爱情,要它们还有什么用。要知道,只有为了女人的爱情才值得去生活。而这爱情也会被它所夺走。它夺走了爱,接着又夺走健康、精力以至生命。人人都得这样。说别的都没用。"

风烛残年的诗人一番话的意思就是如此。但杜洛阿,这个所有他喜欢的女性的幸运情郎,充满着淫荡的精力,所以他对老诗人的话似听非听,似懂非懂。他听了,也懂了,但淫荡的生命之泉从他体内如此猛烈地奔涌出来,以至这个毋庸置疑的真理向他预示的同样的结局并没有令他惊恐不安。

除了讽刺意义之外,《漂亮的朋友》的这种内在矛盾构成了小说的主要思想。而这一思想在那个记者因患肺结核而死的出色场景中明确地显现出来。作者为自己提出了一个问题:生活是什么?如何解决爱生活和认识必然性死亡之间的矛盾?但他并没有对此做出回答。他仿佛在寻找,等待,既不对这一方,也不对另一方加以判定。因此,这部小说便继续保持着对待生活的正确的道德态度。

但在这两部长篇小说之后的作品里,这种对生活的道德态度开始出现混乱,对生活现象的评价开始游疑不定、支吾其词,而在晚期的几部长篇小说中,它已经完全被歪曲了。

在《Mont-Oriol》④里,莫泊桑仿佛把前面两部小说的主题结合在了一起,在内容上也是自我雷同的。尽管对时髦的疗养地及其医疗活动的描写是优美的,充满了巧妙的幽默,但这里同样有一个像《一生》中的丈夫那样下流而无怜悯之心的 Paul⑤,同样有一个受欺骗、被戕害、怯懦、软弱、孤独、永远是孤独的可爱

---

① 找到满足。
② 杜洛阿。——《漂亮的朋友》的男主人公。
③ 作恶者,坏蛋。
④ 《温泉》。
⑤ 保罗。

女性,像《漂亮的朋友》中一样,同样是无聊与卑劣获得了无情的胜利。

思想是同样的,但作者对描写对象的道德态度却已显著降低,尤其是与第一部长篇小说相比。作者对孰是孰非的内在评价开始混乱起来。尽管作者在理智上完全希望做到公正而客观,但显然,恶棍保罗占有了作者的全部赞许之情。因此,这个保罗的爱情史、对女人费尽心机的引诱以及在这方面取得的成功,都给人以虚假的印象。读者不知道作者想要干什么:是否要表明保罗的浅薄和卑劣,因为他冷淡地躲避开那个女人,使她受到屈辱,原因仅仅是她怀上了他的孩子而使苗条的身材变丑;还是相反,要表明像保罗这样的生活是何等快乐和轻松。

在此后的几部长篇小说里,如《Pierre et Jean》、《Fort comme la mort》和《Notre coeur》①,作者对待人物的道德态度变得更为混乱,在最后一部中则完全消失了。在这几部小说中到处都是冷漠、草率、杜撰的印迹,而最主要的是,又出现了他早期作品中那种缺少对生活的正确而合乎道德的态度。自莫泊桑确立其时髦作者的声誉的那一刻起,这种状况便开始了,他受到了我们这个时代任何一个著名作家(更何况像他这样富有魅力的作家)都会受到的诱惑。一方面,是早期几部长篇小说的成功,报刊上的赞誉,整个社会、特别是女性的奉承;另一方面,是提得越来越高而永远也赶不上渴望持续提高的稿酬;第三方面,是编辑们的纠缠,他们相互争斗,对作者所写的作品,不问其价值如何,便大加奉承,争相索求,只要作者是一个在媒体上成名的人物,对其所写的一切就欣然接受。所有这些诱惑是如此巨大,显然,使得作者头脑发了昏:他屈服于这些诱惑,尽管在形式上他对自己的小说仍然那样加以细致润色,有时还更好一些,甚至他也爱他所描写的一切,但他之所以爱他的描写对象,不是因为这些事物是善的、是合乎道德的,即人人所爱的,而他之所以恨他的描写对象,也不是因为这些事物是恶的、是人人所憎恨的,这一切仅仅是因为,前者令他喜欢,而碰巧后者不令他喜欢罢了。

莫泊桑的所有长篇小说,从《漂亮的朋友》开始,就已经打上了草率、而主要是杜撰的印迹。从那以后,莫泊桑便不像他最初两部长篇小说那样去做了,即不以一定的道德要求作为其小说的基础并在此之上描写人物的活动,而是像一切小说匠那样来写自己的小说,即臆造一些最为有趣、最能打动人心或者最合时尚的人物与情景,用这些东西编写成小说,同时用他所能够观察到并适合于小说主干的一切加以修饰,而全然不关心所描写的事件与道德要求的关系如

---

① 《皮埃尔和若望》、《胜过死亡》、《我们的心》。

何。《皮埃尔和若望》、《胜过死亡》和《我们的心》都是如此。

在法国的小说里,一个家庭往往是三人一体的,总是有一个除了丈夫大家都知道的情夫,——在阅读时对这些无论我们怎样习以为常,还是不能完全明白,为什么所有的丈夫一向都是傻瓜,cocus 和 ridicules①,而所有那些最终也都娶妻成了丈夫的情夫,不仅不是 ridicules,不是 cocus,反而却成了英雄人物?更令人难以理解的是,为什么所有的少妇都是放荡的,而所有的母亲都是圣洁的?

《皮埃尔和若望》和《胜过死亡》就是在这种极不自然的、难以置信的、主要是从根本上缺乏道德性的情形下建构起来的。因此,处于这种情形下的人物的痛苦就很少能打动我们。Pierre 和 Jean 的母亲能在欺骗丈夫的过程中度过自己的一生,所以当她必须要向儿子承认其罪孽时就难以博得同情,而更难得到同情的是,她还自我辩白,证明她不能不去利用来到面前的幸福的机会。我们更不能同情的是《胜过死亡》中的那位先生,他一生都在欺骗自己的朋友并引诱其妻子堕落,如今则为年老体衰不能引诱他情妇的女儿而伤感。最后一部小说《我们的心》除了形形色色性爱的描写之外,简直没有任何内在的使命感。小说写一个饱食终日、游手好闲的浪荡公子,他不知自己需要些什么,时而与一个更为放荡、甚至不是情欲所致而是在理性上堕落的女人姘居,时而又与她分手去与女仆姘居,时而看起来又重新与这两个女人姘居。如果说在《皮埃尔和若望》和《胜过死亡》中还有一些感人的场景,那么这最后一部小说只能引起人们的厌恶感。

在莫泊桑的第一部长篇小说《一生》里,问题是这样提出的:一个人的生命,善良、聪明、期待着一切美好事物的可爱的生命,究竟为了什么而成为牺牲?最初是为了粗暴、猥琐、愚蠢、牲畜一般的丈夫,后来则是为了与丈夫一模一样的儿子,无目的地毁灭了,没给世上留下任何东西。这一切都是为什么?作者是这样提出问题的,但仿佛并没有给出答案。但他的整部小说,对这女子的全部同情和对造成其毁灭的那一切的憎恨,已经成为这一问题的答案。即使只有一个人能够理解她的痛苦并将其表述出来,那么这种痛苦便得到补偿了,正如约伯当朋友们谈起没人能察觉他的痛苦时他对他们所说的那样②。有人察觉了、理解了这痛苦,这痛苦也就得到补偿了。在这部小说中作者就察觉了、理解了、并向人们指出了这种痛苦。这痛苦因为能被人们所立刻理解而得到了补偿,它

---

① 头上长角的(即汉语所说"戴绿帽子的")、被嘲弄的。
② 参见圣经《旧约·约伯记》。

或早或晚终将被解除。

在此后的一部小说《漂亮的朋友》里,提出的已不是正直者为什么痛苦的问题,而是这样的问题:为什么财富和荣耀总是属于卑鄙者?这种财富和荣耀的本质是什么,它们是怎样获取的?而恰恰就在这个问题里已经包含着答案,因为它否定了被群氓所推崇的东西。这第二部小说的内容还是严肃的,但作者对描写对象的道德态度已经大大削弱了。在第一部小说里只有某些地方染上了情欲的污点而有损于作品,而在《漂亮的朋友》里这些污点扩大了,许多章节写得一团污秽,仿佛作者就喜欢这个似的。

在接下来的《温泉》里所提出的问题是:为了什么,出于何种原因,一个可爱的女子要经受痛苦,而一个野蛮的淫棍却会得到成功与欢乐?但已经不是提出问题,而仿佛是在承认,这样的事情是必然发生的,道德的要求已几乎感觉不到了,展现出来的是毫无必要、绝非任何艺术准则所要求的污秽的情欲描写。这种破坏艺术性的一个极端例证是,由于作者对事物的错误态度,在小说中竟以极为露骨的手法去详尽地描写女主人公在浴盆里的姿态。玫瑰色的躯体上跳动着小水珠——这种描写没有任何必要,与小说的外在意义和内在意义都毫无关系。

"有什么用意呢?"读者问。

"没什么别的意思,"作者答道,"我这样写,是因为我喜欢这一类的描写。"

在此后的两部小说《皮埃尔和若望》和《胜过死亡》里,已经看不出任何道德要求了。两部小说全部基于淫荡、欺骗和谎言,是这些东西把作品中的人物引向悲剧的境地。

在最后一部小说《我们的心》里,人物的处境是极为荒谬、粗野而无道德感,这些人物已不再与任何事物作斗争,而只是一味地寻求享乐——虚荣的、情欲的、性的享乐,而作者仿佛对他们的追求完全赞许。由这最后一部小说可以得出的唯一结论是,人生最大的幸福,就是性的交往,因此,应该最大限度地投身于这种幸福的享受。

在中篇小说《Yvette》[①]中这种对生活的非道德态度更为令人吃惊。这部在无道德感方面骇人听闻的作品的内容是这样的:一个迷人的女孩,心地纯洁,但只是在她母亲放荡的环境里学会了放荡的样子,把一个浪荡子引入了歧途。他爱上了她,但在他的心目中,这个姑娘是故意说着她在母亲的交际圈中学来的淫词浪语,不明白那意思,只是鹦鹉学舌,于是他认为这是个放荡的姑娘,粗鲁

---

① 《伊维特》。

地提出与她发生关系。这个要求令她感到惊骇和屈辱(她是爱他的),并使她看清了自己以及母亲的地位,她深深地感到痛苦。作者十分出色地描写了这种严酷的悲剧性境地:纯真的心灵之美与堕落的世界之间的冲突。事件本可以就此结束,但作者在没有任何内在和外在必要的情况下,又继续加以描述,他让这位先生夜里潜入姑娘的房中强暴了她。显然,作者在小说的第一部分中是站在女孩一方的,而在第二部分突然就转到了浪荡子的一方。于是一个印象破坏了另一个印象。而整部小说被肢解了,像没揉好的面包一样碎裂开来。

在《漂亮的朋友》之后的所有长篇小说中(我现在不谈那些作为他的主要功绩和荣耀的短篇小说,留待以后再说),莫泊桑显然是屈服于那种不仅在巴黎他的圈子里、也在各地的艺术家中间占统治地位的理论,这种理论认为,一部艺术作品不仅不需要任何明确的是非观念,相反,一个艺术家应当完全略去所有道德问题,甚至这就是艺术家的某种长处所在。

按照这种理论,一个艺术家可以或者应当去表现真实的,现存的,或者漂亮的,因而是他所喜欢或者可能有益的东西,如同材料之于"科学",但道德与否、好与坏的问题,却不是艺术家的事。

············

就是为了满足这些与众不同的聪明人的要求,莫泊桑写了自己的长篇小说,他天真地以为,在他的圈子里被认可为美的东西,就是艺术应当为之服务的美。

在莫泊桑所周旋的那个圈子里,过去和现在都认为艺术应当为之服务的这种美主要是女人,是年轻貌美、袒露着大部分身体的女人,以及与其进行性的交往。持这种看法的不仅有莫泊桑的"艺术"同仁:画家,雕塑家,小说家,诗人,而且还有哲学家——年轻一代的导师们。著名的勒南[①]在其《Marc Aurele》一书中直截了当地说出了下面的话。

他在指责基督教不理解女性美时说(《Marc Aurele》第555页):"这里明显暴露出基督教的缺点:它的道德性是过于绝对化的;美被它完全排斥在视野之外。然而对一种完善的哲学来说,美不仅不是某种外在的优点、危险性和不便启齿的事,相反,美是上帝的赐予,如同德行一样。美与德行有同等的价值;美丽的女性同样表现了上帝的一种目的和上帝的一种旨意,这与秉有天赋的男人和德行出众的女人别无二致。她懂得这一点,所以为此而骄傲。她本能地感受

[①] 约瑟夫·勒南(1823—1892),法国作家、历史学家、哲学家。下面一书指其《马克·阿夫列里与古希腊罗马社会的终结》。

到自己的肉体所具有的无尽宝藏;她十分清楚,即使没有智慧、没有才华、没有严肃的德行,她也是神性的最佳显现之一,那么,为什么要禁止她尽情地展示她所得到的天赋,为什么要禁止她把归于她的钻石摆弄给人看呢?

"女人装饰打扮就是履行其责任;她是在完成一种艺术事业,一种优雅的艺术,在某种意义上说是最为优美的一种艺术。不要因某些表现引起轻浮者的讪笑而使我们陷于困惑。我们都把一个善于解决最难的问题、善于装饰人的身体,即对一件完美之物再加装饰的希腊艺术家视为天才,但却把参与创造上帝最美的造物——女性之美——的尝试看成多余的琐事!女人的极尽优雅精巧的装饰,就是一种独特的伟大艺术!

"达到这种成就的时代和人民,就是伟大的时代,伟大的人民,而基督教以其对这种追求的摒弃表明,它为自己确立的社会理想,直到很久以后,当世人奋起打碎当初因狂热的虔诚加于教徒们身上的桎梏之时,才成为完美社会的典范。"①

(所以,在这位年轻一代的引导者看来,只有在今天,巴黎的裁缝和理发师才纠正了基督教犯下的错误,并重新确立了美的真正的崇高意义。)

为了使人对美所应有的含义不产生疑惑,这位极为著名的有高深学问的作家、历史学家写了一部剧作《*L'Abbesse de Jouarre*》②。这部剧作表明,与女人发生性的交往就是对这种美的服务,也就是一件高尚的好事。这部剧作以其平庸乏味、特别是达尔斯与修女院长交谈的粗俗而令人吃惊,从他们交谈的第一句起就可以看出,这位先生对貌似纯真、道德高尚的姑娘所谈的是什么样的爱情,而她并不以此而感到羞辱。这部剧作所要表明的是,当那些有着极高道德修养的人被判处极刑而面临死亡,在这之前的几个小时里,他们除了沉溺于动物的性欲之中以外,不会做任何一点更漂亮的事。

由此可见,在培育莫泊桑成长的那个圈子里,对女性的美和爱情的描写是十分严肃的,这种描写也早已被那些渊博的智者和学者所确定和承认,并且曾经被认为,现在也仍然被认为是最崇高的艺术——la grand art——的真正任务。

当莫泊桑成为一个时髦作家之后,便屈服于这种荒诞透顶的理论。像人们必然所料到的那样,这种虚假的理想导致莫泊桑在他的长篇小说里犯了一系列的错误,使他的作品变得日益浅薄起来。

---

① 此段引文原文为法文。
② 《若阿勒的修女院长》。

这一问题说明在长篇小说和短篇小说的准则之间存在着根本性的区别。长篇小说的任务（甚至是它的外在任务）就是描写一种完整的人生或者多种人生，因此写长篇小说的人必须对人生的是与非持有鲜明而坚定的观念，但莫泊桑却没有这种观念；相反，从他所依据的那种理论来看，这种观念并不必要。如果莫泊桑只是一个像那些专事情欲小说创作的平庸作家一样的小说家，即使没有才华，他也会心安理得地把坏的当作好的来描写，他的长篇小说也就不免会被那些与作者持同样观点的人看作完整而有趣的东西。然而莫泊桑是一个有才华的人，也就是说他是从实质上来看问题的，因此自然而然就将真理揭示出来：自然而然就在他想要认定为好的东西中看到了坏的东西。由于这个原因，在他的所有长篇小说中，除了第一部，他的认同总是摇摆不定的；时而把坏的说成好的，时而又认清了坏的就是坏的，好的就是好的，时而连续不断地在两者之间跳来跳去。这就破坏了所有艺术印象的基础及其赖以存在的 charpente①。对艺术感觉较迟钝的人常常想，一部艺术作品就是一个自足的整体，因为其中活动的总是那些人物，因为整个构思都围绕着一条线索，或描写的都是一个人的生活。这种想法是不对的。只有那种只看表面的观察者才会这样认为：那种使任何一部艺术作品凝成一个自足的整体，从而导致反映生活的幻象产生的粘合剂，不是人物与情景的统一，而是作者对事物的独具一格的道德态度。实质上，当我们去阅读或观察一个新作者的艺术作品时，我们心里所产生的问题总是这样的："来看看，你是怎样一个人呢？你与我知道的每个人有什么区别呢？在应当如何看待我们的生活这一问题上，你能告诉我些什么新东西呢？"一个艺术家无论描写什么，无论是圣徒，还是强盗、帝王、奴仆，我们探求和见到的只是艺术家本人的灵魂。如果那是一个久已熟识的作家，那么问题就不是"你是怎样的人"，而是"来看看你还能告诉我些什么新东西？现在你会从哪个新的角度来向我阐释生活呢？"因此，一个对世界没有明确而固定的新观点的作家，特别是那种认为这种观点根本不需要的人，就不可能创作出艺术作品。他可以写许多漂亮的东西，但那成不了艺术品。从莫泊桑的长篇小说来看，情况就是如此。他最初的两部长篇小说，尤其是第一部——《一生》，就具有这种对生活的明确而固定的新态度，堪称为艺术品，但很快他就屈服于时髦的理论，断定作者对生活的这种态度是完全不需要的，并开始只是为 faire quelque chose de beau② 而写作，于是他的长篇小说不再是艺术品。在《一生》和《漂亮的朋友》里，作者懂

---

① 构架，结构。
② 创造某种漂亮的东西。

得应当爱谁,应当恨谁,而读者也赞同他,相信他,相信他所描写的那些人物和事件。但在《我们的心》和《伊维特》里,作者却不知道应当爱谁,应当恨谁,读者也就不知道这一点。而读者不知道这一点,也就不相信所描写的事件,对它们不感兴趣。因此,除了最初的作品,甚至严格地讲,除了第一部小说《人生》以外,莫泊桑所有的长篇小说,作为长篇小说来看,都是薄弱的。假如莫泊桑留给我们的仅是长篇小说,那么他只能成为一个惊人的范例,即一个辉煌的天才是怎样地毁灭于他所生长的虚伪环境,和怎样地毁灭于由那些不爱也不懂艺术的人臆造出来的虚伪艺术理论。但幸运的是,莫泊桑还写了许多短篇小说,在这些短篇小说里他没有屈服于他所接受的虚伪理论,不是去为 quelque chose de beau①,而是为打动和激发其道德情感的事物而写作。从这些短篇小说(不是全部,而是其中最优秀的)中可以看出,作者心中这种道德情感是怎样成长起来的。

  任何一个真正的天才,只要他不强迫自己接受虚伪理论的影响,那么他就会表现出其惊人的特点,这就是,那种天赋就会告诫并引导其拥有者沿着道德发展之路前进,让他去爱那值得爱的,恨那应当恨的。一个艺术家之所以成为艺术家,是因为他对事物不是按照他所希望的样子去看,而是按照其本来面目去看。天才的拥有者作为一个人是会犯错误的,但是只要这种天才得到发展,就像莫泊桑在他的短篇小说中为它提供的机会那样,它就会将对象揭示和展露出来,使人们去爱它,如果它值得爱的话,同样,使人们去憎恨它,如果它应当恨的话。对每一个真正的艺术家来说,如果受到环境的影响,他所描写的不再是应当描写的东西,这时就会出现巴兰所遇到的情况,当他想要祝福时,却开始诅咒那应当诅咒的,而当他想要诅咒时,又开始祝福那应当祝福的②;他无意中所做的却不是他想做的,但却是应当做的。在莫泊桑那里发生的就是这种情况。

  恐怕再没有第二个作家如此真诚地认为,生活的所有幸福和全部意义都在于女人、在于爱情,并且以如此巨大的热情从各个方面来描写女人及其爱情。恐怕不曾有过这样的作家,他如此鲜明而精确地展示出他认为最崇高、赋予生活以最大幸福的那种现象的种种可怕的方面。他越深入到这种现象,就越多地揭开并剥去这种现象的外壳,而留下的只是它骇人的后果和更加骇人的实质。

  请读一读他的白痴儿子、与女儿在一起的夜晚(《L'ermite》③),海员与妹妹

---

① 某种漂亮的东西。
② 参见圣经《旧约·民数记》。
③ 《隐士》。

(《Le port》①),《橄榄园》,《La petite Roque》②,英国女人(《Miss Harriet》③),《Monsieur Parent》④,《L'armoire》⑤(一个在壁厨中睡着的女孩),《Sur l'eau》⑥中的婚礼和这一切的最后体现《Un cas de divorce》⑦。马克·阿夫列里曾构想一种手段,能够摧毁人们观念中这种罪孽⑧的诱惑力,他那时所说的,由莫泊桑通过鲜明的、震撼人心的艺术形象所做到了。他想要歌颂爱情,但对爱情理解越深,就越是诅咒它。他诅咒爱情,因为它带来了灾难与痛苦,以及屡次的失望,而主要的,是因为那种对真正爱情的假冒品,是因为爱情中存在的欺骗,而人对这种欺骗寄予的信任越深,他所经受的痛苦就越剧烈。

在这些杰出的短篇小说及其最优秀的作品《水上》中,以不可磨灭的印迹标示出了作者文学生涯中强大道德观念的成长。

不仅仅是在这种揭露上,在这种无意中的、因而也更为有力的对性爱的揭露上,而且在他对生活所提出的越来越多的所有崇高道德要求上,都可以见出作者这种道德观的成长。

也不仅仅是在性爱里,他看到了人的动物性需求与理性需求的内在矛盾,而且在世界的整体构造中看到了这种矛盾。

他看到,这个世界,这个物质的世界,按其本来面目不仅不是一个最好的世界,而且相反,可能是完全另外的一种世界——这种思想极为突出地反映在《Horla》⑨中;这个世界是不能满足理智与爱情的需要的。他看到,在人的灵魂中存在着某种不同的世界或者起码是对这种不同世界的要求。

他感到痛苦的不仅是物质世界的疯狂与丑陋,他感到痛苦的还有这个世界的可厌与破碎。当一个迷路的人意识到自己的孤独而发出绝望的呼喊,就像在他极为出色的短篇小说《Solitude》⑩中所表达的思想那样,我不知道,还有什么能比这种呼喊更为动人心魄。

令莫泊桑感到最为痛苦的、他反复论及的现象,是人孤独的、精神上孤独的

---

① 《港口》。
② 《小男孩洛克》。
③ 《哈勒特小姐》。
④ 《帕朗先生》。
⑤ 《壁橱》。下面所谈壁橱中的"女孩"应为"男孩"。
⑥ 《水上》。
⑦ 《离婚》。
⑧ 指上述小说所描写的男女间非正常的性关系,如乱伦、嫖妓等。
⑨ 《奥尔拉》。
⑩ 《孤独》。

痛苦状态,是一个人与他人相隔膜的痛苦状态,像他所说的,肉体上的关系越紧密,这种感情上的隔膜就越令人痛苦。

究竟是什么令他痛苦?他所希望的是什么?打破这种隔膜的是什么,结束这种孤独的是什么?是爱,但不是已令他厌倦的女人的爱,而是纯洁的爱,精神的、属于上帝的爱。莫泊桑寻找的正是这种爱,奔向的正是这种爱,他痛苦地冲破令他感到束缚的所有桎梏,奔向这久已向众人启示的生活的拯救者。

他还不懂如何称呼那他所寻找的,他不想只是在口头上去称呼它,以免亵渎自己心中的圣物。但他这种因在孤独中感到恐惧而表现出的未名的追求,却是如此真诚,比起许许多多只是在口头上宣扬的爱的说教来,其感染力和吸引力更为强烈。

莫泊桑一生的悲剧就在于,他处在丑恶而无道德达到骇人听闻程度的环境中,以其非凡的才华之光一度曾突破这个环境里的世界观,甚至已几乎达到解脱,已经呼吸到自由的空气,但在这场斗争中他耗尽了最后的力量,于是他无法再做最后的一次努力而遭到毁灭,最终未能获得解放。

这种毁灭的悲剧在于,它仍在大多数当今所谓文化人的身上继续。

(二)卢那察尔斯基的《艺术史中社会学因素和病理学因素》(原文见卢那察尔斯基《艺术及其最新形式》,郭家申译,百花文艺出版社,1998年版)

社会学批评方法的一个重要方面是研究作家个性与社会的关系,即,研究创作主体的个性是如何在社会语境中生成的,或者个性是如何在对抗现实的过程中成长壮大的。俄国著名批评家卢那察尔斯基在这一问题上给予了充分的重视,其成功的批评范例是在《艺术史中的社会学因素和病态学因素》中对德国浪漫主义诗人荷尔德林的解读。

卢那察尔斯基在长期的批评实践中发现,许多作家在其生物意义的个性上存在着"问题",于是这成为艺术研究中一个值得关注的现象。那么精神疾病是否只是由遗传因素决定的?精神疾病在社会学的范围内是否具有有待挖掘的内涵?精神疾病在艺术创作中发挥着什么样的作用?卢那察尔斯基对这一问题的研究是开拓性的,然而长期以来,人们只知在西方有人研究疯癫现象,比如弗洛伊德及法国著名思想家福柯,后者的博士论文便是专门研究疯癫史的。福柯的研究具有世界范围的影响,而他恰恰是在整个社会及文明发展史的意义上来考察疯癫的,他认为,"在蛮荒状态下不可能发现疯癫。疯癫只能存在于社会之中,它不会存在于分离出它的感受形式之外,既排斥它又俘获它的反感形式之外。因此,我们可以说,从中世纪到文艺复兴,疯癫是作为一种美学现象或日常现象出现在社会领域中。"①福柯的《疯癫与文明》是在20世纪60年代发表的,而卢那察尔斯基早在20世纪20年代就已开始进行社会学视野中的疯癫研究,今天看来,这些论述仍然具有深刻的启示。

卢那察尔斯基首先承认疯癫作为一种心理疾病是有其生物学因素的,但为什么许多艺术家在患有心理疾病的时候能够创造出伟大的艺术品呢?是不是艺术在本体意义上与生物性的反常行为相关呢?如果是这样的话,或者是马克思主义艺术理论在这一问题上存在着错误,或者是应当做出修正,因为这种观点与马克思主义关于文学是一种意识形态的观点相矛盾。卢那察尔斯基就是从这里入手来考察疯癫的社会学性质的,他说:"我们应该开诚布公地把问题摆在自己面前:怎样才能把文学史上实际遇到的病理学影响及其所带来的畸形怪胎,同任何作品的社会学动因和制约性结合起来;怎么能够断定某一部作品完全是社会环境的产物,甚至置精神病专家从该文学现象中看到的确定无疑的临床特征于不顾。另一种态度可能就是鸵鸟政策,用这种态度是无法创造出真正包容一切的理论的。这里有困难。这个困难我看是可以克服的:把病理学完全溶化于社会学因素之中就能解决这一困难。""我们不能忽视病理学,不过,正如我说过的,应当把它溶化在社会因素中。"②

卢那察尔斯基反对精神分析学的观点,后者认为支配着人类行为的并不是"意识",而是来自动物本能的"内驱力",人类的意识相对于行为而言只不过是表面的原因。弗洛伊德便声称来自无意识的东西强大到我们无法靠意识控制。但卢那察尔斯基认为,决定着人类行为的意识,无论它是哪个层面的东西,都必然带有人类成长过程中所浸染的社会性,人类除了个性的利益之外,还存在着集群的利益,也就是说,无意识与意识之间并没有严格的界限。这一观点与巴赫金对弗洛伊德的批判恰相吻合。巴赫金在《弗洛伊德主义——批判纲要》中指出:"抽象的生物个性,当代思想之基础的生物个体其实并不存在。因而社会之外的人,客观社会经济条件之外的人就根本没有。这是一种歪曲的抽象。人的个性只能是社会总体的一部分,只能处于阶级之中。他是历史现实和文化生产的一部分。若要成为历史的人,仅仅生理上的出生是不够的。动物只有生理上的出生,但它不是历史的。这就需要第二种出生,即社会出生。……无论一个人的每一举动,无论一种具体思想的形成(想法、艺术形象,甚至梦幻内容)都不可能脱离社会经济条件来阐释和理解。"③当然这也就是

---

① 福柯:《疯癫与文明》,刘北成、杨远婴译,北京:三联书店,1999年,第273页。
② 卢那察尔斯基:《艺术史中的社会学因素和病理学因素》,郭家申译,见《艺术及其最新形式》,天津:百花文艺出版社,2000年,第341—342、351页。
③ 巴赫金:《弗洛伊德主义:批判纲要》,张杰、樊锦鑫译,钱中文主编:《巴赫金全集》第一卷,石家庄:河北教育出版社,1998年,第384—385页。

马克思所说的"人的本质并不是单个人所固有的抽象物。在其现实性上,它是一切社会关系的总和"。①

在论证疯癫的社会机制之前,卢那察尔斯基对心理疾患与艺术创作的关系给以明确的肯定,因为在他看来,艺术家的心理"反常"首先是艺术家有着超乎常人的感受能力和以特殊方式感染他人的能力,就这一点而言艺术家应当在精神与心理上是特殊的人。他指出:"不言而喻,艺术家不仅应该有强烈的感受力,而且还应该是容易冲动的人;否则他可能感受颇多,但就是没有把自己的感受传递给他人的要求。"他甚至认为"选择艺术这个专业的人不可能是完全正常的","在大多数情况下艺术家注定只能过所谓'流浪者'的日子,即茨冈人的生活。流浪者之所以叫流浪者,是因为他们为现实社会所遗弃,他们生活在所谓现实社会的孔穴里。"②在这种认识中我们可以体会到卢那察尔斯基对艺术的本体性理解,即艺术从一方面说是对现实的反映,而从另一方面说也是对现实的背离。卢那察尔斯基曾多次强调,艺术不是对现实生活的机械模仿,艺术是对生活的重新创造。所谓在"毛孔"中生活,就是说,艺术家是以边缘化的生存方式去感受人们已见惯不奇的生活,惟如此,他才能创造出不同寻常的艺术世界。从这一意义上说,艺术与"疯癫"是密切相关的。

但问题是,疯癫本身是否仅是由生物学因素所决定的,抑或疯癫根本上就是主流话语对非主流话语的边缘化结果。在这一点上,卢那察尔斯基做出了肯定的表述,一方面,精神疾患实际上是阶级地位的变化、社会环境的恶化所造成的,一方面,它是对外界条件变化所产生的合理反应,在制造庸人的主流话语压迫之下,那顺应者便被视为正常,而那反抗者便成为"病态"。在这一问题上,卢那察尔斯基引入了当时最新的医学上的机体反应理论,即机体会对来自外界的破坏性力量做出相应的反应,从而导致机体的异常。把这一理论应用于我们的论题,就会看到,当人在他熟悉的环境自然生存时,就不会产生机体上的变异,而当这一环境发生剧变,尤其是灾难性变化时,人的机体,也即精神状态就会做出相应的回答。在大多数情况下,人们为了摆脱精神状态的剧烈变异而给自己带来的不利境遇,避免被周围的人视为"精神失常",便会采取一种被社会所认可的方式达到解脱,这种方式在一般情况下是走向宗教。而那些拒绝借助宗教来麻醉自己的人,便会发生变态的心理反应,或者实际上是被社会认为是"变态"的心理反应。这种变态反应的结果是行为者为自己营造一个与现实相对抗的世界,一个想象中的世界,而那些在天性中具有形式感的"变

---

① 马克思:《关于费尔巴哈的提纲》,见《马克思恩格斯选集》,北京:人民出版社,1972年,第18页。
② 卢那察尔斯基:《艺术史中的社会学因素和病理学因素》,郭家申译,见《艺术及其最新形式》,第345—346页。

态者"就此而成为艺术家。卢那察尔斯基说:"有机的、所谓健康的时代,风格稳定、生活稳定的时代,不需要精神变态的表现者。如果这时候一个精神病患者说起话来,——写小说或画画,人们会觉得非常奇怪。情况特别严重时甚至会把他送进医院。在文化和生活方面都失去平衡的时代,在一个分崩离析的时代,一切正常的人都在为种种矛盾所苦恼,都在寻找对矛盾特别敏感并且能够特别外露、极富感染力地表现负面感受的代言人,——在这样的时代,历史正好以其高明的艺术家的双手,敲击着病理学的琴键。"①

这里我们应该注意到一点,即,精神疾患固然是社会原因造成的,但必须看到,不是所有人都选择了对社会的抗拒性反应,如前所述,大多数人走向了顺从,只有少数人走向了艺术。因此,这里面存在着个性的独创性问题,忽视了这一点,则社会学的批评就不免又走向了机械的、庸俗的社会学批评。个性在此纵然不是决定性的因素,但也是艺术生成的必要因素。诚如卢那察尔斯基所说的:"产生艺术作品的生命变异状态一定得是社会的。产生艺术的社会原因更应该是社会的。但是这些社会的生命变异状态的感受是不同的,各人有各人的情况;它们的感受是作为我自己的困惑,我自己的动摇和我自己的痛苦而出现的,由此产生的作品也是作为我的作品被人们所接受的。文学史家的任务不是要抛弃作者主体的独特性,将其一笔勾销,而是要说明这种独特性的社会渊源及其特殊的社会影响,把个人因素置于规律性的社会网络之中,而个人因素则是这种网络的独特的纽带。"②卢那察尔斯基就是这样去分析荷尔德林精神变异的原因以及其巨大的艺术个性力量的。

荷尔德林是18世纪末到19世纪初的德国浪漫主义诗人,在法国大革命发生时,他与黑格尔、谢林等人一样,是那个时代对德国现实表示强烈不满、对大革命到来欢呼雀跃的青年一族,在黑暗的现实面前,当他们看不到革命在德国实现的时候,便极力推崇和宣扬古代希腊的社会制度,古希腊时代个性与社会完美结合的形态成为他们心目中最理想的"一般世界状况"。现实越是无望,荷尔德林对它的厌恶就越是增长,而对古希腊时代越是向往,从而渐渐沉浸于幻想之中,被周围的人视为"怪人"。越是如此,荷尔德林越是深深感到屈辱,越来越自我封闭,以致"神经失常"。然而,正是在这时,荷尔德林创造了他的伟大作品《许佩里翁或希腊的流亡者》以及不朽的诗作。也就是说,在现实对一个伟大人物构成威胁的时候,他没有选择顺从式的逃避,而是采取了"逃避式的"抗争,即通过艺术表现把自己内心的情感与思想

---

① 卢那察尔斯基:《艺术史中的社会学因素和病理学因素》,郭家申译,见《艺术及其最新形式》,第358页。

② 同上书,第361—362页。

宣泄出来,在有限的形式之内传达出无限的理想。荷尔德林借助许佩里翁这一具有希腊人身份的形象,表达了自己对现实深深的绝望和对精神自由的向往;而其诗句之优美和谐,宣叙的感染力之强,更是那一时代不可多得的美文。卢那察尔斯基甚至认为,"这部著作属于德国文学最伟大的创作之列,并且是脱离了现实的知识分子的体验的最突出的典范"。

由此可见,个性的力量是艺术生成的根本要素之一。荷尔德林没有像晚年的黑格尔那样试图在大普鲁士的虚幻理想中苟活,而是选择了精神流放,从而成为现实的艺术对抗者。卢那察尔斯基分析道:"这样的人把内在的规律性同现实对立起来,认为这种内在规律性是神的语言,是自己内在的主观目的性,同时表现了自己的革命的召唤。如果有关的个性不是个病人,他也许会达成妥协,不表现这种矛盾,——他会掩盖它。"但荷尔德林没有这样做,他在自己的诗歌中营造了一个新的自由家园。与他同时代的伟大诗人歌德却并不这样看,他认为荷尔德林"不会自我控制,所以生活从他手中挣脱了出来,他的创作本身也变得模糊不清了"。但卢那察尔斯基对歌德进行了反驳,他说:"至于歌德,他把握住了自己,所以他的生活没有从手中挣脱,他的创作也没有变得模糊不清。但是他的创作被扭曲了。"这里指的歌德晚年的自传性作品《诗与真》,卢那察尔斯基认为在这部作品中,"歌德的整个经历是机会主义者牺牲的一生——为了保存点什么,他扼杀了自己身上的优秀的东西。歌德从伟大的高峰降低到与德国当时现实妥协投降的地步。而荷尔德林做不到这一点,他根本无法接受。"①

个性的力量是伟大的,但它不能成为纯粹私人性质的个性。只有当这种个性与历史发展的某种内在趋势达成契合时,它才具有震撼人心的力量。或者说,个性的力量必须与相应的社会意义相结合才能成为真正的艺术力量,否则,过于私人化的个性也不免流于庸俗。荷尔德林所拥有的就是一种与社会历史的内在要求相一致的个性力量。德国的哲学家狄尔泰认为,荷尔德林的艺术表达是通过个人的天性反映着社会的形象,因为荷尔德林"不认为自己的内心世界只属于作为个性的自己",那么这种内心世界实际上是什么样的呢?是一个疯癫者的深思熟虑,是一种僵化思维的产物,是真正的"神的声音",还是某种偶然的奇思怪想呢?卢那察尔斯基对此回答道:"不。荷尔德林认为是神的声音的东西就是社会舆论之声。法国革命和荷尔德林身在其中的资产阶级青年的抗争决定了他的创作的社会内容。"或者说,荷尔德林所患的不是一种生物学意义上的精神疾病,而是带有普遍的社会与历史意义的

---

① 卢那察尔斯基:《艺术史中的社会学因素和病理学因素》,郭家申译,见《艺术及其最新形式》,第397—398页。

"病症",他的所有"症状"——"过人的记忆力,勤奋的精神,本领域(语文、历史)渊博的知识——这一切都说明荷尔德林恰恰是'世纪病'的合适的代表,而不是自己疾病的奴隶。"①正因为如此,荷尔德林的创作就不是一个隐居者的私人话语,而是在特定意义上反映着时代精神和历史需求的艺术理想。

参考书目

1. 斯达尔夫人:《论文学》,徐继曾译,北京:人民文学出版社,1986年。
2. 丹纳:《艺术哲学》,傅雷译,北京:人民文学出版社,1983年。
3. 《车尔尼雪夫斯基论文学》上卷,辛未艾译,上海:上海译文出版社,1978年。
4. 《托尔斯泰读书随笔》,王志耕等译,上海:上海三联书店,2000年。
5. 卢那察尔斯基:《艺术及其最新形式》,郭家申译,天津:百花文艺出版社,1998年。
6. 豪泽尔:《艺术社会学》,居延安译,上海:学林出版社,1987年。
7. 戈德曼:《论小说的社会学》,吴岳添译,北京:中国社会科学出版社,1988年。
8. 戈德曼:《文学社会学方法论》,段毅、牛宏宝译,北京:中国工人出版社,1989年。
9. 赫伯特·里德:《艺术与社会》,陈方明、王怡红译,北京:中国工人出版社,1989年。
10. 埃斯卡尔皮:《文学社会学》,符锦勇译,上海:上海译文出版社,1988年。

思考题

1. 文学艺术与社会的关系研究经历了哪些阶段?
2. 在社会学批评中道德维度的作用是什么?
3. 是环境影响艺术文本还是艺术文本影响环境?
4. 用"文本、个人主体、超个人主体"的模式进行社会学批评的写作练习。

---

① 卢那察尔斯基:《艺术史中的社会学因素和病理学因素》,郭家申译,见《艺术及其最新形式》,第396—397、406页。

第二章
意识形态批评

第一节 意识形态批评理论描述

文学的意识形态批评,指的是以一定的阶级、党派立场对文学作品进行分析、研究,其目的是说明,一切文学作品都具有意识形态性质。文学的意识形态批评,作为一种倾向自古希腊时就存在,而作为一种系统的批评理论和学说,则完型于 19 世纪。到了 20 世纪,由于西方马克思主义文学批评的崛起,意识形态批评进入了一个新的阶段,产生了一大批批评家和理论家,成为 20 世纪文学批评和文化批评的一个重要现象。

一 "意识形态"术语的产生

文学的意识形态批评,作为一种倾向,虽然自古希腊时就存在,然而,"意识形态"这个关键术语却是近代思想的产物。**意识形态**作为一个概念,则首先见诸法国哲学家托拉西(Destutt de Tracy,1754—1836)所著《意识形态的要素》(四卷本)。该书在 1801—1815 年出版。书名的"idèologie"(法文)可以直接翻译为"观念学"。其中,法文"idèologie"是由"idèo"加上"logie"构成的。"idèo"的希腊词语源是 ιδεα 即"理念"或"观念","logie"在希腊语里是 λογος,即"逻各斯",亦即"学说"的意思。因此,"idèologie"直译为汉语,意思就是"观念学说"或"观念学"。在这个词的法语出现后,在德文、英文里面也相继出现了。它们的指称内容几乎完全一致。当然,其中的评价则有所差异。

托拉西认为,"idèologie"的研究对象包括观念的起源、界限和性质,属于哲学基础上的科学;他试图通过"从思想回溯到感觉"的方法,摒弃宗教、形而上学及其他各种权威性的偏见,在感觉的基础上,重新阐发出政治、伦理、法律、经济、教育等各门科学的基本观念。因此，从欧洲当时的思想启蒙、反对宗教迷信的背景来看，托拉西的意识形态观念的提出，不仅标志着认识论上的彻底的感觉主义性质的转向和革命，而且也标志着实践上的革命，即在拒斥宗教和种种旧的传统观念的同时，也必然拒斥那些正在维护旧的谬误观念的政治制度，特别是国家制度。这个基本的立场，是与启蒙运动的基本精神相一致的，因而在历史上具有进步意义[①]。

在德国哲学里，对"意识"的研究具有根深蒂固的传统，尤其是康德和黑格尔建立起来的唯心主义哲学体系，可以说就是建立在对意识、观念、学说等研究的基础上的。但是，德文里面与"idèologie"直接对应的词汇却没有在他们的哲学著作里出现过，只是出现了与它相近的术语，例如，在黑格尔哲学里，他曾两次使用了法语"idèologie"来表示对种种观念的分析和解释的工作，而在表示"意识形态"时却使用的是"die Gestalten des Bewubtseins"或者"die gestaltungen des Buwubtseins"，可以直接翻译为"意识的诸种形态"。他在《精神现象学》里这样表述："精神的直接定在，即意识，具有两个环节：知识和与知识处于否定关系的客观性。精神本身既然是在这一因素中发展着并展开他的诸种环节，那么，这些环节就都包含着上述对立，并显现为意识的诸形态（"Gestalten des Bewubtseins"）。"[②]他在与具体的社会历史运动相对应的"各种意识形态"意义上使用这个术语，并立足于对异化的现实世界的说明和对教化的虚伪性的揭露，这个思想后来成为意识形态学说发展历史过程中一个重要的因素。

"意识形态"的德文是**马克思**创制的。1837年3月2日，马克思的父亲在给他的一封信里曾经使用过这个意义的法文词汇"idèologie"，而马克思则在《德意志意识形态》一书里直接创制了德文Ideologie（意识形态），并把它表述为"整个意识形态的上层建筑"。在这部重要的著作里，马克思批判了两个层次的意识形态：一是"一般意识形态"，二是"德意志意识形态"。马克思认为，一般意识形态是"观念的上层建筑"，它包括情感、幻想、思想方式和人生观等，并认为，"整个阶级在它的物质条件和相应的社会关系的基础上创造和构成了这一切。"也就是说，一，马克思认为，意识形态是一个总体性质的概念，它包括许多具体的意识形式，如政治思想、法律思想、道德、哲学、宗教等；二，意识形态是物质条件和社会关系基础上的反映。这两个思想决定了马克思关于一般意识形态的基本看法。据俞吾金先生总结，马克思的"意识形态"具有五个方面的特征：意识形态的意向性；意识形态没有绝对独立的历史；意识形态本质上是统治阶级的思想；意识形态总是掩蔽或扭曲现实关系；意识形态主

[①] 参见俞吾金：《意识形态论》，上海：上海人民出版社，1993年，第25—26页。
[②] 同上书，第28页。

张"观念统治着世界"。① 因此,可以说,在马克思那里,意识形态是一个带有贬义色彩的词。伊格尔顿认为,马克思的意识形态概念包含着两个彼此对应的意义:"一方面,意识形态是有目的的,有功能,也有实践的政治力量;另一方面,似乎仅仅是一堆幻象,一堆观念,它们已经与现实没有联系,过着一种与现实隔绝的明显自律的生活。"②

但是,另一个方面,在构建自己关于社会结构的层次时,马克思也把意识形态这个概念中性化,例如在《〈政治经济学批判〉序言》里,马克思把社会结构区分为生产力、生产关系、上层建筑和意识形态等四个层次,在他看来,"法律的、政治的、宗教的、艺术的或哲学的"形式都被称为"意识形态的形式",它们受上层建筑、生产关系,并最终受生产力的制约。③ 正是这个思想的中性化,使得"无产阶级的意识形态"这一概念成为可能。马克思主义学说就是无产阶级意识形态的表现。

20世纪20年代末期,德国社会学家**卡尔·曼海姆**(Karl Mannheim)在《意识形态与乌托邦》一书里,也从社会学的角度,论证了意识形态的性质。他认为:"(意识形态是)用来表示特定的历史和社会环境以及世界观和与之有紧密联系的思维方式不可避免地联系在一起的",正因为"一个对历史怎么看,怎样从特定的事实解释全局都有赖于这个人在社会中所处的地位",所以,"意识形态概念的重要因素是这样发现的:政治思想与社会生活在整体上紧密联系在一起。"④

西方的马克思主义者更多地运用意识形态这个概念来批判资本主义文化和思想形态。**葛兰西**强调意识形态的实践功能,认为正是意识形态创造了主体并使他们行动;阿尔都塞把意识形态视为一种存在于特定社会历史中"具有独特逻辑和独特结构的表象(形象、神话、观念或概念)体系","人类通过并依赖意识形态,在意识形态中体验自己的行动。"⑤他认为,意识形态是对个人与社会生存条件之间关系的想象的反映,它规约并支配着每一个人的思想和行为。伯明翰学派则把意识形态看做"意义和观念的一般生产过程",认为它成为了社会多元决定中的思想观念的生产方式。⑥ 法兰克福学派不仅继承了马克思把意识形态看作统治阶级的思想和社会意识形式,借此展开对资本主义进行批判,而且发掘了科学技术的意识形态性质。

---

① 参见俞吾金:《意识形态论》,上海:上海人民出版社,1993年,第三章。
② 伊格尔顿:《历史中的政治、哲学、爱欲》,马海良译,北京:中国社会科学出版社,1999年,第85页。
③ 马克思:《〈政治经济学批判〉序言》,载《马克思恩格斯选集》第二卷,北京:人民出版社,1972年,第85页。
④ 卡尔·曼海姆:《意识形态与乌托邦》,黎鸣、李书崇译,北京:商务印书馆,2000年,第127页。
⑤ 阿尔都塞:《意识形态与意识形态国家机器》,顾良译,北京:商务印书馆,1984年,第201、203页。
⑥ 陶东风主编:《文学理论基本问题》第六章,北京:北京大学出版社,2004年,第375页。

按照这个思路,当代的意识形态研究趋向于把它看作是社会意识的控制形式。它不仅表现为统治阶级向社会提供现成的世界观信仰体系,而且还表现为一种创造—控制机制,影响并主宰着社会意识的产生过程。

二 意识形态文学批评的内涵及其历史延伸

自觉地意识到意识形态对文学批评的影响,可以认为是从马克思、恩格斯开始的。

在文学研究的思维模式方面,经典马克思主义美学家设立了这样一个反映论模式:生产力—生产关系以及围绕它而运作的经济基础—上层建筑(政治体制、制度、法律设施和国家权利等)—意识形态(体现前者利益的哲学思想、历史观念、价值导向、道德理想、审美趣味、文学艺术等)。关于这个模式,恩格斯对它做了多次解释,在他晚年的书信里,尤其特别注意补充对"意识形态"和"上层建筑"与基础之间的关系性质、特征的解释。他意识到,由于马克思和他本人在与各种非唯物论哲学的交锋中,哲学思想的阐述的重点在于强调经济基础的制约作用,强调存在的力量,而对意识形态和上层建筑本身的研究及其作用的强调,则略显欠缺[1]。关于这个问题,尤其是文艺的意识形态性质命题问题,著名学者吴元迈先生做了很高水平的研究。他在批评流行的"马克思主义的文艺观点和文艺理论是'经济决定论'"这一观念时,界定了"经济"和"经济基础"的差别,同时,明确指出:"马克思说经济基础决定上层建筑,并不意味着作为上层建筑和意识形态之一的文艺,由经济基础直接决定,只有经济基础才是文艺唯一决定性的因素。"他认为,在马克思的学说中,不仅强调了文艺与经济基础和上层建筑之间的依赖关系,而且还意识到了"文艺的超越时代、超越民族、超越阶级的普遍性因素的存在",这些因素是"为意识形态的历史继承性和相对独立性原理所要求的。"[2] 恩格斯本人在 1890 年 10 月 27 日致康·施米特的著名书信里,把"宗教、哲学等等",称为"那些更高地悬浮于空中的思想领域"[3],实际上,作为对文艺现象进行研究的文艺学和文学批评,也在这个"思想领域"。

俄国马克思主义批评家普列汉诺夫多次把存在决定意识、意识依从于存在这个唯物主义基本原理作为自己立论的前提,对民粹派、资产阶级文学观念,对俄国文学

---

[1] 《恩格斯致弗·梅林》,见《马克思恩格斯选集》中文版第四卷,北京:人民出版社,1972年,第500—504页;《恩格斯致约·布洛赫》,见《马克思恩格斯选集》中文版第四卷,北京:人民出版社,1972年,第477—479页。

[2] 吴元迈:《文艺与意识形态》,载《外国文学评论》1990年第2期;转见《中国社会科学院外国文学研究所三十年文选》(1964—1994),北京:中国工人出版社,1994年。

[3] 《恩格斯致康·施米特》,见《马克思恩格斯选集》中文版第四卷,北京:人民出版社,1972年,第484页。

批评遗产进行了阐述。而且,他还是最初使用"意识形态"这个术语进入到具体文学艺术批评中去的文学批评家。1897 年,在他发表的文章《列·里·伏伦斯基〈俄国批评家·文学概论〉》里,这样说:"忘记了各种社会成分和社会阶级之间的冲突和摩擦,艺术理论家们闭眼不看这个在一切意识形态的历史上能说明很多问题的异常重要的因素。他们失去了理解艺术史上的许多细节的可能性,而不理解这些细节,就无法摆脱理论上的公式主义和抽象化。"①在这里,普列汉诺夫强调了艺术理论对"一切意识形态的历史"依赖性。其实,这个思想在普列汉诺夫早期的许多文章和著作里已经表述过多次了,只不过没有使用"意识形态"这个术语罢了。例如,在 1907 年 11—12 月为纪念马克思逝世 25 周年而写的《马克思主义基本问题》一书里,他提出了著名的"五项因素公式"学说:

> 如果我们简短地说明一下马克思和恩格斯对于现在很有名的"基础"对同样很有名的"上层建筑"的关系的见解,那么我们就可以得到下面一些东西:
> (一)生产力状况;
> (二)被生产力所制约的经济关系;
> (三)在一定的经济"基础"上生长起来的社会政治制度;
> (四)一部分由经济直接所决定,一部分由生长在经济上的全部社会政治制度所决定的社会中的人的心理;
> (五)反映这种心理特性的各种思想体系。②

普列汉诺夫的这个"五项因素公式"对文学艺术及其理论的位置做了比较明确的说明。如前所说,恩格斯曾经把意识形态领域里的"宗教、哲学等等"看做"更高地悬浮在空中的思想领域",后人一般地把"文艺"也看做这个思想领域的一个部分。这当然无可非议。但是,毕竟,恩格斯没有在字面上列入"文学、艺术"。这是一个客观事实。而且,"思想领域"假如明确为逻辑思维的过程和成果的话,那么,"文学、艺术"这种带有很强烈的个性情感色彩和个人际遇因素的部分,是否合适,也成为一个问题。因为,很显然,在致康·施米特的那封信里,恩格斯谈论的是一般意义上的思想体系问题,即宗教、哲学等学说的自身发展规律问题。普列汉诺夫则不然。他明确地把"文学艺术"看成"思想体系"的一个组成部分,这的确是对马克思主义意识形态学说的一个巨大的丰富。他在列出这个著名的"五项因素公式"后,继续说:"说一切思想体系都有一个共同的根源,即某一时代的心理,这是不难理解的,任何一个即

---

① 《普列汉诺夫美学论文选》,曹葆华译,北京:人民出版社,1983 年,第 179 页。
② 《普列汉诺夫哲学著作选集》,第三卷,北京:三联书店,1984 年,第 195 页。

使仓促地考察一下事实的人都会相信这一点的。就那法兰西浪漫主义来做例子吧。雨果、德拉克洛瓦和柏辽兹……"① 显然,在普列汉诺夫看来,"思想体系"本身包含有"文学艺术"在内。他上面所举的例子,雨果是作家、诗人,德拉克洛瓦是画家,柏辽兹是音乐家。因此,恩格斯本人对普列汉诺夫的美学研究工作是大为赞赏的②。

类似的思想在普列汉诺夫1892年发表的著作《唯物主义史论丛》里已经有所表示。在这部著作里,他这样说:"一定程度的生产力的发展;有这个程度所决定的人们在社会生产过程中的相互关系;这些人的关系所表现的一种社会形式;与这种社会形式相适应的一定的精神状态和道德状况;与这种状况所产生的那些能力、趣味和倾向相一致的宗教、哲学、文学、艺术——我们不愿意说,这个'公式'是无所不包的——还离得很远!——,但是我们觉得它有无可争辩的优点,觉得它更好地表现了存在于不同的'一系列环节'之间的因果关系。"③在这里,恩格斯在1890年的书信里表达的思想,获得了扩大:"文学、艺术"与"宗教、哲学"并列,被纳入到与"一定的精神状态和道德状态"所产生的"能力、趣味和倾向相一致"的外延里去了。

普列汉诺夫把包含着"思想体系"、"一定的精神和道德状态"的"意识形态"内涵直接使用在文学批评中,对艺术起源问题、民粹派文学、革命民主主义批评家的思想和西方文学艺术创作时间以及新兴的无产阶级文学创作等现象,做了深刻和精辟的论述。1897年,在《维·格·别林斯基的文学观点》这篇著名的文章里,他再次写道:"社会关系的改变使各种不同的因素行动起来,而哪一个因素当时对文学、艺术等等的影响更为强烈,这决定于许多同社会经济完全没有直接影响关系的次要的和更次要的原因。经济对艺术和其他意识形态的直接影响一般是极少看得出来的。最常发生影响的是其他的因素,即政治、哲学等等。有时候一种因素的影响比其他因素的影响更为显著。"④接下来,他举了几个例子来说明这个立场:"例如,在前一世纪的德国,对艺术的发展影响非常强烈的是批评,即哲学。在复辟时期的法国,文学处在政治的强烈的影响之下。而在18世纪末的法国,文学对政治演说术发展的影响非常明显。"⑤普列汉诺夫运用意识形态批评的方法论述文学现象,最重要的论文是《从社会学观点论十八世纪法国戏剧文学和艺术》(1905)、《无产阶级运动和资产阶级艺术》(1905)、《亨利克·易卜生》(1906)、《谈谈工人运动的心理》(评马克西姆·高

---

① 《普列汉诺夫哲学著作选集》,第三卷,第196页。
② 恩格斯把普列汉诺夫的《黑格尔逝世六十周年》称为"卓越的著作";1895年1月30日他写道:"格奥尔基的书出得非常及时。"2月8日,他直接写信给普列汉诺夫:"您能够使这本书在本国出版,无论如何要算是一个巨大的成功。"这本书指《论一元论历史观之发展》。
③ 《普列汉诺夫哲学著作选集》,第二卷,北京:三联书店,1984年,第186—187页。
④⑤ 《普列汉诺夫美学论文选》,曹葆华译,北京:人民出版社,1983年,第245页。

尔基的〈仇敌〉,1907)、《托尔斯泰和自然》(1908)等。

可以这样说,无论是在内涵上,还是在术语层面上,普列汉诺夫都是意识形态批评的最早使用者。在他的影响下,俄国马克思主义文学批评家们才逐渐自觉地使用这个思想于文学批评实践中,例如沃罗夫斯基在《马克西姆·高尔基》(1910)使用了"审美的意识形态"这个表述方法来论述高尔基创作的特点;卢那察尔斯基对现代艺术和文学创作的批评,以及在20年代论述列宁文学思想中,都使用了这个术语。20世纪20年代的俄罗斯文学批评中,对意识形态批评作了多方面的实践,例如,文学的社会学批评(包括弗里奇的庸俗社会学批评)、巴赫金①的文学理论建设、"拉普"②的文学批评,对马克思主义的意识形态理论作了不同程度的文学实践。在这个实践过程中,巴赫金的文学意识形态理论具有突出的价值。由于斯大林时期政策的极端性,文学的意识形态批评方法被推进到一个死胡同,成为简单地套用马克思主义经典作家理论思想的工具,从而失去了它的生命力。

而从20世纪初期以来,在西方其他国家逐渐产生了一种重新阐释马克思主义意识形态理论的学派。这个流派被称为西方马克思主义。匈牙利哲学家和文学批评家卢卡契、意大利哲学家葛兰西可以称为这个流派最早的代表。1923年,卢卡契发表了《历史与阶级意识》一书,系统地表达了重新阐释马克思思想的倾向。在该书中,卢卡契强调了马克思主义的黑格尔源头,提出了"物化"的概念,以其概括资本主义社会的人的异化现象,并且提出了主体与客体辩证统一的总体性概念,作为消除异化、对抗资本主义物化的武器。在这部著作里,卢卡契的研究思路与传统马克思主义者不同。他更加注重对意识形态领域的研究,而不是注重经济基础与上层建筑的关联研究;他提出的核心概念是"阶级意识"、"物化"、"异化"、"总体性"等。几乎与他同时,意大利哲学家葛兰西在《狱中书简》里提出了"文化领导权"的思想。葛兰西认为,无产阶级在进行革命之前必须获得在文化上(即意识形态领域)的领导权,从而在发达资本主义的条件下,进行总的无产阶级革命。在他看来,发达资本主义条件下的西欧无产阶级革命,不是俄罗斯式的,不可能在一个孤立的国家内部完成。它一定是在整个西欧进行并且完成。因此,意识形态领域内部的领导权是革命的前提。1927年,马克思的《1844年经济学—哲学手稿》被发现,其中提出了并系统阐述的"物化"、"异化"和"复归"概念以及辩证法的思想,对西方马克思主义的理论发展提供了更为扎实的基础。30年代,卢卡契与布莱希特关于现实主义和现代主义的

---

① 巴赫金,米哈依尔·米哈依洛维奇(1899—1975),俄罗斯著名哲学家、美学家和文艺学家,著有《陀思妥耶夫斯基诗学问题》、《拉伯雷的创作与中世纪和文艺复兴时期的民间文化》等著作。

② "拉普"是"俄罗斯无产阶级作家联合会"的简称。

论争,对于西方马克思主义文论的兴起,具有启蒙意义。可以说,西方马克思主义文学理论既吸取了卢卡契的文学思想,又接受了布莱希特的研究成果。他们对现代资本主义条件下文学的意识形态性质,进行了更加深入广泛的研究,并提出了新的理论模式,如法兰克福学派的艺术与革命模式、阿尔都塞学派的艺术与社会意识结构模式、沃尔顿的艺术与语言模式等。

进入20世纪七八十年代后,文学的意识形态批评有了新的变化。1975年,**特雷·伊格尔顿**发表《批评与意识形态:马克思主义文学理论研究》,对阿尔都塞和马舍雷的艺术在意识形态体系内部的"特权"说,提出:艺术文本并非反映历史的真实,而是通过意识形态作用来产生真实的效果。小说表面上看来是自由地使用现实事实,但是,这只不过是一种幻觉;它不能摆脱意识形态的引导。所以,文本的真正材料是意识形态而不是现实,它借助于想象加工了这些材料。他还出版了《马克思主义与文学批评》(1976)、《瓦尔特·本雅明或革命批评》(1981)、《文学理论引论》(1983)和《审美意识形态》(1990)和《20世纪西方文学理论》等著作,系统阐述了文学是审美意识形态的生产、文学批评价值判断的意识形态属性等思想,他的结论是:文学活动从来就是意识形态性质的,人民总是鲜明或者隐蔽地用文学来表达对社会的批判、关怀和期待。

与伊格尔顿同时,美国文艺批评家弗里**德里克·杰姆逊**出版了《马克思主义与形式:20世纪辩证的文学理论》(1974)一书,批评了庸俗社会学的机械思维和新批评学派的单纯经验论,集中阐述了卢卡契、法兰克福学派和萨特的文化文学批评理论,试图以它克服前二者的缺陷,从而建立一种新马克思主义意识形态和文化政治诗学。杰姆逊主要在文化政治和后现代主义语境下阐释文学的意识形态性质,他运用马克思主义的意识形态学说,对后现代主义语境下的文学写作和文化生产,作了广泛的研究。他的著作有:《语言的牢笼》(1972)、《政治无意识:叙事作为一种社会象征行为》(1981)。

总之,意识形态批评作为一种自觉的文学批评,是从19世纪产生的,在这个过程中形成了一套特征鲜明的批评模式,产生了一批具有重大理论意义和实践样本的批评家、批评著作,是最重要的批评模式之一。在中国,20世纪接受西方的文学批评模式和观念以来,意识形态批评就是影响最大的批评流派之一。1949年以来,尤其是在1949—1979年之间,文学的意识形态批评更是成为中国内地唯一的批评样式。1979年以后,多种文学批评样式被介绍到中国内地来,意识形态批评独一无二的位置被消解了,但是,它仍然存在于我们文学批评的实践活动中,并产生一定的影响。

第二节 意识形态批评的四种形态

意识形态批评在其发展的历史中,可以归纳出四种比较有代表性的批评范型。这四种范型是:马克思主义经典作家的意识形态批评、巴赫金的意识形态文学理论、作为文化研究的意识形态批评、后现代主义意识形态批评。

(一)马克思主义经典作家的意识形态批评

马克思主义经典作家的意识形态批评,是牢牢建立在经济基础与上层建筑之间的辩证关系基础上的。这种批评的理论前提可以用马克思在《〈政治经济学批判〉序言》的这段话来表述:

> 物质生活的生产方式制约着整个社会生活、政治生活和精神生活的过程。不是人们的意识决定人们的存在,相反,是人们的社会存在决定人们的意识。社会的物质生产力发展到一定阶段,便同它们一直在其中运动的现存生产关系或财产关系(这只是生产关系的法律用语)发生矛盾。于是这些关系便由生产力的发展形式变成生产力的桎梏。那时社会革命的时代就到来了。随着经济基础的变更,全部庞大的上层建筑也或慢或快地发生变革。在考察这些变革时,必须时刻把下面两者区别开来:一种是生产的经济条件方面所发生的物质的、可以用自然科学的精确性指明的变革,一种是人们借以意识到这个冲突并力求把它克服的那些法律的、政治的、宗教的、艺术的或哲学的,简言之,意识形态的形式。我们判断一个人不能以他对自己的看法为根据,同样,我们判断这样一个变革时代也不能以它的意识为根据。相反,这个意识必须从物质生活的矛盾中,从社会生产力和生产关系之间的现存冲突中去解释。[①]

文学艺术的根本性质必须在它与上层建筑、经济基础之间的深刻关联中去把握。缺乏这个关联,我们对文学艺术的根本属性就无法作出真正的回答。但是,这样说,并不意味着文学艺术就永远是被动地从属于上层建筑和经济基础,不能拥有丝毫的能动性。不是的。马克思主义经典作家把辩证法贯穿到意识形态批评之中,认为,文学艺术就其属于意识形态领域中的因素,它必然受上层建筑并最终受经济基础的制约,因此,文学艺术就其根本来说具有鲜明的意识形态内容;但是,文学艺术也具有自身的规律性,它的全部存在的直接目的是要显示这个特性。这就是经典马克思主义作家所强调的文学艺术的辩证法。

---

① 马克思:《〈政治经济学批判〉序言》。

马克思和恩格斯把这个思想贯穿在他们的批评实践中。马克思和恩格斯分别致拉萨尔的信谈论悲剧创作时,就重点谈到了倾向性问题。恩格斯说:"当然,思想内容必然因此受到损失,但是这是不可避免的。而您所不无根据地认为德国戏剧具有的较大的思想深度和意识到的历史内容,同莎士比亚剧作的情节的生动性和丰富性的完美的融合,大概只有在将来才能达到,而且也许根本不是由德国人来达到。无论如何,我认为这种融合正是戏剧的未来。您的《济金根》完全是在正路上,主要人物是一定阶级和倾向的代表,因而也是他们时代的一定思想的代表,他们的动机不是从琐碎的个人欲望中,而正是从他们所处的历史潮流中得来的。但是还应该改进的就是要更多地通过剧情本身的进程使这些动机生动地、积极地、也就是说自然而然地表现出来,而相反地,要使那些论证性的辩论……逐渐成为不必要的东西。"①在《致哈克奈斯》里,恩格斯认为,"现实主义的意思是,除了细节的真实外,还要真实地再现典型环境中的典型人物。"并且强调,"作者的见解愈隐蔽,对艺术作品来说就愈好。我所指的现实主义甚至可以违背作者的见解而表露出来。"他以法国作家巴尔扎克为例证,认为:"他描写了这个在他看来是模范社会的最后残余怎样在庸俗的、满身铜臭的暴发户的逼攻下逐渐灭亡,或者被这一暴发户所腐化;他描写了贵妇人(她们对丈夫的不忠只不过是维护自己的一种方式,这和她们在婚姻上听人摆布的方式是完全相适应的)怎样让位给专为金钱或衣着而不忠于丈夫的资产阶级妇女。在这幅中心图画的四周,他汇集了法国社会的全部历史,我从这里,甚至在经济细节方面(如革命后动产和不动产的重新分配)所学到的东西,也要比从当时所有职业的历史学家、经济学家和统计学家那里学到的全部东西还要多。不错,巴尔扎克在政治上是一个正统派;他的伟大的作品是对上流社会必然崩溃的一曲无尽的挽歌;他的全部同情都在注定要灭亡的那个阶级方面。但是,尽管如此,当他让他所深切同情的那些贵族男女行动的时候,他的嘲笑是空前尖刻的,他的讽刺是空前辛辣的。而他经常毫不掩饰地加以赞赏的人物,却正是他政治上的死对头,圣玛丽修道院的共和党英雄们,这些人在那时(1830—1836年)的确是代表人民群众的。这样,巴尔扎克就不得不违反自己的阶级同情和政治偏见;他**看到**了他心爱的贵族们灭亡的必然性,从而把他们描写成不配有更好命运的人;他在当时唯一能找到未来的真正的人的地方**看到**了这样的人,——这一切我认为是现实主义最伟大胜利之一,是老巴尔扎克最重大的特点之一。"②在这段话里,恩格斯提出了这样两个方面的问题:

---

① 恩格斯:《致拉萨尔》(1859年5月18日),见《马克思恩格斯论文学与艺术》,陆梅林辑注,北京:人民文学出版社,1982年,第178页。

② 恩格斯:《致哈克奈斯》(1888年4月初),见《马克思恩格斯论文学与艺术》,陆梅林辑注,第189—190页。

一，作家对社会现实的反映所提供的信息，可能比"职业的历史学家、经济学家和统计学家"提供的更多，也就是说，文学家对现实的反映具有历史的真实性。二，作家在艺术地反映现实的过程中，艺术自身的规律会改变他本人的政治态度，从而出现"现实主义的胜利"。恩格斯的这段话实际上奠定了文学意识形态批评的理论基础，甚至明确了它的基本命题，长期以来对意识形态批评具有导论的价值。以后，20世纪出现的意识形态批评，基本上是围绕恩格斯的理论展开或者针对这个命题的基本精神展开的。恩格斯选取的巴尔扎克创作这个例证以及他的创作特征，也成为意识形态批评的核心例证而存在于它的视野的中心。

综合来看，马克思和恩格斯在意识形态批评模式的形成过程中提出了这样的命题：作为意识形态构成因素之一的文学，它与上层建筑、经济基础的关系是怎样的？作家的政治倾向性与他的创作具有怎样的辩证关系？等等。属于这个学派的批评家还有：普列汉诺夫、列宁、卢那察尔斯基、沃罗夫斯基、梅林等。

（二）巴赫金的意识形态批评理论

巴赫金的意识形态批评理论是20世纪初期的一个特殊现象。他既坚持经典马克思主义批评家所强调的文学反映论思想，同时又结合了符号学和德国古典哲学的思辨思想，把文学的意识形态性质强调到了一个很高的地步。

巴赫金在20世纪20年代发表了一系列著作，例如《文艺学中的形式主义方法》(1928)、《生活话语与艺术话语》(1926)、《马克思主义与语言哲学》(1929)等。在这些著作中，他站在"彻底的"和"一元论的"社会学诗学的立场上，构建了一个完整的"意识形态科学"体系，他认为：作为一门意识形态科学，文艺学研究的对象是文学作品的艺术结构，是这一结构里面的各种正在形成的意识形态因素的有机结合及其艺术功能。巴赫金站在"彻底的"和"一元论的"社会学诗学的立场上，构建了一个完整的"意识形态科学"体系，他认为：作为一门意识形态科学，文艺学研究的对象是文学作品的艺术结构，是这一结构里面的各种正在形成的意识形态因素的有机结合及其艺术功能。

巴赫金提出文学艺术领域的"意识形态科学"学说的语境，是20世纪20年代与苏联庸俗社会学诗学和形式主义诗学的对话。为了说明自己的意识形态基本立场，巴赫金对文学意识形态学说的各种立场观点进行了批评。

巴赫金的意识形态学说是语言哲学和符号学为基础的，他对语言符号本质的交往性和对话性的认识，构成了他的文学意识形态学说的核心。在《马克思主义与语言哲学》里，巴赫金把研究的对象划分为三个层面：符号、话语、生活交往。他说："哪里有符号,哪里就有意识形态。符号的意义属于整个意识形态。"①为了更清晰地表达自己的思想,他进一步阐述道:"任何一个文化符号,只要它能被理解和思考,都不会是孤立的,而要进入**话语所形成的意识统一体**。意识能够通向它的某种途径。所以在每个意识形态的符号周围仿佛形成着一些话语反应的扩展着的圈。任何一种**对形成着的存在的意识形态折射**,无论凭借哪种意义材料,都伴随着**话语的意识形态折射**,就如同一种必然伴随着的现象。话语存在于任何的理解活动和解释活动之中。"②"在话语里实现着浸透了社会交际的所有方面的无数意识形态的联系。显而易见,话语将是最敏感的社会变化的标志,包括那些变化还只是在逐渐成熟起来,它们还尚未完全形成,还没有探寻达到已形成的意识形态体系的领域。"③可以说,《马克思主义与语言哲学》是巴赫金文学意识形态学说的理论基础。在这里提出来的意识形态思想,对于巴赫金文艺学研究具有重大理论意义。

巴赫金的意识形态研究,形成了自己独特的学术术语体系,理解这些术语各自的内涵,成为理解他的意识形态学说的门径。他的术语系统由以下几个概念组成:

意识形态现象。巴赫金把相对于经济基础和上层建筑的思想、学说和观念形态,以及对它们的创作、研究和形成的体系等,统称意识形态现象。在这里,哲学、宗教、伦理学、政治学说和文学,都包括在内。这个概念是最广泛性的概念。

意识形态科学。研究上述现象的方法论,就是意识形态科学。在巴赫金看来,面向意识形态现象进行理论研究的学科及其实践活动,都属于意识形态科学。文艺学、文学史研究就属于意识形态科学;哲学史、政治学、宗教学均属于意识形态科学。

意识形态创作。思想、学说和观念形态的创造,无论是理论范畴的创造,还是感性范畴的创造,都属于意识形态创作。文学作品、艺术作品、哲学著作、政治著作、宗教教义等任何一种意识形态文本的写作,都归纳在内。意识形态创作的过程,是创作者对现实生活内容进行"折射"的过程,是对来自生活的材料进行加工的过程。

意识形态因素。相对于文学艺术结构来说,巴赫金把作为艺术作品结构因素的意识形态内容称为意识形态因素。实际上,意识形态因素在其他意识形态种类的文本创作中也都具有。它是与种类的自身结构相关的"内容"因素。

意识形态视野。这是巴赫金意识形态学说里面最重要、最关键的一个术语。巴赫金认为在作家创作过程中,必然把现实生活中的内容做艺术的处理,这个处理过程,实际上就是一个意识形态"折射"的过程。作家本人的意识形态立场变成一个视

---

① 巴赫金:《马克思主义与语言哲学》,见《巴赫金全集》中文版第二卷,石家庄:河北教育出版社,1998年,第 350 页。
② 同上书,第 356 页。
③ 同上书,第 359—360 页。

野成为处理生活材料(包括生活和思想)的模式,而且,必然如此。任何现实生活中的材料,必然经历作家意识形态视野的处理,才能成为艺术结构的内容,相应,任何艺术作品中的因素(诸如情节、主题、技巧、形式、题材和言语方式等)都包含着意识形态视野。

折射。也即作家艺术家对来自生活现实中的材料做个性化的处理,这个处理过程本身是包含着意识形态性质的。

艺术结构。巴赫金认为,任何意识形态种类都具有自己把握现实的独特结构,通过这个结构,这个意识形态种类区别于其他种类。艺术作品的独特性是由于它的独立的结构决定的。艺术结构及其"内容"是文艺学、诗学和美学研究的唯一对象。巴赫金赋予这个结构以独特的存在性质。

符号。体现在艺术结构里的各种具有表现功能的艺术要素。

巴赫金"意识形态科学"的基本立场可以归结为两个方面:一是文学在意识形态环境里的地位;二是意识形态因素在文学中存在的方式。前者处理的是文学与其他意识形态种类的关系问题,后者处理的是文学的意识形态性问题。关于"文学在意识形态环境里的地位",巴赫金是这样阐释的:"文学是作为一个独立的部分进入周围的意识形态现实的,它以有一定组织的文学作品的形式,带着一种特别的、惟有它才具有的结构,在现实中占据着特殊的地位。这种结构,像所有的意识形态结构一样,折射着正在形成的社会经济生活,而且是按自己的方式加以折射的。但同时,文学在自己的'内容'中也反映和折射着其他意识形态领域(伦理、认识、多种政治学说、宗教等等)的反映和折射,也就是说,文学在自己的'内容'中反映着它自己也是其中一部分的整个意识形态的视野。"①正因为如此,"文学通常并不是从认识系统和时代精神的系统中,不是从固定的意识形态系统中获得文学的这些伦理的、认识的和别的内容的(只有古典主义在某种程度上才是这样做的),而是直接地从认识时代精神及其他意识形态的活生生的形成过程本身取得它们的。正因为这样,文学才经常地预见到哲学的和伦理学的意识形态要素,虽然采取的是一种不发达的、未经论证的、直观的形式。文学善于深入到形成和构成它们的社会实验室本身中去。艺术家对正在产生和形成的意识形态问题有敏锐的听觉。"②

在界定文学在意识形态环境中的位置时,巴赫金提出了以下几个见解:

第一,文学在意识形态中的"独立性"问题,它是"作为一个独立的部分进入周围的意识形态现实的","它以有一定组织的文学作品的形式,带着一种特别的、惟有它才具有的结构,在现实中占据着特殊的地位"。巴赫金在后面提及文艺学研究的对

---

①② 巴赫金:《文艺学中的形式主义方法》,见《巴赫金全集》中文版第二卷,第127页。

象时,也强调"艺术结构"这一术语。在他看来,正是文学的"艺术结构"造就了它区别于其他意识形态种类的独立性。第二,提出了文学作品"以自己的方式"对意识形态的"折射性质"。这一特征使文学区别于其他"认识系统"和"时代精神系统"的意识形态。"折射"是什么意思?巴赫金认为,艺术家在对现实生活中的内容艺术化的过程中,具有一种类似变形的功能,也就是现实生活在艺术家的脑海里需要加工,然后才能进入作品结构中,成为它的一个因素。他把作家艺术家对现实生活内容的艺术加工看作"折射"。当然,在提及"折射"时,他往往加上"按自己的方式""折射"的。因为,哲学家在处理现实生活中的内容时也同样是一种"折射",也是"按自己的方式"折射的。第三,文学作品里的意识形态的存在状态是"活生生的""在形成过程中的"。这个提法既是面向庸俗社会学学说的"僵化的教条和缺乏生命力的"意识形态说,也是针对文学本质是"创新"的特征。首先,为什么必须是"正在形成的"意识形态内容?这是因为文学的"新"正是体现在新的思想和新的思想方式形成的艺术表现过程中。正在形成过程的意识形态就是"新的",就是富有生命力的。其次,为什么是"活生生的"?因为艺术表现从来就是具体的、可感的、生动和形象的,是在动态过程中表现的。

关于第二个方面,即"意识形态因素在文学中存在的方式"问题,其实,在第一个方面业已有所涉及,但是,根本的理解在于,巴赫金认为,在艺术作品里一切构成因素都具有意识形态性质:"生活,作为一定行为、事件或感受的总和,只有通过意识形态环境的棱镜的折射,只有赋予了它具体的意识形态的内容,才能成为情节、本事、主题、母题。还没有经过意识形态折射的所谓原生现实,是不可能进到文学的内容中去。"①"任何情节本身都是在意识形态上经过折射的生活的一种公式。这种公式是由意识形态的冲突,经过意识形态折射了的物质力量确定的。"②"折射性,乃是情节进入文学作品结构、进入作品内容的必需的和必定的先决条件。"③也就是说,文学作品中的意识形态内容是以情节、本事、主题、母题,以及题材、体裁、形式、技巧、言语方式等各种结构性因素存在和表现出来的。换一个方式表述,就是以上的每一个因素都渗透着沉甸甸的意识形态内容。

这就涉及到对文学的艺术结构的基本理解。巴赫金认为,"文学在自己的内容里反映着意识形态视野,亦即异己的非艺术的(伦理的、认识的等)意识形态构成物。不过,文学本身在反映这些异己的符号的同时,也创造着新的形式、新的意识形态交流符号。这些符号,即文学作品逐渐成为人们周围的社会现实的实际的一部分。"④

---

① ② ③ 巴赫金:《文艺学中的形式主义方法》,见《巴赫金全集》中文版第二卷,128页。
④ 同上书,129页。

这个理解基本表明了巴赫金的文学本质观念。文学的符号性质是面向意识形态内容的。

特雷·伊格尔顿这样理解巴赫金话语理论中的意识形态存在:"(在巴赫金看来)语言本来就是'对话的'(dialogic):语言只能从他必然要面向他者这一角度加以把握。符号主要不应被视为一个固定的单位(例如一个信号那样),而应被视为言语的积极组成部分,这些因素在特定社会条件下浓缩于自身之内的各种社会语调、价值判断和含义则会限定和改变符号的意义。"因此,对于巴赫金来说,"与其说符号是一个既定结构之内的中性元素,不如说它们是斗争和矛盾的焦点。这里的问题不单是问'符号的意思是什么',而是要探寻符号变化的历史,因为互相冲突的社会集团、阶级、个人和话语力图利用符号并且以自己的意义渗透它们。简言之,语言是意识形态斗争的战场……"[①]的确,这个陈述比较忠实地表达了巴赫金的符号学思想实质。

(三)阿尔都塞—马歇雷学派的结构主义意识形态批评

阿尔都塞吸取结构主义的一些观念,对文学意识形态性作了深刻的分析。他认为,文学艺术与意识形态之间的关系不仅仅局限在卢卡契归纳的命题——世界观与艺术作品之间的关系上。它涉及到艺术与意识形态在人类社会实践总的结构中的关系,在这个层面上,意识形态实际上是现实社会在实践上的一种结构性文本,它与现实社会一起构成艺术文本的结构性背景。所以,艺术与意识形态、与现实社会三者之间的关系就是一种复杂的结构性关系。

阿尔都塞的观点建立在索绪尔的语言学基础上。在阿尔都塞看来,正如索绪尔认为语言提供给我们的仅仅是对现实的一种描述(Version),而不是现实本身,意识形态也不存在真实与否的问题。意识形态是一种思想构架,通过它"人们阐释、感知、经验和生活于他们置身其中的物质条件里面"。意识形态建构和塑造了我们对现实的意识。阿尔都塞深刻地指出,尽管个人作为主体觉得自己是独立自足的,觉得自己在直接、自由地把握现实,但实际上,他的意识是由一系列思想体系和再现体系所限定了的,这种把握只是他想象的结果,所以阿尔都塞把意识形态定义为"个人同他所存在于其中的现实环境的想象性关系的再现"。[②] 阿尔都塞在《意识形态和意识形态国家机器》(1969)一文里认为,"'意识形态国家机器'与国家权力正规机器——警察和军队——不同:后者依靠强制和威胁发挥作用;而前者则通过'意识形态'发挥作用。"而且,"意识形态国家机器"是具有物质实在性的实体,它们在自觉地

[①] 特雷·伊格尔顿:《20世纪西方文学理论》,伍晓明译,西安:陕西师范大学出版社,1986年,第145—146页。

[②] 路易·阿尔都塞:《列宁与哲学》,伦敦,1971年,第152页。转引自《文化研究读本》,北京:中国社会科学出版社,2000年,第11—12页。

制造意识形态。在他看来，理论实践同样有科学和意识形态之分别：科学是对现实的正确认识，而意识形态则不是。艺术在他的思想中，处在科学与意识形态之间：当它走向平庸和堕落的时候，它滑向意识形态的深渊；而在它走向崇高和伟大的时候，它与科学越来越近。

对艺术性专门和深入研究的是**马歇雷**。他是阿尔都塞的学生，但是，他对文学意识形态性质作的专门研究，是阿尔都塞学派里最具有代表性的。他的基本立场是：艺术作品是一种独特的形式结构，这一结构与社会意识形态的结构处于一种复杂的关系之中，它受制于意识形态，但是又与它有所偏离、离心，保持着一段能够审视意识形态、甚至瓦解意识形态的距离。人们把他的这个理论称为"文本—意识形态的离心结构"。马歇雷的观点集中体现在《文学生产理论》(1966)一书中。

马歇雷把自己的文学理论称为"文学生产理论"。他的所谓生产，是一个比喻性质的运用。它并非马克思的物质生产与艺术生产这个意义上的概念，而是特指"意识形态生产"。他认为，意识形态已经广泛存在于日常生活之中，作家运用语言媒介表达的意识形态内容没有任何创造性，只不过相当于一般物质生产活动中的原料与产品之间的关系而已。马歇雷的思想可以这样表述：文学创作以意识形态为原料，对渗透着意识形态内容的日常生活语言进行艺术加工的过程；在这个意义上，它不可能离开意识形态的整体框架。但是，这个加工过程一旦完成，当日常生活语言和材料体现为作为艺术文本的作品的时候，就呈现为另外一种模式；在这个意义上，它不可能混同一般生产意义上的产品。只有认识到文学创作对意识形态原料进行加工的生产性质，才能明白艺术与意识形态的密切依存关系；只有意识到艺术文本与现实之间始终存在的结构形态上的差异，才能意识到文学生产出来的产品与一般物质生产的产品之间的差异。

马歇雷建立了意识形态与文学写作之间的对应和矛盾关系。一方面，文学写作与意识形态的框架有关，因此，作家在写作过程中不可能离开特定的意识形态环境，即历史条件、社会背景、文化因素等。另一方面，文学文本与意识形态之间又表现为一种张力性：它要摆脱对意识形态环境的依赖性，最大限度地表征自由，以自由为主导来结构文本，表达自己的真实。在马歇雷看来，"即使意识形态本身听起来总是坚实的、丰富的，但却由于它在小说中的在场，由于小说赋予它以可见的确定的形式，它开始言说自己的不在场。借助于作品，它变得有可能逃出意识形态的自发领域，摆脱对于自己、历史和时代的虚假意识。"[①]这样，他构建了艺术结构与意识形态结构的二元关系，从而提出了两者关系的"离心结构"概念。"离心结构"指的是文学艺术

---

① 马歇雷：《文学生产理论》，伦敦，1978年，第132页。

作品的形象性(具有矛盾、含糊、朦胧以及象征、隐喻等特征)所表现出来的作家对意识形态与现实的关系,是不协调的离心结构;作家的写作就是把日常生活和语言中的意识形态在场,以及隐含着的现实的在场,转化为不在场的缺失。这种现象的出现,乃是源于作家艺术家对历史和现实的独特理解,来源于他们对现实的意识形态环境加工、制作、生产的独特性。作家的这种存在的独特性,与日常生活中的意识形态形成了一种若即若离的关系:有时候它们之间是密切如一的关系,有时候却是彼此背离的,但是更多的情况下,它们是彼此渗透和交叉的。马歇雷曾经解读了托尔斯泰创作中的矛盾,他认为,这种矛盾实际上就是文学文本结构与意识形态结构之间关系的体现,具体化为文学文本和它荷载着的意识形态内容之间的冲突。

正是由于文学文本存在着矛盾、混乱、含糊以及意义的分离现象,所以才需要文学批评。科学的文学批评的使命,就是对意义混乱的文学文本进行意识形态辨认,从而揭示出意识形态与现实的真正关系。这样,作家的艺术使命在于按照自己的方式加工日常生活的意识形态,而批评家的使命则在于把渗透在文学文本中的意识形态还原为它的日常生活面貌。马歇雷把批评的这个使命用四重关系表现出来:

1. 历史进程
2. 意识形态体系
3. 意识形态体系
4. 作家体现、表达、翻译、反映、表现

前一组属于日常生活中的意识形态存在面貌,后一组是文学文本中的意识形态关系。科学的文学批评揭示意识形态在日常生活中的真实面貌,并对它予以估价和推定。

马歇雷的文学生产理论在西方文学意识形态批评理论体系中具有很大的影响,尤其是他的文本离心结构学说,在一定程度上成为后结构主义文学批评的起点。

(四)后现代主义文学意识形态批评形态

后现代主义文学批评中的意识形态,可以以特里·伊格尔顿、杰姆逊为代表。

特里·伊格尔顿(Terry Eagleton,1941—)是20世纪60年代后期以来西方最具影响的马克思主义文学批评家之一。他在对西方马克思主义文学批评进行梳理的时候,指出:当代西方资本主义的社会与文化、文学和艺术已经发展到一个新的阶段、新的高度,已经不可能简单地运用传统马克思主义的学说来解释它。因此,必须重新阐释马克思主义的一些基本思想,再把它运用到现实批评的过程中,才能建立起马克思主义的艺术理论。

在这个指导思想下,他把西方马克思主义文学理论和文化理论的研究成果结合起来,主要融合了威廉斯的文化唯物主义、阿尔都塞的结构主义文学意识形态理论、形成了自己的艺术"审美意识形态生产"的理论。

伊格尔顿的审美意识形态生产理论的核心是把文学看作一种意识形态的生产。在这一点上,他的思想与威廉斯、阿尔都塞和马歇雷以及本雅明具有相似之处。但是,他又对以上学者的学说作了深入阐发。简而言之,他认为,文学是一种意识形态的生产,特别是一种审美意识形态的生产;然而,文学并非直接反映意识形态,它与意识形态的关系是一种文化生产的关系。他把文学研究的重心放在研究"作为文学的意识形态话语的生产规律"。在这个研究过程中,他建立了六个重要范畴:

1. 一般生产方式 它指的是特定社会中占主导地位的社会物质生产方式。一般生产构成了社会存在的基础,并且成为其他生产,包括艺术生产的前提。

2. 文学生产方式 文学生产从属于一般生产方式,由生产、分配、交换、消费等环节和结构组成。例如,出版过程中的各个环节(出版、印刷、发行)、文学生产者本人、出版商等。理解文学作品的意义不能脱离文学生产的各个环节以及它的生产方式。伊格尔顿认为,"每一文学文本都在某种意义上内化了它的社会生产关系,每一文本都以其特殊形态指示着它的消费方式,都在自身中包含着一个意识形态的代码,说明它是由谁、为谁以及如何生产出意识形态。"①

3. 一般意识形态 指一定社会中占主导地位的意识形态,它反映和表现社会的物质生产结构,以及个人主体对社会状况的体验关系,构成一系列的价值话语。

4. 作者意识形态 指作者被置入一般意识形态这一符号秩序的特有方式,这一置入是由诸多因素多元决定的,这些因素是:社会、阶级、性别、民族、宗教、地区等。它们在一般意识形态中不是彼此孤立存在着,而是处于紧密关联中。作者意识形态是一般意识形态在个人身上的独特体现。

5. 审美意识形态 指一般意识形态中的特殊的审美领域,它与伦理、宗教等其他领域相连接,为一般生产方式最终决定。它是一般意识形态中的文化意识形态的一部分,包括审美的价值、意义和功能等。文学艺术是审美意识形态的组成部分,而文学的话语、风格、传统、实践以及文学理论等,都属于审美意识形态。文学的生产就是审美意识形态的生产。

6. 文本 文学艺术的文本就是上述各种因素在多元决定的状态下进行生产的。伊格尔顿把文化生产理论界定为分析文化文本的生产过程与产品形态的理论。文本是以上五个因素综合作用、生产的结果,即是在由一般生产方式所最终决定以及有相对独立性的文学生产方式中,在处于一般意识形态的总体结构中的作者意识

---

① 伊格尔顿:《批评与意识形态》,英文版,伦敦,1976年,第44页。转自冯宪光:《"西方马克思主义"美学观》,重庆:重庆出版社,1997年,第461页。

形态的操作之下,生产出来的审美意识形态。①

伊格尔顿建立了一个层次分明的基本批评模式,然而他并非把这些因素固定化和绝对化。他特别强调,文学并不是导向意识形态的文献形式,它本身具有自己特殊的语言结构形式;文学生产具有自己的特殊性和能动性;它也并非总是与一般意识形态处于同一的模式中。文学的语言结构依靠作品语言对日常生活语言的意指作用的常规方式的背离,制造了语义上的特殊混乱,把所制造的语义以自己的特殊方式推到了前台,显示出自己的背离性。在处理这个问题时,他倾向于建立一种话语关系:一般意识形态以话语的方式存在,它先于作家创作而存在;作家在创作时运用这套话语就是对它的进入。作家的个人话语显然受到了社会话语的加工,而同时作家也加工着社会话语,从而使文学的生产呈现出相当复杂的面貌。正是因了作家的加工,文学作品中的意识形态才成为审美意识形态。

弗雷德里克·杰姆逊(Fredric Jameson,1934—)是当代西方后现代主义马克思主义文学批评家。他的文学批评活动通过对文学形式的分析,使理论解剖深入到社会的深层精神心理结构,形成了文化研究的思路。他的文学意识形态批评的显著特点是从传统的价值批评转移到文本的文化阐释。

阐释是杰姆逊批评的中心问题;文本阐释的核心就是意识形态内涵。他说:"真正的解释使注意力回到历史本身,既回到作品的历史,也回到评论家的历史环境。"根据这一原则,一方面,他把马克思主义区分为不同的形态,另一方面,在面对后现代主义思潮时,他提出了后现代主义是资本主义发展到一个特殊时期(多国资本主义)的具体表现。具体到文学批评领域,他提出要建立一种辩证批评作为文化阐释学的模式。其特征是"首先把握住整体,才能理解任何一个单一的事物,只有把握住全部体系才能获得一种个别的新观念"。② 这个观念强调了文学文本自身的独特性、与历史文本相比较的差异性,同时也注意到历史话语的有机整体观念。辩证批评抓住了文本的差异,展示它将有机的和历史的存在融为一体,成为生动具体的历史存在的面貌。从差异中来把握文本与历史的存在的同一与差异的关系,是辩证批评总体化方法的核心。

杰姆逊文学批评的代表性著作,有《马克思主义与形式》、《语言的牢笼:结构主义与俄国形式主义批判》和《政治无意识》。在前两部著作里,他对俄国形式主义理论进行了细致的研究,在最后一部著作里,他运用精神分析研究的理论对阐释的内在动因进行了深入的研究。他认为,任何一种阐释都是对文本的改写,一切批评理

---

① 以上总结参见冯宪光:《"西方马克思主义"美学观》,重庆:重庆出版社,1997年,第461—463页。
② 《马克思主义与形式》英文版,伦敦,1976年,第306页。

论都是或明或暗地预设了具有最终优先地位的主要代码,以此来对文化现象进行转义重述。马克思主义阐释的主要代码是生产方式,这是最能表达人类、特别是现实社会关系的主要代码。他指出,意识形态就是对现实关系中的人们的深层无意识的压抑,所以他称为"政治无意识"。文学艺术的文本是一种特殊的意识形态话语,是一种在阶级之间进行战略思想对抗的象征活动。马克思主义阐释学的任务就是指出文本的意识与无意识之间的关系;这种关系是由生产方式、意识形态、社会文化、艺术文本的复杂关系构成的。政治无意识作为一个中介,提供了在不同层次之间、历史与自我之间进行交换的手段。文本与外在的现实和文化具有多重关系,文本往往成为外在现实与意识形态、文化的各种矛盾的集合之地,成为内在的意识形态。文学文本实际上作为社会政治无意识的象征结构而存在,他为现实中无法解决的问题,提供一个想象的答案。而批评的阐释就是通过重写文本揭示这种意识形态的策略,反过来揭示这种策略是对作家创作前的历史和意识形态的亚文本的重写,而亚文本又与现实的深层本质结构并不一致。于是,在现实—意识形态的社会亚文本—艺术文本—批评阐释之间就构成了一系列的文本能指与所指的关系,意识与无意识之间的关系。艺术文本已经包含着现实与意识形态的复杂关系,但每一个文本并不都用同一模式说话。批评则通过重述的阐释来揭示它们。理论界把杰姆逊的这个思想称为"历史主义的马克思主义"。[①]

杰姆逊运用"历史主义的马克思主义"的文化阐释学理论对后现代主义文化思潮做了深入的研究,他提出了"第三世界文学"的概念。他说:"第三世界的文化都不能被看作是人类学所称的独立或自主的文化。相反,这些文化在许多显著的地方处于同第一世界文化帝国主义进行的生死搏斗之中——这种文化搏斗的本身反映了这些地区的经济受到资本的不同阶段或有时被委婉地称为现代化的渗透。这说明对第三世界文化的研究必须包括从外部对我们自己重新进行估价(也许我们没有意识到这一点),我们是在世界资本主义总体制度里的旧文化基础上强有力地工作着的势力的一部分。"[②]在全球化的语境下,杰姆逊的这个思想具有很强的渗透力。

杰姆逊擅长于综合各种批评方法的长处,把它们结合到马克思主义的基本方法中来,显示出了马克思主义意识形态批评的丰富性和深刻性;他的理论代表了西方马克思主义意识形态批评的当下形态。

[①] 冯宪光:《西方马克思主义美学思想》,重庆:重庆出版社,1997年,第483—484页。
[②] 杰姆逊:《处于跨国资本主义时代的第三世界文学》,见《新历史主义与文学批评》,北京:北京大学出版社,1993年,第234页。

第三节　意识形态批评关键词

一　倾向性

"倾向性"是经典马克思主义文学批评的一个核心术语。最先提出这个术语的是马克思。马克思曾经多次提及古希腊的悲剧诗人都是"有倾向的";恩格斯在评价拉萨尔的悲剧创作时这样写道:"您的《济金根》完全是在正路上,主要人物是一定阶级和倾向的代表,因而也是他们时代的一定思想的代表,他们的动机不是从琐碎的个人欲望中,而正是从他们所处的历史潮流中得来的。"在给玛·哈克奈斯的信里,他强调作家的倾向要自然而然地流露出来;在谈到巴尔扎克的创作时,他更是把作家的思想感情倾向与现实主义的创作原则对应起来看待,认为伟大的艺术家总会克服自己的主观倾向,而忠实于艺术创作的客观规律。

在文学意识形态批评方法中,倾向性是一个核心问题,也是马克思主义文学批评方法论里面最为关注的问题。在相当大的程度上,意识形态批评解决的就是文学作品内在的政治倾向性与现实生活中的意识形态、与艺术创作本身的独特性之间的关系问题。普列汉诺夫在评价托尔斯泰创作的系列论文里,把作家出身的阶级与艺术家的真诚联系起来;在评价民粹派的创作时,他认为他们写作中的政论性与艺术性相冲突;列宁在论述托尔斯泰创作中的矛盾时,认为这是艺术家的政治观点与艺术家的现实主义精神之间的冲突,最终是现实主义的胜利。换句话说,这里涉及的矛盾和冲突,最终都是日常生活中的意识形态因素与艺术创作特殊性结构的冲突。

在意识形态批评方法的发展过程中,卢卡契把倾向性理论发展到了比较成熟的地步。他不仅在理论上论述了作家的政治倾向与艺术创作之间的矛盾,而且在理论上提出了世界观与创作方法之间的矛盾这个命题。

实际上,从意识形态批评发展理路看,文学创作的倾向性的位置是在不断发展和变化中的。在马克思和恩格斯的理论话语中,倾向性与意识形态性是合二为一的——作家的政治倾向具体体现为作品的意识形态;普列汉诺夫发展了这个学说,他把倾向性与政论性、阶级意识联系起来,提出:"作家不仅是那把他提拔出来的社会环境的表达者,而且也是这种社会环境的产物;知道他把这种社会环境的同情和反感、它的世界观、习惯、思想乃至语言,都带到文学里面来,所以我们能有把握地说,我国的平民知识分子,作为艺术家,本来也就应该保持他们作为平民知识分子一般所固有的那些特点。"①他把倾向性的表现看作是完全理智和自觉的行为。正是在这个意义上,他把托尔斯泰的创作看作是贵族地主阶级利益、趣味的表达者。列宁超越了这个略显机械的立场。他认为作家创作的倾向性与艺术创作之间的关系是矛盾的,应该辩证地看待这个问题。作家本人的意识形态方面的倾向性,决不等同于在艺术作品里客观显示出来的倾向性。巴赫金则认为,任何艺术符号都充斥着倾向性,都是意识形态角斗的战场。但是,倾向性并非与艺术性相分离的存在,而是密不可分的一个整体。而站在阿尔都塞和马歇雷的立场上看,"倾向性"基本上为意识形态的二元性存在所替代:日常生活的意识形态与艺术文本中的意识形态。他们通过对两者之间的差异的辨析,展开自己的批评。伊格尔顿和杰姆逊把文本写作中的意识形态性与文化联系起来,进一步淡化了倾向性问题。

二 离心结构

"**离心结构**"是阿尔都塞—马歇雷结构主义意识形态批评学派的理论核心。这个核心是马歇雷在继承阿尔都塞的结构学说基础上,在《文学生产理论》一书中提出来的。它的基本思想是:艺术作品是一种独特的形式结构,这一结构与社会意识形态结构处于一种复杂的关系之中,它受制于意识形态,又与它保持偏移和离心,保持着一段能够审视意识形态、甚至瓦解意识形态的距离。

离心结构学说产生于文学意识形态批评的基本语境中。它的理论前提是:艺术作品中的意识形态倾向性与作家本人的、日常生活里社会关系的意识形态的关系问题。对于这个问题的回答,构成了马克思恩格斯、普列汉诺夫、列宁和卢卡契等彼此相关的学说。马歇雷对这个话语进行了更新。他比较系统地提出了文学生产的对象乃是意识形态,但是,却并非反映论所说的原料性质的特定的意识形态,而是在艺术作品特殊的语言结构模式中的意识形态。在这个生产的过程中,作家在生产意识形态的同时,也生产作为主体的自身。这个理路可以描述为:作家生活在特定意识形态氛围中,并不是自己自发地产生意识形态,而是无意识地接受社会意识形态观念。在他进入艺术创作的角色时,便与这个意识形态氛围产生一种材料、加工的关系。在这个加工过程中,社会意识形态在他的视野下成为一个客体对象,一个图像或形象,成为人们审视的客体。实际上,这个生产的过程也是意识形态剥离的过程——艺术作品的意识形态与日常生活的意识形态变成二元化的存在。前者与作家相关,后者与社会历史相关。

---

① 《普列汉诺夫美学论文集》,曹葆华译,北京:人民出版社,1983年,第2—3页。

马歇雷认为,这两种形式存在的意识形态结构并非紧密的,而是离心的。在这里,马歇雷建立了各种文化形式体现社会意识形态的特征。科学的理论著作中体现意识形态具有某种程度的无意识症候,艺术则以自己的独特性,用图像或形象的方式使表现于其中的意识形态显示出某种程度上的矛盾、含混、朦胧,而具有象征和隐喻的特征,从而以在场来暗指不在场。这样,与其他形式的文本相比,文学文本就具有内在不协调的离心结构特征。

文学文本的离心结构说,在西方文论的话语里,实际上是对传统文论里艺术世界与现实生活世界二元对立观念的发展,也是对俄国形式主义艺术话语与生活话语两套话语对应形式的发展。它旨在说明艺术创作过程中作家艺术家对于历史和社会的主体性,也意在强调两者的密切关联。

三 政治无意识

"政治无意识"是杰姆逊在《政治无意识》一书里提出的一个重要概念。从1971年开始,杰姆逊写了三部影响重大的理论著作,它们分别是《马克思主义与形式》(1971)、《语言的牢笼》(1972)和《政治无意识》(1981)。这三部著作被学术界称为"西方马克思主义美学思想"的代表性著作。其中的核心思想构建了杰姆逊的辩证阐释理论。

《政治无意识》的副标题是"作为社会象征行为的叙述",试图揭示阐释行为的各种动机和因缘。在理路上,这个命题的前提是艺术结构中的意识形态与日常生活中的意识形态关系问题。不过,杰姆逊对这个传统悠久的命题做了新的诠释。他认为,任何阐释都是建立在对文本改写的基础上的,一切批评理论都预设了一个处于优先地位的主要代码,以此来对文化对象进行转义重述。他在马克思主义的社会历史的基本立场上消化吸收和广泛运用20世纪各种批评流派的阐释方法,尤其是运用弗洛伊德和拉康的精神分析方法,对阿尔都塞和马歇雷的意识形态二元存在学说进行了重新阐释。在他的阐释中,日常生活的意识形态体现为政治的存在,表现为社会制度、政治学说和种种文化设施,这种意识形态构成了对人们深层无意识的压抑。杰姆逊把这种现象称为"政治无意识"。他提出,马克思主义阐释学应该研究文本的意识与政治无意识之间的关系,研究作为这一关系基础的生产方式、意识形态、文化和艺术文化等因素。在这个关系链条中,艺术文本实际上是作为社会政治无意识的象征结构而存在,为现实社会矛盾提供一个想象性的解决。

杰姆逊提出的"政治无意识"概念对于文学批评来说,具有重要的意义。他认为,"批评的过程与其说是对文本的内容的阐释,倒不如说是对内容的显示,是将被各种无意识压制力所扭曲的原初信息和原初经验重新揭示出来,恢复其本来面目。这种显示所要解释的是内容为什么会受到这样的扭曲,因而不能把对这一问题的回答与对无意识压制力机制的描述分割开来。"①

"政治无意识"还与杰姆逊的后现代文化批评理论具有密切的联系。他把这个概念的核心运用到对文化现象的意识形态内容的阐释行为中,建立起文化的意识形态批判学说。

第四节　意识形态批评案例分析

《谈谈工人运动的心理》
（评马克西姆·高尔基的《仇敌》,普列汉诺夫著）

> ［按:普列汉诺夫和德国马克思主义者梅林可以看做是意识形态批评的理论体系的奠基者。普列汉诺夫文学批评的基本立场就是把文学艺术作品看做是特定的社会阶级、时代和政治态度的表现形式。在本篇论文里,他分析高尔基(1868—1936)的剧本《仇敌》,也就是从剧本表现出来的阶级意识出发的。在他看来,剧本表现了19—20世纪之交俄国工人阶级意识形态发生的一个巨大的进步,就是工人在为本阶级的远大利益而奋斗的过程中具有宝贵的自我牺牲精神,与资产阶级个人主义相比,自我牺牲精神表现一个阶级的成员对自己未来的充分自信,是一种集体乐观主义精神的表现。］

一

关于《太阳的孩子们》和《野蛮人》,我曾不止一次地听说它们不受欢迎。"高尔基的才艺在衰退;他的新剧作在艺术方面是蹩脚的,不能满足时代的需要",——甚至连自称是我们这位多才多艺的无产者的艺术家的最亲密同志的那些人也都这样说。现在,当我读了《仇敌》之后,我很想知道,那些曾经对《野蛮人》和《太阳的孩子们》嗤之以鼻的人,对这个剧本有什么高见。难道他们认为《仇敌》这个剧本也是蹩脚的和不合时宜的东西吗?很可能是这样的!因为这是一些非常"严肃的"人。他们是善于评价艺术的呀!

至于问到我,我要直截了当地说,高尔基的新舞台剧是很出色的。它的内容异常丰富,谁要是不想看到这一点,就是闭塞眼睛说瞎话。

---

① 《马克思主义与形式》,英文版,伦敦,1976年,第404页。

当然，我之所以喜欢《仇敌》，并非因为它描写了阶级斗争，并且是描写特定环境中的一场阶级斗争，如像我国阶级斗争由于十分警惕的首长孜孜不倦的操心而发生那样。工人在工厂里的骚动，一个厂主的被杀，士兵和宪兵的出现，——当然，在所有这一切中有着很多戏剧性的和"现实性的"东西。但是，所有这一切仅仅提供了写出一部出色的剧作的可能性。问题在于，这种可能性是不是变成了现实？而这个问题的解决，大家知道，是取决于对生动的材料所进行的艺术加工令人满意到什么程度。艺术家不是政论家。他不是议论，而是描绘。描写阶级斗争的艺术家，应当向我们表明，剧中人物的精神状态是怎样受阶级斗争的支配的，阶级斗争是怎样决定他们的思想和感情的。总之，这样的艺术家必须同时又是心理学家。高尔基的这篇新作品之所以出色，正是因为它在这一方面已经符合了严格的要求。《仇敌》恰好在社会心理方面是很有意思的。我很愿意把这个剧本推荐给一切对现代工人运动的心理感到兴趣的人们。

无产阶级的解放斗争是群众运动。因此，这个运动的心理也就是群众的心理。自然，群众是由单个人组成的，而单个人彼此间是不相同的。参加群众运动的个人各各不同：有瘦削的和肥胖的、矮小的和高大的、淡黄色头发的和黑色头发的、胆怯的和勇敢的、软弱的和刚强的、柔和的和严峻的。但是这些个人，既然是群众的组成者，与群众血肉相联，所以同群众是并不对立起来的，不像资产阶级的英雄喜欢把自己同群众对立起来那样，而是意识到自己是群众的一分子，他们愈是明白地感觉到把他们同群众结合起来的密切联系，他们愈是明白地感觉到把他们同群众结合起来的密切联系，他们就觉得自己愈好。无产者首先是"社会性的动物"，只要把意思稍微改变一下，在这里可以用得着亚里士多德的这个著名的说法。这是一切稍微有点观察能力的人一眼可以看出的。那个并非热情满怀地描写现代无产者精神的维纳尔·桑巴特说，现代无产者感觉自己是这样的一个量，单就其本身来说，它没有任何意义，只有同其他许多的个体加在一起，它才有意义。当然，另一个资产阶级的"超人"由此差不多得出这样的结论：这个量本身是微不足道的，强有力的"个人"在无产阶级中间是没有存在的余地的。然而这是资产阶级的鼠目寸光所造成的最严重的错误。作为性格的个人的发展，是同他的独立精神即坚定地自立的能力的发展成正比例的。同一个维纳尔·桑巴特承认，无产者获得和显示出这种能力，在年龄上要比资产者早得多。无产者在"富贵人家"的孩子还只知道搂抱别人脖子撒娇的时候，就以自己的劳动——多么顽强和艰苦的劳动——来养活自己。但是，如果无产者的确感到自己是这样一个量，如果不同其他许多的个体加在一起，就会丧失自己的意义，那么这是由于下面的两个原因造成的。一个原因是在于现代生产的技术组织,另一个原因是在于它的社会组织,或者如马克思所说的,是在于资本主义社会所特有的生产关系。无产者没有生产资料,只靠出卖自己的劳动力以求生存。作为劳动力的出卖者,即作为除了自己本身以外没有任何其他东西可以在市场上出卖的商品占有者,无产者实实在在是极端软弱无力的、可说是无依无靠的。他们完全依赖那些购买他们的劳动力,并且在手里集中了生产资料的人。无产者愈早地能够自立,就是说,他们愈早地能够独立,那么他们就愈早地开始感觉到自己对生产资料占有者的这种依赖性。由此可见,无产者的独立是以无产者觉悟到自己对资本家的依赖性并且力求摆脱或者至少是削弱这种依赖性为先决条件的。而要达到这个目的,除了无产者团结起来以外,再没有别的道路;除了他们联合起来为生存进行共同斗争以外,再没有别的道路。因此,工人对于依赖资本家这一点愈加强烈地感到不满,他们身上的这种觉悟就愈加强烈地巩固起来:他们必须同其他工人一起共同行动,他们应该在整个工人群众中唤起团结一致的感情。他们对群众的向往,是同他们对独立的渴望,他们对自己尊严的觉悟,一句话,对他们的个性的发展成正比的。当然,维纳·桑巴特并没有看出这一点。

  从现代生产关系观点看来,事情就是如此。从现代技术观点看来,事情就像下面这样。在资本主义企业中劳动的无产者,不是生产整个产品,而仅仅是生产产品的某一部分。完整的产品是很多生产、有时是非常多的生产者的联合的和有组织的努力的成果。所以,现代技术也使无产者感觉到自己是这样的一个量,它只有同其他的量加在一起,才有意义。简言之,技术也促使无产者主要成为社会性的动物。

  这两种情况给无产阶级的心理打上了十分明显的烙印,这也就决定了——通过同样的心理——无产阶级同资产阶级进行斗争的策略。无产阶级运动是群众运动;无产阶级斗争是群众斗争。组成群众的单个人的努力愈是团结,胜利就愈有可能。工人在青年时期从切身经验上就认识到这一点。高尔基的一个主人公,工人雅戈廷,曾经天真地谈到这一点,他说:"我们联合起来,围扰起来,紧紧依靠在一起,便成功了。"当然"成功"实际上并不像雅戈廷所说的那样快,但是由此可以得出结论说,为了最后取得"成功",必须更加广泛地和更加紧密地团结在一起。

  工人阶级先进代表者的活动,自然地、几乎是本能地集中在联合和组织无产者的力量这个方面。联合和组织在他们看来自然是为美好的未来而斗争的最强有力和最有成效的策略手段。同这种有成效的和强有力的策略手段相比较,其他的一切手段在他们看来都是其次的和无关紧要的,而其中的某些手段,有时在其他社会条件下是可以不无成功地运用的,有时甚至是根本不适用的。在高尔基的这个新剧本里,工人列夫欣的同伴雅基莫夫把一个工厂主,残酷的米哈伊尔·斯克罗卜托夫杀死了,列夫欣曾这样说道:"唉,安德列白白放枪呀!你杀人做什么呢?一点也没有用啊!杀死一条狗——主人会再买一条……就是这么一回事!"所谓的恐怖主义不是无产阶级的斗争手段。真正的恐怖主义者,就其本性来说,或者就其"迫不得已的情况"来说,是个人主义者。席勒以天才艺术家的嗅觉懂得这一点。他的威廉·退尔①是一个名副其实的个人主义者。当史陶法赫向他说:"只要我们团结一致,就能大有作为"时,他回答道:"在船舶沉没的时候,单独一个人才容易逃命"。还是这个史陶法赫谴责他对共同事业冷酷无情的时候,他反驳道,每个人能有把握地指靠的只是自己本身。这是两种完全对立的观点。史陶法赫证明说:"只要联合起来,弱者也是强有力的",而威廉·退尔固执地坚持说:"强者在单独一个人的时候最强有力。"

退尔始终不渝地彻底奉行这条信念。他"单独一个人"对付盖思勒。相反地,史陶法赫在席勒笔下被描写成典型的群众运动的鼓动者、组织者和领导者。像退尔一样,这个颇有魄力的人也不怕采取最极端的手段。他在格留特里会议上讲了这样一段著名的话:就连暴君的权力也并不是没有限制的,当被压迫者在任何地方都找不到正义的时候,当那压榨着他们的枷锁变得无法忍受的时候,他们就会诉诸自己那个永恒的不可侵犯的权利,拿起宝剑来。然而,他把联合起来看作是成功的主要保证;他需要林间各州参加解放斗争,大家共同行动:

Wenn Uri ruft, Wenn Unterwalden hilft,
Des Schwytzer wird die alten Bunde ehren……②

要不然发难就毫无意义了。史陶法赫甚至害怕单独的发难,因为单独的发难会妨碍共同事业的成功。他坚决地向在格留特里集会的人们建议:

Jetzt gehe jeder seines Weges still
Zu seiner Freundschaft und Geno same.
Wer Hirt ist, winter ruhig seine Herde
Und werb'im stillen Freunde rur den Bund.
Was noch bis dahin muss erduldet werden,
Erduldet's! Lasst die Rechnung der Tyrannen

---

① 威廉·退尔是德国剧作家席勒的名剧《威廉·退尔》里的主人翁。
② 要是乌里人登高一呼,林间人云集响应,那么什维兹人就不会背弃前盟……

Anwachsen, bis ein Tag……等等①

最有代表性的是下面这个细节：当退尔杀死盖思勒的时候，他本是为整个瑞士效了劳，可是他并没有确知当时解放运动的情况，而且他在杀死凶恶的暴君的时候，仍然是"单独一个人"出现，为他自己报仇。对于他的功勋纯粹出于个人动机这一点，拉萨尔早就注意到了。另一方面，史陶法赫说：

Raub begeht am allgemeinen Gut,

Wer selbst sich

Hilft in seiner eignen Sache.②

他就是剽劫共同的财宝，因为要达到共同事业的胜利，必须有共同一致的行动。史陶法赫是完全正确的。单独一个人的发难在历史上是无足轻重的。席勒也看到了这一点。在他的笔下，退尔的功勋，只不过是把中世纪的瑞士从奥地利压迫下解放出来的革命的一种借口。史陶法赫的鼓动活动和组织活动为这个革命准备了手段。那些"在单独一个人的时候就最强有力"的强者的力量只是间接地属于历史的动力。

席勒笔下的退尔就其本性讲来是个人主义者。但是，如上面已经讲过的，还有出于"迫不得已的情况"所造成的个人主义者。必须承认，我国70年代末和80年代初的许多恐怖主义者就是这种个人主义者。同人民群众齐步并进，他们总是会感到高兴的；他们确实想努力做到这一点；但是群众原地不动，没有响应他们的号召，或者确切些说，他们缺乏耐心等待群众的响应，于是他们"单独一个人行进"。这是一些非常强有力的人，但是，他们在恐怖行动中所表现的力量，在相当大的程度上是悲观绝望的力量。于是这些强有力的人被打败了。

高尔基新剧本中所出现的觉悟的无产者也是一些强有力的人，可是他们真幸运，他们没有任何理由怀疑工人群众所具备的同情心。恰恰相反！工人群众愈来愈响亮地响应他们的召唤。列夫欣说："人民的智慧提高了，他们听讲演，读书，思想。"还有什么比这更好的呢？在这样的时候，甚至连那些毫无耐心的"知识分子"也找不到借口同群众分道扬镳了。而同群众有机地结合在一起的从事体力劳动的无产者，就更找不到这种借口了。

但是不论在什么时候，"知识分子"更乐于指望"个人"，而觉悟的工人则更乐于指望群众，这总是事实。由此就产生两种策略。高尔基的《仇敌》提供了丰

---

① 现在大家悄悄地各自回家，分头去找他的亲戚和朋友！牧人要好好看管牛羊过冬，还要替同盟秘密纠合同志！在发难以前，得忍耐时且忍耐！让暴君们多行不义，恶贯满盈，到那一天，我们跟他把总账算清……

② 谁要是为个人利益打算，他就是剽窃共同的财宝！

富的材料来正确理解工人策略的心理基础。

二

我不打算详尽地论述这个剧本的全部材料,但也不愿意仅仅局限于刚才所说的一些。我要继续谈下去。

大家知道,我国有很多人过去和现在都认为"恐怖主义"主要是英雄的斗争手段。席勒的《退尔》已经表明,这种说法是错误的。难道退尔表现的英雄气概较之史陶法赫还更多吗?完全不是!不难表明,如果在退尔身上更多的是直爽性格,那么在史陶法赫身上更多的则是为了共同事业利益的自觉的自我牺牲精神。要理解这一点,只须记住我在上面引证过的史陶法赫关于劫共同财宝的那段高尚的话就够了。不过,要是事情果真是这样,那么为什么社会舆论把英雄的称号给予退尔,而不给予史陶法赫呢?这是由许多情况决定的。下面是其中的两个情况。

在类似退尔的功勋的这种行动中,个人的全部力量是在刹那间显示出来的。因此,这种行动可以获得最大限度的印象。那些看到或者听到这种行动的人,无须多伤脑筋去评价它所产生的力量。显而易见,这是一种巨大的力量。

史陶法赫的活动就不是如此。他的活动在时间上的延伸长得无比,因此在这种活动中所显露出来的力量,要不明显得不可比拟。为了确定这种活动的范围,是要花一番工夫的,然而这一点并不是一切人都乐意这样做,也不是一切人都能够这样做的。

我之所以说"不是一切人都能够",是因为我们对各种各样历史活动的态度,是由我们总的历史观所决定的。有过这样的时期,人们是从单个人物、罗慕路们、奥古斯特们、或布鲁特斯们的功勋着眼来观察历史活动的。人民群众,一切被奥古斯特们和布鲁特斯们压迫或解放的人们,都从历史学家们的视野里消失了。因为群众在他们的视野里消失了,所以他们自然就不去研究那些通过对群众的影响来影响本国历史的社会活动家。如果在这里研究这种历史观起源于何处,比方说,即使是起源于现代的欧洲,那也是不适当的。只要指出下面这个情况就够了:连奥古斯丁·梯叶里是最先想到群众的人中的一个。现在已经很少遇到这样的历史学家,他认为历史可以在个别的、多少贪权的、多少英勇的人物的自觉活动中给自己找到充分的说明。科学已经理解到更加深刻说明的必要性。但是"广大公众"对这种必要性还缺乏认识。他们的眼光仍然停留在历史运动的表面上。在表面上只能看到个别人物。而在个别人物当中,对于"广大公众"来说,退尔要比史陶法赫容易理解。正因为如此,"广大公众"给退尔加上桂冠,而对史陶法赫几乎没有给予"应有的注意"。

但是群众,只有当他们自己还没有觉悟的时候,只有在当他们不了解自己的力量和自己的作用的时候,才会用这样的眼光来观察历史。如果资产阶级的有学识的思想家奥古斯丹·梯叶里已经强烈地谴责了那些把一切都归诸帝王而认为与人民毫不相干的历史学家,那么工人群众觉悟的代表就更不能满意于这样的历史观:一切都归于光辉的"英雄"的功勋,而粗野的"人群"的运动却算不了什么。因此,无产阶级有觉悟的代表从自己切身的经验知道,在无产阶级中间从事唤起觉悟来的顽强工作,需要花费多大的精神力量。当然,他们十分尊敬退尔,可是他们一定会对史陶法赫寄予更大的同情。这是自然的,如果他们没有处在哈尔土林的特殊地位上的话。

一句话,在这里暴露出了由社会阶级地位的差别所决定的观点的差别。这个无法避免的差别,高尔基看得十分清楚。他在《仇敌》中所描绘的工人,充满着最崇高的自我牺牲精神。你们不妨回想一下列夫欣和雅戈廷建议青年工人李亚勃卓夫去承担杀死资本家米哈依尔·斯克罗卜托夫的罪行的那个场面:

李亚勃卓夫　我已经决定了。

雅戈廷　不急。再想想看。

李亚勃卓夫　还想什么呢?杀了人,总该有人抵命才是——

列夫欣　对!是应该抵命。我们做事光明磊落,——干掉你们的人,用我们的人来抵命。如果没人去承当——许多人就要受害,巴肖克,这是为了同志们的事业。

李亚勃卓夫　我决无怨言。我虽然年轻,不过我明白,——我们需要像铁链似的……更坚强地互相团结在一起……

雅戈廷　(微笑)我们联合起来,围拢起来,紧紧地靠在一起——便成功了。

李亚勃卓夫　好吧。还有什么说的?我一个人,我应该去。不过为了这种人流血真恶心……

列夫欣　是为了同志们,不是为了流血。

李亚勃卓夫　不是的,我是说,他是一个可恶的人……很坏的人……

列夫欣　坏人所以要杀死。好人自己会寿终,他不妨碍人。

李亚勃卓夫　嗳,没有别的话了?

雅戈廷　没有别的话了,巴肖克!那么,明天早晨你去说?

李亚勃卓夫　为什么要到明天呢?我是说,我现在就在。

列夫欣　不,你最好还是明天去说!黑夜就跟亲娘一样,她是一个好顾问……

李亚勃卓夫　嗳,算了……我现在就去?

列夫欣　上帝保佑你！

雅戈廷　去吧，兄弟，坚强地去吧……

（李亚勃卓夫不慌不忙地走下。雅戈廷把手杖在手里转着，他眼盯着手杖。列夫欣看着天。）

列夫欣　（低声地）季莫菲，好人开始多起来了！

雅戈廷　天气好就会收成好！

列夫廷　这一手弄成功，我们就可以搞得好些……

还有什么能比这个年轻的充满自我牺牲精神的李亚勃卓夫更高尚的呢？他的更为成熟的同志们给他指出建立功勋的道路，他们的动机又是多么地崇高啊！他们只有一个目的，就是使人民"搞得好些"。这是一些千真万确的英雄。然而这是一些特殊类型的、具有特殊坚韧精神的英雄，这是无产者中间产生的英雄。塔季雅娜·卢高瓦娅，一个有才华的女演员，目睹了对他们的审讯场面。请看一看，英雄们的这种特殊的、新的坚韧精神给她留下了怎样的印象！她的丈夫说："我喜欢这些人！"她回答道："是啊，可是他们为什么这样纯朴……这样纯朴地谈话，这样纯朴地看人……却要受苦受难？——为什么呢？难道他们没有热情吗？没有英雄气概吗？"

雅可夫　（塔季雅娜的丈夫）他们坚定地相信自己的真理。

塔季雅娜　他们一定是有热情的！并且一定是英雄！不过在这里——你觉得吗——他们轻视所有的人！

一个优秀的女演员应当通晓自己的业务。她应当善于了解别人的热情，品评别人的性格。看来塔季雅娜·卢高瓦娅也是善于这样做的。但是，她所观察到的是完全从另一种生活圈子里迸发出来的热情；她所研究的是完全在另一种环境里形成起来的性格。不论在生活中也好，或者在戏剧文学中也好，她都从未遇见过觉悟的工人。她在偶然碰上审问这些她从未看到过的人类代表——觉悟工人的场面的时候，竟致"大为失常"，她落到了克雷洛夫笔下那个在古董列室里东张西望的古怪人的可笑境地，——她在英雄精神主宰着被告的一切行动的地方，竟没有看出英雄精神来。

事实上，正是在这种英雄精神的纯朴中才表现出它的更加崇高的本质。请你们回想一下，列夫欣是怎样劝说李亚勃卓夫的。后者之所以应当牺牲自己，并不是因为他比别人更好些，恰恰相似，而是因为别人比他更好些："那就会要比你更宝贵的、更优秀的人去受害，巴肖克，这是为了同志们的事业。"我认为，不论任何一个英雄，只要是富有才华的女演员塔季雅娜·卢高瓦娅能够理解他的热情的，假如人们打算这样劝说他的话，都会觉得十分委屈，于是同他谈话的人不得不放弃叫他去从事自我牺牲行为的任何想法。塔季雅娜所能理解的英雄是非常喜欢听恭维话的……

英雄主义有各种各样的。上层阶级推崇的英雄是与无产阶级推崇的英雄不一样的。塔季雅娜对此并不了解。这是可以理解的,因为她不是唯物主义来解释历史的。但是我和你们读者,有时候就要思索这个问题。所以,为了更好理解一个对象,我建议大家像做心理试验一样,这样设想:塔季雅娜·卢高瓦娅领会了社会民主主义思想,并且成了工人党的一个成员。看来,她是有一定的天赋作这件事情的。她不仅是富有才华的女演员。她并且也是秉性诚实的人。难怪在审讯快要结束时,她关于被捕的工人这样说道:"这些人一定会胜利。"所以,我们假定她已决心同他们走一条道路。这将会怎样呢?你们是否认为,由于这个坚决的步骤,从资产阶级中间带来的陈旧印象的一切痕迹都会从她的心灵里消失吗?这是根本不可能的。当然,谁也没有权利这样要求她。教育是会留下许多不可磨灭的痕迹的。所以,人们是很难"脱去古老的亚当"的。塔季雅娜·卢高瓦娅的关于英雄主义的旧观念在她往后的活动中一定会感觉得到。于是,在达到无产阶级斗争最终目的的手段问题上,看来她同她的无产阶级同志会不止一次地发生分歧。雅戈廷和列夫欣几乎本能地踏上的鼓动和组织群众的道路,她曾不止一次地认为,这算不了什么英雄主义。觉悟的无产者会不止一次地认为,这算不了什么英雄主义。觉悟的无产者会不止一次地以她认为是缺乏革命热情的、"机会主义的"行动使她感到伤心。她就会跟自己的新同志争论起来,竭力使他们相信,他们"应当成为英雄"。她能不能办到这一点呢?我不知道。这是由多种情况决定的。也许能够办得到,那就要有相当多像她一样的知识分子同她一起转到工人方面来。历史表明,工人运动的最初几步往往是在知识分子的有决定性的影响下采取的。但是在这里一定会发生内部的斗争。在这里,在运动内部,也还会产生"两种策略"的斗争。但是,当工人运动日益壮大的时候,当无产阶级习惯于没有知识分子的帮助也会前进的时候,无产阶级的策略就会取得彻底胜利。……那时候知识分子就会逐渐地同无产阶级分道扬镳。

在列夫欣和雅戈廷同李亚勃卓夫的谈话中还有一个地方,如果在阐明无产阶级策略的心理条件的时候注意到它,那是很有益处的。下面就是。

列夫欣　不应该随随便便地到什么地方去,应该明白……你还年轻,这是苦役……

李亚勃卓夫　没关系,我可以逃走……

雅戈廷　也许,并不是苦役!……巴肖克,要服苦役,你的年龄还小……

列夫欣　我们就说是苦役吧！这种事情还是设想得愈可怕愈好。如果一个人连苦役都不怕,那就是说,他决心很坚定!

说得对！列夫欣老人,用他自己的话说,是一个见多识广的人,他是非常清楚地懂得这一点的。但是,假如他同塔季雅娜·卢高瓦娅辩论革命的英雄主义,他也许就不会恰如其分地运用他这个非常正确说法:"这种事情还是设想愈可怕愈好。"有道理！然而是否只是在列夫欣同李亚勃卓夫所谈的那件事情上才有道理呢？哦,不是！世界上有许许多多的事情,都是设想得"愈可怕愈好"。无产阶级的解放斗争就属于这一类事情。在这里确实要经常记住"愈可怕愈好",因为这些为无产阶级解放而斗争的人们如果什么都不怕,那就是说,他决心很坚定。但是在这个斗争的人们的死亡吗？不,他们不是那么容易用死亡吓唬得了的。你们试试用死亡吓唬年轻的李亚勃卓夫看,他沉着地、朴实地、甚至对那些认为必须鼓励他的人好像有点慢怒,他说道:"我的主意已定。那又有什么呢？"要使这样的人感到不安,必须想出一种比死亡还更可怕的东西来。对他来说还有什么能比死亡更可怕的东西呢？对他来说,比死亡还更可怕的只能有一件事情,就是他全心全意为之奋斗的事业遭到失败。甚至不是完全的失败,不是对这个事业寄予的希望的彻底破灭,而不过是这样一种单纯的感觉:胜利在望的事业寄予的希望的彻底破灭,而不过是这样一种单纯的感觉:胜利在望的事业又推迟到渺茫的未来。从某种心情来讲,这种感觉毫无疑问比死亡还更可怕。当生活把这种感觉强加给人的时候,也就是说,当生活打破了胜利已经临近的过于乐观的想法的时候,它甚至会使得意志坚强的人也悲观绝望。正因为如此,参加无产阶级解放运动的人们,不应当以过于美妙的希望来迷惑自己;他们应当避免过分的乐观主义。"这种事情还是设想愈可怕愈好"。如果人们决心斗争,甚至不抱有胜利已经临近的任何希望,如果人们决心进行哪怕是十分长期的斗争,如果人们想到他们也许肯定要死亡,他们所向往的乐园远不可及,——也不能使他们抛弃决心,那就是说,他们"决心很坚定"。"这种事情还是设想得愈可怕愈好"。自然,列夫欣现在不会同意这一点。而前面提到的那个女演员塔季雅娜·卢高瓦娅大概会宣布这个看法是"孟什维克的"(或者其他什么的)"机会主义"。资产阶级出身的革命者很喜欢用过于夸大的希望来欺骗自己。他们需要这样的希望,就像需要空气一样。他们的毅力有时候全靠这种希望支撑着。在他们看来,对群众进行长期的、细致耐心的不断感化的工作,简直是枯燥无味的。他们在这种工作中既看不到热情,也看不到英雄气概。当无产阶级运动受他们的影响的时候,这个运动本身就多多少少沾染着他们的浪漫主义的乐观主义。只有当无产阶级运动完全独立自立的时候,这种浪漫主义的乐观主义才会离开它。但是，既然毫无根据的乐观主义，正是由于它毫无根据，周期地被极端的没落精神所代替，所以它确实是几乎任何处在知识分子影响下的年轻的工人运动所诅咒的东西。这个运动所遭受的相当大一部分失败都可以由它得到说明。

很有意思的是，曾经在《新生活报》上写文章的高尔基，如大家所看到的，他本人在这方面受到了知识分子最强烈的影响。在他看来，"布尔什维克"的策略就像他笔下的塔季雅娜所认为的那样，是最"热情的"和"英雄主义的"。我们可以期望，他的无产阶级本能迟早会向他揭示这些策略手段是站不住脚的。恩格斯早在五十年代初就一针见血地把它们称之为革命的炼金术了。

三

可是让我们回到这出"戏"上来吧。

资产者通过自己根深蒂固的偏见这一有色眼镜来观看工人群众，他们把工人群众看作不外是野蛮的"人群"，而把工人群众斗争的心理动机看作不外是粗野的、近乎动物式的冲动。难道谁没有听到过觉悟的无产阶级所抱持的阶级观点是以极端狭隘性为特点，并且排除对"一般的人"的任何的热爱呢？马克西姆·高尔基，他本人出身于无产阶级，他知道这是多么地不正确，他以艺术家的资格，通过很有意思的艺术形象向我们表明了这一点。他的列夫欣以半神话式的殉道者为自己势不两立的敌人祷告："他们并不知道自己在干什么。"当巡长向被捕的列夫欣吼叫道："你不害臊吗？老鬼！"当工人葛列可夫反驳巡长道："你为什么要骂人呀？"——列夫欣却沉着地说道："没有关系！他的职务就是这样……专门欺负人的！"甚至那些专门欺负人的人也没有引起他的憎恨。资本主义社会里争取生存的斗争，给他留下一种极端残酷压榨的沉重印象。他向厂主的外甥女娜佳说："亲爱的小姐，世界上的人都中了铜臭的毒！这便是你年轻的心灵为什么这样苦恼的原因……所有的人都被金钱给束缚住了，你还是自由的，所以你在人世上就毫无地位。金钱向世界上每一个人发出叮叮叮当当的响声，它说：你爱我吧，像爱你自己一样……不过这与你毫不相干！"工人雅戈廷不免讥笑地对他说："你呀，叶菲梅奇，在石头上也播种起来……真是怪人！……何必白费气力呢。……难道他们能明白吗？工人的心能明白，可是老爷的心有病，是不会明白的。"但是，他没有接受这个论据："心就心吧，——他说，——要知道，所有的人都围绕一个地方转。"看来，在他没有碰到社会主义者以前，早就得出了这个不可动摇的结论：邪恶不在于人，而在于"金钱"。他那简单的、然而独特的和合情合理的对生活的看法，已经在他同这个娜佳以及同我们已经熟识的女演员塔季雅娜·卢高瓦娅的谈话中表白得很透彻了。

在米哈依尔·斯克罗卜托夫被杀死之后,当死者的尸体还停放在屋里等待埋葬……和法庭检验,敏感的娜佳问塔季雅娜道:"丹娘婶婶!为什么家里有死人,大家都悄声说话?"塔季雅娜回答道:"我不知道"。而列夫欣看守着尸体,他匆匆忙忙说出自己的灰心丧气的话来:

列夫欣 (带着微笑)小姐,因为我们对死者是有罪的,全都有罪……

娜佳 可是,叶菲梅奇,人们并不……总是这样被杀死的……为什么无论在哪种死人身边都是悄声说话呢……

列夫欣 亲爱的,——所有的人都是被我们杀死的!有的是用枪弹,有的是用言语,我们以自己的所作所为杀死所有的人。我们把世上的人都赶到泥土里去,我们做着这样的事情,既看不出,也不觉得……等到把人给弄死了,那时我们才明白,我们对他是有罪的。于是对死人怜悯起来了,觉得对不起他了,心里怕起来了……要知道,人家也是这样赶着我们,我们也预备进坟墓了!……

娜佳 是吗……真可怕!

列夫欣 没什么!现在可怕,明天便什么什么都过去了。于是人们又重新你推我推的……被推的一个倒下去,大家沉默一会,抱歉一番……叹口气,接着又去搞那老一套了!……又走那条老路了……真黑暗啊!大家走的是同一条路……真有点儿憋得慌……你呢,小姐,你是不会觉得有罪的,——死人也不会来打扰你,你就是当着死人的面也可以大声说话……

塔季雅娜 为了不这样生活,该怎么办呢?……你知道吗?……

列夫欣 (神秘地)要消灭金钱……要把金钱埋葬掉!没有金钱了,怎么还会仇恨呢,怎么还会互相排挤呢?

塔季雅娜 只要这样就行了吗?

列夫欣 开头这样,就够了……

塔季雅娜 娜佳,你要到花园里去散散步吗?

娜佳 (沉思地)好吧……

在我看来,谈话的结尾对于塔季雅娜来说是有典型意义的。列夫欣的独特的"经济唯物主义"在她心中初次只能引起"到花园去散散步"的愿望。我们已经知道,她所需要的是热情和英雄气概,而有关金钱的议论,无论对于热情或者对于英雄气概,似乎甚至没有留下丝毫余地。金钱是一种十分平淡的东西,关于它的任何解释都会引起——至少由于不习惯——感觉"细致的"、"有文化的"人的十足的厌烦。但是问题就在于,列夫欣把这个问题看成是完全另一个样子。这完全是因为他以自己特殊的无产阶级的观点来看待平淡无味的金钱。

在这里我擅自加上小小的一段插曲。有一次已故的涅克拉索夫在自己的

一首诗中描写了一个为自己儿子的死痛哭不已的年老的农妇,然后她哭诉道:

那暖和的小皮袄穿坏了,

谁来捕捉当年的新兔子?

然后这位老太婆噙着眼泪回忆到自己的儿子,说她的小木屋已经全部倒塌了,等等。这是当时的某些批评家很不喜欢的。他们认为这是"粗野的"。他们叫嚷道:心爱的儿子死了,哪能有心思唠叨小木屋和小皮袄呢!如果我没有记错的话,当时有人甚至谴责涅克拉索夫是在诽谤人民。的确,在涅克拉索夫的作品中,初看起来这好像是太"唯物主义"了。老太婆所痛哭的看来与其说是儿子死了,倒不如说是她从此得不到新的"小皮袄"了。如果把俄罗斯《复仇和悲哀的缪斯》这篇作品,比方说,同维克多·雨果为自己的孩子的死所写的那首诗作一比较,那么上述的批评家们对涅克拉索夫所作的责难还将更有根据些。在著名的法国浪漫主义作家的作品中,不仅丝毫没有提到小木屋和小皮袄,而且根本就没有写到什么物质的东西。他所谈的仅仅是感情,当然是最真挚和值得尊敬的感情。诗人回忆他在一个晚上放下手头工作休息的时候,把自己的孩子抱在膝头上,给了他一些玩具,等等。非常遗憾,此刻我手边没有这两首诗,我又不能把它们背诵出来。只要把其中的某些片断作一番比较,就可以清楚地看出雨果描写痛苦的手法,是跟涅克拉索夫描写同样感情的手法有很大差别的。然而这还绝对不能证明,某些批评家谴责涅克拉索夫笔下的不幸的老主婆,抱有粗野的唯物主义是正确的。雨果的痛苦同涅克拉索夫笔下的老太婆的痛苦究竟有什么区别呢? 区别就是,在雨果那里,对于失去的亲人的回忆是与另外一些完全不同的观念连结着的,而在老太婆那里就不一样了。仅此而已。感情是完全一样的,然而伴随着感情所产生的联想却完全不同。联想的这种区别是由什么引起的呢?是一些完全不以感情为转移的状况。第一,小孩根本不能修造小木屋,也不能捕捉兔子。第二,当然,这是最主要的一点,维克多·雨果在物质方面有充分的保证,他无需把生活资料问题同自己孩子的生命问题联系起来。这后一种状况我叫作是丝毫不以感情为转移的状况,因为大家知道,人的富裕的物质生活是同他的一般感情、特别是同他作父亲的感情没有因果联系的。人的富裕的物质生活是由他在社会中的经济地位决定的;这种地位不是由心理原因决定的,而完全是由别的一些原因决定的。

但是,如果人们的经济地位一点也不以他们感情的深厚为转移,那么人们生活的环境 Grossen und Ganzen① 则以这种地位为转移;可是这种环境决定着

---

① 整个说来。

与他们对亲人的怀念结合（联想）在一起的那些观念的性质。所以，社会的经济决定社会的成员的心理。

维克多·雨果的生活条件和俄国农民的生活条件是不可同日而语的。毫不足怪，在他那里丧失孩子的联想到的观念与农民他们失掉亲人联想到的观念是完全不同的。因此，这种损失所引起的痛苦在雨果身上的表现，同涅克拉索夫笔下那个老太婆身上的表现是必然不同的。由此可见，涅克拉索夫大概不像初看时那样不正确了。然而主要的是，他一点没有诽谤人民的企图。丧失亲人所引起的痛苦，决不会由于这种损失的观念与那些和所谓的物质需求有关的观念联系在一起，便不再是沉重的了。涅克拉索夫笔下的老太婆之所以想到兔子和倒塌的小木屋，并不是因为她对物质需求的满足比对儿子的爱还更宝贵，而是因为她认为，比世界上一切东西大概都更宝贵的儿子的爱，是表现在儿子对满足母亲物质需求的关心上面。在有钱人那里，孩子的爱表现在另一种关心上面，因为"老爷们"的物质需求是由雇佣来的仆役——从前是由农奴充当的仆役——来满足的。所以，"城市的"感情第一次从表面上看来，可能显得是较为细腻和高尚的。那些斥责涅克拉索夫的批评家所习惯于观察的正是"城市的"、从表面看来较为细腻和高尚的感情。因此，他们就痛斥涅克拉索夫笔下那个穷老太婆的完全无辜的"新"兔子。因此，他们就叫嚷什么诽谤了。

我说这一切是为了使列夫欣提出的"金钱"总是得到适当的阐明。那些反正属于社会"上等阶级"的人们，习惯于把这个问题看得非常平淡无味。他们在下面这个意义上是正确的：既然一个人享有富裕的物质生活，那么对他来说，他所支配的金钱的多少数量的问题，在极大多数场合下，归结为获得多少数量的物质享受的可能性问题，例如，"把沙发靠近壁炉，设宴款待友人"，等等。那属于"上等阶级"、对谈论"金钱"毫无兴趣的人，正确地被认为是具有较为细致的愿望的人。但是，对于那些属于所谓下等级的人们，特别是对于那些被唤醒了求知欲望的无产阶级，"金钱"则有着完全不同的意义。可以用统计学的方法来证明：这一工人阶层的工资愈高，那么用来满足工人的精神需求的工资部分也就愈大。所以，对于无产者来说，为"金钱"而斗争就是为捍卫和发展自己的人的自尊心而斗争。这一点是"上等阶级"的人们通常不愿意了解的，他们十分蔑视工人阶级解放斗争所追求的目的"粗野"。这对于列夫欣这样的有思想的无产者是完全可以理解的。但是必须指出，列夫欣的愿望不是仅仅限于增添那构成工人收入的"金钱"的数目。对他来说，"金钱"是整个制度的象征。他的充满热爱的心灵，由于资本主义社会中为了"金钱"而进行的残酷搏斗的景象，痛苦到了极点。他由于这种搏斗而为自己和自己的亲人感到"难以为情"。他追随社会主义者,因为社会主义者所愿望的与他的正直和敏感的心灵所企求的是同样的东西:"消灭金钱",就是说,摧毁现存的经济制度。因此,使那些没有丧失崇高志愿的"上等阶级"的人感到十分厌烦的"金钱"问题,在他的心目中就有着极其巨大的社会意义;对他来说,"消灭金钱"就是消灭现在人们在争取生存的经济斗争中所做的一切坏事。如你们所看到的,这已经不是平淡无味的事情;热衷于它是最富有崇高诗意的事情,只有精神上充分发展的人才能够做到。

四

"消灭金钱!"结束现在人类社会中为争取生存而进行的残酷的可耻的斗争!

甚至持有"上等阶级"观点的人,也完全能够领会这个目的的伟大。但是我们已经看到:对他来说,追求"金钱"就等于追求获得满足物质需求的新手段。因此,对他来说,"消灭金钱"的问题并不涉及社会关系,而是转向道德领域。消灭金钱的权力,就是意味着生活朴素,不尚奢侈,要知足。消灭金钱,就是意味着消灭自身的贪欲和其他的恶习。克制自己,一切都会很好。"天国在你们的心中"。

对于列夫欣们来说,消灭"金钱"的问题必然会成为社会问题。列夫欣是属于这样一个社会阶级,它甚至在决心遵从"上等阶级"的好人的好的劝告——生活要朴素——的时候,也不能停止争取"金钱"的斗争;它之所以不能停止,是由于这个简单的原因:它必须进行斗争,不是为了争取多余的东西,而是为了争取必要的东西。对它来说,恶不是在于,"金钱"在它面前勾画出一幅只有用金钱才能换得来的"人为的"欢乐的图画,使它腐化起来,而是在于,它应当屈从于金钱,因为它如果不屈从于金钱,就会丧失满足自己最"自然的"和最迫切的肉体需求和精神需求的任何可能性;因此,对它来说,道德问题不可避免地会成为社会问题。"天国"当然"在我们的心中"。但是,要在我们的心中找到天国,就必须摧毁"地狱的大门",而这个"大门"并不在我们的心中,而是在我们的身外,并不在我们的精神之中,而是在我们的社会关系之内。如果某一个"好心肠先生"向列夫欣宣传,比方说,列夫•托尔斯泰伯爵的教义,那他一定会这样回答的。

列夫欣之所以成为社会主义者,是因为他根据经验,从"金钱"的全部客观的即社会的作用方面认识了"金钱"的力量。正因为他认识了这种力量,所以他这个天性最温和的人,他这个乐于宽恕一切的人,就是在暴力手段面前也毫不畏缩。我们已经知道,他远不是拥护所谓恐怖手段的人。然而他反对恐怖手段,其实是根据策略上的理由,也就是根据合乎目的的理由。当李亚勃卓夫由于一个坏人不得不去死而表示遗憾的时候,这个善良的和宽恕一切的列夫欣带着可以说是完全出人意外的残酷态度反驳道:"坏人要杀死。好人寿终死。"他充满了热爱,可是社会生活的辩证法作为感情的辩证法在他的心灵中反映出来,而且热爱使他成为一个能够作出最严峻的决定的斗士。他感觉到,没有这种决定是不行的;没有这种决定恶还会更多,所以他不能放弃这种决定,纵然他感觉到这种决定的必要性是一种极其沉重的东西。

"勿以暴力抗恶",托尔斯泰伯爵教导道。他用一种类似初等算术的计算法来加强自己的说教。暴力本身就是恶。以暴抗恶,就是不但不消除恶,反而给旧恶添加新恶。这个论据对列夫·托尔斯泰伯爵来说是非常有代表性的。在我们这位贵族的"生活导师"看来,以暴抗恶就是对杀人处死刑:杀人+杀人=两个暴力。跟着是新的杀人和新的死刑,就是说,又一个杀人。恶在这里没有被暴力所消除,——就是这样。但是为什么是这样呢?因为任何一个社会的罪行都决定于它的制度,当这个制度没有改变以前,或者至少当它的某些特点没有减弱以前,没有减少罪行的原因。现在要问,刽子手是不是会改变社会制度呢?当然不是。刽子手不是革命者,甚至不是改良者;他主要是保守者。显然,从刽子手实行的暴力那里期望减少罪行中所表现的恶,那是令人奇怪的。但是,假如暴力使社会制度变好,假如暴力能消除引起罪行的大部分原因,那么暴力就不会使恶增多,而是使恶减少。这样一来,只要我们抛弃刑事惩罚的观点而转到社会制度的观点,托尔斯泰伯爵的论据就会像纸糊的房子一样垮台了。但是托尔斯泰伯爵从来也不能接受过这个观点,因为他过分地浸透了贵族的保守主义。但是,像列夫欣和他的同志们这样的无产者,由于他们所处的社会地位,不得不接受这个观点,因为大家知道,他们除了自己身上的枷锁以外,什么东西也不会失掉,而且由于社会制度的合理改革,他们一定会赢得整个世界。社会改革的观点是这样一种观点,他们在学会用理智理解它以前,就已经本能地预先倾向于它了。他们的视野,由于他们的社会地位,不是缩小,而是扩大。所以,他们很容易理解托尔斯泰的道德是冷酷无情的不道德。所以,他们的仁爱首先具有积极的性质。他们认为自己的责任是消除恶,而不是使自己不参加恶。

"亲爱的,所有的人都是被我们杀死的!有的是用枪弹,有的是用言语,我们以自己的所作所为杀死所有的人。我们把世上的人都赶到泥土里去,我们做着这样的事情,既看不出,也不觉得……人家也是这样赶着我们,我们已经预备进坟墓了!……"

列夫欣这样对娜佳说。你们能断言这不是正确的吗?你们能够说这一切不是由于"金钱"而发生的吗?如果你们不能够,如果列夫欣说"所有的人都是被我们杀死的"是正确的,那么勿以暴抗恶,作为间接支持现存制度的一种形式,本身就是间接参加暴力的一种形式。具有"上等阶级"人们的心理的道德家,会以下面这种想法来安慰自己:这样地参加暴力终究只有间接的性质。列夫欣们的富于同情的良心对于这种想法是不能感到满意的。

"上等阶级"的道德说:"纵然你避开恶,你终究还是维护它的存在;要创造幸福,就必须消灭恶。"道德的这个差别根源在于社会地位的差别。马克西姆·高尔基通过列夫欣给我们鲜明地描绘了我所指出的无产阶级道德的这个方面。单凭这一点就足以使他的这个新剧本成为杰出的艺术作品。

据说《仇敌》这个作品在柏林没有得到好评,然而《底层》在那里却上演了很多次。我对这一点毫不奇怪。描写得很出色的流浪汉(Lumpenproletarier)可以使资产阶级的艺术爱好者感到兴趣,而描写得很出色的觉悟的工人一定会引起他们一连串最不愉快的想法。至于柏林的无产者,他们在这个冬天就谈不到上剧院了。

但是,资产阶级的艺术爱好者可以随自己高兴赞扬或者斥责高尔基的作品。然而事实毕竟是事实。最有学问的社会学家可以从艺术家高尔基那里,从已故的艺术家格伊·乌斯宾斯基那里学到很多的东西。他们那里有着很多发人深思的东西。

高尔基的这一切无产者是用什么样的语言讲话啊!这里一切都很完美,因为"这里没有任何臆造的东西,一切都是真实的"。普希金曾经劝告我们的作家要向莫斯科烤圣饼的女人学习俄罗斯语言。无产阶级艺术家马克西姆·高尔基,不曾有外国"保姆"在其摇篮旁边站立过,用不着照普希金的劝告去做。他即使不向烤圣饼的女人请教,也非常出色地掌握了伟大的、丰富的和强有力的俄罗斯语言。

(选自《普列汉诺夫美学论文集》,曹葆华译,人民出版社,1983年版)

参考书目

1. 恩格斯:《致玛·哈克奈斯》(1888年4月初),见《马克思恩格斯选集》第四卷,北京:人民出版社,1982年。
2. 列宁:《托尔斯泰是俄国革命的一面镜子》,见《列宁论文学与艺术》,北京:人民出版社,1984年。
3. 冯宪光:《西方马克思主义美学研究》,重庆:重庆出版社,1997年。
4. 伊格尔顿:《20世纪西方文学理论》,西安:陕西师范大学出版社,1985年版;《审美意识形态》,桂林:广西师范大学出版社,2000年。
5. 杰姆逊:《马克思主义与形式》、《语言的牢笼》,南昌:百花洲文艺出版社,1998年;《政治无意识》,王逢振等译,北京:中国社会科学出版社,1999年。

6. 阿尔都塞:《皮科罗剧团,贝尔多拉西和布莱希特》、《一封论艺术的信:答安德烈·达斯普尔》,见陆梅林辑注《西方马克思主义美学文选》,桂林:漓江出版社,1988年。
7. 马歇雷:《列宁:托尔斯泰的批评家》,见陆梅林辑注《西方马克思主义美学文选》,桂林:漓江出版社,1988年。
8. 巴赫金:《文艺学研究中的形式主义方法》,见《巴赫金全集》第二卷,石家庄:河北教育出版社,1999年。

思考题

1. 请描述意识形态批评发展的理论轨迹。
2. 如何理解文学作品的倾向性与艺术规律之间的关系?
3. 如何理解文学作品的离心结构?
4. 如何理解杰姆逊所提出的文学作品的政治无意识现象?
5. 如何理解巴赫金提出的作家、作品和读者之间的关系?
6. 请谈谈伊格尔顿的文学批评理念。
7. 列宁在研究托尔斯泰的文学作品中是如何解决作家的政治立场与文学真实之间的关系的?

第三章
精神分析批评

弗洛伊德的出现,是 20 世纪的一件大事;弗洛伊德对人类无意识领域的探索,是 20 世纪人类科学史上最伟大的成就之一;弗洛伊德在世界科学史和文化史上的功绩,西方学术界部分学者认为完全可以同哥白尼、达尔文、爱因斯坦等人并肩而立。弗洛伊德所创立的精神分析理论,不仅在世界心理学界有着广泛的影响,而且对文学创作、文学研究、美学理论等多门人文社会科学也产生了革命性的影响。

第一节 精神分析理论的核心要素

弗洛伊德的精神分析理论,内容非常丰富,所涉及的领域也十分广阔,他"学识渊博,其著作包括许多不同的问题:精神分析技术;例证个案研究;把精神分析应用于社会科学、历史、传记、宗教与文学;还有对精神分析的理论性探讨和范围广泛的调研"。① 概而言之,弗洛伊德精神分析理论的核心内容主要有两个方面。

一 心理结构理论:意识与潜意识

在弗洛伊德之前的心理学界,心理学家们对心理的研究主要集中于人们的意识领域,是把"心理的即意识的"论断当作一种公理来接受,来研究的。弗洛伊德在对精神病人的治疗中发现,可能有一种强有力的心理过程隐蔽在人的意识之外。换句话说,在人的意识之外还可能有一种无意识心理,这种无意识心理在遇到阻碍的场合下就转化为神经病的病理征候。弗洛伊德在 1895 年与布鲁尔合著的《癔症研究》(又译《歇斯底里研究》)中提出了"潜意识"概念。他们指出:"我们称那些我们觉察到的观念为意识性的……除了上述的那些观念之外,如果同时有其他观念,我们应

---

① 〔美〕弗农·J.诺贝尔、卡尔文·S.霍尔:《心理学家及其概念指南》,北京:商务印书馆,1998年。

该称它们为潜意识观念。"并强调:"我们必须承认存在着潜意识的观念,并起着作用。"①在1900年出版的《释梦》(又译《梦的解析》、《梦的释义》)一书中正式将人的心理结构化分为意识与潜意识层次,并在以后的各种著作中得到了进一步研究。

在弗洛伊德那里,**意识**是可以觉察到并能够认知的心理部分。意识通过感觉器官接受和传递信息,将外在信息引入内部世界,将心理的东西指向外部世界。意识包括我们所知道的一切消息、观念和感觉。由于意识与外部世界的联系非常紧密,它受到的限制也就更多。在人的心理结构中,"意识是心理结构的外表:就是说,我们已把它作为一种能划规在空间上最靠近外部世界的系统了"。② 意识仅占很小的一部分。而人的心理好比一座冰山,意识只是露出水面的部分,大部分存在于意识的表层下面。

潜意识是人们不能认知或没有认知到的部分,是人们"已经发生但并未达到意识状态的心理活动过程"。③ 弗洛伊德又将潜意识分为前意识和无意识两个部分,有的又译为前意识和潜意识。

前意识"指当需要时就能变为意识的那种心理材料。它不像无意识材料那样处于被压抑状态。它只不过是在一个人的心理的背后"。④ 前意识是意识和无意识之间的一个边缘部分。它虽然暂时是无意识的,但是比较容易转化为意识。前意识如果遭受的抵抗很弱,则非常容易变为意识。

无意识"包括所有曾被压抑或从未被允许变为意识的心理材料"。⑤ 无意识处于心理结构的深层,是人们难于察觉和认识的部分。用弗洛伊德的话说,"无论何种心理过程,我们若由其产生的影响而不得不假定其存在,但同时又无从直接感知,我们称此种心理历程为'无意识的'"。⑥ 这种"无意识的"心理,其核心要素是性冲动、性本能、性欲望,它多通过人们不够注意的玩笑、失言、梦等方式表现出来。在人们的心理结构中,无意识占据了最大的一部分,它好比一座冰山藏在水中的部分。无意识在表现上多为盲目的冲动、生物的本能和被压抑的欲望。无意识由于外部的强大抵抗,不容易变成意识。"弗洛伊德被称为第一个对无意识进行探索的人。"他的"精神分析常常被描绘成无意识心理学"。⑦ 这个观点至少说明,无意识概念在弗洛伊德的心理学理论中,是一个占有重要地位和具有重大意义的概念。无意识是弗洛伊德精神分析理论的核心概念,它主宰着其他心理过程,它不仅"扩张了精神现象世界的

---

① 车文博主编:《弗洛伊德文集》第一卷,长春:长春出版社,1998年,第195—196页。
② 同上书,第四卷,第141页。
③ 同上书,第398页。
④⑤⑦ 〔美〕弗农·J.诺贝尔、卡尔文·S.霍尔:《心理学家及其概念指南》,第54页。
⑥ 〔奥〕西格蒙特·弗洛伊德:《精神分析引论新编》,北京:商务印书馆,1987年,第55页。

领域,并且把一些以前认为不属于心理学的现象带进了心理学的领域"。① 而且成为了弗洛伊德精神分析这一"对人类和科学别开生面的新观点的一个决定性的步骤"。②

当然,在弗洛伊德的心理学理论中,无意识、前意识和意识虽是三个不同层次,但又是相互联系的系统结构。弗洛伊德将这种结构作了一个比喻:无意识系统是一个门厅,各种心理冲动像许多个体,相互拥挤在一起。与门厅相连的第二个房间像一个接待室,意识就停留于此。门厅和接待室之间的门口有一个守位,他检查着各种心理冲动,对于那些不赞同的冲动,他就不允许它们进入接待室。被允许进入了接待室的冲动,就进入了前意识的系统,一旦它们引起意识的注意,就成为意识。他将潜意识分为两种:"一种是潜伏的但能成为有意识的"潜意识——前意识,"另一种是被压抑的但不能用通常的方法使之成为有意识的"潜意识——无意识。③ 在这里,潜意识就成为了意识与无意识的连接点,它一头连接着意识,另一头连接着无意识。

二 本我、自我、超我:人格系统理论

弗洛伊德在无意识理论的基础上,建构了他的人格系统理论。他认为人格的整体由**本我、自我、超我**三个主要部分所构成。他 1923 年发表的《自我与本我》,1933 年出版的《精神分析引论新编》等著作,反复地、详细地分析过本我、自我、超我这三种人格结构。

本我(id)是一个原始的、与生俱来的、无意识的结构,完全隐没在无意识之中,它主要由性的冲动构成。用弗洛伊德的话说,本我是人们所有的热情、本能和习惯的来源,是遗传本能和基本欲望的体现者,它没有道德观念,甚至缺乏逻辑推理,唯一的需要就是不惜一切代价满足本身。换句话说,"本我的唯一功能就是尽快发泄由于内部或外部刺激所引起的兴奋,本我的这一功能是实现生命最基本的原则。"本我所遵循的是"快乐原则"(或译"唯乐原则")、寻求欢乐和躲避痛苦是本我最重要的功能。④

自我是社会的产物,是本我与外部世界、欲望和满足之间的居中间者。自我的功能是控制和指导本我与超越、促进人格的协调发展。自我是有逻辑,有理性的,并具有组织、批判和综合能力。自我所遵循的不是"唯乐原则",而是"唯实原则"。这

---

① 杨清:《现代西方心理学主要派别》,沈阳:辽宁人民出版社,1980 年,第 393 页。
② 〔奥〕西格蒙特·弗洛伊德:《精神分析引论》,北京:商务印书馆,1986 年,第 9 页。
③ 车文博主编:《弗洛伊德文集》第四卷,第 137 页。
④ 〔美〕卡尔文·斯·霍尔等:《弗洛伊德心理学与西方文学》,长沙:湖南文艺出版社,1986 年,第 23 页。

里的"实",就是外在世界存在的东西。"自我主要是外部世界的代表,是现实的代表"。自我的作用就是调节"真实的东西和心理的东西之间、外部世界和内部世界之间的这种对立",①自我主管人们维持正常而守法的生活。如一个人肚子饿了,他不能胡乱地往嘴里送东西,他必须辨认外部世界提供的东西是否能吃,直到找到可食用的东西再往嘴里送,在这里,起着作用的是自我。又如,每个人都有满足本能欲望的要求,但社会又不允许本能的任意性行为,自我就指导着人遵守社会的道德规范与法纪秩序,在这个前提下去寻求满足本能欲望的方式,从而使个人的本能欲望的满足与社会规范达到一致。一句话,自我是本我与外部世界之间起桥梁作用的复杂心理过程与心理结构。"它掌握着行动的通路,选择它要反应的环境特征,决定有哪些需要满足,满足需要的先后如何"。②

超我是人格在道义方面的表现,是理想的东西,超我分为自我理想和良心,需要努力才能达到,它是完美的而非快乐或实际的,它是禁忌、道德、伦理的规范和标准以及宗教戒律的体现者。超我是从自我中发展而来的,它是"一个从自我内部的分化"出来的"自我理想"。③ 是小孩吸收父母亲区分好坏、辨别善恶的一些标准的结果。具体地说,它是在童年时代由父母和师长的指示、约束、禁律、习惯通过自居作用的内化而形成的结构,是根据社会行为的标准和要求而在人的内部世界中起作用,"是内部世界的代表"。④ 超我像一个监督者或警戒者,设法引导自我走向更高的途径。当自我对本我的要求屈服时,它会惩罚自我,使人感到内疚,自卑甚至有罪。而对自我和本我斗争的胜利给予奖掖,产生自豪感。超我是人类理想的源泉,一切完美的追求都产生于超我。诚如伊格尔顿在《美学意识形态》中指出的那样:"超我是所有的唯心主义的源泉,也是我们的内疚的源泉;超我既是高级牧师又是警察代表,既是肯定的又是否定的,既是欲望的表象又是禁忌的传播者,作为良心之声,超我以阉割这种威胁为基础,进行导致我们的自我厌恶和自我折磨,对此弗洛伊德评述说,'正常的人'比他所理解的人更道德。"⑤

超我是怎样发挥惩罚和奖赏作用的呢?美国心理学家卡尔文·斯·霍尔举了一个形象的例子来说明这个问题:对于道德上有罪的人,超我好像说:"既然你近来很坏,你将受到惩罚,遇到不愉快的事情",或因自卑自责产生负罪感,使人感到心情不舒畅;或因遭到伤害而导致病痛。对于一个遵守道德的人,超我好像说:"既然你长

---

① 车文博主编:《弗洛伊德文集》第四卷,第 157 页。
② 〔美〕弗农·J.诺贝尔、卡尔文·S.霍尔:《心理学家及其概念指南》,第 50 页。
③ 车文博主编:《弗洛伊德文集》第四卷,第 150 页。
④ 同上书,第 157 页。
⑤ 〔英〕特里·伊格尔顿:《美学意识形态》,桂林:广西师范大学出版社,1997 年,第 265 页。

期以来表现很好,现在你可以满足一下自己,去享受一番",如长时间的休息放松,或享受一顿美味佳肴,或是其他方式的娱乐。超我的主要作用是控制和调节那些一旦失去控制就会危及社会安定的各种冲动,使人成为社会安分守法的一员。①

本我、自我与超我有何主要区别与联系呢?

本我是进化的产物,是人的生物禀赋的心理代表,自我是人与客观现实之间相互作用的结果,是比本我更高级的心理过程,超我是社会活动的产物,是文化传统的传播媒介。本我、自我与超我并不是彼此绝缘,相互分离的,它们只是用来表达整个人格中不同的过程、作用、机制和精神动力的一种简略方法。自我出自本我,超我又出自自我,它们在人的一生中相互作用、混成一体,但有时又互相矛盾、产生抵抗。当三者处于平衡时,个性就正常发展;当三者处于矛盾状态,神经就出现毛病,个性发展就受到阻碍。②

第二节 精神分析批评的主要内容

从根本上说,弗洛伊德不是文学理论家,而是心理学家和精神病医生。但弗洛伊德热爱文学,与文学有着特殊的关系,并有突出的文学才能,被公认为德语散文大师,1930年获"歌德文学奖"。弗洛伊德1900年发表的重要著作《释梦》,就开始了文学与心理学的正式结合。此后,他写下了《作家与白日梦》、《〈俄狄浦斯王〉与〈哈姆莱特〉》、《戏剧中的精神变态人物》、《诗人与幻想》、《论幽默》、《陀思妥耶夫斯基与弑父者》、《论升华》、《精神分析在美学上的应用》、《米开朗基罗的摩西》、《列奥纳多·达·芬奇和他童年的一个记忆》等一批论文,结合他的精神分析理论,对文学问题发表了许多独特的见解。弗洛伊德的精神分析理论问世以来,精神分析与文学和文学批评有着密切的联系:"首先,艺术作品从最初就与精神分析学研究的'领域'难分难解;其次,几十年来,一直存在着涉及精神分析观念的一种丰富而有成果的文学批评。"③

一 文学本质与特点:被压抑欲望的满足和无意识的升华

弗洛伊德认为,文学是被压抑的欲望——无意识本能的满足,文学创作的目的,

---

① 〔美〕卡尔文·斯·霍尔等:《弗洛伊德心理学与西方文学》,长沙:湖南文艺出版社,1986年,第31—34页。
② 同上书,第35页。
③ 〔法〕罗杰·法约尔:《批评:方法与历史》,天津:百花文艺出版社,2002年,第330页。

就是为了实现某些在生活中不能实现的欲望——无意识本能冲动。但这种本能冲动在文学作品中并不是赤裸裸地表现出来,而要进行净化和升华。因此,在某种意义上说,文学又是无意识的升华。

在西方文学理论中,有"文学乃痛苦使然"的思想,这也就是厨川白村所说的文学是"苦闷的象征"。中国古代也有"发愤著书"说,司马迁在《史记·自序》中表达了这一观点:诗是"圣贤发愤之所为作",因为这些圣贤"人皆意有所郁结"。钟嵘在《诗品序》中也认为:"使穷贱易安,幽居靡闷,莫尚于诗矣。"这些理论,都视文学为痛苦失意者的精神慰藉和补偿。弗洛伊德发挥了西方文论中"文学乃痛苦使然"的思想,认为一个幸福的人从来不会去幻想。他强调说:"我们可以断言,一个幸福的人从来不会去幻想,只有那些愿望难以满足的人才去幻想。"文学"幻想的动力是尚未满足的愿望,每一个幻想都是一个愿望的满足,都是对令人不满足的现实的补偿。"①在本质上,文学创作是不得志的人满足他们愿望的一种方式。什么是"被压抑"欲望或"不能满足"的愿望呢?弗洛伊德认为是本我—id(伊德),即在无意识领域中藏匿着的人与生俱来的,为社会的伦理道德和宗教法律所不能允许的各种原始而野蛮的动物性本能。这种动物性本能,"因幻想者的性别、性格和环境的不同而各异;但它们又很自然地分成两大主要类别。他们要么是野心的愿望,这类愿望提高幻想者的人格。要么是性的愿望。在年轻的女子身上,性的愿望几乎总是占据主导地位,因为她们的野心通常都被性欲倾向所同化。在年轻的男子身上,自私的、野心的愿望和性的愿望相当明显地并驾齐驱"。②说到底,两种类型的愿望都是以性本能为核心的。这种本能或愿望,始终追求"快乐的目的",但自我和超我又限制了伊德的冲动,使这种性欲就被压抑在无意识深处。但这种无意识又经常处于冲突之中,并试图躲过自我和超我的监督表现出来。在作家身上,无意识冲动若想得到满足,就通过文学艺术活动巧妙地显现出来。弗洛伊德的后继者奥托·兰克对弗洛伊德的文学是被压抑欲望之满足的思想十分赞同。他进一步强调,对许多作家来说,他们的本能欲望或不能实现的愿望比一般人更丰富、更强烈。有的作家甚至"在没有异性的生理补充下就完全不能进行创作,他直接依赖性生活来获取刺激",他们是"性欲上的超人"。当他们"满足了性欲之后,这种潜藏的动力就会促使他们从生理上的有限存在过渡到创作上的个体永存"。③

概而言之,弗洛伊德"被压抑的愿望"也就是被社会所禁止的过分的性欲要求,这种要求无法实现,只能在文学创作中去寻求满足。这样,文学便成为人们满足心

---

①② 车文博主编:《弗洛伊德文集》第四卷,第429页。
③ 王宁编:《精神分析》,成都:四川文艺出版社,1989年,第76页。

理内部要求的一种方式。

　　无疑,文艺作品是文艺家性本能冲动的结果,文艺创作是文艺家"把内心的冲突塑造成外界的形象"。那么,文艺创作是否就赤裸裸地表现文艺家被压抑的欲望——性本能,文艺作品是否就是文艺家被压抑的欲望——性本能的文字符号呢? 回答是否定的。文学作品通过文学艺术家的自我活动和升华而得到塑造。

　　"升华"一词本为物理学和化学术语,指固体物质未经转化为液体就直接上升为气体的变化。弗洛伊德在其精神分析学中借用了这一术语,用其来比喻自我冲动在文学创作中的表现。在弗洛伊德的学说中,"升华"一词含有提升和转化之意。弗洛伊德在《精神分析引论》、《论升论》等著作中认为,改变(本能的)目标及对象为一种更富有社会价值的东西就称之为升华。他说:文化艺术活动中的升华,就是"舍却性的目标,转向他种较高尚的目标"。① 从而使文艺作品中的性欲被淡化,被隐藏,并变成"一种感情的、特殊的、温和的陶醉性质"。② 即是说:"升华"能够除去本能欲望中性欲的色彩,使之以社会可以接受的形式表现出来。基于此,弗洛伊德着重揭示了艺术人格中的"升华"能力。他指出,艺术家像其他任何没有满足愿望的人一样,他在创作中从现实转开,并把他的全部兴趣、全部本能冲动转移到他所希望的幻想生活的创造中去。或通过变形、歪曲而进入文艺作品,或通过"反性欲倾向""导向更高目标的冲动",③……使之失去那种刺人耳朵的个人音调,变得对旁人来说也是可供欣赏的。可见,文学作品中的被压抑的欲望——无意识本能冲动,虽然有一般人本能冲动的特征,但却高于一般人,因为它已得到了改变的升华。他已将自己无意识中野蛮的、淫荡的、原始的欲望充分加以净化,使可怕的东西变成了美的东西。

二　创作心理与创作过程:精神病的同道和艺术家的白日梦

　　弗洛伊德认为,文学是一种与现实对立的幻象,其功能之一是起着麻醉剂的作用。作为文学创作主体的作家实际上与神经病患者是一流人物。文学创作的过程也就成了艺术家的白日梦。

　　弗洛伊德在评论詹森的小说《格拉迪沃》时说:"想象和理智之间的这种差别,使他注定不是成为一名艺术家,就是变成神经症患者。他是属于那种其理想王国远离尘器的人。"④这也就是说,作家和神经病人都有脱离现实,喜欢幻想的特点(顾城、海

---

① 〔奥〕西格蒙德·弗洛伊德:《精神分析引论》,第9页。
② 〔奥〕西格蒙德·弗洛伊德:《弗洛伊德论美文选》,上海:知识出版社,1987年,第172页。
③ 王宁编:《精神分析》,第58页。
④ 车文博主编:《弗洛伊德文集》第四卷,第362页。

子等),都是想象与理智无法统一的人。美国精神分析学者莱昂奈尔·特里林在《艺术与精神病》中也持与弗洛伊德相似的观点,他说:"诗人一贯被看作是神经过敏的一类人——过敏激动型(genus pitabile)是一个人所皆知的标签。"① 当然,作家与神经病又是相似而不完全相同的,如果完全相同,他也就创造不出作品。作家与神经病的不同之处在于:作家能主宰自己的幻想(入乎其内,出乎其外),而神经病的标志恰恰就是被幻想迷住心窍。文学幻想的目的在与现实存在形成更紧密,更真实的关系(《西游记》极幻之事乃极真之事,幻到极致而真到极致),精神病的幻想却不能返回现实并与现实建立紧密、真实的关系。

弗洛伊德认为,不仅文艺家的创作心理与精神病患者的心理具有共同特征,而且文艺家在文艺创作过程中的艺术想象也与梦有着许多相似之处。在创作过程中,作家的想象与梦并没有多少区别,甚至可以说,创作过程中的想象就是作家的白日梦。

梦在弗洛伊德的心理学研究中占有重要的地位,《**释梦**》一书在弗洛伊德理论体系中具有奠基之功。可以说,弗洛伊德的心理分析理论是以变态心理为依据,以无意识、梦、象征等人类精神活动为主要研究对象的。同时,弗洛伊德在研究梦时又每每提及文学艺术,强调文学艺术与梦的共同点,认为创作就是作家的白日梦。他在**《作家与白日梦》**论述了游戏、幻想、创作三者之间的关系。弗洛伊德认为,每种类型的文学作品都与梦有关,都是作家的白日梦。在自我中心的文学作品中,"所有的女人总是爱上了男主角",这是"作为白日梦必要的构成因素";在心理小说中,也"通过不间断的,一系列的过渡事件与白日梦相联系";甚至"或许可称之为'怪诞'的小说,似乎与白日梦的类型形成非常特殊的对比"。② 为什么这些不同类型的文学作品都与白日梦相联系呢?这是因为,梦与文学创作之间的共同点是被无意识规定的。"梦"就是一种(被压抑的)愿望经过伪装的满足,文学创作也是如此,它和梦一样都巧妙地伪装了那些被压抑的愿望。因此,弗洛伊德认为,解释梦有利于解释文学,研究文学也有利于解释梦。一方面,作家类似白日梦者,文学创作的心理过程是作家的白日梦。另一方面,也不能将二者完全等量齐观,用查尔斯·兰姆的话说,真正的艺术家"是在醒来时做梦的"。③

同时,弗洛伊德还考察了精神病和梦的共同心理机制。他认为,精神病和梦的共同心理基础就是妄想,妄想既出现在精神病人的意识中,又出现在正常人的梦中,

---

① 王宁编:《精神分析》,第 22—23 页。
② 车文博主编:《弗洛伊德文集》第四卷,第 432 页。
③ 王宁编:《精神分析》,第 38—39 页。

而妄想的产生,都是人们被压抑的情感和欲望。他说:"在现实的疾病中,妄想的产生常常与梦相联系。""梦与幻想同出一源——产生于被压抑的情感"。①

三 文学欣赏与文学批评:分享作家的幻想和揭示"俄狄浦斯情结"

在弗洛伊德看来,不仅文学创作与作为性的本能欲望相关,而且文学欣赏和文学批评也与作为性的本能欲望相关。对文学欣赏来说,由于作家的"升华"能力使作家的本能欲望幻想具有了审美性质,而人们进行文学欣赏,实际上也就是分享作家的本能欲望幻想,欣赏者也从作家的本能欲望幻想中获得了欲望的满足。就文学批评而言,批评家也应从作品中人物的本能欲望,尤其是从他们恋母仇父的本能欲望"俄狄浦斯情结"(恋母情结)的角度去解读作品。

弗洛伊德认为,所谓文学欣赏中美的享受,产生于一种非常迷人的感觉。这种感觉来自性欲,美与吸收首先是来自性欲的满足,没有这种满足,就无从谈美。只有满足了这种欲望,才能使观赏者的心灵深处引发出巨大的快感来。这是因为,文学作品虽然使作家的无意识本能得到了升华,但读者在阅读的时候,由作品中表现的无意识进而引起读者的无意识活动,同时将这种无意识投射到他所欣赏的作品中去了,读者在分享作者无意识的同时,回到自己舒服而又安逸快乐的无意识根源中去了。弗洛伊德在分析读者与作者,创作与欣赏的相互关系时指出,一方面,"作家通过改变和掩饰其利己主义的白日梦以软化他们的利己性质;他以纯形式的——即美学的——快感来收买我们这些读者"。另一方面,"我们享受到自己的白日梦而又不必去自责或害羞"。② 这就是说,尽管作家在作品中的本能欲望已经升华,但对欣赏者来说,这些作品仍然能够引起自身的本能欲望并加以享受。

如果说,文学欣赏主要是在分享作家关于本能欲望的幻想和自我本能欲望的享受的话,那么,文学批评则主要是描写作品中主要人物的本能欲望:"俄狄浦斯情结。""俄狄浦斯情结",又称"恋母情结",源出于古希腊悲剧索福克勒斯的代表作《俄狄浦斯王》,意为儿子生来对母亲有着某种性爱,而对父亲则有着嫉妒心甚至仇恨。"俄狄浦斯情绪"是弗洛伊德对文学批评的一个独特贡献,也是对文学批评影响最大的一个概念。

弗洛伊德在《释梦》中的第五章第四节里,在分析《俄狄浦斯王》这部悲剧时第一次提出了"俄狄浦斯情结"这一概念,这是弗洛伊德美学思想的最早表现,这一思想

---

① 车文博主编:《弗洛伊德文集》第四卷,第 400 页。
② 同上书,第 434—435 页。

在他以后的著作中曾多次加以发挥和发展,并且为整个精神分析学派的批评家所沿用。弗洛伊德说:我根据自己对古希腊悲剧的知识,提取了杀父娶母的俄狄浦斯故事的相似之处,从而为乱伦欲望发明了俄狄浦斯情结这一术语。他认为,从索福克勒斯的《俄狄浦斯王》,到莎士比亚的《哈姆莱特》,再到陀思妥耶夫斯的《卡拉玛佐夫兄弟》,都表现了一个共同主题:**"俄狄浦斯情结。"** 在《〈俄狄浦斯王〉与〈哈姆莱特〉》中,他认为《俄狄浦斯王》之所以感动从古希腊至现代的每一位观众,其"效果并不在于命运与人类意志的冲突",而在于我们每一个观众可能面临与俄狄浦斯同样的命运,具有共同的"俄狄浦斯情绪":"也许我们所有的人都命中注定把我们的第一个性冲动指向母亲,而把我们的第一个仇恨和屠杀愿望指向父亲。我们的梦使我们确信事情就是这样。"① 关于莎士比亚的《哈姆莱特》,弗洛伊德认为与《俄狄浦斯》来自同一根源。他说,哈姆莱特"在完成指定由他完成的复仇任务时的犹豫不决",既不在于哈姆莱特优柔寡断的性格,也不在于他的智力麻痹了他行动的力量,而在于哈姆莱特的"俄狄浦斯情结":"哈姆莱特可以做任何事情,就是不能对杀死他父亲,篡夺王位并娶了他母亲的人进行报复,这个人向他展示了他自己童年时代被压抑的愿望的实现。这样,在他心里驱使他复仇的敌意,就被自我谴责和良心的顾虑所代替了。它们告诉他,他实在并不比他要惩罚的罪犯好多少"。② 关于陀思妥耶夫基,弗洛伊德认为《卡拉玛佐夫兄弟》中父亲被杀,也表现了陀思妥耶夫斯基的"俄狄浦斯情结":弑父者情结。陀思妥耶夫斯基的受虐狂、罪恶感、癫痫病:"都是由于希望他可恨的父亲死去而作的一种自我惩罚。"③ 弗洛伊德批评过去的研究者对这几部作品的研究都没有抓住根本,是一种误读,而自己的"俄狄浦斯情结"真正抓住了几部作品的根本,真正揭示了这些悲剧的成因,并对它们作出了独特的阐释。

第三节 精神分析批评的渊源与影响

精神分析批评,作为20世纪最有影响的文学批评方法和文学理论流派之一,并不是突然出现的,它既是对前人批评方法和思想观点的继承与发展,特别是对前人无意识思想的继承与发展,同时又影响了以后文学批评方法的发展与文学理论的走向,形成了后弗洛伊德主义的文学批评和文学理论。

---

① 〔奥〕西格蒙德·弗洛伊德:《弗洛伊德论美文选》,第15页。
② 同上书,第18页。
③ 同上书,第155页。

一 精神分析的理论渊源

弗洛伊德的精神分析批评,是19世纪自然科学、人文科学综合影响的结果,也是对前人自然科学、人文科学成果的综合创新。

首先,弗洛伊德是科学遗产的继承人。弗洛伊德成长和生活的时代,"恰逢科学史上最富有创造性的时期之一"。① 弗洛伊德三岁时即1859年,达尔文的科学论著《物种的起源》公开出版,在该著中,达尔文将作为上帝子民的人类变成了动物世界的一员。1860年,加斯塔夫·费希纳创建了心理学科,他向世人宣布,人的心理可以用科学方法来加以研究。特别是19世纪中叶赫尔曼·冯·赫尔姆霍茨提出的能量守恒定律,证明了物能和物质相同,都表现为一种量,并把人也作为一个能量系统看待。19世纪的这些自然科学成果,彻底改变了人对于自己的观念,是人褪去神圣光环,除去高贵理性的理论武器。作为这个时代科学成果受惠者的弗洛伊德,其思想深受其影响。达尔文的进化论,使弗洛伊德看到了人与动物心理的相似性:人具有动物的本能欲望;弗希纳的心理学,使弗洛伊德确信人的心理是可以进行科学分析的;以赫尔姆霍茨为代表的现代物理学,使弗洛伊德认识到人的心理也具有动力学特征,并创造了他的动力心理学。这个时代的科学成果,为弗洛伊德无意识心理学研究奠定了自然科学基础。

其次,弗洛伊德是无意识理论的发扬者。无意识观念,在西方有着悠久的历史。柏拉图关于灵感的"迷狂说",实际上已描述了无意识心理现象。而法国思想家卡巴尼斯已划分出了无意识、半意识、意识的等级结构。德国哲学家爱德华·哈特曼于1869年就出版了他的《无意识哲学》,并全面论述了无意识问题,强调不能将人的心理紧紧归结为意识活动。② 在文学创作中,表现无意识心理也有很久的传统,特别是浪漫主义作家,对无意识的探索已取得了突出成绩。"柯勒律支在《文学传记》中说,真正的想象不同于有意识重组现象界意象的幻想(fancy),而是一个无意识的分解化合、物与神游,最终是重新创造而不是组合的过程。这里诗人的运思行为,就近于一种神秘经验的追索,是从无意识的深处获取灵感"。③ 弗洛伊德与欧洲浪漫主义文学传统有着密切的关系,其文学思想与浪漫主义文学思想有着许多相似之处,其无意识理论,直接的理论来源主要有两个方面,一是欧洲无意识哲学、心理学理论传

---

① 〔美〕卡尔文·S.霍尔等:《弗洛伊德心理学与西方文学》,第10页。
② 车文博:《意识与无意识》,沈阳:辽宁人民出版社,1987年,第5—6页。
③ 陆扬:《精神分析文论》,济南:山东教育出版社,1998年,第5页。

统,二是浪漫主义文学对无意识心理的探索。弗洛伊德在七十诞辰的庆祝仪式上,辞谢了别人认为他是"无意识发现者"的美誉,坚持说:"在我之前的诗人们和哲学家们就已经发现了无意识,我发现的是研究无意识的科学方法。"可以说,弗洛伊德既是无意识理论的继承者,又是无意识理论的发扬者。

当然,以上两个方面,只是弗洛伊德精神分析批评论的主要理论来源,而非全部来源。除此之外,联想心理学、神经学、精神病学等,也给弗洛伊德以影响,也是其重要理论来源之一。

二 精神分析文论的世界性影响

弗洛伊德的精神分析批评问世后,赞美者尊奉他为"开辟精神界的哥伦布",贬之者讥笑他为"江湖术士",甚至有人斥责他的心理分析理论是"20世纪最惊人的狂妄的智力骗局"。① 但不管尊奉也好,讥笑也好,斥责也好,它们都说明,弗洛伊德的精神分析批评是有着巨大影响的。这种影响不仅是地域性的,而且是世界性的;不仅是民族性的,而且是国际性的。

首先,弗洛伊德的精神分析批评影响了世界的文学创作。美国心理分析批评家莱昂耐尔·特里林在《弗洛伊德与文学》中说:"多少具有弗洛伊德派气味和自称弗洛伊德派的作家为数极大,……卡夫卡显然是有意识地探讨了弗洛伊德关于罪与罚、梦以及惧怕父亲的概念。托马斯·曼自称是弗洛伊德的同道,深受弗洛伊德派人类学的影响,醉心于关于各种神话和各种巫术的理论。詹姆斯·乔伊斯或许可算是最透彻和最有意识地发挥了弗洛伊德的观点,他对于潜意识的各种状态深感兴趣,并将词与事物等同,又好用多义词,还时时处处意识到一切事物的互相联系和互相渗透;此外,相当重要的一点是他对于家庭主题的处理也很有弗洛伊德特色"。② 同时,弗洛伊德对20世纪的东方文学,尤其是日本文学,中国文学,也有较大程度的影响。中国的郭沫若就在创作中借鉴过精神分析,郁达夫的小说也或多或少地受过精神分析的影响。有人说:"如果不了解精神分析学的内容,简直无法把握现当代文学艺术的发展趋势",③ 这话并非夸大之词。

其次,弗洛伊德的精神分析批评影响了世界的文学批评。弗洛伊德的文艺批评论著虽然不多,但它们都具有自己的独特观点和独特贡献,形成了独具一格的批评

---

① 〔美〕卡尔文·S.霍尔等:《弗洛伊德心理学与西方文学·译者前言》,第1页。
② 王宁编:《精神分析》,第248—249页。
③ 〔奥〕西格蒙特·弗洛伊德:《弗洛伊德论美文选·译者序》,第9页。

范式,产生了具有世界性的影响。雷内·韦勒克在《二十世纪世界文学百科全书》"文学批评"条目中认为,精神分析批评连同马克思主义批评神话—原型批评,是20世纪影响最大的文学批评流派。20世纪西方许多批评家都认为,"弗洛伊德对不少批评家的影响是巨大的。对他们来说,心理学是一种能够'揭开'创作过程之秘诀的绝妙工具,它可以分析艺术家的心灵以便更深刻地理解他的艺术,并且还能够探索虚构人物的动机"。① 在20世纪中后期,受弗洛伊德精神分析批评影响的批评家就有美国的莱昂耐尔·特里林、卡尔文·S.霍尔、伯纳德·派里斯等;奥地利的奥托·兰克等;法国的雅克·拉康、让-保罗·萨特等;英国的欧内斯特·琼斯等。在中国,早在20世纪20年代,弗洛伊德的精神分析批评就传入中国,郭沫若不仅在创作中借鉴了精神分析理论,而且还在文艺批评中运用过精神分析学说,他曾用"弗洛伊德的升华说、泛性说、释梦说等观点评析了中国古典文学中的《楚辞》《胡笳十八拍》等作品,提出了自己的一些新见解"。② 进入20世纪末,已有一大批学者运用精神分析进行文学批评实践。

可以肯定地说,精神分析批评在20世纪的影响是巨大的,广泛的,它不仅影响了20世纪的文学创作和文学批评,而且还影响到了20世纪人们的思想观念和日常生活,"弗氏的许多概念——如压抑、投射、文饰作用、反应形成、无意识动因、里比多、超我、恋母情结,等等——已经深深地渗透到现代人的意识中,使大家都在某种程度上变成了心理学家"。③

三 精神分析的贡献与局限

一种理论,如果能被社会接受和产生影响,它总有某些合理因素,总有自己的理论贡献。弗洛伊德精神分析批评对西方文论的最大贡献:一是强调了无意识心理在文学创作和文学批评中的重要地位,把文学艺术的产生最终归结为性欲本能,更是弗洛伊德的独创。二是提出了"俄狄浦斯情结",这不仅是对《俄狄浦斯》和《哈姆莱特》研究的最大贡献,也是对整个文学批评的重要贡献。弗洛伊德的心理分析,开辟了一条文学研究的新路子,给文学批评注入了新的活力。

然而,弗洛伊德精神分析文论的局限也是非常明显的。最根本的局限就是把复杂的文学现象简单化。正如张隆溪在《精神分析与文学批评》一书中指出的那样:精

---

① 王宁编:《精神分析·编选前言》,第44—45页。
② 陈厚诚、王宁主编:《西方当代文学批评在中国》,天津:百花文艺出版社,2000年,第23页。
③ 〔美〕卡尔文·斯·霍尔等:《弗洛伊德心理学与西方文学·二十五周年新版序》,第3—4页。

神分析批评把文学与产生文学的社会环境及文化传统割裂开来,把丰富的内容简化成精神分析的几个概念,使文学批评变得像临床诊断,完全不能说明作品的审美价值。也正是这一根本局限,导致了荣格与他的分道扬镳,也招致了大多数批评家的批评否定。美国著名批评家韦勒克指出:"精神分析批评",通常沉溺于对性象征的不厌其烦的探求中,经常曲解作品的意义,破坏作品的艺术性。① 因此,精神分析批评家也经常受到文艺批评界的诘难甚至排斥。

第四节 精神分析批评案例分析

一 《俄狄浦斯王》与《哈姆莱特》

〔奥〕弗洛伊德 著

根据我累积的经验,在所有后来变为精神神经病患者的儿童的精神生活中,他们的父母亲起了主要作用。爱双亲中的一个而恨另一个,这是精神冲动的基本因素之一,精神冲动形成于那个时候,并且在决定日后神经病症状中起十分重要的作用。但是我不相信,在这个方面,精神神经病患者和其他正常人之间有明显的区别,也就是说,我不相信他们能够创造出某些对他们自己来说完全新鲜和独特的东西来。最有可能的是,由于他们夸大地表现了对父母亲的爱和恨的感情,他们才被区别开来。这种感情在大多数孩子的心理中却不那么明显,不那么强烈,对正常的儿童的偶然观察证实了这一点。

古典作品遗留给我们的一个传说证实了这一发现:只有我所提出的有关儿童心理的假设具有普遍的有效性,这个传说——它的深刻而普遍的力量令人感动——才能被理解。我所要论及的是关于俄狄浦斯王的传说和索福克勒斯的同名剧《俄狄浦斯王》。

俄狄浦斯是忒拜国王拉伊俄斯和王后伊俄卡斯忒的儿子,由于神警告拉伊俄斯说,这个尚未出生的孩子将是杀死他父亲的凶手,因此俄狄浦斯刚刚出生就被遗弃了。后来,这个孩子得救了,并作为邻国的王子长大了。由于他怀疑自己的出身,他去求助神谕,神警告他说,他必须离乡背井,因为他注定要弑父娶母。就在他离开他误以为是自己的家乡的道路上,他遇到了拉伊俄斯王,并在一场突发的争吵中杀死了他。然后他来到忒拜,并且解答了阻挡道路的斯劳克斯向他提出的谜话。忒拜人出于感激,拥戴他为国王,让他娶了伊俄卡斯忒

---

① 〔美〕R.韦勒克:《批评的诸种观念》,成都:四川文艺出版社,1988年,第331页。

为妻。他在位的一个长时期里,国家安宁,君主荣耀,不为他所知的他的母亲为他生下了两个儿子和两个女儿。终于,瘟疫流行起来,忒拜人再一次求助神谕。正是在这个时候,索福克勒斯笔下的悲剧开场了。使者带回了神谕,神谕说,杀死拉伊俄斯的凶手被逐出忒拜以后,瘟疫就会停止。

    但是他,他在哪儿?在哪儿才能找到以前的罪犯消失了的踪迹?①

  戏剧的情节就这样忽而山穷水尽,忽而柳暗花明——这个过程正好与精神分析工作过程相类似——从而逐步揭示俄狄浦斯本人正是杀死拉伊俄斯的凶手,且还是被害人和伊俄卡斯忒的儿子。俄狄浦斯被他无意犯下的罪恶所震惊,他弄瞎了自己的双眼,离开了家乡。神谕应验了。

  《俄狄浦斯王》作为一出命运悲剧为世人所称道。它的悲剧效果被说成是至高无上的神的意志和人类逃避即将来临的不幸时毫无结果的努力之间的冲突。他们说,深受感动的观众从这出悲剧中所得到的教训是,人必得屈服于神的意志,并且承认他自己的渺小。因此,现代剧作家们就靠着把同样的冲突写进他们自己发明的情节中去的方法,试图获得一个同样的悲剧效果。但是,当咒语或神谕不顾那些可怜的人的所有努力而应验了的时候,观众们看来并不感动;就后来的命运悲剧的效果而言,它们是失败了。

  如果《俄狄浦斯王》感动一位现代观众不亚于感动当时的一位希腊观众,那么唯一的解释只能是这样:它的效果并不在于命运与人类意志的冲突,而在于表现这一冲突的题材的特性。在我们内心一定有某种能引起震动的东西,与《俄狄浦斯王》中的命运——那使人确信的力量,是一拍即合的;而我们对于只不过是主观随意的处理——如[格里尔·帕泽写的]《女祖先》或其他一些现代命运悲剧所设计的那样——就不会所动了。实际上,一个这类的因素包含在俄狄浦斯王的故事中:他的命运打动了我们,只是由于它有可能成为我们的命运,——因为在我们诞生之前,神谕把同样的咒语加在了我们的头上,正如加在他的头上一样。也许我们所有的人都命中注定要把我们的第一个性冲动指向母亲,而把我们第一个仇恨和屠杀的愿望指向父亲。我们的梦使我们确信事情就是这样。俄狄浦斯王杀了自己的父亲拉伊俄斯,娶了自己的母亲伊俄卡斯忒,他只不过向我们显示出我们自己童年时代的愿望实现了。但是,我们比他幸运,我们没有变成精神神经病患者,就这一点来说我们成功了,我们从母亲身上收回了性冲动,并且忘记了对父亲的嫉妒。正是在俄狄浦斯王身上,我们童

---

① 引文根据莱维斯·卡姆贝尔的《俄狄浦斯王》英译本(1883)。

年时代的最初愿望实现了。这时,我们靠着全部压抑力在罪恶面前退缩了,靠着全部压抑力,我们的愿望被压抑下去。当诗人解释过去的时候,他同时也暴露了俄狄浦斯的罪恶,并且激发我们去认识我们自己的内在精神,在那里,我们可以发现一些虽被压抑,却与它完全一样的冲动。《俄狄浦斯王》结尾的合唱使用了一个对照:

> 请看,这就是俄狄浦斯,他道破了隐秘的谜,
> 他是最显贵最聪明的胜利者。
> 他那令人嫉妒的命运像一颗星,光芒四射。
> 现在,他沉入苦海,淹没在狂怒的潮水之下……①

它给了我们当头一棒:对我们和我们的骄傲发出了警告,对从童年时代起就自以为变得如此聪明和无所不能的我们发出了警告。像俄狄浦斯一样,我们活着,却对这些愿望毫无觉察,敌视自然对我们的教训;而一旦它们应验了,我们又全都企图闭上眼睛,对我们童年时代的情景不敢正视。②

在索福克勒斯的悲剧剧本中有一个十分清楚的迹象说明俄狄浦斯的传说起源于某个原始的梦的材料,这个材料的内容表明孩子与双亲关系中令人苦恼的障碍是由于第一个性冲动引起的。当俄狄浦斯开始因他对神谕的回忆而感到苦恼时——虽然他还不知道其中的意义——伊俄卡斯忒讲了一个梦来安慰他,她认为这个梦没什么意义,但是许多人都梦到过它:

> 过去有许多人梦见娶了自己的生母。
> 谁对这种预兆置之不理,
> 他就能过得快活。③

---

① 引文根据莱维斯·卡姆贝尔的《俄狄浦斯王》英译本(1883)。
② 作者1914年增加的注释:没有一项精神分析的研究结果象这个说法——童年时代的冲动指向乱伦持续在无意识之中——一样,在某些批评家那里引起了如此激烈的否认和反对,或者说如此引人发笑的歪曲。甚至最近还有人不顾所有的经验而企图说明乱伦只能用来作为"象征意义上的"。费伦茨根据叔本华书信中的一段文字提出了一个对俄狄浦斯神话的天真的"多种的解释"(1912)。——1919年增加的注释:后来的研究显示出,俄狄浦斯情结是在《释梦》中的上面一段文字里第一次谈到了,它对研究人类历史和宗教、道德的演变具有意想不到的重要性(见我的《图腾与禁忌》[第四篇]1912—1913)。——实际上俄狄浦斯情绪和关于《俄狄浦斯王》的讨论要点,以及接下去的关于《哈姆莱特》的主题的讨论要点,弗洛伊德早在1897年10月15日致弗莱斯的信中就提出来了。俄狄浦斯情结这一发现的更早的迹象可以在他的1897年5月31日的信中找到。——弗洛伊德第一次使用"俄狄浦斯情结"这一现已被采纳的术语,好像是在:他发表在"对爱情心理学的贡献"专辑里发表的作品(1910)中。
③ 引文根据莱维斯·卡姆贝尔的《俄狄浦斯王》英译本(1883)。

今天像过去一样，许多人都梦见和他们的母亲发生了性关系，并且在讲述这事时，既愤恨又惊讶。这一现象显然是解释悲剧的关键，也是做梦的人的父亲被杀这类梦的补充说明。俄狄浦斯的故事正是这两种典型的梦（杀父和娶母）的想象的反映。正如这些梦在被成年人梦见时伴随着厌恶感一样，这个传说也必然包含着恐怖与自我惩罚。对传说过多的修饰，出现在《俄狄浦斯王》的令人误解的"修改本"①中，"修改本"企图利用这个传说为神学服务（参见《释梦》中关于阐述梦展现过程中的梦的材料的部分）。当然，调和至高无上的神力与人类的责任感的企图，肯定是同《俄狄浦斯王》的这个题材无关的。

另外一部伟大的诗体悲剧：莎士比亚的《哈姆莱特》，与《俄狄浦斯王》来自同一根源。②但是，同一材料的不同处理表现出两个相距甚远的文明时代的精神生活的全然不同，表明了人类感情生活中的压抑的漫长历程。在《俄狄浦斯王》中，作为基础的儿童充满愿望的幻想正如在梦中那样展现出来，并且得到实现。在《哈姆莱特》中，幻想被压抑着；正如在神经病症状中一样，我们只能从幻想被抑制的情况中得知它的存在。特别奇怪的是，许多现代的悲剧所产生的主要效果原来与人们对主角的性格一无所知相一致。戏剧的基础是哈姆莱特在完成指定由他完成的复仇任务时的犹豫不决；但是剧本并没有提到犹豫的原因或动机，五花八门的企图解释它们的尝试，也不能产生一个结果。根据歌德提出来的，目前仍流行的一个观点，哈姆莱特代表一种人的典型，他们的行动力量被过分发达的智力麻痹了（思想苍白使他们病入膏肓）。另一种观点认为：剧作家试图描绘出一个病理学上的优柔寡断的性格，它可能属于神经衰弱一类。但是，戏剧的情节告诉我们，哈姆莱特根本不是代表一个没有任何行动能力的人。我们在两个场合看到了他的行动：第一次是一怒之下，用剑刺穿了挂毯后面的窃听者；另一次，他怀着文艺复兴时期王子的全部冷酷，在预谋甚至使用诡计的情况下，让两个设计谋害他的朝臣去送死。那么，是什么阻碍着他去完成他父亲的鬼魂吩咐给他的任务呢？答案再一次说明，这个任务有一个特殊的性质。哈姆莱特可以做任何事情，就是不能对杀死他父亲、篡夺王位并娶了他母亲的人进行报复，这个人向他展示了他自己童年时代被压抑的愿望的实现。这样，在他心里驱使他复仇的敌意，就被自我谴责和良心的顾虑所代替了，它们告诉他，他实在并不比他要惩罚的罪犯好多少。这里，我把哈姆莱特心理中无意识

---

① "修改本"，系指后人所作的《俄狄浦斯王》的摹拟品。
② 论《哈姆莱特》的这一段在本文初版时(1900)是作为注释印出的，从1914年起收入正文。

的东西演绎成了意识的东西;如果有人愿意把他看作歇斯底里症患者,那我只好承认我的解释暗含着这样一个事实。哈姆莱特与奥菲丽雅谈话时所表现出的性冷淡,正好符合于这一情况:同样的性冷淡命中注定在此后的年月里越来越强地侵蚀了诗人莎士比亚的精神,而在《雅典的泰门》中,它得到了最充分的表达。当然,哈姆莱特向我们展现的只能是诗人自己的心理。我在乔治·勃兰兑斯评论莎士比亚的著作中看到这样的话(1896):《哈姆莱特》写于莎士比亚的父亲死后不久(1601),也就是说,在他居丧的直接影响之下写成的,正如我们可以确信的那样,当时,他童年时代对父亲的感情复苏了。大家也知道,莎士比亚那早夭的儿子被取名为"哈姆奈特"(Hamnet),与"哈姆莱特"(Hamlet)读音十分相近。正如《哈姆莱特》处理的是儿子与他的双亲的关系。《麦克白》(写于几乎同时期)与无子的主题有关。但是,像所有的神经病症状(同理,也像所有的梦)能有"多种的解释",也确实需要有"多种的解释"一样——假如它们被充分理解了——所有真正的创造性作品同样也不是诗人的大脑中单一的动机和单一的冲动的产物,并且这些作品同样也面对着多种多样的解释。在我所写的文字中,我只想说明创造性作家的心理冲动的最深层。①

(本文原载弗洛伊德《释梦》第五章第四节,选自张唤民、陈伟奇译《弗洛伊德论美文选》,知识出版社(沪版),1987年版)

文本分析:

《〈俄狄浦斯〉与〈哈姆莱特〉》,选自弗洛伊德的《释梦》。《释梦》是弗洛伊德一生中最重要和最得意的著作,也是弗洛伊德精神分析理论体系的标志性著作,更是被西方学者誉为"揭开了人类心灵的奥秘","改变了世界历史面貌"的经典性著作,同时还是精神分析文学批评的奠基之作。在《释梦》中,弗洛伊德开始了文学批评与心理分析的双向阐发:以心理分析的方法阐释文学作品,以文学作品的材料佐证心理分析结论。《〈俄狄浦斯〉与〈哈姆莱特〉》就是这种双向阐发的经典文本,也是弗洛伊

---

① 作者1919年增加的注释:以上这些对《哈姆莱特》进行的精神分析的解释(后来为厄尼斯特·琼斯所发挥),驳斥了主题文学中提出的各种观点(见琼斯1910年著作[以及1949年以完整的形式出现的著作])。——1930年增加的注释:顺便提一句,我当时不再相信莎士比亚是斯特拉特福德人见弗洛伊德1930年的著作。——1919年增加的注释:对《麦克白》进行分析的进一步尝试可以在我1916年的论文和杰克斯1917年的一篇论文中见到。——下面这个注释的前一部分,以不同的形式收在1911年的版本中,但是从1914年开始被删去了:上文中对《哈姆莱特》问题的观点后来被多伦多的厄尼斯特·琼斯博士在更广泛的研究中以新的理由加以支持和进一步证实了(1910)。他还指出了《哈姆莱特》的材料与兰克1909年提出讨论的"英雄诞生的神话"之间的关系。——弗洛伊德对《哈姆莱特》的进一步讨论,在他逝世后1942年发表的探讨"戏剧中的精神变态人物"问题的手稿中可以见到,这份手稿大概写于1905年或1906年。

德文学批评的最早表现,并对其以后的文学批评实践提出了批评模式。

在本文中,弗洛伊德开门见山地提出了"爱双亲中的一个而恨另一个,这是精神冲动的基本因素之一"。接着,将这一观点延伸到了对古典文学作品的分析,把古典悲剧《俄狄浦斯》与《哈姆莱特》的悲剧成因,艺术效果,人物行动都归结到了"爱双亲中的一个而恨另一个"的儿童精神冲动模式,即本文中阐述的"俄狄浦斯情结"。关于《俄狄浦斯》这部为世人称道的命运悲剧,为什么能够感动从希腊时代至现代的每一位观众,一直是人们探讨的重点。过去,人们将其悲剧效果说成是"至高无上的神的意志和人类逃避即将来临的不幸时毫无结果的努力之间的冲突"。作者认为,这个解释是失败的。这部悲剧真正感动观众的原因并非神的意志与人的抗争的矛盾冲突,而在于它"表现这一冲突的题材的特性":"我们所有的人都命中注定要把我们的第一个性冲动指向母亲,而把我们仇恨和屠杀的愿望指向父亲"。换句话说,"杀父娶母"既是从人类童年开始就具有的愿望,也是从每个人童年就开始的精神冲动模式。《俄狄浦斯》之所以感动我们现代观众,就在于我们与俄狄浦斯具有共同的永久不变的精神冲动——"俄狄浦斯情结"。我们之所以被它感动就在于我们与俄狄浦斯具有同样的心理结构,面临同样的悲剧命运。同时,作者还将梦的解释与文学作品的分析联系起来了,认为俄狄浦斯的故事正是这两种典型的梦(杀父娶母)的想象的反映。在这里,对《俄狄浦斯》中梦的分析,既紧扣"俄狄浦斯情结",深化了主题,又开始了以文学释梦,以梦释文学的批评实践。

关于莎士比亚《哈姆莱特》中哈姆莱特"在完成指定由他完成的复仇任务时的犹豫不决"的原因,是莎士比亚研究中一个争论已久的话题。过去代表性的观点有:一是认为哈姆莱特"行动力量被过分发达的智力麻痹了";二是认为哈姆莱特具有"病理学上的优柔寡断的性格"。弗洛伊德认为,这两种解释都缺乏说服力,都没有抓住根本。因为莎士比亚的性格并不优柔寡断,同时也具有行动能力。其真正的原因在于他与俄狄浦斯"同出一源",他身上具有的"俄狄浦斯情绪"。"哈姆莱特可以做任何事情,就是不能对杀死他父亲、篡夺王位并娶了他母亲的人进行报复,这个人向他展示了他自己童年时代被压抑的愿望的实现。这样,在他心理驱使他复仇的敌意,就被自我谴责和良心的顾虑所代替了,它们告诉他,他实在并不比他要惩罚的罪犯好多少"。同时,作者还分析了哈姆莱特对奥菲丽雅谈话时所表现出的性冷淡与莎士比亚自身的心理联系,认为那是莎士比亚自己心理的反映。

《〈俄狄浦斯〉与〈哈姆莱特〉》在弗洛伊德的文学批评中具有重要的地位,其对整个精神分析批评的最大贡献是它分析了"俄狄浦斯情结",并对人们争论已久的《俄狄浦斯》的艺术魅力和《哈姆莱特》中主人公复仇时的犹豫不决,提出了独特的见解。这一见解尽管也引起了人们的争论与批评,但它的原创性品格却值得文学批评者们敬佩。

二 陀思妥耶夫斯基与弑父者(节选)

〔奥〕弗洛伊德 著

《卡拉马佐夫兄弟》中的父亲被杀与陀思妥耶夫斯基的父亲的命运之间的无可置疑的联系，震动了不止一个为他立传的作家，并致使这些传记家请教了"某一现代心理学流派"。从精神分析(因为目的就是要进行精神分析)的观点出发，我们禁不住想了解他父亲被杀对他的严重损伤，并把他对这件事的反应当做他神经症的转折点。但如果我着手用精神分析的方法去证实这一点，那么我将有可能不为那些不熟悉精神分析理论和术语的读者理解。

我们有一确定的出发点。我们了解陀思妥耶夫斯基小时候，在"癫痫症"发作之前的最初几次发作的意义。这些发作具有死亡意义：发作之前受害者曾有对死亡的恐惧，表现为昏睡、嗜眠。该病首次发作时，他还是个孩子；那是种突如其来，毫无缘由的忧伤，正如他后来告诉他的朋友索罗维耶夫的那样，那种感觉似乎他当场就有可能死去。实际上随之而来的确是一种与死亡极其相似的状态。他的兄弟安德烈跟我们讲：还在费奥多很小的时候，他就常在睡觉前留下字条，写着他害怕在夜里会陷入像死亡一样的睡眠，因此他乞求他的葬礼一定要推迟5天再举行(参见费楼波－米勒和艾克斯坦的著作,1925,IX)。

我们知道这种死一样发作的意义和目的①。它们表明病者与死亡者认同，要么与一个真正死了的人认同，要么与一个还活着、而病者却希望死去的人认同。后一种情况具有更重要的意义。由此可见，这个发作具有惩罚的价值。一个人希望另一个人死，现在这个人就是那另一个人了，他自己也死了。关于这一点，精神分析理论认为对某个男孩来讲，那另一个人通常是他的父亲，因此，这种发作(被称为癔症发作)是对希望他可恨的父亲死去所做的自我惩罚(self-punishment)。

用一个很普遍的观点来看,弑父(parricide)是人类的,也是个人的基本的原始的罪恶倾向(见我的《图腾与禁忌》,1912—1913)。在任何情况下它都是罪疚感(sense of guilt)的主要源泉,尽管我们不知道它是否是唯一的源泉。我们的研究还不能确证罪疚感和赎罪欲(need for ecpiation)的心理根源。但根源不一定只是一个。心理情境是复杂的,是需要阐明的,正如我们所说,男孩子和他父亲间的关系是一种"既爱又恨"的矛盾关系。除了想把父亲当做竞争对手除掉

---

① 这个说明,弗洛伊德在1897年2月致弗利斯的信中已经表述过了(弗洛伊德,1950a,信58)。

的仇恨以外,对父亲的一定程度的温情一般也是存在的。这两种心态的结合便产生了以父亲认同的心理;男孩子想要处于父亲的地位上,因为他钦佩父亲,想要像父亲一样,也因为他想要父亲离开这个位置。这时,他的整个心理发展过程遇上了一个强大的障碍。到了一定的时候,孩子开始懂得,他想消除作为对手的父亲的企图将会受到来自父亲用阉割(castration)手段所实施的惩罚。所以,由于对阉割的恐惧——即,为了保持他男性的权利——他就放弃了占有母亲、除掉父亲的愿望。而这种愿望却仍留在潜意识中,于是构成了罪恶感的基础。我们相信,我们在这儿描述的是正常过程,即所谓"伊谛普斯情结"的正常命运;不过,对此还需做深入详述。

当两性同体(bisexuality)的素质因素(constitutional factor)在男孩身上比较强地发展起来时,就出现了又一个复杂情况。因为男孩在阉割的威胁下,他的倾向开始强烈的偏向女性一方,让自己替代母亲的位置,接替母亲的角色,作为父亲爱恋的对象。但对阉割的恐惧也使他的这种办法成为不可能。男孩子晓得,假如他要想让他的父亲把其当成女人来爱恋,他一定要屈服于阉割。于是,恨与爱父亲的两种冲动都遇到压抑。在这事件中有一个心理上的区别:由于对外部的危险(阉割)的恐惧而放弃对父亲的仇恨,同时爱恋父亲又被当做了一种内部的本能危险,尽管从根本上说,它还要追溯于同一个外部危险。

对父亲的仇恨难于被男孩采纳是由于其对父亲的恐惧,阉割是可怕的——不管是作为惩罚还是作为爱的筹码。在压抑对父亲的恨的两个因素中,第一个,即对惩罚和阉割的直接恐惧,可以叫做正常因素,似乎只随着第二个因素——对女性态度的恐惧——的增加而增加的。因此,一种强而有力的天生的两性同体的素质便成为神经症的先决条件或增强神经症的原因之一。这样的素质在陀思妥耶夫斯基身上肯定是存在的,它以一种可行的形式(如同潜伏的同性恋)表现出来:在他的生活中男性友谊起着重要作用,对他的情敌持令人不解的温柔态度;还有,正如他小说中所举的许多例子一样,他对只能用受压抑的同性恋才能说明的情况具有独到的理解。

假如我们这样阐明一个人对父亲爱与恨的态度,以及这态度在"阉割恐惧"(threat of castration)的影响下所发生的变化,让那些不熟悉精神分析理论的读者感到了乏味和难以置信,我很遗憾,虽然我不能改变这些事实。我应该预料到:"阉割情结"(castration complex)肯定会引起相当普遍的否定。但我只能坚持,精神分析学的经验已证明这些特别的情况是不容怀疑的,它还教我们去认识每一神经症的症结所在,那么,我们就一定要用这把钥匙来认识我们的这位作家所谓的癫痫症。与我们的意识如此不相容的正是控制我们潜意识心理生活的那些事件。

但是以上所说的一切还不能尽述伊谛普斯情结中对憎恨父亲的压抑之后果。这里要补充一点新的东西，即以父亲认同最终到底还是在自我中找到一个永久性的地位。它被自我容纳，但却作为一种独立的力量、在与自我的其他内容的抵抗中存在着。我们管它叫"超我"，并相信这个父亲影响的继承者在发挥着最重要的功能。如果父亲是生硬、暴烈和残酷的，超我就从他那里接过这些属性，而且在它与自我的关系中，本该受压抑的被动状态重新活跃起来。超我变成了施虐狂，自我变成了受虐狂，也就是说，其女性态度实际上处于被动状态。对惩罚的巨大需要在自我中萌生起来，在某种程度上，自我甘愿充当命运的牺牲品；在某种程度上，自我又从受超我的虐待中（就是说在罪疚感中）寻求满足。因为任何一种惩罚，归根结底都是阉割，是对父亲的被动态度的实现，就连命运，作为最后的手段，也只不过是父亲后来的投射（projection）。

良心形成（formation of conscience）的正常过程与这里所描述的异常过程一定是相似的。我们还不能成功地在它们之间划出界线。我们可以观察到，在这里，大部分结果是由于被压抑的女性的被动角色导致的。另外，不管这个使儿子惧怕的父亲在现实中是否特别地凶暴，作为一个附加因素一定也是很重要的。陀思妥耶夫斯基的情况正是如此。我们可以把他显著的罪疚感和他在生活中受虐狂的行为追溯到一种特别强烈的女性成分。于是，陀思妥耶夫斯基的基本情况如下所述：一个天生具有特别强烈的两性同体素质的人，能够用特别有力的手段防止自我依靠特别严厉的父亲。这种两性同体的特征，是我们已经认识了的他的本性的补充。他早期像死一样的发作症状可以被理解为他自我中的与父亲的认同作用，这一认同作用被超我当做一种惩罚容让着。"你是为了要我成为你的父亲而去杀他。现在你就是你的父亲，但却是个死了的父亲。"——这就是癔症症状的正常机制。接下来是："现在你的父亲正要杀你。"对于自我来说，死亡症状是一种对男性愿望幻想的满足，同时也是一种受虐狂的满足；对于超我来说，它则是一种惩罚性的满足——即，施虐狂的满足。自我和超我——它们都扮演了父亲的角色。

总之，主体（subject）与他父亲这一客体（object）之间的关系，尽管仍保留它的内容，却已被转变为自我与超我的关系——像一个新舞台上的一套新布景。诸如此类的来自伊谛普斯情结的早期反应，如果现实不进一步供给它们刺激，就可能消失。但父亲的那些性格仍然如旧，或更确切地说，它随时间而退化。所以陀思妥耶夫斯基对他父亲的仇恨和他要他那可恶的父亲死去的愿望仍在保留着。如果现实让其被压抑的愿望得以满足，那是一件危险的事情。幻想变成现实，所有防御措施因此而加强。这时，陀思妥耶夫斯基的病情发作就表现为癫痫的特征，它们仍然表明他想与父亲认同从而惩罚父亲，但它们变得可怕了，就像他父亲的可怕的死亡一样。更进一步，这些发作是否包含着其他内容，尤其是性的内容，便无法推测了。

有一件事是十分清楚的：在癫痫发作的先兆中，常出现一阵极度的狂喜。这很可能是在听到死亡的消息时所感觉到的胜利和解脱，紧接着是一种更残酷的惩罚。我们在原始游牧部落中，从那些杀了他们父亲的兄弟们身上所推测出的正是这样一种顺序：先是胜利，而后是悲痛；先是喜庆，接着就哀悼。我们发现这种顺序在图腾祭宴仪式中①也出现过。如果在现实中陀思妥耶夫斯基的癫痫症在西伯利亚不曾发作过，那只能证明发作是对他的惩罚。当他受到其他方式的惩罚时，他便不再需要发作了。但这还不能证实。陀思妥耶夫斯基的心理组织以受惩罚的需要说明了这样一个事实：他安然度过了这些悲惨、屈辱的年月。宣判陀思妥耶夫斯基为政治犯是不公平的，他一定也知道这一点，但他接受了沙皇对他的冤枉的惩罚，以此作为对他反对生父的罪恶所应承受的惩罚。他接受了他父亲的代理人（沙皇）的惩罚，而不是自己惩罚自己。这里，我们瞥见了社会实施惩罚在心理学上的正当性。事实是大批罪犯想得到惩罚，他们的超我要求这样，这就省去了遭受自我惩罚的必要②。

每一个熟悉癔症症状所表现的复杂情况的意义的人都会理解，不从这一点出发，就别企图去探究陀思妥耶夫斯基的癫痫症发作的意义③。我们可以假设它们的最终含义在后来增加的许多内容中仍然保持不变，这就够了。我们能够肯定地说，陀思妥耶夫斯基从未摆脱过由弑父意图而产生的罪恶感。它们也决定了他在另两个范围里——在这里与父亲的关系是决定的因素——的态度，即对国家权威和信仰上帝的态度。首先，他对他的假父亲——沙皇——是绝对服从的，这个沙皇在现实中曾与他一起演过杀人的喜剧，他的发作就经常如此地在戏剧中表现出来。这里忏悔占了上风。在宗教范围里，他保持着更多自由：根据显然可靠的报道，他直到生命的最后一刻仍在宗教信仰（faith）和无神论

---

① 参见《图腾与禁忌》(1912—1913)，第四篇，第五章。
② 参见《来自罪恶感的犯罪》，弗洛伊德的《在精神分析工作中所遇到的一些性格类型》中的第三篇文章(1916d)，标准版，第十四卷，第332页。
③ 有关他发作的意义与内容的最好描述是陀思妥耶夫斯基自己提供的。他告诉他的朋友斯特拉克霍夫(Strakhov)说，他在癫痫发作之后的易怒和沮丧是由于这样的事实：他仿佛觉得自己是个罪人，不能从他身上的未知的罪疚感的负担中摆脱出来，他犯了很大的罪过，这使他压抑(见费楼波-米勒的著作，1924年，第1188页)。在这些自我谴责(self-accusations)中，精神分析学看到承认"心理现实"的征象，它努力使未知的罪恶被意识所认识。

(atheism)之间徘徊。他的巨大才智使他不可能去忽视任何由信仰带来的智力难题。通过个人对世界历史发展的概括,他希望找到一条出路,从而从对"基督理想"(Christ ideal)的罪疲感中摆脱出来,甚至利用他的痛苦作为扮演基督似的角色的资格。如果说他基本上没有获得自由,而是成为一个反对者,那是因为他的忤逆罪(filial guilt)——这种普遍存在于人类中,宗教感情赖以确立的忤逆罪在他身上达到了超个人的强度,甚至他那巨大才智也难以克服。写到这里,我们可能会受到指责,说我们放弃了公正的分析,而以某一特定世界观的党派观念判定陀思妥耶夫斯基。保守派会站在宗教法庭庭长一边,对陀思妥耶夫斯基做出不同于我们的判决。这种不同是正当的;人们只能为他开脱,说陀思妥耶夫斯基的决定完全像是由神经症引起的智力阻抑(intellectual inhibition)导致的。

这几乎不能说成是巧合:文学史上的三部杰作——索福克勒斯的《伊谛普斯王》、莎士比亚的《哈姆莱特》和陀思妥耶夫斯基的《卡拉马佐夫兄弟》——都谈及了同一主题:弑父。而在这三部作品中,显然弑父作为的动机都是与情敌去争夺一个女人。

当然,最直接的表现是取材于希腊传说的戏剧(《伊谛普斯王》)。剧中犯罪的仍然是主人公自己,但是为对素材进行富有诗意的处理不可能不对犯罪动机加以淡化和伪饰。正如我们在精神分析中得出的,赤裸地承认弑父的意图,不经过分析准备,似乎难以让人接受。保留了这种犯罪行为的希腊戏剧,以被陌生命运强迫的形式,把主人公的潜意识动机表现出来,从而实现了巧妙制造必要条件动机的效果。主人公的犯罪行为是无目的的,显然没有受到女人的影响。然而这后一点却在另一种情况下引起了主人公的注意:主人公只有对那个象征他父亲的恶魔重复采取杀人行动之后才能占有母后。在他的罪恶被揭露,并被自己意识到之后,主人公并不企图通过求助于命运强迫的人为权宜之计来为自己开脱罪责。他承认了自己的罪责并受到惩罚,好像这一切是完全有意识的罪行——这在我们用理智看来显然是不公正的,但在心理学上是完全正确的。

在英国的这个剧中,该主题的表现比较间接。主人公自己没有犯罪,是别人犯罪,对那个人而言杀人不是弑父。因此,争夺女人这个被禁止的动机没有必要伪装。而且通过了解罪犯对主人公的影响,并通过折射,我们看见了主人公的伊谛普斯情结。他应该找罪犯报仇,但十分奇怪,他发现自己不能那么做。我们知道这里他的罪疲感麻痹了他,但是,这种罪疲感以一种与神经症过程完全一致的形式转变为他不能完成其任务的感觉。有证据表明主人公感到他的罪恶是一种超个人的罪恶。他对别人的蔑视不亚于对自己的蔑视:"按他的方式去对待每个人,谁人不挨鞭子呢?"

俄国的这部短篇小说在同一方向上又向前迈进了一步。那里面也是另外一个人犯了杀人罪。但是,这另外一个人跟主人公德米特里一样,与被杀的人有父子关系。在这另一个人的情况中,情杀动机(motive of sexual)是公认的;他是主人公的弟弟,明显的事实是,陀思妥耶夫斯基把自己的疾病——听说的癫痫症安排在他身上,仿佛他在极力表白,他的癫痫、神经症在他身上就是弑父行为。还有,在审判庭上的辩护词里,有一个对心理学的著名的嘲笑,说它是一把"两用小刀"①。这里是一个高明的伪装,因为为了发现陀思妥耶夫斯基观点的深层意义,我们只有把它倒过来看。该受到嘲笑的不是心理学,而是法庭的审讯程序。到底是谁犯罪无关紧要,心理学关心的是谁渴望犯罪,罪行发生后谁会感到高兴②。由于这个原因,所有兄弟——反面人物阿廖沙除外都同样有罪,都是冲动的肉欲主义者(sensualist),喜怀疑的玩世不恭者(cynic)和癫痫病罪犯。在《卡拉马佐夫兄弟》中,有一个场面特别揭示了这一点。在佐西马神父与德米特里谈话时,他发现德米特里正准备弑父,便跪在德米特里的脚下。这一行为不可能令人表示钦佩,因为这意味着该圣徒正在抵制蔑视和憎恶凶手的诱惑,并因此向凶手表示谦卑。陀思妥耶夫斯基对罪犯的同情,实际上是无止境的,它远远超出那些不幸的家伙有权得到的怜悯,它使我们想起了"敬畏"(holy awe)——而过去人们正是用此种敬畏看待癫痫症者和神经症者的。对陀思妥耶夫斯基来说,一个罪犯几乎是一个救世主,他自己承担了本该由别人来承担的罪责。因为这个罪犯杀了人,别人就不再有任何需要杀人了,人们一定会感激他,因为如不是他,别人就不得已要亲自去杀人。这并不仅仅是仁慈的怜悯,而是一个基于相似杀人冲动的认同作用(identification)。实际上,是一个稍微加以移置的自恋(这样说,并不是对这种仁慈的伦理学价值提出疑义)。这也许是非常普遍的对别人仁慈同情的机制,人们能够很轻松地在这个深受罪疚感折磨的小说家的特殊例子中觉察到这个机制。毫无疑问,这个由认同心理而引起的同情心是决定陀思妥耶夫斯基选择题材的决定因素。他首先描写的是一般的罪犯(他的动机是自我中心主义的)和政治、宗教罪犯;直到他生命的晚期,他才追写那主要的罪犯——弑父者,并在他的一部艺术作品中通过弑父

---

① 在德语中(也在原来的俄语中)这个比喻是"一根能两头伤人的大棒"。康斯坦·加耐特(Constance Garnett)的英译作为:"两边能切割的小刀"。这句话出现在这部长篇小说的第十二卷第十章中。
② 对这一观点在一个现实罪行案例中的实际运用的论述在弗洛伊德题为《专家对霍尔斯曼病例的意见》(1931d)第 251 页下面可以找到,那里《卡拉马佐夫兄弟》被再次讨论了。

者来完成他的忏悔(confession)。

陀思妥耶夫斯基的遗稿与他妻子的日记的出版使我们对他在德国时如何沉迷于疯狂的赌博(gambling)的那一段人生插曲有了清楚的认识(参见费楼波-米勒和艾克斯坦的著作，1925)，人们都把此看成是他病态激情的明显发作。这个不同寻常的、又毫无价值的行为不乏文饰作用(rationalizations)。正像神经症者身上经常发生的那样，他的罪疚感通过债务负担的方式表现出来，他可以在从赌桌上赢钱以便返回俄国时不被债主逮捕的幌子下得以求心安。这只不过是个借口，他十分明智而且承认了这个事实。他认识到他主要还是为赌博而赌博①。他由冲动而做出的荒诞行为的全部细节都表明了这一点，同时也表明了另外一些情况，不到输个精光，决不罢休。赌博对他来说也是一种自我惩罚的手段。他一次又一次地向他年轻的妻子保证或者用他的名誉许诺，说他再不去赌了；或者在哪一天，他就不赌了。但是，正如他妻子说的那样，他从未遵守过诺言。当他的损失使他们的生活极其贫困时，他便从中获得继发性病态满足。事后，他在她面前责骂、羞辱自己，要她轻视他，让她感到为嫁给了这样一个恶习不改的罪人而遗憾。当他这样卸掉了他良心上的包袱后，第二天又会重操旧业。他年轻的妻子已习惯了这种周而复始的恶性循环，因为她注意到有一种事可能成为拯救他的真正希望——他的文学写作——当他们失去了一切，典当了他们最后的财物时，他的写作就会变得十分杰出。她当然不理解这种联系。当他的罪疚感通过把惩罚加在自己身上而得到满足，那加在他作品上的限制就变得不那么严厉了，这样他就让自己沿着成功的路向前迈进几步②。

一个赌徒埋葬已久的童年经历中哪一部分成了他赌博沉迷的因素？我们可毫无困难地从我们的一位年轻作家的一个故事中推测出答案来。斯蒂凡·茨威格由于一个偶然的原因对陀思妥耶夫斯基做过研究(1920)，在他的由三个短篇小说汇成的集子《感觉的混乱》(1927)中收入了一篇他起名为《一个女人生活中的二十四小时》的小说。这篇短小精悍的杰作表面上看只想表现女人是怎样一个不负责任的人，甚至连女人自己都感到惊讶：一个出乎意料的经历驱使她走到什么样的极端。但这个故事所讲的远远不止这些。如果用精神分析理论去解释它，就会发现它意在表现(没有任何歉疚的意见)另外一件事，即一件带有普遍人性的事，或者干脆说是男性的事。这个解释是显而易见的，人们无法

---

① "主要的是赌博本身，"他在一封信中写道："我发誓，贪婪钱财并不是我赌博的目的，虽然上帝知道我极其需要钱。"

② "他总是在赌桌前，直到输掉所有的东西，彻底破产。只有当伤害达到彻底的程度，魔鬼才从他的灵魂中逃走，并为创造天才让路。"(费楼波-米勒和艾克斯坦的著作，1925年，第一卷，第36页)

反驳。艺术创作的本质特征就是这样,当我问到作者(他是我的好朋友)时,他向我保证,我对他所做的解释与他的知识和意图都是不相容的,尽管作品叙述中采用的一些细节似乎为这个隐藏的秘密提供了一条线索。

  在这篇小说中,一位年岁已高的贵妇人向作者讲述了她二十多年前的一次经历。她年轻时就成了寡妇,她有两个儿子,但他们不再需要她了。在她42岁那年,她已不再期望什么。在一次无目的旅行中,她来到了蒙特·卡罗赌场。这个地方给她留下深刻印象,而在这所有印象中,她很快就被一双手迷住了。这双手似乎极真诚和强烈地表现了一个不幸赌徒的全部感情。这是一位漂亮的年轻人的一双手——作家仿佛无意地把他的年龄写得与叙述者的大儿子相同,在输掉了全部财物后,他十分绝望地离开赌场,看情形是想在卡西诺花园结束他毫无希望的人生。一种怜悯感驱使她跟踪了他,并用尽各种莫名其妙的办法去拯救他。他以为她是常见的那种纠缠不休的女人,极力想摆脱她,但她仍跟着他,并且发现自己身不由己地、极自然地到了他的旅馆房间,最后与他同床共枕。在这个即兴的爱夜之后,她让这个年轻人——此时显然他已平静下来,庄严发誓:他绝不再赌博。她给了他回家的路费,答应在他离开前到车站为他送行。然而,此时她已开始对他感到有一种极大的柔情,她准备为留住他而牺牲一切,下决心跟他一起走而不是说再见。但各种意外的事缠住了她,结果她没赶上火车。她怀着对已走的年轻人的思念又一次回到赌场,结果大吃一惊,她又一次见到了那双曾激起她同情的手:这个不讲信义的年轻人又来赌博了。她提醒他曾立下誓言,但他沉迷于他的赌博激情中,竟骂她是碍事婆,叫她滚开,并把她曾想用来拯救他的钱抛给她。她在深深的耻辱中匆匆离去。后来她才知道,她没能使他免于自杀。

  这个娓娓动听的、动机纯真的小说自身,当然是完美的,也肯定会深深感动读者。但精神分析学指出,小说的意图基本上是基于青春期充满希望的幻想(wishful phantasy),这幻想,不少人曾有意识地记住它。它体现了一个男孩子的希望:他的母亲应亲自使他了解性生活,以便使他免于受到手淫(masturbation)的可怕伤害(很多论及挽救主题的作品都有同样的起源)。手淫的恶习被赌瘾替代了①,强调手的热烈动作显露了这一由来。确实,玩赌的爱好是手淫这一原始激情的对等物,"玩弄"(playing)是在幼儿园里专用来描写用手摆弄生殖器动作的一个词。诱惑(temptation)那种不可抵抗的本质,那种严肃

---

① 在1897年12月22日致弗利斯的信中,弗洛伊德指出:手淫是"原始的沉迷",所有以后的沉迷都是它的替代(弗洛伊德,1950,信79)。

的永不再犯的保证(然而永远也做不到),那种让人麻木的愉快和他正在毁掉自己(自杀)这一恶性感觉——所有这些因素都保留在赌博这个手淫的替代过程中。是的,茨威格的故事是由母亲而不是由儿子讲述的。这一定会让儿子想到:"如果我的母亲知道手淫对我有怎样的危害,那么她肯定会把我从手淫中拯救出来,而允许我把我所有的温情都发泄在她身上。"在故事中,年轻人把她看成妓女,这种母亲即妓女的观念与上述幻想相联系。它使难以接近的女人变得容易接近了。伴随幻想的不道德观念给故事带来了不幸的结局。同样有趣的是我们注意到作者是如何赋予小说一个"外观"(facade),以此来极力掩饰它的精神分析的意图,因为女人的性生活是否受突然的、神秘冲动的支配是极其令人疑惑的。相反,精神分析学却揭示出这个长期以来没有爱情生活的女人所做的令人惊讶的行为,其动机是十分充分的。她为了忠实于她死去的丈夫,她全副武装以抵抗所有类似的吸引。但是——这里,儿子的幻想是对的——作为母亲,她逃避不了把真正潜意识的爱转移到她儿子身上,命运(fate)在这个不设防的地方抓住了她。

如果对赌博的沉迷,连同破除这一习惯所做的不成功的努力以及它所提供的自我惩罚的机会是手淫冲动的重复,那么,我们对它在陀思妥耶夫斯基生活中占有这么大的地位就不应感到惊奇。毕竟,我们没发现一个儿童早期和青春期的自体性欲满足(auto-erotic satisfaction)在严重的神经症中不起作用的症例;而压制自体性欲满足的努力和对父亲的恐惧之间的关系,则早已真相大白,更无须多加赘述了①。

(选自车文博主编《弗洛伊德文集》第四卷,长春:长春出版社,1998年版)

文本分析:

《陀思妥耶夫斯基与弑父者》,是弗洛伊德最重要的文学批评论文之一,也是在精神分析学派文学批评中最有影响的文学批评论文之一。同《〈俄狄浦斯〉与〈哈姆莱特〉》相比,《陀思妥耶夫斯基与弑父者》有以下特点。

首先,文章精神分析的重点由作品转向了作者。在《〈俄狄浦斯〉与〈哈姆莱特〉》中,弗洛伊德重点分析了两位主人公的"俄狄浦斯情结",并由此说明两部作品的魅力和悲剧成因。而在《陀思妥耶夫斯基与弑父者》中,弗洛伊德重点分析了作为《卡拉玛佐夫兄弟》作者的陀思妥耶夫斯基的病态心理。指出《卡拉玛佐夫兄弟》中所表

---

① 这里表达的许多观点可以在乔兰·纽费尔德(Jolan Neufeld)的一本杰作中见到(1923)。

现的"俄狄浦斯情结",主要是陀思妥耶夫斯基由"俄狄浦斯情结"所引发的癫痫症和神经症在作品中的投射。其次,文章精神分析的重点由对"俄狄浦斯情结"冲动转向了对"俄狄浦斯情结"的压抑。虽然弗洛伊德认为《俄狄浦斯》、《哈姆莱特》、《卡拉玛佐夫兄弟》三部作品都表现了"俄狄浦斯情结":弑父娶母愿望这一共同主题。但作者在具体分析中又体现了同中有变。作者在分析前两部作品时,重点在分析主人公身上的"俄狄浦斯情结"冲动及其表现。而作者在分析后一部作品时,重点放在作者身上,分析了作者是如何压抑自己身上"俄狄浦斯情结"的,指出陀思妥耶夫斯基对"俄狄浦斯情结"具有双重态度,他的受虐狂、他的罪恶感、他的变态人格,都源于他对自身"俄狄浦斯情结"的压抑。其三,文章分析的重点由哲学式推理转向了病理式诊断。在《〈俄狄浦斯〉与〈哈姆莱特〉》中,作者对俄狄浦斯与哈姆莱特身上"俄狄浦斯情结"的分析具有文学的感悟,偏重哲学的推理,文中运用更多的是文学术语和文学批评概念。而在《陀思妥耶夫斯基与弑父者》中,作者对陀思妥耶夫斯基身上"俄狄浦斯情结"的分析,更多的是一种病理式的诊断,是对被批评对象的精神病学分析,少有对《卡拉玛佐夫兄弟》这部作品的文学性分析。作者所使用的批评术语,出现频率最高的是"癫痫"、"歇斯底里"、"受虐"、"病因"等术语,而文学术语和文学批评概念则较少。其四,文章分析的重点由直线式转向了多声部。在《〈俄狄浦斯〉与〈哈姆莱特〉》中,作者基本上采用的是线性思维,以"俄狄浦斯情结"直接回答《俄狄浦斯》为何能感动从古至今的作者,哈姆莱特为何在复杂行动上犹豫不决。而在《陀思妥耶夫斯基与弑父者》中,作者采用的是立体思维,以"俄狄浦斯情结"为中心概念,从作品与作者的联系中,从不同的角度和侧面分析了陀思妥耶夫斯基的受虐狂、癫痫病、好赌博、双性同体,呈现在读者面前的陀思妥耶夫斯基是一个具有心理矛盾、性格复杂性的立体形象。

《陀思妥耶夫斯基与弑父者》包含了许多引人注目的内容,重新表达了作者后期关于"俄狄浦斯情结"和罪恶感的重要观点,是了解精神分析批评的一篇必读文献资料。

参考书目

1. 〔奥〕西格蒙特·弗洛伊德:《释梦》,孙名之译,北京:商务印书馆,1996年。
2. 〔奥〕西格蒙特·弗洛伊德:《精神分析引论》,高觉敷译,北京:商务印书馆,1986年。
3. 〔奥〕西格蒙特·弗洛伊德:《弗洛伊德论美文选》,张唤民、陈伟奇译,上海:知识出版社,1987年。
4. 〔美〕鲁本·弗恩:《精神分析学的过去与现在》,傅铿编译,上海:学林出版社,1988年。
5. 〔美〕卡尔文·斯·霍尔等:《弗洛伊德心理学西方文学》,包华富、陈昭全等译,长沙:湖南文艺出版社,1986年。
6. 〔美〕伯纳德·派里斯:《与命运的交易》,叶兴国译,上海:上海文艺出版社,1997年。

7. 〔美〕杰克·斯佩克特:《艺术与精神分析》,高建平译,北京:文化艺术出版社,1990年。
8. 〔法〕C.克莱芒、P.布鲁诺、L.塞弗:《马克思主义对心理分析学说的批评》,金初高译,北京:商务印书馆,1985年。
9. 陆扬:《精神分析文论》,济南:山东教育出版社,1998年。
10. 陈厚诚、王宁主编:《西方当代文学批评在中国》,天津:百花文艺出版社,2000年。

思考题

1. 为什么说"俄狄浦斯情结"是弗洛伊德对文学批评的最大贡献,怎样理解它的含义,在运用这一批评概念时应注意些什么问题?
2. 梦、幻想、神经病在文学创作中有何联系,在文学批评中如何看待作家与梦、幻想、神经病的关系?
3. 怎样理解文学是被压抑欲望的升华,作家和批评家在创作和批评中应该怎样升华?
4. 在经典文本材料分析中,我们选择了弗洛伊德、琼斯、派里斯等三位不同时期心理分析批评家对《哈姆莱特》的评论,三者的观点有何异同,我们从中受到了什么启发?
5. 精神分析批评在20世纪20年代末30年代初就传入中国,它对中国的文学创作和文学批评产生过哪些影响?试举例分析说明。

第四章
神话原型批评

20世纪文学批评方法的特点之一是多种学科理论在文学研究中的渗透。神话原型批评(也称"原型批评")借鉴人类学、文化学、心理学的研究成果从一些新的视角入手对文学现象所作的研究扩大了文学研究的视野,开拓了文学研究的领域。

第一节 基本理论及方法

(一)理论来源

人类进入20世纪之后,随着科学技术的高度发展,不同学科间的相互影响,相互渗透已成为当代学术研究的一大特点。原型批评诞生于20世纪初,兴盛于50年代,作为20世纪文学批评的重要方法和流派,它的理论来源也呈现出多元的特征。

弗雷泽的名著《金枝》及其文化人类学方法对原型批评的产生形成了最重要的影响。

文化人类学兴起于19世纪,是一门具有交叉性、综合性的学科。它超越民族与地域之间的界限,着重研究人类文化的发生、发展及变迁过程,其目的在于寻求人类文化的共同发展规律,确定个别文化的特异模式。英国学者詹姆斯·弗雷泽在早期的文化人类学研究中,理论建树最多,影响也最大。他一生著述甚丰,尤以12卷巨著《金枝》对文化人类学的贡献最大,对原型批评理论的形成有着重要的影响。

弗雷泽对文化人类学的研究做出了自己的独特贡献,主要表现在他所发现和提出的作为原始民族思维和行动规则的"交感巫术"原则。通过对大量原始材料的研究,弗雷泽指出,原始初民都有这样一个共同信念:人类与自然之间始终存在着某种交互感应的关系,人们可以通过各种象征性的活动把自我的情感、愿望与意志投射到自然中去,这样就可以达到对对象的控制目的。交感巫术具有两种基本形式,即"模仿巫术"和"染触巫术"。模仿巫术遵循"同类相生"(like produces like)的信念,即"相似律"(law of simlarity);染触巫术则以"染触律"(law of contact)为基础。这一原则是了解原始民族一切生活行为、思想行为的钥匙。例如,原始人常常在春天举行一种庆祝神的死而复活的巫术仪式,虽然在各地区神的名字不同,但举行仪式的实质是相同的,即出于获得丰收的愿望和人的繁衍。原始人类相信通过他们的表演活动就可以把自我的愿望作用于自然。根据交感巫术的原则,弗雷泽推而广之,又研究了更多的有关类似仪式,发现了在西方文化和文学中普遍存在的"死亡与复活"的原型。

原型批评的代表人物之一、加拿大学者弗莱毫不隐晦地说:"效法弗雷泽的榜样的学者们的研究曾提出一种希腊戏剧的重大的即仪式的内容的普遍理论。《金枝》本来是人类学著作,但它对文学批评的影响要比在它自己的领域中的影响还要大,因而也确实不妨把它看成一部文学批评著作。"①《金枝》对原型批评的理论与实践两方面的影响都是巨大的。它不但为后来的原型批评提供了方法论的借鉴,而且为研究者提供了在西方文学中反复出现的一些"原型"来源。在弗雷泽的影响下,原型批评中曾形成了一个声势浩大的"剑桥学派"。

心理学家荣格的**集体无意识**概念是又一种对原型批评产生重要影响的理论,并且荣格还对"原型"给予了自己的界定和解释。

荣格原为著名精神分析学家弗洛伊德的学生,跟随弗洛伊德研究精神病理学,后来发生分歧,终于分道扬镳。理论分歧的焦点主要表现在两个方面:一是关于性的理论,二是对"无意识"的内容及结构的理解。荣格并不否认性本能的存在,但不同于弗洛伊德之处在于,他认为"里比多"并非是以性欲为主的心理能量,而是"生命过程的能量",即近似于柏格森的"生命冲动"概念的一种心理能量。至于无意识,荣格同样承认它的存在,但他不同意弗洛伊德把无意识仅仅归结为个体无意识的观点。他认为,无意识不仅包括个体无意识,而且还包括集体无意识。集体无意识理论是荣格心理学理论最核心部分,也是理解"原型"概念的关键。

荣格在《集体无意识的概念》的开篇便对集体无意识的内涵做了说明:"集体无意识是精神的一部分,它与个人无意识截然不同,因为它的存在不像后者那样可以归结为个人的经验,因此不能为个人所获得。构成个人无意识的主要是一些我们曾经意识到,但以后由于遗忘或压抑而从意识中消失了的内容;集体无意识的内容从来就没有出现在意识之中,因此也就从未为个人所获得,它们的存在完全得自于遗传。个人无意识主要是由各种情结构成的,集体无意识的内容则主要是'原型'。"②由以上文字可以看出,荣格认为,集体无意识是从原始时代演变而来的,主要通过遗

---

① 弗莱:《批评的解剖》,普林斯顿大学出版社,1957年,第109页。
② 荣格:《心理学与文学》,北京:三联书店,1987年,第94页。

传的方式逐渐积淀在每个成员的心灵之中。尽管荣格主张集体无意识主要通过遗传获得的看法有失偏颇,但他对集体无意识的分析研究是把历史与现实结合在一起的,有助于我们理解人类思想情感的发展演变。"集体无意识的内容从来就没有出现在意识之中",那么如何才能了解到它的存在呢？荣格引出了"原型"概念。

"**原型**"一词最早出自希腊文。柏拉图用这个概念来指称事物的本源,认为现实事物只不过是理念的影子,因而理念乃是客观事物的"原型"。荣格认为这个词用处极大,因为它表明了集体无意识的内容与古代或是原始的型式有关,与那些远古就已存在的宇宙意象有关。荣格自称他对"原型"概念的贡献在于指出原型并非仅仅由传统、语言和移民传播,而是自发地,不论何时何地不需任何外部影响的重现。

荣格所说的"原型"具体含义是什么？在《集体无意识的概念》中有具体的说明："原型概念对集体无意识观点是不可缺少的,它指出了精神中各种确定形式的存在,这些形式无论在何时何地都普遍地存在着。在神话研究中它们被称为'母题'。"[①]在另一篇文章中,荣格又指出:"原始意象或者原型是一种形象(无论这形象是魔鬼、是一个人还是一个过程),它在历史过程中是不断发生并且显现于创造性幻想得到自由表现的任何地方。因此,它本质上是一种神话形象。"[②]

荣格将原型分为两类:形象的型式(types of figures)和情境的型式(types of situations)。在形象的型式中,他列举出许多与人类形象有关的原型,包括阴影(shadow)、人格面具(persona)、智叟(the wise old man)、阿尼玛与阿尼姆斯(anima and animas)等与人类精神需要直接相关的形象。

"情境的型式"在文学艺术中也是常见的,如《圣安娜与圣母子》中的"双重诞生",《尤利西斯》中的"英雄还乡"。情境原型也可表现为典型的环境,如《神曲》中的地狱、炼狱与天堂等等。

为说明艺术创作与原型的关系,荣格在他的著作中曾多次援引达·芬奇的名画《圣安娜与圣母子》作为例证。弗洛伊德也曾分析过这幅画,他认为,画中的两个女性形象正是画家"恋母情结"的表现,因为在达·芬奇的记忆中确曾有过两个母亲。荣格极力反对这种解释,他说:"我们只想指出,同显而易见的个人心理交织在一起的是一个我们在其他领域中很熟悉的非个人的母题,这便是'双重母亲'的母题,一个在神话学和比较宗教领域中可以找到许多变体并构成无数'集体表象'之基础的原型。例如,我可以提到'双重血统'的母题,即人与神的双亲血统,如在赫拉克勒斯的情形中,他通过被赫拉不情愿地过激获得了神的不死性。在希腊是一个神话的东

---

① 荣格:《心理学与文学》,北京:三联书店,1987年,第94页。
② 荣格:《论分析心理学与诗歌的关系》,引自《心理学与文学》,第120页。

西在埃及则实际上是一种仪式:法老生来既是人又是神。在埃及神庙的生育室中,法老的再次神秘被孕育和出生被镌刻在墙上;他被'重生出来',这是一种构成所有再生秘密的思想,包括基督教的再生在内。圣子基督本人便是'重生的',通过约旦河的洗礼,他从水中和精神上再生和复活了。所以,在罗马天主教礼拜仪式中,圣水盆被称为'子宫堂',而且,正如你们可以在天主教祈祷书中读到的,在复活节前的圣星期六举行的圣水盆祝祷中,它甚至今天也仍被这样称呼。"[1]圣安娜与圣母子的形象正是"双重母亲"原型在艺术中的表现。

荣格不仅在理论上给原型批评奠定了基础,而且他从心理学角度对原型的研究为文学研究提供了丰富的材料和独特视角。对于文学艺术来讲,荣格认为原型的意义是十分重要的。历来的文艺理论家都从不同的角度探讨艺术之于人的永久魅力,荣格也有独到的见解。他认为,文学艺术之所以拥有经久不衰的魅力,其主要原因在于它表现了集体无意识的原型,"原型的影响激动着我们(无论它采取直接经验的形式,还是通过所说的那个词得到表现),因为它唤起一种比我们自己的声音更强的声音。一个用原始意象说话的人,是在同时用千万个人的声音说话。"[2]

另外,德国哲学家卡西尔的象征形式哲学也对原型批评产生了一定影响。主要体现在其神话观上。卡西尔认为,作为一种符号形式,神话思维已经有了空间、时间和因果的联系等种种观念。神话和诗一样都是隐喻,是一种想象的创造活动,在古代为神话,在近代则为诗。卡西尔的神话观也可以说是一种文化的原型观。它的实质在于把神话和仪式看成人类精神文化的原始基础,看成人类认识世界和自身的起点。卡西尔对原型批评的影响较之弗雷泽与荣格都较晚,也较为间接。但是,原型批评理论的建立是不能缺少这块基石的。卡西尔的神话观在弗莱的《批评的解剖》、蔡斯的《探求神话》、威尔赖特的《燃烧的源泉》等著作中都有明显的渗透。

(二)弗莱的原型批评理论

诺斯洛普·弗莱是加拿大人,历任加拿大和美国一些大学的教授。弗莱是第一个真正把"原型"理论自觉运用到文学研究领域的学者。他把人类学和心理学对原型研究的成果汇集起来,加以改造吸收,建立起自己的文学批评理论体系,对20世纪西方文学理论的发展做出了重大贡献。他的代表作《批评的解剖》(1957)一书被西方学术界称为原型批评理论的"圣经"。弗莱的批评理论也主要体现在这部著作及1963年出版的《同一的寓言》一书中。

面对新批评派琐细的文本研究方法,弗莱深感这种封闭性的形式主义的研究必

---

[1] 叶舒宪编:《神话——原型批评》,西安:陕西师范大学出版社,1987年,第107页。
[2] 荣格:《心理学与文学》,第122页。

须打破,他期望把文学与外部世界联系起来,使文学艺术充满温暖的人性。

弗莱对原型概念给予了新的解释,使得这一概念真正进入了文学研究领域。他主张把作家的具体作品放到作家的全部作品中去。后来,又进一步主张把某些文学结构要素置入文学传统中考察。那么,是什么把诗人和传统联系起来呢?中间必有一个中介因素,这便是"原型"。在《批评的解剖》中,弗莱指出,原型就是"典型的即反复出现"的意象。在《布莱克的原型处理手法》一文中,他讲得更为明确:"我把原型看作是文学作品里的因素,它或是一个人物,一个意象,一个叙事定势,或是一种可以从范畴较大的同类描述中抽取出来的思想。"这样,原型概念的内容已大大地被扩展开来了,它已不仅仅局限于神话和宗教仪式的研究中,而成为今天的文学与过去的一切传统文化相联系的桥梁。这样,原型就成为一种现实的、广泛存在的文学作品的构成因素,使原型概念在批评实践中具有了更加重要的意义。

弗莱还从人与自然的同构关系出发,总结概括出神话的四种叙述模式。他认为"一天日出、日落的循环,一年不同季节的循环,以及人的生命的有机循环,其中都有同样意义的模式;依据这一模式,神话环绕某个形象构成具有中心地位的叙述——这形象一部分是太阳,一部分是茂盛的草木,一部分是神或原型的人"。[①] 自然界有日出日落的循环,一年四季的往复更迭,人的生命也有生与死的不断循环,人类社会中的生命运动同自然界的规律一样具有同构性。在这样的认识基础上,弗莱把神话归纳为四种叙述模式:

黎明、春天和出生方面。关于英雄出生的神话,关于万物复苏的神话,关于创世的神话,以及关于黑暗、冬天和死亡这些力量的失败。从属的人物:父亲和母亲。这是传奇故事的原型,狂热的赞美诗和狂想诗的原型。

正午、夏天、婚姻和胜利方面。关于成为神仙的神话,关于进入天堂的神话。从属的人物:伴侣和新娘。喜剧、牧歌和团圆诗的原型。

日落、秋天和死亡方面。关于战败的神话,关于天神死亡的神话,关于暴死和牺牲的神话,关于英雄孤军奋战的神话。从属的人物:奸细和海妖。悲剧和挽歌的原型。

黑暗、冬天和毁灭方面。关于这些势力得胜的神话,关于洪水和回到浑沌状态的神话,关于英雄打败的神话,关于众神毁灭的神话。从属的人物:食人妖魔和女巫。此为讽刺作品的原型。[②]

在弗莱看来,神话是一种结构形式,神的诞生、历险、胜利、受难、死亡、复活是一

[①] 弗莱:《文学的若干原型》,转引自《现代西方文选》,上海:上海译文出版社,1983年,第344—345页。
[②] 同上书,第345页。

个完整的循环故事,正如昼夜更替,四季循环一样。神的生与死,死后又复活,包含着文学的一切故事。文学总的说来是"移位"的神话,文学不过是神话的赓续,神话移位为文学,神也变成文学中的各类人物。弗莱考察了欧洲文学的创作实践,把文学的人物及叙述模式分为五类,即五种类别模式:

主人公若在类型上高于一般人和环境,就是超人的神,关于他的故事则是神话。

主人公若在程度上高于一般环境,则是传奇的英雄,是人而不是神了。但他行动在一个基本上不受自然规律支配的世界里,这里有魔法的宝剑,有会说人话的动物,有妖怪和女巫、符咒和奇迹等等。英雄也可以有超人的勇敢和毅力,这一切在神话世界里都并不违反可然律。在这里,我们离开神话,进入了传说、民间故事、童话等文学形式的领域。

主人公若在程度上高于一般人,但并不超越自然环境,则是一般领袖的人物。他有远远超出我们的权力、激情和表现力,但他的所作所为仍然处于社会批评和自然秩序的范围之内,这就是高等模仿形式即大多数史诗和悲剧的主角。

主人公既不高于一般人,也不高于环境,他就成为我们普通人中的一个,与我们处于同一水平,他的行动的环境与我们的现实环境基本上遵循同样的可然律准则。这就是低等模仿形式即大多数喜剧和现实主义小说中的主角。

主人公在能力和智力方面低于我们,使我们感到是在居高俯视一个受奴役、受愚弄或荒诞的场面,这便是讽刺模式。

弗莱的原型批评理论有一重要的特点,即努力用宏观的眼光来考察整个欧洲文学的发展、流变从而总结出文学发展的规律。弗莱把文学划分出五种模式之后,便开始提出他的文学史观念。他认为,欧洲文学恰好已经走过了以上五种形式,经历了从神话到讽刺文学的发展变化。在中世纪以前的时代,文学是紧密地依附于基督教的、古希腊罗马的、凯尔特或条顿民族的神话,是神话的时代。中世纪则是传奇文学的时代,或是描写游侠骑士的世俗传奇,或是表现圣徒或殉道故事的宗教传奇,而两者都以违反自然规律的奇迹达到使故事引人入胜的目的。文艺复兴时代的最具代表性的文学形式是悲剧和民族史诗。后来,一种新的中产阶级文化带来了低等模仿模式,这种模式在英国文学中从笛福的时代到 19 世纪末一直占据主导地位。而在法国文学中,它开始和结束的都要早半个世纪左右。而近百年间,大部分严肃的创作都有越来越趋于讽刺文学的形式。从神话到讽刺,文学所表现的主人公从超人的英雄逐渐变成普通人,甚至低于一般人、充满了人的各种弱点的可怜虫,即当代文学中的所谓的"反英雄"。在讽刺文学中,人失去了自我的尊严,外在的环境变成了一个与人自身无法协调的荒诞世界,而他们的可怜的遭遇不是壮烈的悲剧,而是人生的嘲弄。

弗莱的文学发展观具有循环论的特点。五种模式的运动是循环往复式的,它们首尾相接。依此,弗莱认为,当代西方文学正处于讽刺模式向神话模式的过渡,逐渐向神话模式发展。他举出当代西方有代表性的两个作家:卡夫卡和乔伊斯来论证这一发展趋势。他指出,从亨利·詹姆斯的后期作品到卡夫卡和乔伊斯直到当代各种文学流派,讽刺的意味越来越强烈,荒诞意识也不断增强。当代文学中明显地出现类似神话那种人类无法控制和理解的世界。

(三)原型批评的主要理论特征

20世纪众多的文学理论流派可以说是异彩纷呈,各领风骚,原型批评当然也有其自身的特点。

第一,注重对文学作品进行"远观"研究。原型批评作为对新批评的反动而产生的一种文学理论流派,在某种意义上讲,新批评的缺点也正是原型批评的优点。原型批评不满于新批评的"细读"式研究,提出了对文学作品进行"远观"的研究方法。对于这一特点,弗莱对之做出了具体说明:"赏画可以近观,细辨画家的笔法和刀法。这大致相当于文学方面新批评派对作品的修辞学分析。离画面稍远一点,便能够清晰地看到构图,这时观察到的是表现的内容。从某种意义上来说,这是在'读画'。再远一些,就愈见其整体构思……在文学批评中,我们也常常需要远观作品,以便发现其原型结构。"①原型批评以人类学为基础,它要求把文学的各种要素——体裁、题材、主题、结构等等都放到文化整体中去考察,以恢复被新批评割断了的文学的"外部联系"。

第二,原型批评特别重视文学创作与文学传统的关系。荣格和弗莱都认为文学创作不是艺术家的个人创造,而是整个文学传统的产物。根据原型批评的理论,诗人意识中的知识仅仅被视为他对其他诗人的借用或模仿,也就是他对传统的自觉利用,如果超出了这个范围,诗人对他的作品的主宰权无非是终止他的作品。"诗只能从别的诗里产生,小说只能从别的小说里产生。文学形成文学,而不是被外来的东西赋予形体:文学的形式不可能存在于文学之外,正如奏鸣曲的形式不可能存在于音乐之外一样。"②弗莱甚至不无偏激地认为"只有原型批评才考虑到作品与其他文学的关系"。③ 这一注重作家创作与文学传统联系的特点在原型批评的文学批评实践中是付之于行动的。为了弄清英国诗人弥尔顿的牧歌体悼亡诗《黎西达斯》的构思和潜在的深层意蕴,弗莱将这首诗置于自古希腊以来以至于近代的牧歌和悼亡诗

---

① 弗莱:《批评的解剖》,转引自叶舒宪编:《神话——原型批评》,第180页。
② 同上书,第151页。
③ 同上书,第154页。

的发展史中进行研究,揭示其中的意象的意蕴及整首诗对传统的继承关系。这篇研究文章的标题——《文学即整体(context):弥尔顿的〈黎西达斯〉》,也很明确地体现出原型批评的这一特点。

第三,原型批评从神话、仪式出发研究文学创作及文学作品的内在结构,显示出注重原始文化形态的研究方向。从此角度入手,挖掘、阐释出文本背后的深刻内涵。比如,《哈姆莱特》第五幕开始有这样一个细节:哈姆莱特和雷欧提斯都跳到墓穴里,接着二人开始了决斗。在一般人看来,这一细节似无独特之处,但弗莱运用原型批评的方法却揭示出它的深层意蕴。弗莱指出,主人公下到墓穴前后判若两人,这一举动表明了某种"生命仪式"。作为一个"替罪羊"形象,哈姆莱特这一举动显然是神话英雄的死而复活的象征性表现。对于原型批评的这一视角,弗莱如此说:"对于一部小说,一部戏剧中某一情节的原型分析将按照下列方式展开:把这一情节当做某种普遍的,重复发生的或显示出与仪式相类似的传统的行为:婚礼、葬礼、智力方面或社会方面的加入仪式,死刑或模拟死刑、对替罪羊或恶人的驱逐等等。"[①]

原型批评在"新批评"等形式主义文论占上风的背景之下,异军突起,形成了一种浩大的理论声势,并努力把这一理论运用于批评实践,取得了世所公认的成就。它的出现使得文学研究的思维空间得到较大拓展。它使文学研究不再局限在自身狭小的圈子里,就文学研究文学。原型批评注重把文学作品放到整个文学传统中加以分析研究,特别是对文学中文化因素的探求更有助于挖掘潜伏在文本背后的深层意蕴。

原型批评对当代文艺理论尽管做出了较大贡献,但也存在不足之处,主在表现在:

其一,原型批评总是力图将丰富多彩的文学现象,归为一种或几种不变的模式,不利于文学创作,也不符合文学本身的实际。同时,把作家的创作完全看作传统的延续极易抹杀作家的创作个性。

其二,对文学的审美特性重视不够。文学固然需要从多角度来审视,文学研究当然可以从文化学、人类学、心理学等角度进行研究,但文学毕竟还是文学,它的最重要的一个特性就是审美。对文学审美特性的研究恰恰是原型批评的一个弱项。

其三,弗莱以神话故事所置换来的五种文学类型模式概括出西方文学发展的几个阶段,有其合理之处。但弗莱认为文学就是讲故事,文学形式即"讲故事的构造原则"。他不是从社会政治、经济的变化产生文学所表现的新内容,从而产生文学的新形式这样的思路来理解文学形式的演变。相反,弗莱认为诗人总是"把同一种情节

---

① 弗莱:《批评的解剖》,转引自叶舒宪编:《神话——原型批评》,第159页。

形式加在他的内容之上,只不过做出不同的适应而已。"① 他颠倒了内容与形式的关系。同时,虽看到了西方当代文学存在一种向神话回归的趋势,但他并没有认识到,这并不是简单的"循环",而是一种螺旋式上升。他也没有找到"回归神话"背后的实质性原因。

第二节 原型批评案例分析

如上所述,原型批评作为 20 世纪一个重要的文学批评流派,在理论上有着明显的总体特征,但具体到文学批评实践来看,又表现出不同的倾向。凡原型批评都注重对"原型"的发现和研究,并透过文本探讨其深层意蕴,然而,由于所掌握的具体理论方法不同,对"原型"进行研究的角度也会有较大的差异,因而,原型批评在具体操作过程中又形成了不同的小派别。我们从各派别中重点选取一个个案加以具体分析和阐述,以期达到对原型批评理论的更深入理解的同时注重该批评方法的可操作层面,努力将理论和实践结合起来。

个案之一:俄狄浦斯作为替罪羊的原型

马克思曾说过希腊艺术有永久的艺术魅力,而古希腊神话是希腊艺术的土壤和武库。俄狄浦斯的神话故事在希腊乃至欧洲艺术中经久不衰地被文学艺术家搬上戏剧舞台或以其他艺术形式不断传播流传,同时,对于俄狄浦斯神话这一文本,理论家们也对之进行阐释从而得出大异其趣的结论,丰富着理论的宝库。

作为古希腊三大悲剧家之一的索福克勒斯根据这一古老的神话传说创作出了希腊悲剧的重要代表作之一《俄狄浦斯王》,它以其巨大的悲剧性的震撼力表现了人类"童年时代"的生活状态,尤其是它深深地触及到了早期人类的深层心理,当我们在纸上细细阅读这部伟大的悲剧作品时,其中所表现出的恐惧、焦虑、灾难、牺牲等思想主题同样会打动我们这些现代读者。剧本的情节大体是这样的:

忒拜国国王和王后拉伊俄斯和伊俄卡斯忒从神谕中得知,他们的儿子长大以后,将会杀死他的父亲,然后娶其母为妻。当他们听到这一可怕的消息后,就在婴儿的脚上钉上钉子,把他抛弃到喀泰戎山上。一个牧羊人发现了弃儿,并把他抚养起来;后来又把他送给另一个牧人,这个牧人带他到科任托斯,该国国王和王后便收他做自己的儿子。可是,当俄狄浦斯在这个国家长大成人后收到神示,说他命中注定

---

① 弗莱:《批评的解剖》,第 63 页。

要杀父娶母。为逃避噩运,他离开科任托斯国,永不回到这个国家。在路上遇到一位老人还有他的四个侍从,由于和老人发生争执,俄狄浦斯杀死了老人和其中三个侍从。他来到忒拜国,该国正遭到狮身人面兽斯芬克斯造成的灾难,由于俄狄浦斯答出了所谓"斯芬克斯之谜"①,斯芬克斯跳崖自杀,俄狄浦斯拯救了灾难中的人们。忒拜国人因此拥立他为国王,并娶了丧夫的王后伊俄卡斯忒,后来,忒拜又遭到了瘟疫和旱灾,神示说神仙发怒了,因为杀害国王拉伊俄斯的人还没有受到惩罚。俄狄浦斯作为国王便着手去寻找凶手,结果发现罪犯原来就是他自己,而且伊俄卡斯忒就是他的亲生母亲。他便刺瞎了自己的眼睛,自我放逐。从此,他就成了一件神圣的遗迹,然后仿佛是圣人的遗骨。虽然可怕,却是他所从属的城邦的"良药"。最后他死在雅典献给欧墨涅德斯的丛林里,她们是土地和黑夜的神灵。

俄狄浦斯所谓的悲剧"命运"究竟如何理解,该剧作品主题意义到底是什么?"亚里士多德以后,许多不同时代的人都模仿它,改写它,讨论它,其中不单有剧作家,还有道德家,心理学家,历史学家以及其他研究人类天性和命运的人们。"②

总起来讲,关于俄狄浦斯神话的观点大体有以下几种:其一是命运说。认为俄狄浦斯之所以逃脱不掉杀父娶母的悲剧性结局乃命中注定,不可改变,此观点主要存在于古希腊时代。叔本华在谈到所谓悲剧"不幸"的类型时也引用俄狄浦斯的悲剧。其二,是道德说。以十七八世纪的理性主义批评家为代表。理性时代的批评家与当时的哲学思想一致,把它解释为启发道德意志的故事。伏尔泰把这一故事主要看作坚强正义的俄狄浦斯与恶毒的、酷似人的神之间的斗争,而神又受到腐朽的先知忒瑞西阿斯的帮助和教唆。可见,高举理性旗帜的启蒙主义思想家把俄狄浦斯的故事看作反神性、反宗教的英雄。其三是"恋母情结"说。弗洛伊德从俄狄浦斯的故事中为其"恋母情结"找到了依据。所以"恋母情结"又被称为"俄狄浦斯情结",是指男性儿童自生下来便天然地具有对母亲的"爱恋",并在其潜意识中具有杀父娶母的愿望。俄狄浦斯之所以没能摆脱杀父娶母的结局即是恋母情结在艺术中的表现。其四,从社会历史发展的角度讲,人类处于"必然王国"时期,没有掌握自然的规律,对外在于人的力量无能为力,而又无法解释,所谓"命运"原指外在于人的"异化"力量,因此,俄狄浦斯的悲剧所表现的是早期人类的生活状况。其五,是从原型批评的角度对之进行的欣赏和研究,美国戏剧理论家,原型批评的理论贯彻者费格生的研究成果最具代表性。

---

① 斯芬克斯的谜语是:什么动物早上有四只脚,中午有两只脚,晚上有三只脚。回答不出的人都被他吃掉了。俄狄浦斯揭开了谜底:这种动物就是人。
② F.费格生:《俄狄浦斯——悲剧的行动旋律》,叶舒宪编:《神话——原型批评》,第285页。

费格生在其名作《剧场观念》中对索福克勒斯的《俄狄浦斯王》进行专门研究①，他认为戏剧在古希腊时代和伊丽莎白时代曾经是文化的中心、社会生活和意识的中心，应该把索福克勒斯的《俄狄浦斯王》和莎士比亚的《哈姆莱特》等剧作当作体现文化状态的文本来研究，从而真正洞悉当时的艺术家和观众是怎样以戏剧艺术为媒介共享一种对整体人类生活和行为的深切领悟的。

在这部著作中费格生主要是运用原型批评的剑桥学派的方法，认为俄狄浦斯这部剧作同远古时代为了维护自然运行和社会生活的正常秩序，将国王或神作为替罪羊杀死或放逐的古老仪式密切相关，俄狄浦斯王也可以说是一个"替罪羊"的原型。

费格生在文章中声明他对《俄狄浦斯王》的解读是建立在剑桥学派的代表理论家弗雷泽、赫丽生、墨雷等关于"希腊悲剧的仪式的起源"研究的基础上的。要想真正理解费格生从神话仪式的角度对俄狄浦斯悲剧的评论，必须首先了解剑桥学派诸人关于"仪式"的观点。

"剑桥学派"是在以弗雷泽为代表的文化人类学影响下产生的。在《金枝》中，弗雷泽将主要精力投入到原始部落的各种仪式中，最典型的是关于神的死而复生的巫术仪式：

> 人们常常在同一时间，用同一行动把植物再生的戏剧表演同真实的两性交媾结合在一起，以便促进农作物的丰产，动物和人类的繁衍。对他们而言，生命和繁殖的原则，不论就动物而言还是就植物而言，都只是一个不可分割的原则。
>
> 埃及和西亚的人民在奥斯里斯、塔穆斯、阿都尼斯和阿提斯的名下表演一年一度的生命兴衰，特别是把植物生命的循环人格化为一位年年都要死去并从死中复活的神。在名称和细节方面，这种仪式在不同的地点不尽相同，然而其实质却是相同的。②

弗雷泽通过对阿都尼斯神话及其仪式的考察阐明了西方文学和文化中的极其普遍的基本主题即"死而复生"观念的历史起源。这一重大研究成果直接影响着剑桥学派的学者的研究方法。

吉尔伯特·墨雷的《哈姆莱特与俄瑞斯忒斯》就是从神话仪式与文学的关系入手来研究莎士比亚的《哈姆莱特》和古希腊悲剧作家欧里庇德斯的《俄瑞斯忒斯》的。作者细致地考察了两部剧作的诸多共同之处，然后指出了这些所谓"巧合"的原因。他认为，巧合的原因不在于莎氏受到了欧氏之影响，而在于构成悲剧发生基础的原

---

① 关于费格生的论文主要参考费格生的《俄狄浦斯——悲剧的行动旋律》一文。
② 弗雷泽：《金枝》，〔英〕乔治·瑞因伯德出版公司，1978年，第122—123页。

始宗教仪式以及相关的仪式故事的共同性。也就是说,两部戏剧所表现的是同一类型的神话故事,而这两个神话故事都属于弗雷泽《金枝》中的仪式故事:杀死"替罪羊"的原型。

赫丽生对文学艺术与原始宗教仪式的关系的研究更是深入了一步。她认为,希腊文"戏剧"(drama)和"仪式"(dromenon)两个词的词根是相同的,但不是出于偶然。她借助于弗雷泽在《金枝》中所提供的原始材料,充分论证了她的观点。她从古希腊的宗教演出上溯到埃及和巴比伦的岁神祭仪,得出结论认为:古代的艺术和仪式是出于共同的人性冲动,即通过模仿行为来表达主体的情感的。赫丽生指出,"仪式和艺术这两个分了家的产物本出一源:去掉一个,另一个便无法了解。一开始,人们去教堂和上剧院是出于同一个动力。"①

剑桥学派的批评家对希腊戏剧文化及其与原始神话仪式的关系研究为费格生的俄狄浦斯研究提供了重要的方法论基础和依据。费格生明确地说,"俄狄浦斯既是神话又是仪式",这也是他的立论基础和研究角度。在小标题为《俄狄浦斯:仪式与剧作》一部分文字中,费格生一开头就指出:"古典人类学者中的剑桥学派已经十分详细地说明,希腊悲剧追随一种十分古老的形式,即草木动物之神,或生长季节之神。这是过去几代以来一个十分有影响的发现,使我们对俄狄浦斯有一个新认识,虽然我认为俄狄浦斯尚未完全挖掘清楚。索福克勒斯如何把俄狄浦斯神话改编为剧作,可以在这古老的仪式中看到。"②

费格生指出,俄狄浦斯形象本身提供了替罪羊的一切条件,即被放逐的国王或神的条件,因此,《俄狄浦斯王》戏剧情节的展开过程其实就同于原始时代杀死替罪羊的古老仪式,而俄狄浦斯王当然是这一仪式的主角"替罪羊"。戏剧一开始就渲染了带有较强的仪式性的氛围——忒拜国的处境困难,它的庄稼、牲畜面临死亡,妇女神秘地无生育能力,是城市遭受灾难的迹象,神明发怒的表示,一切都如冬天肃杀凄凉的枯萎景象,但同时又需要斗争、放逐、死亡和复活。"这些悲剧性的连续事件正是剧本的实质内容。我们了解到神话与仪式在来源上紧密相联,是民族长年不断经验的两大直接模仿。"③

剧本的演出本身也正是一种仪式性表演,费格生认为,这出戏"是索福克勒斯给予观众的仪式的期待"。④演出的舞台布置与祭祀仪式具有类似的形式和功能特征。观众脚下是歌队的半圆形舞台和祭司的座位和祭台。再过去便是主要演员演戏的

---

① 赫丽生:《艺术与仪式》,见《外国现代文艺批评方法论》,南昌:江西人民出版社,1985年,第129页。
② 叶舒宪编:《神话——原型批评》,第301页。
③④ 同上书,第302页。

高高的戏台,背后是具有象征性的舞台正面,在《俄狄浦斯王》的演出中被当作俄狄浦斯的宫殿。

演出带给观众的欣赏效果与古老的巫术仪式作用于原始初民的效果具有同等的意义,"索福克勒斯的观众一定聚精会神地观看演出,剧本所预示的悬念——歌队以歌舞表演出来的祈求;说理的辩论和双方可怕的战斗;悲痛、愉快和最后舞台场面或显现场面,——正如模仿和祝贺人类天性和命运的秘密。这一秘密既是个人成长发展的秘密,又是人城邦生活不安定的秘密。"①

另外,费格生还特别对演出的歌队进行了考察,并同古老的巫术仪式中的歌队做比较,得出的结论是:"古老的仪式或许只有一个歌队长来表演,没有人物性格发展和变化,《俄狄浦斯》中的歌队仍然具有这一要素。歌队最能说明整个剧本的仪式形式。"众所周知,悲剧的起源起于古希腊的酒神赞美颂,歌队是演出中不可或缺的成分之一。歌队这种形式显然来自于原始时代的巫术仪式。

在《俄狄浦斯王》这出戏中,歌队由"忒拜元老"12人或15人组成。剧本开始时,俄狄浦斯王宫门前有由忒拜公民组成的庞大的请愿团,要求国王查出杀死前国王的凶手,场面壮观,具有"仪式性"。歌队在开场后上场,它代表整个忒拜的观点和利益,因而可以说代表着雅典观众的观点和利益。他们来到俄狄浦斯的宫前如同戏剧的观众来到露天剧院一样:他们来观看一场神圣的战斗,这场战斗与他们自己有着十分重要的利害关系。

据亚里士多德的考察,歌队在欧里庇德斯的剧本中只起到场与场之间奏乐的衍接作用,但在索福克勒斯的戏剧中情况就不同了,歌队除了具有戏剧的结构性的特点之外,它还有自身的重要意义。费格生进一步指出:"歌队可以说是一个群象,好像从前的议会。它有自身的传统,思想感情的习惯和存在的方式。从某一意义上说,这是作为一个活的实体而存在的。"②

从以上几个方面费格生论证了《俄狄浦斯王》与神话仪式的关系,从原始文化特别是原始巫术仪式的角度揭示出这部戏剧深层的意味,它其实是古老的杀死替罪羊的仪式在古希腊戏剧中的"再现"。

费格生的研究并未仅仅止于此,在指出该剧与仪式的关系基础上,又进一步概括出仪式中所固有的所谓"悲剧行动的旋律"(the tragicrhythm of action)即"意图——感情——认识"的心理过程,对理解悲剧的原型特征提出了新的见解。

费格生借用美国批评家勃克的观点认为俄狄浦斯的故事作为古老仪式原型的

---

① 叶舒宪编:《神话——原型批评》,第303页。
② 同上书,第304页。

表现,经过了"意图,情感到认识"的过程,这是《俄狄浦斯王》作为悲剧行动的旋律。在费格生看来,剧本的精神内容就是索福克勒斯直接表现出来的悲剧行动。这一行动所表现的本质精神是胜利与毁灭、黑暗与光明、悲伤与兴奋的矛盾斗争,但这一行动是通过几个重要阶段即意图——情感——认识得以展示的。

剧本从追查杀死前国王拉伊俄斯的凶手这一明确意图开始。费格生着重分析了剧本开场后俄狄浦斯与忒瑞西阿斯的那场戏。俄狄浦斯答应公民的要求,悬赏任何告发凶犯的人,并以酷刑威胁任何敢于隐藏或袒护罪犯的人。同时,他请忒瑞西阿斯为第一见证人。忒瑞西阿斯是先知,他了解真情。俄狄浦斯这样表达他要找到凶手的意图:

> 啊忒瑞西阿斯,天地间一切事情,能说的和不能说的,你全知道。虽然你看不见,你知道城邦正遭受到致命的瘟疫。我们要找救护我们的人,主上啊,唯有你。即使报信人还没有告诉你,你一定知道:阿波罗回答我们的请求说,去掉这场瘟疫只有一个办法:查出杀害拉伊俄斯的人,不把他们处死,也得驱逐他们出境。因此,不管是用鸟声还是别的预言术,你千万不能隐藏预兆,而要拯救你自己,拯救城邦——拯救我,拯救我们所有的人——清除死者的污损。我们全靠你了。一个最大的工作莫过于尽他所有,尽可能地帮助别人。

这段话是这场戏的开场白,它说明了俄狄浦斯的意图。这场戏结束时,俄狄浦斯依然以明确的意图行动,追问忒瑞西阿斯,可忒瑞西阿斯想逃避回答:

俄 狄 浦 斯:看在神的面上,你要是知道,不要走掉!对我们说吧,我们都在这里求你。

忒瑞西阿斯:你们全不知道。可是我——决不能说出我的痛苦,也不能说出你们的痛苦。

俄 狄 浦 斯:你说的是什么?你明知道,却不告诉我们?你是想出卖我们,毁灭城邦吗?

忒瑞西阿斯:我不想叫我自己痛苦,也不想叫你痛苦。你为什么还要追问?我什么都不会告诉你的。

俄 狄 浦 斯:哎!你这个坏老头!石头也会被你激怒!你什么都不说吗?难道你对我们就这样无动于衷吗?

忒瑞西阿斯:你责怪我的脾气,却看不见你自己身上的东西;你自己看不到,反来责怪我。

俄 狄 浦 斯:谁听了你那样蔑视城邦的话能不生气?

忒瑞西阿斯:我虽不说,事情总会清楚的。

俄 狄 浦 斯：既然事情总会清楚，你就有责任告诉我。
忒瑞西阿斯：我什么都不说了。现在，你爱发多大脾气，就尽量发吧。
俄 狄 浦 斯：好吧，正在"气"头上，我把我开始明了的想法都讲出来。我看你是策划这件凶案的人，甚至是你杀的，虽然不一定是你亲手杀的，你如果眼睛不瞎，我敢说准是你一个人干的。

上面所引的俄狄浦斯的最后一句话中，俄狄浦斯断定忒瑞西阿斯是凶手，这样就激怒了忒瑞西阿斯，后者开始进攻，双方开战。在斗争的最后部分，忒瑞西阿斯说出真情，俄狄浦斯处于被动。忒瑞西阿斯说到：

你虽是统治者，但是我们同样有回答的权利：我也有这种权力。……你眼睛虽然明亮，却看不到你自己的灾难，不知道你住在什么地方，与谁住在一起。你知道你是从哪儿来的吗？你不知道。你也不知道你就是你全家死人和活人的仇敌。你母亲和父亲的双重诅咒将恐怖地把你从这块土地上驱逐出去。你现在看得清楚，到那时你眼前是一片黑暗。

经过一番激烈的对话后，忒瑞西阿斯更加明白地说出了凶手就是俄狄浦斯：

我告诉你吧：你大声威胁地一直去追查的，杀死拉伊俄斯的凶手就在这，这是会使他痛苦的。从前是明眼人，将来是瞎子；过去是富翁，将来是乞丐，靠着拐杖，探着路走向外邦去。将来揭穿了再看。人家以为他是外地来的人，将来会证明他是忒拜的本地人，看，他原来是亲生孩子的父兄，是生他的女儿的儿子和丈夫，他分享了他父亲的床，他害死了父亲。

俄狄浦斯退出舞台，他那明确的意图消失了，浑身充满恐惧与愤怒。悲剧发展到此进入到了情感的高潮阶段。人物退场后，歌队留下来，唱起曲子，充满着极大冲突的震撼人心的情感，引出一首，即可见其中蕴含丰富的感情：

从帕耳那索斯雪山上发出新的神示：
到处寻找那躲藏起来的罪人。
在荒野的树林里，
在山洞或石穴间，
他像孤独的公牛一般，
徒劳无益地流浪，
想用白费工夫的脚，
逃掉那最终的命运，
那个天网恢恢的命运。

费格生说:"这里我只想指出俄狄浦斯和忒瑞西阿斯在这次斗争中,表现了悲剧旋律的'意图'部分;这转为'情感',而歌队表现情感,亦表现随后的新认识。这一新认识是:俄狄浦斯可能是罪犯……俄狄浦斯作为罪人的无常的和不愉快的形象,符合剧本终了的最后认识,或者说显现。"这段话针对俄狄浦斯作为一个替罪羊形象的悲剧"命运",概括出悲剧发展的基本阶段。亚里士多德把人物行动、情节看作基本要素来研究悲剧,其代表作《诗学》成为后来戏剧的经典之作。费格生在其论著中显然也注意探讨悲剧情节的发展,但不同于亚里士多德之处在于他首先把俄狄浦斯当作替罪羊形象,突出戏剧演出的仪式性效果。这篇论文在西方被奉为文学批评的典范之作,曾被收入各种批评文集中。

个案之二:《老水手之歌》:意象的心理学解读

原型批评在荣格理论的影响下,形成了从心理学方面研究原型在创作和欣赏中的内在反应的"荣格学派",主要代表为英国女学者鲍特金。

在《诗歌中的原型模式》(1934)一书中,她运用荣格的分析心理学理论结合对文学原型的探讨从一个新的角度研究文学取得了丰富而有独创性的成就。鲍特金也曾对《俄狄浦斯王》做过研究。她认为,这样的悲剧之所以能打动历代读者的心,其原因在于:它表现了一种原型性的冲突,即遭受瘟疫的社会群体与导致了这场瘟疫的主人公个人之间的冲突。这种冲突是每个人在心理发展过程中都要经历的本人的自我形象和群体的自我形象之间冲突的外在表现。悲剧冲突的解决将在观众心理中引起某种释放感,这一点从心理功能上看,十分接近与悲剧观念素有关联的宗教上的净化和赎罪。欣赏悲剧也就是观众直接参与到由伟大的悲剧神话所传达道德的,心理的传统中去,获得某种集中的社会化的体验。

鲍特金还用死而复活、英雄与恶魔、天堂与地狱等一些原型的心理功能阐释柯勒律治的《老水手之歌》、弥尔顿的《失乐园》、歌德的《浮士德》、但丁的《神曲》等作品,努力从审美心理角度发掘在作品背后的原型内容。

下面,将以鲍特金的《〈老水手之歌〉中的原型》[1]一文为个案来了解荣格学派是如何考察文学原型的。

英国浪漫主义诗人柯勒律治的长诗《老水手之歌》[2],旧译名为《古舟子歌》,是西方文学长廊中的名篇,为文学批评界所重视。

---

[1] 叶舒宪编:《神话——原型批评》,第261—282页。
[2] 情节梗概附后。

鲍特金选取第四部分和第五部分中的一些诗节进行分析。其研究的基本思路是这样的:先找出一些重要的诗歌意象背后的深层情感力量的共同感受,最后借助荣格的分析心理学的"心理原型"①理论来说明诗歌创作以及诗歌欣赏活动中意象创造的普遍规律性,从而找到人类审美心理反应的某些共同性。

本文从读者对诗歌欣赏的具体感受开始。鲍特金指出,当读者欣赏诗歌时是什么使他产生生动的情感体验? 英国一位名叫瓦伦廷的文学研究教授曾对"诗歌欣赏中的意象作用"进行过实验,结果发现,有些对生动的意象很敏感并且习惯于识别意象的学生,却报告说他们实际上不是通过意象而是通过词语来理解和欣赏诗的。甚至有人认为,要想体察诗中的意象,就难免会打断"诗歌体验的连续性",因而对意象的关注有碍于对诗的审美享受。鲍特金根据自己对诗的阅读体验提出了自己的观点:"我本人对柯勒律治诗歌的体验是:在欣赏达到最充分的时刻,除了词语之外,没有出现意象。我在一定程度上意识到其整体的深远意蕴,好像有一种力量汇集在每一具体的诗节或诗行之后。只有欣赏活动的紧张状态松弛下来时,我才意识到意象,即参较了过去的具体经验。"

对于诗歌欣赏中所出现的差异性与共同性,鲍特金认为,由于个人气质和个性的差异,同一诗句对于不同的读者会产生不同的效果。有些诗句对于我们来说会有特别的吸引力,而对另外的人却显得平淡无奇。鲍特金特别从心理学的角度指出,其原因在于由于缺乏联想或不同的欣赏者联想不同的缘故,联想同过去的经验有关,它"植根于记忆之中",又同诗歌中具体的词语、意象、韵律相融合,这样,就产生了欣赏的差异。鲍特金在文章中所关注的是诗歌带给读者的共同感受,她说:"不过,尽管存在差别,有些联想对个性和气质极不同的人也能产生相似的效果。就拿我们刚才谈到的诗句为例,不论描写风停帆落或微风吹来的那些诗句对于个人的反应可能因气质和性格的不同而产生怎样的细微差别,像船儿因无风而滞留或乘风返航这样的内容确实具有某种普遍的'原型的'特性。"②

所谓"原型"是荣格理论意义上的,可以理解为构成集体无意识内容的"原型"心理,它深藏在每个人的心中,诗人选取的意象表现着它的内容,欣赏者之所以能与诗人产生共鸣,并同其他读者一样获得共同的情感力量都是因为这种原型心理。如前所述,荣格谈到的原型形象其实都是作为人类集体无意识心理的"原型"而存在于人类心灵与文学作品中的。如"阴影"原型,荣格认为,它是个体无意识通往集体无意识的通道,代表着人格结构中个人与隐私的一面,它是无意识中自我邪恶的一面,处

---

① 这是我们对荣格原型概念的概括,原型在荣格那里主要指存在于人类深层心理中的形象或情境。
② 叶舒宪编:《神话——原型批评》,第264页。

于人格的最内层。它是兽性的、低级的种族遗传,一切激情和不道德的欲望、行为都包括在它的范围之内。阴影之门的后面一切都飘浮不定。在意识领域人是自己的主人,一旦超越阴影之门,"我"便成为一种由不可见的原动力所驱使的对象。这一原型在文学作品中的象征性的投射表现为莎士比亚《奥赛罗》中的伊阿古,弥尔顿《失乐园》中的撒旦,歌德《浮士德》中的靡非斯特等。了解荣格对"阴影"的论述有助于理解鲍特金对《老水手之歌》中原型意象的分析。

先看关于大海的意象及其相关描写。据考证,柯勒律治在创作《老水手之歌》时并未见过大海,但他却对其所描绘的对象了如指掌:

大海自身已经发臭,天啊!
竟会有这样的事情发生!
而且,在那粘糊糊的海面上,
有粘糊糊的东西在爬行。
……
这样如此美好的人,
都一命归阴,
而鄙俗的东西千千万,如我一般,
却继续活在人间 ①
……
在那船影的外边,
我注视着成群的水蛇,
它们在闪闪的白光中爬动着。
当它们昂首直立时,
在雪白的浪花里,奇光异彩又一次飘落。

在船影里边,
我注视着它们多彩的装束:
天蓝、油绿和天鹅绒般的乌黑。
它们忽而蜷曲,忽而游动,
每条游踪都闪烁着金色的焰火。

---

① 《老水手之歌》,鲁刚译,见"漓江译丛"总第6辑《人生游戏》,桂林:漓江出版社,1983年,第329—356页。以下引本诗不另注明。

大海及相关的意象的描写是在借鉴前人的创作基础上而完成的。据考察,柯勒律治曾读过卡普泰恩·库克关于小海生物在静海中畅游的描述,当时海水中有些地方仿佛布满了粘乎乎的东西:这些动物"放射出奇珍异宝才有的辉煌色彩","犹如抛光的金属"忽蓝忽红忽绿,在黑暗中恰似"闪烁的火焰若隐若现"。在他最喜爱的手抄本中,还有关于"多彩的蛇"的描写。

　　那么,大海的意象究竟是如何被创造性地写进柯勒律治的诗中的?鲍特金认为是柯勒律治的想象力,"那始终在寻找一种能表达内在东西的语言的想象力,从这些粘糊糊的畸形而又闪烁着宝石般光泽和奇异火花的形体中将会领悟出什么样的象征价值。"①海的意象与粘糊糊的海中生物组合成的意象群传达的是老水手厌恶至极的痛苦情感——无法摆脱那死尸横陈的腐臭甲板、腐臭的海水和黏糊糊的生灵。

　　随着老水手情感的变化,诗人笔下的意象也表现出不同。当老水手极端绝望的情绪转变为他的沉湎于幻想时,这时诗中出现了皓月轻移、缓行中天的月亮意象。然而,不久便出现了海水的又一意象。红色与人类早期的生活经验密切相关,在原始初民的心目中有着特别的含义,它同样以荣格所谓的种族的方式存在于现代人的心中并出现在文学艺术中。莫泊桑曾说,"词既有意义又有灵魂——诗人在其遣词中可揭示出的词的灵魂。"人类的历史获得了恐怖的灵魂。也就是说,"红"作为一种意象(当然要与具体的物象结合,如红色的火等)给人的感受是共通的。但丁《神曲》早有这一意象的描写:

　　　　我们接近一个名叫地帝的城了,……
　　　　"老师……我,我已经看得出里面的尖顶城楼,
　　　　红得像初出火炉似的。"
　　　　他又对我说:"这是下层地狱里永劫的火,
　　　　使他们映得通红。"②

　　柯勒律治诗中的"红"与但丁《神曲》中"红"的意义是相同的,"唤起了同样的灵魂"。这个意象也意味着"刚刚从月亮那美的力量中解救过来的老水手,现在又乘坐在船的红色阴影中再一次堕向地狱"。

　　鲍特金又以艾略特的"非个人诗歌理论"进一步说明"红"的意象所表现的是"种族"或人类群体的"心灵"。艾略特的诗论是反浪漫主义的,他把文学作品看作客观的、有机的、独立自足的象征物,认为诗歌并非诗人用来表现自己的情感和个性的工

---

① 叶舒宪编:《神话——原型批评》,第264页。
② 但丁:《神曲》,北京:人民文学出版社,1980年,第36页。

具,而是客观事物的象征。在《传统与个人才能》一文中,艾略特认为"诗不是放纵情感,而是逃避情感,不是表现个性,而逃避个性"。作家必须服从和尊重传统。鲍特金在此文中还特别指出,艾略特以"红"这个词及其意象为例来说明他所谓的"欧洲的心灵",即种族的或传统的心灵。"欧洲的心灵"是这样一个概念:它只有通过不同的个人在心灵中不同程度地接近并认识到的东西,尤其是通过人们之间的相互交流,才具有意义。虽然立足点不同,但我们可以十分明确看出,无论是艾略特的"非个人诗歌理论"还是荣格的作为集体无意识内容的原型理论有着理论上的共同点:注重文学与传统的关系,重视文学阅读表现出的共同心理感受。鲍特金作为原型批评中荣格学派的代表将前人的理论综合起来,对诗歌中反复出现的红色原型意象给予了总结:"在我这里生出一种超越我个人心灵的心灵。正是通过这个心灵,我们推测到,红颜色的意象对于马格德林时期石刻画艺术家们已具有象征价值。也正是通过这个心灵,红色意象才把它那不断增加的意义传达给但丁和柯勒律治,再传达给当前的读者。"①

再来看诗中的风景意象,在老水手被上天怜悯,绕在脖子上的死信天翁突然掉入海中之后,他熟睡了,梦见船上水桶满溢着甘露般的水,醒来才发现天在下细雨。后来海上又起了狂风暴雨:

  高空的空气复活了!
  千百只火旗在闪动,
  来来往往,忙忙匆匆!

  来来往往,进进出出,
  几颗微弱的星星在跳舞。

  呼啸的风声越来越高,
  蓬帆摇动像茅草。
  从一片乌云中雨下如注,
  云边上挂着一弯新月。

  浓重的乌云裂开了缝,
  弯月依然挂在云脚下,
  那巨齿形的闪电,

---

① 叶舒宪编:《神话——原型批评》,第272页。

有如高山流水直泻下，
变成一条陡削宽阔的大河。

鲍特金认为暴风雨意象的创造与柯勒律治的文学阅读有关，他曾涉猎过《航行》《游记》等著作，在这些著作中都有关于暴风雨纪实性的描写。但是，诗人并非照搬他人，而是以表现诗中主人公情感的需要再创造出相关意象。读者在阅读时会产生似曾相识的感觉，如何解释这种现象？鲍特金说，诗中所写的大雨闪电同在梦中所感到和看见的风暴是彼此相关的。醒来后会忘记梦中的情景，但当读到诗中的诗句时，便会回忆起来。"暴风雨的意象及其在心灵中所占据的位置，不仅对于欧洲人而且对于更广泛的、具有更古老文化的人们都是共同的。"①

鲍特金在文章中用荣格的理论分析意象的构成因素：外在的感觉印象与内在的感知过程。"荣格博士引用《吠陀诗》中的句子，据说祈祷者或火钻仪式（ritual Fireboring）引出或放出了黎达（Rita）的流水。他证明古代关于黎达的观念以未分化的形式，既代表提供水与火的自然界的循环，又代表着符合仪式秩序的内心生活过程，正是适当的仪礼行为把禁锢着的能量释放出来。"集体无意识是原始人类心理的遗传和积淀，水与火等原型从深层看代表着被禁锢的心理能量的释放。从这个意义上，鲍特金总结说，对于经验过程中的心灵而言，暴风雨似乎不是外在的物质实体，而是其自身生活的一个阶段。因此，当祈祷者把整个内心、生活的趋向和氛围加以转化的时候，认为是祈祷者释放了暴风雨便是自然而然的了。在柯勒律治的诗中，大雨的释放紧接着在爱和祈祷的行动放松了内心的焦虑之后，恰如先入睡后做梦一般自然和不可避免：

在梦中甲板上多少只空桶，
我觉得它们是盛满露水，
我醒来时正是天降喜雨。

我的双唇湿了，我的喉咙清凉，
也湿透了我外面的衣裳。
一定是在梦中已经畅饮，
我的肉体依然在享受甘霖。

暴风雨的意象作为象征所表现的是作家的心灵世界。上述的诗句所表现的是"情感上的能量紧张状态到能量的解放"的心理过程。鲍特金引用圣·奥古斯丁《忏

---

① 叶舒宪编：《神话——原型批评》，第274页。

悔录》中的话来说明这一点:在皈依上帝之前曾长期焦虑不安,然而当反省的思绪"把我的心灵中所关照的一切悲哀都聚集、累积在一起的时候,一场风暴骤然掀起的时候,带来一阵滂沱的泪雨。"

附 《老水手之歌》情节梗概

　　一个老水手拦住一个赴婚礼宴会去的人,向他讲述自己的航海遭遇。被他拦阻的人最不愿听,但老水手奇异的目光使他情不自禁地听了下去。老水手说,他的船在海上航行,遇到暴风,船被吹到南极附近冰山环绕的海上。忽然有一只巨大的海鸟——信天翁从迷雾中飞来,水手们好像遇见了旧友似的,拿食物喂它。这时海上冰山崩裂,船却脱了险,被南风刮向北方。那只信天翁跟随着船飞了九天后,却被老水手一箭射死了。水手们责怪老水手射死这只带来南风的鸟。但后来天朗气清,水手们又都说老水手射杀这头鸟是对的,因为这鸟带来了迷雾。他们因此也应该和老水手一样担负杀鸟之罪。南风不断把船送向赤道方向。后来风停了,许多天来既没有风,也没有浪,船一动不动地停在海上,火热的太阳把船板晒裂了,水手们干渴极了,但没有水喝,他们又责怪老水手,把死了的信天翁套在老水手的脖子上。老水手看到从西方有一条船驶来,但这却是"魔舟",外形像一条船的残骸,上边有妖女"死亡"和她的伴侣"死中之生",她们正在赌博,"死中之生"高呼"我赢了"。意思是说船上的人都要死,唯独老水手的生命却被"死中之生"赢得。晚上,魔船消失。在昏黄的月光下,200名水手连呻吟都来不及,就接二连三地死去,但他们眼里充满怨恨,似乎诅咒着老水手的行为。最后只剩下老水手一人。

　　他孤零零地在大海上,想求神的庇护,但刚要对天祈祷,立即有魔咒入耳,冻结了他祈祷的热忱,一连7天7夜,那些死尸睁着怨恨的眼瞪着他。月光下,他凝视着在船舷边游动的水蛇,对神的这些创造物油然产生了敬爱之心;他双手合十,默默颂赞上天。于是上天也对他怜悯了,绕在他脖子上的信天翁突然掉入海中。他熟睡了,梦见船上又涌满甘露般的水,醒来才发现天在下细雨。后来海上又起了狂风暴雨,可是船却在恶浪中平稳地行使。那些水手的尸体竟像活着时一般,照样掌舵和操纵缆索,老水手甚至同他侄儿的尸体一起挽一条缆绳。又一天中午,船在烈日下停顿,老水手晕倒了。等他苏醒时,听到南极神同另一位神明在评判他的罪孽,最后另一位神说,他已经忏悔,如果继续忏悔,便可以免除他的灾难。船回到了他故乡的港口,那些尸体还在船上,但老水手见到众神仙降临了,异光照耀。有一个隐士见到满天红光,同领港人及其子划小舟来救援。当小舟划近大船时,一声巨响,大船沉没了。老水手被震昏过去,醒来时发现自己已经身在小舟上。隐士和领港人惊讶地问他是人是鬼。老水手向隐士叙述了往事。这位隐士从他忏悔的心中,洗去信天翁的血。从此后,老水手只是靠重述他的往事来解除心头的剧痛。他永远向神忏悔自己的罪孽。

老水手讲完故事,临别时他嘱咐听故事的人要永远爱护和尊重神所创造的万物。这位赴宴的宾客惘然若失。从此看破了人间的悲欢。

个案之三:原型批评的"美国梦"

原型批评发展过程中,还形成了重在从文学作品的原型分析中发现特殊的文化价值的一个具体流派。有学者将之称为文学中的"美国梦"研究,其代表人物为美国批评家蔡斯(R. Chase)和费德莱尔(L. Fiedler)。

蔡斯在《神话的探求》一书中认为,文学艺术从本质上讲是神话。远古神话曾经驯服过人性中的毁灭力量,而现代神话应发挥同样的作用。蔡斯致力于对美国作家麦尔维尔的研究,通过对其作品的分析,从原型批评的角度总结出麦氏作品的意义所在。蔡斯认为,"寻找父亲的努力"作为一种文化心理在麦尔维尔的作品中得到充分表现,堕落与探寻是小说家作品的两个重要主题。从深层看,作家的个人神话同时也是原始的美国神话。正如作品所表现的作者的家庭命运和个人命运一样,美国也经历了失去父亲后的探寻历程,从欧洲文化的团体中被抛掷在美洲的荒原上,就如同《旧约》中的以实马利被父亲赶出家园。麦尔维尔作品所要表达的"美国梦"是:美国能否成为真正的普罗米修斯?美国能否在独立于欧洲文化之后走向更高的文化层次?

费德莱尔在阐发文学原型的文化价值方面取得了更大的成就,提出了许多深刻而又全新的见解,为原型批评的文化价值研究提供了可资借鉴的研究范例。下面参考其代表作之一《好哈克,再回到木筏上来吧!》以及其他相关论著对原型批评的文化价值研究这一独特的批评方法做一介绍。

费德莱尔认为,人类的最初意识开始于对原型经验的直觉领悟。神话的"叙述"表达出原型性的生活境况,而后来的文学作品仍然保持着与那些境况相应的人类情感因素,特别是"惊奇"与"爱"的情感。随着科学技术的产生和发展,人类的感性受到了冲击,人类经历了"从直觉到观念的堕落",只有文学艺术为人类的直觉和情感保留一片生长的土地。文学艺术作品虽然是个人化的作品,但社会性的共同情感仍然借助于原型的力量潜存于作品之中。因此,批评家不仅要关注作者的个性特征,更应该挖掘作品中所传达(往往是无意识的)出人类的或某一社会文化群体的共同情感特征。

《好哈克,再回到木筏上来吧!》通过对美国作家马克·吐温的小说《哈克贝利·芬历险记》的解读和所表现的心理原型的分析,努力将原型批评与社会批评结合起来,从作品中发现美国文化中的一些重大问题。费德莱尔在19世纪美国文学作品如达纳的《当水手的两年》、库柏的"皮袜子小说"、麦尔维尔的《白鲸》和马克·吐温的《哈克贝利·芬历险记》中发现了"美国生活中的返祖现象",即对童年生活的怀念和对同性黑人的爱慕情感;如《白鲸》中的伊西墨尔对黑奴魁奎克的眷恋;《最后一个莫希干人》中的纳提·邦坡和印第安人金加古克之间的终生爱慕;达纳小说中的故事叙述人对黑人霍普的追求;马克·吐温笔下的男孩哈克对黑人吉姆的同性爱慕的感情。

人们会发现许多闻名世界的小说中所描写的感情都围绕着异性之间的爱情展开,无论是柏拉图式的精神恋爱或是种种两性之间的性爱。但在美国小说中,却发现如上所述的同性恋似的爱情。麦尔维尔的《白鲸》和马克·吐温的《哈克贝利·芬历险记》最具有代表性。在《白鲸》中,作者将伊西墨尔和魁奎克之间纯真的结合一步步地揭示出来;他们两人先是一道就寝,战胜了羞怯的心理,又一起亲昵地抽印第安人的大烟袋,消除了恐惧心理,然后以两人的额头相依偎在一起作为象征举行了"结婚仪式",再后来是正式同榻后的第二天清晨的别扭和犯罪感;最后是象征性地描写婚后的持续状态,象征物是将一对情人紧紧地绑在一起的"猴绳",它象征着他们永久的结合,暗示他们将共同生死,活着时相互保护,临危时一道牺牲。

不同肤色的同性爱慕在《哈克贝利·芬历险记》中也有充分表现,如描写吉姆穿一件女人的衣服,在费德莱尔看来就富有深意,意味着二人的"结合"。费德莱尔透过这些文本的表层叙述重在发现背后的深层意蕴,"这些故事所描写的童年状态和同性爱慕,我模糊地有些感觉,但只有通过努力才会发现:尽管我们有许多成年人由于肤色的差异而厌恶有色人种,甚至产生仇恨的情绪,这些故事都在歌颂白人与有色人之间相互爱悦的感情。这种意识受到公开事实的压力,只是不自觉地潜存着,完全与我们通常视为禁忌的事物背道而驰——这种爱慕感情只能存留在某种难以磨灭的象征之中,简言之,朦胧地体现于一个原型。"[1]

费德莱尔所说的"原型"是指由观念和感情交织而成的一个模式,按照我们的理解,指的是在美国人的集体无意识中所潜伏着的白人与黑人之间互爱的心理需求。费德莱尔以饱含深情和充满诗意的语言总结道:"我们世世代代都在演示难以思议的神话,我们亲眼看见自己的孩子们这样做:街边路旁,随处都可以目睹白人和黑人的孩子在一起摔跤游戏,但是一旦成人,尽管走在同样的街边路旁却成了陌路人,彼

---

[1] 叶舒宪编:《神话——原型批评》,第344页。

此不屑一顾,连偶然的接触也不乐意。这时,梦影消退了,诚挚的感情和令人惊讶的谐和共处的日子,成了往昔的回忆和淡淡的悔恨,最后悄悄化作儿童书籍中的经常主题。'真是太好了,叫人不敢相信,宝贝儿。'吉姆对哈克说,'简直是做梦也没有想到。'"①

参考书目

1. 荣格:《心理学与文学》,北京:三联书店,1987年。
2. 弗莱:《批评的解剖》,普林斯顿大学出版社,1957年。
3. 叶舒宪编:《神话——原型批评》,西安:陕西师范大学出版社,1987年。
4. 弗雷泽:《金枝》,北京:中国民间文艺出版社,1987年。
5. 戴维斯、芬克:《文学批评与理论:从古希腊至当代》,纽约,1989年。
6. 王宁等编:《弗莱研究:东方与西方》,北京:中国社会科学出版社,1996年。
7. 张隆溪:《二十世纪西方文论述评》,北京:三联书店,1986年。

思考题

1. 原型批评有哪些理论来源?
2. 原型批评的基本特征是什么?
3. 原型批评的不同派别各自有什么特点?
4. 尝试用原型批评的方法分析中外文学中的"原型"。

---

① 叶舒宪编:《神话——原型批评》,第351页。

第五章
形式主义—新批评

形式主义—新批评是指产生于 20 世纪初期的俄国形式主义批评流派和产生于 20 世纪二三十年代的英、美新批评流派的统称。虽然从形式主义到新批评之间并没有一脉相承的直接影响的关系,但形式主义却开启了新批评的"本体论"的先声。形式主义—新批评是关注文本形式的批评方式,它们对 19 世纪以来得到充分发展的社会学批评和实证主义批评的方法极为不满,极力将只重内容的传统文学批评方式扭转到重视对文学形式的分析。由于形式主义—新批评有意模糊和淡化了文学作品与各种外部因素的关系,文学作品的本体特征,尤其是语言形式因素的研究就显得特别突出了。如俄国形式主义着力于研究文学的语言、结构和功能等;新批评则集中对作品的"文本"和"肌质",特别是语言文字的语义学研究和修辞学研究。尽管形式主义和新批评都有着大致相同的文学批评观念和研究重心,但它们各自有着自己不同的批评语境、批评范畴和操作方式,本章试分别阐述之。

第一节 形式主义的批评方法

俄国形式主义文学批评方法是 20 世纪很有影响的文艺批评方法之一,它极力强调文艺的独立自足性,主张从文艺内部的语言、结构、功能等方面来研究文艺的独特规律,标志着西方文学批评由作者中心研究模式向作品中心研究模式的转移,由外部社会学和心理学的研究模式向内部本体论、语言论研究模式的转移。由于形式主义批评法对传统文学批评方法予以颠覆性的打击,也就为 20 世纪西方文学批评方法揭开了新的篇章。

一 形式主义批评方法的缘起

俄国形式主义出现在俄国十月革命以前,有两个自发组织的研究群体,即 1915

年成立的莫斯科语言学小组,由莫斯科大学七位大学生组成,以罗曼·雅各布森为代表;1916年成立的诗歌语言研究会,以彼得堡大学为基地,领袖人物是维·什克洛夫斯基。尽管这两个研究群体分处两地,但理论主张基本一致,他们相互配合,共磋诗艺,形成了后来名之为形式主义的文学流派。

任何一种批评方法的兴起都有历史语境和思想根源,俄国形式主义的兴起也同样如此。20世纪初期的俄国弥漫着浓郁的革命气氛,文艺学中的一场革命也悄悄地拉开了帷幕,形式主义新思潮迅速颠覆着传统社会学的陈旧规范,给批评界注入了新鲜的活力。从思想来源分析,形式主义批评流派与索绪尔的语言学、胡塞尔的现象学及俄国的象征主义、未来派思潮有密切的关系。

(一)索绪尔的结构语言学思想

索绪尔(1857—1913),20世纪最著名和最有影响的语言学家。1906—1911年在日内瓦大学讲授语言学,《**普通语言学教程**》是他的学生根据听课笔记和手稿在他死后整理的,1916年在巴黎出版。

索绪尔将人类语言活动分为语言和言语两个层次。言语是个人的语言行为,个人在具体日常情境中所进行的个体语言活动。语言是存在于人们头脑中的词汇系统和语法规则。在语言活动中,这两部分相互联系,互为前提。一方面,言语受语言的制约,所说的话要被人听懂必须遵循语言系统的规则;另一方面,语言又是在言语实践中形成和发展的。这就如同下棋,每盘棋的下法都不一样,但都要遵循下棋的基本规则。

从此出发,索绪尔进一步确立了语言学的研究对象。历时语言学研究言语的历时性发展,即从一种语言状态到另一种语言状态,即研究语言的现时用法。共时语言学研究语言的符号系统,对构成这一系统的各要素及其关系进行研究。索绪尔强调建立共时语言学,要求排除语言的历时性干扰,将语言视为客观存在的系统进行研究,寻找到语言学的普遍规律。索绪尔试图告诉人们,任何言语都不具有独立的意义,它们之所以能够表情达意是因为超越其上的普遍的语言结构在起作用。这直接启发了俄国形式主义者对文学语言普遍法则的关注,如研究诗的格律和韵律等诗歌普遍遵循的形式规则,真正达到对文学的科学性的研究。

索绪尔区分了语言的内部要素和外部要素。语言的外部要素是指语言与政治、民族、阶级和各种制度等的关系。这些因素固然很重要,但对语言的影响仍是外在的,必须通过语言的内部要素才能对语言本身起作用。因此,索绪尔强调对语言的内部要素研究的重要性。俄国形式主义也将文学研究分为内部研究与外部研究。它认为文学的发展虽然不可避免地受到社会政治、经济、文化等众多因素对它的影响,但这些都是影响文学发展的外部因素,不应成为文学研究的重点。批评家应该将重心转移到对文学发展的内部规律的研究,如对文学的语言、形式、结构原则、表现手段等使文学具有文学性效果的因素的研究。这才是关于文学学的研究。

(二)胡塞尔的现象学

胡塞尔的现象学是现代西方哲学的重要流派,强调用一种严密的科学精神来对待哲学。胡塞尔认为20世纪欧洲精神文化的危机是没有确实可靠的知识,认为拯救之路是要"回到事实本身"。胡塞尔批评两种思维态度,其一,自然的态度,即相信意识中的对象是独立于意识而客观存在的东西。胡塞尔认为这种信赖是没有客观依据的独断论,但简单否定这种客观存在也是独断。适当的态度是暂时对这种客体的独立自在性问题存而不论,即"存在的悬置"。其二,历史的态度,不假思索地相信历史所给予的观念和思想的可靠性,并以此为基础看待事物。这是盲视。胡塞尔认为应该将现有的观念和思想搁置一边,暂时对它们的正确与否存而不论,即"历史的悬置"。在经过这两种悬置(加括号)后,我们可以用"纯粹意识"直接面对事实本身了,这就是胡塞尔所说的"现象学还原的方法"。

俄国形式主义同样要求,在诗学研究上必须抱客观的科学态度,不作任何理论承诺,务必对文学事实作出客观的观察和描述。他们把文学与作者,文学与现实生活,文学与心理学的关系悬置起来,专注于文学本体的诗学研究,将文学作品作为客观研究对象,特别是将诗歌和小说作为审美对象和艺术品来研究。

(三)象征主义和未来派

俄国象征派受到法国象征派的影响,讲究艺术形式和技巧,注重诗歌语言、节奏和韵律等的使用,认为艺术的本质在于象征和表现形式,应该对作品作多重解释。未来派最早产生于意大利,后迅速传入各欧洲国家,他们以"未来"为旗帜,主张与"过去"和"现在"的文化传统和艺术割裂,蔑视传统,强调革新。这两大文艺流派都表现出他们重视艺术形式和反传统的倾向,对形式主义的文学批评产生了极大的影响。

二 形式主义批评方法的基本特点及关键词

(一)文学性

"**文学性**"是形式主义批评流派的核心概念,它是指文学之所以能够成为文学的独特性质,也是文学能够与其他的学科区分开来,成为一门独立自主的系统科学的显著标志。雅各布森系统地提出了有关"文学性"的问题,他的观点成为形式主义的基本批评原则。他说:

> 文学科学的对象不是文学,而是"文学性",也就是说使一部作品成为文学

作品的东西。不过,直到现在我们还是可以把文学史家比作一名警察,他要逮捕某个人,可能把凡是在房间里遇到的人,甚至从旁边街上经过的人都抓了起来。文学史家就是这样无所不用,诸如个人生活、心理学、政治、哲学,无一例外。这样便凑成一堆雕虫小技,而不是文学科学,仿佛他们已经忘记,每一种对象都分别属于一门科学,如哲学史、文化史、心理学等等,而这些科学自然也可以使用文学现象作为不完善的二流材料。①

在这段文字中,雅各布森明确提出形式主义文学批评研究的对象不是单纯的文学作品,而是文学性,即一部作品之所以被认定是文学作品的审美特性。确定文学研究的对象对于文学批评而言是至关重要的,因为不同的研究对象决定了批评家会采取相应的不同的批评方法。形式主义批评认为传统的批评方法的弊端就在于,它们没有能够准确地确定文学批评的对象,从而导致了批评的误区。如社会学批评方法将文学研究的对象定位于文学与社会的关系,视文学为社会现实的反映,从文学中去研究社会制度和历史背景以及社会心理的变化,从而使文学研究变成了社会学研究;实证主义文学批评研究的对象是文学与作者的关系,视文学为作者心灵、情感的表现,从文学中去寻找作者的轶事、趣闻和心路历程,又将文学研究变成了传记研究和心理学研究。诸如此类的研究方法都将文学批评变成了社会学、心理学、历史学和哲学等学科的大杂烩,将文学作品当成了其他学科的二流历史文献,而恰恰对文学本身的审美特征却视而不见,致使文学学科的特殊性湮没殆尽。形式主义认为,首先要批判这种流行的文艺观和批评方法,坚持文艺的独立自主性,确定文学批评的对象,才能使文艺研究成为真正的科学。

文学是独立自主的学科,无需借助于其他学科来研究自己,它有自己内在的研究对象:作品本身。作品虽然是作家创作出来的,也渗透着作家的个性和情感,但它一旦被创作出来就独立于作者和社会,进入了自己独立的轨道。文学研究的对象是文学作品之所以成为审美产品的特殊性,也即"文学性"。什克洛夫斯基将文学比喻为纺织厂,文学家感兴趣的不是纺织行情和托拉斯政策,而是棉纱的指数和纺织的方法。可见,文学性不存在于文学作品的内容及与之相关的外在社会因素中,而是存在于文学的艺术形式和形式构造之中,它是指文学作品的语言、语气、技巧、结构、布局、程序等因素,正是这些因素使一部作品具有了文学性的审美特点。形式主义者特别关注是语言形式的操作所产生的审美效果,既然文学是语言的艺术,诗学的形式研究就不能不归结到对语言的诗性特征的研究,他们大量运用语言学和修辞学

---

① 雅各布森:《现代俄国诗歌》,转引自茨维坦·托多罗夫编选:《俄苏形式主义文论选》,北京:中国社会科学出版社,1989年,第24页。

的术语来分析文学作品的文学性特性,如隐喻、转喻、明喻、暗喻、象征、对话、词语、句子等都成为文学的重要操作术语。如雅克布逊所说:"诗不过是语言的美学操作。"

研究文学性就是研究文学的形式,特别是研究文学的语言形式。"文学性"的概念的提出具有重要的意义,一方面它强调文学之所以成为文学的内在依据,并进而维护了文学作品的独立自足性。另一方面,它揭示了文学构成的内在秩序,特别是使诗学与语言学联姻,从而使文学研究走向科学化。

(二)陌生化

"陌生化"是与"文学性"直接相关联的俄国形式主义的另一核心概念。俄国形式主义研究的中心是"文学性"的问题,他们又认为"文学性"又来源于语言形式,那么,什么样的语言才真正具有文学性?什克洛夫斯基提出了"陌生化"的概念来阐释语言所具有的文学性效果,他认为只有"陌生化"的语言才具有文学性可言。"陌生化"又被译为"奇特化",是与"无意识化"、"自动化"相对的,它是使人感到惊异、新鲜和陌生的具有审美特征的语言。什克洛夫斯基在《艺术作为手法》中说:

> 为了恢复对生活的感觉,为了感觉到事物,为了使石头成为石头,存在着一种名为艺术的东西。艺术的目的是提供作为视觉而不是作为识别的事物的感觉;艺术的手法就是使事物奇特化的手法,是使形式变得模糊、增加感觉的困难和时间的手法,因为艺术中的感觉行为本身就是目的,应该延长;艺术是一种体验事物的制作的方法,而"制作"成功的东西对艺术来说是无关重要的。[①]

按照什克洛夫斯基的看法,艺术的目的不是提供认知的对象,而是提供感知的对象,是要恢复人们对事物的鲜活的审美感觉。艺术将习惯成自然的东西陌生化,使我们能够感受到它。我们第一次感知事物所产生的感觉,与无数次重复体验事物的感觉有着本质的差别。多次重复的动作在变为习惯的同时,也就成了自动化和无意识的,由于习以为常和熟视无睹而失去了可感性。就像步行,我们每天走来走去,不再意识到它,步行就变成了一种机械化和自动化的动作,如果我们去跳舞,舞蹈就是一种感觉了的步行,延缓了感觉的时间,打破了步行的机械化和自动化。因此,舞蹈是步行的陌生化,是一种可以被感知和体验的艺术形式。托尔斯泰在一篇日记中也曾经谈到自己在生活中有过的一些无意识的自动行为,"我在房间里擦洗打扫,我转了一圈,走近长沙发,可是我不记得是不是擦过长沙发了。由于这都是些无意识的习惯动作,我就记不得了,并且感到已经不可能记得了。因此,如果我已经擦过,

---

[①] 什克洛夫斯基:《艺术作为手法》,托多罗夫编选,蔡鸿滨译,见《俄苏形式主义文论选》,第65页。

并且已经忘记擦过了,也就是说如果我做了无意识的动作,这正如同我没有做一样。……如果许多人的复杂的一生都是无意识地匆匆过去,那就如同这一生根本没有存在。"① 在我们生活中常常存在许多无意识行为,这种无意识性是由于我们对于事物过于习惯而失去对事物的感知性,然而,正是这种无意识所带来的迟钝、麻木感觉却可能使人们匆匆地度过一生而显得毫无意义。

文学活动的目的就是要使人从自动化和无意识的束缚中解放出来,去体验和感受世界的奇特性和新颖性,从而唤起人们对世界的敏锐感觉和对事物的审美体验。它使人们从感知的自动性中解脱出来,从麻木不仁的状态中警醒,重新体验第一次面对事物时的震惊感,从而获得审美的快乐和诗意的体验。为了获得这种新鲜如初的审美体验就必须打破感知的自动性,采取陌生化的方法创造新鲜、陌生的语言形式,以增大感知的难度,延长感受的过程。什克洛夫斯基发现托尔斯泰经常使用陌生化的手法进行文学创造,他不直呼事物的名称,而是描绘事物,好像他第一次见到这个事物一样,他描绘每一件事都好像是第一次经历这件事,他让他的读者有一种在原初情境中的体验。如托尔斯泰这样将"皮鞭"国家加以奇特化:"脱下犯法人的衣服,将他按倒在地,用笞鞭抽打臀部",隔几行又写道:"鞭打裸露的屁股。"这个例子很有特点,说明托尔斯泰为达到意识目的所使用的方法。常见的"鞭刑"字眼是司空见惯的,也不足以引起人们的注目,但如果用生动形象的语言加以描摹则能使人回到那种情境,产生震惊的体验。可见,在有形象描摹的地方就有奇特化,作家塑造形象的目的是为了创造一种对事物的视觉,而不是对它的认知。

诗歌形式的陌生化效果也是直接通过语言技巧来完成的。与日常语言的自动化、无意识化、脱口而出相反,诗歌语言则是难懂的、晦涩的和充满障碍的。它要对日常语言进行加工,甚至"施暴",通过扭曲、变形、拉长、缩短、颠倒、强化、凝聚等方式使日常语言变成为新鲜的、陌生化的语言,从而使读者的感觉停留在视觉上,并使感觉的力量和时间达到最大限度。俄国形式主义认为,诗歌的所有形式技巧,包括声音、意象、节奏、音部、韵脚、修辞手法等都具有陌生和疏离的效果,它们都是"文学性"的重要来源。

(三) 文学形式观

形式主义批评以重视文学形式著称于世,他们提出"形式决定一切",对传统的内容与形式的"二元论"和"内容决定一切"的批评方法发动了猛烈的进攻。传统的文学批评总是机械地将文学作品分为内容与形式两大部分,内容是指"写什么",如文学作品表现了什么样的社会内容,虚构了一个什么样的人物形象,传达了一种什

---

① 转引自什克洛夫斯基:《艺术作为手法》,第64页。

么样的情感体验等;形式则是指"怎么写",作家在具体写作中所使用的表现手法、结构方式、修辞技巧等。形式主义认为这种传统意义上的内容与形式的二分法是人为的和抽象的,它将一个完整的审美对象活生生地割裂和肢解了。事实上,所谓"写什么"和"怎么写"是同一个问题的不可分割的两个方面,作者所写的内容总是与他的表达技巧融合在一起的,并不存在可以与形式相剥离的纯粹内容或者与内容相剥离的空洞形式。日尔蒙斯基在《诗学的任务》中说:

> 艺术中任何一种新内容都不可避免地表现为形式,因为,在艺术中不存在没有得到形式体现即没有给自己找到表达方式的内容。同理,任何形式上的变化都已是新内容的发掘,因为,既然根据定义来理解,形式是一定内容的表达程序,那么空洞的形式就是不可思议的。所以,这种划分的约定性使之变得苍白无力,而无法弄清纯形式因素在艺术结构中的特性。①

任何内容总是一定形式中的内容,任何形式也必然表现一定的内容,如果将两者分开,它们就什么都不是。因此内容与形式的划分显得有些含糊不清和苍白无力,它也无法使人清晰了解形式在艺术结构中的作用。日尔蒙斯基具体分析了这种情况可能会导致的两种后果:后果之一是将内容视为可以脱离形式单独存在并处于支配地位的某种东西。如传统批评家将文艺中的内容当作文艺之外的现实性去研究,把艺术中所描写的世界等同于客观的现实世界。如用社会学方法去分析作品中反映的时代社会风貌,用阶级分析法分析小说中主人公的阶级属性,用实证主义批评方法分析文学作品中所隐含的作家个人生活痕迹,用精神分析法分析人物的心理结构与作家童年创伤经历的关系。他们都简单地将文学作品中描写的生活内容等同于现实生活本身,将作品中的形象当成生活中的形象,并在这样一种简单的对应之中偏离了文学本身的审美研究,使文学研究走向了社会学研究、心理学研究等非文学研究。日尔蒙斯基认为艺术的内容不能脱离艺术形式的普遍结构而独立存在,作品中的描绘的事件和人物无论多么客观,也不再是现实生活中的事件和人物,它们经过作者的审美创造和艺术加工成为了艺术形象。这些艺术形象疏离于现实生活,它们本身是艺术形式和文本结构的组成部分。虽然我们不能排除从其他角度进行文学研究的做法,如研究文学中的宗教问题、道德现象和认知功能等,但诗学的科学研究是研究作品的艺术性,即研究艺术作品的形式结构。后果之二是把形式当作服饰之类的可有可无的外表修饰,这样将形式置于了无足轻重的地位。内容与形式

---

① 日尔蒙斯基:《诗学的任务》,见方珊:《俄国形式主义文论选》,北京:三联书店,1989年,第211—212页。

的二分模式认为内容是主要的和重要的,形式的作用是使内容得到充分表现,或仅仅是对内容的外在修饰,如果过于追求形式美而妨碍了内容的表现,就会导致华而不实的形式主义文风。形式主义的批评方法则恰恰认为文学形式是文学的生命所在,文学性研究不是研究文学的内容,而是研究文学的形式,这是文学研究走向独立性和科学性的关键所在。

形式主义在批判传统的内容与形式二分法的同时,对"形式"概念进行了重新界定。在传统意义上,形式仅仅是指文学表达的技法和技巧,而形式主义则将文学作品中的一切都视为形式,题材、主题、人物、事件等这些一贯被视为内容的东西也被形式主义纳入到了形式的范围。形式主义认为无论是人物、事件还是思想意识,一旦进入到艺术的程序,经过作家的加工、虚构和审美处理,它们就不再是客观的内容了,而被转化为艺术形式,成为了形式的构成要素。正如日尔蒙斯基所说:"如果说形式成分意味着审美成分,那么,艺术中的所有内容事实也都成为形式的现象。"[①]在"形式"含义无限延伸的情况下,传统的"内容决定形式"观念被颠倒为"形式决定内容",在后一种情况下,内容与形式不再是和谐共处,水乳交融的状态,而是形式不断地吞并和消灭着内容,将内容完全包容于自身之内的动态过程。因此,形式主义极为不满将内容剥离出来进行单独分析的批评方法,而是强调从形式构成中去阐释内容所具有的审美效果。

三 形式批评方法的实例分析

日尔蒙斯基运用形式主义方法对普希金的诗《为回到遥远祖国的岸》进行了细致分析。他首先对诗歌的整体结构方式进行了剖析,指出了诗歌的分行分节方式和押韵方式,揭示了诗歌韵律结构的特点。其次,日尔蒙斯基立足于诗歌语言与实用语言的差异,具体细微地分析了诗歌语言是如何偏离日常语言而产生审美效果的。这其中包括诗中诗人所使用的种种修饰的语言、修辞技巧和语词组合技巧,日尔蒙斯基指出这些独具的语言表达方式不仅提供了生动的场景和细腻的情感体验,也使读者的注意力转移到视觉形象上了,延长了读者对于事物的感受的过程,更新了读者的陈旧经验。这正是陌生化的诗歌语言给读者带来的审美感受。在对诗歌的语词技巧进行了局部的细节分析后,日尔蒙斯基最后转到对诗歌的整体风格进行剖析,并表明了自己的批评观念。日尔蒙斯基指出普希金的细腻、含蓄而朴素的诗歌风格来源于他独特的语词处理技巧所构筑的审美效果。他还将普希金的这首抒情

[①] 日尔蒙斯基:《诗学的任务》,见方珊:《俄国形式主义文论选》,第212页。

诗与他的其他的抒情诗结合起来进行分析,并将之与18世纪浪漫主义抒情诗进行比较研究,试图阐释普希金抒情诗写作的特点。日尔蒙斯基认为普希金的诗是整个俄罗斯诗歌传统中的有机环节,人们对诗歌传统中的重要环节进行诗学研究,就能找到有关诗歌的程序。

为回到遥远祖国的岸

普希金

为回到遥远祖国的岸,|
你告别异国的土地;||
在那难忘的时刻,悲伤的时刻,
我久久地对你哭泣。|||
我那冰冷的双手,|
企图把你阻挡;||
我的呻吟在乞求,|
不要打断这离别的哀伤。|||

而你移开自己的唇
打断这苦涩的吻;
唤我奔向他洲,
不再作悲惨放逐的人。
你说:当我们重逢的时候,
天空是永远的蓝,
在橄榄树荫里,我的朋友,
再接起爱的吻。

可在那里啊,在那里!天穹
泛着蔚蓝的光,
你永远地睡去,
伴着礁石在浪里。
你的痛苦,你的美丽,
一齐被埋葬——
连同那重逢热吻的希望……

而我在等,等着吻你!

　　这首诗分为三个大诗节,每节八行。每大节由两小节组成,每小节四行,一般构成是:每两行(9+8个音节)为一个圆周句,每圆周句中偶数音节带韵律重音,用交叉韵。诗歌的这种基本的"韵律结构",与句法群非凡的谐调切分相联系:每个诗行都包含句法上的独立的词汇组(用符号"|"表示);每个圆周句都是完整的句子(打分号的地方;用符号"||"表示);两个圆周句在句法上相互衔接,形成一小节。(带有较长的句法停顿;打句号的地方;用符号"|||"表示)每大节联合为一个主题,与邻节形成对比。(外部特征是在第二、三大节的起头时,用转折连词"而、但是")

　　从语言方面看,诗歌运用了种种语言结构和修辞技巧,构筑了不同于实用语言的审美语言。

　　1. 倒序　"为回到遥远祖国的岸,你告别……","在那难忘的时刻,悲伤的时刻,我久久地……","我的呻吟在乞求不要打断……"。状语从句放在主句之前,这种几乎有规律的倒序,产生了诗歌结构的建构中独具特色的排偶现象。也点明了全诗的主题:我们眼前浮现的遥远的彼岸,那便是诗人的情人要返回的国度。

　　2. 反衬　此诗在名词与其修饰语的组合中,使用对比的反衬极为突出。"遥远的祖国"祖国意味着"亲爱的","亲近的","遥远的"与之对立,形成了语言上和情感上的张力。普希金在草稿上原为"遥远的异邦",这显然是无谓的重复,在表达力上也略逊一筹。可见,普希金在反衬的运用上可谓用心良苦。"苦涩的吻"也运用了反衬手法,情人之间的吻本来是甜蜜的,而此刻,诗人却用了"苦涩"一词,表达了情人惜别时依恋难舍的痛苦场景。再如"遥远的祖国"与"异国的土地"的反衬,也都置于诗行的显著位置,押着韵脚,这些词汇的反衬与全诗的基本主题反衬相联系:离别与欢聚,爱与死等。

　　3. 换喻性代用语　"为回到遥远祖国的岸","岸"借指国家,以部分代替整体,属于换喻性使用,用具体的局部代替抽象的整体,使读者产生对远岸的视觉印象。这里的"岸"与口语中实用意义不同,在实用语中,我们不会说:"向着岸你离开了……"而是直接说,向着"国家",向着"祖国"。从语言学的角度看,这就是诗人对"岸"一词的施暴、变形和扭曲,使"岸"的本意扩大,用具体的岸指代抽象的国家。类似的还有"你告别异国的土地"、"唤我奔向他洲"等,用"土地"、"他洲"指代"国家",使读者有了具体的对国家的感受性。"可在那里啊,在那里!天穹泛着蔚蓝的光,你永远地睡去,伴着礁石在浪里。"是死了的陌生化。"你的痛苦,你的美丽,一齐被埋葬",你被埋在坟墓的陌生化。"那双冰冷的双手,企图把你阻拦",也是换喻性的指代,在实用语中人们说"我要阻拦",诗人将一种抽象的情感转化为具体的形象,使人仿佛看见情人伸出双手揪住准备离去的情人的衣裳,不放对方走的情形。"双手"像

"岸"一样,在使用中获得了扩大的和抽象的意义。类似的情况如"我的呻吟在乞求"的"呻吟",在日常生活中,我们仅仅说"我乞求","呻吟"二字体现了痛苦地苦苦哀求的情形,增强了情感表现力,延长了读者的感受性。

4. 暗喻的使用 "而你移开自己的唇,打断这苦涩的吻"。这两行存在着不同诗歌程序中的复杂关系。其中"移开唇"是暗喻,表达了情人间不得不分离的痛苦。另一个暗喻的使用,在具体内容充实的想象方面更胜一筹,那就是"苦涩的吻"。虽然我们几乎尝到这吻的苦涩,虽说"苦思"、"苦感"一类的词组是平常散文语言的暗喻表达,但是在这里,在这个匠心独运、别致的搭配中,诗人使暗喻表达得妙趣横生。但是,普希金在使用这一暗喻时,并没有追求过分的新奇,比如他没有像今天的浪漫诗人那样说:"你话语的甜蜜在我是那样的苦涩!"(勃洛克)由于诗对音的注重,构成了"移开"一词的音素本身便获得了意义,并在诗的总义中产生不同凡响的表达力。这首诗的其他暗喻同样是普通的语言暗喻,而诗人的独到之处在于躔其事而增其华:"在那里,天穹,泛着蔚蓝的光",其中,"天穹"就是普通的语言暗喻,但在这里,它赫然推出蓝天里分布若干发光的"穹隆"的景象(普希金的"天穹"用的是复数);"你永远地睡去,伴着礁石在浪里"也是如此。这便是诗中仅有的几个暗喻表达,它们都没有偏离所谓语言的暗喻。

5. 反复 "在那难忘的时刻,在那悲伤的时刻……"在以节省材料为原则的实用语中,我们会说"在那难忘和悲伤的时刻",而这里的反复是对情感起伏的强调,是对被反复的词的情感意义的加强。第一个"时刻"位于诗行韵律的非重读位置(奇数音节),但由于语气的加强,它携带了必要的意义重音。重音被韵律一句法的排偶(皆由前置词+名词+形容词组成的两个半句)所强调。再如"你的痛苦,你的美丽"、"可在那里啊,在那里"、"而我在等,等着吻你"等都是语词反复,它们大都起着强调情感意义的作用。

6. 修饰语的抽象 这是一种用抽象名词取代形容词的做法。"不要打断这离别的哀伤",我们一般说,"哀伤的离别";"你的痛苦,你的美丽,一齐被埋葬",用抽象名词"痛苦的"取代"痛苦","美丽的"取代"美丽",你的痛苦和美丽取代"你"。这种用抽象词作主语的做法,使诗歌具有独特的表达魅力。

上面是关于诗歌的零星见解,偏于对词法描写的观察,下面则将之贯通,指出它们的整体风格。在这首诗中,普希金描写了情人别与死的具体场景,这或许与他个人的经历和讳莫如深的痛苦不无关系,但这种隐匿难言、独具特色的个人痛苦并没有在诗中具体表现,诗人昭示的只是一般性的、典型性的痛苦感受。这里没有悲情瞬间的个性流露,只有某种以一赅百、恒久不衰的东西,这否定了文学是作家个性表现的说法。诗人在诗中的场景是否属实,异国和祖国是指意大利还是俄罗斯,诗中的"你"是谁,与普希金是什么关系,这属于传记的细节,用不着批评家去繁琐考证。即使我们对普希金的生平传记毫无所知,对到底从哪个国家回到哪个国家模糊不清,我们也能从诗中领悟丰富的意蕴。

这不是直接吐露情怀的抒情诗,提供了生动的场景,有着叙事的成分,其抒情色彩是通过音韵的感染和韵律的排偶,以及各种语言的修饰来实现的。诗人的感情似乎回到了过去的时日,在那里凝滞,并被升华为超时间的不变的物,只到末段,才回到现在时态的瞬间。节奏的缓慢使诗歌必然带有各种修饰语,整首诗的结构呈现出舒缓、平稳、有序的运动。而其中流宕着浓郁的抒情成分和生离死别的场景却让人为之震撼和感动。语言极为朴素,没有华丽词藻的修饰,也没有奇异独特的暗喻,甚至丝毫没有悖离习用口语的朴素性和准确性,而诗人在词的选择和搭配上却独具匠心,技巧的使用也达到了炉火纯青的程度,使仅仅表现普通场景的诗歌产生了不同寻常的审美感染力。诗人的技巧表现在对词汇富有个性、绝不重复和具有综合力的选择与搭配,每一个后面的词对前面的词总给以新的补充,不断增加话语的内涵力量。普希金的这首诗与浪漫主义抒情诗那"歌曲式"、"激情式"的风格迥然不同,它表现出追求语词的物性含义和音乐般的抒情的感染力。

这是对普希金的一首诗的具体程序和一般修辞特点的分析。拿普希金的这首诗和其他诗比较,就能看出普希金的风格。拿这首诗与同时代人的诗或前人比较,就能看到时代的风格和文学传统。从这个意义上就提出了普希金对待18世纪诗歌传统及法俄古典主义的态度问题。有关普希金是俄国古典主义的终结问题早就摆到日程上了,但为此需要对18世界的俄语进行深入的研究。从另一方面看,还现了一个19世纪"普希金遗产"的问题。普希金死后,浪漫主义传统得到复兴,19世纪中叶,浪漫主义诗歌在费特及其流派那里发扬光大;进入20世纪时,它在俄国象征主义的创作中寿终正寝。所以我们面临历史诗学中的最严峻的问题;这些问题的正式提法,有赖于对18世纪和19世纪俄国诗歌基本现象的解释。但这些问题的解决离不开诗学理论的帮助。只有诗学理论,才能揭示换喻风格的基本特点及其程序之间的内在联系。

第二节 英美新批评

英美新批评产生于20世纪20年代的英国,至30年代在美国成形,四五十年代在美国达到鼎盛状态。"新批评"因兰色姆于1941年出版的《新批评》一书而得名,在书中,兰色姆评论了艾略特、瑞恰兹等人的理论,称他们为"新批评家","新批评"这个名词就从此流传开来。由于新批评极力凸显对文学本文的本体研究,因此也被称为"本文批评"、"本体论批评"。

一　新批评的缘起和理论发展

在新批评崛起之前,19世纪末的西方文学批评以实证主义和浪漫主义为主,实证主义注重作家个人生平和心理、社会历史和政治等方面因素对文学的影响;浪漫主义批评则强调研究作家主观情感、天才、想象等,批评家也将自己的个人经验和情感态度带到文学批评中。这些批评方式都强调对文学进行社会学和心理学研究,而忽略了对文学作品本身的客观研究,文学作品仅仅被视为作家心灵的表现或批评家复制个人经验的对象,批评的主观性和随意性在蔓延和增长,批评的客观性和科学性则消失殆尽。面对文艺批评的种种谬误,新批评勇敢地担负起了建设新文艺的重任,他们将批评对象锁定在文学本文,建立了一套操作性极强的阅读和批评方法。

(一)艾略特的诗歌非个人化理论

新批评的历史发展大约经历了四十余年,其奠基人当首推英国的艾略特和瑞恰兹。艾略特在他的《传统与个人才能》中提出了著名的**诗歌非个人化理论**。艾略特认为浪漫主义所说的文学是作家个性的表现,这其实只是一种假相,诗歌写作是非个人化的。首先,从诗人与传统的关系来看,任何诗人都不能脱离诗的传统而单独具有他的完全意义。诗人隶属于诗的传统,他的作品在整个诗歌有机链条之中存在,即使其中最个人的部分也包含着他的前辈诗人的痕迹。其次,诗人的创作过程具有非个性化的特点。艾略特认为诗人的创作不是表现个性,诗人仅仅是艺术表现的特殊工具,种种的印象和经验借助于诗人的心灵用意想不到的方式相互组合则形成了诗。诗人的心灵是一种贮藏器,收藏着无数种感觉、词句、意象,搁在那儿,直等到能组合成新化合物的各分子到齐了,心灵的催化作用则开始发生作用,诗于是就产生了。这样一来,诗的产生实际上是一个冶炼、化合的非个性化过程。第三,诗歌表现的情感具有非个人化的特点。诗人所未经历的情感和所熟悉的情感同样供他使用,他的任务就是把寻常的情感化炼成诗,旨在表现实际情感根本没有的感觉。艾略特的诗歌非个人化理论,一反从历史、道德、心理及文学家个人方面解释文学的方法,要求批评家将注意力从作者转移到文学本文中去,直接开启了新批评关注文本的批评思路。

(二)瑞恰兹的语义学理论

新批评派的另一位创始人瑞恰兹为新批评派奠定了诗歌语言研究的方法论基础。瑞恰兹在其名著《文学批评原理》中首先区分了科学语言与诗歌语言的不同:他认为科学语言是"指称性的",而诗歌语言是"感情性的"。他说:"一个陈述的目的可以是它所引起的指称,不管是正确的指称还是错误的指称。这是语言的科学用途。但一个陈述的目的也可以是用它所指称的东西产生一种感情或态度。"①瑞恰兹试图表明文学的真实性与现实没有关系,科学语言是可以通过实验等方法得到验证的"真陈述",而文学语言则是只能在文学本文内部有效的"假陈述",它不能直接指称现实,只能引起我们前后一致的情感反应。这样,瑞恰兹就有效地将对文学语言的阐释控制在本文的内部。其次,瑞恰兹在其"语义学"中提出了对新批评有着重大影响的语境理论。瑞恰兹指出,文词意义在作品中变动不居,意义的确定是文词使用的具体语言环境复杂的相互作用的结果。确定文词意义的语境不仅是指本文上下文之间的相互联系,还包括与本文的阐释对象有关的某个时期的一切事情,以及与本文事件相关的涉及到原因和结果的任何事件及所需要的种种条件。因此,本文的意义在复杂的语境中不可能是单纯或单一的,一个符号绝不止于一种实在的意义,文学作品中的复义现象是不可避免的,这是人类语言能力的必然结果,而复义的语言恰恰是诗歌语言的魅力所在。这样,瑞恰兹就为新批评开启了从语义学进行文本解读的路径。

(三)"意图谬见"和"感受谬见"

20世纪40年代,新批评的影响日益壮大。1946年和1948年,维姆萨特和比尔兹利合写的两篇论文《意图谬见》和《感受谬见》发表,分别对研究作者写作意图和研究读者阅读感受的批评模式进行了批判,成为新批评的宣言书。

"意图谬见"的矛头主要指向传统的传记批评、社会批评和心理批评,这些批评方式都极为关注作者的生平经历、思想意识、心理状态、社会背景等方面的研究,他们坚信诗是高尚思想的流露,一首诗的词句是出自头脑而不是出自帽子。因此,一个批评家如果能充分地研究作者个人背景和写作背景,他就能充分地阐释作品。新批评认为这种研究作者意图的做法是一种批评误区,其迷误在于"将诗和诗产生的过程相混淆",②即将作者意图中的世界等同于作品所表现出来的世界,把作者的愿望等同于作品的实践。在新批评看来,作者的创作意图与作品意义是两码事,批评家尤其不能依据作品是否符合作者的创作意图来判断其价值。对作者意图的认识既不可能也不必要,一个批评家无法去搞清楚诗人写作的真实意图到底是什么,因为如果诗人成功地表达了他的意图,那么他的意图就会表现在他的诗作中,人们无需再从诗作之外去寻找意图的来源;如果诗人没有成功地表现他的意图,人们试图

---

① 瑞恰兹:《文学批评原理》,见赵毅衡:《新批评》,第6—7页。
② 维姆萨特、比尔兹利:《感受谬见》,见赵毅衡:《"新批评"文集》,天津:百花文艺出版社,2001年,第257页。

去寻找他的意图就更加荒谬和没有凭据。意图批评极易导致批评中的相对主义而使文学批评丧失了客观的批评标准。新批评认为,关于作家个人身世的研究同关于诗本身的研究有着明显的区别,作者的生平事迹除了帮助我们了解某些用词的含义和私人生活的影射外,其他没有多少用处。诗是独立自足的语词存在,是一种同时能涉及一个复杂意义的各个方面的风格技巧,批评家应该将其注意力集中到文学本文中来,充分理解文本所用语词的历史意义,从而能充分和客观地阐释文本。

感受谬见将分析重点从作者转向了读者,它批评的对象是感受式批评和印象式批评,这些批评方式的根本症结在于"将诗和诗的结果相混淆,也就是诗是什么和它所产生的效果"相混淆。[①] 新批评同样认为作品提供的是一个世界,而读者感受的是另一个世界,二者不能混为一谈,否则就会导致感受谬见。当某些读者述说一首诗或一个故事在他们心中激起的生动的形象、浓厚的情感和高度的觉悟时,这仅仅是读者个人对作品的一些印象和感受,但这些带有主观意义和生理体验的情绪、感受不能作为客观的批评家进行文学批评的依据。读者的感受是文学活动中最不可靠和最易变动的因素,世间有各种各样的不同心理的读者,感受式的批评必然导致相对主义的无政府状态。诗是有其自身特点的独立客体,诗的意义是相对稳定的,读者的情绪感受是不断变化的,不要让情绪感受干扰了诗的客观意义的阐释。

新批评将文学与社会、心理、作者和读者的关系统统割断,只注视文学本文,文学本文既与作者的意图无关,也与读者的感受无关,它具有属于自身的独立价值和意义。这样,新批评就确立了文学本文在批评中的本体论地位。

二 新批评的解读法和批评范畴

新批评要求将文学本文作为批评的对象。文学本文是指单个作品,并不涉及总体性作品,如文类研究或主题研究等关于文本群的研究不属于新批评关注的对象。新批评对文学本文的研究也不涉及到整个作品,如他们并不热衷于对文本内容进行概括和释义,而是以探求作品的内在结构为任务。布鲁克斯在《形式主义批评家》中说:"文学批评主要关注的是整体,即文学作品是否成功地形成了一个和谐的整体,组成这个整体的各个部分又具有怎样的相互关系。"[②]文学本文是一个由语言所构成的充满矛盾的和谐结构整体,新批评的任务就是要考察和评价文学的语言结构,通

[①] 维姆萨特、比尔兹利:《感受谬见》,见赵毅衡:《"新批评"文集》,天津:百花文艺出版社,2001年,第257页。

[②] 布鲁克斯:《形式主义批评家》,见赵毅衡:《"新批评"文集》,北京:中国社会科学出版社,1988年,第486页。

过对文本语言中的张力、悖论、冲突、含混、反讽等因素的分析,来考察所有这些因素如何使文本结构达到和谐统一的。文本意义本身就是文本语言结构的构成部分,批评家对意义的解释应该集中于对最后达到平衡整体的各种因素的分析,而不用顾及作品中的人物与作者或社会的关系。为了充分阐释文本语言是如何在矛盾冲突中构成的和谐整体,新批评提出了文本"细读法",并创造了一系列的批评范畴来维系他们的批评体系和实践。这些范畴包括复义、张力、悖论、反讽、隐喻、象征等。

(一) 复义

出自**燕卜荪《含混七型》**,又译为模糊、含混、晦涩等,原指语言的多义所形成的复合意义。复义现象在日常语言中存在,尤其对于诗歌的表现具有重要的意义。燕卜荪给复义下的定义是"任何语义上的差别,不论如何细微,只要它使同一句话有可能引起不同的反应",[1]就形成了语言的复义现象。传统批评家习惯于认为诗的意义是单一的,纯粹的,一首诗的解读只有一种方式是正确的。燕卜荪通过大量的研究和分析表明,一首诗的意义是多种多样的,每种解释都有合理性,不能独断地加以排斥。复义本身"可以意味着你的意思不确定,意味着有意说好几种意义,意味着能指二者之一或二者皆指,意味着一次陈述有多种意义"。[2] 诗性语言具有多义性、模糊性和不确定性,诗意的复杂性和多义性正是诗的特殊魅力所在。如莎士比亚的十四行诗的第七十三首。

> 你在我身上可以看到这个季候,
> 当黄叶全落光了,或者还有几片
> 挂在那颤抖在寒冷之中的树枝头——
> 昨日还有好鸟歌唱的荒凉的唱诗坛。
>
> 你在我身上可以看到这样的傍晚,
> 当夕阳的光已经向西方下沉,
> 作为死神的化身的黑夜,慢慢
> 赶走黄昏,把一切都锁进了和平。
>
> 你在我身上可以看到这种火光,
> 它躺在自己青春的灰烬上燃烧,
> 灰烬是床,它一定要死在这床上,

---

[1] 燕卜荪:《含混七型》,见赵毅衡:《"新批评"文集》,天津:百花文艺出版社,2001年,第344页。
[2] 同上书,第350页。

跟着供它烧的燃料一同毁灭掉。

见到了这些,你的爱会更坚贞,
好好地爱着你快失去的爱人。

这首诗从第一行起,每四行为一组,描写一个隐喻性的意象,构成一个主题。第一组是落叶和几乎光秃秃的树木,第二组是西沉的夕阳,第三组是几乎熄灭的火光。这三组分离的意象各不相同,但都表现了"几乎衰亡"的特点。"昨日还有好鸟歌唱的荒凉的唱诗坛。"这句诗没有双关语、双重措辞和模糊的感情,却有丰富的意蕴:唱诗坛可能是已成废墟的修道院咏唱的地方;可能意味着唱诗坛是木制的,并有雕花;可能先前的唱诗坛四周有遮蔽的建筑物,体现出树木的形象,有色玻璃和雕花一样的图案反衬着它;可能是唱诗坛已无人涉足,只有冬天阴沉沉的铅灰色的四壁为伴;可能是合唱队凄凉的歌声;还可能暗示其他社会意义,如新教徒揭毁了修道院,恐怖主义等。这句诗的复义来源于"说一物与另一物相似,但他们却有几种不同的性质都相似"的隐喻效果,诗的复杂意义不是诗外的意义,而是诗本身存在的意义。从某种意义上讲,复义是语言本身固有的特性,也是诗歌最基本的构成要素之一。燕卜荪分析了三十九位诗人、五位剧作家和五位散文家的二百多部作品片断,证明了一部文学作品的意义在某种程度上始终是含混多义的,绝不可能只有一种终极的解释。

(二) 张力

艾伦·退特在《论诗的张力》中提出了张力的概念,它取自两个英文词内涵(intention)和外延(extention),是去掉前缀后的核心词(tention),意谓紧张关系。在形式逻辑中,内涵是指一个概念所反映的本质属性,外延是指这个概念所确指的对象范围。退特根据语义学解释这两个概念,退特说:"诗的意义就是指它的张力,即我们在诗中所能发现的全部外展和内涵的有机整体。我所能获得的最深远的比喻意义并无损于字面表述的外延作用,或者说我们可以从字面表述开始逐步发展比喻的复杂含义:在每一步上我们可以停下来说明已理解的意义,而每一步的含义都是贯通一气的。"① 可见,外延是指一个词的词典意义,即字面意,指称意;内涵指暗指意义,或附属于文词上的感情色彩,即暗示意,比喻意。张力即语义学意义上的外延与内涵的协调,它强调的是诗歌语义结构的复杂多样性。诗歌语言既要有内涵,也要有外延;既要有明晰的概念意义,也要有丰富的联想意义,是两种的统一体所构成的张力。新批评认为没有张力的诗是没有诗韵和诗味的诗,不能打动读者的心灵。

---

① 艾伦·退特:《论诗的张力》,见赵毅衡:《"新批评"文集》,第130页。

退特十分推举玄学诗,认为它逻辑层次分明,又蕴含着各种各样的矛盾和复义。如玄学派诗人邓恩《告别诗·节哀》:

> 因此我们两个灵魂是一体,
> 虽然我必须离去,然而不能忍受。
> 破裂,只能延展。
> 就像黄金被锤打成薄片。

这是一段充满张力的诗。诗的意象凝聚在一个含蓄的命题下:一对情人的灵魂的统一是一个非空间的实体,因而是分不开的。诗的特点是将整体的、非空间的灵魂容纳在一个空间形象的逻辑矛盾:有延展性的黄金是一个平面,它的表面可以无限地按照二分之一的数学方程式延展下去;灵魂就是这种无限性。诗意充分蕴含在"黄金"这个形象中,黄金的有限形象,在外延上是和这个形象所表示的内涵意义(无限性)在逻辑上相互矛盾的,但这种矛盾并不会使这种内涵意义失去作用,黄金所表示的内涵意义"珍贵"、"坚韧"和"永恒"与黄金这个形象相得益彰,共同丰富了这对情人之间的情感意蕴,构成了诗歌的张力。

诗歌语言如果不具有内涵与外延的张力就可能导致诗韵的消散。艾略特曾经详细分析过雪莱的名诗《致云雀》,他认为雪莱在这首诗中没有成功地构筑诗歌语言的张力,如有时候语言的声音存在,但毫无意义:

> 清晰、锐利,有如晨星
> 　　射出了银灰千条,
> 虽然在清澈的晨曦中
> 　　那明光逐渐缩小
> 直至看不见,却还能依稀感到。

而当雪莱有什么明确的东西要说时,他却将意象和意义完全分开来谈:

> 我们总是前瞻后顾
> 　　对不在的事物憧憬。
> 我们最真诚的笑也充满
> 　　某种痛苦,对于我们
> 写出最悲伤的思想的才是最甜的歌声。

艾略特的意思是描写的那段与说理的那段没有任何联系,这里的诗歌意象没有内涵和外延的张力存在。

（三）悖论（paradox）

悖论也译为诡论、反论、自否、似是而非，古典修辞学术语，原意是指表面上荒谬实际上却是真实的陈述。布鲁克斯《悖论语言》中认为悖论语言不仅仅是语言的修辞格或者运用于诗歌语言中的修辞技巧，而是诗歌区别于其他文体的最根本的特点。"诗的语言是悖论语言。"[①]悖论正符合诗歌的用途，是诗歌不可避免要使用的语言。科学家表述的语言必须清除一切悖论的痕迹，诗人要表达的真理却只能用悖论语言。创造悖论的方法是对文学语言进行反常处理，将逻辑上不相干或者语义上相互矛盾的语言组合在一起，使其在相互碰撞和对抗中产生丰富和复杂的含义。如新古典主义诗人蒲伯的《论人》用的就是典型的悖论手法。

> 犹豫不决，要灵还是要肉，
> 生下只为死亡，思索只为犯错；
> 他的理智如此，不管是
> 想多想少，一样是无知……
>
> 创造出来半是升华，半是堕落；
> 万物之灵长，又被万物捕食；
> 唯一的真理法官陷于无穷的错误里，
> 是荣耀，是笑柄，是世界之谜。

蒲伯咏叹人的存在的矛盾处境，诗中使用悖论手法将意义完全相反的字词搁置在一起，如灵与肉，生与死，智慧与无知，升华与堕落，真理与错误，这些相互矛盾的字词的组合构筑了丰富的诗歌意蕴，也赋予作品的思想一种令人着迷的深度。

（四）反讽

反讽源于古希腊文，原为希腊戏剧中的一种角色类型，即伪装无知者，在自以为高明的对手前说傻话，最后证明这些傻话都是真理，从而使高明的对手大出洋相。苏格拉底在柏拉图《对话录》中就是这种角色。可见，反讽原本是一种语言的修辞术，即所说的话与所表达的意思完全相反，实际的意义与字面意义的对立。后来，这个词变成了"讽刺"和"嘲讽"。新批评将反讽概念发展成为诗歌语言的基本原则，他们认为诗的语言就是反讽的语言。布鲁克斯在《反讽——一种结构原则》中将反讽定义为"语境对于一个陈述语的明显的歪曲"，[②]在诗歌语言中，由于词语受到语境的

---

① 布鲁克斯：《悖论语言》，见赵毅衡：《"新批评"文集》，第354页。
② 布鲁克斯：《反讽——一种结构原则》，第379页。

压力造成意义的扭转和变形,发生转义,从而形成的所言与所指之间的对立现象。反讽使一个符号的能指不再指向确定的所指,而指向另一个能指。这恰恰是诗歌语言的特点。诗歌需要依赖言外之意和旁敲侧击使语言具有新鲜感。这也说明了文学语言本身的难以控制性和经验表现的复杂性。布鲁克斯分析了华兹华斯的诗歌《睡意席卷了我的心神》中所运用的对比性反讽:

> 睡意席卷了我的心神,
> 　　我没有世人的恐惧;
> 她仿佛已经不能再感应
> 　　世间岁月的推移。
>
> 如今她没有力气,不能动,
> 　　听不见来看不到;
> 在大地的昼夜运转中旋动,
> 　　和石头树木在一道。

诗人把情人不再感受到世人的恐惧解释成为精神的懈怠和奇怪的睡意,因此他缺乏世人普遍的对于死亡的恐惧,而想象爱人已经沉沉地睡去,不再"感应世间岁月的推移"。然而,诗歌在表面描写情人对于爱人死亡的平静的体验中,却隐含了痛苦和惊愕的体验的反讽似的对比。这位情人看到他爱人此刻不能再行动时,显示了对他极端的、可怕的无生气状态的反应。他并不是说她躺着,像大理石或者一块土那么安静;相反,他想象她在剧烈的运动中——剧烈然而是外加的运动中:她与石头树木在一道,在大地的昼夜运转中旋动。"旋动"这个意象本身十分重要,它能如此有力地表达出没有生气和不可救药的感觉,这个在情人看来不受世间岁月推移的影响的那个姑娘,最终无可奈何地陷在地球用来测量和创造时间的空洞的转动中了。当诗人描绘一个事物被别的事物带动着转动,这比描写这个事物静止的意象更尖锐地显示了它的无声无息的状态。总之,诗歌在表面的平静状态的情感表现中,意义却反讽地倒转过来了。

(五) 隐喻

隐喻是比喻的一种,是一种语言的修辞格,高度重视比喻,尤其是隐喻是新批评语言研究的一大特色。布鲁克斯说:"我们可以用这样一句话来总结现代诗歌的技巧:重新发现隐喻并且充分运用隐喻。"[①]隐喻的特点是通过类比的方法使人在意念

---

① 布鲁克斯:《反讽——一种结构原则》,第 377 页。

中观照两种事物,用诉之感官的意象去暗示无法理解而诉之感官的意象,从而使人的心灵向感观投射。维姆萨特在《象征与隐喻》中提出了关于隐喻的精辟见解:"在理解想象的隐喻的时候,常要求我们考虑的不是 B(喻体,vehicle)如何说明 A(喻旨,Tenor),而是当两者被放在一起并相互对照、相互说明时能产生什么意义。强调之点,可能在相似之处,也可能在相反之处,在于某种对比或矛盾。"①维姆萨特在此提出了隐喻的两种不同方式,其一是强调类比的事物之间的异中之同,这是传统文学批评普遍认同的方法,其二是强调类比事物之间的同中之异,这是新批评所推崇的隐喻的"异质原则"。新批评认为,要使比喻有力,应该将非常不同语境的事物联系在一起,强调类比事物之间的矛盾性和异质性,用比喻作扣针,把它们扣在一起。维姆萨特提供了有趣的例子:"狗像野兽般嗥叫",这个比喻无力,语境太近;"人像野兽般嗥叫",就比喻生动;"大海像野兽般的咆哮",就很有力量。新批评认为相互比喻的两个事物之间的距离越远越好,如果它们之间的联系完全违反逻辑,含义就更丰富。

(六) 细读法

"细读法"(close reading)是新批评创造的一种具体的批评方法,它建立在对文本语义的细致分析的基础上。美国的文森特·B.雷奇对"细读法"做了绝妙概括,他说:

> 在进行细读时,新批评派的批评家一般要做的是:
> 1. 挑选短的文本,常常是超验主义的诗或现代诗。
> 2. 排除"生成"批评的方式。
> 3. 排除"接受主义"的探索。
> 4. 设想文本是一个独立自足的、非历史的、处于空间的客体。
> 5. 预设文本是复杂的、综合的,又是有效的和统一的。
> 6. 进行多重回溯性阅读。
> 7. 想象每个文本都是由冲突力量构成的戏剧。
> 8. 连续不断地集中于文本及其在语义和修辞上的多重相互关系。
> 9. 坚持基本上是隐喻也是奇妙的文学语言的力量。
> 10. 避免释义和概括,或明确陈述不等于诗的意义。
> 11. 寻求一种完全平衡或统一的、由和谐文本组成的综合结构。把不一致和矛盾冲突置于次要位置。
> 12. 把悖论、含混和反讽看成是对不一致的抑制。

---

① 维姆萨特:《象征与隐喻》,见赵毅衡:《"新批评"文集》,第 403 页。

13. 把意义视为结构的一个因素。

14. 在阅读过程中注意文本的认识和经验方面。

15. 力图成为理想的读者并创造出唯一真正的阅读,把多种阅读归类的阅读。

从上述概述中,我们大致可以对新批评的细读法进行总结。其一,选择篇幅短小的、意蕴丰富的文本,如玄学派诗歌和现代派诗歌,也包括含蓄蕴藉的中国古典诗歌,这些含义模糊、充满歧义的文本适合新批评的语义分析。其二,排除文本生成研究和读者情绪反应研究,将目标集中于本文,对本文进行多重回溯性阅读,寻找其中语词的隐微含义,如词句中的言外之意和暗示、联想意义;仔细分辨作品中所运用的各种修辞手段,如隐喻和拟人等。其三,想象本文具有戏剧冲突性,将本文视为充满矛盾和张力的有机统一体,分析语言的含混、悖论、隐喻、反讽、象征等要素,以及由于这些要素的作用所形成的诗歌的复杂意义和阐释空间;研究诗歌的诸多要素如何在矛盾冲突中形成了诗歌的和谐统一的具有张力的整体结构。

三 新批评的批评实践个案

美国的布鲁克斯《悖论语言》中运用新批评的细读法详解了英国诗人约翰·邓恩的名诗《圣谥》,特别是阐释了诗歌所包含的悖论—反讽的表述模式。布鲁克斯通过细读文本,成功分析了诗歌中种种对立的、不协调的品质是如何达到平衡和调和的,诗歌是如何通过戏剧冲突开场,充分展现冲突和使冲突达到和谐统一的,整首诗的魅力和丰富意义又如何在这种悖论和反讽的情境中展开和展现的。布鲁克斯的解读为新批评细读文本提供了范例。[①]

圣　　谥

约翰·邓恩

看上帝面上,你住嘴,让我去爱,
要不就责我瘫痪、骂我痛风,
我的五绺白发,我蹭蹬的命运,
不如你安富尊荣,多艺多才
由你青云直上,由你宦运赫烜,

---

① 布鲁克斯:《悖论语言》,第362—375页。

朝夕过从的全是衮衮高官,
朝觐龙颜或铸印的龙颜,
去思索去追求你心中所愿,
但你放手让我爱。

唉,唉,我的爱情妨碍了谁?
我的叹息何曾颠覆了商船?
谁说我的眼泪造成洪水泛滥?
我的寒意何曾把冬天阻碍?
我血管里灌满的热气,
又何曾添出一种瘟疫?
士兵有仗可打,律师也能谋利,
总有人动辄吵架,好打官司,
与我们的爱毫无关系。

由你骂吧,是爱情把我们变得如此,
你可以称她和我是两只飞蛾,
我们也是蜡炬,自焚于火,
我们身上有鹰隼,也有鸽子。
凤凰之谜有更多的玄机。
我俩本是一人,就是这谜。
两个性别合成一个中性的东西,
我们死亡,又重新升起,
爱情证明我们的神秘。

我们不能以爱而生,就能为爱而死,
即使我们的行状不适宜
灵车和墓茔,它会适宜写入诗句;
要是我们不宜进入编年史,
我们在十四行诗中构筑小室;
一如精制的瓮正适宜于
神圣的骨灰,不亚于半顷墓地。
而这些颂歌都能把我们

谥封为爱的圣人。

  用这些话召唤我们的灵魂吧:你们,神圣的爱
  曾使你们各自成为对方的修道院;
  爱情曾使你们宁静,如今却狂暴难羁;
  你们曾收缩起世界的灵魂,
  驱入你们眼睛那玻璃里,
  (使眼睛变成密探,变成镜子,
  使它们变成你们的缩影,)
  映照着城市宫廷:从这里找到
  你们爱情的图景!

  "圣谥"即圣徒。但本诗中赞美的不是基督教的圣徒,而是执著地追求爱情的圣徒。约翰·邓恩(1572—1631),英国文艺复兴时期的著名诗人,玄学派诗歌的代表人物,死后出版第一部诗集,长期受人争议,直到20世纪才被公认为文学大师。邓恩不满于当时那种"甜蜜的"抒情诗,而是从科学、哲学和神学领域摄取意象,用哲学思辨的形式来写爱情和宗教体验,他善于将那些不和谐、甚至不具有诗意的东西聚合在一起进行诗歌创造。由于18世纪古典主义诗人重视文艺规范,19世纪浪漫派诗人强调自然情感的抒发,他们都不看重玄学派诗歌的价值。20世纪初英国学者格里尔逊先后编选了《邓恩诗集》(1912)和《十七世纪玄学派抒情诗和诗歌》(1921),引起了评论界的强烈反响。新批评开拓先驱艾略特对玄学诗大为赞赏,并指出玄学派诗人是"把思想和情感统一起来",是"统一的感受性"的典范。新批评派开始大量地研究玄学诗,并极为推崇玄学诗在语言意义表现方面的技巧。至此,玄学诗在西方开始广泛地流传开来。

  邓恩的《圣谥》是玄学诗的典型之作。布鲁克斯认为贯穿于这首诗的基本比喻就是一个悖论,这从标题就可以显示出来。诗人勇敢地将世俗非圣洁的爱情作为神圣的爱来描写。这里的圣徒称号不是给予一个弃绝尘世和肉欲的隐居修道者,而是给予了一对执著追求爱情的情人。在诗中,情人双方隐居的地点在对方的肉体里,但他们确实弃绝了尘世而成为爱情的圣徒。因此,诗人巧妙地暗示了诗歌的主题(标题)的悖论,赋予非神圣的事物以神圣的特性,这是对基督教义神圣性的讽刺性摹仿。有人认为邓恩用宗教主题的神圣性去描写非神圣性的爱情,这表明了诗人对于宗教和爱情的不严肃态度(对宗教神圣性的亵渎和对爱情的戏谑)。但布鲁克斯认为恰恰相反,邓恩对爱情和宗教都看得很认真,但是在此,悖论是他不能不用的修辞手法。这可以体现于以下的文本细读中。

诗戏剧性地以恼怒的声调开场,假设了对话的场景,说话者的敌对方"你"身份不明确,可以推想是与诗中的主人公观念相反,并指责他们的恋爱行为的人,"你"代表了把爱情看作是愚行的那个装腔作势讲究实用的世俗世界。

诗人在诗的开头第一段则表明了现实世界与沉浸在爱情世界中的情人之间的冲突。它隐含的意思是:(1)好吧,随你的便吧,你可以将爱情看成是一种病症,但你最好还是指责我的其他疾病,如瘫痪、中风等,或者讥笑我的将至的老年,我的毁灭了的命运。你骂我生这些病可能更可靠一些,但如果你讥笑我的爱情,那只是在浪费时间。(2)你干吗不去关心一下自己的利益,继续你的追名逐利。如升官发财,朝觐龙颜(官运亨通),或铸印的龙颜(生意亨通)。(3)我抛开世俗,追求爱情,跟你有什么关系?这一段中充满了反讽的语调,表面是奉承赞扬对方青云直上,官运、财运亨通,但实际上却是隐含着强烈的讥讽鄙视之意。主人公并明确表明了态度:你走你的阳关道,我走我的独木桥,咱们最好互不干涉。

第二段继续用反讽的语调表明这种冲突。我的爱情的苦恼和折磨对现实世界毫无妨碍。我的叹息的风没有吹翻商船,我的眼泪的潮也没有造成洪水泛滥,我感到寒冷也没有推迟春天的到来,我发烧又没有导致瘟疫的横行。这个世界上,战争仍然在继续,律师们的官司也一桩接着一桩地打。我的爱情没有妨碍谁,为什么要遭致谴责?在此段中,诗人仍然用了当时极为流行的佩特拉克似的陈旧比喻,如情人叹息如风,情人眼泪如潮,这些带有夸张的形象,显然是"你"用来嘲笑情人的词语。被诗人恰如其分地利用过来作为反驳之辞,也形成了反话正说的反讽。虽然他们的爱情在这个世界看来太荒谬,但讲究实际的朋友也无需担心:世界上照旧会有是非要争,有战争要打。

第三段冲突和反讽仍然在继续,"你"还有一大堆比喻叠加在情人们的头上,"飞蛾"扑向光明,"蜡烛"燃烧自己,"鹰"搏击长空,"鸽"永远恋家,充分表现出爱情的疯狂,但这些形象已经不再是佩特拉克似的陈腔滥调了。最后一个形象,把情人们比作"凤凰",则是相当严肃,不再是反讽,笔调由讽刺揶揄的反讽转向了具有对抗式的但仍有节制的细腻处理。凤凰是传说中的百鸟之王,雄为凤,雌为凰。中国古代有凤凰涅槃的隐喻,是死而再生之意。诗人在此用了"凤凰"这种带有异国情调的奇妙比喻,用它来比喻情人们的爱情追求是再好不过的。凤凰不是两个,而是一个,"我俩合一",而且它燃烧不是如同蜡炬自焚于火,而是取得再生。它的死即生,死而复生。在十六七世纪,"死"的意思是体验性行为的高潮,在高潮过后,情人们依然故我,他们的爱情没有在欲念中消耗殆尽,这表明,正是因为我们的爱不是情欲的,我们就能抛弃其他欲望,如名欲,利欲等,这就是他们取得了"圣谥"的资格。他们的爱情就像凤凰涅槃。这段诗用一种揶揄的细腻语调实际引导并支持全诗的作为结论的悖论。

第四段这种爱情宣言仍然在继续,但悖论和反讽仍然存在。"我们不能以爱而生,就能为爱而死",表现出一种柔情和深思结合的效果。情人们准备死在世人眼前;他们准备献身;他们抛弃尘世的偏见时有着圣徒般的毅然决然的精神。虽然情人们比不上圣徒,配不上灵车和厚葬,不配在史册上记载,但他们根本不屑得到这些圣誉,如庄严沉重的编年史,半亩坟地。他们情愿自己的传奇被写进十四行诗,那小巧的十四行诗不仅像一个美丽的陶制纪念品盛着他们的骨灰,他们的故事,能使他们得到圣谥。而当他们成为爱情的圣徒之后,别的情人们会用灵咒将他们唤回。

在最后的诗节中,主题得到最终的复杂处理。情人们在抛弃生活的同时,实际上赢得了最热烈的生活。这个悖论早在"凤凰"的比喻中已经暗示出来了,而在最后的章节中被有力的戏剧化了。情人们在变成隐士时,发现他们并没有失去这个世界,而是在对方身上获得了更热烈、更有意义的世界。邓恩并不满足于把情人的发现当作被动落在他们身上的东西,而是写成他们积极争取的目标。他们好像圣徒,像上帝的力士,"你们曾收缩起世界的灵魂,驱入你们眼睛那玻璃里",这形象如一个强有力的手掌猛地捏拢,情人将世界的灵魂驱入到对方的眼睛里,这包括万国、城镇、宫廷等世俗的内容,情人们获得了整个世界的灵魂。

全诗结语的语调是胜利成功的,"你"已经被驱逐得无影无踪,在前文的矛盾悖论后,全诗终于融合为一个具有矛盾对立性的有机整体。

布鲁克斯认为全诗的意义就是靠诡论和反讽支撑起来的,把不协调的矛盾的东西紧紧连接在一起,从而产生了悖论,也产生了诗的张力。但还有另一种因素展开并维持这种效果。这首诗本身就是它所主张的论点的一个实例:此诗既是为这种主张申辩,亦是这种主张的体现。诗人实际上把我们眼前这首诗构筑成为情人们将会心满意足的"小室"。这首诗本身是可以盛装情人骨灰的精致的瓮,比起王公贵族的"半顷墓地"毫不逊色。

诗歌为什么一定要用悖论的方法来加以表现?布鲁克斯认为邓恩本来可以直截了当地说:"茅舍中有爱情则足矣。"也可以像后来的抒情诗人一样径直地写道:"我们要建造一个甜蜜的小窝,在西边的一个地方。让世界走它自己的路。"他甚至可以模仿那些玄学味道更浓的诗人,那些人会写:"你是我棺材里的奶油。"《圣谥》包含了他们想写的所有意思,但远远超过了这些诗,不仅更尊严,而且更准确。一个诗人想要说出《圣谥》表达的内容,只有使用悖论法。所有能写入伟大诗篇中的真知灼见都必须用这种语言来表述。如果失去了悖论特质,邓恩这首诗的题材就松散成生物学、社会学和经济学的"事实",失去了惊异的效果。邓恩的想象力看来是充满合一的问题:情人双方的合一,灵魂与上帝的合一,正如我们所见,这两种合一经常一种被用来比喻另一个。《圣谥》获得了创造性想象与其效果的合一。

参考书目

1. 茨维坦·托多罗夫编选:《俄苏形式主义文论选》,北京:中国社会科学出版社,1989年。
2. 方珊:《俄国形式主义文论选》,北京:三联书店,1989年。
3. 赵毅衡:《"新批评"文集》,天津:百花文艺出版社,2001年。
4. 赵毅衡:《新批评——一种独特的形式主义文论》,北京:中国社会科学出版社,1986年。
5. 方珊:《形式主义文论》,济南:山东教育出版社,2002年。
6. 瑞恰兹:《文学批评原理》,杨自伍译,天津:百花文艺出版社,1992年。
7. 威廉·燕卜荪:《朦胧的七种类型》,周邦宪等译,北京:中国美术学院出版社,1996年。

思考题

1. 在肖洛霍夫的《静静的顿河》中,主人公葛利高里埋葬情人之后,作家作了如下描写,试分析这段文字中的语言的陌生化效果。

    在烟雾中,太阳在断崖上空出现了,太阳的光线把葛利高里的光头上浓密的白发,照得发亮了,又沿着他苍白的、一动不动的脸上滑着。他仿佛是从一个苦闷的梦中醒来,抬起了头,看见自己头顶上黑色的天空和太阳的耀眼的黑色圆盘。

2. 用新批评的细读法解读李商隐的《无题》。

    无　　题

    李商隐

    相见时难别亦难,东风无力百花残。
    春蚕到死丝方尽,蜡炬成灰泪始干。

    晓镜但愁云鬓改,夜吟应觉月光寒。
    蓬山此去无多路,青鸟殷勤为探看。

3. 俄国形式主义的陌生化诗学给我们带来哪些启示?
4. 试阐释诗歌中的复义现象,为什么新批评认为"诗的语言是悖论的语言"?

第六章
结构主义—符号学批评

第一节 结构主义—符号学批评理论

什么是结构主义—符号学?从广义上讲,结构主义可以看作是20世纪发生于人文社会科学中的一种思潮,它兴起于五六十年代的法国,然后迅速蔓延到欧美各国,成为一种世界性的社会思潮。相对于其他思潮来讲,它不重视因果解释,而是坚持如果要弄懂一种现象,人们就必须描述其内部结构——其组成部分之间的关系,并描述它跟其他现象的关系;因为这些现象与之构成更大的结构。从狭义上来说,结构主义一般仅指现代语言学、人类学和文学批评中的一种方法。结构主义风行于很多国家,同时也造就了不少结构主义文论家,其中较著名的有被称为结构主义"五巨头"的列维-斯特劳斯、罗兰·巴尔特、雅克·拉康、福柯和阿尔都塞以及雅各布逊、普洛普、格雷马斯、托多罗夫、热奈特等等。结构主义并不是一个观点统一的学派,它没有统一的纲领,各人说法不一,较难归纳和总结。但有一点值得肯定,即结构主义认为,"事物的真正本质不在于事物本身,而在于我们在各种事物之间构造,然后又在它们之间感觉到的那种关系"①。

20世纪七八十年代,随着结构主义的普及和发展,一股探讨符号学及其运用于文学批评的热潮在世界范围内兴起,同时涌现出大批符号学专著。符号学是将结构主义(尤其是结构语言学)运用于文学研究的自然发展,是比一般文学理论更广泛的科学。它表明了文学语言如何与别的语言代码相连。符号学将结构主义思想方法运用于文学研究,关注的是符号的含义和意思的产生。正是在这个范围内,符号学与结构主义变得难以区分。巴尔特的《符号学要素》(1968)是符号学概论,西尔沃曼的《符号学议题》(1983)集中论述了符号学与文学理论和心理分析的关系,德里达的

---

① 霍克斯:《结构主义和符号学》,上海:上海译文出版社,1987年,第8页。

一些文章,如"哲学的边缘"(1982)则致力于探讨符号学的哲学问题。史科里斯的《符号学与解释》(1982)和卡勒的《结构主义诗学》(1980)、《追逐符号》(1983)等符号学论著则特别关注建立文学符号学的可能性。

这些文论家们通过自己的研究,形成了一整套以文本结构分析为核心的理论和方法体系,使结构主义—符号学批评成为西方继"新批评"之后又一占统治地位的批评模式。

一 结构主义—符号学的理论背景与语言学基础

1. 哲学及社会思潮背景

有着激进传统的法国思想界,在20世纪50年代遭遇困境。以萨特的《现代》期刊为核心的左派知识分子阵营处于四分五裂的状态,热衷于马克思主义的左派知识分子也无法解释苏联正在发生的复杂情况,而萨特在50年代上半期一如既往宣扬他的人道主义,却对苏联的高压政策置若罔闻,这使大部分的追随者开始怀疑他的理论。法国思想界需要一种新的理论替代左派的意识形态,结构主义如期而至。福柯在回顾当时的思想转变时曾说道:"人们突然地、没有明显理由地意识到自己已经远离、非常远离上一代了,即萨特和梅洛-庞蒂的一代——那曾经一直作为我们思想规范和生活楷模的《现代》期刊的一代。萨特一代,在我们看来,是一个极为鼓舞人心和气魄宏伟的一代,他们热情地投入生活、政治和存在中去,而我们却为自己发现了另一种东西,另一种热情,即对概念和我愿意称之为系统的那种东西的热情……"①

1962年,法国人类学家列维-斯特劳斯出版《野性的思维》一书,书的最后一章"历史和辩证法"对存在主义哲学的代表人物萨特在《辩证理性批判》中的基本观点提出明确挑战,引发了一场决定法国乃至西方哲学和人文社会科学走向的学术论战,使结构主义取代存在主义成为当时占主导地位的社会思潮。在结构主义者看来,存在主义把主体的作用抬高到极端的地步,把人的主体性作为哲学思维的起点,认为世界上的一切都来源于主体的设计、选择和创造,认为只有主体才是能动的,否定任何客观的存在,并且把自然科学和社会科学对立起来,在社会科学研究领域排斥严格精确的研究方法。与此相反,结构主义认为,人只是构成结构复杂的关系网络中的一个关系项,本身没有独立性,是被结构所决定的,因而人是被动的。他们力图在社会科学的研究领域中消除方法论的主观因素,标榜科学,注重整体和社会性,

---

① 转引自希洛克曼:《结构主义:莫斯科—布拉格—巴黎》,北京:商务印书馆,1980年,第133页。

认为事物是可以认知的。这种反存在主义思想,后来成为一种思想运动,对西方人文科学研究产生了深刻影响。

这是20世纪60年代发生于法国的结构主义哲学思潮的主要背景,然而,假如追根溯源的话,结构主义方法却要归功于现代语言学之父索绪尔的语言学理论,因此,要想对结构主义文学批评的渊源作出可信的判断,还得对索绪尔开创的结构语言学加以探讨。

2. 语言学根源

谈到结构主义—符号学,不可避免地要追溯到瑞士语言学家费尔迪南·德·索绪尔(1857—1913)。1915年,索绪尔的两个学生查尔斯·巴利和艾尔柏特·薛斯格在他去世后根据听课笔记整理而成《普通语言学教程》一书。通过这本书,索绪尔为学术界所熟知,并被认定为20世纪语言学之父。索绪尔的语言学观点包括:(1)语言是一个由相互依赖的词项所组成的符号系统,词项的意义依赖于词项之间的关系。(2)语言与言语不同,前者是指语言系统,在实际运用语言的实例之前就已存在,后者是指个人发出的声音,也就是实际上说出的话,语言是社会性的,而言语是个人性的,语言学研究的对象应是语言而不是言语。(3)语言现象是一定时间互相并列、互相依存、互相制约而自成一体的符号系统,因此要对语言进行"共时"研究,而非"历时"研究,即把存在于一个时间横断面上的语言当作封闭系统来加以研究。有四组概念或四组术语处于核心位置:

(1)**语言和言语**

索绪尔将人类语言活动区分为言语和语言两个层次。所谓言语,是指在具体日常情境中进行的个体语言活动,比如说出来的话和写下来的句子,它是一种个人行为。而语言,则是指存在于人们头脑中的词汇系统和语法体系,它是语言活动的社会性部分。在语言活动中,这两个层次相互关联,互为前提。一方面,要使言语能为人们所理解,首先必须有一个被参与言语活动的各方共同掌握的语言系统,否则言语活动就无法进行;另一方面,要建立起一种语言,又必须有言语实践,语言是言语的产物。索绪尔指出,语言和言语虽然相互依存,但绝不能混为一谈。语言超越和支配着言语,而又在言语中获得自己的具体存在,这种关系,就如同象棋中下棋规则同一盘棋具体棋局的关系一样。

索绪尔对言语和语言的区分,突出了语言系统的结构性质。它告诉人们,任何具体言语都不具有独立的意义,它们之所以能够表情达意,都是由于那个超越其上的语言系统的作用。这一思想直接启发了法国结构主义文论家列维-斯特劳斯的神话模式研究。

（2）能指和所指

在确立语言系统在语言学研究中的重要性的同时，索绪尔进一步论述了语言符号的性质。索绪尔认为，我们不能把语言符号系统只看成"一份跟同样多的事物相当的名词术语表"，那样，便无法真正认识它的性质。索绪尔指出，作为语言结构基本成分的语言符号，"连接的不是事物和名称，而是概念和音响形象"。他将前者（概念）命名为语言符号的"所指"，将后者（音响形象）命名为"能指"。而且，索绪尔还认为语言符号的能指和所指之间的联系是任意的。也就是说，从符号的生成过程看，人们用某个音响形象指称某个概念，除了文化上的约定俗成外，它们之间没有任何内在的联系，并不是某个概念本身决定着它一定具有某个音响形象。可以设想，如果符号的能指和所指之间有什么内在联系的话，那么相同的概念在所有的语言中都应该用同一个音响形象来指称，而事实并非如此。

应该说明，索绪尔这里所说的语言符号能指与所指之间联系的任意性，是针对语言现实中能指与所指之间没有任何可论证的自然联系而言的，强调的是最初形成时期。但是，当一个符号的能指与所指关系在一个语言系统中被确立以后，在一定的文化环境中，人们便不能随意对它们的关系加以改变了。在汉语中，人们只能用"树"来表示木本植物整体的概念，否则，它就无法被人理解。

索绪尔的这一思想十分重要，它告诉人们，任何一个符号的意义，从本质上看，都是由它所归属的那个系统所决定的，用索绪尔的话说就是："语言不可能有先于语言系统而存在的观念或声音，而只有由这系统发出的概念差别和声音差别。"[①]正是由这系统发出的概念差别和声音差别，决定了语言符号的意义。

（3）组合和聚合

索绪尔认为，在语言状态中，一切都是以关系为基础的。这种关系表现为两个向度：语言的横组合关系和纵聚合关系。

横组合关系，即语言的句段关系。它是指构成句子每一个语句符号按照顺序先后展现所形成的相互间的联系。语言的存在和表达方式总是时间性的。人们不可能在同一个瞬间完成多个符号的语言传达。无论说话者还是听话者，对于一个句段的传达和理解，总是依水平方向一个字一个字顺序运动完成的。譬如"春风又绿江南岸"，我们只有在一个字一个字读完以后才最后明白它的涵义。这意味着，在一个句段中，一个词的意义，总是部分地由它在句子中的位置以及它同别的词构成的语法关系所决定的。一个词在一个句段中"现在"的意义，一定程度上取决于该词与它前后的词的不同。

[①] 索绪尔：《普通语言学教程》，北京：商务印书馆，1980年，第167页。

纵聚合关系,索绪尔也称之为"联想关系",它是指特定句段中的词与"现在"没有出现的许多有某种共同点的词,在联想("记忆里")作用下构成的一种集合关系。这是一种垂直的共时的关系。这一关系虽然没有在现时话语中出现,但它存在着并决定着现实话语中出现的词的意义。例如"春风又绿江南岸"中的"绿",便与诗人造句时曾考虑选用的"吹"、"来"、"经"、"到"、"过"、"满"等构成一种聚合关系。这种聚合的意义在于,这些词具有共同点,可以替换使用;但这些词又有差异,在对比中可以择优使用。

从语言的横组合和纵聚合关系,我们可以看出,在索绪尔看来,语言符号的意义并不是它们本身的内容所规定的,而是在一个纵横交织的关系网中,被语言的结构所规定的。在语言中,任何一个要素的意义都取决于它与前后上下各要素的差异与对立,用索绪尔的话说:"在语言里,每项要素都由于它同其他要素对立才能有它的价值。"①

(4) 历时和共时

索绪尔注意到了时间因素会改变语言的事实,他指出,我们"处在两条道路的交叉点上:一条通往历时态,另一条通往共时态"②,"共时态和历时态分别指语言的状态和演化的阶段"③,研究使语言从一个状态过渡到另一个状态的现象被称为"演化语言学";而与它相对的研究语言状态的叫做"静态语言学"。"但是为了更好地表明有关同一对象的两大秩序的现象的对立和交叉,我们不如叫作共时语言学和历时语言学。有关语言学静态方面的一切都是共时的,有关演化的一切都是历时的"④。索绪尔还进一步阐释:"共时语言学研究同一个集体意识感觉到的各项同时存在并构成系统的要素间的逻辑关系和心理关系。历时语言学,相反地,研究各项不是同一个集体意识所感觉到的相连续要素间的关系,这些要素一个代替一个,彼此之间不构成系统"⑤。

在19世纪,大量的语言学家最感兴趣的方法是历时分析法。他们以此方法去研究语言自身是如何发展,如何随同历史的变化而进化。但结构主义者相信,在这两种方法中,共时分析是优于历时分析的,共时分析法也是他们最喜欢用的分析方法之一。因为在他们看来,研究某词过去的意义无助于现时对这一词的理解。历史无关紧要,重要的是"现时"的关系。例如,在研究某一语言、某一社会或人类心灵问题时,最好的方法是在某一特殊的时间中去考虑它们部分与部分之间的关系,部分

---

① 索绪尔:《普通语言学教程》,北京:商务印书馆,1980年,第128页。
② 同上书,第141页。
③⑤ 同上书,第119页。
④ 同上书,第143页。

与整体之间的关系,而不是研究它们在历史中如何发展。

索绪尔的语言学理论为结构主义语言学派的产生奠定了理论基础。结构主义语言学产生于20世纪20年代,分为三个支派:以特鲁别茨柯依和雅各布逊为代表的布拉格学派,又称布拉格音位学学派;以叶尔姆斯列夫为代表的哥本哈根学派,亦称语符学派;以布龙菲尔德和霍凯特为代表的美国结构主义语言学派,俗称美国描写语言学派。他们共同的观点是:把语言看成是一个符号系统,强调共时语言的重要性,强调分析、研究语言的内在结构。到了50年代,从结构主义语言学派中分化、发展出一个新的语言学派,即"转换—生成语法"学派,其创始人是乔姆斯基,他的语言学理论的中心是关于"表层结构"和"深层结构"的理论。这种理论认为,人类每一种语言系统都具有"表层结构"和"深层结构"这两个层次。表层结构是人们可以"说出、写出、听到、看到的",而深层结构是"存在于说话者、写作者、听者或读者的心里的"[①]。深层结构是表层结构的基础,深层结构经过转换规则生成表层结构。在此基础上,乔姆斯基认为,语言学研究的对象是语言能力而不是语言运用,只有正确地描写出说本族语言的人的内在语言能力,这种语法的描写才是充分的。显而易见,尽管乔姆斯基的"转换—生成语法"在很多方面对传统语言学理论有了革命性的发展,但就其理论本质而言,我们仍能清晰地看出索绪尔的"语言"和"言语"理论的痕迹。

结构主义语言学的奠基人是索绪尔,但索绪尔在语言学与社会科学、结构主义与符号学,以及现代主义思潮和人类关于自身的概念研究方面的贡献,仅仅是能导致大发展的创始工作,因为他生前并没有留下具有普遍意义的著述,而(普通意义上的)结构主义的创始人则是法国著名的社会学家和人类学家克劳德·列维-斯特劳斯。列维-斯特劳斯在第二次世界大战期间旅居美国,结识了布拉格学派的语言学家雅各布逊,通过多次的接触,他全面接受了结构主义语言学的理论和观点,并把结构主义语言学的方法运用于自己的人类学研究。早在《野性的思维》一书中,列维-斯特劳斯就把索绪尔开创的共时语言学方法运用到人类学研究中。在研究原始社群的思维结构时,他认为,"原始社群有着以图腾分类系统为核心的完整结构系统,这一系统不仅有着内部的前后一致性,而且有着实际上向抽象一方面与向具体一方面无限扩展的可能性。同时,这一系统也正标识出了一种未驯化状态的思维,即野性的思维。……也就是说,野性的思维主张一种'非时间性',它试图把握既作为同时性又作为历时性的整体世界"[②]。列维-斯特劳斯还将索绪尔的符号学理论及结构主义音位学的观点运用于他的人类学和神话学研究。他认为,"每一社会都是符号

[①] 王宗炎:《英汉教学语言学词典》,长沙:湖南教育出版社,1985年,第94页。
[②] 褚朔维:《西方哲学》,北京:华夏出版社,1992年,第307页。

系统——语言、婚姻规则、艺术、科学和宗教的相互关系——的集合体。因此,不独神话是一个由符号组成的逻辑系统,而且亲属关系和婚姻制度也可当作与语言相似的符号系统来处理"①。他通过论证得出结论:"在家族关系的研究中(毫无疑问,在有关其他问题的研究中也一样),人类学家发现自己是处于一种形式上类似于结构语言学家所处的情形。有如音素一样,家族关系称谓都是些意义元素;也像音素那样,只有当家族关系称谓都整合在一些系统里时,他们才获得了意义。"②和乔姆斯基的表层结构和深层结构理论一样,列维-斯特劳斯也认为,"一切社会活动和社会生活中,都深藏一种内在的、支配表面现象的结构,而社会科学和人文科学的任务就是寻找出这种内在结构"③。因此,"一切社会科学和人文科学,都应该像语言学(结构主义语言学)一样,他们的任务不应局限于描述社会生活的表面现象,而应深入其中,寻找支配这些表面现象的内在结构"④。列维-斯特劳斯曾用人们拍电报时电文和电码的关系来说明表层结构和深层结构的关系。他说,表层结构就相当于电文,而深层结构则相当于电码。电文是可以改变的,而电码则是稳定的。所以他认为,只有把握了现象的深层结构,才能把握现象的表层结构。他还用此方式对亲属的关系结构和神话的结构进行了分析。

　　福柯是法国著名的哲学家和思想史家,他一生致力于用结构主义语言学的模式去挖掘和分析知识的统一结构,他把结构主义的分析方法用在历史研究上,建立了他的"知识考古学"。在他的"爆炸性"著作《词与物》中,福柯试图通过回到语言的基础来重新建构普遍的历史。在该书中,福柯阐述了从文艺复兴到现代西方思想的三个发展阶段。首先是"文艺复兴"时期(16世纪)。福柯认为,这个时期西方文化的构成原则是"相似关系",无论是语言符号之间的相互关系,还是可见与不可见事物的知识,都是由"相似关系"原则来组织和控制的。其次是"古典时期"(十七八世纪)。这个时期的知识构成是以秩序概念为基础的,而秩序又是以同一和差别的原则为前提的。最后是"现代时期"(19世纪及以后)。现代时期的知识构成原则是"根源",这个时期的知识是追求深层根源和历史性的知识。在书的结尾部分,福柯总结性地阐述到,人类社会的文化及其历史,不论其表象如何杂乱无章,他们都受到内在的深层结构的制约。他称这一结构为"知识型"。在他看来,我们的思想、我们的生活、我们的生存方式,甚而我们的日常行为的细节,都受到同一个组织结构(知识型)的支配。

---

① 郑杭生:《现代西方哲学主要流派》,北京:中国人民大学出版社,1988年,第330页。
② 陈启伟:《现代西方哲学论著选读》,北京:北京大学出版社,1992年,第840页。
③ 夏基松:《现代西方哲学教程》,上海:上海人民出版社,1985,第598页。
④ 同上书,第599页。

罗兰·巴尔特仿效列维-斯特劳斯的做法,将结构主义语言学引入文艺批评领域。在这一领域里,结构主义诗学和叙事学的重点不是个别具体作品的分析,而是普遍的文学语言的规律。在结构主义看来,个别作品是类似语言学中"言语"的东西,是一种更加宽泛的抽象结构的具体体现。结构主义诗学和叙事学的任务就是要探寻支配文学作品的这种内在结构或"总法则"。

由此,我们可以看出,"在当代各种哲学思潮中,其语言学基础最为引人注目的就是结构主义"[1]。可以毫不夸张地说,没有语言学的基础,就不可能有结构主义的产生和发展。

二 结构主义文论的基本特征

结构主义者来自不同的学科,所以很难将他们的思想加以归纳总结,然而,他们都从"结构"这个概念出发,对各自学科加以研究。什么是结构呢?列维-斯特劳斯在其《结构人类学》一书中指出,一个结构必须具备以下条件:首先,结构显示一个系统的特征,其中任何一个组成元素发生变化时,都会引起所有其他元素的改变;其次,对于任何一个已有的模型,都有这样一种可能性:通过一系列的转换,能产生一组同样的模型;再次,以上特征有助于预测当一个或多个元素受制于特定改变时,该模型将如何反应;最后,该模型的组成必须有助于理解所见事实。

瑞士心理学家让·皮亚杰(1896—1980)也认为结构是关系的系统,其组成部分互为依靠。他的心理学说具有明显的结构主义倾向,他曾写过一本《结构主义》对自己所遵循的方法论作出系统梳理。在他看来,结构的概念必须由三个概念组成:整体性概念、转换概念和自我调节概念。整体性(wholeness)是指组成元素按规律有机排列成一体,各元素在整体中的性质不同于它在单独时或在其他结构内时的性质;转换(transformation)是指结构的部件有在一定规则下互换或改变的可能性;自我调节(self-regulation)是指在结构执行程序转换时,它有自身的调节机制而无需求助于结构之外的某物,亦即结构相对的封闭和独立。

正如皮亚杰所说,"要规定结构主义的特征是很困难的,因为结构主义的形式繁多,没有一个公分母,而且大家说到的种种'结构',所获得含义越来越不同。"[2]因此,全面描述结构主义的面貌是困难的。简而言之就是:人们所认识的社会现象是杂乱无章的,要达到有秩序的认识,就要掌握现象的结构——表层结构和深层结构,必须

---

[1] 申小龙:《语言与文化的现代思考》,郑州:郑州出版社,2000年,第171页。
[2] 皮亚杰:《结构主义》,北京:商务印书馆,1984年,第1页。

洞悉其内在结构——其各部分之间的关系,还必须明察该现象同与其构成更大结构的其他现象之间的关系。

结构主义文论家认为,传统的文论如实证主义、精神分析、社会学批评等都是试图用文学以外的要素来说明文学内部的事实与规律,这就如同索绪尔以前的旧语言学家在语言分析中所作的那样,由于在关于对象的认识论和方法论方面犯了根本性的错误,所以传统文论无法说明文学的本质,结构主义文论把结构主义方法运用到文学领域,对文学批评的对象和方法论重新作出了规定。总的说来,结构主义文论大致有如下特征:

第一,结构主义文论注重采用语言学理论和术语方法,强调二元对立,寻求批评的恒定模式。在结构主义观念中,往往凭借成对的概念来建构结构,如索绪尔的语言与言语、能指与所指、历时与共时等,二元对立概念是结构概念的基础。结构主义从语言研究过渡到文学研究,力图找出那些不仅在单部作品中而且在作品与作品之间的关系中发挥作用的结构原则,建立一些相对稳定的模式来把握文学,以达到有理性、有深度的认识。为此,结构主义文论建立了许多模式,诸如语言模式、诗歌模式、戏剧模式、小说系统模式等等,试图在各种文学形式要素的联系中抽象地建构起关于文本的结构模式,力求通过对文本结构模式的描述,达到对于文本的解释。例如,列维-斯特劳斯认为,"太阳"与"月亮"是具有巨大语义潜能的神话动因:"只要这一对立存在,太阳和月亮的反差几乎可以表示任何意义。"[①]"太阳"的意义并不由这一物体自身的、内在的特性所决定,而是由它与"月亮"形成的反差,而且这一反差可以与其他的反差挂钩联系这样一个事实所决定的。这样,差异可以是性别:太阳为阳性,月亮则为阴性,或者相反;它们可以是丈夫与妻子,姐妹和兄弟。或许,它们可以是同性的,两个性格或权力上有差异的女人或男人。"虽然,神话能够比文学更加自由地运用二项对立差异,然而使人们却从容自如地运用'白昼'和'黑夜'来表示各种各样的对立"[②]。

第二,结构主义文论强调整体观,重视部分之间的关系。结构主义文论将文学作品视为一个由各种因素相互联系而形成的一个封闭的结构整体,它的本质不在于它们的结构要素,而在于构成整体结构的各要素之间的联系。与英美"新批评"强调细读、注重对单篇作品乃至单独某句话的分析不同,结构主义文论把文学看成一个整体,不仅强调文学系统内部部分与部分、部分与整体之间联系的重要性,而且强调文学系统和外在于文学的文化系统对具体作品解读的重要性。由此可见,结构主义的整体观可以就作品整体而言,也可以是对更大范围的文化背景而言。例如,列维-

---

[①②] 转引自乔纳森·卡勒:《结构主义诗学》,北京:中国社会科学出版社,1991年,第89页。

斯特劳斯在具体的神话模式分析中,注重寻找不同神话或同一神话的不同变体在功能上类似的关系。他把这些神话分割成一个个小的关系单位,如"俄狄浦斯杀死父亲"、"俄狄浦斯杀死斯芬克斯"等,然后仿照语言学中的音素概念,把这些小的关系单位合成一束束关系,称为"神话素"。"神话素"在神话的叙述中发挥着自己的功能并组合起来产生意义,它们被运用到任何一个具体的神话叙述之中,并被人们明显地感知到。因此,对于神话的分析,不仅要考察同一神话的历时性叙述,而且还要考察共时存在的各种变体以及其他神话,因为通过"神话素"的作用,它们实际上相互关联而成为一个完整自足的结构系统。

第三,结构主义文论探寻文学的深层结构,注重高度抽象。结构主义文论家把结构分为"表层结构"和"深层结构":表层结构是可感知的,深层结构则是潜藏在作品中的模式,必须用抽象的手段把模式找出来。罗兰·巴尔特认为,文学也是一种语言,即一种符号系统,它的本质不在它所传达的信息里,而在该系统自身之中。正是由于这一点,批评家所要做的就不是寻求重建作品所包含的信息,而只是寻求重建作品的系统,正如语言学家的任务并非在于辨认某个句子的含义,而在于建立那个使该含义得以传达的形式结构。由此可见,结构主义文论的目的,就是要解释并说明隐藏在文学意义背后、致使该意义成为可能的理解和阐释程式系统。

第四,结构主义文论家在叙事学上有深入的研究。结构主义认为文学是一个独立的系统,文学的本质和特点只能由该系统内的结构和关系来说明。他们反对在说明作品本身的文学特点之前,把对作品的起源进行社会学的、历史学的或心理学的考证当作文学批评的范畴和任务。而结构主义文论的最突出之处,就是把叙事文学作品作为主要对象,进行新的研究。对此我们将在下一节做专门评介。

三　结构主义符号学批评

结构主义的兴起,同时成就了另外两种学科。**一是"符号学"**,这是一个研究语义结构的思想团体,它包括巴尔特及其"太凯尔学派"同仁如索莱尔、克里斯蒂娃夫妇等人,还有提出符号学"巴黎学派"的格雷马斯、科凯等人,这个名称又与皮尔士、莫里斯、卡西尔、苏珊·朗格等相联系;而"太凯尔学派"又不仅有结构主义色彩浓厚的"符号学"内涵,还有解构主义(如德里达、巴尔特后期)、新马克思主义(索莱尔、科里斯蒂娃)的色彩。**一是"叙事学"**,叙事学是受结构主义影响对文学文本尤其是叙事本文进行结构—语义分析的研究模式,它包括格雷马斯、科凯、热拉尔·热奈特、托多罗夫等人,它的前驱是前苏联的普罗普对民间故事的分析。

索绪尔没有说过"结构主义"这个词,但他明确提出要建立一个包括语言学在内的新学科"符号学"。20世纪二三十年代他的后继者,如布拉格学派,在索绪尔语言学的基础上发展出结构主义,因此,可以说,结构主义是从索绪尔对语言的符号学研究中发展出来的。当结构主义在五六十年代发展成一个规模庞大的方法论体系时,它也成为符号学研究的方法论,此时的符号学在结构主义的大旗下被用来研究文学等科目,因此我们基本上可以称五六十年代的符号学为结构主义的符号学(到七八十年代,结构主义被突破、超越,欧美知识界的主要思潮变成后结构主义,而符号学的发展是突破结构主义的最主要途径,在一定程度上取代了结构主义的"总体方法论"地位,因此也有不少人把后结构主义称做符号学)。

在西方,亚里士多德的《诗学》一直是文学理论的典范。"诗学"一词早已成为文学理论的代名词。结构主义的思想方法,是自文艺复兴时代以来重新构想文学理论最有成效的方法,而诗学又是结构主义思想方法得以充分发挥的最合适领域。结构主义关注的是:决定产生意思的基本单位及其关系——个别的现象或行为表示的意思所依据的成套法则和程度的系统性功能。因为阅读不是一个孤立的过程,文学作品中含有各种各样的体系,阅读受种种常规和惯例的支配。卡勒在《结构主义诗学》中就勾勒出一种文学理论:文学批评要成为一门系统的学科,就必须探讨文学作品的表意过程,并描写使我们得以理解作品的常规、代码和表意方法;同时还描述了抒情诗和小说的基本常规。根据这种体系提供的知识进行批评就是文学符号学及其方法。

因此,结构主义—符号学可以被描述为具有从索绪尔语言学和结构人类学发源的思想内涵的一种方法。这种研究基于两种基本的假设:所有社会和文化的事物不仅应被视为物质的事物或事件,而且应被视为具有约定俗成意义的事物,也即是说,被视为符号;另一点是:这些符号由它们在一个系统中或与周围事物关系的网络中的位置而衍生出自己的意义。结构主义者和符号学家们都设想自己首要关心的是要发现和描述约定俗成的系统和它的作用特征,因此结构主义—符号学批评的决定性的行动趋向于对系统加以理解,而对于文学研究来说显然意味着要研究过去未曾看作"系统"的某种东西。这在实践上体现出文学理论批评的一种转移,即从涉及创作活动的性质和作品价值的传统的注意中心点,转到集中研讨文学系统作为总体的性质的有关问题上去。

第二节　结构主义—符号学批评理论示例分析

一　列维-斯特劳斯的神话结构分析

克劳德·列维-斯特劳斯(1908—　)，法国著名人类学家，社会学家，是公认的结构主义运动的领袖人物。曾就读于巴黎大学，早年主要从事哲学、社会学研究，20世纪30年代中期开始进入人类学研究领域。二战后旅居美国，并结识了著名的结构主义语言学家雅克布森，1945年发表的《语言与人类学的结构分析》显示出了他将结构主义方法从语言学引入人类学研究的意向。1958年，他出版了著名的《结构人类学》一书，标志着他所倡导的结构主义人类学的成熟。其主要著作还有《亲属关系的基本结构》(1949)、《热带的哀伤》(1955)、《今日图腾》(1962)、《野性的思维》(1962)、《神话学》(共4卷，1964—1971)、《结构人类学》(共2卷，1973)等等。

列维-斯特劳斯致力于用语言学的方法，借助语言学概念和术语分析非语言学材料，其研究主要集中在人类亲属关系、古代神话以及原始人类思维本质三个方面，其中语言和神话的关系占据中心位置。他的神话结构分析，目的就是要证明神话及其语言结构是如何反映着人类思维本质的。

列维-斯特劳斯在神话研究中发现，表面看来神话具有很大的随意性，既不连贯，也没有逻辑，但它们又都表现了人类所面临的一些共同的生存悖论，从各地搜集来的神话具有惊人的相似性。他认为，这说明从根本上说，神话与人类的言语活动一样，都有一个人类共同的永恒的普遍结构，正是这一普遍结构决定了各个神话的具体表述，也使得表面看来没有逻辑和不连贯的神话具有了惊人的相似。和言语活动一样，神话也有"语言"和"言语"之分：神话各自单独的具体表述可以看作神话的"言语"，而整个神话的基本结构系统则可以看作是神话的"语言"。神话的每一种具体表述都从属于神话的基本结构系统并由这一基本结构系统获得自己的规定性，神话的魅力也正存在于那不易被人察觉的永恒的普遍结构之中。因此，他力图从表面零乱无序的众多神话中确定其内在的不变的结构系统。

在列维-斯特劳斯看来，神话可以被分割成一个个小的个体单位——神话素，这些单位像语言的基本声音单位——音素——一样，只有以特别的方式结合起来才能生成意义，发挥自己的功能。因此，神话素就是神话中具有同等功能的一套要素，它们被用来划分和说明神话的结构方式，它们被运用到任何一个具体的神话叙述中并被人们明显地感知到。因此，对于神话的分析，不仅要考察同一神话的历时性叙述，而且还要考察共时存在的各种变体及其他神话，因为通过"神话素"的作用，它们相互关联而成为一个完整自足的结构系统。即神话也是在横向组合和纵向聚合两条轴线上同时活动的,如同管弦乐队的总谱,"要理解一部管弦乐谱的意义,必须沿着一根轴线历时地阅读,即一页接着一页,从左到右地阅读。但是同时又必须沿着另一轴线共时性地阅读,这时,所有那些垂直排列的音符便组成一个大构成单位,即一束关系"①。也就是说,只有既把握它历时展开的旋律,同时又抓住共时出现的和声,才能真正理解它的意义。

具体说来,列维-斯特劳斯的神话分析模式和方法是:如果我们在无意中把神话看成一个非线性系列的话,那么就会把它作为一部管弦乐总谱来处理,我们的任务就是恢复其正确的排列顺序。比如,在我们面前有一连串数字:1、2、4、7、8、2、3、4、6、8、1、4、5、7、8、1、2、5、7、3、4、5、6、8……,我们的任务是把所有的 1、2、3 等分列出来,结果就得出这样一个表:

1	2		4			7	8
	2	3	4		6		8
1			4	5		7	8
1	2			5		7	
		3	4	5	6		8

他以同样的方式分析俄狄浦斯神话,该神话是古希腊神话中的一则,其梗概如下:

女神欧罗巴想寻找一块处女地去生殖繁衍。她从小亚细亚来到欧洲,途中被好色的宙斯掳走。欧罗巴的恋人(也是亲兄)卡德摩斯发誓要找到妹妹,于是也踏上了去欧洲的行程。他一路降妖伏魔。一次,一条毒龙挡住去路,被卡德摩斯杀之。为防其复活,卡德摩斯将毒龙牙齿埋入土中。龙牙长出了一批武士,他们相互残杀,最后仅剩五人,由其中的斯巴托统领,建立了城邦国忒拜。忒拜王叫拉布达科斯,意为瘸子;其子叫拉伊俄斯,意为左足有疾;他的儿子俄狄浦斯,意为肿脚,他因被巫师预言会杀父娶母而被弃……

列维-斯特劳斯试用几种不同的方法来排列神话素,直到找到一个能满足一个同上面类似的编号条件的排列:

---

① 〔法〕克劳德·列维-斯特劳斯:《结构人类学》,陆晓禾,黄锡光等译,北京:文化艺术出版社,1989 年,第 48 页。

卡德摩斯寻找被宙斯劫走的妹妹欧罗巴			
		卡德摩斯杀龙	
	龙种武士们自相残杀		
			拉布达科斯（拉伊俄斯之父）＝瘸子(?)
	俄狄浦斯杀其父拉伊俄斯		拉伊俄斯（俄狄浦斯之父）＝左腿有病的(?)
		俄狄浦斯杀斯芬克斯	
			俄狄浦斯＝脚肿的(?)
俄狄浦斯娶其母伊俄卡斯忒为妻			
	埃忒奥克勒斯杀死其弟波吕涅克斯		
安提戈涅不顾禁令安葬其兄波吕涅克斯			

从上面的排列来看，共有四竖栏，每一栏都包括几种属于同一束的关系。列维-斯特劳斯认为，如果我们要讲述这个神话，我们就要撇开这些栏，按照从左到右、从上到下的顺序一行行地阅读。但是如果我们要理解这个神话，我们就必须撇开历时性范畴的一栏（从上到下），而从左到右，一栏接一栏地阅读，把每一栏都看成是一个单元。

同一竖栏中的所有关系都表现出一个共同的特点，例如，左边第一栏的事件都是有血缘关系的亲属之间的关系过于亲密，包括拉德摩斯寻妹，俄狄浦斯娶母，安提戈涅不顾禁令收葬亡兄。可以说，第一栏的共同特点是对血缘关系估计过高。显而易见，第二栏表达同样的内容，但是性质相反：即对血缘关系估计过低，如龙牙武士骨肉相残、俄狄浦斯弑父、他的两个儿子的王位之争。第三栏与杀死怪物有关，卡德摩斯屠龙，俄狄浦斯杀斯芬克斯，为了人类能从地下生长出来，它们必须被杀死。第四栏是俄狄浦斯的祖父、父亲和他本人三代的名字,都有行走不便之义,强调人出自地下的起源,因为行走不便是从土中生出来的人的普遍特征。许多民族的神话中都有关于人类源于泥土并且刚从土中生出来时不能笔直行走或站立的表述。列维-斯特劳斯分析,这四竖栏呈现出两组二元对立模式,即亲属关系的高估和亲属关系的低估的对立,否定人类由土地所生(人与土地疏离)和坚持人类由土地所生(人与土地亲近)的对立。

由此我们可以看出列维-斯特劳斯分析神话的基本步骤:(1)抽离出神话的基本成分——神话素;(2)按照二元对立的方式排列出神话素的组合方式;(3)显示神话的深层结构,并由此揭示出神话的本质特征及意义。列维-斯特劳斯断言,神话结构是由相应并相互对立的神话素构成。所有的神话都存在着二元对立关系,无论神话怎样衍变、发展,这种内在结构保持不变,从而建立起了将隐藏在神话之后的自然地理、经济技术、社会家庭组织、宇宙哲学等因素包蕴在内的复杂结构。

列维-斯特劳斯对俄狄浦斯神话的分析很鲜明地体现了结构主义方法以二元对立关系来运作的特色,对此后的结构主义文论产生了重要的示范性影响。

二 罗兰·巴尔特的叙事理论

罗兰·巴尔特(1915—1980)是法国结构主义最重要的文论家和批评家之一,也是结构主义向后结构主义过渡的关键人物之一。他的主要理论著作有《写作的零度》(1953)、《神话学》(1957)、《论拉辛》(1963)、《符号学原理》(1964)、《批评与真实》(1966)、《作者之死》(1968)、《S/Z》(1970)、《批评论文选》(1972)、《文本的快乐》(1973)、《恋人絮语》(1977)等。虽然他的理论观点看似有过几次转变,如乔纳森·卡勒所说:"巴尔特是一位拓荒播种的思想家,但他总是在这些种子发芽抽条的时候,又亲手将它们连根拔去。"[①]但是从在《写作的零度》中借助索绪尔语言学模式在文学符号学领域展开深入研究,到在《S/Z》中对巴尔扎克小说《萨拉辛涅》所作的符号学分析,以及在《叙事作品结构分析导论》中对叙事作品结构的研究,巴尔特从理论和实践上为结构主义叙事理论和文学符号学研究奠定了基础。

《写作的零度》是巴尔特的成名作。在这本书中,他提出了一个重要的理论观点:风格本身是一种在特定的历史时间状态下形成并发展起来的写作方式,写作即风格。写作者对于某种风格的追求说到底也就是对于某种写作方式的追求,而巴尔特所说的"零度"写作也就是零度风格,它体现为对作者主体性的遮蔽,即写作过程

---

① 转引自胡经之、张首映主编:《西方二十世纪文论史》,北京:中国社会科学出版社,1988年,第166页。

中总是有一个超越了写作者个人的结构凌驾于其上。同时,巴尔特又认为,不能设想存在某种"纯粹的写作",因为"写作绝不是交流的工具,它也不是一条只有语言的意图性在其上来来去去的敞开大道"①,"文学中的自由力量并不取决于作家的儒雅风度,也不取决于他的政治承诺,甚至也不取决于他的作品的思想内容,而是取决于他对语言所做的改变"②。现存既定的写作风格和秩序并不像人们所认为的那样具有自然性和合理性,有些作者如海明威、加谬等人,他们似乎是在进行一种无风格的、透明的写作,但这种零度的风格本身也就成为了一种风格,体现着某种倾向,那种没有倾向的写作风格是不存在的。由此可见,《写作的零度》实际上否定了写作的零度。巴尔特并不否认就某一具体作家而言,他确实以零度介入写作,但实际上他的写作总是在整个以语言符号为工具的写作系统中被无形的整合,实际上是非零度化了。因此这种否定是在比作者个人行为更大的范围来看才适用的。可以看出,这也与结构主义关于系统高于个别元素并决定其意义的主张一脉相承。

罗兰·巴尔特认为,文学远不是一种单纯的、不受限制的对"客观"的反映,它是我们用以加工世界、创造世界的一种"代码",是一种符号。而且,更重要的是,它是一种具有"自我包含"性质的符号。由于代码的相互作用和它自身的编码功能,文学在本质上显示出自己的二重性:一方面,它提供着某种意义,具有能指功能;另一方面,它又使自身具有所指性,把自己变成所指。也就是说,文学并不指向它自身以外的世界,而是指向自身。

在此基础上,罗兰·巴尔特进一步分析了文学符号与语言符号的异同。他认为,文学符号与语言符号一样,都是由能指和所指在一定关系中联结起来构成的,但语言符号的能指和所指之间是"相等"的关系,文学符号的能指与所指之间是"对等"的关系。文学符号的能指与所指构成的是一个"联想式整体",这一"联想式整体"只指向符号本身而不再涉及符号以外的事实。例如"玫瑰"这个词,作为一般语言符号,它的音响形象(能指)与它所揭示的概念(所指)就是一种相等的关系,它所关涉的是那种生长开放与自然之中的花朵。但是,当我们用它来表达某种感情的时候,作为一种象征符号,"玫瑰"便不再具有原来的指称功能,它已与自然中的花朵无涉,而仅仅只是作为一个符号存在着,它自身成为一个所指。

巴尔特这里所揭示的实际上是一个文学符号化的过程,也就是文学在语言符号的运用中如何由表层的语言符号系统转换生成一个深层符号系统,进而建构起一个

---

① 罗兰·巴尔特:《写作的零度》,见《符号学原理》,北京:三联书店,1988年,第72页。
② 罗兰·巴尔特:《法兰西学院文学符号学讲座就职演讲》,见《符号学原理》,北京:三联书店,1988年,第6页。

意义世界的过程。因此,在巴尔特看来,文学符号系统实际上包含着两个相关的层次,第一个层次即表层的语言系统,也称为外延系统,它通常由与所指有关的能指符号组成,它借助语言的运用来说明语言本身说了什么。第二个层次即深层的语言系统,也称内涵系统,它在表层和系统的能指与所指的关系中生成,形成新的能指,指向语言之外的某种东西(如作为爱情象征的玫瑰),它是文本意义的生产者,也是文本意义的表达层。正是这两个层次的相互转化使文本具有了一种"构成性"——它创造(或构造出)一个艺术世界。

巴尔特对于文学符号的层次性观察,最终形成了结构主义对于文学作品结构层次的划分。结构主义认为,任何一部文学作品都存在表层和深层两个结构系统。所谓表层结构,也称外结构,是指文学作品可感知的语言组织形式;所谓深层结构,也称内结构,是指隐藏于语言组织形式之下,可以不断生成意义的系统,以及由这一系统构成的,潜藏于一系列作品中的那种支配和影响各个作品意义生成的结构模式。这种划分,为结构主义叙事学的建立提供了理论基础。

1966年,巴尔特发表了《叙事作品结构分析导论》,在这篇力作中,他在总结当时已有的研究成果的基础上,提出了自己关于叙事作品结构分析的理论。巴尔特认为,文学作品与语言存在着相通之处,语言中某一孤立元素本身并无意义,只有在它与元素及整个体系联系起来才有意义,文学作品中的某一层次也只有在与其他层次及整部作品联系起来才有意义。巴尔特借助语言学中的演绎方法,来寻找文学作品的层次,把叙事作品划分为"功能"层、"行动"层、"叙述"层三个描述层次。这三个层次"是按逐步结合的方式相互联结起来的:一种功能只有当它在一个行动者的全部行动中占有地位才具有意义,行动者的全部行动也由于被叙述并成为话语的一部分才获得最后的意义,而话语则有自己的代码"①。

"功能"是最小的叙事单位,它构成了叙事的最基本的层次。功能可以是大于句子的单位,如长短不一的句群,甚至整个作品;也可以是小于句子的单位,如句子的组合段、单词。巴尔特以小说《金手指》中庞德在情报处值班时电话铃响了,"他拿起四只听筒中的一只"为例,认为"四"这个符素单独构成一个功能单位,值班室内安有四部电话,表明了情报处与外界尤其是与庞大的官僚机构间的联系。行动层又称人物层,它主要处理人物关系的结构。在巴尔特的结构分析中,人物不是一个实体,是行动决定了人物,人物仅是行动的参与者而不是有生命的人。对于行动的参与者,结构主义叙事理论不是根据他们是什么,而是根据他们做什么来描述和分类。在人物关系上,主张用语法分析来作分类工具,而不是从人物个性、性格等心理因素来做

---

① 罗兰·巴尔特:《叙事作品结构分析导论》,见《符号学原理》,北京:三联书店,1988年,第115页。

甄别模式,据此,巴尔特把人物分为施惠者、受惠者、辅助者、反对者或善者、恶者、引诱者、受害者等类别。叙述层是叙事文学中的最高层次。在叙述层中,叙述符号把功能层和行动层最后结合在一起,使自身成为一个交流体系。按巴尔特的说法,叙述层起着双重作用,一方面打开了作品封闭的大门,使读者身临其境,以窥其内部,予以接受;另一方面又给各个层次封了顶,使读者不至于越出叙事作品之外,去寻找叙事本文之外的因素。叙述层是结构分析的最后层次,超越了它,就进入了外部世界,这外部世界(社会、经济、思想意识等)不属于结构分析的范围。关于叙述者,巴尔特反对这样三种观点:第一种观点认为叙述者就是作者;第二种观点认为叙述者是洞察一切、全知全能的上帝式人物;第三种观点认为叙述者就是作品中视野范围有限的人物。巴尔特觉得这三种观点都欠妥,他认为"叙述者和人物主要是'纸头上的生命'。一切叙事作品的作者在任何方面都不能同这部作品的叙述者混为一谈"[1],他们应是作为分析的对象而不是分析的出发点。在作品中说话的人不是在现实中从事写作的人,而写作者的角色也不同于他在实际生活中扮演的角色。如果作者等同于叙述者,那么作品变成了作者的表达工具,这是结构主义者所不能接受的。

巴尔特另一个值得注意的观点是他对"读者的"("可读的")本文和"作者的"("可写的")文本两者之间作出区分。"读者的"文本(这是指它们好像是自行解读的)通常是文学中传统的写实作品,它们体现对现实的标准的、惯常不变的观点,可以描述为思想观念的"帮手",因为它们力图将它们自身有所生产这一事实隐藏在一大片"事实"的海洋里。"可读的"文本中的人物被视为统一的和前后一致的,时间被视为线性的,事件被视为有因果关系决定并且(至少在回溯时)是可以预见的。因为透过文本去看一个熟悉的,一切预先规定了的世界,写作活动连同它不可避免的选择和倾向、形式和技巧等等,都变成了"透明"的,而生产过程则被抑制了。

另一方面,"作者的"文本(通常是现代的、激进的作品)则要求读者参与到意义的生产中去,这样就给读者/作者关系以突出的地位。这种文本把注意力引向作为文学实践产物的文本本身上去,并要求我们着眼于它所使用的语言的性质。面对一个要求通过识别文本的多音调来进行意义生产的整个复性文本,读者不再是一个无所事事的、多余累赘的消费者,而是一个自由地对能指作用的发挥做出响应的意义的生产者。与此相对照,文本则是一种"供消费的货物"。至少在理论上说是如此。

但是应该指出,在实践上,"读者的"和"作者的"两类文本的区分并不是绝对的,巴尔特也看到了这一点。《萨拉辛涅》是巴尔扎克的一部三十页的现实主义短篇小说,应该属于"可读的"作品之列,但巴尔特在《S/Z》一书中,经过细致的符号学分析,

---

[1] 罗兰·巴尔特:《叙事作品结构分析导论》,见《符号学原理》,北京:三联书店,1988年,第116页。

最后《萨拉辛涅》被他证明为是一种只有能指的文本,即由"读者的"作品变成了"作者的"作品。这意味着巴尔特已经突破了结构主义把文本结构置于中心地位的局限,开始注意到文学的形式作用与读者的关系,开始在文学研究领域引入对于读者活动的研究,同时也标志着巴尔特的立场已经由结构主义转向后结构主义。

三 格雷马斯的符号矩阵和叙事语法

阿尔吉达斯-于连·格雷马斯(A-J. Greimas,1917—1993)是立陶宛裔的法国著名结构主义语言学家。曾任巴黎高等研究实验学校教授,与罗兰·巴尔特等人一起致力于符号学研究,曾主编《符号学——巴黎学派》,标举出了符号学的"巴黎学派"这一名称。主要著作有《结构语义学》(1966)、《意义》(1970)、《莫泊桑:文本的符号学:实际应用》(1976)等。

格雷马斯受索绪尔与雅各布逊关于语言二元对立的基本结构研究的影响,认为人们所接触的"意义",产生于"语义素"单位之间的对立,这种对立分两组:实体与实体的对立面、实体与对实体的否定,他在此基础上进一步扩充,提出了解释文学作品的矩阵模式,即设立一项为 x,它的对立一方是反 x,在此之外,还有与 x 矛盾但并不一定对立的非 x,又有反 x 的矛盾方即非反 x,即:

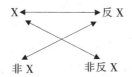

在格雷马斯看来,故事起源于 x 与反 x 之间的对立,但在故事进程中又引入了新的因素,从而又有了非 x 和非反 x,当这些方面因素都得以展开,故事也就完成。

美国文论家杰姆逊在《后现代主义与文化理论》一书中,用格雷马斯符号矩阵理论对中国古典小说《聊斋志异·鸲鹆》作了如下解析:

故事梗概为:鸟主人养了一只能言的八哥,双方情谊甚笃。一次,主人盘缠用尽,鸟向主人建议售它换钱,主人不舍。鸟说,售出后它会等待时机回到主人身边。主人无他法可想,只有采纳,将鸟售给了王爷。王爷对鸟十分宠爱,同鸟交谈得很投机。鸟在得到王爷恩准放出笼中后,飞出王府回到了主人身边。

从该故事可以看到鸟主人与王爷间的对立,他们都想得到鸟,但鸟主人是在养鸟中同鸟建立了亲密感情,王爷则是靠权势和金钱来得到鸟,它不是人间理想的状况,也不是鸟所认可的状况,由符号矩阵图式可将其演示为下图:

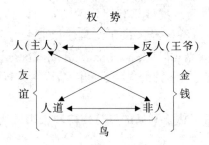

图中可见,鸟作为动物,它是非人的,同时它又同主人有着相互信任的坚实友谊,具有人性因素。鸟与主人呈友谊关系,与王爷则呈金钱售买关系。由此,就可对作品中人物关系有个清晰地把握①。

格雷马斯对叙事模式的研究受到俄国文论家普洛普的影响,普洛普的《童话形态学》被公认为是结构主义叙事学的发轫之作。他用结构语言学方法打破了传统的按人物和主题对童话进行分类的方法,在他看来,句子主语与"故事"中的人物(英雄)、谓语和"故事"中的行为是可以类比的,"故事"的基本单位不是人物而是人物在"故事"中的"行为功能"。普洛普特别关注童话故事中的不变成分,力图从中抽象出不变的模式。他认为童话具有二重性:一方面它千奇百怪、五彩缤纷,另一方面,它如出一辙、千篇一律。普洛普研究了 100 多个俄罗斯民间故事,发现许多故事具有某种令人惊奇的一致性,他请读者比较以下几个故事:

1. 沙皇赐给一名英雄一只雄鹰,雄鹰驮着他去到另一个王国;
2. 一位老人送给苏森林一匹骏马,这匹骏马驮着苏森林去到另一个王国;
3. 巫师给了伊凡一只船,小船载运伊凡到另一国度;
4. 公主给了伊凡一个指环,从指环中跳出一个年轻人背负伊凡至另一个国度。

普洛普得出的结论是:1. 人物的功能在童话中是稳定的、不变的因素,它如何实现,由谁来实现,与功能本身关系不大,功能构成童话的基本要素;2. 童话已知的功能数量是有限的;3. 功能的次序总是一致的;4. 就结构而言,所有的童话都属于一种类型。

普洛普归纳了俄罗斯民间故事中的 31 种功能,并对他所提出的功能进行描述和定义。其中包括"缺席:一名家庭成员缺席;出发:英雄离家;婚礼:英雄结婚,登上王位……"普洛普由此提出了民间故事的四个基本法则,即:"1. 人物的功能是故事里固定不变的成分,不受谁和如何完成的限制。它们构成了故事的基本要素。2. 对神话故事来说,功能有数量上的限制。3. 功能的顺序永远不变。4. 就结构而论,

---

① 参见杰姆逊:《后现代主义与文化理论》第四章,西安:陕西师范大学出版社,1986。

所有的神话都属于同一类型。"①

受普洛普对民间故事形态的研究启发,格雷马斯认为文学叙述与语言学的句子一样,可以加以语法分析,一个叙事文本可以被看成是一个被扩展了的句子。虽然叙事作品千差万别,但就结构而言,它们有着共同性,或称共同的"语法"。句子包含主、谓、宾,小说说到底不就是人物(主语)及其经历和行为(谓语)吗?因此"文学是,而且仅仅是某些语言属性的扩展和应用"。最常见的叙事结构就是:"故事中一个平衡向另一个平衡的过渡,于是构成一个最小的完整情节,典型的故事总是以四平八稳的局势开始,接着是某一种力量打破了平衡,由此产生不平衡的局面。另一种力量进行反作用,又恢复了平衡,第二种平衡与第一种相似,但不等同。"通过这个叙事结构,我们可以明白看似千变万化的故事内容,其形成规则却是有限的。这就如同我们掌握了语法规则,语法规则是有限的,而我们实际说出的"话语"却是无限无穷的。

格雷马斯在叙事学研究中采用了符号学方法,他在《结构语义学》中提出了一个包括六个行动位的模型,这六个行动位被划分为三种相互对立的成分,它们分别是:主体和客体,发者和受者,对手和帮手。格雷马斯认为,前两组对立是最基本的语义结构,它们之间的相互对立与联系,可以形成故事叙述的基本结构模式。在一个简单的故事里,一个角色可以既是主体,又是发者,另一个角色可以既是客体,又是受者;但在一个相对复杂的故事中,这两组对立则是由不同角色分担而得以区分的。第三组对立关系在叙事中则起到帮助或阻挠希望和目的得以实现的作用。

在总结了俄国形式主义文论家普洛普为俄国民间故事总结出的 31 种"功能"的基础上,格雷马斯把行动模态划分为四个,即产生欲望、具备能力、实现目标和得到奖赏,从而建立了叙事语法。这四个阶段不是孤立的,它们之间是具有逻辑关系的,其中实现目标是它们的核心。

"实现目标"是指一个使状态发生转换的行为,实现目标有两种类型即从拥有到失去或从没有到拥有。如果一个行为能使状态发生转换,那么这一行为必须具备一定的能力,这就是"获得方法"阶段。在这里要引入"行为方式"这一概念。行为方式指的是施动者与它本身的动作的关系,行为方式可以分为两种:潜在行为方式和现实行为方式,潜在行为方式指的是,想做和必须做,即行为本身还处于憧憬阶段,并没有实现;现实行为指的是能做和知道怎样做,之所以称它们为现实行为是因为一旦获得了它们,施动者就可以实现他的行为。行为也从憧憬阶段过渡到现实阶段。

---

① 普洛普:《民间故事的形态学》,转引自罗伯特·肖尔斯:《结构主义与文学》,沈阳:春风文艺出版社,1988 年,第 95 页。

为了实现目标光有能力是不够的,还要有一个推动者,即是什么使施动者产生了要实现这一目标的欲望,这就是"产生欲望"阶段。产生欲望阶段指的是一个外界因素,我们叫做发送者对施动者施加的影响,从而说服施动者完成某个动作,代表它们两者的关系。最后为了判断实现目标这一行为是否发生,结果如何,就进入了"获得奖赏"阶段,获得奖赏阶段是对最后状态做一个判断,对主体与客体之间的关系进行权衡。

许多语言学家用格雷马斯的理论成功地分析了许多文学作品,例如都德的《金脑袋》、圣经创世纪中的《巴比塔》等。他们不仅理清了文本的叙事脉络和话语脉络,而且还挖掘出了文本背后的深刻含义。

下面就以童话《灰姑娘》为例,按照格雷马斯的叙事语法加以分析。

《灰姑娘》是大家耳熟能详的童话故事,它讲述了一个出生在贵族家庭里的小姑娘的故事。由于失去了父母,她在继母家里受尽冷遇和虐待,后来在一位仙女的帮助下参加了皇家舞会,偶遇王子,并与王子一见钟情,最终喜结良缘。为方便分析,现将全文分为五个部分,每部分的大意如下:

第一部分:灰姑娘失去父亲,在继母家里受冷遇;
第二部分:仙女的出现;
第三部分:灰姑娘参加舞会,并与王子一见钟情;
第四部分:灰姑娘匆忙离开舞会并遗失了一只水晶鞋;
第五部分:灰姑娘试穿舞鞋成功,与王子喜结良缘。

在格雷马斯表层结构的四个阶段当中,"实现目标"阶段是核心,所对应的是故事的第三部分。灰姑娘参加了舞会,这一空间上的转移(从继母的家到舞会)构成了一个从无到有的变换,实现的目标则是对幸福生活的拥有。相对于在继母家里的悲惨遭遇来说,皇家舞会上的豪华、富有、高贵则是一种幸福了。任何一个目标的实现都需要一个施动者,这里的施动者也是灰姑娘自己。

但是只有施动者还不够,还要又一个实现目标的推动者,也就是什么使主人公产生了要实现这样一个目标的想法,这样,故事就需要一个"产生欲望"阶段。在《灰姑娘》中"产生欲望"阶段对应了故事的第一部分。典型的故事总是以四平八稳的局势开始,《灰姑娘》也是这样,灰姑娘从小虽然失去了母亲,但在父亲的关怀下她过着非常幸福的生活。为了故事的开展,童话故事又经常会有一个缺憾,灰姑娘失去父亲,在继母家里受冷遇就是这样一个缺憾,一种不平衡的局面。正是在继母家里所受到的冷遇使灰姑娘萌生了想要摆脱困境的想法,而恰好国王要举办舞会,灰姑娘有了改变处境的机会。

为了目标的实现,主人公还需要具备一定的能力,这种能力往往来自于外界的帮助,即所谓的辅助者,在《灰姑娘》中仙女的出现正好符合这一要求。仙女备齐了参加舞会的所有物品,使灰姑娘得以成行。

目标的实现并不是故事的结束,在这之后通常还会有一个转折,从而留下一个标记,为最后的得到奖赏作铺垫。灰姑娘匆忙离开舞会并遗失了的一只水晶鞋便是这样一个标记。

第五部分试舞鞋场景构成了"得到奖赏"阶段,灰姑娘穿上了水晶鞋,得到了自己的心上人因而也摆脱了悲惨的命运。

由此可见,通过格雷马斯的归纳和提炼,叙事作品的故事确实如语言中具有普遍语法结构的句子一样,成为可以进行语义分析的对象。然而,这些归纳有时未免显得过于抽象化和简单化,从而产生了远离纷纭繁复的文学的具体性的危险。

结构主义标举理性主义和科学主义精神,这给长期受着人本主义思潮熏陶的人们带来了一股清新的空气,对于20世纪30至50年代占统治地位的欧美"新批评"局限于单个作品文本细读而显得机械琐碎的作品诠释方式,是一种矫正,它使人们"发现了另一种东西,另一种热情,即对概念和我愿称之为系统的那种东西的热情"①。传统的文学理论往往只重视对文学作品与社会生活、作家创作、读者欣赏之间的关系等"外部"规律的研究,而对于文学作品"内部"的规律却相对比较忽视。在索绪尔语言学的影响下,结构主义突出文学"语言"的意义,重视对于文学自身内部规律的探讨,强调透过具体个别的文学现象深入把握文学内在的普遍本质,为文学批评提供了一个从内部对文学现象进行整体透视的宏观框架。它表现出了一种追求科学主义的雄心,企图找出支配一切人类社会和文化实践的代码、规则和系统。在具体文学批评实践中,结构主义—符号学批评方法对于叙事作品普遍规律执著追求的宏观意识,使其在20世纪文学批评领域独树一帜。

但结构主义批评的缺陷也是显而易见的。它直接借用语言学模式分析文学现象,表现出一种模式化倾向。这种倾向导致结构主义文学批评忽视体现文学艺术价值和审美倾向的具体细节,甚至排斥对于文学作品的感受和体验,因而使结构主义文学批评成了一种类似于语言学的科学研究,丧失了文学批评应有的对于文学审美特性的深入观察和富于机趣的生机揭示,剩下的只是一些枯燥晦涩的模式,不符合文学丰富生动的特点。正如美国文论家、批评家韦勒克所说:"没有任何的普遍法则可以用来达到文学研究的目的;越是普遍就越抽象,也就越显得大而无当、空空如

---

① 转引自希洛克曼:《结构主义:莫斯科—布拉格—巴黎》,北京:商务印书馆,1980年,第133页。

也;那不为我们所理解的具体艺术作品也就越多。"① 而且,由于强调系统和共时性研究,结构主义取消了历史。对文学的把握认识,应该既是历时的又是共时的,只强调历时性而忽略共时性的文学研究必然不能被当代人所接受,而完全以共时研究取代历时研究,又必然会使其对文学的研究失去史的价值。更重要的是,结构主义过于夸大文学的形式因素,把一切都归结于文学结构程式的作用,割断了文学与社会生活、作家创作及其读者欣赏之间的联系,把这一切都消融在他们构筑的结构模式中,这就不免走入形式主义的死胡同。这些都是我们借鉴这一理论时所必须注意的。

参考书目

1. 索绪尔:《普通语言学教程》,北京:商务印书馆,1980年。
2. 〔法〕A.J.格雷马斯:《结构语义学》,北京:三联书店,1999年。
3. 热奈尔·热奈特:《叙事话语 新叙事话语》,北京:中国社会科学出版社,1990年。
4. T.霍克斯:《结构主义和符号学》,上海:上海译文出版社,1987年。
5. 罗伯特·肖尔斯:《结构主义与文学》,沈阳:春风文艺出版社,1988年。
6. 俞建章、叶舒宪:《符号:语言与艺术》,上海:上海人民出版社,1988年。
7. 让·皮亚杰:《结构主义》,北京:商务印书馆,1984年。
8. 希洛克曼:《结构主义:莫斯科—布拉格—巴黎》,北京:商务印书馆,1980年。
9. 伍蠡甫、胡经之主编:《西方文艺理论名著选编》,北京:北京大学出版社,1987年。
10. 胡经之、张首映主编:《西方二十世纪文论选》,北京:中国社会科学出版社,1989年。

思考题

1. 试分析结构主义二元对立原则及其在文学批评中的应用。
2. 结构主义文学批评的理论困境。
3. 试运用结构主义—符号学批评方法解读《俄狄浦斯王》。

---

① 韦勒克、沃伦合著:《文学原理》,刘象愚等译,北京:三联书店,1984年,第5页。

第七章
解构主义批评

第一节 解构主义批评理论

　　解构主义是后现代主义思潮的一个重要分支,解构主义理论的创始人和主要推动者之一,法国哲学家雅克·德里达在写于20世纪80年代初叶的《一篇论文的时间》一文中曾谈到,"解构"主要不是一个哲学、诗、神学或者说意识形态方面的术语,而是牵涉到意义、惯例、法律、权威、价值等等最终有没有可能的问题。在1967年出版的《论文字学》《文字与差异》和《语音与现象》三部著作中,德里达系统地提出了自己的解构主义思想。之后,在他的倡导和身体力行下,解构主义的影响日益扩展,波及哲学、神学、文学、艺术等几乎所有的领域,对人类的思维模式、观念、文化等产生了巨大的冲击,成为一波影响全球的思想文化潮流。在文论界,它同后期罗兰·巴尔特对结构主义的批判一起,在文学批评领域掀起了一场声势浩大的解构主义运动,成为当代西方又一重要批评模式。其中美国以希利斯·米勒、杰弗里·哈特曼、保罗·德曼等为代表的"耶鲁学派"解构批评将解构主义思想运用于欧美文学分析,把解构主义理论推向了鼎盛,他们四人也被戏称为"耶鲁四人帮"。

　　解构主义的反权威、反传统、反理性倾向迎合了进入20世纪后半期以来人们对于模式化、规范化的普遍厌恶心理。对于所谓恒定不变的结构、中心,以及终极意义的全盘否定,对于人的主体能动作用的突出强调,是西方20世纪60年代末开始的社会文化思潮发展的新走向。结构主义向解构主义的过渡,解构主义思潮的发展,以及西方马克思主义、女权批评、接受美学等的兴起和演进,都从不同侧面反映出这一趋势。从这个意义上说,解构主义文论也可以看作是西方文论由现代形式主义向后现代主义转折的一个重要标志。

一　德里达的解构理论

雅克·德里达(1930—　)，法国哲学家、文论家，公认的解构理论的开创者。他出生于阿尔及利亚的一个犹太人家庭，19岁获学士学位后到法国，进入巴黎高等师范学校攻读哲学。1960年起，先后在巴黎大学、母校巴黎高等师范学校教授哲学和哲学史。他对语言文字的哲学研究以及在此基础上对于结构主义的批判，为解构主义提供了理论基础。其主要论著除了前面提到的1967年出版的三部扛鼎之作外，还有《播撒》(1972)、《白色的神话》(1974)、《真理供应商》(1975)、《有限的内涵》(1977)、《著名活动的语境》(1977)、《继续生存》(1979)、《联系的补充》(1979)、《类型的法则》(1980)等十余种。

1. 对逻各斯中心主义的消解

1966年，德里达在美国霍布金斯大学召开的"批判语言和人文科学国际座谈会"上，发表了他划时代的著名演讲《人类科学话语中的结构：符号和游戏》一文，这篇演讲被公认为是解构主义的奠基作。在这篇文章中，德里达对当时正风靡欧陆的结构主义思潮提出了重大质疑。其对象直接指向"结构"范畴。此后，德里达全面推出反传统的解构主义理论，其哲学意图主要在于"探索传统文化的原始基础"。

德里达认为形而上学作为一种根深蒂固的思维方式，其根本特征是惯于为世界设立一个本源或曰"超验所指"，这个本源可以是"理念、始基、目的、现实、实体、真理、先验性、意识、上帝、人"等等。由这个本源出发，形而上学设定了一系列的二元对立范畴，如在场/不在场，精神/物质，主体/客体，能指/所指，理智/情感，本质/现象，语音/文字，中心/边缘等等，而所有这些对立都不是平等的，其中一方总是占有优先的地位，另一方则被看作是对于前者的衍生、否定和排斥，如在场高于不在场、语音高于文字、中心优于边缘等等，这样就逐步形成了"逻各斯中心主义"、"语音中心主义"、"男性中心主义"等。

逻各斯中心主义在一定意义上是柏拉图以来的西方理性主义传统的代名词，它的核心就是相信有某种存在于语言之外的所谓本源、本质、绝对真理，可以作为一切思想、语言和经验的基础，而语言仅仅是表达这一终极之"道"的工具或者通道。德里达认为，正是这样一种信念，导致西方从古希腊开始就形成一种以言语压制文字的传统，言语被赋予优先的位置，文字成为言语的表征，是言语的派生物。这实际上是一种"语音中心主义"。索绪尔语言学也是建立在这种"语音中心主义"之上，认为语言和文字是两种不同的符号系统，文字存在的唯一理由就在于它表现语言，是语言这种声音符号的代表，并据此认为不能把文字和语言同等看待。所以德里达说，逻各斯中心主义的一个别称,就是"语音中心主义",或者说,它与压制文字、高抬言语的语音中心主义,是形影不离的一对伙伴,它们都是"在场的形而上学"。

德里达认为要消解这些"中心主义",以及"要解构这些对立的等级,在某个特定的时候,首先就是颠倒等级"①。但如何颠倒这些延续了数千年的对立等级?这显然是问题的关键和困难所在。对此,德里达的作法是,首先选取"语音与文字"这对范畴作为消解的对象,由此创立了十分独特的"文字学",并以之为武器来批判西方的"语音中心主义",再逐步扩展到"逻各斯中心主义",最终动摇形而上学的整个"大厦"。

德里达在《论文字学》中指出,在西方哲学的语音中心主义传统中,言语被认为是直接的、透明的、能够反映讲话者当下思想的具同一性的符号,因而当然是在场的、第一位的;而书写的文字仅仅是人造的、间接的符号,是一种对言语的重复企图,可以存在于说话者的不在场、言语的不在场,只能是对言语的一种扭曲的再现,因而是不在场的、第二位的。柏拉图就曾谴责书写的文字是一种误用的交流形式,因为它与本源相分离。对德里达来说,言语和文字的这种不平等关系是逻各斯中心主义能得以存在的关键("逻各斯"在古希腊哲学中表示"思想",又表示"说话";在神学中,表示上帝说的话,而上帝的话也就是上帝的"道"。逻各斯中心主义认为在语言表达之前先有明确的内在意义,语言文字只是外在的形式;声音可以直接表达明确的意义甚至神的真谛),因此,它首当其冲地成了德里达解构的对象。这方面,德里达从对结构主义语言学的创始人索绪尔的解构入手。

众所周知,索绪尔语言学的重要基础就是能指与所指的关系,即任一能指必定有固定的所指,这一意指关系是固定的。但索绪尔同时也承认能指具有随意性,树(所指)可以被称为"树"(能指),也可以被称作"tree"(能指)或其他任何人为符号。而"树"这一符号之所以有意义,是因为它不是"花"(能指)。这就涉及到索绪尔语言学中的差异性原则,即符号的意义存在于与其他符号的差异之中。也就是说,只有当其他符号不在场的情况下,在场的符号才有了意义。正是在这里,德里达发现了索绪尔的漏洞。既然"树"是与"花"相区别的产物,为什么不可以说它也是和"竹"、"草"等相区别的产物呢?以此类推,这一过程可以无限延伸,结果在这一无限延伸的网络中,任一符号都没有独立生存的可能,都必须依赖几乎所有其他的符号才有意义、有位置。至此,德里达认为符号的中心地位已被剥夺,能指成为在能指网络中穿行的能指,所谓固定的所指成为可望而不可及的目标。也就是说,符号没有一个超验的中心或意义,它的本质是差异。据此,德里达认为能指与所指的关系实际上

---

① 德里达:《立场》(*Position*),巴黎,1972 年,第 39 页。

就被解构了。不仅如此,由于上述应用差异性原则的推理过程也同样适用于所指。这样一来,意义便不能被固定在任何确定的事物之中,这样,任何可以被认为意义的东西都可以被消解。在这里,德里达否认固定意义的所指,实际上就是否定言语的特权,因为所指并没有固定意义,其本质也是差异。言语的完全在场便成了幻想,这方面它并不优于文字。相反,由于言语和文字具有同样的结构,因此揭示言语的结构必须从文字中入手。不仅如此,德里达还认为只有当一个词能被重复使用时,它才能被用来指称,这种特性存在于文字而不是言语中,所以"在狭义的文字出现之前,文字早已在使人能开口说话的差异即原文字中出现了"[①]。至此,语音中心主义被彻底颠覆、解构了。

德里达对语音中心主义和逻各斯中心主义的批判成为他建立自己的解构理论的基础,也正是从这里出发,德里达展开了对于结构主义的批判。

2. 对传统哲学/文学二元对立的解构

在西方传统观念中,哲学、文学显然是对立的。早在柏拉图的《理想国》中便清楚无误地指出过:"哲学和诗歌的争吵是古已有之的。"[②]在哲学与文学之间一直存在着种种错综复杂的冲突或张力,二者一方面谁也离不开谁,一方面又相互敌视、相互挤压。基于不同的理论视野,在哲学和文学的关系问题上就将推衍出各不相同的结论。德里达1971年首先刊于《诗学》杂志上的《白色的神话:哲学文本中的隐喻》一文,以隐喻为突破口,来解构哲学和文学这一根深蒂固的二元对立,也标志着他的解构主义思想的发展。

这里所说的哲学/文学二元对立包含两层意义:一方面,它指哲学和文学这两种以语言为媒介进行表达的精神活动形式之间的对立;另一方面,更深层的,是指由于符号系统的作用造成的哲学本身"自以为"对于本质、真理的追求与它的文学隐喻性传达之间的对立。德里达通过对于后者的揭示完成对于前者的解构。他认为,哲学和文学这两门学科社会地位虽有不同,本质上却都是种符号的系统,差别仅在于文学坦率承认它植根于隐喻和修辞,愿意并且能够反思为它所用的各种文体,哲学则虽然说到底也是隐喻和修辞的产物,却总自以为超越了文本的隐喻结构,以不加掩饰的、透明纯粹的真理的表现形式自居。其实在哲学与文学之间并没有真假贵贱、中心边缘的区别,哲学不外乎仍是由一连串埋藏得更深的隐喻组成的。"形而上学的历史,一如西方的历史,就是这些隐喻及转喻的历史"[③]。"决定着我们大部分哲学

[①] 德里达:《论文字学》,伦敦,1974年,第45页。
[②] 柏拉图:《理想国》,郭斌和、张竹明译,北京:商务印书馆,1986年,第407页。
[③] 洛奇编:《二十世纪文学评论》(下册),葛林等译,上海:上海译文出版社,1993年,第536—537页。

信念的是图画而非命题,是隐喻而非陈述"①。哲学对它营筑其上的隐喻结构的压抑和掩饰,就仿佛是用白色的墨水书写的隐文,平日虽目不可见,却是无所不在,构成哲学话语中跃跃欲试的潜文本。

  德里达认为语词最初的意义,即那总是物理的感性的图像,还不是确切意义上的隐喻,它毋宁说是种透明的辞格,相当于语词的字面意义,惟其被纳入哲学话语的框架时,才成为一种隐喻,其最初的意义在被纳入这一框架的同时被忘却,隐喻本身一跃而成为本义。所以,哲学乃是一个同时消抹隐喻的隐喻化过程,"就其构成而言,哲学文化总是一种抹杀语词原义的文化。"②这也说明,哲学文本中并不仅仅是存在作为文学手段之一的狭义上的隐喻,用以帮助解释或说明某些概念,相反哲学本身乃是一门深深植根于隐喻的学科。而且由于哲学不似文学那样,清楚地意识到自身的隐喻性,故而其实是更加天真,是用一种"白色的神话"掩饰了它的真实面目。正如德里达引用波利斐若对阿里斯托说的话:"我想我终于使你明白了一个道理,阿里斯托,就是任何一个抽象观念的表现,只能是一种比拟类推。那些一心想摆脱表象世界的形而上学家们,到头来反是让乖张的命运永远束缚在譬喻之中。那些对古代寓言不屑一顾的可悲的诗人们,自己不过就是寓言的搜集者而已。他们在制造白色的神话。"③

  至此德里达的解构主义立场就很清楚了:哲学文本中的封闭性的、似乎是确凿无疑的意义,归根到底与文学一样,不过是遣词造句的一种效果。哲学家们自以为把话说得斩钉截铁,其实却身不由己,在被文本中的隐喻牵着鼻子走,而一旦将这些隐喻结构从哲学中清除出去,哲学势将空空如也。故而哲学自以为是掌握了一个特殊的、更为真实的领域,不过是种想当然的梦想而已。只要介入书写一天,哲学拟探寻的毋需反复解释的终极意义便是一项不可能完成的任务。不管是采取说的方式还是采取写的方式,搞哲学研究也就是在搞文学创作,因为哲学文字总是像文学文字那样导向更多的文字,而不是像逻各斯中心主义宣扬的那样能够终结文字。如他本人所说,"作者用一种语言和一种逻辑写作。这语言和逻辑的专有系统、它们的法则和生命,是他的话语注定不可能绝对自由地加以支配的。他运用它们,只能是跟随某种时尚,在某一点上,让那系统来支配他自己"④。这系统、法则和生命,无疑正是隐喻的系统、法则和生命所在。

---

① 罗蒂:《哲学和自然之镜》,李幼蒸译,北京:三联书店,1987年,第9页。
② 德里达:《哲学的边缘》(*Margins of Philosophy*),芝加哥,1982年,第211页。
③ 同上书,第213页。
④ 德里达:《论文字学》,伦敦,1974年,第158页。

3. 异延、播撒、踪迹、增补

传统的形而上学文学理论建立在文本是作者意图的完整实现这一基础之上，换言之，也就是认为文本反映作者的"在场"。德里达则认为，写作的主体其实是无法在场的，文本只是他留下的"踪迹"，而"踪迹"一旦形成就与作者无关了，"写作，就是隐退"。传统文学理论中有关作者的经历、情感、心路历程等统统成为无关文本的事情。而主体的踪迹又只能被自身外在性的"他者"所辨认，因此文本中不可避免地含有形形色色的他者的踪迹，而他者其实也不可能认识真正的踪迹，因为"文字是通常意义上踪迹的一个代表，它不是踪迹本身，踪迹本身是不存在的"。踪迹本身也不可能在场，因而他者只能得到踪迹的"替补"，即"踪迹的踪迹"。由于文本中没有任何要素可以完全在场，建立于作者在场基础上的文学理论便成了无根之木，被彻底解构了。德里达根据什么理由认为写作主体只能留下"踪迹"，而"他者"只能辨认到"踪迹的踪迹"呢？对此，德里达的解释是由于"异延"的存在。"异延"是德里达理论中的一个极其重要的概念，它贯穿着德里达的全部解构主义理论，是其理论的重要基石。

"异延"一词，系德里达将法语中名词"差异"(difference)一词的词尾-ence，改拼为-ance 而成。实际上两个词只有一次字母，即 e 和 a 之差。中文中有人译作"分延"、"延异"、"衍异"等等，但不外是合而为一的两个意思：一是异，即差异，区分；二是延，即延宕，延搁。"异"是指空间上的不同，一个词的意义是从这个词与其他词的不同、差异中产生。"延"则是指词的能指的出现是在其所指的事物不在场的情况下才出现，这是一个被无尽地推衍的过程。

解构主义认为，词的意义在句子中是确定的。但是，由于所指也能卷入区别的游戏中，而且这种区别的延伸没有一个终点使之停顿，不断延伸和循环，即词每一次出现在一个新句子中的时候，它都会或强或弱地被改变，进入符号系统的游戏场中。因此，对于词的意义来说，不可能有最终的、根本的、一劳永逸的确定。德里达使用"异延"来指称这种现象，既指区别又指延搁。在"异延"中，语言并不追求一种意义的确定性，因为语言本身无法得到一种确定的意义。要确立语言的意义，只有在不断的"异延"中，在与别的词的关联中，在一串能指中去追索。因此，在异延中，语言的终极意义和结构被一种无限性所包围，而意义也正产生于这种无限的异延之中。

不难看出，"异延"其实就是横亘于能指与所指、作者与文本、文本与读者、主体与在场之间的障碍。究竟为什么形成了这一障碍呢？德里达没有明确阐述，也拒绝给异延下一个明确的定义，因为一旦定义就必然形成一个超验的概念、一个本源、一个中心，这就又堕入了形而上学的渊薮。而且，由于他苦心孤诣要跳出形而上学的樊篱，所以一直忌讳使其理论中的任何概念、判断、推理有一些固定的或相对稳定的特征,即使是至关重要的"异延",他给我们留下的也只是这样一些话:"异延既不是一个词也不是一个固定的概念","它不是一种存在——在场,无论你把它看得多么美妙,多么重要或者多么超验。它什么也不支配,什么也不统治,无论在哪儿都不以权威自居,也不用大写字母来炫耀自己","它既不存在也没有本质。它不属于存在、在场或缺场的范畴"①。尽管德里达把话说得玄而又玄,但异延仍然可以被大致不差地理解为一种原型差异,它是差异的本源、差异的生产、差异的游戏,乃至差异的差异语,它无声地深入每一种实在、每一个概念之中,通过颠覆每一种实在和概念的既定结构来显现自身的存在。

语言既然被视为差异和延宕的永无止境的游戏,那么任何一个意指系统中,一方面,意义无不是从它同无数可供选择的意义的差异中产生,一方面,有鉴于作为意义归宿的在场的神话已经破产,符号的确定指向,于环环延宕下来的同时,便也向四面八方指涉开去,犹如种子一般到处播撒,而没有任何中心。这其实也是德里达解构理论中另外一个核心概念"播撒"(dissemination)的涵义所在。据德里达本人解释,播撒和一词多义不同,一词多义的意义可以被集中并整体化,而播撒的意义总是片段的、多义的和散开的,像撒播种子一样,将不断延异的意义"这里撒播一点,那里撒播一点",播撒瓦解了语义学,因为它产生了无限多样的语义效果,因而它不受作者支配,而且其多种意义不能被整体化而构成作者意图的一部分。但是同延异一样,播撒是积极的:它不是意义的失落,而是肯定了意义的无限数量。播撒最引人注目的特征之一是"不可确定的"这一术语的出现,它彻底搅乱文本,使人无法最终判断其意义。播撒可以是文本在不同的语境中显示截然不同的意义,并得到互相矛盾的解释。于是,中心、结构、根源、本质都被德里达剥离出去,只剩下延异和播撒。

随着"**播撒**"一词所达到的解构效果,德里达开始了对"本源"的追问,于是,另一个概念呼之欲出:踪迹(trace)。从发生学的角度看,婴儿不仅咿呀学语,而且胡乱涂抹或画道道,画出的"道道"就是"踪迹"。在海德格尔那里,踪迹是指向"在场"和本源的,这种认为踪迹意味着本源的说法,在德里达看来是必须消解的。在《论文字学》中,德里达明确指出,踪迹并不意味着存在着一个本源,而表达了充分的、在场的意义的缺乏:意义是差异性的,从一个词到另一个词不断向前指引,每一个词的含义都来自它与其他能指的必然区别,在此范围里它是由一个踪迹网构成的。在《延异》一文中,德里达又详细地描写了踪迹及其悖论。它是"在场的幻影",通过它"当下变

---

① 转引自文森特·雷契:《解构批评》(*Deconstruction Criticism*),纽约,1983年,第42页。

成一种符号的符号,踪迹的踪迹"①,这样,文本就成了不断书写"踪迹的踪迹"的组合体。

"增补"(supplement)是德里达解构在场的形而上学的又一工具。"增补"一词来自卢梭关于教育是对天性的增补的观点。因此,在卢梭那里,"语言被制造出来是用来讲话的",书写仅仅是"言语的增补"。然而,作为补充的东西也就成为被增补之物的本质性的条件。这样增补和被增补之间的绝对区别消失了,言语与书写之间的绝对界线被消除了。将书写视作言语的补充而将之弃置一旁是整个形而上学历史的杰作,这在同时也消解着形而上学自身。原来有内在结构的本文在德里达那里成了一个无限开放的东西,本文里面的东西不断涌出,本文外面的东西不断进来对原有的东西进行增补,从而形成一个相互交织的本文的"意指链"。"增补补充自身,它是一种过剩,一种充实丰富另一种充实,是存在最充分的限度","它使自己介入或悄悄插进替代的行列;倘若它充填,就好像一件东西充填虚空之处。如果它再现和制造意象,那是因为存在先前的欠缺"②。这样,本文的原初意义就不可理解,人们在本文的理解上也不可能达成共识。于是,德里达说,收信人"死了",理解的权威"死了",本文成了四处飘零、无家可归的孤儿。整个逻各斯中心主义的在场的形而上学彻底地坍塌了。

4. 文本理论

在文本的写作理论方面,德里达在消除能指与所指二元对立的同时认为,既然所指也是任意性的和不确定性的,那么,作为语言符号活动之一的写作"本身就存在着某种最终逃避一切系统和逻辑控制的东西",写作永不可能完整陈述和表达作者的本意。写作活动因之就变成一种制造"踪迹"的活动,"踪迹"因能指与所指的"断裂"而毫无根源性可言。既无根源,写作在"踪迹"的无限异延中也就成为一种游戏活动。于是,写作犹如在黑暗无边的海洋中漫无目的地航行。写作的产品——文本同写作本身也永远处于疏离之中。后期巴尔特在向解构主义的转变中也接受了这一思想。

在文本的意义理论方面,德里达认为,写作既是一种制造"踪迹"的活动,意义就毫无根源可寻。既无根源,则寻求意义的中心性、本源性的企图又怎能得逞?因此,意义总处于支离破碎之中,文本就因这种支离破碎而成为话语"自由嬉戏的领域"。任何文本都是一种互文,都是过去引文的重新组织。

---

① 德里达:《延异》,见王逢振主编:《2000年度新译西方文论选》,桂林:漓江出版社,2001年,第78—90页。

② 转引自罗里·赖安、苏珊·范·齐尔编:《当代西方文学理论导引》,成都:四川文艺出版社,1986年,第130页。

在文本的阅读理论方面,解构哲学批判了伽达默尔的新解释学。与伽达默尔认为理解是有历史性和普遍性,因而理解的终点可以达到"赞成"或"一致"相反,德里达认为,文本结构的可拆解性、写作话语嬉戏的自由性以及意义的不确定性,使得符号示义的运动"增加了某些东西,其结果就是总比原先多了点什么"①。这样,阅读活动或批评活动就成了一种可以放逐文本的游戏活动。

总之,德里达的文本观念旨在表明:所指不过是能指的暂时产物,终极意义根本不存在。写作即误写,阅读即误读。文本既不是语言、思想或现实的对应物,语言也不能把握现实,对理解普遍性的渴求是一种虚妄。顺此逻辑,人类的艺术也并不言说或显示什么,它本身是空无一物的。由此可以看出,从能指与所指断裂性、任意性入手的解构策略,将语言学的转向带向了另一极端之途,在解构语言结构的同时重构一个广义的文本观并最终陷入悖论之中。

二 罗兰·巴尔特的解构主义转向

罗兰·巴尔特曾经是结构主义文论的代表,他的《叙事作品结构分析导论》一文被认为是结构主义叙事学的经典之作。正是这个巴尔特,在德里达的解构主义哲学思想的影响下,于20世纪60年代末转而开始了他的解构主义理论和实践,并成为法国解构主义文论的代表。

巴尔特于1968年发表的著名论文《作者之死》,是他转向解构主义文论的标志。巴尔特在该文中指出,过去对文学作品的解释总是从创造它的作者那里寻找根源。其实,作品的文本作为书写形式总是中性的、由多样成分综合成的"倾斜空间",在那里,"主体滑落"而产生了对同一性的否定。他认为,当一个事实被陈述时,这种分解就开始出现,声音失去其本原,作者进入自己的死亡,书写也就开始了。巴尔特进一步指出,语言学最近对毁灭作者提供了有用的分析工具。从语言学的观点看,作者不过是书写的一个例子,而书写是在一个无本源的领域里的描摹或者说留下踪迹。这即是说,作者一旦被移走,文本就会出现多种书写形式,文本的意义就是滑动的、不确定的。巴尔特说:"我们现在在知道,一个文本并不是表示单一的'神学'意义('作者上帝'的信息)的一条由词语组成的线,而是一个多向度的空间,其间有多种书写形式——其中无一种是本源的——相互混合而又相互冲突。"在文章的最后,巴尔特强调了读者在阅读文本从而构成多种书写形式这一过程中的作用。他说:"一个文

---

① 德里达:《结构,符号与人文科学·话语中的游戏》,选自《最新西方文论选》,桂林:漓江出版社,第33页。

本由多种书写构成,它来自许多文化,进入到话语、仿作和争论的相互关系中。这种多样性集中到某一点上,而这一点就是读者,而不是如迄今所说的那样是作者。……这个读者没有历史,没有身世,没有心理;他纯粹是在一个单一领域里把构成书写文本的所有踪迹结合在一起的某人。"文章以如下惊世骇俗的宣称结尾:"读者的诞生必须以作者的死亡为代价。"

巴尔特认为文本由一系列不同的书写构成,作者所创造的只是一种书写。当否定了作者的终极意义之后,便有读者的无止境的书写的构成,于是文本的意义是不确定的。这种思想是对结构主义文论的反叛,因为依据后者,作品具有稳定的普遍结构,因而也具有稳定的意义。这种解构主义思想,显然受到德里达关于否定结构和中心的思想的影响,受到他的文字学和异延论等思想的影响。

被看做解构主义先驱的尼采曾宣称"上帝死亡",用以反对基督教神学。解构主义继承了这一否定主体性的传统。米歇尔·福柯曾提出"谁在说话有什么关系?"的命题,他还有更极端的断言,那就是"人死亡",这惊人的话语可与尼采的"上帝死亡"相对应。巴尔特提出的"作者死亡",可以看成解构主义反主体性在文学批评领域的具体化。巴尔特没有那么绝对,他在宣称作者主体死亡的时候给读者主体留下一定地位,并在一定程度上强调了读者的作用,虽然他所说的读者只是抽象的、无历史性和无个性的读者,与人文主义的现象学尤其解释学和接受美学所说的读者不一样。随后在美国耶鲁学派的解构主义那里情况有所不同,他们比巴尔特更强调读者主体的作用,有的甚至还强调作者主体的作用。

巴尔特的《S/Z》(1970)一书是其解构主义文学批评的代表作,其中也有相关的批评理论,如提出"可阅读"文本和"可写作"文本的分别。所谓可阅读文本,指文本的能指与所指有清晰的对应关系,其意义是确定的,具有以反映现实的真实这样一种假定为先决条件。对于这种文本,读者只是被动的消费者,用巴尔特的话说,读者只能"要么接受它,要么拒绝它"。古典的现实主义作品就是这样的文本。所谓可写作的文本,则要求关注文本的语言本身的性质,让能指自由发挥作用。对于这样的文本,读者不再是被动的消费者,而是主动的生产者,即通过能指的自由活动而透视文本中来自其他作品的东西(互文性),聆听不同信码的声音,从而参与写作,领略这种写作的乐趣。它强调的是这种写作(再创造)过程,而不是作为写作结果的某种意义。可写作的文本是现代的先锋文学作品,如法国的"新小说"。联系前述巴尔特《作者之死》一文的解构主义思想看,可写作的文本应当是其作者已经死亡的作品,在这种作品中,语言符号自身的功能代替了作者。这里,活着的是自由运用文本的语言符号功能的读者,亦即在写作的或者说在书写的读者。这正体现了巴尔特的"读者的诞生必须以作者的死亡为代价"的观点。

对于可写作的现代文学作品(常常晦涩难解),对它的阅读可以说就是所谓写作,即产生出对该作品来说并不是确定的意义,这实际上就是解构性质的阅读。对于可阅读的文本,传统批评总假定它有确定的意义,这就需要解构批评家运用一定的解构主义理论和方法去对它进行解构性的阅读和批评,这就是巴尔特在《S/Z》一书中的主要工作。

三 耶鲁学派与解构批评

法国历来被西方学者认为是"观念的故乡",各种新观念大多源于欧洲大陆,特别是法国。但这些新观念往往迅速就为美国人所接受、推广,并加以创造性的发展。解构理论于1960年传到美国,在题为《人文科学中的符号、结构和话语的游戏》的文章中,他抨击了所谓假想的"中心",对自从柏拉图以来的西方哲学的基本玄学假想提出了质疑,引起了美国理论批评界的波动。到了70年代后期,解构批评逐渐在耶鲁大学得势,形成了以保尔·德曼、杰奥弗雷·哈特曼、希利斯·米勒和哈罗德·布鲁姆四员大将为中心的"耶鲁学派"。

哈特曼本人曾是一位"新批评派"理论批评家,自从70年代以来,他先后发表了《超越形式主义》(1970)、《阅读的命运》(1975)、《荒野里的批评》(1980)等论著和文集,表现出自己摆脱了新批评的束缚后投身解构主义运动中的极大喜悦。

希利斯·米勒在转向解构主义之前,主要接受日内瓦学派理论的影响。70年代,他开始接受德里达的影响,加入解构主义行列。1982年出版的《小说与重复:七部英国小说》是他自70年代以来致力于解构主义小说学研究的一部集大成之作。米勒的研究领域和兴趣主要在小说上,但他也有着自己的审美理想。他在《解构解构者》一文中就指出:"伟大的文学作品常常是走在批评家前面的。它们先已候在那里。它们先已清楚地预见了批评家所能成就的任何解构。一位批评家可能殚思竭虑,希望借助作家本人的必不可少的帮助,把自己提升到乔叟、斯宾塞、莎士比亚、弥尔顿、华兹华斯、乔治·艾略特、斯蒂芬斯,甚至于威廉斯那样出神入化的语言水平。然而他们毕竟先已候在那里,用他们的作品为神秘化了的阅读敞开着门扉。"[①]批评家的任务就是"对已经在各自不同的情况下由文本自身所表现出的一种解构行为作出认同"[②]。

哈罗德·布鲁姆则在解构批评中尝试着将比喻的理论、弗洛伊德的精神分析学和犹太教的神秘主义结合起来。他在1957年问世的《误读的地图》中对华兹华斯、

---

①② 转引自乔纳森·卡勒:《论解构》,北京:中国社会科学出版社,1998年,第246页。

雪莱、济慈等人的浪漫主义"危机诗歌"表现出极大的兴趣。他认为这些诗人都力图发挥自己的创造性才能去误读自己的前辈大师,因为他们的每一首诗都经过了"修正"的各个阶段,而每一阶段都可显出这种修正的程度。

在美国的解构主义批评运动中,影响最大、成绩也最显著的批评家当推保尔·德曼,他一般被认为是美国解构主义的代表性人物。自70年代以来,他发表了两部重要论:《盲视与洞见》(1971)和《阅读的寓言》(1979),全面阐述了解构批评的理论。从这两部论著可以看出,他既受到德里达的影响,又有自己的发展和创造,发明了一套批评术语并将其运用于批评实践中。在《盲视与洞见》一书中,德曼围绕这个悖论进行探讨,即他认为批评家只有经过某种盲目的经历才能达到洞见的境界,他们所使用的理论方法往往与其所产生的洞见相矛盾。这种盲目中的洞见之所以存在,是无意识在起作用,批评家在从事批评实践时,往往受到某种特殊的盲目性所支配,而他们一旦处于这一支配之下,就可能获得洞见。在《阅读的寓言》中,德曼将《盲视与洞见》中已经使用的"修辞性"解构批评加以发展。他认为,修辞手法(tropes)使得作家可以"在口头上说一件事",但实际却"意味着另一件事",即用一个符号代替另一个符号,以一连串符号中的一个来取代意义,因此对作品的阅读过程实际上就是一个修辞性解读过程。在德曼的著作中,"隐喻(metaphor)成了一个盲目的转喻(metonymy)"①。批评家永远别想找出比喻的唯一意义。

第二节　解构主义批评示例分析

一　德里达的解构策略

德里达曾强调,解构不是一种"方法",一种"技术",而是一种策略,解构的宗旨就在于解除概念的二元对立,拆除思维的等级体系,然后将其重新嵌入文本意味的不同秩序中。或者换句话说,解构就是对那些自相矛盾的两难困境、盲点或要素小心翼翼地追求,因为恰是在这些自相矛盾的要素中,文本会不自觉地绽露出修辞与逻辑、明显地想要说与实际上被迫说的东西之间的张力关系。因此,正如德里达阐释者诺里斯所说,要想"解构"一篇作品,就必须运用一种策略逆转,准确地抓住那些不被看重的细节(不经意的隐喻、脚注、论点的偶然转移点),这些东西常常是,也必定是那些持有极正统观念的阐释者所忽视的。因为,正是在这里,在文本的边缘处,解构可以发现同样令人不安的作用力。"德里达的解构不是去分辨某文本的核心论

---

① 保尔·德曼:《阅读的寓言》,耶鲁大学出版社,1979年,第102页。

题,而是考察文本的各个边缘,不过与此同时,这种努力恰恰渗入到了文本的核心地带,并考察它所表达的东西以及它在各种矛盾和各种不一致中被提示出来的方式"①。

如文化与自然的对立,在《文字与差异》中,德里达认为这是一个历史极为悠久的二元对立,也是列维-斯特劳斯结构主义理论的基石所在。列维-斯特劳斯本人在其《亲属关系的基础结构》一书中,曾开门见山地给这个二元对立做过如下定义:凡是普遍的、自发的、不依赖任何特定文化或规范的东西,都属于自然;反之,凡是依附于某些调节社会的规范系统,并且可将一种社会结构与另一种社会结构区分开来的东西,则都属于文化,这无疑是个极有普遍性的观点。但是,德里达发现,就在该书的最初几页上,以自然与文化的对立来冲锋陷阵的列维-斯特劳斯便遭遇到一个"陷阱",这就是被他本人称之为"丑闻"的"乱伦禁忌"。一方面,"乱伦禁忌"普遍存在于各类社会形态之中,应该是自然而然的;另一方面,它又是一种律令,一种规范,由是观之,它就又是文化了。很显然,这是由于执著于自然与文化的截然对立而造成的"丑闻",所以德里达说,"乱伦禁忌"足以使列维-斯特劳斯发现,他那些满以为不言自明的前提,蓦然变得疑云密布,言不由衷了,而且这一事例已使语言自身带有特有的批判必要性这一事实显现出来。

在收入《播撒》一书的《柏拉图的药》一文中,德里达几乎照录了柏拉图《斐德若篇》中的一段插曲,时苏格拉底正在同斐德若讨论修辞学问题,突然就话锋一转,讲起了他道听途说得来的一则传闻:却说埃及有个古老的神,名叫图提。像大多数民族的创造神一样,这提图发明了数字、几何、天文、地理等等许多东西,当然最重要的,是他发明了文字。于是有一天图提来见埃及国王,一一献上他的发明。轮到文字,图提特别关照说,他这一件发明非同小可,他可以使埃及人受到良好教育,促进记忆,因为它是医治教育和记忆的一剂良药。没想到埃及国王思度再三,照单收下他的所有发明,偏偏坚决谢绝了文字。国王谢绝文字的理由是:文字是用支离破碎、死气沉沉的记号来替代生机勃勃的活的经验,它只是真实界的形似,而不是真实界的本身。所以借助文字的帮助,人可以无须教育就吞下许多知识,好像是无所不知,实际上却是一无所知。

不难看出,苏格拉底或者说柏拉图谴责文字。德里达指出,假如读者认真研究《斐德若篇》这篇对话,就会发现这段近乎神秘的文字并非事出偶然,更不是画蛇添足,而是势在必然。因为它正表现了柏拉图思想中的一个不可或缺的部分:直观思想,不使它为险象环生的文字所惑。在《斐德若篇》中,德里达注意到柏拉图多次用

---

① 波林·罗斯诺:《后现代主义与社会科学》,上海:上海译文出版社,1998年,第77页。

"药"一词描述文字。但这药既可以是"良药",如传承记录言语;又可以是"毒药",如它威胁到言语自然而然的呈现,显然,苏格拉底在引述这段传说时,将文字当作了"毒药"。德里达正是通过"药"一词展开了对于自柏拉图以来就有的重言语、轻书写的逻各斯中心主义传统的批判,他认为逻各斯中心主义的历史实际上就是用口说的话即言语来压制书写的话即文字的历史。在《论文字学》中,德里达对这段历史进行了清算。

德里达的解构锋芒所向,大都是一些著名哲学家的著作,如《播撒》之解构柏拉图、《论文字学》之解构卢梭和列维-斯特劳斯、《绘画中的真理》之解构康德、《丧钟》和《哲学的边缘》之解构黑格尔、胡塞尔和海德格尔、《文字与差异》和《明信片》之解构弗洛伊德,以及《马刺》之解构尼采等等。作为解构批评的领头羊,德里达的批评实践主要是为了证实他的哲学想法,他从延异、播撒、踪迹、增补等不起眼的概念入手,以概念的不确定性和自我解构性掘开在场形而上学的根基,从而达到颠覆在场形而上学的目的。德里达对文本的处置表现为一种独创性的天才风格,但他并没有孕育一套系统的阅读模式。既对解构主义批评作了理论上的指导,又提供了卓越的批评实践的,当属美国耶鲁学派。

二 保罗·德曼和希利斯·米勒的解构批评示例

20世纪60年代末70年代初,解构作为一种文本阐释的模式出现在保罗·德曼、希利斯·米勒、哈罗德·布鲁姆和杰弗雷·哈特曼等人的批评中。虽然布鲁姆和哈特曼的解构倾向并不明显,他们甚至著文来表明自己与解构立场的殊异,但是人们还是习惯性地把这几个人联系在一起,并冠之以"耶鲁四人帮"的称号。尽管解构的始创者德里达是法国人,但是由于法国思潮纷涌,学说迭起,历来有不拘一格的传统,因此对这一新的方法似乎并不像美国那样痴迷。而在美国,解构作为一种理论和文学批评实践,其传播速度之快、范围之广,的确令人瞠目结舌。70年代后期,以德曼为领军人物的解构思想以锐不可当的势头占据了高校的讲坛,一度成为显学。因此不少学者认为,解构发轫于德里达,而其传播与盛行则应归功于美国的解构批评家,尤其是德曼。

1987年,刚刚去世的保罗·德曼早年为亲纳粹报纸撰稿的历史被报纸揭露,这件事被看作整个解构主义的丑闻:人们把解构主义对同一性与确定性的消解与政治态度上的消极联系起来。虽然德里达为德曼作了许多辩护,但是这个事件还是严重损害了解构在知识界的形象,解构主义也因此走向低潮。但是,正如海德格尔没有因为纳粹事件而失去其在人类思想史上的重要性,同样,对德曼的非议并不能抹杀其对解构批评的贡献。与前两位解构主义者那种充满跳跃与自我表现的写作风格不同,德曼的解构批评具有学院派色彩的严谨精密,因而更能在新批评之后的美国批评界占领市场;而解构正是在美国发展成一种"主义"然后扩展到全球。德里达对他的这位解构主义盟友有如此赞誉:"人们知道并将越来越意识到,在大学和大学之外,在美国和欧洲,他改变了文学理论这块耕地,并且丰富了所有灌溉这块耕地的水源。他使文学理论领域接受一种新的解释、阅读和教学方式,同时又使其接受多方对话(polylogue)和精通多种语言的必要性。"①

卢梭的《忏悔录》以纪实和坦率的文风闻名于世,罗曼·罗兰曾这样评价:"他发现了真正的'我'。他永远不厌其烦地观察自己。直到他那时代,还没有一个人能做到同样的高度,只有蒙田是例外,卢梭甚至指责他在公众面前装腔作势,现在这么大胆地表现自己时,他把自己剥得精光并把他那时代成千上万人所被迫忍受的一切都暴露了出来。"②但保罗·德曼却将卢梭大胆地放到了手术台上,对其加以解剖,他在《辩解——论〈忏悔录〉》一文中使出了浑身解数,在卢梭的忏悔语言张力中发现了卢梭的不诚实,认定其《忏悔录》的"辩解"特征,而不是人们所公认的"忏悔"特征。

为了便于分析,略引几节《忏悔录》原文如下:

> 可是偏偏这条小丝带把我迷住了,我便把它偷了过来。我还没把这件东西藏好,就很快被人发觉了。有人问我是从哪里拿的,我立即慌了神,结结巴巴说不出话来,最后我红着脸说是玛丽永给我的……人们把她叫来了,大家蜂拥而至,聚集在一起,罗克伯爵也在那里。她来以后,有人就拿出丝带来给她看,我厚颜无耻地硬说是她偷的;她愣了,一言不发,向我看了一眼,这一眼,就连魔鬼也得投降,可是我那残酷的心仍在顽抗。最后,她断然否认了,一点没有发火。她责备我,劝我扪心自问一下,不要诬赖一个从来没有坑害过我的纯洁的姑娘。但是我仍然极端无耻地一口咬定是她,并且当着她的面说丝带子是她给我的。可怜的姑娘哭起来了,只是对我说:"唉!卢梭呀,我原以为你是个好人,你害得我好苦啊,我可不会像你这样。"两人对质的情况就是如此。她继续以同样的朴实和坚定态度来为自己辩护,但是没有骂我一句。她是这样的冷静温和,我的话却是那样的斩钉截铁,相形之下,她显然处于不利地位。简直不能设想,一方面是这样恶魔般的大胆,一方面是那样天使般的温柔。谁黑谁白,当时似乎无法判明。但是大家的揣测是有利于我的。当时由于纷乱,没有时间进行深入了解,罗克伯爵就把我们两个人都辞退了,辞退时只说:罪人的良心一定会替无罪

---

① 德里达:《多义的记忆》,北京:中央编译出版社,1999年,第6页。
② 罗曼·罗兰编选:《卢梭的生平和著作》,王子野译,北京:三联书店,1993年,第31页。

者复仇的。他的预言没有落空,它没有一天不在我身上应验。①

卢梭的这段"诬赖玛丽永偷丝带"的叙述,是十分坦率的吗?他是把他自己的真实面目赤裸裸地揭露在世人面前了吗?保罗·德曼说:"即使在《忏悔录》第二章的每一次叙述里面,卢梭也没有使自己仅仅局限于陈述'真正'发生的事情,虽然他不无骄傲地让人们注意其充分的自我谴责,而且这种谴责的坦荡我们也未怀疑过。'我的忏悔是十分坦率的,谁也不会认为我是在粉饰我的可怕罪行'。然而,说出这一切并不能足敷应用,忏悔仍然是不够的,还必须进行辩解:'如果我不能同时揭示出我内心的意向,甚至因为怕给自己辩解而不说当时的一些实情,那就达不到我撰写这部书的目的了'"②。保罗·德曼接着指出:"值得注意的是,这也是以真理的名义做出的,而且,初看上去,在忏悔和辩解之间不应该存在任何冲突。然而,语言却揭示了害怕为自己辩解这一说法的张力。"③在德曼看来,卢梭的忏悔不可避免地导致了它的反面——辩解。因为忏悔是以真理的名义克服罪孽和羞耻,它凭借对事物真面目的申明,凭借对罪感的自我暴露,而获得一种补偿性的心理平衡。由于卢梭的忏悔文本出现如此裂痕,所以保罗·德曼认为,卢梭的忏悔不是实际公正领域的一种补偿,"而仅只是一种言语上的言说"。例如,卢梭往往过分强调他的道德意向,他告诉读者,当他每每想起对玛丽永所犯的罪行,他就痛苦不安。"我可以说,稍微摆脱这种良心上重负的要求,大大促使我决心撰写这部《忏悔录》"④,但同时,卢梭也在把行动和意向区分开来。卢梭曾把他的五个孩子遗弃,但他都用写作时的内心情感混淆遗弃孩子的伦理事实。更为严重的是,卢梭看到了他的"坦荡"口吻的话语霸权,并以此为出发点,愈发满足于他的这种"自我暴露","并以说出这一切为荣"⑤。为此,保罗·德曼区分了两种忏悔形式:一为揭示出真理的忏悔形式;一为以辩解为旨归的忏悔形式。而辩解性忏悔的证据变成了言语上的证据。这样卢梭的目的就不在于陈述而在自辩,结果,对于他对玛丽永的伤害,卢梭用以下的话为自己作了总结:"我大胆地说,如果这种罪行可以弥补的话,那么,我在晚年所受的那么多的不幸和我四十年来在最困难的情况下始终保持着的诚实和正直,就是对它的弥补。再说,可怜的玛丽永在世间有了这么多替她报仇的人,无论我把她害得多么苦,我对死后的惩罚也不怎么害怕了。关于这件事我要说的话只此而已。请允许我以后永远不谈了。"⑥卢梭正是借助这种言语上的自责达到了自辩目的。

---

① 卢梭:《忏悔录》(第一部、第二部),北京:人民文学出版社,1980年,第100—101页。
②③ 保罗·德曼:《解构之图》,北京:中国社会科学出版社,1998年,第265页。
④ 卢梭:《忏悔录》,北京:人民文学出版社,1980年,第100—101页。
⑤ 莫洛亚为1949年版《忏悔录》所作的序言,文载《忏悔录》(第二部),第822—835页。
⑥ 卢梭:《忏悔录》,北京:人民文学出版社,1980年,第102页。

保罗·德曼还发现,卢梭通过隐喻的方式以达到其自辩的目的。由于替代是隐喻的本质,于是卢梭叙述的"丝带"其实正是卢梭欲望的替代。"卢梭把这种欲望认同为自己对玛丽永的欲望:'我正是想把这条丝带送给她',也即想'占有'她。在卢梭所提出的解读方式这一点上,这种转义的本来意义是显而易见的,即丝带'代表着'卢梭对玛丽永的欲望,或者毋宁说,它代表着卢梭和玛丽永之间欲望的自由流转。"①结果,这就给人以感觉,卢梭对玛丽永的"忏悔"因为存有了动机、原因和欲望,所以偷窃行为变得可以宽恕和理解了。

由卢梭的《忏悔录》所具有的论辩特征,保罗·德曼想到了整个自传文本,于是他在《失去原貌的自传》论文中就公开宣称了他的自传观:由于自传总是淡入邻近的或者无法协调一致的文类,而且,小说和自传之间的区分,似乎就不是非此即彼的两极,而是无法确定的了。因而,自传就不是一种文类或者一种方式,而是解读或理解的一种修辞格。这样,保罗·德曼最后得出了《忏悔录》文本与小说没有任何区别的看法,也打破了自传是最富有真实性文本的神话。

德曼几乎使出了浑身的解数——上述介绍不过是这篇典范解构论文的部分手段——阻止卢梭一厢情愿的虚假忏悔。德曼在他的解构式阅读中不放过任何一个可疑点,任何一个细枝末节,通过机智地利用它们,德曼使得词语的明确指涉性能限于瘫痪,意义被悬置了,文本陷入没完没了的内讧之中。

在德曼的解构批评中,修辞学是其知识来源。他接受了尼采的视修辞性为语言的最真实性质,是语言本身所特有的本质的观点,认为语言中存在着语法不能完全统领的领域:"在一切文本中,都有绝非不合语法的因素,但它的语义功能,无论就它本身还是就语境上说,都不能从语法上作出界定。"②这个领域就是语言的修辞维度。修辞是对语法模式中符号和意义达成一致性关系的某种辩证的破坏,修辞总是像一个捣蛋鬼一样干扰意义的生成。德曼因此而否定了哲学的自大:"哲学家的术语中充满了隐喻。"哲学与文学一样,建构在修辞的运作之上:"一切的哲学,以其依赖于比喻作用的程度上说,都被宣告为是文学的,而且,就这一问题的内容来说,一切的文学,在某种程度上,又都是哲学的"③。语言中无处不在的修辞性,划定了文学批评无法逾越的语言迷宫。"解构的目的总是在所谓一元性状的总体中揭示潜在的组合和分裂"④。修辞对意义指涉的参与,对于渴望从文本抽绎出某个确定所指的一元批评来说,无疑是一种釜底抽薪的打击。在这种情况下,批评何为?在德曼看来,文学

---

① 保罗·德曼:《解构之图》,北京:中国社会科学出版社,1998年,第269页。
② 同上书,第109页。
③ 同上书,第92页。
④ 乔纳森·卡勒:《论解构》,北京:中国社会科学出版社,1998年,第225页。

批评的合法性应当建立在对文本的修辞性阅读上,修辞阅读是对目的论批评的解构。这点明了修辞阅读的立场:与其将文学文本当作一种精神存在或者审美客体,倒不如把它看作一种物质性存在。语言由人创造,被人使用,但人却不能调停因语言自身原因而生成的意义纷争。从这个意义上讲,语言是一种不合格的工具。语言具有机械性和自主性,这是一个不容乐观的事实。面对语言修辞性带来的意义危机,人们没有必要重复哲学家的错误(幻想用语法控制修辞),明智的选择应当是承认人对语言的被动性。这样,读者面对涌来的文本多义性,将放弃对终极理解的求索。在解构主义者看来,这并不一定要导致虚无主义的诞生,"相反,它试图尽可能准确地阐释由不可克服的语言之象征性所产生的意义的摆动"。① 在更大意义上,它可以让我们避免因深度模式而造成的意义阐释上的极权主义。正如保罗·德曼所说的:"技术上正确无误的修辞阅读,也许是叫人厌倦的、单调的、可预见的、兴趣索然的,但却是无法辩驳的。"②解构的价值不在于给我们提供一个最终的答案,而在于为我们进一步理解文本扫清障碍;无须盲从专家和权威的诊断,每个人都有权利寻求自己的意义阐释。

J.希利斯·米勒也是耶鲁学派的代表人物之一,对美国解构批评的发展做出了重大贡献。与在比利时出生和受教育的德曼相比,米勒更具有美国特点。在从事解构主义之前,米勒是新批评的积极倡导者和实践者,这使他在从事解构主义之后,仍以对文本语言进行深入细致的解构性修辞分析见长。他曾于五六十年代在霍普金斯大学与现象学"日内瓦学派"的代表人物布莱共事,在其影响下积极从事现象学批评。因此,新批评和现象学的双重背景构成了米勒解构主义批评的显著特点。米勒将自己对文学作品中不规则语言现象的着迷描述为"植根于本土的永恒不变的心态"。

由于曾受布莱的重大影响,因此米勒在布莱和德里达之间找到了某种共同点:"他们的做法至少有一点相同。像布莱一样,德里达也呼吁重新经历我们传统中的重要文本。"换句话说,他们都注重文本的阅读。阅读先于批评,是批评之源。至于如何阅读,米勒认为既然一切文本都是语言,最佳的方式当是修辞的阅读。他的基本论点是:文学文本的语言是关于其他语言和文本的语言;语言是不确定的;一切阅读都是"误读";通过阅读会产生附加的文本,破坏原有的文本,而且这个过程永无止境;阅读可以改进人们的思维,提高人们的意识,增强辨析问题的能力。

---

① J.希利斯·米勒:《重申解构主义》,北京:中国社会科学出版社,1998年,第83页。
② 保罗·德曼:《解构之图》,北京:中国社会科学出版社,1998年,第114页。

20世纪70年代以来,米勒发表了一系列评论小说的文章,在这些文章中,他开始尝试着运用解构主义的思维方法于自己的批评实践,取得了一些与众不同的成果。他的解构批评思想主要体现在他的批评实践中,或者更确切地说,体现在他对具体小说文本的阅读和研究中。

1982年,米勒出版了力著《小说与重复》,这本书是作者多年来致力于解构主义小说学研究的一部集大成之作。在《小说与重复》中,米勒首先申明此书不是一本理论著作,而是对19和20世纪英国重要小说的系列解读。这些解读更多关心的是修辞形式与意义的关系而不是主题的阐释,当然在实践中这两者是不可能完全分开的。他的解读的焦点在于意义是如何产生的,是意义如何在读者与小说的词语接触时产生的,而不在于意义是什么。不过,实际上这部著作不仅仅是对七部小说的解读,它还提出并阐释了小说理论的一些重要问题,以及小说批评的方法论问题。

在讨论《呼啸山庄》时,米勒列举了包括他本人在内的十五位批评家对这部小说进行阐释所采用的批评方法或观点。马克·肖勒把《呼啸山庄》视为一个关于崇高感情的徒劳的道德故事;托马斯·莫泽按照弗洛伊德的观点把它视为是一出稍加掩饰的、错位并浓缩了的关于性的戏剧;乔治·巴塔耶把它视为一个关于性与死亡关系的戏剧性故事;卡米尔·帕格丽亚把它看作是一个关于勃朗特对她死去的姐姐玛丽娜具有的同性恋感情的神秘戏剧性故事;弗兰克·克莫德把它解释为一个多种因素决定的符号结构,由于它的符号过多而使这个结构不可克服地具有歧义;多萝西·凡·根特是通过小说的门和窗的母题来解释这部作品;米勒本人则把它看作是一个关于勃朗特的宗教观点的虚构的戏剧性故事等等。接着米勒指出,对于《呼啸山庄》的批评极为丰富,同时这些批评的相互矛盾和冲突十分明显。所有的文学批评都倾向于声称对所讨论的文本提出了明确合理的解释。每一种批评都从小说中选取了某一个因素,然后把它推断成总体的解释。因此,上述对《呼啸山庄》的每一种解释都是片面的,甚至是错误的,尽管有些观点还是颇具有启发性的。然后,米勒对于阐释的问题作出了理论上的总结。他说,那种认为意义是单一的、统一的、并且在逻辑上是连贯的看法是错误的。对文本最佳的解读是那些对文本的异质性(herterogeneity)作出的最好的解释,它展示出一组明确的可能的意义,这些意义是系统地相互联系、由文本控制的,但在逻辑上是不协调的。所有阐释都是通过一定的方式在一个符号和在它之前及之后的那些符号进行交错联系而强加的一种模式。在这样一个过程中,意义由一种交互的行为产生,在这种行为中,阐释者和所阐释的内容都有助于形成或发现一种模式。

在分析拉康的《吉姆爷》时,他列举了作品中的两段文字,然后他指出,在其中的一段里吉姆是照亮黑暗的光,在另一段里吉姆则是突出在耀眼光芒背景上的黑暗,光明与黑暗交换了位置,在黑暗和光明之上的价值也交换了位置,正如光明有时是黑暗的起源,黑暗有时是光明的起源。每一个这样的段落通过预示和回顾来指向其他段落,正如所引的第一段预示了第二段那样,但是当读者转向其他段落,它却并不容易被理解,并且它本身又指向了其他类似的段落。它们中没有哪一段是起源的基础,在此基础上其他段落可以得到解释。在米勒看来,《吉姆爷》就像一部词典,在这部词典中一个词目下的词条为读者指向了另一个词,而它又指向了另外一个词,然后往回再次指向第一个词,如此循环不止。在对《吉姆爷》的分析结尾处,他提出,作品的多种意义不是由读者的主观阐释自由强加的,而是由这个文本控制的。意义的不确定性在于由小说提供的多种可能的、不相一致的解释,同时也在于缺少说明一种选择优于其他选择的证据。读者不能合乎逻辑地拥有所有的解释,然而他又不能提供证据在多种选择中确定一个。可以看出,米勒这样的论述正是解构主义思想关于能指的滑动和意义不确定的观点的反应。永远找不到阐释走廊的尽头,永远也不可能达到一种明确解释的目标。每一种解释既掩盖同时又揭示了充分合理解释的缺乏、"理性原则"的失败,而那种"理性原则"正是西方形而上学思想的基础。①

  根据《小说与重复》的解构修辞原则,米勒把他的修辞批评扩展到文本间的关系,提出文学作品中有一种"寄生"和"寄主"的关系不断发生作用。在《作为寄主的批评家》一文里,他以雪莱的最后一首长诗《生命的凯旋》为例,对这种关系作了详细的说明。他认为,每一部作品都有一系列的"寄生的"东西,即存在着对以前作品的模仿、借喻,乃至存在着以前作品的某些主要精神。但它们存在的方式奇特而隐晦,既有肯定又有否定,既有升华又有歪曲,既有修正又有模仿……以前的文本既是新文本的基础,又被新文本以改编的方式破坏,或者说必须适应新文本的精神基础。新的文本既需要以前的文本,又需要破坏它们;既寄生于以前的文本,靠它们的精神本质生存,同时又是它们"邪恶的"寄主,通过吸食它们将它们破坏。米勒认为,这种"寄生"和"寄主"的关系存在于一切文本,形成一个历史的链条。这种关系贯穿整个文学的过程,不仅存在于文本的关系之中,而且也构成当代批评的特点,就是说,在不同的批评文本或批评话语之间也存在着类似的"寄生"和"寄主"关系。每一个批评文本和每一种批评方法都是整个批评链条的组成部分,既有对以前诸批评因素的肯定或否定,升华或歪曲,修正或模仿,也有构成它之后的新批评方法的因素。例如,现象学和阐释学,结构主义和后结构主义,无一不包含这样一种关系。而且,米勒一再强调,这种关系会不断重复、延续,以至无穷。

  总之,在米勒看来,不论文学作品还是文学批评,一切文本都是关于话语的话

---

① 程锡麟:《J. 希利斯·米勒的解构主义小说批评理论》,载《当代外国文学》,2000 年第四期。

语,任何文本都不能仅只归纳为一种确定的意义;文本产生一种无限联想的结构,其中只有痕迹和线索存在;在"寄生"和"寄主"的文本关系中,话语不可能连贯一致,以前文本的诸因素只能间接地表现出来,不可避免地会出现脱节或矛盾。因此解构主义批评的主要任务是揭示文本的自相矛盾,说明文本的意图受到它本身表述的破坏。他解读文本的方法之一便是找出一个关键词的意义,追溯它的认识论的根源。这样做,就使这个词脱离封闭的系统,失去稳定性,进入一个不断变化、往返交织的迷宫。而这种语义扩散的结果,势必毁灭文本,揭示出不可穷尽的种种解释的可能,表现出逻辑安排或整体综合的徒劳。① 在他看来,一切符号都是修辞的图形——所有的词都是隐喻。他认为,"与其说修辞手段从正确使用语言中产生或转化而来,毋宁说一切语言开始就有修辞手段的性质;语言的实义或指称作用的概念,只不过是从忘记语言的隐喻'根源'中产生的一种幻想"②。通过把符号置于不一致的、分裂的修辞力量之中,米勒破坏了语言的指称性,使符号随意产生令人困惑的歪曲语义的效果。在《史蒂文斯的岩石与治疗的批评》一文中,他对解构批评作了如下的阐述:

> 作为一种阐释的模式,解构批评通过小心谨慎地进入每一个文本的迷宫去工作。批评家以决非是拙劣模仿的重复方式,从修辞格到修辞格、从概念到概念、从神话母题到神话母题,摸索前进。尽管如此,解构批评运用了颠覆的力量,这种力量存在于即使是最准确并且不具讽刺意味的重复中。通过这种追溯的过程,解构批评家力图去发现所研究的系统中反逻辑的因素,所质疑的文本中将阐明一切的线索,或者将使整座大厦垮塌的那块松动的基石。……解构批评不是消解文本的结构,而是要表明文本已经消解了它自身。

80年代,随着保罗·德曼的去世,米勒的离开耶鲁,哈特曼的退休以及布鲁姆的转向通俗理论和文学欣赏,曾在北美批评理论界风靡一时的解构批评逐渐失势,但在米勒看来,作为一种思维模式和批评方法,解构主义并没有过时,它的不少精辟的思想观点已经深深地渗透到了人文社会科学的研究之中。"解构批评是运用修辞的、词源的或喻象的分析来解除文学和哲学语言的神秘性……它非但不把文本再还原为支离破碎的片断,反而不可避免地将以另一种方式建构它所解构的东西,它在破坏的同时又在建造。"③

---

① 希利斯·米勒:《重申解构主义》,北京:中国社会科学出版社,1999年,第4页。
② 米勒:《传统与差异》,载《批评百家》(*Diacritics*),第二期(1972),第11页。
③ J.希利斯·米勒:《重申解构主义》,北京:中国社会科学出版社,1999年,第131页。

三 巴尔特对《萨拉金》的解构批评及其《恋人絮语》

巴尔特在《S/Z》中对巴尔扎克的小说《萨拉金》进行了解构批评。《萨拉金》写于1830年,是一个关于雕刻家萨拉金(Sarrasine)和歌舞演员藏比涅拉(Zambinella)的故事(《S/Z》一书即由这两人的名字的第一个字母组成):萨拉金爱上了歌舞演员藏比涅拉,但当他得知后者是一个被阉割了的男子后,他被藏比涅拉的保护人朗蒂杀害。此后藏比涅拉继续走红,挣钱使朗蒂一家过着富裕的生活。

巴尔特对这篇小说的解构批评很独特,他把小说分解成561个阅读单位,每个单位为一个词,或者词组,或者句子,或者句组。例如标题"萨拉金"即为第1个阅读单位;开篇第一句"我坠入一个深沉的梦幻里……",前一半为第2个阅读单位,后一半为第3个阅读单位。然后他设定五种代码去把这些阅读单位加以分拆,即把这561个阅读单位分别归属于这5个阅读代码(有的阅读单位可以存在于两种乃至两种以上的代码之中),以此来进行他的解构批评。

巴尔特设定的五种代码分别是行动代码、阐释代码、能指代码、象征代码和文化代码。行动代码确定故事中行动的结果。根据巴尔特早先的结构主义叙事学,行动(功能)构成序列(例如第2个阅读单位"我坠入深沉的梦里"即为行动代码,巴尔特说它暗示某种事件将会把这种行为状态结束,果然,文本的第14个阅读单位便是说人们的谈话把"我"从梦幻中唤醒,这就构成一个行动序列),若干序列就构成一个故事。由于这种代码保证着故事的叙述性,它也可以称为叙述代码。阐释代码是提出和回答问题以及解说事件的代码,具有制造和解开悬念的功能。如作为标题的第1个阅读单位"萨拉金"就是阐释代码,它会引起读者提出"萨拉金是谁?""是男人还是女人?"等问题,对这些问题下文都会有交代。阐释代码有促成故事的功能,能指代码指能指符号的内涵及暗示作用。如第1个阅读单位"萨拉金"又是能指代码,它的原文"Sarrasine"后面的"e"在法语中通常表示阴性即女性,它可以暗示小说中关于阉割和性变异这一关键事实。又如小说中描写的时髦的郊区住宅和豪华宴会也是能指代码,因为它们暗示了朗蒂一家的富裕。象征代码是文本与读者的基本立场得以确立的领域,在巴尔特对小说的分析中表现为一种对照模式,即内与外(如客厅与花园)、冷与热、爱与恨、生与死以及更深层次的男与女等对照模式,它是文本中有规律地反复出现的东西。文化代码是文本指称一般知识的方式,所指称的知识包括艺术、文学、医药、政治以及俗语等。巴尔特说:"如果你把所有这些知识、所有这种粗俗话都收集起来,它们就组成一个巨大的怪物,这个怪物就是意识形态。"①总的看来,前两种代码是使文本的叙述得以展开的代码,后三种代码则是提供基本信息从而使文本得以理解的代码。

巴尔特的解构性批评,就是用以上五种代码去重新组织文本,构成5个代码系列,使各个代码系列产生不同的意义和效果。这种解构批评的意义,主要不在于使文本产生不同的意义,而在于显示那些不同意义是怎样产生的,即不同意义产生的过程;在于显示阅读和批评的自由创造性。《萨拉金》是巴尔扎克的现实主义小说,依照传统的读解,它具有反映现实的统一性和稳定的思想意义,即对当时反人道的、欺骗性聚敛财富方式的揭露。但经过巴尔特如此解构之后,小说变得面目全非,显出多义性和不确定性。巴尔特如此解构的目的,就是要显出文本的能指性,语言的多义性;显出即便像《萨拉金》这样属于"可阅读"的文本,经过解构主义的阅读和批评之后也会变成"可写作"的文本,不再具有能指与所指的对应性和对现实的再现性了。正如巴尔特所说:"一句话,它不再能够再现事物,不再能够使事物是再现性的、个体化的、分离的和确定的:《萨拉金》正体现了再现的困难,体现了符号、性和命运的不受约束的(传染性的)循环。"②就巴尔特对《萨拉金》的解构批评看,阅读和批评的效果如何,如产生怎样的意义,完全有赖于批评者设定什么样的代码和对代码功能做怎样的确定。这也体现了前述他的解构主义理论主张:作者已经死亡,阅读和批评就是自由创造。

巴尔特在1977年出版的《恋人絮语》一书,并非如其标题所示的那样是关于情话的论述,而是融哲学、心理学、语言学、文学批评、创作为一体,它的副标题即"一个解构主义的文本"。《恋人絮语》结构的匠心旨在反恋爱故事的结构。巴尔特认为,一个精心结构的、首尾相顾、好事多磨的爱情故事,"是社会以一种异己的语言让恋人与社会妥协的方式"③。爱情不可能构成一个故事,《恋人絮语》要做的就是拆碎习见的恋爱故事结构。反恋人故事,在罗兰·巴尔特,即是着力表现恋人想象激情,而不是"故事"或"正确表达"。因此,《恋人絮语》全书的诸般情境是按字母排列顺序的,其用心在于避免导致对该书有逻辑先后顺序的误会。因此,诸篇章常常以某一生动的场景或情境起首,完全可以任其自然地衍生出一个个爱情场面或故事,但行文却常常戛然而止。在这里,巴尔特将绵绵雨丝斩为片断,无意拼凑成一个有头有尾的爱情故事。因为"对情话的感悟和灼见从根本上说是片断的、不连贯的。恋人

---

① 巴尔特:《S/Z》,伦敦,1974年,第97—98页。
② 同上书,第216页。
③ 巴尔特:《恋人絮语——一个解构主义的文本》,上海:上海人民出版社,2004年,第4页。

往往是思绪万千,语丝杂乱的,种种意念常常稍纵即逝,陡然的节外生枝,莫名其妙油然而生的妒意,失约的懊恼,等待的焦躁……都会在喃喃的语流中激起波澜,打破原有的涟漪,漾向别的流向。巴尔特神往的就是'恋人心中掀起的语言波澜的湍流'(就像诗人叶芝从飞旋的舞姿中瞥见一种永恒的和谐一样)"①。所以,"爱情不能构成故事,它只能是一番感受,几段思绪,诸般情境,寄托在一片痴愚之中,剪不断,理还乱"②。那么,恋人是谁呢?巴尔特认为,他不过"是一个在习惯与陈词中挑拣的现代文化人"③。"热恋中的自我是一部热情的机器,拼命制造符号,然后供自己消费。他不得不对符号加上臆想的虚线(延长线)。爱人的虚位乌有(即'不在')成了仅有的存在。恋人在这种虚拟的'存在'上宣泄恋物,象征和释义的激情"④。因此,这种文学是"作者的文学",它不像"读者的文学"那样,从能指到所指这一段路程是清晰的、确定的和必须如此的。同时,它也不像"读者的文学"那样,要求我们以"屈从的态度去阅读,要么接受文本,要么拒绝文本"⑤。这种"作者的文学"构造的才是"本文",相反,"读者的文学"构造的就只能是"作品"。对于这种"本文",我们必须以"参与"的意识去阅读。可以说,"在读者的文本中,所指是在列队前进,而在作者的文本中,能指在手舞足蹈"。⑥

说到底,《恋人絮语》并不是要表现一个假定的(或特定的)什么人,而是展示了一个充分体现主体意义的"我",呈现唯一中产生、发展、建构、流动、开放的过程,过程的实现完全凭借语言的构造。语言不是主体意义的表达;相反,是语言铸就了主题,铸就了"我"。因此,《恋人絮语》中的"我"是多元的、不确定的、无性别的、流动的、多声部的。整个文本以及贯穿这部文本的无序与无定向性是解构主义大师巴尔特向终极意义挑战的一种尝试。

在巴尔特看来,任何文本都不过是一个铺天盖地巨大意义网络上的一个纽结;它与四周的牵连千丝万缕,无一定向,也就是"文本互涉"。一部作品问世,意味着一道支流融入了意义的汪洋,既增加了新的水量,又默默接受大海的倒灌。他还把作品本文比作一个无中心的葱头,这样便否定了作品有不变的内核,同样也否定了作品的封闭性。在这个意义上,他高呼"作者已经死亡",作者既不是文本的源头,也不是文本的终极,他只能"造访"文本;文本向读者开放,由作为合作者和消费者的读者驱动或创造。

---

① 巴尔特:《恋人絮语——一个解构主义的文本》,上海:上海人民出版社,2004年,第4页。
②③ 同上书,第5页。
④ 同上书,第6页。
⑤ 霍克斯:《结构主义和符号学》,上海:上海译文出版社,1987年,第116页。
⑥ 同上书,第117页。

对于读者来说，《恋人絮语》不啻是一个万花筒，满是支离破碎、五颜六色的纸片，稍稍转动一个角度又排成了一个新的组合。由此，读者将不断地被作者（或者说使自己）抛入新的视角，永远处于一种"散点透视"之中。巴尔特因此被称之为继萨特之后法国知识界最有影响的怪杰，他对结构主义的怀疑也可以说是摧毁性的。

解构主义是对现存一切哲学、文学、美学的重新思考，它在文学批评的一系列基本问题上对传统的人文主义批评进行了质疑和颠覆，其理论价值不容忽视。德里达的语言功能差异性原理，巴尔特对小说叙述者身份的认识，耶鲁学派对解构主义在文学批评中的使用等，其中都不乏"真理性的成分"。特别是解构主义发现了能指之间的互指和无限意指过程，也发现了文本的无始源性和开放性，以及文本之间的互相依存关系，这样就把一切文本，包括文学文本都看成了一个无限开放和永恒变化的运动过程，这一思想深化了对文学的认识。另外，解构主义和接受美学具有共同精神共振的地方，还在于强调了读者的创造性和主动性。把阅读提高到和创作同等的高度，高度强调读者的参与，表明了一种企图把文学和艺术从少数"天才"手中解放出来，交给普通读者的努力。

当然，解构主义的不足之处也是很明显的。正像我们在上面论述到的，它的能指之间的"死循环"，没有坚实的基础，特别是它的非理性主义和怀疑主义，往往把人带入一种令人无所适从的泥潭之中。由于一切都是流动不息、不可确定、变幻莫测的，正如物理学界出现了从牛顿的机械力学到爱因斯坦的相对论再到玻尔、海森堡的"测不准"的量子力学之间的巨大变化一样，人文社会科学中的这种"测不准"，虽然包含了深刻的辩证法因素，但却不免陷入相对主义、虚无主义的境地。正是这种非理性、非历史的倾向，最终把解构主义者们自己导向了逻辑的悖谬。这也是20世纪后期许多西方哲学、文学思潮和流派的必然结果。

参考书目

1. 德里达：《论文字学》，上海：上海译文出版社，1999年。
2. 德里达：《文学行动》，北京：中国社会科学出版社，1998年。
3. 德里达：《多义的记忆》，北京：中央编译出版社，1999年。
4. 德里达：《一种疯狂守护着的思想——德里达访谈录》，上海：上海人民出版社，1997年。
5. 保罗·德曼：《解构之图》，北京：中国社会科学出版社，1998年。
6. 乔纳森·卡勒：《论解构》，北京：中国社会科学出版社，1998年。
7. J.希利斯·米勒：《重申解构主义》，北京：中国社会科学出版社，1998年。
8. 罗兰·巴尔特：《罗兰·巴尔特随笔选》，天津：天津文艺出版社，1995年。
9. 特雷·伊格尔顿：《二十世纪西方文艺理论》，西安：陕西师范大学出版社，1987年。

10. 约翰·斯特罗克:《结构主义以来——从列维-斯特劳斯到德里达》,沈阳:辽宁教育出版社,1998年。
11. 波林·罗斯诺:《后现代主义与社会科学》,上海:上海译文出版社,1998年。

思考题

1. 试分析解构批评的理论和实践困境。
2. "解构作为一种阅读方式和写作方式,并非消极的破坏,而是一种积极的建设"。对此应作如何理解?
3. 试分析解构主义对结构主义的承续与断裂。
4. 运用解构主义批评方法分析一部(或一篇)文学作品。

第八章
女性主义批评

女性主义文学批评方法诞生于20世纪60年代末期到70年代的欧美,至今仍在深入发展之中。它是西方女权主义高涨并渗透到文化和文学领域的结果。女性主义文学批评十分关注性别在文学创作和批评中的重要意义,他们以女性经验为视角重新审视文学史和文学现象,向传统的男性中心文化以及建基于此的文学史和美学概念发起颠覆性的挑战,由此而显示出了鲜明的政治性。女性主义文学批评研究的主要课题包括:以女性视角重新解读文学作品,对男性文学歪曲妇女形象的做法进行了猛烈的批判;整理挖掘被埋没的女作家作品,寻觅女性文学传统,要求重构文学史;关注女作家的创作状况,研究女性特有的写作方式和表达方式,阐发妇女文学区别于男性创作的主题、意象、文体风格和语言特点等;在广泛吸收新马克思主义、精神分析、解构主义、新历史主义的思路和方法的基础上,力图建立女性主义文学批评的理论形态。女性主义文学批评以其鲜明的性别意识介入到文学批评之中,并以解构和颠覆的姿态逐渐由边缘步入中心,成为20世纪80年代以来最为流行的文学批评方法之一。

第一节 女性主义批评方法的现实背景和思想先驱

女性主义与西方的妇女解放运动的发展分不开,特别是20世纪60年代西方第二次女权运动的高涨直接引发了女权主义文学批评。西方妇女解放的第一次浪潮出现在19世纪末和20世纪初,以1920年到1928年英美妇女获得选举权为达到高潮的标志。60年代后第二次女权运动逐渐深入到对女性再就业、教育和政治、文化各个领域的权利的争取,并上升到对女性本质和文化的探讨。在妇女争取政治、经济、文化等方面的权益,寻求自身彻底解放的思想背景下,女性主义文学批评应运而生。它以社会性别为基本出发点,致力于揭示妇女在历史、文化、社会中处从属地位及其产生的根源,它提倡用独特的女性视角重新审视父权制社会的一切现象及一切价值判断,不愿承认和服从父权社会强加给它的既定的价值体系。女性主义文学批评家向传统的男性中心的文学史和美学观念提出挑战,她们发现了文学创作和批评中根深蒂固的男性中心主义的存在,如男性文学作品中的性别歧视,男性中心话语对女性作家的控制等,力图达到重评妇女形象、寻找女性文学史、发掘女性语言、重建文学研究新理论的目标。

女性主义文学批评的产生与风起云涌的妇女解放运动有着直接的关系,这是毋庸置疑的。同时,作为一种在20世纪较晚产生的批评流派,它也有着与自己的理论一脉相承的思想来源和理论先驱。

20世纪以来西方文学理论的更新和发展为女性主义的产生提供了理论思路和方法论的启示。20世纪是西方文学批评走向自觉的时代,新的文学批评方法风起云涌并迅速更替:二三十年代英美新批评和其他形式主义批评占据主导地位,五六十年代结构主义理论独领风骚,60年代末解构主义开始逐渐取代结构主义,关注读者批评的接受美学理论也迅速发展起来,70年代新马克思主义勃然而兴,80年代以来,后殖民理论和新历史主义理论如异军突起。在这样一个变动和发展的时期,60年代女性主义文学批评应运而生并迅速发展,它吸收了20世纪提供给它的所有丰富的理论资源和方法、手段,并加以扬弃、吸收和融化,构筑了自己独具特色的开放体系并确立了自己独特的批评品格。如新马克思主义的社会批评理论为女性主义批评家洞察社会和妇女生活处境提供了强大的思想武器;形式主义批评方法将文学完全变成语言事实,忽视文学与作者心理和社会历史的关系,这样一种批评观念从反面激发了女性主义者重新关注作家的生平经历,并对文学进行社会学和文化学的研究;结构主义关于世界结构的二元对立思想及解构主义对二元对立的消解,为女性主义者解构文学创作和批评中的男女二元对立提供了方法论基础;后殖民主义理论也启发了女性批评家关注女性在后殖民语境中的处境。

女性主义有两个当之无愧的理论先驱者,她们分别是英国的弗吉尼亚·伍尔夫和法国的西蒙·德·波伏娃,这两位批评家无论从思想观念还是批评实践方面,都为女性主义批评开拓了方向。

弗吉尼亚·伍尔夫,著名的意识流小说家,她在1929年出版的重要著作《一间自己的屋子》为女性主义批评奠定了基础。在这本书中,伍尔夫提出了一些与女性主义文学批评相关的重要问题,如文学中有没有明确的女性传统?性别歧视是如何反映在文学作品中的?女性写作会遇到什么样的困难?此外,伍尔夫还提出了对后世女性主义文学批评颇有影响的"双性同体"的思想。伍尔夫首先肯定了女性文学传统的存在,她认为女性文学有不同于男性文学的独特题材、语言和风格,但是女性文学传统由于受到父权制权威的压抑而表现出被迫中断和不具连贯性等特点,它在整个文学史传统中显得不够明显和突出。伍尔夫提出了寻找女性文学传统的思路,但认为这项工程在完成时可能会遇到许多困难,如大量妇女文学作品以男性笔名或匿名方式发表,而使她们的作品有可能被永远淹没;长期以来妇女文学的发展呈间歇性状态,直到19世纪以后才呈现出具有历史延续性的女性文学传统,但这段历史却过于短暂。女性拥有自己的文学传统是非常重要的,这是众多的女性作家赖以成长的根基和土壤。这些分析已初步显示出了批评家对男性中心主义文学史的不满。其次,伍尔夫深入剖析了女性文学不能得到充分发展的社会现实根源。在父权社会中,妇女的经济不独立,教育无法得到保障,又受到家庭和孩子的牵扯,难以有从事写作所需要的独立空间和完整时间。由于她们囿于家庭的小天地,养育子女和操持家务成为她们的全部生活内容,这也使她们无法获得丰富的阅历。伍尔夫指出:"一个女人如果要想写小说一定要有钱,还要有一间自己的屋子。"①这里"钱"和"屋子"都是一种隐喻,妇女从事写作的必要条件是经济上的独立,只有在经济上摆脱了对男性的依附,妇女才能获得从事写作的独立时空,一间真正属于自己的小屋。在此,伍尔夫运用社会学的批评方法抨击了男权社会对妇女创作才能的压抑。最后,伍尔夫明确提出了"双性同体"的思想。柏拉图曾在《会饮篇》中讲到远古人类都有两副面孔和两幅四肢,由现在的两个人合成。宙斯由于害怕人的力量过于强大,又不想灭绝人类,便将人劈成两半,变成了现在的样子。从此,人类开始了寻找另一半的历程,这便是人类爱情产生的原因。伍尔夫认为每个人身上都有两个力量支配,一个是男性的力量,一个是女性的力量,女性往往外柔内刚,男性往往内柔外刚,没有纯粹的男人和女人。"双性同体"才是理想的人格形象,双性的和谐是文学创作最理想的创作境况,纯粹的男性思维和纯粹的女性思维都不能很好地创作。"双性同体"的思想是对男女二元对立观念的解构,也显示了对男性中心的单一标准的抗议。

  法国的西蒙·波伏娃,与法国存在主义大师萨特相伴一生,但没有走进婚姻。她的《第二性》(1949)迄今为止已被译成了至少26种文字,被认为是关于女人的一本最重要、影响最为深远的著作,甚至被尊为西方妇女的"圣经"。书中提出了一个广为人知的观点:"一个人之为女人,与其说是'天生'的,不如说是'形成'的。"②这就是说,女人不是天生的,是后天造成的,是传统的习俗和男权社会的需要造就了女人。波伏娃认为决定两性性别特征的主要原因在社会方面而非生理方面,她反对把某些气质特征或行为方式看成是某种性别的人所天生具有的,而是强调性别特征的非自然化和非稳定化。比如小姑娘从小就被教会怎样梳妆打扮,怎样给洋娃娃洗澡穿

---

① 弗吉尼亚·伍尔夫:《一间自己的屋子》,王还译,北京:三联书店,1989年,第2页。
② 西蒙·波伏娃:《第二性》,长沙:湖南文艺出版社,1986年,第23页。

衣,女性从小就被更多的规矩所束缚,女性的成长和发展的轨迹早已被社会规定了,女性角色的形成并非其自然天性的外化和展开(天然差别并不比任意两个人的差别更大一些),在很大程度上是社会强加给她的。因为在经济不独立的情况下,女人生存要取悦于男性,要遵循男权社会为她制定的价值趋向。因此,女人被降低为男人的对象(附属品),她们放弃了作为人的独立自主性,而成为第二性。这是以男性为主宰的父权制对妇女的压抑的结果。波伏娃分析了法国五位男性作家笔下的女性形象,在蒙泰朗的作品中,男人是超人,女人只是作为一个低下的参照物来证明男人的高尚;劳伦斯的作品虽然在性爱关系上肯定了男性与女性的完美结合,但男人永远是引导者,女人只是被引导者;克劳代笔下的女人更接近上帝,但她们只是用来拯救男人的工具;布勒东虽然将女人视为诗,极尽赞美之能事,但仍将女人作为另一性来看待;司汤达的作品用更加人性化的眼光来看待妇女,但妇女仍被视为依附于男性的另一性别。总之,在这些男性作家的笔下,女人往往是作为男人的陪衬体或附属物出现的,波伏娃认为这些男性作家所虚构的女性形象是虚假的关于"女人的神话"。这些批评虽然在《第二性》中所占的比重极小,但关注男性笔下的女性形象的做法却为后来的女性批评提供了极好的范例。

第二节 女性主义文学批评的两大形态

美国女性主义批评家**伊莱恩·肖沃尔特**提出了女性主义文学批评发展表现出的两大形态。她在论文《走向女权主义诗学》中认为,女性主义文学批评可以很清楚地分为两大类,"第一类关涉的是作为读者的妇女,即作为男人创造的文学作品的消费者。这一方法中含有的女性读者的这一假设,改变了我们对一个给定文本的理解,提醒我们去领会它的性符码的意味。"[①]她把这一批评方法称为女权批评(feminist critique)。这种批评方法关注文学现象的意识形态性,注重对作品进行社会历史分析,其基本课题包括文学作品中的女性形象,文学和文学批评中对妇女形象的忽视和歪曲,男性建立的文学史对女性作家的有意或无意的疏漏,父系制度对妇女读者的控制和利用等。第二类"关涉到作为作家的妇女,即研究作为生产者的妇女,研究由妇女创作的文学的历史、主题、类型和结构。它的课题包括妇女创造性的心理动力学、语言学和妇女语言的有关问题,个别女作家或女作家集团文学生涯的轨迹,文

---

① 伊莱恩·肖沃尔特:《走向女权主义诗学》,见《当代西方艺术文化学》,周宪等主编,北京:北京大学出版社,1989年,第345页。

学史,当然也包括特定作家和作品的研究。"①肖沃尔特将这一批评方法称为女性批评(La grnocritique),这一研究假定了女性亚文化群的存在,研究女性写作不同于男性写作的模式,成为女性主义文学批评的重点所在。肖沃尔特遵循女性主义文学批评的历史发展轨迹对其进行了分类,大致概括了女性批评的基本形态类型。

（一）妇女的阅读

这是女性论者作为读者,从女权主义立场出发,对诸多文本的阐释和再阐释,对传统的男性统治的批评和理论作出纠错、修改、匡正和补充,对之发动进攻。她们试图打破传统男性中心主义的研究视角,从女性视角来重新审视文学作品和文学史,从而对文学现象作出新的阐释。

女性主义批评认为任何阅读都不是中性、客观的,阅读的行为总是会或多或少地带有一定的意识形态性,阅读主体的不同性别角色、文化背景和审美经验会导致不同的阅读效果。基于上述认识,女性主义批评假定了女性读者的存在,他们坚信妇女的经验是女性作为读者对作品进行权威性评价的渊源,妇女关于社会及家庭结构的经验与她们作为读者的经验之间具有连续性,这使妇女的阅读具有了与她们的男性同行所不同的眼光和价值评价标准,也使得妇女读者能够鼓起勇气重新估价那些为男性所推崇或被他们所忽视的作品。这样,妇女阅读就获得了一种新的阅读视野,这种视野使她们能够深入地阐发文学作品和文学批评中表现出来的性别意识,特别是揭示男性中心社会对于女性形象的歧视和歪曲。妇女阅读的重要性在于引入了一种性别视角,"我们第一次被要求作为女人去阅读文学作品,而从前,我们,男人们、女人们和博士们,都总是作为男性去阅读文学作品。"②这种具有自觉性别意识的妇女阅读将有利于消解男性中心主义的文化传统,建立男女平等的两性行为规范及阐释话语。

肖沃尔特在《走向女权主义诗学》中以阅读哈代的《卡斯特桥市长》为例,说明了"男性批评家是怎样歪曲作者原意的",妇女阅读会有什么不同的感受和体会。在这部小说的开端有这样的情节:酩酊大醉的米哈伊尔·亨查德在一个乡村集市上将妻子和年幼的女儿卖了五个英镑。欧文·豪在他的哈代研究中高度赞扬了这一开场情节的杰出和有力,认为它对男人的幻想具有强烈的内在吸引力,"摆脱老婆就像扔掉一件褴褛的破衬衣一样;逃避的方式不是偷偷溜走似的抛弃,而是公开地把她的肉体像在集市上出售的牲口那样卖给一位陌生人。通过这种不道德的专横去取得生

---

① 伊莱恩·肖沃尔特:《走向女权主义诗学》,见《当代西方艺术文化学》,周宪等主编,北京:北京大学出版社,1989年,第345页。
② 卡罗琳·赫尔布鲁恩语,转引至乔纳森·卡勒:《作为妇女的阅读》,见《当代女性主义文学批评》,北京:北京大学出版社,1992年,第50页。

活的第二次机会。连同老婆一起脱掉的还有她的缄默的哀怨和令人发疯的逆来顺受。"①肖沃尔特认为上述解读是大部分女性读者所无法认同的,也是对女性的极大侮辱。欧文·豪对小说中女性形象的描绘来自于男权主义的幻想,而并非小说本身的客观呈现。在小说的最初的情节中,那名被卖掉的妇女并没有表现出萎靡、抱怨和被动的特征,一直到后来的情节发展中由于妇女身份的严重压抑,加上孩子的负担,她才显示出迫不得已的被动特点。哈代想表明的中心是:亨查德卖掉了他的妻子和女儿,这象征着他割断了与女性社会(包括忠实和爱在内)的一切联系,这恰恰是他的悲剧所在,他不可能重新获得他越来愈渴望得到的爱的纽带。这样,肖沃尔特就从女性读者的视角对小说的意义作了重新解读,并猛烈地攻击了男性批评家对于女性形象和作者意义的严重歪曲。

上述对女性阅读方式的肯定,建立在女性经验被当作对作品进行阅读和阐释的坚固基础之上,也就是说我们假定了女性读者的存在。但是女性批评进一步探讨的问题是:如何使女性的阅读真正成为可能?乔纳森·卡勒在《作为妇女的阅读》一文中指出,尽管女性主义阅读在很大经验上依赖于女性读者的经验,但是女性的阅读并不必然就是一位妇女阅读时产生的东西:妇女以男性的身份,能读而且已经读了。肖娜娜·费尔曼曾经问道:"作为一个女人,就足够可以讲女性的话吗?'作为女人说话'(speaking as a woman)是由什么决定的,是由某些生理条件决定的,还是由一种策略和理论上的立场来决定的? 也就是说女人的话语是由解剖学还是由文化决定的?"②同样的问题也适应于作为女性的阅读。根据西蒙·波伏娃的观点,女性不是天生的,而是被制造出来的。同样,女性经验也不仅仅是生理感受的积累,也是文化积淀的结果,妇女被期待着去认同一种代表着人类完美的男性的经验,一位妇女的阅读可能与男性中心主义认同。特别是许多男性文本都采用了一种以男性为阅读对象的叙述策略,这也使女性读者的经验受到限制,女人被引导去认同男性人物,去反对她们自己作为女性的利益。这是妇女读者在男权社会中所面临的困境:被狡猾的男性本文所诱惑而出卖了女性读者。因此,"女性主义批评的第一个行为就是:从一个赞同型读者(assenting reader)变成一个反抗型读者(resisting reader),通过这种拒绝赞同的行为,开始把根植于我们心中的男性意识祛除掉。"③女性主义者要求妇女在阅读时保持一种独立而清醒的女性意识,以一种抗拒性的态度来阅读男性文学

---

① 伊莱恩·肖沃尔特:《走向女权主义诗学》,见《当代西方艺术文化学》,周宪等主编,北京:北京大学出版社,1988年,第346页。

② 转引至乔纳森·卡勒:《作为妇女的阅读》,见《当代女性主义文学批评》,北京:北京大学出版社,1992年,第50页。

③ 同上书,第53—54页。

作品,这样才有可能在阅读中确立自身的主体位置,成为一名现实的女性读者。"作为女性的阅读就是避免作为男性的阅读,就是识别男性阅读中特殊的防护以及歪曲并提供修正。"①这使妇女阅读带有了明显的政治批判色彩。

(二) 妇女的创作

女性主义批评的重要研究对象是妇女们的创作。批评家关注女作家的历史处境和写作状况,如研究妇女在创作中所遇到的困难,女性的创造力和想象力受到压抑的情况,妇女文学区别于男性创作的主题、意象、文体风格和语言特点,寻觅女性文学传统和重构文学史等问题。

在长期的父权制度的文化里,写作被视为是男性的特权,文本的作者是父亲、祖先、生殖者、美学之父,他的笔的威力,正如他阳物的威力,不但具有创造生命的能力,而且还有繁殖后代的功能,这种父权——创造力的隐喻的深层意蕴就是,妇女的存在只是供男人享受,她们是画家的模特,诗人的缪斯,是文学表现的对象。所以女性拿起笔杆进行写作在男性作家看来是荒唐的,甚至是一种反叛的行为。作家普鲁斯波·梅里美曾描绘了他与乔治·桑住在一起时发生的事,亨利·詹姆斯重提此事时写道:"一次,他睁开双眼,在湿冷的冬天的黎明看到他的伴侣身穿睡袍,跪在壁炉前,蜡烛在她身边闪烁。她头上围着红色的粗布,正在用自己的双手无畏地拨弄着炉火,这将使她能准时坐下来满足她如饥似渴的写作欲望。看到这一情景,他感到沮丧,审美得到一次检验;她的外表在他看来很不幸,她所做的不合逻辑,她的能力是一种谴责——这一切的结果是满腔怒火和二人关系的破裂。"②这种男性对于女性创作行为的无法摆脱的恐惧,连同男性文化对女性需求的误解和歪曲给女作家带来了许多问题:妇女在创作中会不自觉地受到传统观念的重压,父权意识会束缚她们自由写作,她们不敢像男人那样暴露自己的深层心理,妇女的想象和激情因此而受到钳制。伍尔夫也曾不无凄凉也不无激愤地假设莎士比亚有一位极富天资的妹妹,"她与他一样富有冒险精神和想象力","她才思敏捷,具有她哥哥那样卓著的才华,像她哥哥一样热爱戏剧。"但她与无休止的家务、不幸的婚约以及无处不在的欺辱和偏见搏斗得遍体鳞伤,直到穷途末路。"谁会去测度纠结在一位妇女的躯体内的诗人之心的热量和破坏力呢?——在一个冬夜她自杀了,被埋在一个交叉道口现在成了象山和卡斯尔外面的停车场。我想,如果某个莎士比亚时代的妇女具有莎士比亚

---

① 转引至乔纳森·卡勒:《作为妇女的阅读》,见《当代女性主义文学批评》,北京:北京大学出版社,1992年,第55页。

② 转引至艾德里安娜·里奇:《当我们彻底觉醒的时候:回顾之作》,见《当代女性主义文学批评》,北京:北京大学出版社,1992年,第126页。

的天赋,故事大概就是这么个样。"①妇女在父权社会中所遭遇的不平等待遇和严重的性别歧视甚至可能毁灭掉一个天才女性作家的创作天赋。

尽管妇女写作遇到了种种困难,女性并没有因此而放弃写作的权利。一代一代的妇女作家经受着磨难,艰难地从事着创作,她们的作品表现出女性独特的审美经验和审美表达方式,形成着具有历史连贯性的女性文学传统。然而,这样的女性文学传统却屡屡被男性批评家所忽视,被男性主流文学批评所淹没。因此,女性主义文学批评所要从事的重要任务是追寻被淹没的女性文学传统。女性主义批评家认为传统的文学史是一个由"文学经典"汇集成的男性文学的历史,这些经典将男性文本和男性经验作为中心,处处显示出对女性的歧视。这些文学史虽然也偶然收录一些女作家的作品,如简·奥斯汀、乔治·艾略特、勃朗特姐妹等,但对她们的作品也是采取一种男性视角来阅读,用男性经验来衡量,这样使男性文学标准得到进一步的确立。也就是说,传统的文学史按照男性的批评标准决定哪些作品可以被收入文学史,这种批评的结果是使大批妇女的作品被斥之于文学史外。女性主义者发现妇女作家有一种属于她们自己的文学,这种文学具有历史的连续性和题材的一致性,在艺术上也有重要价值,但因男性价值对文化的支配而一直处于被淹没状态。因此,要谱写女性文学传统应该从妇女文学的重新发现开始。女性主义者一方面开始挖掘被埋没的女作家,另一方面则重新解释一些被曲解和贬低的女性作家的作品。女性主义批评看重发掘妇女文学著作,描绘妇女想象力的版图,分析女性的情节结构,使妇女文学作为一个特殊的探索领域展现在世人面前。这种努力导致了对各个国家各个历史时期的妇女文学作品的重新发现和重新阅读。结果,大批被淹没的妇女作家重见天日,她们的书信和日记获得发表,研究妇女个人天才与文学传统关系的评传性著作不断出版,妇女写作中的连续性第一次得到明确的承认。这些著作不仅描述了19、20世纪妇女文学的发展,而且还从理论上阐述了妇女作家的处境,她们的焦虑,她们的经验,以及她们作品中对男性神话的重写。这些著作所体现的方法、观念和洞察力,经过女性主义者的检验、修正、补充和发展,到80年代初形成了一种对妇女文学史的系统叙述,展现了二百多年妇女写作的演变,说明了在男性文化支配中妇女的社会、心理和审美经验,以及由此而形成的反复出现的形象、题材和情节。

---

① 〔英〕玛丽·伊格尔顿编,胡敏、陈彩霞、林树明译:《女权主义文学理论》,长沙:湖南文艺出版社,1989年,第82—83页。

第三节　女性主义文学批评方法及关键词

女性主义文学批评方法立足于女性经验和女性审美视角对文学现象和文学批评进行重新阐释和再批评,在批评方法的建构上,它广泛吸收了马克思主义、精神分析、结构主义、解构主义、接受批评,甚至新历史主义、后殖民主义的批评方法进行综合创新,构筑了对传统批评进行反叛和颠覆的理论形态,这具体表现在批评家对作品形象分析、阅读接受研究和写作策略选择等方面。下文试图归纳女性主义批评方法对19世纪以来西方各种批评方法的移置、修正和整合所形成的批评运作方式,以及他们在文学批评中所使用的关键术语。

(一) "天使"与"妖妇"

女性主义文学批评关注文学的意识形态性分析,从根本意义上来看,它是一种政治批评和社会批评。马克思主义关于社会经济结构的分析和社会意识形态性的分析为女性主义批评提供了强有力的思想武器。女性批评家致力于挖掘社会经济模式与女性社会地位的关系,揭示性别歧视和性别压迫所产生的社会根源和历史过程。在文学实践中,他们关注妇女作家写作背景的研究,如她们的生平、经历和在男权社会中的处境及其对写作的影响,他们将女性作者与她们笔下的人物认同,试图从作品中寻觅作者生活和创作的轨迹。在对文学作品的人物形象的解读中,女性批评力图让人们看到性别意识或性别歧视作为一种社会文化力量的缩影是如何左右和影响着不同时代的作家笔下的人物,男性作者是如何在他们的作品中暴露出性别意识而有意或无意歪曲妇女形象的。在文学阅读效果的研究中,女性批评希望通过文学活动来批判父权制文化对于女性的压抑和摧残,以唤起女性的自我觉悟和反抗意识,达到解放妇女,提高妇女地位的目的。

美国吉尔伯特和古芭的女权主义名著《**阁楼上的疯女人**》(1979)研究了西方19世纪前男性文学中的两种不真实的女性形象——天使与妖妇,揭露了这些形象背后隐藏的男性父权制社会对女性的歪曲和压抑。在女性主义批评者看来,传统文学作品尤其是男性作家的作品所刻画的妇女形象多是一种虚假的形象,这种形象与现实生活中的妇女形象并不相符,而只是反映了男性作家的性别偏见和置妇女于从属地位的愿望。如女人不是被描写为温柔、美丽、顺从、贞节、无知、无私的"天使"形象,就是被描写为淫荡、风骚、凶狠、多嘴、丑陋、自私的"妖妇"形象。无论是希腊神话中的珀涅罗珀、安德洛玛刻,莎士比亚笔下的苔丝德梦娜,理查逊笔下的帕美拉,还是莫泊桑笔下的约娜,托尔斯泰笔下的吉提与娜塔莎,这些生活于不同时代、产生于不同国别的女性,都有一些共同的性格内涵:她们都是西方文学中的"高尚淑女"和

"家庭天使",她们是一切,是女儿,是妻子,是母亲,但惟独不是她们自己,她们成为男性奉献品或牺牲品。作者认为这把女性神圣化为天使的做法实际上是将男性的审美理想强加在女性身上,剥夺了女性形象的生命力和创造力,把她们降低为男性的附属品,而满足了父权文化机制对女性期待和幻想。另一类"妖妇"的形象则与"天使"形象完全相反,她们是不肯顺从、不愿放弃,自私、不恪守妇道的女人,如希腊悲剧《俄瑞斯忒亚》中的克吕泰墨斯忒拉王后,《美狄亚》中的美狄亚,莎士比亚悲剧《麦克白》中的麦克白夫人,《哈姆莱特》中的乔德鲁斯等等。这类女性形象包括三类:如失贞者:充满激情,缺乏理性,淫荡色情,是欲望的化身;男性化的女人:具有男性智慧,有着男性般的顽强意志和坚定意志,野心勃勃,心狠手辣的女人;悍妇形象:长得丑恶,刁钻古怪,泼辣凶悍,喋喋不休,俗称长舌妇、泼妇。这类女性形象对男性而言是一种威胁和挑战,也是男性所厌恶和恐惧的,它表现出男性文学的"厌女症"。但在女性主义看来,这些形象实际上恰恰是女性创造力对男性压抑的反抗形式。

通过对男性作者的女性形象的分析可以看出,历来男作家笔下的女性形象,无论是天使还是妖妇,实际上都是以不同的方式对女性的歪曲和压抑,这反映了父权制下男性中心主义根深蒂固的对女性的歧视和贬抑,男性对妇女的文学虐待或文本骚扰。男性通过把女人塑造成为天使,表现了自己的审美理想和愿望需求,并将这种歪曲的幻象强加于现实的女性身上去对妇女进行塑造,压制了妇女的自由意志的发展。男性对妖妇的诅咒,是对女性的生命力和创造力的厌恶,也在一定意义上压制了女性的自我觉醒。文学形象在性别意义上的虚假性,揭示出其中隐含的性别冲突和性别歧视的历史、社会和文化根源,暴露了现有权力结构的诸多不合理之处。

(二) 双声话语

女性主义批评对于妇女处境(包括女性读者和女性作者)的研究不仅仅局限于现实的经济地位和物质关系的层面,而进一步深入到对女性的深层心理层面的分析。他们很自然地将20世纪以来的精神分析学说关于精神模式的分析理论运用到对于女性心理结构和人格结构的分析。在女性主义批评看来,人类的进步和男性的文明是建立在对于女性的压抑之上,父权制正是通过对女性的压抑并隐匿这种压抑而得以维系,妇女的成长史则是女性在被压抑和反压抑中追寻自我意识和主体存在的历史。文学作品的女性人物形象往往可以通过精神分析的方式获得合理的解释,这些人物形象在精神分析模式上大致可以区分为三大类:在压抑中认同,将压抑转化为内在的自我需求,完全屈从于父权制的女性形象;在压抑中反叛,乃至于疯狂,勇敢地反抗父权制的女斗士形象;在压抑与反压抑中寻求平衡和协调而导致了人格分裂的女性形象。

这样一种对于文学作品中女性形象的精神结构分析方法同样可以运用到对女

性作家的创作心理和女性读者的阅读心理的研究。吉尔伯特和古芭在《阁楼上的疯女人》中说:"女艺术家感到孤寂。她对男性前辈的隔膜伴生了对姐妹前驱和后来人的企盼。她急切地渴望女听众,又畏惧着男读者的敌意。她受制于文化,怯于自我表现,慑于艺术的男性家长的权威,对女子创作的不正当、不合体亦忧心忡忡。凡此种种'卑贱低下'的表现都标志着女作家在勉力寻求艺术上的自我定义,并使女作家塑造自我的运动有别于男性同行的奋斗。"① 妇女作家在男性霸权文化之中深感身份焦虑,她们试图自我表现,但在无意识中却时时感受到男性权威的威慑,她们不得不在被压抑和反压抑中寻求自身的存在。因此,在西方 19 世纪的妇女创作运用了一种微妙而复杂的策略,她们在作品中表现出"双声话语",既体现着主宰社会的声音,又体现着属于自己的声音,或者说在表面显性声音中隐含了异样的声音。吉尔伯特和古芭认为从简·奥斯汀、玛丽·雪莱、爱米莉·勃朗特到爱米莉·狄金森等都创作了在某种意义上属于"再生羊皮纸卷式"的作品,这些作品表面含义模糊,能为主流社会所认同,但却掩盖了更深层的,更不易理解的,更不易为社会所接受的意义层次:这些作家通过遵守和屈从父权制文学标准的方式,获得了真正女性文学的权威。如果人们把女性小说当作双声话语来读,就可以看到除了"主宰"的故事,还有着"失声"的故事,从而使一直隐没在背景中的另一情节凸现出来。这不失为一种新的解读方式。主宰故事是女性文本对男性主宰文化不得已的模仿和利用的结果,否则她便失去了表达的手段和权力。但是在表面的主宰故事背后,女性文本可以将女性的独特经验和象征隐蔽于字里行间,在表面的情节之下敷设另一条情节的暗线。这条暗线代表的另一文本多少有些"失声",像"已拭去了原有字迹的羊皮纸"。但女性读者的"揭秘性"阅读却致力于将这些隐去的东西重新读出。以夏洛蒂·勃朗特的《简·爱》为例,从表面上看来,家庭女教师简·爱嫁给庄园主罗切斯特的结局很容易让人想起那个几乎成为模式的灰姑娘的故事,灰姑娘嫁给了王子是合乎情理的,也是对女性依附于男性权势做法的肯定。但是,夏洛蒂并没有使她笔下的女主人公成为童话中的"灰姑娘",在她表面所套用的男性关于爱情的叙事模式中,暗含对这种标准模式的颠覆。简·爱没有顺利地嫁给罗切斯特,她始终在抗拒着成为男性附庸的命运,只有当疯女人一把火烧毁了桑菲尔德庄园,罗切斯特与庄园主的身份剥离开了,简·爱才真正回到罗切斯特身边,并与他真正平等地站在了一起。这样一种故事结局的安排巧妙地避免男性经典故事的俗套,使《简·爱》成为具有"双声话语"的经典文本,它隐含了女作家对男性中心主义的权威意识的叛逆和对女性独立自主意识的弘扬。

---

① 《最新西方文论选》,桂林:漓江出版社,1991 年,第 271 页。

（三）身体写作

解构主义的批评模式和解构策略也成为女性主义有效的批评方式。解构主义向女性主义提供了置疑和颠覆父系意识形态的策略和方法。在男性统治的社会中，男性是社会的中心，女性则是遭受排斥和处于边缘的"他者"，充其量只能充当证明男性价值及其存在的符号和工具，只要保持这种等级森严的二元对立的统一项，整个社会就能有效地运行。女性主义批评所要做的是从社会历史文化根源的分析中阐释这种根深蒂固的二元对立形成的过程，从而达到消解二元对立项，去除男性中心主义对于女性的控制力量，实现多元化、差异化和平等化的文化格局的目的。在具体的文学批评实践中，女性主义批评的解构策略表现在：解构男性中心主义文学史，追寻妇女文学传统；解构男性中心主义叙述视角，建构以妇女经验为中心的叙述角度；解构男性中心主义的语言权，建构女性自己的语言表达方式；解构男性中心主义写作方式，建构女性独有的写作模式。总之，女性批评试图通过拆解男性中心主义文学创作和批评形态来奏响女性主义自我表现的乐章。

女性主义批评在颠覆男性中心主义的写作方式的同时，努力建造着女性独特的话语系统和表达方式。法国女性主义者西苏提出了**"身体写作"**的女性主义写作理论。西苏认为，在父权制社会中，女性的一切正常的心理生理能力和一切应有的权利都被压抑和剥夺了，巨大的男性压力和权威一直将她们隐蔽于"黑暗王国"之中，她们沉默无语，没有说话的权利，也无法开口说话。只有写作才能使妇女发出自己的声音，改变这种被奴役和被压制的现实状况。"写作。这一行为将不但'实现'妇女解除对其性特征和女性存在的抑制关系，从而使她得以接近其原本力量；这行为还将归还她的能力与资格、她的欢乐、她的喉舌，以及她那一直被封锁的巨大的身体领域；写作将使她挣脱超自我结构，在其中她一直占据一席留给罪人的位置"[①]。写作使妇女一路打进一直以压制她为基础的历史，夺取能够"讲话"的机会，并依照自己的意志做获取者和开拓者。

但是，西苏所提倡的妇女写作并不是简单摹仿或者重复男性写作的标准模式，例如使用男性的叙述视角和标准语言，套用社会主流的叙述模式，这些恰恰是女性作家和批评家想要颠覆和解构的。女性写作是出自妇女并面向妇女的写作，它所表现的是与女性的生理体验相关联的女性经验和潜意识，即如西苏所言，"她通过身体将自己的想法物质化；她用自己的肉体表达自己的思想"[②]。西苏认为妇女有完全属于她自己的世界，这个世界以对身体功能的系统体验为基础，以对她自己的色情质

---

① 西苏：《美杜莎的笑声》，见《当代女性主义文学批评》，北京：北京大学出版社，1992年，第194页。
② 同上书，第195页。

的热烈而精确的质问为保障,其中激荡着奇异的骚动、欲望、激情和感性冲动,是一种美的王国的极至。妇女不应该惧怕男性的目光和世俗偏见,大胆地描写躯体,表现属于女性自己的美的体验,"写你自己。必须让人们听到你的身体。只有到那时,潜意识的巨大源泉才会喷涌。我们的气息(naphtha)将布满全世界,不用美元(黑色的或金色的),无法估量的价值将改变老一套的规矩。"①妇女写作在文本和肉体的生理愉悦之间建立了紧密的联系,这使她们更容易摆脱男性文化对她们的束缚和要求,回归到与母亲合一的童年的天堂,回归到与自己肉体感受相关联的纯粹世界,不再受到男性的种种价值观念的强行侵扰。"这是一个由飞舞的色彩、树叶和我们哺育的涌入大海的河流构成的鲜活组合。……我们自己就是大海,是沙土、珊瑚、海草、海滩、浪潮、游泳者、孩子、波涛……波浪起伏的海洋、陆地、天空"②。没有任何东西能够阻挡我们自由的飞翔,这些与男性的秩序、功利、冠冕、价值毫无关系。"每个人的身体都以自己独特的方式施放其无限的、变化的全部的欲望,而不按任何模式和标准。"③女性写作让女性从专制的"文化彼岸"回到身体,真正回到女性本身,唤起一切与她自己的需要相关联的潜意识体验,感受到充溢着生命激情的歌唱和旺盛的创造力的高涨。女性写作具有与男性写作不同的特点,男性依赖着文化传统,运用着语言来写作,女性却"只有身体",用身体的体验和感受来写作。她们一直不甘于在男性的话语活动之内来活动,她们力图用身体的唯一话语刻画出一部急速旋转和无限广大的历史。

西苏还指出,女性写作有其独特的区别于男性文化的语言,这是一种无法攻破的语言,这语言将摧毁隔阂、等级、花言巧语和清规戒律,它是反理性的、无规范的、具有破坏性和颠覆性的语言。女性所使用的语言与女性的肉体感受直接相联,"妇女的身体带着一千零一个通向激情的门槛,一旦她通过粉碎枷锁、摆脱监视而让它明确表达出四通八达贯穿全身的丰富含义时,就将让陈旧的、一成不变的母语以多种语言发出回响。"④虽然女性仍然必须在男性的话语内部说话,但是它却以其独特的方式解构了男性语言的秩序性和完整性,她"炸毁它、扭转它、抓住它、变它为己有,包容它、吃掉它,用她自己的牙齿去咬那条舌头,从而为她自己创出一种嵌进去的语言。"⑤这种具有革命性和叛逆性的语言,清除了男性话语中的对女性的压抑因素,使女性的心灵和肉体都在其中得到表达,成为女性表现自我体验的独特的"女人

---

① 西苏:《美杜莎的笑声》,见《当代女性主义文学批评》,北京:北京大学出版社,1992年,第194页。
② 同上书,第205—206页。
③ 同上书,第207页。
④ 同上书,第201页。
⑤ 同上书,第202页。

腔",这对于推动文学的发展具有意义。

第四节 女性主义文学批评的批评个案

《简·爱》是19世纪英国女作家夏洛蒂·勃朗特的成名之作,它是一部充满激情和富于诗意的爱情经典,小说通过简·爱与罗切斯特之间一波三折的动人爱情故事,塑造了一个出生低微,生活道路曲折,却始终坚持维护独立人格、追求个性自由、主张人生平等、不向命运低头的现代女性形象,一百多年来,这部小说一直为无数的读者所青睐和珍爱,也被无数的批评家所赞美和肯定。20世纪中期女性主义文学批评的崛起,为《简·爱》开启了全新的阅读视域,也使《简·爱》成为了一部经典的女性主义批评文本。女性主义文学批评立足于女性读者的性别视角对女性作者的文本进行了重新解读,她们深入挖掘了隐藏在文本中的独立女性意识,不仅为读者解读出了一位独立、自主、坚强的简·爱,也使读者深入感受到了简·爱作为普通女性的愤怒性和压抑性的另一层面,批评家尖锐地揭示了男权社会对于妇女身心的压抑、禁锢和摧残,展现了女性的反叛性和颠覆性的强大力量,批评家还从文本中阐释了女作家的双声话语和对父权制发动挑战的微妙写作策略。在女性主义文学批评关于《简·爱》的解读中,最为著名的是美国的两位教授吉尔伯特和古芭的女性主义批评名著《阁楼上的疯女人》,还有美国批评家苏姗·S.兰瑟《虚构的权威》中关于《简·爱》的叙述话语的分析,她们成功地实践了女性主义的批评方法,并提出了许多新颖奇特,令人耳目一新的观点。

(一)《简·爱》的女性主义叙述声音

美国批评家苏珊·S.兰瑟在他的《简·爱的遗产:单一性的权利和危险》一文中分析了《简·爱》中的女性主义叙述声音[①],从而认定《简·爱》是一部出自女性作家之手,也真正地表现了女性独立意识的女性主义典范文本。

《简·爱》是一部虚构性自传体小说,它出自于女作家夏洛蒂·勃朗特之手,但小说却在1847年以柯勒·贝尔(Currer Bell)这个性别不明的笔名出版。苏珊认为不论小说的独创性令人赞叹还是引人反感,但小说在为女性个人叙述声音争取权利和权威方面却具有开拓性。

这部小说的叙事形式几乎不容分说地、强烈地突出了一种女性主义的叙述立场,在整部小说中,一个相貌平平、身材弱小的家庭女教师凌驾于全书之上,她的身

[①] 苏珊·S.兰瑟:《简·爱的遗产:单一性的权力和危险》,见《虚构的权威》,北京:北京大学出版社,2002年。

影几乎出现在小说的每一页,书中出现的每一件事情和每一个人都是出自这个几乎没有出过远门的乡村姑娘的锐利的眼光之中。在19世纪的英国,虚构性自传体小说尚未成熟,且大都出自于男性作家之手,其中的叙述者都是男性,并且都强烈地表现出"惟我独尊"或"拜伦似的盛气凌人"的男权主义说教意识。在《简·爱》之前,虽然也出现过一些出自女作家之手的自传体小说,这些小说也采取了女性叙述声音,但是它们的叙述者都在自我之外寻求男性权威的扶持,如小说中都有睿智聪慧、敬畏上帝、比女主人公"懂得多"的男人,这使女性叙述者个人的叙事权威受到限制,叙述者的权威让位于某种内在的总体叙述声音。《简·爱》的独特性表现在冲破了男权意识对女性叙事权威的羁绊,展现了一个虽说不上是"拜伦似的盛气凌人",但也称得上是"惟我独尊"的女性叙事主体形象,并以前所未有的执著精神吸引着广大的读者。在《简·爱》的叙述声音中包含着一种本色的、铤而走险、离经叛道的独立意识。

夏洛蒂·勃朗特在1848年致W.S.威廉斯(W. S. Williams)的信中大胆否定了男性文学传统,表明了一种更倾向于女性的自然态度从事写作的想法。

> 我从儿时起,就对那些小说中被称为典型男女主人公的人毫无兴趣,我从不认为他们是自然的,也根本不想摹仿他们。假如我受命如法炮制这些人物,我干脆就会一字不写。假如要我或多或少地摹仿任何以往的小说家,甚至是像司各特这样最伟大的小说家,那么我也不会动笔。如果我没有自己的话要说,没有自己说话的方式,那么出版小说与我毫无干系。如果我的视线不能越过林立的大师,直趋大自然本身,那么我根本就没有权利东描西画。如果我没有勇气置常规套话不顾而采用本真的语言,那么我还是保持沉默为好。①

正是这种自然的精神使勃朗特有"自己的话要说",同时也给予她"自己说话的方式",勃朗特在《简·爱》中一点一点、逐渐排斥了传统的统筹着家庭女教师故事的叙事权威,建构自己独特的女性视角的叙述方式和叙述声音。勃朗特在为简·爱取名、确定阶级地位和年龄之前,就已经用女性作家最快速笔法把她塑造成一位既是个人也是女性的发言者。简·爱一概不理睬别人对她的看法,而喜欢根据自己的感觉、情感和经验,即根据某种根本的浪漫主义权威来享受一种崭新的说话方式,勃朗特赋予了她笔下的女主人公简·爱面对权威时敢于说"不"的勇气。还是孩子的简·爱就坚定地表示自己在言语上对雷德夫人的不敬:"绝对没错","你怎么敢还这么说,简·爱?""我怎么不敢,雷德夫人?""我怎么不敢?因为我说的没错。"这种"没

---

① 转引自苏珊·S.兰瑟《简·爱的遗产:单一性的权力和危险》,见《虚构的权威》,北京:北京大学出版社,2002年,第208页。

错"的言说使简·爱获得一种"我从未经历过的最最奇妙的自由和得胜的感觉"。简·爱将自己在舅父家的经历一五一十地描述给了坦普尔小姐听,从而澄清了罗克勒先生关于"她是爱撒谎的坏孩子"的指控,这使简·爱深深懂得了开口说话的重要性。对于这样一个失去父母的孤儿来说,讲述即意味着生存,沉默就意味着死亡。成年后的简·爱不仅要为自己赢得说话的声音,而且在越来越诱人屈从的压力面前保持住了自己的声音。每当罗切斯特企图管制她的声音或不容许她说出自己的观点时,简·爱总是表现为愤愤不平。她不会奉承他,也不会听命于他,去"仅仅为了说话和炫耀而说话"。当她拒绝成为她的情人时,还是她自己的声音使她获得做一个"有独立意识的自由的个人"的权利:"我已经说出我心中的话,现在可以想去哪儿就去哪儿了。"同样,简·爱在一次谈话中也拒绝了圣·约翰·雷维尔斯对她的要求,尽管他根本想不到一个女人竟敢对一个男人说出这样的话,雷维尔斯对简·爱说:"你说这些话根本就不应该,不守妇道,还不真实。"简·爱对此威吓也根本不当回事。虽然这部小说以婚姻而告终,简·爱最后成了简·罗切斯特,但是叙述者从未放弃过她的专名"J-E",而且她的自传体书名仍然是这个恰到好处的《简·爱》,简·爱曾经对读者这样说:"读者,是我嫁给了他",这与传统家庭女教师故事中的"他娶了我"的被动语句形成了鲜明的对比。《简·爱》这种单刀直入、执著顽强的声音在公众读者面前表现得毫不含糊,这部小说戏剧性地拓展了小说中女性个人叙述声音的空间。

在《简·爱》中,夏洛蒂赋予了女主人公简·爱说话和分辩的权利,她的声音贯穿了整个小说文本。但是,这部小说还制造了一种比简·爱更为刚烈和强烈的声音,这种声音将简·爱的女性主义呐喊推向了高潮。发出这一声音的是那个欧洲裔拉丁美洲女人伯莎·玛森·罗切斯特,勃朗特成功地将伯莎塑造成了一个敢说敢干,从不低三下四,拒绝男性权威所认同女子气质的人物形象。她身材高大,"雄赳赳","四肢发达","腰圆膀大";她的脸庞"没有光泽"并显出"凶相";她仅有"矮小黑人的智力",不过是一个"魔鬼"、"荡妇"一样的"东西"。这是一个分裂的女性形象,她首先被异国情调化,然后被野兽化,成为一种特有"野兽般的非人力量","男性化,统治欲望强,斗士般的生物"。伯莎所有的表现中最引人注目的是她的声音,她被塑造成为一个发出怪异声音的女性。那种"莫名其妙的狂笑",阴森恐怖,是"我从未听到过的,发自阴曹地府的笑声"。"阴阳怪气的喃喃自语比她的狂笑更令人费解",她那种"怪话异语"和那种可怕的"声音"让简·爱不知从何说起,还有她那像狗一样的咆哮,"野性十足,尖刻凄厉","回荡在索菲尔德大屋之上。"伯莎怪异的声音表明了与她交谈根本是不可能的,"因为不管我先说什么样的话题,她总是立即恶语相向,说的话既粗俗不堪,又愚昧无知","再是厚颜无耻的荡妇也说不出那种不堪入耳的污言秽语"。正是她的"怪叫声"最终使罗切斯特离开了这座位于西印度群岛的"地狱",去追寻英格兰的"柔言细语"的清风。然而,伯莎发出的声音到底是什么样的声音呢?由于简·爱来到桑菲尔德庄园之前,伯莎就已经疯了,因此勃朗特并没有赋予伯莎直接说话和为自己辩护的权利,有关伯莎的许多声音都来自罗切斯特为自己先前的婚姻自我辩解的语词之中,罗切斯特试图成为伯莎的代言人。但是,女作家让伯莎所发出狂荡不羁和咄咄逼人的怪叫,这种声音不再是像简·爱那样仅仅替女性发出声音和进行辩护,而是显示了对整个男权社会压抑女性行为的强有力的愤怒和抗议。伯莎的声音进一步巩固和强化了《简·爱》的女性主义的叙述立场。

(二)简·爱的双重人格意识

吉尔伯特和古芭《阁楼上的疯女人——女作家与十九世纪文学想象》是一本论述 19 世纪英美女作家的崛起和女子文学传统的女性主义批评著作。作者立足于女性主义批评视角,并运用了精神分析的方法重新解读了《简·爱》,她们指出:"《简·爱》是一部弥漫着愤怒的、从逃脱中找到健康与健全人性的安格利亚狂想曲。"简·爱的人生经历就是从形成双重人格意识和人格分裂到靠自身的力量治愈分裂创伤的历程。[①]

简·爱十岁时,由于反抗表哥的欺辱而受到舅母的惩罚,她被关进"红房间"。批评家从这个情节中分析出重要的意象与情景:上锁的封闭空间(小简·爱说"没有什么监狱比这儿更保险了");室内的穿衣镜代表着又一重封闭的空间(小简·爱"不由自主地探索着它揭示的深处。在那幻觉的空洞中一切比现实显得更加阴暗、森冷");处在房间与镜子的双重幽禁中的小孩;代表着被关押者灼热、愤怒的内心的红色(房间的家具和帘幔呈红色基调);由对幽禁的恐惧、愤怒而导致的自我形象的陌生化或人格的分裂("一个陌生的小人在那里瞪着我……一个真正的幽灵");欲冲破幽禁的"疯狂"形象("小简·爱……发疯似的拍打着锁")。批评家认为红房间的经历确定了简·爱的双重人格意识,在她的深层意识中,有一个愤怒的简,一个仇恨的简,一个疯狂的简,那是由于幽禁的愤怒和恐惧而导致的简·爱的自我形象的陌生化,也就是人格的分裂。成年后,愤怒的简·爱化为一种潜意识,她并没有消失。小说行文中明确将愤怒的简·爱同火的意象联系起来。成年的简回忆自己当年怒斥舅母的"疯狂行为"时说:"一垄着了火的野草,腾跃着,扫射着,吞噬着,这正是我(当时)心态的贴切比喻。"简·爱压抑着她在童年时代就存在的愤怒,这就是她精神分裂的征兆:简·爱必须根除这个心理负担才能成为完整的健康的人。

如果说幼年的简因受到舅母的不公平待遇而感到愤怒的话,那么批评家告诉我

[①] 本文关于《阁楼上的疯女人》对于《简·爱》的批评转引至韩敏中《女权主义文评:〈疯女人〉与〈简·爱〉》,见《外国文学评论》,1988 年第 1 期。

们,在桑菲尔德,简隐喻仇恨的对象就是她所爱的罗切斯特。女性批评强调简与罗切斯特之间的不平等关系,他们的操纵和反操纵的"权利斗争"。批评家分析了小说中的童话因素,当时的社会现实及小说与文学传统的关系,指出尽管罗切斯特与简宣称相互平等,但是他们的关系的基调仍是王子与灰姑娘、主子与奴婢的不平等关系。简虽然不知罗切斯特已婚,但一直隐约感觉到有什么东西不对头。她对当时社会的婚姻观、女子在婚后的地位也深有反感。小说的第二十四章集中描写了在订婚之后情人之间的紧张关系,简拼命地抗拒将丧失自我,成为男子赏玩的摆设的命运。但是批评家并不直指社会现实或泛泛而论反映在作品中的社会不平等现象,她们注重的是心理层面,是女主人公及女作家面临困境、处理关注各种问题时的心态。作为寄人篱下的孤儿和家庭女教师,简受到的不公平待遇和由此产生的反抗心情是一目了然的,也是不难理解的。但是,在个人心理层次上,问题就复杂、隐晦得多。她们指出,简与书中其他女性不同,她的体内有一股"体内的怒火",影响着她的精神健康。她不知道自己的那股怒火一直在烧着,她的愤怒的自我暗中拒绝这不平等婚姻。

批评家认为简与罗切斯特的婚姻不仅存在着一层法律的障碍,更有双方在心理上设置的障碍,小说中有许多细节能表明简对婚姻所具有的心理障碍的种种迹象:如简提起婚礼时说:"那一天邻近了,推迟不了了";新娘"简·罗切斯特"是"我尚不认识的人";新娘的裙袍,那"幽灵般的衣饰……与我无关"。当她穿上自己畏惧的白礼服时,披上白纱照镜子时,觉得"镜中的人那么不像平时的我,几乎是个陌生的形象"。简所用的词,说话的口气和口吻、语气,流露出最好能推迟结婚,最好别当简·罗切斯特的倾向,揭示了简·爱和简·罗切斯特的分裂,幼年的简与成年的简的分裂,简在镜中的映象与她本人的分裂,表现出简在无意识中对自己婚事的畏惧、疑虑和反抗。

小说中还不断隐约重复着有关"孩子"的意象。如关在红房子中的小简爱;女佣贝茜歌谣中踽踽独行的孤儿(吉尔伯特等发现歌词准确地预示了在愤怒绝望中开始人生旅程的简日后的经历);还有简在坠入情网后夜夜步入她的梦境的"幼儿幽灵"。这时,简不仅亲身回到了她童年生活的地方(小说的第二十一章,她被召唤到舅母的病榻前),而且思想、情绪也象征性地回到了童年,又一次经历了精神上的分裂。婚礼前,简连续两次梦见了一个陌生的哭号的小孩(第二十五章,批评家发现描写这小孩的用语和贝茜的歌词很相似),那是她无法甩脱的"负担",成为她与罗切斯特结合的障碍。经过分析,吉尔伯特等指出所有的这些孩子都是同一个孩子,或者说简在幼年受到的精神创伤化为了"孩子"这个具体的形象。所谓孩子的重负也就是"过去"的重伤,自红房子的经历起就开始折磨她的双重人格,或者说她的愤怒和疯狂。

吉尔伯特等认为,简·爱是一个悟性很高的女子,她自幼对男权社会的压迫本质就有着一种直觉,这又形成了她的精神负担。于是她在这个社会中感到窒息,被愤恨不平折磨得发疯,胸中有一团怒火在燃烧,这不仅影响了她的精神健康,也对社会造成了威胁。这样一个简,是不可能和她所爱的人平等地、幸福地结合的,这是简本人的问题。在简成为健康、健全的人之前,她注定要背着"孩子"到处走,黑影注定要尾随着她。简·爱由于愤怒、压抑所造成的心理重负只有在疯女人一把火烧毁了象征父权、夫权的桑菲尔德庄园,当桑菲尔德庄园化为废墟,伯莎跳楼身亡时,才真正获得解脱。这种解脱绝不仅仅表现在现实层面上,简和罗切斯特之间的法律障碍被消除了;也不完全表现在由于庄园的烧毁,罗切斯特与庄园主的身份剥离开了,简·爱因此与罗切斯特真正平等地站在了一起,他们之间的爱情可以获得真正平等的意义。吉尔伯特等认为,真正的解脱是简·爱自我的心理解脱,疯女人的一把火释放了她内心长期郁积的怒火,而使简爱获得了健康的心理和健全的人格,她能够真正从心理层面上接受罗切斯特的爱。简在婚礼前夜的第二个梦中,梦见自己在庄园的废墟中追赶罗切斯特,墙塌了,她摔下来,"孩子"也从她的膝头滚落。这个梦境是简·爱从背负"孩子"的重负中解放出来的显现。

我们看到,吉尔伯特和古芭对《简·爱》的分析并不是纯现实主义的,她们预设了简的人生历程:精神创伤的形成,治愈精神分裂的创伤,成为健康、独立、成熟的人。问题的提出和论述是象征性的:简的怒火是她的精神分裂的征兆;怒火的平息,创伤的治愈有赖于庄园的毁灭和伯莎的死亡。这就是简·爱的整个人生历程,也是她作为普通的女性在男权社会中受到压抑、愤怒、疯狂和追寻自我解放的历程。

(三)疯女人伯莎就是简·爱

吉尔伯特和古芭在《阁楼上的疯女人》中还提出了一个令人惊异的观点,即关在庄园阁楼上的那个蓬头垢面、形同野兽的疯子伯莎·梅森,其实就是简·爱,简·爱想毁灭桑菲尔德庄园,伤害罗切斯特,伯莎就替她放火烧了庄园,让罗切斯特瞎了眼,断了手。简·爱是感情、理性的伯莎,伯莎是愤怒的、疯狂的简·爱,这两个人其实是一个人的两个方面。

以前人们读《简·爱》大都不太注意疯女人伯莎这个形象,许多人认为她仅仅是小说情节发展中的一个道具或者仅仅是一个陪衬人物。但女性主义则抓住了这个人物大做文章,认为在她身上隐藏着许多的秘密,绝不是一个可有可无的道具或陪衬人物。在这个爱情故事中,罗切斯特、简、伯莎构成了婚恋三角形,在这个三角形中,简·爱始终都在进行着自我分析和辩解,罗切斯特也不失时机地发表长篇言说,作者惟独剥夺了伯莎的自白和辩解权,任凭人们对她进行缺席审判,疯女人的形象成为隐藏在作品中的一个密码,但它所储存的信息却是丰富复杂的。

有的批评家认为疯女人在作品中具有浓烈的调味品功能。她往往在半夜出没，行动诡异，给小说制造了一种神秘的气氛，造成了强烈的悬念，从而增添作品的吸引力，满足那些在阅读中寻求刺激的读者。疯女人也是推动情节迅速发展的道具，她不受理智控制的举动加速了情节的展开。伯莎在半夜放的第一把火，使罗切斯特第一次清楚地意识到她的女教师的出现是他生活中的福音，突然降临的危险给予了女主人公一个机会，展现她的果断、镇静和勇敢的一面。更重要的是，疯女人的一把火使简·爱避免落入"灰姑娘"的巢臼，正因为如此，才能表现她的女性的独立意识。当疯女人一把火烧毁桑菲尔德庄园，罗切斯特才与庄园主的身份剥离开了，简·爱因此与罗切斯特真正平等地站在了一起。因此，伯莎这个人物是为了简和罗切斯特的故事更加丰富多彩和具有意义而虚设的，同时也是不可缺少的。[①]

还有批评家认为《简·爱》本来就是虚构性自传体小说，无论是简爱和疯女人都是有原型的。夏洛蒂·勃朗特去世后，她写给康斯坦丁·埃热的四封情书公布于众，这使人们开始重新审视《简·爱》。夏洛蒂一生遭受过许多不幸与痛苦，5岁丧母，父亲由于经济和精力的两俱不足，不得不将夏洛蒂姐弟四人送到由慈善机构创办的寄宿学校，不久学校肺病流行起来，夺去了夏洛蒂的两个姐姐的生命，这使童年的夏洛蒂倍受伤害，后来夏洛蒂姐妹辗转各地，以当家庭教师为生，也受尽歧视与屈辱。27岁时，夏洛蒂曾经到比利时布鲁塞尔的一所学校任教，这所学校是康斯坦丁·埃热夫人办的。为了避免学校唯一的一位英国人感到孤独，埃热一家曾热情地邀请夏洛蒂与他们住在一起，并教授埃热英语。埃热是皇家学院教授，博学幽默，充满魅力，又很欣赏夏洛蒂的才情，从而萌动了夏洛蒂的爱慕之心，令她陷入不能自拔的热恋之中。埃热夫人觉察隐情，及时中断了丈夫埃热的英语课，夏洛蒂也因此返回了英格兰，她沮丧、绝望，情绪低落到了极点，这四封情书记录了夏洛蒂对埃热的一段刻骨铭心的恋情，叙说了自己食无味，寝无眠，形容憔悴的情形，但她爱情的呼唤没有得到回应而使她感觉到撕心裂肺的痛苦。批评家借此认为简·爱的原型就是夏洛蒂自己，罗切斯特身上有埃热的成分，疯女人就是埃热夫人的扭曲和变形。在生活中没有获得的爱情，在小说中得到了补偿。伯莎早年纵欲，酗酒，后发疯，被关进黑屋子，再后来杀人放火，最后跳楼自杀，这是女作家对于这个妨碍他们爱情的人的报复，也是蓄积已久的郁闷心理能量的释放。她情不自禁地将这个原型给"抹黑"了。[②]

女性主义批评家不简单地将疯女人对应现实中的某个原型，也不将疯女人的形象置于无足轻重的位置，她们在疯女人身上发现了女性作家向父权制发动挑战的微

[①] 参见方平：《为什么顶楼上藏着一个疯女人？》，见《读书》1989年第9期。
[②] 参见范文彬：《也谈〈简·爱〉中疯女人的艺术形象》，《外国文学评论》1990年第4期。

妙写作策略。疯女人伯莎是简·爱的另一面,是简·爱的反抗性、愤怒性和疯狂性的一面,也是女作家的双重性的表现。书中的疯女人伯莎·梅森是被压抑的女性的创造力的象征,也是向父权制反抗的作者本身。男性主人公罗切斯特是权利的中心,他为了金钱和欲望娶了后来成为"阁楼上的疯女人"的伯莎为妻,在发现她疯狂之后,就将之关进了桑菲尔德的阁楼。伯莎一次次逃离,一次次纵火,最后将桑菲尔德烧掉了,这正是简·爱反抗男性中心主义的潜在欲,也是女性毁灭男性的象征。

  吉尔伯特和古芭从多方面论述了简·爱与伯莎的关系。她们从书中的意象、事件、情景、词语的前后照应、互相渗透来寻找两者间的连接点。如红房间的意象就是在作品中不断重复和变奏而显现出来的"主题曲"。红房间的明显再现是在桑菲尔德庄园的阁楼,那同样是一个囚禁女性身心的处所:在两道锁着的门后,关押着疯狂的伯莎,她多次冲出监禁她的密室,一次一次地纵火。幽禁与冲破幽禁,从愤怒、分裂到疯狂,疯女人所经历的一切也是简·爱曾经所经历的,如今简·爱所压抑的愤怒通过伯莎得到了充分的表现。还有有关"镜子"的意象。在简·爱两次梦见"孩子"对情侣的阻隔后,这位真正的罗切斯特夫人穿着白色的裙袍,戴着将成为罗切斯特新妇的简的头纱,转向了镜子。人们注意到简不是面对面,而是从"黑洞洞的长方形镜子中清清楚楚看到了映在其中的面孔和眉眼","好像从镜子中看到了她自己的面孔和眉眼一样"。吉尔伯特认为关于"镜子"的意象证明了纯洁的简和疯狂的伯莎是同一形象。由于"镜子—自我分裂"的意象的一再重复(红房间穿衣镜中的陌生小人,穿婚礼服的简·罗切斯特),人们不难理解,深夜在镜中映出的披着新娘头纱的伯莎·罗切斯特,也是一个陌生化了的简,"是简最真实、最黑暗的影子:是愤怒的孤儿,是简……一直拼命想压下去的狂暴的秘密的自我。"

  批评家认为简在庄园的整个时期,伯莎都是作为她的黑影出现的。伯莎每一次"显形",都是在简感到愤怒和必须压抑愤怒的时候。简第一次听到伯莎的哭声时,是她在宅顶上对自己的性别角色感到愤愤不平之时。简对新娘礼服(异化的自我)的畏惧,化为穿着裹尸布似的白色直裙的伯莎;简不喜欢昂贵的新娘头纱,伯莎就将它撕碎了;简巴不得推迟婚礼,伯莎帮她达到了目的。下面的事实尤其发人深思:简在婚前梦见庄园被毁,一年后伯莎果真放火烧了庄园,而且毁灭了自己。简离开罗切斯特时,表面上是强忍悲痛,嘱咐自己痛下决心:"你要亲自把你的右眼挖出来,把你的右手砍去……",可是这句话却通过伯莎神奇地应验到罗切斯特身上:伯莎纵火后,站在房顶上,罗切斯特为了搭救她,双目失明,一只手致残。吉尔伯特评论道:"简深藏着毁灭庄园的欲望——庄园是罗切斯特主宰、她被奴役的象征……简对罗切斯特的敌意通过曲折的形式表现在她对自己的预言中……"由于伯莎所做的一切,正是简在无意识中想做的事,所以伯莎好像在"执行简的意志",是"简的代理人",代替她泄出怒火。

  吉尔伯特认为最能说明伯莎就是愤怒的简·爱的还不止上面这些。伯莎不只"替简行动",而且她的"行为酷似简"。作者在对两人的描写中的相似用语和意象最明显的是"火"。简,尤其是愤怒的简,总是和"火"联系在一起,她把自己幼年的愤怒比喻成为"一垄着了火的野草"。伯莎有纵火的倾向,那扫射吞噬一切的火焰终于使监禁伯莎,压迫简·爱的桑菲尔德庄园化为废墟。批评家暗示道,这场大火的纵火者表面上是伯莎,实际上更是简,似乎她无意识的怒火焚毁了她所恨的庄园,梦的预演便是意欲的实现。愤怒的简和疯狂的伯莎都是一团火,她们使罗切斯特一再经受了火的洗礼和考验。毁灭庄园意味着毁灭男性权威和压制,这是简的愿望。伯莎所做的事刚好是简·爱想做的事,简·爱为此而焦虑,伯莎的纵火帮她实现了抑郁于心中的愿望,而使她能解除焦虑和痛苦,健康地生活于男人的世界。

  吉尔伯特和古芭在文中引用了克莱尔·罗森弗尔德关于文学创作如何运用"影子"的一段话:"有意识和无意识地运用心理学的双重人格的小说家"常常并列地安置"两个人物,一个代表能为社会所接受的或者因循习俗的人,另一个则是自由的、不受任何拘束的、甚至是犯罪型的自我的形象化、人格化"。勃朗特有意识地运用了"影子"的创作方法,女作家通过疯狂的伯莎表达出简和她所经受的精神分裂痛苦和内心的愤怒,正是在这里,我们看到了"意欲实现"的幻觉:简泄出怒火,祛除了肉体的伯莎,使其不再受到种种分裂的威胁;而勃朗特放出了"疯女人",也就把威胁自己精神生活的"东西"从体内释放出去,从而控制住了它,犹如与自己的分裂意识"达成了协议"。批评家不只读了简·爱的寓言,她们也在读勃朗特的寓言。勃朗特创作了《简·爱》,好比疯女人冲破自古以来男性文本对女性的束缚和幽禁,喊出自己的声音,表达了女性自我意识。我们只有从简·爱和伯莎的统一中,才能悟出《简·爱》的革命意义。

参考书目

1. 弗吉尼亚·伍尔夫:《一间自己的屋子》,王还译,北京:三联书店,1989年。
2. 西蒙·波伏娃:《第二性》,长沙:湖南文艺出版社,1986年。
3. 张京媛主编:《当代女性主义文学批评》,北京:北京大学出版社,1992年。
4. 玛丽·伊格尔顿编,胡敏、陈彩霞、林树明译:《女权主义文学理论》,长沙:湖南文艺出版社,1989年。
5. 吉尔伯特和古芭:《阁楼上的疯女人——女作家与十九世纪文学想象》,耶鲁大学出版社,2000年。
6. 苏珊·S.兰瑟:《虚构的权威》。

7. 伊莱恩·肖沃尔特:《走向女权主义诗学》,见《当代西方艺术文化学》,周宪等主编,北京:北京大学出版社,1988年。

思考题

1. 运用女性主义批评视角重新解读《金瓶梅》中潘金莲的形象。
2. 试分析莎士比亚在《哈姆莱特》中表现出来的"厌女意识"。
3. 试分析格林童话《白雪公主》中的所隐含的"天使"与"妖妇"形象。

第九章
接受—读者反应批评

第一节 接受—读者反应批评理论描述

20世纪20年代,俄国文艺学家巴赫金就文学作品的存在提出了"说者(作者)、听众(读者)和被议论者或事件(主角)"三者的社会交往存在问题;30年代,英美批评界已开始注意文本的阅读、接受和影响问题,并开始使用"读者"、"阅读过程"、"反应"、"接受"、"交流"等一系列术语。60年代末期,联邦德国康斯坦茨学派的两个中坚人物罗伯特·姚斯和沃·伊瑟尔,分别发表了《文学史作为文学理论的挑战》(1967)和《本文的召唤结构》(1970)两篇迥异于作家研究和文本批评的重要论文,以读者为中心的接受美学研究从此崛起,领导着一个文学批评研究方法革命时期的到来。欧美文学理论界出现了一个重要的转向,就是文学批评关注的中心从文本转移到读者,形成了一种新的批评范式,这就是读者反应批评范式。这个批评的核心问题是确定读者在文学中的作用。

读者反应批评是对结构主义的文本中心论的反拨。欧洲的传统文学批评研究的中心有一个发展的过程,可以描述为三个时期:1.作者中心论。浪漫主义诗学和19世纪的诗学以作者为中心阐释文学;2.作品中心论。形式主义、新批评、结构主义,文本独立于作品而存在。作者退场,作品出场;3.向读者转向。作品中心退场,作者仍然不在场,读者出场。严格来说,后一个时期的转向并非专注于读者本身,而是转向对读者以及作者、作品、读者三者的相互关系上。

作为一种文学批评思潮,读者反应批评具有以下特征:第一,它开拓出一个特殊的研究领域,即:读者、阅读过程、反应、接受、交流等,形成了一系列具有特定内涵的术语和概念的体系。第二,其研究重点是作家对他的作者所持的态度和要求;各种文本所意指的不同读者类型;实际的读者在确定文学的意义方面所起的作用;阅读习惯和文本阐释之间的关系;读者自身的地位等。第三,它是对20世纪以来文学批评理路的延伸,表达了一种对全方位把握研究对象的科学精神。第四,它涉及的关键问题是文学作品自身的地位问题。通过重新调整文学作品与读者之间的关系,使人从一个新的视角来理解文学作品及其意义。依据这个视角,阅读文学作品不是被动和孤立的,而是一种创造性行为;缺乏阅读,文学作品就处于未完成状态。

作为读者反应批评的理论核心的,是文学批评对读者地位的注意。以往西方文学批评并非不注意读者/阅读接受在文学研究中的位置,但是,并没有把这个因素放在文学作品实现的程度上来关注。进入20世纪以来,随着对文学整个过程的关注,读者/接受的地位逐渐得到了批评界的注重。20世纪20年代中期,俄国文学学家米·巴赫金发表了《生活话语与艺术话语》(1926)一文,在这篇论文中,他提出了读者反应批评理论的核心观念问题。他说:"**任何现实的已说出的话语(或者有意写就的话语)而不是在辞典中沉睡的词汇,都是说者(作者)、听众(读者)和被议论者或事件(主角)**这三者社会的相互作用的表现和产物。话语是一种社会事件,它不满足于充当某个抽象的语言学的因素,也不可能是孤立地从说话者的主观意识中引出的心理因素。"①巴赫金认为,一切艺术作品都是一种话语,都是"说者(作者)、听众(读者)和被议论者或事件(主角)"三者的社会交往存在。"正如我们所说,固定于艺术作品的审美交往完全是独特的,并且不可归结于意识形态交往的其他类型,如政治的、法律的、道德的等等。如果说政治交往创造相应的机构和法律形式,那么审美交往建构的只是艺术作品。如果它拒绝这个任务,如果它开始追求创造哪怕是转瞬即逝的政治组织或任何另外的意识形态形式,那么它因此就不再成为审美交往并丧失了自己的独特性。审美交往的特点就在于:它完全凭艺术品的创造,凭观赏中的再创造而得以完成,而不要求其他的客体化。但是,当然,这种独特的交往形式也不是孤立的:它参与统一的社会生活流,自身反映着共同的经济基础并与其他交往形式发生有力的相互作用和交换。"②在这里,巴赫金提出了两个重要的命题:一个是"审美交往建构"的问题;一个是"审美交往"与其他意识形态交往之间的差异问题。巴赫金认为,第一,审美交往的领域是社会的一个变体,"艺术同样也内在地具有社会性:艺术之外的社会环境在从外部作用艺术的同时,在艺术内部也找到了间接的内在回声。"因此,艺术理论,很自然,只能是艺术社会学,不存在任何其他的理论能够全面概括艺术存在的"本质"。第二,审美交往建构的只是艺术作品而不是其他的任何东西。"它完全凭艺术作品的创造,凭观赏中的再创造而得以完成,而不要求其他的客

---

① 巴赫金:《生活话语与艺术话语》,见《巴赫金全集》中文版第二卷,石家庄:河北教育出版社,1998年,第92页。

② 同上书,第83页。

体化。"假如它拒绝这个使命,就将丧失自己的独特性,尽管其他的意识形态形式例如政治法律也同样是社会的变体,但是,"政治交往创造相应的机构和法律形式"。因此,他提出的社会学诗学的任务是"理解实施和固定在艺术作品材料中的社会交往的这个特殊形式";"理解作为以话语为材料的特殊审美交往的形式的那种艺术表述形式"。第三,审美交往中的艺术完成形式是非客体化的,这种"完成"不外化为物质的形式而参与社会关系和机构设施,以及表现为权力。

巴赫金虽然注意到读者在艺术作品存在中的重要位置,但是,却仅仅把它作为全部文学批评中的一个因素来看待,而不是把它偏激到唯一或最重要的因素。30年代的波兰文学家罗曼·英伽登在《文艺作品》(1931)和《文艺作品的认识》(1937)里则进一步强调:在文学作品实现的过程中,读者是与作者地位相当的共同创造者;艺术作品的具体化的区别问题。美国批评家路易丝·罗森布拉特在《作为探索的文学》(1938)里提出了文学沟通的问题。她认为,文学作品是通过作者与读者之间的沟通来实现的。理解一部作品的过程,就是对作品进行再创造和努力全面掌握那些有机联系着的感觉和观念的过程。因此,没有被阅读的作品,不是文学作品。罗曼·英伽登和路易丝·罗森布拉特的思想在时间上可以看作巴赫金思想的延续。

50年代,美国学者沃克·吉布森发表了一篇重要的论文《作者、说话者、读者和冒牌读者》(1950),把文学批评的重心转向了读者,试图从读者的角度来进行文学作品的分析,并提出了"冒牌读者"这个概念。所谓"冒牌读者"指的是:"在每一次文学作品的体验中都有两种可以区别的读者,一种是膝上摊着书本的真实读者,他的性格像任何一个死去的作者一样复杂和无法表达。另一种是作者假想的或作品所要求的那类读者,即冒牌读者。他由真实的读者所扮演以便体验作品的语言,他是一种人工制品、听人支配,是从杂乱无章的日常情感中简化、抽象出来的。为了体验文学作品,每一个实际的读者都必须按照作品语言所规定的去采取一套与己不相符合的态度和品质,充当冒牌读者。"[①]沃克·吉布森的"冒牌读者说"确立了文学作品中一个说话者向一个假想的读者谈话的观念,为批评家提供了观察这两者之间谈话的机会。在他之后,法裔学者迈克尔·里法泰尔提出了"超级读者",把从事理论研究的读者群体(作家、批评家、阐释学家、学者等专业人士)从读者群中区分开来。60年代末期,当时的联邦德国学者罗伯特·姚斯和沃·伊瑟尔,分别发表了《文学史作为文学理论的挑战》(1967)和《本文的召唤结构》(1970)两篇重要论文,他们的研究起点是文本的非自足、非封闭性和接受、阐释的历史性、开放性,并以此高度肯定读者的阅读活动对于实现文本意义的重要地位。以读者为中心的接受美学研究从此崛起,领

[①] 《读者反应批评》,北京:文化艺术出版社,1989年,第5页。

导着一个文学批评研究方法革命时期的到来。他们和康斯坦茨大学的几位致力于读者接受美学研究的学者,被统称为"康斯坦茨学派"。与此同时,美国学者斯坦利·E.菲什发表《文学在读者:感情文体学》(1970)和《阐释"集注本"》(1976)两篇文章,他的观点可以归纳为:文学作品并不具有我们习惯的那种客观性,它是一种活动的艺术;与此相关,作品的意义也不局限在作品本身,而是阅读过程中的一种经验,是阅读过程中一系列事件;文学批评的任务就是忠实地描述阅读活动,对读者的具体反应进行分析。他认为,在以上思想的基础上,可以建立起关于读者反应的批评标准。

在学理上,读者反应批评和接受美学的某些思想具有逻辑联系,而后者与德国现象学、存在主义和阐释学传统有着理论上的联系。海德格尔曾经提出了影响意义的"成见"、"理解"、"语言"等因素;伽达默尔也表示:"一部文学作品的意义从未被其作者的意图所穷尽;当作品从某一文化和历史环境转移到另一文化历史环境时,人们可能会从作品中抽出新的意义来,这些意义也许从未被其作者或同时代读者预见到。"其他因素例如"传统"、"会解"等概念,也相继被学术界提出过。这样,建立起来的读者反应批评理论,虽然在具体环节存在着差异,但是,基本思想是具有一致性的。即:读者反应批评反对把作品的意义完整地、独立地存在于文学作品内部,并认为,意义是在一个特定的环境里产生的结果。

第二节 接受—读者反应批评的基本观念和术语

1. 文学史更应该是一部接受史

这个观念是接受美学家**姚斯**提出来的。他认为,传统文学史所包容的不断增加着的大量文学"事实",实际上,它们仅仅属于被分类的过去,在这里,缺乏一种读者的主体性位置。所以,他提出:"文学的历史性并不取决于对 post festum(过去神圣的)文学事实的组织整理,而毋宁说是取决于读者原先对文学作品的经验。"因此,文学历史的建立是把若干代作者、读者和批评家的文学经验延续上,"第一个读者的理解将在一代又一代的接受之链上被充实与丰富,一部作品的历史意义就是在这一过程中得以确定,它的审美价值也是在这过程中得以证实。在这一接受的历史过程中,对过去作品的再欣赏是同过去艺术与现在艺术之间,传统评价与当前的文学尝试之间进行着的不间断的调节同时发生的。"在这个理论前提上,姚斯认为,文学史不是一部部文学作品的累积的历史,而毋宁是一部文学作品的接受史或者说是读者的消费史。① 姚斯的观念与阐释学家伽达默尔具有继承关系。伽达默尔在《真理与方法》(1960)里就阐述了以人的历史性为基点,强调理解与解释的历史性与当代性的思想。姚斯继承和发展了这一观念,并运用到文学历史的研究上。

与这个思想相关,姚斯顺理成章地提出,文学史作为接受史,其主角当然是接受者——读者。读者由此成为他的思想的主角。姚斯认为,在作家(创造者)、作品(述说行为)与读者(接受者)三者之间的关系中,读者是主动性的,创造性的因素,而不是被动的、单纯的做出反应的环节,读者"本身便是一种创造历史的力量"。完成了的文学作品不能脱离其接受、阅读和阐释的语境而存在,它对不同时代、不同环境中的读者提供不同的艺术图景。因此,读者的存在,不同环境(时代、文化、民族)下的读者,就会对特定的作品做出不同的解释。不经读者阅读的作品,就是尚未最后完成的作品;读者的阅读实践使作品从语词变成现实中的作品,使之现实化。因此,作品的意义和内涵不能局限在作者身上,也不像新批评和结构主义那样把它局限在文本内部;意义的最终完成在读者的阅读活动中。

2. "期待视野"

"期待视野"是**姚斯**在海德格尔"前结构"和伽达默尔"视野"的影响下提出的一个新概念。读者在阅读活动之前并不是空白,当他面对一部文学作品时,即刻生成的阅读经验和存留在脑海中的阅读记忆,会立刻参与到阅读活动中,使自身沉浸在一种特定的情感状态,并且产生阅读期待。阅读期待对于阅读活动的展开方向具有指导意义。在某种程度上,它决定了阅读活动所产生的意义。据姚斯描述,在阅读过程中,作品会对阅读期待产生有力的回应和反弹。阅读持续展开的时候,这种期待或者得到顽强的保持,或者发生变化和转移。阅读期待和阅读实际或者一致、和谐或者偏离、矛盾,巨大的张力将使得阅读过程生气勃勃,读者也不再是一个受动的角色。

3. "召唤结构"

"召唤结构"这个术语是**伊瑟尔**提出来的。他像所有读者反应批评家一样,认为作品的意义是由读者决定的。但是,这并非一劳永逸地解决了一切问题。批评家必须面对阅读过程中的相近或相似的解释。这意味着作品本身具有一定的暗示作用。所以,在肯定作品意义不确定性的同时,也在寻找意义"相对"的"确定性"。在他看来,文本中的"空白"是"一种寻求连接缺失的无言邀请"。空白虽然指向文本中未曾实写出来的或未曾明确写出来的部分,但本文已经确实写出的部分为它提供了重要

---

① 姚斯:《文学史作为文学理论的挑战》,载《接受美学与接受理论》,周宁、金元浦译,沈阳:辽宁人民出版社,1987年,第25页。

的暗示。这种空白的现象的存在,就不是虚空性质的,而是具有一定功能的结构。伊瑟尔把它称为"召唤结构"是具有传神性的。一方面,空白吸引、激发读者进行想象、填充,使之"具体化"为具有逻辑性的意义;另一方面,这些空白又服从于作品的完成部分,并在已经完成的部分的引导下,使作品实现意义的建构。伊瑟尔认为,它不是消极的限制,而是一种对读者有益的指导。

4. "隐含读者"

"隐含读者"也是**伊瑟尔**在文学结构中发现的一个阅读因素。他说:隐含读者"体现了文本潜在意义的预先构成作用,又体现了读者通过阅读过程对这种潜在性的实现"。[①]"隐含读者"的概念的提出,对于理解阅读行为,是一个重要的贡献。伊瑟尔指出:隐含读者不是实际读者,而是作者在创作过程中预期设计和希望的读者,即隐含的接受者。它存在于作品之中,是艺术家凭借经验或者爱好,进行构想和预先设定的某种品格。并且,这一隐含读者业已介入创作活动,被预先设计在文艺作品中,成为隐含在作品结构中的重要成分。显然,这个"隐含读者"排除了许多干扰因素,更符合作者的"理想",甚至可以说,是第二个作者,即作者自言自语时的聆听对象。隐含读者与本文结构的密切关系,无疑也对实际读者的阅读阐释提供了一种参照。

与这个术语相仿,巴赫金在《生活话语与艺术话语》(1926)里提出了一个"听众"概念。他说:"听众"不是读者,他是作家在创作过程中与之对话和交流的他者。这个他者并非游离在创作之外,而是存在于作品之中,成为作品的一个重要的成分。

第三节 接受—读者反应批评案例

《看到一首诗时,怎样确认它是诗》(节选)
(斯坦利·费什著)

[按:斯坦利·费什是美国著名的读者反应批评的实践者。他提出的批评理论可以看作是极端的非文本中心主义的。他认为,文学作品的意义,不是作品本身所具有的确定性的内容,也不是读者所具备的特别属性,而是由特定的集团所共有的特征。任何一种文本,假如把它放进特定的文学语境中,就可以读出文学意味来。因此,他反对把文学作品的特性局限在语言、结构、形象性等因素上,而

[①] 伊瑟尔:《本文与读者的交互作用》,见《阅读行为》,金惠敏、张云鹏、张颖、易晓明译,长沙:湖南文艺出版社,1991年,第49页。

> 是文学作品的产生,是在读者的阅读反应过程中。在文学批评理论的发展历史中,他彻底抹杀了文学作品对意义的决定性作用。《看到一首诗时,怎样确认它是诗》是斯坦利·费什的批评代表性文章之一,非常突出地表现出他的批评观点。这篇文章通过学生对一组人名的阅读、反应,得出结论:"作为一种技巧,解释并不是要逐字逐句去分析释义,相反,解释作为一种艺术意味着重新去构建意义。解释者并不将诗歌视为代码,并将其破译,解释者制造了诗歌本身。"]

我曾提出一种观点,认为意义(meanings)既不是确定的(fixed)以及稳定的(stable)文本的特征,也不是不受约束的或者说独立的读者所具备的属性,而是解释团体(interpretive communities)所共有的特性。解释团体既决定一个读者(阅读)活动形态,也制约了这些活动所制造的文本。在这篇文章中,我将进一步扩展我的论点,不仅是为了解释一首诗可能被认为所具有的意义,而且要对下事实加以解释:为什么从一开始它就被确认是诗。首先,我得叙述一件趣事,并由此开始我的阐述。

1971年夏天,在美国语言学院和纽约州立大学布法洛分校英语系联合主持下,我应邀担任了两门课程的教学工作,在同一教室,同一天早晨上课。一到九点半,我就同一群学生见面。他们对于语言同文学批评的关系颇有兴趣。我们探讨的主要是文体学,但是往往转移到理论方面,而且涉及到表现于语言学及文学实践中存在着的先决条件以及假定。十一点半,这些学生下课,由另一组学生进入教室。他们所关注的仅仅在文学本身,事实上,其兴趣主要局限于7世纪英国宗教诗歌。他们已经学会了如何识别基督象征,如何辨认基督教义中的预示模式,如何从观察这些象征及模式出发进而详细阐释诗歌的意图,这些意图通常具有教化的或者布道性质。某一天,我突然考虑,如何才能使这两个班的学生在所学内容上找到一个契合点;正好,当第二组学生进入教室时,给第一组学生上课时写在黑板上的作业仍然未擦去:

Jacobs-Rosenbaum
Levin
Thorne
Hayes
Ohman(?)

我相信,诸位大都知道以上所示的是一张名单,不过,为了阐述我的目的,让我一一向诸位介绍。罗德里克·雅各布斯(Roderic Jacobs)和彼得·罗森鲍姆(Peter Rosenbaum)是两位语言学家,曾合作写出了若干教科书,编辑出版了一些语言学选集;撒弥尔·列未(Samuel Lvein)作为一个语言学家,最先将转换语法具体运用于文学文本。J. P. 索恩(J. P. Thorne)是爱丁堡的一位语言学家,像列未一样,试图将转换语法的规则应用于明显不符合规范诗歌语言中。柯蒂斯·海斯(Curtis Hayes)也是一位语言学家,他使用转换语法的目的在于为他的直觉式的感受提供客观的证据,他认为,吉朋(Gibbon)所著之《罗马帝国的兴亡》一书中的语言远比海明威的小说中的语言更为复杂。理查德·奥赫曼(Richard Ohmann)是文学批评家,他比任何人更致力于将转换语法的语汇引入文学批评界。读者所看到的奥赫曼这一名字的拼写形式是 Ohman,因为我记不清楚是否其中只有一个"n"。换言之,括号里的问号并无特别意思,只是表明记忆有误,也说明我小心谨慎。这些名字的安排呈竖立形,莱文、索恩、海斯这三个名字——比较雅各布斯—罗森鲍姆——的排列似乎位于名单中心,这一安排也同样纯属偶然,如果能证明什么的话,只能归于某种不得已而为之的随意性。

    对于写在黑板上的这一名单,我只在两堂课之间作了一处变化,即在名单周围划上了一个正方形框,在框线上方注明"第43页"。当第二班的学生进入教室时,我告诉他们,他们在黑板上看到的是一首宗教诗歌,这种类型的诗歌是他们一直在学习的,接着,我要求他们对这篇诗歌进行解释。很快,他们便开始作答,解释的方式一般说来并没有出乎我的预料之外。第一位学生认为,这首诗的结构是象形的,虽然他不大明白,是否其形状是一个十字架还是一个神坛。其他学生撇开这一问题不谈,把注意力转向每个单词,逐一地解释其含义,仿佛是出自自发的反应似的。在他们看来,这首诗的第一行(诗所涉及的事件出现顺序所表明的是对于具体对象地位的肯定)最引人注目:雅各布斯被解释为意指雅各的梯子(Jacob's Ladder),它一直被喻为基督徒通向天堂的象征。不过,许多学生对我说,在这首诗中,到达天堂的媒介物不是梯子,而是一棵树——一棵玫瑰树(rosetree),即 rosenbaum——被明显地认为是指圣母玛利亚,因为她常常被描述为一朵没有刺的玫瑰(a rose without thorns),是圣灵怀孕的象征。就此而言,这首诗对学生们并不陌生,仿佛是要狂猜出是何许人的肖像似的。因此,问题便自然产生:"为何一个人要沿着一棵玫瑰树登上天堂?"从而不可避免地迫使读者回答:因为这棵玫瑰树的果实是圣母玛利亚子宫中所孕育的圣子——耶稣(只有皈依耶稣,一个人才能升上天堂)。这一解释一旦得以确立,便为"thorne"一词(刺)找到根据,同时也赋予"thorne"以某一意思

(significance)，只能喻指"the crown of thornes"（刺冠）——它是耶稣所承受的苦难的象征，也意味着耶稣为了拯救我们人类所做出的牺牲。由此出发，实际上是同时，学生们进而认识到列未有两个所指，首先指列未部族，第二个所指是以色列人响应摩西的号召离开罪恶之地埃及时，他们的孩子携带的未被发酵的面包——摩西也许是《旧约》中最为人熟悉的基督形象。这首诗的最后一个词"Ohman"至少可有三种相互补充的理解：可能是指"omen（预兆）"，特别是因为这首诗大多与预示和预兆有关；也可能是"Oh Man（哦，人类）"，因为它所讲述的是人类的故事，涉及的是人类所履行的神圣使命，而这正是此诗的主旨；当然，也可能仅仅是"amen（阿门）"——对于这样一首诗来说，它是非常恰当的结束语，其用意是向上帝所赐予的爱和怜悯欢呼，为了拯救人类，他献出了他唯一的儿子。

　　除了对这首诗的每一个词的意思给予具体化的解释，并且将这些意思互相联系外，学生们还注意到这首诗的总体结构模式。他们指出，出现在诗中的六个人名中，三个名字——雅各布斯、罗森鲍姆和列未都是希伯莱人，两个名字——索恩和海斯是基督徒，而只有一个名字——Ohman（奥赫曼）身份不明，而且就此而言，其晦涩性已在诗中用括号加以表明。这一不同被认为是反映了旧教规和新教规有关罪孽的法规和爱的法规之间的根本差异。不过，这种差异或者说区别由于从预示论的角度来观察而变得含糊最后近乎消失——它从《新约》中获得意思并以此来解释《旧约》中出现的事件和英雄人们。因此，我的学生们得出的结论是，这首诗的结构具有双重性：其基本模式（希伯莱人对于基督徒）同时被确立，又同时被摧毁。这就是说，对于解析 Ohman 一词的晦涩性最后已毫无压力可言，因为其两种可能的阅读意思——既指希伯莱人的姓名，又指基督徒的人名——都由于诗中耶稣基督的出现而相互调和并因之被确认。最后，我要指出的是，一位学生甚至对这首诗中出现的字母感到兴趣，他发现——自然，这不足为奇——最引人注目的字母是 S,O,N。

　　或许，有的读者会注意到，我对 Hayes（海斯）还没有谈及。这是因为，就这首诗所出现的词而言，很难的找到适合于它的解释，这一点相当明显。现在，我只好暂时将这个问题搁置一旁，因为我所感兴趣的并不是学生做练习的细节，而是他们在完成这一练习时表现出的能力，产生这种能力的根源何在？他们为何要那样去做？他们所做的事能说明什么？这些问题非常重要，因为它们直接与文学理论中经常涉及的一个问题有关：文学语言最显著的特点何在？或者用更通俗的话来讲，如果（读者）看见一首诗，如何才能将它识别出来？众多文学批评家和语言学家对这个问题最常见的回答是，识别行为（act of recognition）

是由语言所表现的能够观察到的显著特点引发的,这就是说你之所以知道这是一首诗,因为它的语言体现了你所知道的适合于诗歌的那些特点。然而,这种(识别)模式却显然不适合于我现在所举的这个例子。因为,我的学生并没有遵循这一模式;相反,从一开始便是识别行为——他们事先知道他们所面对的是一首诗——接着才去注意(这首诗)到底具有哪些显著特点。

换言之,识别行为本身,而不是受制于形态上的那些特点,才是我的学生们能够完成上述识别判断的根源。诗歌特点本身并不足以能够使它具有某种吸引力;对于(诗歌)给予某种关注反倒可以最终能发现诗歌特点本身。一旦我的学生意识到,他们所阅读(看到)的是诗,他们就会用理解——观察诗歌的目光,也就是说,以他们所知道的与诗歌所具有的一切特点相关的那种眼光去对待它。例如,(教师已事先告诉他们)他们知道,诗歌的结构(或者说被认为是)比之日常交谈更为严谨复杂;这一认识本身(对于他们来说)已转化成认同——甚至可以说成为一种思想定势——去观察字与字之间以及每一个字与诗歌的中心思想或者说诗眼(central sight)之间的联系。再者,假定一首诗歌中存在着某一诗眼,便能使它更加显示出诗歌的独特性,正是这一诗眼决定了这首诗歌的意趣。我的学生们假定,在他们眼前出现的这首诗中的宗教的组合由于被其传递信息意图(informing urpose)所制约,因而是完整的(因为欲求和谐、完整正是诗歌所具有的特性),所以,学生们便着手去发现体现这一特性的某一意图,并进行阐释。基于这一意图(此刻所作的假定),个别词汇的意思因而开始显露,这些意思使假定(或者推测)更加实在,而也正是这种假定,从一开始便具有意思。因此,词语的意义以及解释——假定这些词语的意义已经被包含在解释中——将会同时显现。当我的学生们被告知,这是一首诗时,他们便开始进行具体运作,上述情况正是这一操作过程的结果。

看起来,学生们似乎都遵循着同一模式——如果这是一首诗,就应该这样进行分析。如果确是一首诗,就应该如此对待——实际上,对什么是诗歌所作的诸多定义本身便已经制定了这一模式,因为这些定义在引导读者去看一首诗里存在着什么时,也就是要读者遵循这些定义所规定的模式,也就是说,读者在诗中所发现的正是这些定义本身希望读者所了解的。如果诗歌的定义告诉你诗歌语言相当复杂,你必定会不遗余力从诗歌的语言中去寻找足以证实这一复杂性的任何"蛛丝马迹"。举例说,你将会对诗歌语言中出现头韵以及谐音类型(常会有所发现),你也会竭力从头韵和谐音中获得某些洞见(你将总不会失望);你将去寻找在诗歌的张力中起颠覆(subvert)作用的或存在着的意义,以及最先显露自身的那些意义;如果这些运作未能使所期望的复杂性成为事实,你甚至会为这些词语杜撰它们本身并不具有的某一意思，因为，谁都明白，对于一首诗来说，其中的一切因素，包括诗歌本身所没有提到的事，或者说这首诗所省略的东西都是有意思的。再者，当你这样动作时，你也不可能不具有务必要达到某一预期目的的意识，因为在成为一个熟练的诗歌读者的过程中，你所要做的只不过是你知道应该那样做的事而已。所谓熟练的阅读一般是指能够理解（或者说看见）存在于诗歌中的某些东西。不过，就我的学生而言，如果他们的阅读行为可以加以概括的话，他们仅仅知道怎样达到的目的是：这首诗到底有何所指。作为一种技巧，解释并不是要逐字逐句去分析释义，相反，解释作为一种艺术意味着重新去构建意义。解释者并不将诗歌视为代码，并将其破译，解释者制造了诗歌本身。

....

因此，由此得出的结论是，所有的客体是制作的，而不是被发现的，它们是我们所实施的解释策略(interpretive strathies)的制成品。然而，这并不是说，我认为它们是主观（解释）的结果，因为使它们生成的手段或方式具有社会性和习惯性。这就是说，"你"——进行解释性行为，使诗歌和作业以及名单为世人所认可的人是集体意义的"你"，而不是一个单独的人。这种情况绝不会发生——我们中有谁在早晨醒来（以法国式的风尚）便能异想天开地创造一种新诗体，或者构想出了一套新的教育制度，或者毅然决定摒弃（现存的）一系列准则以便采纳其他一些全新的结构模式。我们未能这样做，是因为我们压根儿就不可能如此，因为，我们所能进行的思维行为(mental operarion)是由我们已经牢固养成的规范和习惯所制约的，这些规范习惯的存在实际上先于我们的思维行为，只有置身于它们之中，我们方能觅到一条路径，以便获得由它们所确立起来的为公众普遍认可的而且合于习惯的意义。因此，当我们承认，我们制造了诗歌（作业以及名单之类）时，这就意味着，通过解释策略，我们创造了它们；但归根结底，解释策略的根源并不在我们本身而是存在于一个适用于公众的理解系统中。在这个系统范围内（就我们现在所讨论的文学系统而言），我们虽然受到它的制约，但它也在适应我们，向我们提供理解范畴，我们因而反过来使我们的理解范畴同我们欲面对的客体存在相适应。简言之，我们必须把我们自己也引入被制作的认识对象（客体）的名单中，因为像我们所看见的诗歌以及作业一样，我们自己也是社会和文化思想模式的产物。

以这种方式来看待这一问题，意味着我们必须明白客观性和主观性之间的对立并不是事实，因为无论客观和主观都不是以纯粹的能说明这一对立的形式而存在的。这一观点已经由我叙述的趣事所说明，就感知力的是否充分而言，置身于这些事件中的读者正同一个同样独立的(free-standing)文本一样,也不具有独立性。相反,我们的读者的意识或者说知觉是由一套习惯性的观念(notion)所构建的,这些观念一旦发生作用,便会反过来构建一个合于习惯的、在习惯的意义上可被理解的客体。我的学生们之所以能够而且一致地(对我所提出的问题)作出反应,是因为,作为专攻文学的一个群体的成员,他们知道什么是一首诗(他们对此的知识是公开的、众所周知的),这一知识使他们能够基于他们自己对于什么是诗歌的那种理解方式去观察客体,以便身临其境。

当然,诗歌并不仅仅是借助于能被普遍认同的理解方式构建起来的客观实体。……

……理解—观察的方式,不管它是何种方式,将绝不会仅是个别的或者独特的,因为其(产生的)根源将总是存在于习惯化了的或者说业已制度化了的组织结构中;就此而言,"理解—观察者"(see-er)只不过是这一结构的一个延伸了的媒介罢了。这正是当萨克斯说,一种文化占据我们的头脑,"因此它们(头脑)同样能包容任何琐细的事实"时的本意;这一文化在头脑中根深蒂固,因此没有谁作出的解释行为仅仅是他所独有的,相反,他总是根据自己在某一社会化结构化了的情势中的位置去进行解释的,所以,他的解释行为总是被普遍认可的。因之,对唯我主义的恐惧耽心会受到由于自我本身的偏见而失却控制的自我所强加的压力都是多虑,因为自我绝不可能脱离群体的或习惯的思维范畴而存在,正是思维范畴使自我的运作(思考、观察、阅读)得以进行。我们一旦意识到,占据(我们)意识的观念(conception),包括其本身的状况形成的任何观念都是由文化衍生而来的,那种认为存在意识的想法实在是不可理喻,缺乏根据的。

然而,如果不去考察不受约束的自我(the unconstrained self)这一概念,E. D. 赫希(Hirsch)、M. H. 艾布拉姆斯(Abrams)以及其他坚持客观解释说的辩护者们的论点就毫无立足之地。他们担心,缺乏由一个规范的意义系统所决定的控制物,自我将会以它自己的意思取代文本所"固有"的意思(通常同作者的意图一致);然而,如果自我不被理解成一个独立的实体存在,而是作为一种社会结构——其活动是由向自我提供住处信息的理解系统所限定的,那么,自我所授予文本的意义就不能被认为是它本身才具有的,而应该在自我活动于其中的"解释的团体"中去寻找依据;这样一来,这些意思(或意义)将既不是主观性的,也不是客观性的,至少用那些在传统的框架内立新变化的人的话来说是如此:它们之所以不是客观的,因为它们总是某一观点(或看法)的产物,而不仅仅是被"阅读—理解"(read off);它们之所以不是主观的,因为观点(或看法)总具有社会性和习惯性。依据同样的推理,我们也可以认为,他们既是主观的,又是客观的:之所以是客观的,因为给这些意义提供或传递信息的观点(看法)具有社会性和习惯性,而不是个别的或者独一无二的。

　　无论从上述任何一种情况来理解这一问题,我们都可以明白,"主观性"以及"客观性"这样的说法归根结底毫无益处,它们不但无助于进一步探索,反而关闭了探索的大门——因为它们事先就已决定探索可能将会采取何种形式。特别还因为它们(主观性和客观性)并不承认这只是一种假定,因而大可受到质疑——呈现出我一直视之为不可信服的那种差异,由客观性和主观性来解的那种解释者同其被解释对象之间的差异。而这种差异反过来又假定解释者以及其(被解释的)对象是两种不相同的存在于上下文中的客观实体。就这一对假定而言,争论点只能与约束相关;文本是否被认可让它们自己的解释受到限制,或者不承担责任的解释者(irresponsible interpreters)被允许去使文本变得晦涩不明并且推翻文本,由些导致了英美批评界中的一场论争:文本和自我(的关系成为论争的焦点),双方在各自中坚人物的支持下要一决雌雄,一方以艾布拉姆斯、赫希、雷泽特(Reichert)为代表;另一方则以霍兰德(Holland)、布里奇(Bleich)为首。然而,如果自我(selves)是由存在于社会组织中的思维方式以及理解—观察方式所构建的,如果这些业已组织化了的自我反过来又根据这些同样的方式制造文本,那么,文本和自我之间将不可能存在着对立的关系,因为它们都是同一认识可能性的产物,而且必然彼此相关。一篇文本不可能被一个缺乏责任感的读者所推翻,我们不必为保护一个文本的纯洁,使其从一个读者的癖性或偏爱中脱出来而担忧。正是主体和客体之间的差异导致了双方在这一问题上的分歧,一旦这一差异变得不易识别(或者说模糊起来),分歧就会消失。对于"读者是否制造意思"这样的问题,我们便可以欣然作答:是的,我们将不那么犹豫,因为同样真实的事实是,就其文化上的形态而言,正是衍生于解释范畴的意义制造了读者。

　　的确,一旦主体—客体两分法(subject object dichotomy)——围绕着这一问题,批评家各持己见,莫衷一是——作为杜撰的框架体系被排除,对许多事物的看法就将大大改变。(与之有关的)问题将不复存在,并不是因为这些问题已被解决,而是因为它们从一开始出现就并非是问题。例如,艾布拉姆斯所不理解的是,在一个缺乏稳固意义的规范系统内,两个人如何才能对一件作品,甚至一个句子所作的解释达成共识;不过,只有当两个(或者更多)人被认为是互不相关的,被隔绝起来的个人时,他们要取得一致的看法必须借助于在他们之外的某些外在干预才能办到——(艾布拉姆斯所说的)问题才真正是个问题(艾布拉姆斯的某些念头颇同警察的看法相似,为了证实非法闯入者确实是罪犯,必须设置非请莫入的标尺、告示及范转,必须有监视者来充当证人的角色)。然而,如果上面谈论到的人的理解力是由被认为是事实的同一概念——即其中哪些是主要的,哪些是次要的,哪些是值得注意的——所传递的,简言之,是依据同样的解释原则,那么,他们之间就会达成共识;其一致性的根源并非来自强化其自身概念(知觉)的文本;相反,它出自在特别情势下产生的一种知觉方式,正是在这种情势下,人们才能对同一文本达成共识(或人们才能被这一共识所分享)。文本可能会是一首诗,正如那些最初"看见"——Jacobs-Rosenbaum Levin Hayes Thorne Ohman(?)的学生所理解的那样,也可能是在难以数计的教室里每天都可以看到的一只手,然而,不管"文本"是什么?其形态的意义对于那些乐于去构造文本的人来说是他们欲完成的一件"正在进行中的行为"。

(选自斯坦利·费什著《读者反应批评:理论与实践》,文楚安译,中国社会科学出版社,1998年版)

参考书目

1. 斯坦利·费什:《读者反应批评:理论与实践》,文楚安译,北京:中国社会科学出版社,1998年。
2. 《读者反应批评》,北京:文化艺术出版社,1989。
3. 姚斯、霍拉勃:《接受美学与接受理论》,周宪、金元浦译,沈阳:辽宁人民出版社,1987年。
4. 伊塞尔:《阅读行为》,金惠敏、张云鹏、张颖、易晓明译,长沙:湖南文艺出版社,1991年。

思考题

1. 请描述文学接受理论的基本内容。
2. 结合西方文学批评的发展脉络,谈谈读者反应批评出现的具体语境。
3. 针对具体的文学作品,运用读者反应批评理论进行阅读分析。
4. 解释接受—读者反应批评理论的基本术语。

第十章
后殖民主义批评

第一节 后殖民主义批评理论描述和关键术语

虽然全球不再有巨大的物理空间和可供扩张的地理边界,也没有令人兴奋的潜藏着巨大海外利益的移民点可以设立,20世纪末,帝国殖民传统仍以某种方式(比如文化帝国的文化殖民等方式)在自我复制。西方的殖民主义者虽然离开了亚非拉殖民地,但他们不仅把它们当作市场,而且当作思想意识的领地保留起来,继续他们在精神与思想上的统治。与此同时,不少非殖民化、解殖民化而获得主权独立的民族国家也并没有如期达到摆脱宗主国殖民统治之后的全面复兴,而是在传统的专制与落后的阴影中和更加复杂的殖民后遗症、殖民综合症的影响下徘徊不前,这也为西方的西方中心主义者和西方的东方主义者制造或曲解东方的文化与历史提供了种种口实。后殖民主义(postcolonialism)批评正是一种针对这一现实的多元文化政治理论和批评方法的集合性话语实践,这一浪潮兴起于20世纪末的西方学术界,迅速得到第三世界国家学者的呼应,成为一种全球性的文化思潮。正如学者王岳川指出:

> 它(后殖民理论)与后现代理论相呼应,在后现代主义消解中心、消解权威、倡导多元文化研究的潮流中,开始崭露头角,并以其意识形态性和文化政治批评性纠正了本世纪上半叶的纯文本形式研究的偏颇,而具有更广阔的文化视域和理论研究策略。

后殖民主义诸种理论,旨在考察昔日欧洲帝国殖民地的文化(包括文学、政治、历史等),以及这些地区与其他各地的关系。其方法多样,大多采用解构主义、女权主义、后现代主义的方法,揭露帝国主义对第三世界文化霸权的实质,探讨"后"殖民时期东西方之间由对抗到对话的新型关系。

在西方话语中心者看来,东方的贫弱只是验证西方强大神话的工具,与西方对立的东方文化视角的设定,是一种文化霸权的产物,是对西方理性文化的补充。在西方话语看来,东方充满原始的神秘色彩,这正是西方人所没有、所感兴趣的。于是这种被扭曲被肢解的"想象性东方",成为验证西方自身的"他者",并将一种"虚构的东方"形象反过来强加于东方,使东方纳入西方中心的权力结构,从而完成文化语言上被殖民的过程。

风靡全球的后殖民主义文化理论不仅成为第三世界与第一世界"对话"的文化策略,而且使边缘文化得以重新认识自我及其民族文化前景。因而,后殖民文化的意义不仅是理论上的,更重要的是实践上的,尤其是中国如何面对全球化与本土化问题,已然成为当代中国学者关注的焦点。①

后殖民主义批评的盛行,有其理论缘起。20世纪初,葛兰西的"文化领导权"理论和法农的"民族文化"理论,对后殖民主义的产生和发展起到了积极的推动作用。米歇尔·福柯的"话语"和"权力"理论,则成为后殖民主义思潮的核心话题。后殖民主义批评在理论上的自觉与成熟,则以**赛义德**(也译萨义德)(E. W. Said 1935—)的**《东方主义》**(也译作《东方学》)(Orientalism:Western Conceptions of the Orient, New York:Pantheon, 1978)的出版作为标志。其后,涌现出来的重量级的后殖民主义理论家还有斯皮瓦克(G. C. Spivak, 1942—)、霍米·巴巴(Homi Bhabba, 1949—)等。斯皮瓦克将女权主义理论、阿尔都塞理论与德里达的解构主义理论整合在自己的后殖民理论中,从而成为一位有广泛影响的批评家。而霍米·巴巴则张扬第三世界文化理论,注重符号学与文化学层面的后殖民批评,并将自己的研究从非洲文学转到印度次大陆的研究上来。

美国著名后殖民主义批评家爱德华·赛义德以其复杂的身份、丰硕的著述和新颖的观点成为学界风云人物。赛义德是巴基斯坦人,1935年生于耶路撒冷,在英国占领期间就读巴基斯坦和埃及开罗的西方学校,接受英式教育,后举家移居黎巴嫩,并在欧洲国家流浪。1951年赴美后,在逆境中发愤读书,1964年获哈佛大学博士学位,执教于哥伦比亚大学,成为英文系教授,讲授英美文学与比较文学。这种后殖民社会环球移动人士所特有的人生经历和多重文化身份,使赛义德必须协调暗含于自己生平中的各种张力和矛盾冲突,并深切感受到:

> 大多数人主要知道一个文化、一个环境、一个家庭,流亡者至少知道两个;这个多重视野产生一种觉知:觉知同时并存的面向,而这种觉知——借用音乐

---

① 王岳川:《后殖民主义与新历史主义文论·导言》,济南:山东教育出版社,1999年。

的术语来说——是对位的(contrapuntal)。……流亡是过着习以为常的秩序之外的生活。它是游牧的、去中心的(decentered)、对位的;但每当一习惯了这种生活,它撼动的力量就再度爆发出来。

——《寒冬心灵》(*The Mind of Winter*, 1984, p.55)

赛义德视野开阔,不仅著作等身,而且突破了学院派学者局限于书斋一隅的狭隘传统,不局限于严格定义下的文学,在人文学科的科际整合方面扮演重要角色,具有鲜明的现实关怀和文化政治批判倾向。他认为:

批评必须把自己设想成为提升生命,本质上反对一切形式的暴政、宰制、虐待;批评的社会目标是为了促进人类自由而产生的非强制性的知识。

——《世界·文本·批评家》(*The World, The Text, and The Critic*, 1983, p.29)

赛义德的主要著作有:《约瑟夫·康拉德与自传体小说》(*Joseph Conrad and the Fiction of Autobiography*, 1966)、《起始:意图和方法》(*Beginnings: Intention and Method*, 1975)、《东方主义》、《巴基斯坦问题与美国语境》(*The Palestine Question and the American Context*, 1979)、《巴基斯坦问题》(*The Question of Palestine*)、《报道伊斯兰:媒体与专家如何决定我们看待世界其他地方》(*Covering Islam: How the Media and the Experts Determine How We See the Rest of the World*, 1981)、《世界·文本·批评家》(*The World, The Text and The Critic*, 1983)、《音乐详述》(*Musical Elaborations*, 1991)、《文化与帝国主义》(*Culture and Imperialism*, 1993)、《笔与剑:赛义德访谈录》(*The Pen and the Sword: Conversations with David Barsamian*, 1994)、《流离失所的政治:巴基斯坦自决的奋斗,1969—1994,》(*The Politics of Dispossession: The Struggle of Palestinian Self-Determination, 1969—1994*, 1994)、《知识分子论》(*Representations of the Intellectual: The 1993 Reith Lectures*, 1994)、《和平及其不满:中东和平过程中的巴基斯坦》(*Peace and Its Discontents: Essays on Palestine in the Middle East Peace Process*, 1995)等。其中以《东方主义》、《世界·文本·批评家》、《文化与帝国主义》等三部著作影响最大。

第三世界的背景使赛义德对于研究对象有着异乎英美学术主流的角度及关怀。在他的中东研究三部曲(《东方主义》、《巴勒斯坦问题》、《报道伊斯兰:媒体与专家如何决定我们看待世界其他地方》)中,第一部涉及面最广,第二部落实在巴勒斯坦的自决问题,第三部则重点分析当代西方媒体后殖民主义文化现象。

"东方主义"是赛义德后殖民主义批评的重要理论范畴与关键术语。它是一种思维方式,也是一种话语结构,更是一种权力运作。在赛义德看来,西方为自己的经济、政治、文化利益而施行了一整套重构东方的策略,并规定和误导了西方对东方的理解,通过文学、历史、学术著作描写的东方形象为其帝国主义的政治、军事、统治服务。西方中心话语建构了一个全球规模的文化秩序等级结构。在西方殖民主义造成的霸权话语下,东方文化不仅处于边缘地位,处境艰难,而且只能被动接受。首先,西方中心主义是从某个单一的特权视点来审视世界的。它把世界从空间上划分为欧美(作为世界的中心和唯一的意义源泉)和剩下的其他地区(全部笼罩在黑暗愚昧的阴影之中)。它运用一套复杂的语言/修辞策略设置了一系列二元对立:文明/野蛮,国家/部落,科学/迷信,先进/落后,等等。相对于西方所代表的文明、理性、进步、开化、启蒙,东方则是野蛮、非理性、落后、未开化、待启蒙的,正如赛义德在《东方主义》中所言:"东方是非理性的、堕落的、幼稚的、'不同的';因而西方是理性的、道德的、成熟的、'正常的',而且西方以这种宰制的架构来围堵、再现东方。"世界现代史就是围绕着这条文明与野蛮分界线同时展开的全球分裂与全球一体化的进程。其次,西方中心主义还从时间上设定了一种目的论的历史叙事:从古希腊城邦、罗马帝国经文艺复兴、宗教改革到欧美资本主义,这个叙事开始并终结于西方经典文化。西方成为"上帝的选民",整个非西方世界惟西方马首是瞻,被归入没有自己历史的奴性状态。这个历史叙事不仅抹掉西方文化自身的杂交性(作为西方文明两个重要源头的两希文明,与古埃及和古巴比伦文明之间的渊源关系众所周知),而且最大限度地淡化了殖民主义与西方霸权之间内在的必然联系,西方进步的动力仿佛完全出自其内在的源泉:科学理性、新教伦理、工业革命、个人主义、议会民主、市场经济。最后,西方中心主义还抱有西方文化普遍化情结,它时而利用其种族优越性把自身作为规范强加于内部及外部的他者,时而又掩盖其种族性使自身成为一种隐形规范。在西方强势文化面前,"东方"失去了古老神奇迷人的光环而沦为现代"灰姑娘",只能在欧洲"后妈"的撑控与刁难下委曲求全,隐忍以行。西方人因为东方人在辉煌的昔日胜他们一筹而耿耿于怀,西方近现代的海外殖民对东方全面的征服使西方多少得以心理平衡,尽管向现代转型的东方在西方的"想象"中仍然暗含着"东山再起"或"卷土重来"。带着殖民主义遗绪,西方每每像男权社会中的男人对待女人一样对待东方,既觉得可以满足"英雄救美"的浪漫情结,找到实施强者暴力或压迫弱者的需要,又有些担心对方可能潜伏的危险与反抗。

  以此作为逻辑起点,赛义德的东方主义研究具有明显的意识形态分析和文化政治权力批判的倾向。它不仅将批评的锋芒指向西方中心主义,也即西方人的西方主义,而且还指向西方人的东方主义。因为在西方的东方主义者看来,东方的贫弱只是验证西方强大神话的工具,与西方对立的东方文化视角的设定,是一种文化霸权的产物,是对西方理性文化的补充。"东方主义"者虚构和发明了一个"东方",使东方(Orient)与西方(Occident)具有了本体论上的差异,并使得西方得以用新奇和带有偏见的眼光去看东方,从而"创造"了一种与自己完全不同的民族本质,使自己终于能把握"异己者"。但这种"想象的地理和表述形式",这种人为杜撰的"真实",这种"东方主义"者在学术文化上研究产生的异域"文化惊讶"(culture shock),使得帝国主义在殖民主义时代终结之后仍然可以怀着巨大的文化心理优势居高临下地觊觎或漠视东方,顺理成章地剥削或启蒙东方,改头换面地继续在东方享有其海外利益和主人权力。赛义德指出,这种东方主义者的所谓纯学术研究实际上制造了有利于西方文化扩张、经济掠夺的"帝国语境",从而成为帝国主义的帮凶。一种文化总是趋于对另一种文化加以有意识地误读和改头换面的虚饰,而不是真实地吸收和接纳它。"东方主义"者正是按西方的利益和趣味将东方肢解然后重新组装成为一个容易被想象的木乃伊。因此真实的东方始终不能作为人类经验的有机组成部分真正进入人类体认自身的总体经验之中。也就是说,作为"东方主义"者的西方知识分子,在自己的文化研究中贯穿的是西方中心主义,不仅没有消除民族主义和宗主国中心主义的偏见去理解和把握人类文化的多元体系和总体特征,反而通过对东方的文化研究介入种族歧视、精神殖民和文化霸权的活动中去。在《东方主义》一书中,赛义德沉痛地指出:"每一个欧洲人,无论他就东方说些什么,他最终还是个种族主义者、帝国主义者、地道的种族中心论者。"随之而来的,是东方主义者们寻求一种虚幻的西方的赐予和施舍的历史,是一次次西方人崇高的赐予的援手被忘恩负义地咬伤:"我们为他们做了这么多好事,他们为什么不感激我们呢?"

需要指出的是,赛义德绝非某些民族主义者"想象"或"改写"后的那样,是东西方文化冲突中代表东方抗击西方的文化斗士。因此,"东方主义"这一术语具有其复杂的内蕴。对此,余英时的两点提醒特别值得中文读者留意:

> 萨义德的"东方"主要是指中东的阿拉伯世界,并不包括中国。……这是中国人引用"东方主义"的说词时首先必须注意的重要事实。另一应注意之点是萨义德虽然主张中东阿拉伯世界各族群建立自己的文化认同,以抵抗西方帝国主义的文化霸权,但他并不取狭隘的部落观点。相反的,他认为文化认同绝不等于排斥"非我族类"的文化。……总之,今天世界一切文化都是混合体,都杂有异质的、高度分殊的因子,没有一个文化是单一而纯粹的。(《历史人物与文化危机》)

赛义德非但不鼓励受殖民主义蹂躏的国家那种受委屈的原始纯真之感,反而一再挑明类似这种神话式的抽象说法,以及这些说法所引发的众多责难的修辞,其实都是谎言;各个文化彼此之间太过混合,其内容和历史互相依赖、掺杂,无法像外科手术般分割为东方和西方这样巨大的、大都为意识形态的对立状况。正如他在《文化与帝国主义》中所说的那样:"我们生活在一个全球性的环境中。大量生态的、经济的、社会的和政治的压力撕扯着它刚刚被人认识到、基本上还未得到解释和理解的机体。一个人只要对这个机体有个模糊的整体概念,就会震惊于那些爱国主义、沙文主义、种族的、宗教的、民族的仇恨等等观念是多么无情、自私和狭隘。这些观念事实上可以导致大规模的破坏。这个世界简直再也经受不起这样的破坏了。"①赛义德不赞同东方通过误读或美化"西方主义"来对抗"东方主义",也不赞同民族主义式地对抗西方文化霸权,而倡导一种交流对话和多元共生观念,超越东西方对抗的基本立场,解构这种权力话语神话,从而使二者具有文化互渗与共生的新型关系。

赛义德是早期少数认识到欧陆理论的重要并率先引入美国学界的文学及文化学者。他所引介的包括现象学、存在主义、结构主义、后结构主义以及后殖民论述等,并曾专文讨论过福柯等重要理论家。他将福柯的"话语理论"与葛兰西的"文化领导权"理论结合起来,强调"东方主义"是一种话语结构,但他不同意福柯关于"主体死亡"的命题,而是强调恢复"人"的范畴,并承认个人经验在提供理论和政治基础方面具有其有效性。赛义德运用福柯话语理论,强调书写人生本身就是把控制者和受控者之间的权力关系系统转换为纯粹的文字。表面上看,文字只是书面符号,似乎看不到社会政治控制,事实上,它与欲望和权力有着很深的关联。言语绝不仅仅是把冲突和统治体系语词化,而是人与人之间斗争冲突的对象。文本中心主义、文本排他主义的观点都忽略了种族中心主义和人对权力的欲望,而这正是文本与世界联系的根本内容。赛义德的学术发展颇受现当代欧陆理论的启迪,但他在引介、运用欧陆理论之余,也有相当的批判,认为它们不够关注文学/文化与历史、社会、政治的相关性,对抗意识不够强烈,也未能化为积极的行动。因此,赛义德对于后现代主义的诸多观点,尤其对福山、利奥塔等人的观点(如"历史的终结"、"宏大叙事已不复存在")颇不以为然,而是以其心目中提倡自由、解放、平等、公义的后殖民主义与之抗衡。就此而言,巴勒斯坦的背景使他深切体认到欧美理论的不足之处。换言之,面对原先自己协助引入美国学界且成为主流的欧陆理论,赛义德入乎其内,出乎其外。为了补救弱势论述与后殖民论述的理论资源的局限,他还乞灵于葛兰西、法农等理论家与批评家。赛义德的后殖民主义理论思考延伸到这样一些方面:处于西方强势语境中的学者个体,应怎样保持个性而不被西方观念所牵引?同时,在西方的东方学者又该怎样在全球现代化浪潮中,在后殖民氛围下同社会和周围环境相联系而又保持个体经验,并对政治社会制度和文化殖民主义采取批判立场?

---

① 萨义德:《文化与帝国主义》,李琨译,北京:三联书店,2003年,第24页。

赛义德在东方主义研究中与斯皮瓦克的后殖民理论强调女性主义的性别解构性不同,也与霍米·巴巴的后殖民主义批评突出第三世界文化研究性相异,而是非常注重种族分析和政治干预,肯定文化政治与帝国主义利欲的内在一致性。东方学者打入第一世界文化政治的高层,使"东方主义"对东方的整体误读出现了裂缝。同样,东方学者的对抗,也意味着西方自己内部的分化与混乱。"东方主义"表现了西方文化内部出现了多种声音,也表明西方主义曲解东方的企图日益落空。一些乐观主义者感到,因为东方的崛起,已经使全球总体性结构发生了深刻的变化,西方中心主义已面临即将到来的解体和世界文化政治的新格局。

英美大多数后殖民主义批评家关注的焦点一直是非洲,赛义德的理论使学界视点向东方位移。而使后殖民主义研究真正关注印度次大陆的是美籍印度裔女学者**佳娅特丽·C. 斯皮瓦克**。斯皮瓦克生于印度加尔各达市,1963年移居美国,现为美国匹兹堡大学英语与文化研究系教授。其主要著作有《在他者的世界里》(*In Other World*,1988)、《后殖民批评家》(*The Postcolonial Critic*,New York:Routledge,1991),译著有《文字语言学》(*Jacques Derrida*,*Of Grammatology*,1974)。另有多篇重要论文发表:《移置作用与妇女的话语》(*Displacement and Discourse of Women*,1983)、《阐释的政治》(*The Politics of Interpretations*,1983)、《爱我及我影——她》(*Love Me, Love My Ombre, Elle*,1984)、《独立的印度:妇女的印度》(*Independent India:Women's In dia*)等。

斯皮瓦克并非是将自己局限于某一学科狭窄领域的专家,而是打破专业界限、横跨多学科、多流派的思想型学者。她将后殖民主义理论与她的女权主义、解构主义、西方马克思主义、精神分析学理论紧密相联,并将自己的边缘姿态和权力分析的批判性、颠覆性策略体现在其批评实践和理论探索之中。她并非零散地挪用和简单地套用这些理论,而是多有会心,时有创见。她善于运用女权主义理论去分析东西方女性所遭受到的权力话语剥离处境,运用解构主义的权力话语理论去厘析后殖民语境的东方处境,运用西方马克思主义理论对殖民主义权威的形成及其构成进行重新解释,以解除权威的力量并恢复历史的真相。

在斯皮瓦克的理论体系中,文化身份和女性话语等问题成为其理论焦点,也是其"历史记忆"的反思基点。在后殖民社会的多重文化压迫之下,斯皮瓦克时时体会到自己在种族、阶级、性别等方面的多重文化身份。在克服失根的怀乡病、性别缺席与文化焦虑的同时,斯皮瓦克重构着第三世界妇女的女性话语、性别角色和文化身份,为其"无言"状态而"发言",为其"无名"状态而"命名"。随着女权主义运动的高涨,第三世界妇女开始进入西方的"视界"之中。无论是朱丽娅·克里斯蒂娃对中国妇女"默默无言注视"自己的描写,还是桑德拉·塔尔帕德·莫汉蒂《在西方的注视下:

女性主义的学术研究和殖民话语》中,对第三世界妇女在男权中心主义主观臆断中"变形"的描写,都既注意到在东方妇女注视下的西方妇女自我"身份问题"(克里斯蒂娃),又注意到在西方注视下的东方妇女,被看成抹平了文化历史和政治经济(克里斯蒂娃)特殊语境的"一个同质的群体"时的"身份问题"(莫汉蒂)。如果说第三世界在第一世界的看视中呈现出历史变形的话,那么第三世界妇女则在这历史变形中沉入历史地表之下。相对于第三世界男性而言,妇女更是遭受数重压迫。她们丧失了主体地位而沦为工具性客体,缩减为空洞的能指而长期处于缺席状态和盲点之中。

斯皮瓦克对女权主义批评家不自觉地复制出帝国主义式的主观臆断不满,主张分析有关重建第三世界的文化历史叙述,因为历史上和文学中的"第三世界妇女"已经打上了父权制与殖民化的烙印,变成了经西方女权主义者误读和重组后的自恋型、虚构性"他者"。斯皮瓦克认为必须产生一种异质文化复原的方式,即承认第三世界妇女作为一种具有性别的和民族的差异的主体,是具有个体个性和多样性的主体。仅将体现西方女权主义价值观的殖民话语植入第三世界妇女概念中,第三世界妇女不可能获得真正的翻身作主。在第一世界文学作品日益变成文字游戏和本能欲望书写的今天,第三世界妇女清新健康的文学经验无疑是一方源头活水。斯皮瓦克认为,第三世界妇女的"命名"与"发言"对于未来世界的和谐发展至关重要。西方女权主义学者应该向正在走向"语言、世界和自我意识"的第三世界女性学习,为她们讲话;必须尊重女性话语领域内出现的多元化趋向,抛弃那种作为第一世界妇女的优越感,清除西方主流文化所带有的种族偏见;不仅要追问"我是谁"这一个体存在本体论问题,更要问"其他的女性是谁"这一社会存在本体论问题;不仅要清楚"我如何去命名她们"这一主客体问题,更要清楚"她们如何命名我"这一主体间性问题。只有这样,才能消解东西方女性之间的理解障碍,达到理想的视域融合和妇女自身的真正解放。

霍米·巴巴是在印度成长起来的波斯人后裔,现为美国普林斯顿大学英语系客座教授,英国色萨斯大学英文系教授,主编《民族与叙事》(*Nation and Narration*,1990),其论文集《文化定位》(1994)在西方学术界有很大的影响,是一位重要的后殖民主义文化理论家。霍米·巴巴善于从拉康式的精神分析角度,对外在的强迫权力如何通过心理因素扭曲人性加以理论阐释与揭示。在《后殖民与后现代》一文中,他指出后殖民主义批评旨在揭露以下三种"社会病理":一是在争夺现代世界的政治权威与社会权威的斗争中,文化表象之间不平等和不均衡的力量对比关系;二是现代性的意识形态话语是如何为不同的国家、种族和民族设定一个霸权主义规范的;三是揭露现代化的"理性化"过程是如何掩盖和压抑其内在矛盾与冲突的。霍米·巴巴近年致力于编辑《法农读本》(*The Fanon Reader*)。他指出,法农对"第三世界"与"第一世界"之间的微妙关系的分析,对黑人与白人之间的存在差异和文化殖民的权力运作方式所进行的深入分析,以及通过精神分析强调文化"含混"的做法,拓宽了当代的文化研究。即超越过去简单的比喻、象征、形式、内容、叙事分析以及社会历史分析的方法,而找到一种民族性的文化差异,使得殖民话语和文化之间的冲突、语言的不确定性等,成为当代文化研究的重要内容。

因此,民族性的文化差异问题,成为霍米·巴巴理论分析的重要范畴。在霍米·巴巴看来,后殖民话语(postcolonial discourse)是殖民者的语言和文化对殖民地文化和语言进行的渗透与覆盖,这使得殖民地的土著不得不以殖民者的话语方式来确认自我身份,而在自己的异色皮肤上带上白人的面具,从而在一种扭曲的文化氛围中完成心理、精神和现实世界的被殖民过程,被殖民者自觉不自觉地将外在的强迫性变成内在的自发性,从而在邯郸学步、亦步亦趋中"抹平"文化差异,追逐宗主国的文化价值标准,使得文化殖民成为可能。事实上,任何差异性都是很难抹平的,任何想通过话语言说方式达到完全彻底的思想"对译"与"同传"都是乌托邦的幻想,在各种话语交流中,恰恰是那些看似无意义的、抹平了差异的地方,往往隐藏着种种权力关系、话语暴力、意义误区以及文化矛盾和文化危机。只有承认矛盾与危机,才能正视问题,最终解决问题,否则任何文化间的对话只能是掩盖了文化差异的文化霸权的一种文化策略而已。在霍米·巴巴看来,在后殖民和后现代语境中,真正的学者必须永远追问:自己的文化身份、阶级民族立场乃至性别到底是什么?自己究竟是用什么样的思维方式、话语方式、言说方式来发出声音?

在后殖民主义批评阵营中,除了上述三位主将外,尚有莫汉蒂(女权主义与后殖民主义之间的关系理论)、亨廷顿(文明冲突理论)、杰姆逊(第三世界文学与民族寓言理论)、汤林森(文化帝国主义理论)等人,在性别、种族、民族文化与文明冲突等方面,为后殖民主义的批评实践与理论发展,做出不容忽视的贡献,因篇幅有限,这里就不做展开。

总而言之,后殖民主义批评是西方文化研究的历史发展,这一批评不再局限于从事作家、作品和人物语言的解读,而是重视整个文学活动领域乃至文化实践领域中所体现或潜在的阶级、民族、国家、文化身份、性别差异等的分析,撕破全球化时代所制造出来的表面上的"普遍的无差异性",从而把隐藏其中的惊心动魄的文化压迫、权力关系以及利益动机暴露于光天化日之下。作为文学批评流派与方法,其优劣与文化研究非常相似。

第二节 后殖民主义批评经典案例分析

[案语:波兰裔英国著名作家康拉德是萨义德倾力研究的重要作家之一,也是其后殖民主义理论得以产生的重要契机之一。1966年萨义德出版了《康拉德与自传小说》(*Joseph Conrad and the Fiction of Autobiography*, Cambridge, Mass.:Harvard University Press),该书原为作者在哈佛大学攻读博士学位期间所撰写的博士论文,第一部分依年代顺序研究康拉德1885年(现存最早的书信)至1924年(去世之年)所写的书信,第二部分讨论康拉德中短篇小说作品。作者认为这些书信不但呈现了作家的自我成长与发现,而且与他的小说创作密切相关,处处展现了一位严肃、自觉的艺术家如何于艺术中努力将外在的混乱化为秩序的生命情景。多年之后的赛义德,思想发生了巨大的变化,成为后殖民主义的领军人物,他对康拉德及其作品的理解与研究也得以深化。这里节选自其论著《文化与帝国主义》"前言"以及正文中的片断——"《黑暗的心》的两个视角",充分展现了这位著名后殖民主义批评家的重要思想和学术风范。]

一 《文化与帝国主义》前言(节选)

(节选自赛义德著《文化与帝国主义》前言,李琨译,三联书店,2003)

到19世纪末,帝国已经不再仅仅是一个影子了,也不再化身为一个不受欢迎的罪犯的形象,而是体现在康拉德(Conrad, Joseph)、吉卜林(Kipling, Ludyard)、纪德(Gide, Andre)和洛蒂(Loti, Pierre)等人作品的关注中心里。我的第二个例子,康拉德的《诺斯特洛莫》(*Norstromo:A Tale of Seabord*, 1904, rprt. Garden City:Double Day, Page, 1925)是以中美洲的一个共和国为背景。这是一个独立的国家(不同于他以前一些小说中的非洲和东亚殖民地),但同时又因为有大量的银矿而被外来利益集团所控制。对于一个当代美洲人来说,该作品最令人叹服的地方是康拉德的预见力:他预言拉丁美洲共和国内部将发生不可遏制的动乱和失控(他引用波利瓦尔的话说,统治他们就像破浪而行)。他特别指出北美的那种特殊的施加影响的方式:既果断又不留痕迹。圣多美矿矿主,英国人查尔斯·古得尔的后台,旧金山的金融家霍尔洛德告诫他的被保护人说,作为投资者,"我们不会卷入大麻烦"。但是

我们可以作壁上观。当然,有朝一日,我们会介入。我们必须这样做。

但不忙。时间会青睐世界上最伟大的国家的。我们将会在所有的事上发号施令——工业、贸易、法律、新闻、艺术、政治和宗教;从霍恩角到苏利斯海湾,甚至超过那里,如果北极有什么值得得到的东西的话。这样我们就有可能把世界上那些遥远的岛屿和大陆统统弄到手。我们要管理这世界的事情,不管它愿意不愿意。世界对此无可奈何,我想,我们也是如此。

冷战结束后,美国政府关于"世界新秩序"的修辞,它那种孤芳自赏的气味、难以掩饰的胜利情绪和它对责任的庄严承诺,都是康拉德在霍尔洛德身上描写过的:我们是老大,我们注定要领导别人,我们代表着自由和秩序,等等。没有美国人能逃脱这种感觉体系。但康拉德在对霍尔洛德与古德尔的描绘中所包含的警告却很少受到注意。因为在帝国的背景下,话语的力量很容易使人产生一种仁慈的幻觉。但是这样的话语具有一种该死的特点:它曾不止一次被使用过。不但西班牙和葡萄牙人使用过,还以惊人的频率多次被现代的英国人、法国人、比利时人、日本人、俄国人使用过。现在,又轮到了美国人。

然而,仅仅把康拉德的这部伟大作品看作对20世纪的拉丁美洲的预言:包括那些联合果品公司、上校们、解放力量和美国资助的雇佣军等等现象,就太不完整了。康拉德是西方对第三世界认识的先见者。西方对第三世界的认识可以从格雷厄姆·格林(Greene, Graham)、V. S.奈保尔(Naipaul, V. S.)和罗伯特·斯通(Stone, Robert)等不同的小说家、汉娜·阿伦特(Arendt, Hannah)这样的帝国主义理论家,以及那些旅行作家、电影制作者和演说家的作品中看到。这些作品的特点是刻画一个非欧洲的世界,以供分析和判断,或满足那些欧洲和北美的观众读者的特殊胃口。假如康拉德真的具有讽刺意味地认为,圣多美矿的英美矿主的帝国主义行径因为他们自己的狂妄和不可达到的野心而注定要失败的话,那么,他同时也是在以西方人的视角描写非西方世界。这样的视角根深蒂固,他看不到除此之外的历史、文化和观念——康拉德所能看到的,只是一个完全由大西洋沿岸的西方所统治的世界。在这个世界里,任何对西方的反抗都只能更证明西方的残忍的力量。康拉德无法看到替换这一残酷力量的东西。他无法了解印度、非洲和南美洲也有不完全受帝国主义者和改革者控制的完整的生活和文化;他也无法让自己相信,反帝国独立运动并非都是腐败的,都是由伦敦或华盛顿出钱操纵的。

这些观念上的严重限制与人物和情节一样,是《诺斯特洛莫》的组成部分。康拉德的小说体现了他所讽刺的人物,如古尔德和霍尔洛德身上的那种帝国主义家长式的无知。康拉德好像在说:"我们西方人将判定谁是好土著,谁是坏的,因为土著只有经过我们的承认才存在。我们创造了他们,我们教给他们说话和思想。他们造反的时候,只能更证实我们的观点,认为他们只是被他们的一些西方主人欺骗了的愚蠢的孩子。"这正是美国人对他们的一些南方邻国的观念:独立可以,但必须是我们所认同的那种独立。任何其他的都是不能接受的、很糟糕的和不值得考虑的。

因此,康拉德既是反帝国主义者,又是帝国主义者。这并不矛盾。当他无所畏惧又悲观地揭露那种自我肯定和自我欺瞒的海外统治的腐朽时,他是进步的;而当他承认,非洲或南美洲本来可能有自己的历史和文化,这个历史和文化被帝国主义者粗暴践踏,但最终他们被自身历史和文化所打败时,他是极为反动的。然而,为了避免将康拉德简单地看作他的历史时代的产物,我们最好注意到,当前华盛顿和大多数其他西方决策者以及知识分子并没有比他进步多少。对于康拉德所发现的帝国主义式的仁慈——包括"使世界更加民主"等愿望的必然失败的命运,美国政府仍然认识不到。它还在将自己的愿望强加于全世界,特别是中东地区。康拉德至少还能有勇气认识到,这样的企图从来没有成功过,因为它把策划者引入更深的、自认为无所不能和自我满足(像在越南那样)的幻觉之中。这种企图的失败,还由于他们出于本性要伪造证据。

如果在阅读《诺斯特洛莫》时人们注意到它的巨大力量和内在局限的话,所有以上这些就都值得记住。在这本书的结尾出现了一个独立的国家苏拉科。它只是大国的一个受到更严密控制的、不能容忍他人的小型版本,但是它在财富和重要性上取代了大国。康拉德使读者看到,帝国主义是一种制度,被统治者的生活打着统治者的虚假和愚蠢的烙印。反之亦然,当这种统治被当作传播文明的使命时,统治者社会的经验已经无可选择地依赖于殖民地和当地人了。

不论从什么角度阅读《诺斯特洛莫》,它都提出了一种冷酷无情的观点,而且它都确确实实地导致了格雷厄姆·格林的《沉默的美国人》(*The Quiet Americans*)或 V. S. 奈保尔的《河湾》(*A Bend in The River*)中同样严重的西方帝国主义的幻觉。这两本小说的主题与《诺斯特洛莫》完全不同。在越南、伊朗、菲律宾、阿尔及利亚、古巴、尼加拉瓜和伊拉克等国家的民族解放运动以后,几乎所有的读者都相信,正是格林小说中的派尔或奈保尔书中的休斯曼神父等人的严重无知,造成了这些"原始"社会中的谋杀、颠覆和持续不断的动荡。而本来他们是要教育土著人接受"我们的"文明的。类似的愤怒情绪也可以在奥利弗·斯通(Stone, Oliver)的电影《萨尔瓦多》、弗朗西斯·科波拉(Coppola, Francis Ford)的《现代启示录》(*Apocalypse Now*)和康斯坦丁·科斯塔加瓦拉斯(Costa-Gavras, Constantin)的《失踪》(*Missing*)等中看到。在这些电影中,肆无忌惮的中央情报特工人员和权力熏心的官员们将土著人和心地善良的美国人都操纵于指掌之中。

所有这些作品都可以溯源于康拉德的《诺斯特洛莫》那有讽刺意味的反帝国主义立场。这些作品都认为,世界上有意义的行动和生活的源头在西方。西方的代表可以随心所欲地把他们的幻想和仁慈强加到心灵已经死亡了的第三世界的头上。在这种观点看来,世界的这些边远地区没有生活、历史或文化可言;若没有西方,它们也没有独立和完整可展现。如果说有什么可以描述的话,亦步亦趋着康拉德,那就是难以描绘的腐败、堕落和不可救药。然而,康拉德的《诺斯特洛莫》是写于欧洲帝国主义无可匹敌的鼎盛时代的,而把他的讽刺手法学得很到家的当代小说家和电影创作者的作品却出现在非殖民化运动之后,在西方对非西方的表现遭到知识上、道德上和创作上的大规模否定和解构之后,在弗朗兹·法农(Fanon, Franz)、阿米尔卡·卡布拉尔(Cabral, Amilcar)、C. L. R. 詹姆斯(James, C. L. R.)、沃尔特·罗德尼(Rodney, Walter)的作品,也在齐努阿·阿齐比(Achebe, Chinua)、努基瓦·提昂哥(Thiongo, Ngugi Wa)、沃莱·索卡因(Soyinka, Wole)、萨尔曼·拉什迪(Rushdie, Salman)、加布列尔·加西亚·马尔克斯(Marquez, Gabriel Garcia)和其他许多人的作品出现之后。

这样,康拉德就把他残余的帝国主义思想传了下来,虽然他的继承者很难为他们作品中那些经常出现的、微妙的、不知不觉的倾向性辩护。这不仅仅是个西方人对外国文化缺乏同情和了解的问题。毕竟有一些艺术家和知识分子事实上已经跨到另一边去了——例如让·热内(Genet, Jean)、巴西尔·戴维森(Davidson, Basil)、艾尔伯特·曼米(Memmi, Albert)、胡安·戈伊特索罗(Goytisolo, Juan)等等。更重要的也许是严肃地替换掉帝国主义的政治意愿,比如承认其他文化和社会的存在。不管是不是有人相信康拉德的小说证实了西方人对拉丁美洲、非洲和亚洲的习惯性的观念;是不是有人能在《诺斯特洛莫》和《远大前程》中看到那种令人吃惊的根深蒂固的帝国主义世界观的特点,而这种世界观能同样扭曲读者和作者的观点:这两种对这些作品的不同的解读都似乎过时了。我们不能再把今天的世界当成可以乐观或悲观看待的万花筒;对它也不能随意地做出或是精彩,或是令人厌烦的解读。这些态度都含有权力和利益的意味。我们可以在康拉德的作品中看出他对他时代帝国主义意识形态的既批判又再现,我们可以用同样的方式来看我们自己的态度:我们对操纵别人的企图是随和还是拒斥;我们谴责别人的能力,我们对其他社会、传统和历史的理解和交往所做的努力。

从康拉德和狄更斯时代到现在,世界的变化使那些处于宗主国的欧洲人和美国人感到意外和震惊。他们置身于大量的非白人的移民中间,面对着新近日益壮大的诉求,要求世界倾听他们的话语。我这本书的观点是,由于现代帝国主义所促动的全球化过程,这些人、这样的声音早已成为事实。忽视或低估西方人和东方人历史的重叠之处,忽视或低估殖民者和被殖民者通过附和或对立的地理、叙述或历史,在文化领域中并存或争斗的互相依赖性,就等于忽视过去一个世纪世界的核心问题。

二 《黑暗的心》的两个视角

(选自赛义德著《文化与帝国主义》,李琨译,第23—40页,三联书店,2003)

  统治与权力和财富的不均是人类历史中长期存在的事实。但在今天的全球背景下,这也可以解释成与帝国主义、它的历史与它的新形式有关。当代的亚洲、拉丁美洲和非洲国家在政治上是独立的,但在许多方面还是像它们被欧洲大国直接统治时那样。一方面,这是自伤的结果。V. S. 奈保尔(Naipaul, V. S.)这样的批评家时常说,他们(谁都知道"他们"指的是有色人、外国人、黑鬼)咎由自取。不停地谈帝国主义的后遗症是无济于事的。另一方面,把当前一切的不幸都算在欧洲人身上也并非一个好办法。我们需要做的是,把这些问题看作互相依附的历史的网络。对此加以抑制是不正确的,而理解将是有益和令人感兴趣的。

  这里的关键问题并不复杂。假如你坐在牛津、巴黎或纽约,你告诉阿拉伯人或非洲人他们属于一种基本上有病的或不可救药的文化,你很难说服他们。即使你能说服他们,他们也不会承认你根本的优越性和你统治他们的权力,尽管显然你很有财富和权力。在各个殖民地,白色主人一度没有遇到挑战,但最后还是被赶了出去。这种对立的历史是显而易见的。相反,胜利了的土著很快就发现,他们需要西方。完全独立的想法是为法农所说的"民族资产阶级"设计的民族主义幻想。民族资产阶级反过来时常用残酷的剥削和专制来管理新国家,使人想起了那巳走掉的主人。

  因此,在20世纪末,上个世纪的帝国传统以某种方式在自我重复,虽然今天不再有巨大的空间和正在扩张的边界,也没有令人兴奋的移民点可设立。我们生活在一个全球性的环境中。大量生态的、经济的、社会和政治的压力撕扯着它刚刚被人认识到、基本上还未得到解释和理解的机体。一个人只要对这个机体有个模糊的整体概念,就会震惊于那些爱国主义、沙文主义、种族的、宗教的、民族的仇恨等等观念是多么无情自私和狭隘。这些观念事实上可以导致大规模的破坏。这个世界简直再也经受不起这样的破坏了。

不能错误地认为一个和谐的世界秩序的模式就在眼前。认为生死攸关的"国家利益"和"无限主权"可以使力量变成行动,因而可以有利于和平和社区的发展的观念也是不够诚实的。美国与伊拉克的冲突和伊拉克因为石油而对科威特进行的侵略即是明显的例子。奇怪的是,进行这种相对本位主义思想和行动教育的情况仍很普遍,并未受到制止,被人不加批判地接受,一代又一代地在教育中反复原样出现。我们接受的教育让我们敬仰我们的国家,尊重我们的传统;要我们坚定地寻求国家和传统的利益,而不管其他社会如何。一种新的、并且我认为是令人吃惊的部落思想正在损害和破坏社会、分裂人民、鼓动贪婪和血腥的冲突和张扬乏味的、关于少数民族或群体的特殊性,而很少把时间花费在"了解别的文化"上——这个短语有一种无意义的模糊性——而是用来研究相互的往来,即国家社会和群体之间每日、甚至每分钟发生的时常是有成果的交流上。

没有任何人能把这整个图像记在头脑中。这就是为什么应该首先考虑几个比较突出的帝国历史的定位问题。帝国的地理和多方面的历史造成了它的基本特征。首先,当我们回顾19世纪时,我们可以看到,走向帝国的努力实际上把地球的大部分置于少数大国的统治之下。要理解这一情况的意义,我建议可以读一下某些内容丰富的文化材料。在这些材料里,一方面是欧洲或美国,另一方面是被帝国主义占据的世界。二者之间的相互作用对双方而言都是生动的,内容充实又明白易懂。然而,在我从历史的角度系统地这样做之前,看一看在最近的讨论中还存在着什么帝国主义的残余,是很有意义的准备工作。这是内容丰富、很有意思的历史遗产。它很矛盾,既是全球性的,又是地方性的。这也说明帝国的过去怎样仍然存在,并引起正反两方的激烈辩论。因为这些历史的遗迹存在至今,而且近在手边,可以指出一种学习历史的方法——历史在这里最好用复数——这个历史是帝国制造的。它不只是白人男女的故事,还有非白人的故事。他们的土地和基本生存就是问题的中心,尽管他们的声音遭到否定和漠视。

时下一个关于帝国主义遗产的重要辩论——西方媒介如何报道"当地人"的问题,说明了这种互相依存与重叠的持续性。这不仅表现在辩论的内容中,而且表现在形式上;不仅表现在说些什么上面,也表现在怎样说、由谁说、在哪里说和为谁而说上面。这很值得加以研究。但做这个研究需要一种不易掌握的自律,因为对抗的方式是现成的,唾手可得。1984年,早在《撒旦诗篇》出版以前,萨尔曼·拉什迪(Rushdie, Salman)研究了关于英国统治的大量电影与文章,包括电视系列片《王冠上的钻石》(*The Jewel in the Crown*)和大卫·里恩

(Lean, David)的影片《印度之旅》。拉什迪指出,由对英国统治印度的深情怀念所勾起的怀旧情绪恰好与福兰克群岛战争同时发生。而且这些作品的巨大成功所代表的"改变了的统治的出现,是现代英国保守思想兴起的艺术表现形式"。评论家只听到了他们所谓的拉什迪的公开抱怨,但似乎没有理会他的主要观点。这个观点本来对知识分子应是有吸引力的。乔治·奥威尔(Orwell, George)把知识分子在社会中的地位比作处在鲸鱼内或鲸鱼外。这个比喻已不再适用;拉什迪眼中的现实实际上是"没有鲸鱼"的。这个世界没有安静的角落,不可能躲开历史、躲开喧闹、躲开可怕的、吵吵嚷嚷的大惊小怪。但是,拉什迪的主要论点被认为不值得拿出来讨论。相反,争论的主要问题是殖民地解放以后,第三世界是否变坏了,是否可能更好些,或者一般说来是不是要听一听那些少数的——或者很少的——第三世界知识分子的说法。他们断然地把他们国家现在的野蛮行为、专制和堕落主要归咎于他们自己的历史。在殖民主义到来以前,这历史就很糟糕,而在殖民主义以后又回到原来的状态。这个论点认为,与其有个荒谬的、装腔作势的拉什迪,不如有个无情的、诚实的 V. S. 奈保尔。

人们可以从拉什迪事件搅动起激动情绪的前前后后得出结论,西方有许多人开始觉得事情到此已经够了。在越南战争与伊朗事件——请注意,这些标签通常被用来指美国国内的创伤(20 世纪 60 年代的学生动乱、公众对于 20 世纪 70 年代人质事件的焦虑),也指国际冲突以及越南和伊朗落到极端民族主义分子手中这样的事件——在越南和伊朗以后,防线必须加以守卫了。西方民主受到了打击。即使受到的打击在国外,仍然有一种如吉米·卡特(Carter, Jimmy)奇怪地形容的那样"两败俱伤"的感觉。这种感觉导致西方重新考虑整个非殖民化的过程。他们的新估计认为,"我们"给了"他们"进步和现代化,这难道不是真的吗?难道我们没有向他们提供秩序与一种稳定,而这种秩序与稳定是他们以后未能自己提供的?难道相信他们取得独立后的能力是相信错了吗?就因为它导致博卡萨和阿明的上台,还有像他们一样的拉什迪这样的知识分子?我们是不是应该保住殖民地,约束臣民和低等民族,忠于我们的文明职责呢?

我认识到,我刚才再现的不完全是事件本身,而或许是幅讽刺画。尽管如此,它和许多自认为是西方的代言人的人所说的话令人不安地相似。似乎无人怀疑,一个单一的"西方"事实上存在过,正像一次又一次的概括所描述的前殖民地时代也存在过一样。把事情抽象和概括化,随之而来的,是寻求一种虚幻的西方的赐予和施舍的历史,是一次次西方人崇高的赐予的援手被忘恩负义地咬伤。"我们为他们做了这么多好事,他们为什么不感激我们呢?"

把这么多东西塞进那个"好心不得好报"的公式是多么容易啊。然而,被践踏的殖民地人民却被摒弃或遗忘了。在许多世纪中,他们忍受了即决审判和无尽的经济压迫。他们的社会与私人生活被扭曲。欧洲人不变的优越地位带来的是他们毫无要求的屈从。仅仅记住千百万非洲人被用来进行奴隶贸易,这只是承认维持那优越地位的难以想象的代价。可是,最经常被忽略的,恰恰是在记载详细的充满暴力的殖民主义干涉历史中那无数的事例——这种干涉浸透到殖民地制度两边的人和社会生活的每一分钟、每一小时里。

应该注意的是,在西方占有首要地位、甚至中心地位的这种当代话语的形式是多么全面,它的态度与姿态多么涵盖一切,它所包括、压缩和加强的与它所排斥的同样多。我们突然发觉在时间上自己被向后推到了19世纪末。

我认为,这种帝国主义的态度在康拉德写于1898与1899年之间的伟大的中篇小说《黑暗的心》(*Heart of Darkness*, Garden City: Double Day, Page, 1925)的复杂且丰富的叙述形式中被捕捉得十分巧妙。一方面,叙述者马罗承认一切话语的可悲的窘境——"不可能根据个人的存在表达出任何一个时代的生活感觉——而个人的存在又造成了那个时代的真理、意义和微妙的、深刻的本质。我们活着,我们亦梦着——只有我们自己。"然而,马罗还是努力通过讲述自己到非洲内陆去找克尔茨的旅行来表现克尔茨的非洲经历的巨大魅力。这个叙述又是直接与到黑人世界中去的欧洲传教团的拯救世界的力量,以及伴随而来的劳而无功和恐怖联系在一起的。凡是在马罗极为感人的叙述中丢掉或省略、甚至编造的东西,都在充满历史感和时间推移的叙述里得到了补偿。这个叙述有时离开了正题,还有许多描写和令人兴奋的冲突等等。马罗讲述他是怎样走到克尔茨的大本营的——他现在已经成了它的消息来源和权威了——他的叙述呈大大小小的螺旋形向前移动,很像逆水行舟那样。然后,他又直奔所说的"非洲的心脏"。

马罗与不合时宜地穿着白色制服的文员在丛林中相遇了。后面的几段谈到了这段经历。他后来又遇到了一个被克尔茨的天才深深打动了的、半疯的、小丑似的俄国人。可是,在马罗的犹豫不决、他的逃避和他对自己感觉和思想的奇怪沉思的背后,是毫不退缩的旅程本身。尽管有许多障碍,他还是穿过丛林,经历了时间的考验,克服了艰难困苦,直达丛林的中心,即克尔茨的象牙贸易王国。康拉德想要我们看到,克尔茨伟大的掠夺冒险、马罗逆流而上的旅途以及故事叙述本身,有个共同的主题:欧洲人在非洲,或在非洲问题上表现出来的帝国主义控制力量与意志。

使康拉德与同时代的其他殖民主义作家不同的是,他对自己所做的非常敏感。这与殖民制度把他,一个波兰移民,变成了帝国主义制度的一个雇员有一定关系。所以,和他别的小说一样,《黑暗的心》不可能只是马罗的冒险历程的坦率再现;它也是马罗这个人的戏剧化再现。他是昔日在殖民地里游荡的人,在某一时间、某一地点把他的故事讲给一群英国人听。这群人大部分来自商业界。康拉德以此来强调:19世纪90年代,一度是冒险而且时常是个人行为的帝国事业(business of empire),已经变成商业帝国了(empire of business)。(很凑巧,我们应当注意到,大约在同时,哈尔弗德·麦金(Mackinder, Halford),一位探险家、地理学者和自由主义帝国主义者,在伦敦银行研究所做了一系列关于帝国主义的演讲。康拉德也许知道这件事)马罗叙述近乎逼人的力量给我们留下一种十分确切的感觉,使我们觉得无法逃脱帝国主义的历史力量。同时,帝国主义具有代表它所统治的一切发言的力量。虽然如此,康拉德向我们表明,马罗所做的依然是有前提的。他只是面对一群心态相同的英国听众,而且只限于这样的情景。

可是,康拉德和马罗都没有使我完全看到,在克尔茨、马罗、"奈利"号甲板上的一圈听众和康拉德自己所体现的,征服全世界的态度以外是什么。我这样说的意思是,《黑暗的心》具有强大的力量,可以说,它从政治和美学的角度来看,都是帝国主义式的。这在19世纪的政治,美学甚至认识论上已都是不可避免的。因为,假如我们不能真正了解别人的经验,我们因此必须依靠丛林里的白人克尔茨,或另一个白人马罗作为故事叙述的权威,那么,寻找非帝国主义的经验是不会有结果的;帝国主义制度干脆把它们消灭了,或者使之无法被想象。这个圆圈如此完整,在艺术上和心理上都是无懈可击的。

康拉德非常有意识地把马罗的故事从叙述的角度来表达。他使我们认识到帝国主义不但远远没有吞掉自己的历史,而且正发生在一个更大的历史背景下,并且为它所限制。这个更大的历史处在"奈利"号甲板上那一小圈欧洲人之外。然而,到那时为止,似乎还没有任何人住在那个历史区域里。因此,康拉德就让它空白着。

康拉德恐怕不会通过马罗来展现帝国主义世界观以外的任何东西。这是因为,当时康拉德和马罗有可能看到的非欧洲的东西十分有限。独立是属于白人和欧洲的;低等人或臣民是要加以统治的;科学、知识和历史是从欧洲发源的。的确,康拉德小心地记录下比利时的不光彩与英国殖民态度间的区别。但他只能想象世界被瓜分成这个或那个西方的势力范围。但是,因为康拉德有着他自己流亡边缘人身份的特别持久的残余意识,他十分小心地(有人说是令人发疯地)用一种站在两个世界的边缘而产生的限制来限制马罗的叙述。这两个世界的分界模糊不清,但却是不同的。康拉德当然不是塞西尔·罗兹(Rhodes, Cecil)或费德烈·鲁加德(Lugard, Frederick)那样的帝国主义企业家。虽然他完全了解,他们每个人,用汉娜·阿伦特的话说,要进入"无休止的扩张的旋涡,改变旧我,要服从扩张的进程,与那看不见的力量认同,他必须为这种力量服务,以使扩张不断向前推进。因此,他就要把自己看作一种纯粹的功能,并且最终把这种功能、强有力的时尚的化身当作他可能取得的最高成就"。康拉德认识到,像叙述一样,如果帝国主义已经垄断了整个表现体系;尽管你和它不能完全沟通和同步,你作为一个局外人的自我意识还是能允许你积极地去理解这部机器是怎样运转的。这种垄断使帝国主义能在《黑暗的心》中既做非洲人、也做克尔茨以及其他冒险家,包括马罗和他的听众的代言人。因为康拉德没有完全被同化成为英国人,所以在他的每部著作中都具有讽刺意味地与英国人保留了一段距离。

　　因此,康拉德的叙述形式预见了关于他以后的后殖民时代,两种可能论点和前景。一种前景是旧帝国世界有充分余地以传统的方式得到发展,随心所欲地按照欧洲或西方帝国主义的愿望改变世界并在二战之后巩固自己。西方人可能离开了亚非拉殖民地,但他们不仅把它们当作市场,而且当作思想意识的领地保留起来,继续他们在精神与思想上的统治。一位美国知识分子最近说:"指给我看看祖鲁人的托尔斯泰。"这个武断的论点由今天西方的代言人说出,这些人为西方的、也为世界其余地方的现在、过去、也许还有将来说话。这种论调闭口不提那"失去的";殖民地因为它无可争辩的低下状态,从本质上讲一开始就"失去了"。此外,这一论点关注的,不在殖民地历史中共有的东西,而是在那些永不能共享的、随着更大的权力和发展所带来的权威和公正。在语言上,它热衷于政治词汇。朱利安·班达(Benda, Julien)很知道这些词汇。借用他批评现代知识分子的话说,这些词汇不可避免地导致大规模的屠杀。即便不是真正意义上的屠杀,也是口诛笔伐式的屠杀。

　　第二个论点不那么令人难以接受。它看待自己就像康拉德看待自己的小说一样,因时因地而异,即非无条件地真实,也不是纯粹肯定的。如我已经说过的,康拉德没有给我们一种感觉,认为他可以想象出一个可付诸实践的帝国主义的代替物:他笔下的非洲、亚洲或美洲的土著无法使自己获得独立;而且,由于他似乎认为欧洲人的保护是不言自明的,他不能预见这保护终结以后会发生什么。但是,保护是要终结的,即使只是因为和一切人类的努力、和语言本身一样,它有它的过程,然后就要消失。康拉德与帝国主义碰撞了,表现了它的偶然性,记录了它的幻想与极大的狂暴与浪费(如《诺斯特洛莫》所描述的)。他使许多后来的读者能够想象另一个非洲,而不只是被分割成几个欧洲殖民地的非洲,尽管对那另一种非洲可能是什么样都近乎没有概念。

现在回到康拉德的第一条线上来。关于复兴的帝国的话语证明,19世纪帝国的冲突今天仍然在继续,并以此来画线。奇怪的是,这种暗暗的、极为复杂又很有趣的交锋存在于前殖民地和宗主国之间,比如英国与印度、或法国与非洲法语国家中间。但是,这些交锋与亲帝国主义者和反帝国主义者中间的喧闹的辩论相比,就黯然失色了。这些亲、反帝国主义者只讨论什么国家命运、海外利益、什么新帝国主义等等,把那些有相同心态的人、比如激进的西方人,还有那些新民族主义者和造反味十足的以霍梅尼们为代言人的非西方人——从其他的交锋中吸引过来。在每个可怜的、狭隘的阵营里,都站着一些无辜的、正直忠诚的人,领导他们的是一些知彼知己,又多才多能的人。在外边则站着一群各种各样只会抱怨的知识分子和徒劳地、不停地抱怨过去的软弱的怀疑论者。

《黑暗的心》两条线中的第一条引出出的狭隘视角伴随着20世纪70年代和80年代一个重要的意识形态转变。比如,我们可以在以激进而闻名的思想家的着眼点中,或更确切地说,研究方向的重大改变中,发现这一新的意识形态。20世纪60年代作为激进主义和知识分子反叛代表而出现的著名法国哲学家让-弗朗索瓦·利奥塔(Loytard, Jean-Francios)和米歇尔·福柯(Foucault, Michael),描述了利奥塔称之为"解放与启蒙的伟大合理叙述"中严重缺乏信仰的新现象。利奥塔在20世纪80年代说,我们的时代是后现代主义时代。这个时代只关心局部问题;不关心历史而只关心眼前需要解决的问题;不关心宏观的现实,而工于算计。福柯也把注意力从现代社会中的反叛力量移开了。他曾经研究它们对被排斥、被限制的不屈不挠的反抗。这些人包括罪犯、诗人、流浪者等等。他并且认为,因为权力无所不在,所以最好是集中研究围绕着个人的微型权力。因此要研究发展,并在必要时改造和创造自我。在利奥塔和福柯两人这里,我们发现了用来解释对解放政治之失望的一个完全相同的比喻:叙述,叙述作为一个可行的起点和合理的目标,已不足以决定人在社会中的定位。没有可以指望的东西:我们被围困在我们自己的圈子里了。现在,圆圈封起了口。许多年来,知识分子支援阿尔及利亚、古巴、越南、巴勒斯坦和伊朗的反殖民主义斗争。这种支援体现了西方知识分子在反帝反殖的政治斗争和哲学领域的最大参与。一些年后,他们说他们疲倦了,失望了。人们开始听到与读到的是,支援革命是多么的徒劳;上台的新政权是多么野蛮;还有更极端的,非殖民化对"世界共产主义"是多么有利。

恐怖主义与野蛮主义出现了,前殖民地专家也来了。他们众所周知的论点是,这些殖民地的人只能被统治,或者,由于"我们"愚蠢地撤出亚丁、阿尔及利亚、印度、印度支那和其他每一个地方,也许重新入侵他们的领土是个好主意。这时出现的还有研究解放运动、恐怖主义和克格勃间关系的专家和理论家。还出现了对简·柯克帕特里克(Kirkpatrick, Jeane)所谓的权威主义(与集权主义相对)政权的同情。权威主义政权被认为是西方的盟友。随着里根主义、撒切尔主义和与它们相关的事物的到来,一个新的历史阶段已经开始。

尽管从其他方面看这在历史上是可以理解的,对一个当今的知识分子来说,断然将西方从它在"边缘世界"的历史经验中分离出来,过去不是、今天也不是一种吸引人的,或具有启发性的事情。它使人无法了解和发现处在鲸鱼外意味着什么。让我们再谈谈拉什迪的另一个说法:

> 我们知道,要创造一个没有政治的神话一般的宇宙,就像要创造一个在其中没有任何人需要工作或吃饭、没有爱憎、不用睡眠的宇宙一样虚假。鲸鱼以外,应付与政治相结合所带来的问题就成为必要的甚至使人兴奋的事情了。因为政治是笑剧和悲剧的轮换,有时两者同时都是(例如齐亚·哈克的巴基斯坦)。在鲸鱼外,作家就不得不接受他(或她)是人群的一部分,海洋的一部分,风暴的一部分的事实。因此,客观成为一个伟大的梦,像尽善尽美一样,是个尽管不可能、还是必须争取达到的目标。鲸鱼外是塞缪尔·贝克特的著名公式一样的世界:我无法向前,我又要向前。

拉什迪虽然借用的是奥威尔的术语,但在我看来似乎甚至更有趣地与康拉德相似。因为这是第二个后果,由康拉德的叙述引出的第二条线。因为它明显地提到了外边,它指向了马罗及其听众所代表的帝国主义以外的观念。这是个非常世俗的观念。它既不是来自于历史命运观念和永远随之而来的本质论观念,也不是来源于对历史的漠不关心和无所作为。处在内部无法体验帝国主义的全部历史,并调整它,使之服从于一种以欧洲为中心的大一统观念。这另一观念意味着一个任何一方都没有历史特权的领域的存在。

我不想过分解释拉什迪,或者把他可能未想说明的观念强加到他的文章中去。在这次英国传媒的争论中(在《撒旦诗篇》使他藏匿起来以前),他声称在大众媒体的文章中看不到自己在印度的亲身体验。现在,我要进一步说,是政治与文化和艺术的这种结合,使被争论弄得模糊了的共同立场得以显现。也许对直接卷入争论的人来说,因为他们反击得多而思考得少,所以特别难以见到这个共同点。我能完全理解为什么拉什迪的争论充满怒气,因为和他一样,我觉得在数目上与组织上我都被持有流行一致看法的西方人超过。这种看法认为,第三世界又恶劣，又惹人生厌，是一个文化与政治都低劣的地方。虽然我们作为很少数的边缘声音在写作与发言，那些新闻工作者与学术评论家却属于报纸、电视网和研究所相连接的信息与学术体系。他们当中许多人现在已经开始了右倾的刺耳的指责合唱。他们把非白人的、非西方的、非犹太——基督教的精神气质与可以接受的、确定的西方精神分开，然后把它统统放在恐怖主义的、边缘的、次等的、不重要之类贬低性的标签下面。攻击这些范畴里的东西就是保卫西方精神。

让我们回去再谈谈康拉德和我所说的《黑暗的心》所讲的第二个，不那么具有帝国主义武断性的可能性。请再回想一下，康拉德把停泊在泰晤士河上的一只船的甲板作为故事场景。马罗讲故事时，太阳正在落下去。等到他讲完时，深深的黑暗重新笼罩了英国；在马罗的听众之外，存在着一个未加界定的、模糊不清的世界。康拉德有时似乎想把那世界归到马罗所代表的宗主国语境中去。但是他自己那分离的主体性令他成功地抗拒了自己的这种冲动。我一向认为，他主要是通过表现形式做到这一点的。康拉德自觉地运用循环的叙述形式，使人认为它们是一种艺术的创造，使我们去认识一种帝国主义所达不到的无法控制的现实可能。这个现实只有在康拉德于1924年逝世以后很长时间，才实质性地存在。

这里再做一些说明。尽管康拉德的叙述者有欧洲人的名字和行为，他们却不是欧洲帝国主义庸常的见证人。他们并不简单地接受在帝国主义观念的名义下发生的一切：他们对此加以思考，他们为此忧虑；他们实际上十分担心他们是否能使这些看来很平常。但帝国主义的观念从来都不是平常的。康拉德证明正统的帝国主义观念和他自己对帝国主义看法之间区别的方式，是继续把人们的注意力吸引到思想和价值观如何通过叙述者的语言错位而构成（与解构）的。此外，讲故事的人的叙述是非常仔细地进行的：叙述者是一个讲演者。他和他的听众来到一起的原因、他声音的质量、说话的效果，这些都是他的故事里重要的、甚至是非常引人注意的内容。例如，马罗就从来不平铺直叙。他一会儿喋喋不休，一会儿令人吃惊地口若悬河，故作惊人地讲错话或讲得含混不清，前后矛盾，从而使原本奇特的东西显得更加奇特。所以，他说，一只法国战舰"向一个大陆开火"；克尔茨的流利口才既有欺骗性又有启发性，等等——康拉德的语言充满了这些奇怪的差异（伊安·瓦特（Walt, Ian）把它们很恰当地叫做"延迟了的解码"）。其真正的效果，在旁边的听众和读者强烈地感觉到他所表现的并不完全与事情的真相或表象一致。

然而，克尔茨和马罗所说的整个问题，事实上是帝国主义统治，是白色欧洲人对黑色非洲人及其象牙、文明对原始黑色大陆的统治。通过强调帝国的官方"思想"与迷失的非洲现实间的差别,马罗不仅往往使读者对帝国思想的了解产生怀疑。因为,如果康拉德能够证明一切人类活动取决于控制一个极不固定的现实,而话语只能通过主观意志与约定俗成才能接近这个现实,那么,帝国也是如此,对思想的崇敬也是如此。依照康拉德的逻辑,我们正处在一个不断被创造或毁灭的世界中。看来稳定不变的、安全的事情——比如街角的警察——只是比丛林里的白人稍稍安全一些。而且,这稳定与安全与在丛林中一样,要求对于无所不在的黑暗取得不断(但不稳定的)胜利。在故事的末尾,这黑暗在伦敦和非洲都一样地出现了。

　　康拉德的天才使他能够认识到,尽管无处不在的黑暗是可以被控制、被照亮的——《黑暗的心》中有许多次提到"文明的使命",提到用意志的行动或力量的壮大,用慈善或残忍的手段,把光明带给世界上黑暗的地方和人民——但是,必须承认,"黑暗"是独立存在的。克尔茨和马罗承认了黑暗,前者是在他临死时,后者是当他事后回想克尔茨遗言意义的时候。他们(当然还有康拉德)有先见之明:因为他们懂得,他们所说的"黑暗"有其独立的性质,并且能再侵入并重新获取帝国主义已有的东西。但是,马罗和克尔茨也是他们时代的产物。他们无法更进一步承认,他们所见到的那种伤害和摧残人的非欧洲的"黑暗",实际上是一个非欧洲的世界在反抗帝国主义。有一天它将能重新获得主权和独立,而不是像康拉德简单地说的那样,重新制造黑暗。康拉德悲剧性的局限在于,虽然他可以清楚地在一个层次上认识到帝国主义的本质主要是纯粹的统治与掠夺土地,他却无法得出结论,看到帝国主义必须结束,以便使殖民地人民在没有欧洲统治的情况下自由地生活。作为他那个时代的产物,尽管康拉德严厉地批评了奴役他们的帝国主义,他却不能给殖民地人民以自由。

　　能够表明康拉德欧洲中心方式错误的有关文化和意识形态方面的东西,给人以强烈的印象,而且内容丰富。整个历史——文学、反抗的理论和对帝国主义的对策都在这里。本书第三章将要谈到这些问题。各个不同的前殖民地区都做出了极大的努力,要与宗主国世界进行平等辩论,以便证明非欧洲世界的多样性和差别,证明自己的议程、重要问题和历史。这样证明的目的,是记录下来、重新解释并扩大与欧洲接触的区域和有争议的领域。一些这样的活动——例如两名重要的、活跃的伊朗知识分子,阿里·沙利亚蒂(Shariate, Ali)和贾拉尔·阿里·艾-阿赫迈德(Ali I-Ahmed, Jalal)合写的著作——他们用演讲、书、录音和小册子等形式为伊斯兰革命铺平了道路——把殖民主义解释成与本土文化绝对对立:西方是敌人,是一种疾病、一种邪恶。其他例子有:肯尼亚的努基与苏丹的塔义布·萨利赫（Salih，Tayib）这样的小说家选择了殖民文化的主题。他们把这作为一种追寻，一种向未知领域的探索，当成他们在后殖民时代的目标。萨利赫的《向北迁徙的季节》(*Season of Migration to the North*)中的主人翁做了（而且是）与克尔茨所做的（而且是）相反的事：黑人向北，走进白人的地域。

在典型的19世纪帝国主义与它造成的本土反抗文化之间，产生了顽强的对抗，也产生了讨论、互相借鉴和辩论中的交锋。许多最有趣的后殖民地作家在这些情况下背负着他们的过去——屈辱的创伤的疤痕、不同的实践的尝试、为了走向未来而对历史的重新审视和急需要重新解释和重新实践的经验。在其中，昔日的殖民地人民在从帝国主义者手中夺回的土地上发言和行动。我们可以在拉什迪、德里克·沃尔科特（Walcott，Derek）、艾米·西赛尔（Cisaire，Aime）、齐努阿·阿奇比（Achebe，Chinua）、帕巴罗·聂鲁达（Neruda，Pablo）和布莱恩·弗莱尔（Friel，Brian）身上看到这些。现在，这些作家可以真正地阅读重要的殖民主义杰作了。这些作品不仅错误地表现了他们，而且认为他们不能解读，不会对关于他们的作品直接做出反应，正像欧洲人种学认为殖民地人不能参与他们的科学讨论一样。现在让我们试着更充分地回顾一下这种情况。

参考书目

1. Said, E. W. *Orientalism：Western Conceptions of the Orient*, New York：Pantheon, 1978.
2. Said, E. W. *The World, the Text, and the Critic*, Cambridge：Harvard University Press, 1983.
3. Spivak, G. C. *The Postcolonial Critic*, New York：Routledge, 1991.
4. Spivak, G. C. "Theory in the Margin", *Consequences of Theory*.
5. Bhabba, H. K. "The Other Question：The Stereotype and Colonial Discourse", *Screen*, *Vol. 24*, 1983.
6. Bhabba, H. K. *The Location of Culture*, New York：Routledge, Forthcoming.
7. 萨义德：《文化与帝国主义》，李琨译，北京：三联书店，2003年。
8. 王岳川：《后殖民主义与新历史主义文论》，济南：山东教育出版社，1999年（王岳川主编20世纪西方文论研究丛书）。
9. 张京媛主编：《后殖民理论与文化批评》，北京：北京大学出版社，1999年。
10. 刘象愚、罗钢主编：《后殖民主义文化诗学》，北京：中国社会科学出版社，1999年。
11. 吉尔伯特主编：《后殖民批评》，杨乃乔等译，北京：北京大学出版社，2001年。

思考题

1. 检索中国学界后殖民主义批评实践的学术成果(论著与论文),并在此基础上总结其基本特色。
2. 如何反思90年代以来中国的后殖民主义批评以及相关的"国学热"、"本土话语"或"本位文化"的诉求?
3. 世界文化的中心、边缘的格局是如何形成的?其基础是什么?西方对于东方以及世界其他地区的所谓"文化殖民",是基于文化上的种族偏见,还是基于资本自身的逻辑?
4. 为什么张艺谋的电影成为中国学界后殖民主义批评的众矢之的?除此而外,还有哪些现象和领域可以成为后殖民主义批评的实践对象?

附 录
中国古典文学批评方法

第一节 中国古典文学批评理论描述和关键术语

中国古典文学批评方法的民族特色何在？中国古典文学批评方法有无体系？中国古典文学批评方法是否可以进行理论梳理、描述和阐释？这是文学理论工作者面对这一研究对象时首先要问的几个最基本也是最重要的问题，也是迫切需要我们探究与回答的问题。我们可以从历史之维来概括中国古典文学批评方法的时代特征，也可以从实践之维来考察各个时代文学活动与文学批评之间的互动关系与具体情境。这里我们试从运思方式、言说方式以及文化语境等三个方面为中国古典文学批评方法塑形造像。

一、中国古典文学批评方法的民族特色，从根本上说，体现在其运思方式、言说方式以及文化语境之中。

(1) 中国古典文学批评的运思方式。关于华夏民族总体性的思维特征，学术界的研究似乎达成了某些共识。有的说是经验思维，有的说是意象思维，有的说是直觉思维，有的说是模糊思维，有的说是曲线悟性感发性思维，凡此种种，不一而足。一些当代学者指出，中国古代先贤在表述思想的方式上，并非像西方学者那样以理性的线性逻辑思维作为运思基础，有意识地以系统的文章结构来表达其思想结构，而是往往直抒结论略去过程，或是因人而异地当机发论。这种当机发论与直抒结论的感悟范式，几乎没有论证和推理，但非常贴近中国古代文化与文艺的实践和品质。中国古典文学批评方法深受这一思维模式和思维习惯的制约与影响。深受西方理性思维方法影响的现代文学理论学者，多以零散片断、不成体系来评价中国古典文学批评方法。其实，形式的零散并不就意味着思想的零散。我们不能以其言论形式的零散而忽略其意蕴逻辑的展开。在中国古代涉及文学批评的文献与著作中，理论的超然性，往往被现实的针对性以及对具体作家作品的体悟和品味所替代或淹没。

古人运用文学批评的观念范畴并不是很严格,研究中国古代的文学思想,不应单纯地从概念到概念,从而忽略了产生这些理论的生动丰富的社会、历史、文化语境,或脱离创作实践作无端的演绎。大多数情况下,概念是提出来了,但概念的含义却需要我们从有关的言论中去演绎。这等于要我们用逻辑思维去加工古人的心理体验,作他们没有作完的理论工作。他们在概念的运用上相当随便,并不遵守形式逻辑的同一律,在概念的语词形式上也较随意,一些组合词语,视为同一个概念,似嫌简单;分为几个概念,又觉支离。还有,美学范畴是从哲学范畴、伦理学范畴以及一般语词中分化出来的。但在中国古代,这种分化始终是未完成的,它们之间并没有明确的界限。中国古典文学批评是一种启示性的批评,研究它没有悟性不行,太死板也不行,把直观的感悟的印象式的语言转换成理论性很强的概念时需特别小心,否则很容易失去原意,无形中丧失原有的灵气。

(2) **中国古典文学批评的言说方式**。中国古典文学批评最具民族特色的言说方式,体现在选本、摘句、诗格、论诗诗、诗话和评点之中,这诸种形式,是西方文学批评中所鲜见,而在中国古典文学批评中又最普遍地为人使用的。中国古代文学作品大多短小精悍,文学批评也形制短小,在形式上,绝大多数的古代诗论、文论所采取的是随笔体或语录体,议论自由,形式灵活,有的放矢,切中肯綮,特别注重对具体作家和具体文学作品的品评,不求体系的宏大与完整,说一首诗好,多凭审美直觉,不作详尽的分析,也无思考过程,或是三言两语点到为止,或是跳跃式地给出结论,最多作些溯源探流的索隐与灵机一动的考证,读者也不习惯去看长篇累牍的评论,而是靠那三言两语的启发,自己领悟其中三昧,当机发论与直抒结论者居多。这自然也在某种程度上形成理论展开不易充分的局限。中国古代诗学有严肃的理论探讨,甚至是激烈的辩议,但趣味性的娓娓而谈是其主导特色,"姑妄言之,姑且听之"的豁达通脱,是其常见的气度。正是因为选本、摘句、诗格、论诗诗、诗话和评点这些形式深契中国人言简意赅、微言大义的言说传统,又与中国古典文学含不尽之意见于言外的美学取向相一致,故而能够在中国古典文学批评的园地里生根发芽,枝繁叶茂。

(3) **中国古典文学批评的文化语境**。中国古典文学批评只有置于儒、道、释互补,文、史、哲互渗,诗、史、艺兼容的中国古代文化系统中才能被还原与激活,才会绽放出原生态的美丽。首先,研究中国古代文学思想,要与中国古代哲学思想相结合。只有深刻理解中国古代哲学天人合一、知行合一等重要命题,才能深切领悟中国古典文学以及中国古典文学批评观念中情景合一的美学命题。只有充分了解佛教的中国化历程——禅宗的发展,才能真正把握唐宋以来中国古代文学的审美诉求与艺术意蕴,才能深切领会王维作为"诗佛"以及严羽"以禅喻诗"的文化内涵。其次,研究中国古代文学思想,要与艺术思想相结合,这不仅是因为有的文学家同时也是艺术家(如王维兼擅诗歌、音乐和绘画,苏东坡文学与书法并能),也不仅因为有的文学家兼有艺术批评著作(如方薰既有《山静居诗话》,又有《山静居画论》),而是因为自魏晋以来,文学艺术往往"靡不毕综"(《晋书·戴逵传》)地集于文人一身,并且发生"触类兼善"(《宋书·张永传》)的效果。在中国古代文学思想与艺术思想之间,一方面是发展的不平衡,一方面又相互影响,许多概念、范畴及术语常彼此转换。这也是中国古代文论的一大特色。惟其如此,中国古典文学批评方法所使用的观念范畴,并非清一色的文论,也兼融了艺论,甚至蕴涵着人生感悟与审美体验的互动。再次,中国古代从来不把批评视为一种专门事业,也无职业的批评家,往往都是由作家自己兼任(罗根泽先生认为中国古代出色的文学批评家"只有钟嵘的《诗品》,品评了一百二十位诗人,而他自己并不是作家"①)。中国传统文化充满诗性智慧与诗性精神,中国是一个诗歌超级大国,中国古典文学批评方法更是以诗歌批评为主。这不仅因为在中国古典文学批评方法中,诗歌批评最为丰富发达,各种批评方法大多滥觞于诗歌批评,而且还因为中国古代文学理论是以诗歌为出发点,并且以此为基础构成了自身的体系特色,故而从精神实质上说,中国古典诗歌批评即可在相当大的程度上代表中国古代文学批评方法。

二、中国古典文学批评方法的体系,可以从内在精神和外在形式两方面来看。

中国古典文学批评方法的内在精神,可以归结为三个主要范式:

(1)受儒家思想影响的"以意逆志"法。自从孟子提出"以意逆志"为说《诗》的方法之后,在中国古代文学批评史上产生了巨大的影响,"以意逆志"遂成为中国古典文学批评运用范围最广、运用时间最久的方法。"以意逆志"始见于《孟子·万章上》:

> 咸丘蒙曰:"舜之不臣尧,则吾既得闻使命矣。《诗》云:'普天之下,莫非王土;率土之滨,莫非王臣。'而舜既为天子矣,敢问瞽瞍之非臣,如何?"曰:"是《诗》也,非是之谓也。劳于王事而不得养父母也。曰:'此莫非王事,我独贤劳也。'故说《诗》者,不以文害辞,不以辞害志。以意逆志,是为得之。如以辞而已矣,《云汉》之诗曰:'周余黎民,靡有孑遗。'信斯言也,是周无遗民也。"

这里孟子弟子咸丘蒙问舜父瞽瞍之不臣舜,与《小雅·北山》第二章所说"普天之下,莫非王土;率土之滨,莫非王臣"之意不符。孟子认为最好的说诗方法是"故说诗者,不以文害辞,不以辞害志"的"以意逆志",并以《大雅·云汉》二句加以说明。故

---

① 罗根泽:《中国文学批评史》,上海:上海书店出版社,2003年,第13页。

"以意逆志"是孟子提出的理想的阅读和理解诗歌作品的方法。"以意逆志"这一观念的语境中包含四个关键词,即"文"、"辞"、"意"、"志"。"文"是文采,"辞"是言辞,"志"是作者的思想感情,"逆",迎也。汉、宋之儒普遍认为这里的"意"是指说诗者自己的"意",而非诗人及作品之"意"。清人方润玉说:"诗辞多隐约微婉,不肯明言,或寄托以寓意,或甚言而惊人,皆非其志之所在。若徒泥辞以求,鲜有不害意者。孟子斯言,可谓善读诗矣!"(《诗经原始·卷首·诗旨》)王应麟《困学记闻》云:"以意逆志,一言而尽说诗之要,学诗必自孟子始。"概而言之,"以意逆志"法对中国古典文学批评的深刻影响体现在以下几个方面:

首先,"以意逆志"建立了作家与读者之间心与心的互动关系。钟嵘《诗品》所说的"人代冥灭,而清音独远",王曦之《兰亭集序》所说的"后之览者,亦将有感于斯文",正是这一情形的生动写照。

其次,"以意逆志"的"意"与"志",从其开端就浸染上浓重的儒家教化诗学色彩,规定了"无邪"的"言志"路线。

再次,"以意逆志"催生了中国古代文学批评以史证诗、以诗证史的传统,也为推源溯流方法的形成奠定了基础。

怎样才能更好地把握诗人之"志"和正确理解诗歌之"意"?孟子进而提出"知人论世"。"知人论世"是孟子对儒学思想的理论再度创新。《尸子》引孔子语曰:"诵诗读书,与古人居;读诗诵书,与古人谋。"(《意林》卷一引)王应麟《困学纪闻》卷八亦云:"《尸子》引孔子曰:'诵诗读书与古人居。'《金楼子》曰:'曾生谓诵诗读书与古人居,读书诵诗与古人期。'孟子'诵其诗,读其书,不知其人可乎',斯言亦有所本。"可见"知人论世"概孔门遗说,非孟子独创。

一般认为,"知人论世"始见于《孟子·万章下》:

> 孟子谓万章曰:"一乡之善士,斯友一乡之善士;一国之善士,斯友一国之善士;天下之善士,斯友天下之善士。以友天下之善士为未足,又尚论古之人。颂其诗,读其书,不知其人,可乎?是以论其世也,是尚友也。"

孟子称"知人论世"是为了尚友古人。朱自清《诗言志辨》认为孟子所说,"并不是说诗的方法,而是修身的方法。'颂诗''读书'与'知人论世'原来三件事平列,都是成人的道理,也就是'尚友'的道理"。其实,综观《孟子》一书,"知人论世"既是一种修身方法,同时又是一种说诗方法,二者并不矛盾。尚友古人,即通过颂读古人的作品以获得帮助,吸取教益;而要从古人作品中获得教益以提高自己的思想修养,又必须正确理解诗歌作品的精神实质。这样,仅仅就诗论诗,单从作品本身来分析显然是不够的,还必须联系作者的生平身世、思想感情,及其所处的具体环境和时代背景加以考察。当然,这并不是脱离作品本身。"知人论世"与"以意逆志"两种方法是相辅相成的,联系作者的生平与其时代,可以更好地认识作品的价值和意义。这是一种尊重客观的批评方法,这种方法本身渗透着一种历史的观点。这种"知人论世"的观点,对古代文论及文学史的发展,产生了积极的促进作用,逐渐成为我国古代文学批评中的一个优良传统,并为历代进步文学家所遵循。近人王国维在其《玉谿生诗年谱会笺序》中发挥说:"是故由其世以知其人,由其人以逆其志,则古诗虽有不能解者寡矣。"而反过来通过阅读和欣赏作品,也可以窥测作者的思想与其所处的历史时代背景。而鲁迅的理解阐释则更为精辟,他在《且介亭杂文二集·"题未定"草(七)》中说:"世间有所谓'就事论事'的办法,现在就诗论诗,或者也可以说是无碍的罢。不过我总以为倘要论文,最好是顾及全篇,并且顾及作者的全人,以及他处的社会状态,这才较为确凿。"这就对孟子的"知人论世"说作出了深刻而全面的论述,直到今天,对于文学创作和文学理论批评,仍然具有一定的指导意义和借鉴价值。今天看来,孟子的"知人论世"和"以意逆志"结合起来便是相当自足的"阐释理论",但从《孟子》文本对古代文本的阐释来看,则很少有对这一理论加以贯彻落实之处。如《告子下》对于《小雅·小弁》和《国风·凯风》的评论;《尽心上》对《魏风·伐檀》的解说,就不仅是采用断章取义的方法曲解原意,而且可以清楚地看出孟子站在统治阶级的立场,以统治阶级的伦理道德之"意"来"逆"诗人之"志"的。这种现象在《论语》和《荀子》之中同样广泛地存在着。

(2)受学术传统影响的"推源溯流"法。 郭绍虞先生在其《中国文学批评史》中称之为"历史的批评"[①]。"述而不作,信而好古",重视源流,重时间轻空间,是中国古代学术传统的特色。《庄子·天下》、《荀子·非十二子》、司马谈《论六家要指》、《汉书·艺文志》等在论及诸子百家之学时无不振叶以寻根,随波而讨源。唐宋古文运动,明代前七子后七子的"文必秦汉,诗必盛唐",都是重视源流传承在文学创作领域的充分体现。在中国古典文学批评方法方面,从孟子"知人论世",荀子、扬雄的"征圣"、"宗经",刘勰《文心雕龙》,钟嵘《诗品》,到严羽《沧浪诗话》,直至叶燮《原诗》,都是自觉运用"深从六艺溯流别"的方法。一方面,中国古代先贤在祖先崇拜的文化心理定势下厚古薄今,师古、拟古、复古乃至泥古;另一方面,他们又意识到"通变"的重要性,乃至形成"兴废系乎时运,文变染乎世情"、"若无新变,不可代雄"、"江山代有才人出,各领风骚数百年"的远见卓识。

(3)受庄禅思想影响的"意象批评"法。 "意象批评"法,遍涉古代的诗歌、散文、戏曲以及书法、绘画批评,就其使用频率之高、运用时间之长、涉及范围之广,堪称中

---

① 郭绍虞:《中国文学批评史》,上海:上海古籍出版社,1979年,第16页。

国古典文学批评的传统方法之一。但其名称之由来,范式之形成,却是一个漫长的历史过程。"意象"的概念,源自《周易》和老、庄。"意象"是《周易》把握世界的重要方式。魏王弼在《周易略例·明象》中指出:"夫象者,出意者也;言者,明象者也。尽意莫若象,尽象莫若言。言生于象,故可寻言以观象;象生于意,故可寻象以观意。意以象尽,象以言著。"老、庄体认到"唯道集虚",对于"惚兮恍兮,其中有象;恍兮惚兮,其中有物"的"道"采取"目击道存"的感悟方式,唐宋以来禅宗"不立文字"、"直指人心"的当下直观方式,均对中国古代文艺创作以及文艺批评的"意象"思维品质产生了决定性的影响。中国古代有关"意象"的观念感发和批评实践非常丰富,但直到现当代才真正结晶为意识高度的理论成果,虽然对于"意象批评"法的命名各不相同,或谓"比喻的品题",或谓"象征的批评",或谓"意象喻示",或谓"形象批评"等。[①]"意象批评"法充分体现了中国古典文学批评以"博依""象喻"品诗的诗性智慧。《二十四诗品》为其登峰造极之作。

体现中国古典文学批评内在精神的这三大方法,对文学活动的研究颇具层次感,且各有侧重。"以意逆志"法偏重于将文学作品置于与作者及社会的关系中探讨,同时突显读者的主观能动性和再度创造性;"推源溯流"法则侧重于作家与作家、作品与作品之间的渊源关系、影响研究;而"意象批评"法则纯然就作品本身品评,在感受研究对象独特风格的同时,突显品评者的审美想象。张伯伟先生认为"以意逆志"法偏重于文学的外部研究,后两种偏重于内部研究,其中"推源溯流"法着重于描写手段和表现手法等细节上的分析,而"意象批评"法则着重于整体上的把握。

中国古典文学批评的外在形式,集中体现在选本、摘句、诗格、论诗诗、诗话、评点等方面。这里一一加以扼要概述:

(1)选本。在中国古典文学批评中,选本是一种体现中华民族含蓄内敛批评风格的非常重要的批评形式。之所以名之为"选本",就在于它区别于"逢诗辄取"的"不显优劣"(《诗品序》)。通过择优汰劣的"显优劣",从而体现选家的审美眼光与审美标准,因此可以说选本是一种颇具民族特色的品评方式(罗根泽先生认为中国的文学批评应该称之为"文学评论"[②],其实更确切的表述应该是"文学品评")。惟其如此,历代文学选家与选本多如牛毛,以至"选"而成"学"。孔子"删《诗》"说,挚虞《文章流别集》、《文章流别志、论》,萧统《文选》等,均是选本这一批评形式的典范。

(2)摘句。摘句也是中国古典文学批评的常见形式。追根溯源,这一形式肇始于春秋战国时期的称《诗》、引《诗》(包括言语引《诗》与著作引《诗》两种形式),也就

---

① 张伯伟:《中国古代文学批评方法研究》,北京:中华书局,2002年,第196页。
② 罗根泽:《中国文学批评史》,上海:上海书店出版社,2003年,第13页。

是人们常说的赋《诗》言志。六朝出现了"摘句褒贬"的现象,元竞等人所编的《古今诗人秀句》,是向晚唐"摘句为图"的中间过渡环节。摘句将文学作品中的审美元素突显,在功能上接近于英美新批评的细读和俄国形式主义的陌生化,在中国古典文学批评实践中曾产生过积极的意义,不应因其以偏概全、失之表面之弊而予以全盘否定。

(3) 诗格。 诗格是中国古代诗歌批评中就诗的标准、法式进行诗学探讨和经验总结一类书的名称。诗格在内容与形式上的基本特色主要体现在三个方面:"门"(在形式上以此为结构特征,在内容上又往往以此论诗)、"体势"、"物象"。作为类书的专有名词,其范围包括以"诗格"、"诗式"、"诗法"等命名的著作,其后由诗扩展到其他文类,如"文格"、"赋格"、"四六格"等,乃至"画格"、"书格"一类,其性质与旨趣大抵相同。"诗格"一词,《颜氏家训·文章篇》中已经出现:"诗格既无此例,又乖制作本意。"晚唐、五代、宋初是讲诗格的时代。五代前后的诗学书大都名为"诗格",欧阳修以后的诗学书开始以"诗话"命名。可见诗格与诗话既有关联,又有不同。罗根泽先生认为:"'诗话'是对于'诗格'的革命。所以诗话的兴起,就是诗格的衰灭,后世论诗学者,往往混为一谈,最为错误。"① 以历史本身的发展来说,宋代以后诗格仍然很多,至明代尤繁,故罗说正误参半。张伯伟先生指出:"从写作缘起看,一般说来,诗格是为了适应初学者或应举者的需要而写,诗话则往往是以资文人圈中的同侪议论;从内容来看,诗格主要讲述作诗的规则、范式,而诗话则是'辨句法,备古今,纪盛德,录异事,正讹误'。"② 两相比较,诗格在中国古代文学批评史上的功能与意义可见一斑。

(4) 论诗诗。 论诗诗既是文学批评,也是批评文学。以韵文形式论文谈艺,并不限于中国古代的文学批评。古罗马诗人贺拉斯的论诗诗体长信,后人署为《诗艺》;十七八世纪法国的布瓦洛仿其形式,撰成《诗的艺术》,阐述古典主义的创作原理;英国的蒲伯以诗体写成《批评短论》三卷,继承并发扬了布瓦洛的思想。这些都是西方文学批评史上著名而又重要的文献,但这种形式毕竟在中国古代文学批评中运用得更为广泛灵活,更具民族特色。以韵文形式论文谈艺,这里所说的韵文也并不限于诗,如白居易的《赋赋》、刘攽的《雕虫小技壮夫不为赋》可以称之为"论赋赋";戴复古的《望江南·壶山好》、朱祖谋的《望江南·杂题我朝诸名家词集后》可以称之为"论词词";钟嗣成《录鬼簿》卷下《凌波曲》可以称之为"论曲曲";但最具代表性、最为普遍多样的还是论诗诗。除了以诗论诗,古人还以诗论词、论曲、论赋、论书、论画、

---

① 罗根泽:《中国文学批评史》,上海:上海书店出版社,2003年,第517页。
② 张伯伟:《中国古代文学批评方法研究》,北京:中华书局,2002年,第349页。

论印,乃至凡文人雅事,无不可以以诗论之。故而论诗诗是中国古典文学批评的重要形式之一。诗中的论诗成分,古已有之,但纯粹的论诗诗,则以杜甫的七言绝句《戏为六绝句》为标志,且对后世影响最大,后世的论诗诗绝句体最为普遍,也往往喜欢以"戏"命题。戴复古的《论诗十绝》,元好问的《论诗三十首》,继承和发展了杜甫的论诗诗传统,各有千秋,各得一体,两相比较,元好问对后世的影响,要远大于戴复古,清人的论诗诗,又是对他们的发扬光大。

(5) **诗话**。诗话是中国古典文学批评特有的重要方法之一。第一部以"诗话"命名的是北宋欧阳修的《诗话》。其后诗话渐多,人们为了便于征引和区别,以其名号加之于前,遂有《六一诗话》、《欧公诗话》、《永叔诗话》等称谓,而以《六一诗话》之称最为通行。诗话作为中国古典文学批评的特有形式,还由诗扩展到其他文类,如四六话、文话、词话、曲话、赋话等,但均无诗话重要而普遍。从体制上看,诗话与笔记小说之间存在着不可分割的渊源关系。章学诚《文史通义·诗话》将诗话分成"论诗而及事"和"论诗而及辞"两大类。钱仲联《宋诗话鸟瞰》一文,将宋代诗话分为"诗话别集"和"诗话总集"两大类,又从内容上将前者细分为"记事为主"、"评论为主"、"考证性"三类,将后者细分为"按内容分类的诗歌故事汇编"、"按作家时代先后排列的评论、故事等的汇编"、"诗论和摘句的分类选编"、"一个作家评论的专辑"等,对我们理解和把握诗话这种中国古典文学批评的重要方法,有诸多细密的启发。历代诗话作品异常丰富,何文焕辑《历代诗话》、丁福保辑《历代诗话续编》可见一斑。

(6) **评点**。评点是中国古典文学批评的传统方式之一。南宋以后,诗文评点即趋兴盛,明清以来的小说和戏曲批评中更是屡见不鲜。这种批评形式往往和选本结合在一起,为读者点明精彩,示以文章规范,自由灵活,不像动辄"言志"、"美刺"、"载道"的"大判断"那么正统和正规,每每在"小结"里独抒己见,令人耳目一新。评点最为倾心的是文本本身的优劣,用力挖掘文学的美之所在和美之所由,注重对文本的细读,特别是对文本结构、意象、遣词造句等形式因素的赏析,同时也不废义理和内容等方面的概要和梳理。由于在中国古典文学批评方法中评点的形成时间最晚,因此它所吸收的因素也最为复杂,既有中国传统学问的章句、传注等因素,也受后来的科举、评唱等影响。金圣叹是诗文评点的行家里手,他对《水浒》等的评点堪称经典之作。

总而言之,中国古典文学批评方法并非"羚羊挂角,无迹可求",而是可以在理论上找到其外以显之、内以化之的结构性形质。

第二节　中国古典文学批评经典案例分析

[案语]由于中国古典文学批评方法众多，形制自由灵活，短小精悍，这里所选取的若干经典案例分析，只能管中窥豹，见其一斑：(1)司马迁《太史公自序》(节选)：司马迁并非职业文学批评家，但他的"发愤著书"说对后世的文学批评产生深远的影响，充分体现并发展了孟子"以意逆志"、"知人论世"的诗学思想；(2)刘勰《文心雕龙》(节选)：在《文心雕龙·宗经》中，我们可以看到"推源溯流"法作为中国古典文学批评的内在精神已成为刘勰"文之枢纽"的重要组成部分；(3)钟嵘《诗品》(节选)：从《诗品》我们可以看到推源溯流作为中国古典文学批评的内在精神已成为钟嵘诗歌品评的重要方法之一；(4)《二十四诗品》(节选)：有关《二十四诗品》的作者问题，在当代学术界曾引起一些争议，但这并不能改变《二十四诗品》在中国古典文学批评史上的重要性。它以韵语以及丰富的比喻和象征来体现作者对于抽象的文学风格的体味，堪称中国古典文学批评史上的奇葩，"意象批评"法的诗性智慧的结晶；(5)杜甫《戏为六绝句》：可以让我们充分感受论诗诗这一古典文学批评方法的东方神韵；(6)严羽《沧浪诗话》(节选)：作为中国古典文学批评的重要方式，诗话堪称中国古代诗学精神的活化石。

(1) 司马迁《太史公自序》(节选)

夫《诗》、《书》隐约者，欲遂其志之思也。昔西伯拘羑里，演《周易》；孔子厄陈、蔡，作《春秋》；屈原放逐，著《离骚》；左丘失明，厥有《国语》；孙子膑脚，而论兵法；不韦迁蜀，世传《吕览》；韩非囚秦，《说难》、《孤愤》；《诗》三百篇，大抵贤圣发愤之所为作也。

延伸评论：

司马迁认为：《周易》、《春秋》、《离骚》、《诗三百篇》等这些著作的作者们，都是在"意有所郁结，不得通其道"的遭遇下，为了"遂其志之思"，把自己的意见表达出来，留传后世，才"发愤"从事著述的(这段话中所举的例证，有些是和事实有出入的)。他在这里虽是论述古人，实际上是表白自己。司马迁是一个有进步政治见解的历史家、文学家，他在遭受宫刑之后，对现实的认识又深入了一步，他知道在当日遭受各种迫害的政治环境下，要实现自己的政治抱负是完全无望的，只能在著述中来表达自己的思想感情。他的"发愤著书"说，正体现出"意有所郁结，不得通其道"的不满现实、批判现实的精神。在这里，说明了包括文学作品在内的许多古代优秀著作,其中总是体现着作者的进步思想,而这些思想在当时的黑暗现实中遭受到压抑,无法实现,只能在自己的著作中表现出来。这一见解,对于封建社会中的进步作家是一个重要的启示和鼓舞,并且在文学理论上对于后代也很有影响。东汉桓谭的"贾谊不左迁失志,则文彩不发"、唐代韩愈的"不平则鸣"、宋代欧阳修的"穷而后工"等论点,和"发愤著书"说都有精神上的联系。(节选自复旦大学中文系古典文学教研组著《中国文学批评史》上册,54页,上海古籍出版社,1964)

  屈原的爱国诗篇,与他为国家而斗争的政治活动有着密切的关系。对于这一点,司马迁认识得十分清楚,他在《屈原贾生列传》中说:"屈平疾王听之不聪也,谗谄之蔽明也,邪曲之害公也,方正之不容也,故忧愁幽思而作《离骚》。《离骚》者,犹离忧也。夫天者,人之始也;父母者,人之本也。人穷则反本,故劳苦倦极,未尝不呼天也;疾痛惨怛,未尝不呼父母也。屈平正道直行,竭忠尽智,以事其君,谗人间之,可谓穷矣,信而见疑,忠而被谤,能无怨乎?屈平之作《离骚》,盖自怨生也。"司马迁联系作家的生平、思想来研究作品,所以对于《离骚》的思想内容有很深刻的认识,对于屈原作品做出了正确的评价。《太史公自序》篇说:"作辞以讽谏,连类以争义,《离骚》有之。"指出了屈原创作《离骚》的动机是为了"讽谏"、"争义"。(节选自复旦大学中文系古典文学教研组著《中国文学批评史》上册,55—56页,上海古籍出版社,1964)

  《报任安书》云:"西伯拘而演《易》;仲尼厄而作《春秋》;屈原放逐,乃赋《离骚》;左丘失明,厥有《国语》;孙子膑脚,兵法修明;不韦迁蜀,世传《吕览》;韩非囚秦,《说难》、《孤愤》;《诗》三百篇,大抵圣贤发愤之所为也。"(《太史公自序》亦云)其实,屈原的赋《离骚》,固确在放逐之后;其他诸人的著书,则与司马迁所言未必尽合。《周易》是否文王所演,《春秋》是否孔子所作,姑置不论。有人说《国语》与《左氏春秋》原为一书。司马迁于《史记十二诸侯年表序》云:"惧弟子(孔子弟子)人人异端,各安其意,失其真,故因孔子《史记》,具论其语,成《左氏春秋》。"则左丘明之作《春秋》、《国语》,并不是"抒其愤思"。《吕览》的编著,司马迁于《吕不韦传》云:"是时诸侯多辩士,如荀卿之徒,著书布天下,吕不韦乃使其客人人著所闻,集论以为八览六论十二纪。"《孤愤》的著作,司马迁于《老庄申韩列传》系于入秦之前,说"人或传其书至秦,秦王见《孤愤》、《五蠹》之书"云云。凡此皆司马迁自己之说,而《报任安书》全与相反。实因他的著作《史记》,确是在"舒其愤思",思所以张大其军,由是对古人的著作,亦遂予以"抒其愤思"的解释。至屈原,其自述已谓在"发愤以抒情",则对其所作之《离骚》,更可以说是"抒其愤思"了。"离骚"的意义是不是"犹离忧也",苦于没有屈原自己的话作证。王应麟《困学纪闻》卷六云:"伍举所谓'骚离',屈平所谓'离骚',皆楚言也。"(案《国语·楚语》:"伍举曰:德义不行,则迩者骚离,而远者距违。")虽亦无确证,而据此知解为"离忧",不无司马迁的主观成分在内。其《太史公自序》云:"作辞以风谏,连类以争义,《离骚》有之。"则屈原作《离骚》的动机,似乎又不全在"忧愁幽思"。盖"忧愁幽思而作《离骚》",和"'离骚'者,犹离忧也",固未必不对,但司马迁所以必要如此说者,其自己之发愤著书,实为主因;恰好屈原又有"发愤以抒情"的话,更触动了他的内心的悲哀,故益发引为同调了。(节选自罗根泽著《中国文学批评史》,90—91页,上海书店出版社,2003)

(2) 刘勰《文心雕龙》(节选)

《宗经》

三极彝训,其书言经。经也者,恒久之至道,不刊之鸿教也。故象天地,效鬼神,参物序,制人纪,洞性灵之奥区,极文章之骨髓者也。皇世《三坟》,帝代《五典》,重以《八索》,申以《九邱》;岁历绵暧,条流纷糅,自夫子删述,而大宝咸耀。于是《易》张《十翼》,《书》标"七观",《诗》列"四始",《礼》正"五经",《春秋》"五例",义既极乎性情,辞亦匠于文理,故能开学养正,昭明有融。然而道心惟微,圣谟卓绝,墙宇重峻,而吐纳自深。譬万钧之洪钟,无铮铮之细响矣。

夫《易》惟谈天,入神致用。故《系》称旨远辞文,言中事隐,韦编三绝,固哲人之骊渊也。《书》实记言,而训诂茫昧,通乎《尔雅》,则文意晓然。故子夏叹也。《诗》主言志,诂训同《书》,摛风裁兴,藻辞谲喻,温柔在诵,故最附深衷矣。《礼》以立体,据事剬范,章条纤曲,执而后显,采掇生言,莫非宝也。《春秋》辨理,一字见义,"五石"、"六鹢",以详略成文;"雉门"、"两观",以先后显旨;其婉章志晦,谅以邃矣。《尚书》则览文如诡,而寻理即畅;《春秋》则观辞立晓,而访义方隐。此圣人之殊致,表理之异体者也。至根柢槃深,枝叶峻茂,辞约而旨丰,事近而喻远;是以往者虽旧,余味日新,后进追取而非晚,前修文用而未先;可谓太山遍雨,河润千里者也。

故论、说、辞、序,则《易》统其首;诏、策、章、奏,则《书》发其源;赋、颂、歌、赞,则《诗》立其本;铭、诔、箴、祝,则《礼》总其端;纪、传、铭、檄,则《春秋》为根;并穷高以树表,极远以启疆;所以百家腾跃,终入环内者也。若禀经以制式,酌雅以富言,是仰山而铸铜,煮海而为盐也。故文能宗经,体有六义:一则情深而不诡,二则风清而不杂,三则事信而不诞,四则义直而不回,五则体约而不芜,六则文丽而不淫。扬子比雕玉以作器,谓《五经》之含文也。夫文以行立,行以文传,"四教"所先,符采相济,励德树声,莫不师圣,而建言修辞,鲜克宗经。是以楚艳汉侈，流弊不还，正末归本，不其懿欤！

赞曰：

三极彝道，训深稽古。

致化归一，分教斯五。

性灵熔匠，文章奥府。

渊哉铄乎！群言之祖。

延伸评论：

圣人制作的经不但是后世各体文章的渊源，而且为文章作品的思想和艺术树立了标准。刘勰认为圣人所作的文章是内容形式并重，二者都很优美的，所谓"志足而言文，情信而辞巧"，给人的印象是"雅丽"，是"衔华而佩实"。它们在表现方面，或繁或简，或隐或显，根据具体情况而不同，但无不恰到好处。（以上见解见《征圣》）《宗经》说六经文章的风格各不相同，但其共同的特色是："根柢槃深，枝叶峻茂，辞约而旨丰，事近而喻远。"即内容深刻而形式完美。后人为文如能学习六经，就能表现出六个方面的优点：

> 故文能宗经，体有六义：一则情深而不诡，二则风清而不杂，三则事信而不诞，四则义直而不回，五则体约而不芜，六则文丽而不淫。（《宗经》）

他所说的六义，精神是不错的，但强调作文必要学习六经，才能达到这六方面的优点；说六经都有这样的优点，这不但是夸张的，而且散布了不良的影响。

在内容形式方面，刘勰特别强调内容的纯正和形式的要约二者。《征圣》说：

> 《易》称"辩物正言，断辞则备"，《书》云"辞尚体要，弗惟好异"；故知正言所以立辩，体要所以成辞，辞成无好异之尤，辩立有断辞之义。

这里所谓"正言"，与《宗经》的"事信"、"义直"相通；所谓"体要"，与《宗经》的"体约"相通。内容纯正，体制简要，是文章内容形式的首要标准，刘勰在《文心雕龙》中常根据这个标准来反对他所认为内容庞杂荒诞、体制语言淫滥浮诡的作品。

刘勰认为经不但是文章的楷模，而且是后世各体文章的渊源。《宗经》云：

> 故论说辞序，则《易》统其首；诏策章奏，则《书》发其源；赋颂歌赞，则《诗》立其本；铭诔箴祝，则《礼》总其端；纪传铭檄，则《春秋》为根；并穷高以树表，极远以启疆；所以百家腾跃，终入环内者也。

他在这里论证了各种文体都源于经,实际都是从形式方面着眼的。刘勰这些理论,无疑是受了荀子、扬雄等人的影响,但他在这方面已作了深入的阐述。(节选自复旦大学中文系古典文学教研组著《中国文学批评史》上册,152—153页,上海古籍出版社,1964)

《文心雕龙》起始三篇是《原道》、《征圣》、《宗经》。梁绳祎先生《文学批评家刘彦和评传》云:"这是他托古改制的一种诡计。"又云:"本来刘彦和很可以自由发表他的主张,不必借什么圣什么经来做招牌;但他因为增加他言论的效力,所以取了这种陈仓暗渡的办法。"这话我有点不敢苟同。刘勰所提倡的抒情的文学,并不是指的性爱之情,但那时的文学却已偏向性爱一方面。圣经上的道是矫正偏于性爱的淫艳文的利器,反时代的文学批评家刘勰之在那时提倡"征圣""宗经"的原道文学,是当然的,无所用其对他回护曲解,而说是"托古改制的一种诡计"。《原道》篇云:

> 爰自风姓,暨于孔氏,玄圣创典,素王述训,莫不原道心以敷章,研神理而设教。……故知道沿圣以垂文,圣因文而明道。(卷一)

道不可见,可见者惟明道之圣,所以欲求见道,必需征圣,所以又作《征圣》篇云:

> 征之周孔,则文有师矣。(卷一)

又云:

> 是以子政论文,必征于圣;稚圭劝学,必宗于经。……征圣立言,则文其庶矣。

圣人往矣,其人不可征,惟有征沿圣以垂之文,所以又作《宗经》篇云:

> 三极彝训,其书言经。经也者,恒久之至道,不刊之鸿教也。故象天地,效鬼神,参物序,制人纪,洞性灵之奥区,极文章之骨髓者也。(卷一)

欲使宗经说有更好的根据,所以谓各体的文学都源出于经:

> 论说辞序,则《易》统其首;诏策章奏,则《书》发其源;赋颂歌赞,则《诗》立其本;铭诔箴祝,则《礼》总其端;纪传盟(原作铭,依唐写本改)檄,则《春秋》为根;并穷高以树表,极远以启疆;所以百家腾跃,终入环内者也。(同上)

又谓宗经对于文学有"六义"的好处:

> 文能宗经，体有六义：一则情深而不诡，二则风清而不杂，三则事信而不诞，四则义直而不回，五则体约而不芜，六则文丽而不淫。（同上）

宗经真能如此吗？这我不敢说，不过刘勰所以"原道""征圣""宗经"的原因，是在矫正当时文学的艳侈流弊，谓："建言修辞，鲜克宗经。是以楚艳汉侈，流弊不还，正末归本，不其懿欤？"（同上）艳侈是否应当矫正，是另一问题；假使要矫正的话，"原道""征圣""宗经"确是很好的方法。所以刘勰"原道""征圣""宗经"之主张原道的文学，是无庸奇异的，刘勰以后，创作方面虽仍走着艳侈淫靡的故道；批评方面，若裴子野、梁元帝之流，都已趋向原道学说了。（节选自罗根泽著《中国文学批评史》，217—219 页，上海书店出版社，2003）

(3) 钟嵘《诗品》（节选）

卷上

古诗

其体源出于《国风》。陆机所拟十四首，文温以丽，意悲而远，惊心动魄，可谓几乎一字千金！其外"去者日以疏"四十五首，虽多哀怨，颇为总杂，旧疑是建安中曹王所制。"客从远方来"、"橘柚垂华实"亦为惊绝矣！人代冥灭，而清音独远，悲夫！

汉都尉李陵

其源出于《楚辞》。文多悽怆，怨者之流。陵，名家子，有殊才，生命不谐，声颓身丧。使陵不遭辛苦，其文亦何能至此！

汉婕妤班姬

其源出于李陵。《团扇》短章，词旨清捷，怨深文绮，得匹妇之致。侏儒一节，可以知其工矣！

魏陈思王植

其源出于《国风》。骨气奇高，词彩华茂，情兼雅怨，体被文质，粲溢今古，卓尔不群。嗟乎！陈思之于文章也，譬人伦之有周孔，鳞羽之有龙凤，音乐之有琴笙，女工之有黼黻。俾尔怀铅吮墨者，抱篇章而景慕，映余辉以自烛。故孔氏之门如用诗，则公干升堂，思王入室，景阳潘陆，自可坐于廊庑之间矣。

魏文学刘桢

其源出于古诗。仗气爱奇，动多振绝。真骨凌霜，高风跨俗。但气过其文，雕润恨少。然自陈思已下，桢称独步。

魏侍中王粲

其源出于李陵。发愀怆之词，文秀而质羸。在曹刘间，别构一体。方陈思不足,比魏文有余。

晋步兵阮籍

其源出于《小雅》。无雕虫之功。而《咏怀》之作,可以陶性灵,发幽思。言在耳目之内,情寄八荒之表。洋洋乎会于风雅,使人忘其鄙近,自致远大,颇多感慨之词。厥旨渊放,归趣难求。颜延年注解,怯言其志。

晋平原相陆机

其源出于陈思。才高词赡,举体华美。气少于公干,文劣于仲宣。尚规矩,不贵绮错,有伤直致之奇。然其咀嚼英华,厌饫膏泽,文章之渊泉也。张公叹其大才,信矣!

晋黄门郎潘岳

其源出于仲宣。翰林叹其翩翩然如翔禽之有羽毛,衣服之有绡縠,犹浅于陆机。谢琨云:"潘诗烂若舒锦,无处不佳,陆文如披沙简金,往往见宝。"嵘谓益寿轻华,故以潘为胜;翰林笃论,故叹陆为深。余常言陆才如海,潘才如江。

晋黄门郎张协

其源出于王粲。文体华净,少病累。又巧构形似之言,雄于潘岳,靡于太冲。风流调达,实旷代之高手。调彩葱菁,音韵铿锵,使人味之亹亹不倦。

晋记室左思

其源出于公干。文典以怨,颇为精切,得讽谕之致。虽野于陆机,而深于潘岳。谢康乐尝言:"左太冲诗,潘安仁诗,古今难比。"

宋临川太守谢灵运

其源出于陈思,杂有景阳之体。故尚巧似,而逸荡过之,颇以繁芜为累。嵘谓若人兴多才高,寓目辄书,内无乏思,外无遗物,其繁富宜哉!然名章迥句,处处间起;丽典新声,络绎奔会。譬犹青松之拔灌木,白玉之映尘沙,未足贬其高洁也。初,钱塘杜明师夜梦东南有人来入其馆,是夕,即灵运生于会稽。旬日,而谢玄亡。其家以子孙难得,送灵运于杜治养之。十五方还都,故名"客儿"。

延伸评论:

钟嵘品第诗人,最注意揭示各个作家的风格特色,他根据诗歌体制风格的互相类似,来判断历代诗人的继承关系。《诗品》评谢灵运云:"其源出于陈思,杂有景阳之体。"评魏文帝云:"其源出于李陵,颇有仲宣之体。"这个"体"就是《文心雕龙·体性》篇的"体",指作品的体貌,也就是体制和风格。《诗品》常常说某家源出于某家,就是根据对各家作品体制风格的考察和比较而得来的认识。一个作家的作品的体制风格形成的因素是比较复杂的,就接受过去作家的影响而言,也常常是多方面的;《诗品》常常说某家源出于某家,提法不免显得过于简单片面。故《四库提要》评《诗品》说:"惟其论某人源出于某人,若一一亲见其师承者,则不免附会耳。"但钟嵘原意,或许只是说某家体制风格的基本倾向和过去某家类似;假如这样的话,也还是有其一定的意义的。

根据对于风格的分析和比较,钟嵘论述了历代不少诗家的渊源和继承关系。这方面的意见可以列成下表:

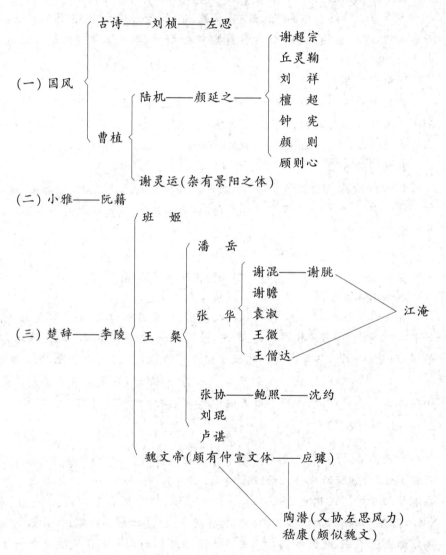

钟嵘把五言诗的作者分成三系:源出《国风》的一系,源出《小雅》的一系,源出

《楚辞》的一系。从这里可以看出《诗经》、《楚辞》的受尊崇,被认为历代诗歌之祖,这种见解和刘勰把《宗经》、《辨骚》两篇并列入"文之枢纽"的看法是相通的。(节选自复旦大学中文系古典文学教研组著《中国文学批评史》上册,207—209页,上海古籍出版社,1964)

钟嵘论到诗人,还有一种特点,就是好推求诗人之诗的渊源。如谓古诗"其体原出于《国风》";李陵"其原出于《楚辞》";王粲"其原出于李陵";沈约"宪章鲍明远"。有的虽未确定他的渊源,而亦指出与以前的诗人的关系。如谓嵇康"颇似魏文";江淹"勋力于王微,成就于谢朓"。

至其远源,则不出《国风》、《小雅》、《楚辞》三种。源于《小雅》的只有阮籍,无庸制表;其源于《国风》及《楚辞》者,为制表如下:

论诗而顾及诗的源流派别,是我们同意的,但一个诗人的完成,虽有他的渊源,而其渊源决不限于某一诗人或某一诗集。叶梦得《石林诗话》卷下说得好:

> 梁钟嵘《诗品》论陶渊明,以为出于应璩,此说不知其所据。应璩不多见,惟《文选》载其百一诗一篇,所谓"下流不可处,君子慎厥初"者,与陶诗远不相类。五臣注引《文章录》云:"曹爽用事多违法度,璩作此诗,以刺在位,若百分有补于一者。"渊明正以脱略世故,超然物外为适,顾区区在位者,何足累其心哉?且此老何尝有意欲以诗自名,而追取一人而摹仿之?此乃当世文人与世进取,竞进而争长者所为,何期此老之浅?盖嵘之陋也!

毛缙《诗品跋》一方面说:"靖节先生诗,自写其胸中之妙,不屑屑于比拟,乃谓其出于应璩。"一方面又推测钟嵘所以说其"源出于应璩"者,"岂以靖节述酒诗篇,悼国伤时,仿佛百一诗,托刺在们遗意耶?"其实从一方面看,陶诗与应诗"了不相类";从另一方面看,自有"仿佛百一诗者",由此可知道钟嵘的确定某一诗人源于以前的某一诗人或诗集者,真如王世贞《艺苑卮言》所说,"恐未必然"?(节选自罗根泽著《中国文学批评史》,253—255页,上海书店出版社,2003)

(4)《二十四诗品》(节选)

雄浑

大用外腓,真体内充。反虚入浑,积健为雄。具备万物,横绝太空。荒荒油云,寥寥长风。超以象外,得其环中。持之非强,来之无穷。

冲淡

素处以默,妙机其微。饮之太和,独鹤与飞。犹之惠风,荏苒在衣。阅音修篁,美曰载归。遇之匪深,即之愈希。脱有形似,握手已违。

典雅

玉壶买春,赏雨茅屋。坐中佳士,左右修竹。白云初晴,幽鸟相逐。眠琴绿荫,上有飞瀑。落花无言,人淡如菊。书之岁华,其曰可读。

含蓄

不著一字,尽得风流。语不涉己,若不堪忧。是有真宰,与之沉浮。如满绿酒,花时反秋。悠悠空尘,忽忽海沤。浅深聚散,万取一收。

豪放

观花匪禁,吞吐大荒。由道反气,处得以狂。天风浪浪,海山苍苍。真力弥漫,万象在旁。前招三辰,后引凤凰。晓策六鳌,濯足扶桑。

飘逸

落落欲往,矫矫不群。缑山之鹤,华顶之云。高人画中,令色絪缊。御风蓬莱,汎彼无垠。如不可执,如将有闻。识者已领,期之愈分。

延伸评论:

中国古代文论很早就注意于风格分类,自曹丕《典论·论文》、陆机《文赋》以至刘勰《文心雕龙》都探讨过这个问题,意见逐渐深入。唐代皎然《诗式》分诗歌为十九体,品目更详,但解释颇为笼统,部分体名也很牵强。《二十四诗品》对诗歌风格的分类,不但较《诗式》为细密,而且描述比较细致,有助于读者对诗歌风格特征的欣赏和体会。诗歌的风格是抽象的东西,司空图运用了许多事物来比喻,作了象征性的说明,使读者比较容易领会。《二十四诗品》虽具有不同于过去这方面论著的特色,但也缺乏严密的系统性。清代有若干《二十四诗品》的研究者,竭力想把它说成是具有严密体系的著作,其议论往往流于牵强附会。(节选自复旦大学中文系古典文学教研组著《中国文学批评史》上册,327页,上海古籍出版社,1964)

《四库提要》所谓"各以韵语十二句体貌之",译成现在的术语,就是用十二句比喻的韵语,提示二十四种诗品的意境与风趣。本来什么是"雄浑",什么是"冲淡",视之似易,说出实难,所以只好用比喻以体貌之。司空图是惯用这种方法的,《诗品》以外,如《诗赋赞》云:

知道非诗,诗未为奇,研昏练爽,夏魄凄肌。神而不知,知而难状,挥之八垠,卷之万象。河浑沆清,放浤纵横,涛怒霆蹴,掀鳖倒鲸。镜空擢壁,琤冰掷戟,鼓煦呵春,霞溶露滴。邻女有嬉,补袖而舞,色丝屡空,续以麻绚。鼠革丁丁,掀之则穴;蚁聚汲汲,积而成垤。上有日星,下有风雅,历诐(一作诋)自是,非吾心也。

是以比喻的方法,提示诗赋的体性。如李翰林《写真赞》云:

> 水浑而冰,其中莫莹。气澄而幽,万象一镜。跃然(火羽)然,傲睨浮云。仰公之格,称公之文。

是以比喻的方法,提示诗人的风格。也许有人不满意这种比喻的提示法。不错,它没有直凑单微的说明。但我们要知道,假设说明一种道理,则比喻固是讨巧的遁辞;而指点一种境界,则非比喻不可。梁王曾谓惠施云:"愿先生言事则直言耳,无譬也!"惠施云:"夫说者,固以其所知谕所不知,而使人知之;今王曰无譬,则不可矣。"的确,提示各种境界是需要比喻的,尤其是文学上的境界,离了比喻便无法提示,怪不得司空图以此为不二法门了。

但这种方法虽至司空图而其用大著,却不是司空图所创始,魏晋六朝已启其端绪。最早是用以品题人物。如山涛称赞嵇康云:"嵇叔夜之为人也,岩岩如孤松之独立,其醉也傀俄如玉山之将崩。"(《世说新语·容止》篇)后来便用以品题文学。如汤惠休云:"谢(灵运)诗如芙蓉出水,颜(延之)如错彩镂金。"(引见钟嵘《诗品》卷中)颜延之问鲍照,己诗与谢灵运诗优劣,鲍照云:"谢五言如初发芙蓉,自然可爱;君诗若铺锦列绣,亦雕缋满眼。"(《南史》卷三十四《颜延之传》)谢朓赞美王筠诗,引语云:"好诗圆美流转如弹丸。"(《续世说·文学篇》)此外,袁昂作《古今书评》,也采用比喻的品题。如谓:"王右军书,如谢家子弟,纵复不端正者,爽爽有一种风气。王子敬书,如河洛间少年,虽皆荒疏,而举体蹉跎,殊不可耐。"(《太平御览》卷七四八、《淳化阁帖》卷五作评书,字句亦稍异)虽是书评,不是诗评,而这种品题的方法,据此更可知在六朝已甚风行了。

到唐代,这种品题的方法更盛行。如《旧唐书·文苑》上《杨炯传》,载张说云:

> 杨盈川文思如悬河注水,酌之不竭。……李峤、崔融、薛稷、宋之问之文,如良金美玉,无施不可。富嘉暮之文,如孤峰绝岸,壁立万仞,浓云郁兴,震雷俱发,诚可畏也;若施于廊庙则骇矣。阎朝隐之文,如丽服靓妆,燕歌赵舞,观者忘疲;若类之风骚,则罪人矣。……韩休之文,乃大羹旨酒,有典则而薄于滋味。许景先之文,如丰肌腻理,虽秾华可爱,而微少风骨。张九龄之文,如轻缣素练,实济时用,而微窘边幅。王翰之文,如琼杯玉斝,虽烂然可珍,而反有玷缺。

不过汤惠休与鲍照的品题是偶然的流露;张说的品题唐初词人,也只是和徐坚的闲谈,都没有著为专文。著为专文的要算中唐皇甫湜的《谕业》。题名"谕业",文中又有"比文之流,其来尚矣"的话,无疑的是比谕的品题:

燕公之文,如梗木楠枝,缔构大厦,上栋下宇,孕育气象,可以燮阴阳而阅寒暑,坐天子而朝群后。许公之文,如应钟鼙鼓,笙簧锽磬,崇牙树羽,考以官县,可以奉明神,享宗庙。李北海之文,如赤羽白甲,延亘平野,如云如风,有(豸区)有虎,阗然鼓之,吁可畏也。贾常侍之文,如高冠华簪,曳裾鸣玉,立于廊庙,非法不言,可以望为羽仪,资以道义。李员外之文,则如金罍玉辇,雕龙彩凤,外虽丹青可掬,内亦体骨不饥。独孤尚书之文,如危峰绝壁,寄倚霄汉,长松怪石,倾倒溪壑;然而略无和畅,雅德者避之。杨崖州之文,如长桥新构,铁骑夜渡,雄震威厉,动心骇耳;然而鼓作多容,君子所慎。权文公之文,如朱门大第,而气势雄敞,廊庑癉廒,户牖悉周;然而不能有新规胜概,令人竦观。韩吏部之文,如长江大(《广板作秋》)注,千里一道,冲飚激浪,瀚流不滞,然而施诸灌溉,或爽于用。李襄阳之文,如燕市夜鸿,华亭晓鹤,嘹唳亦足惊听;然而才力偕鲜,悠然高远。故友沈谏议之文,则如隼击鹰扬,灭没空碧,宗兰繁荣,曜英扬蕤,虽迅举秀擢,而能沛艾绝景。其他握珠玑,奋组绣者,不可一二而纪矣。("文"六八七)

此文之作,当然受张说的影响,所以文中云:"当朝之作,则燕公悉以评之;自燕公以下,试为子论之。"后来如杜牧赞美李贺的诗歌云:"云烟绵联,不足为其态也;水之迢迢,不足为其情也;春之盎盎,不足为其和也;秋之明洁,不足为其格也;风樯阵马,不足为其勇也;瓦棺篆鼎,不足为其古也;时花美女,不足为其色也;荒园阤殿,梗莽邱陇,不足为其恨怨悲愁也;鲸呿鳌掷,牛鬼蛇神,不足为其虚荒诞幻也。"("文"七五三《太常寺奉礼郎李贺歌诗集序》)也是比谕的品题,或者又受了皇甫湜的影响。

张说、皇甫湜的品题是以人为单位,而以比喻提示各个文人的文品;司空图的品题则进而以诗为单位,而以比喻提示各种诗的境界。张说、皇甫湜不过是偶然的借此评文,司空图则用此以全力说诗:因此这种方法的能在文学批评史上取得地位,仍是司空图的功绩。(节选自罗根泽著《中国文学批评史》,534—537页,上海书店出版社,2003)

(5) 杜甫《戏为六绝句》

庾信文章老更成,凌云健笔意纵横;今人嗤点流传赋,不觉前贤畏后生!
杨王卢骆当时体,轻薄为文哂未休;尔曹身与名俱灭,不废江河万古流。
纵使卢王操翰墨,劣于汉魏近风骚;龙文虎脊皆君驭,历块都过见尔曹。
才力应难夸数公,凡今谁是出群雄!或看翡翠兰苕上,未掣鲸鱼碧海中。
不薄今人爱古人,清词丽句必为邻;且攀屈宋宜方驾,恐与齐梁作后尘。

未及前圣更勿疑,递相祖述复先谁?别裁伪体亲风雅,转益多师是汝师。

延伸评论

从论诗诗的历史发展来考察《戏为六绝句》,大致有以下几点值得注意:

其一,绝句之称,出现于南朝,如徐陵编《玉台新咏》,就收有四首五言四句诗,题曰《古绝句》。但将七言四句的诗也赋予绝句之称,似乎是从杜甫开始较为普遍地使用起来的,杜集中如《绝句漫兴九首》、《春水生二绝》、《江畔独步寻花七绝句》等等。《戏为六绝句》也是七言绝句,对后世论诗诗影响最大。论诗诗的体裁,尽管也有古体和律体,但以绝句体最为普遍。所以,古今有关论诗诗的注释、研究,也多以论诗绝句为对象。如清代宗廷辅的《古今论诗绝句》,选注了杜甫以下十二家论诗诗,今人吴世常有《论诗绝句二十种辑注》,羊春秋等人编有《历代论诗绝句选》,郭绍虞等人则编纂《万首论诗绝句》,一些中外学人也以论诗绝句为题撰写学位论文,均为明显例证。而且,受《戏为六绝句》的影响,后代的论诗诗也往往喜欢以"戏"命题(杜诗题目中有"戏"者凡十二处)。仅以清朝一代而言,其著名者有:

钱谦益　《姚叔祥过明发堂,论近代词人,戏作绝句十六首》
王士禛　《戏效元遗山论诗绝句》
查慎行　《戏为四绝句呈西　桐野两前辈》
沈德潜　《戏为绝句》
潘德舆　《夏日尘定轩中取近人诗集纵观之,戏为绝句》
陈衍　《戏用上下平韵作论诗绝句三十首》

杜甫用"戏"字,或本于《论语·阳货篇》"前言戏之耳",原文含有开玩笑之意,用以表示所言非正式意见。钱谦益指出:"题之曰'戏',亦见其通怀商榷,不欲自以为是。"(《钱注杜诗》卷十二)自杜以下,论诗称"戏",皆所以表抝谦。在评论他人文字时,先表示谦冲之怀,这是中国古代文论的特点之一和优点之一。

其二,杜甫的诗论,虽也散见于其他论诗诸作,如《解闷》、《偶题》等篇,但最为全面地表达其诗学宗旨的却是《戏为六绝句》。一般认为,这六首绝句作于唐肃宗上元二年(公元761),为杜甫晚年之作。故史炳《杜诗琐证》卷下指出:"《戏为六绝》,杜公一生谭艺之宗旨,亦千古操觚之准绳也。"所以,《戏为六绝句》是杜甫诗论最全面、最概括的反映,其中不少诗学思想,往往能在杜甫的其他诗作中得到印证。例如,其中"不薄今人爱古人","转益多师是汝师"二句,就是诗人"一生谭艺之宗旨"之一。在杜甫之前,人们为了革新诗风,对建安以来的诗人往往多持否定的态度,如陈子昂在《与东方左史虬修竹篇序》中说:"文章道弊五百年矣,汉魏风骨,晋、宋莫传。……仆尝暇时观齐梁间诗,彩丽竞繁,而兴寄都绝。"(《陈伯玉文集》卷一)李白直承陈子昂,对建安以来的绮丽之作予以否定。其《古风》之一云:"自从建安来,绮丽不足珍。"(《李太白诗集》卷一)孟棨《本事诗·高逸》亦载李白语:"梁、陈以来,艳薄斯极。"这种观点和倾向,至杜甫而有所改变。无论古今,他都不是采用一概肯定或否定的态度,而是师其所长,为我所用。他的"不薄今人"表现在,称赞李白"白也诗无敌,飘然思不群"(《春日忆李白》);称赞孟浩然"清诗句句尽堪传"(《解闷》);称赞王维"最传秀句寰区满"(同上);称赞薛据"乃知盖代手,才力老益神"(《寄薛三郎中》)等。他的"爱古人",更表现在称赞四杰诗是"当时体,……不废江河万古流"(《戏为六绝句》);称赞庾信"凌云健笔意纵横"(同上);称赞曹植的文章"波澜阔"(《追酬故高蜀州人日见寄》)。在他的其他诗篇中,还有一些明确说自己"学"某某,体现了其"转益多师"的精神。如"颇学阴、何苦用心"(《解闷》),"摇落深知宋玉悲,风流儒雅亦吾师"(《咏怀古迹》),"李陵、苏武是吾师"(《解闷》),"我师嵇叔夜"(《入衢州》),等等。可见,这是杜甫的诗学宗旨之一,而在《戏为六绝句》中以集中简练的诗句表达出来,这种方式对后世论诗诗的写作也具有启示作用。

其三,这组绝句虽是由六首诗组成,但却不是拼凑在一起,而是贯穿着一个基本思想,即"别裁伪体"、"转益多师"。也就是说,在结构上,它是有系统可寻,不是杂乱无章的。杨伦指出:"六首逐章承递,意思本属一串。"(《杜诗镜诠卷九》)所见甚是。在"别裁伪体"和"转益多师"之间,前者尤为重要。"多师"的前提是"别裁伪体"。"伪体"的反面是真,有真面目、真性情的文章就不是伪体。六朝文的共同特点是艳丽,但庾信晚年的文章能够不为艳丽所累,反能以"凌云健笔"驱使艳丽之词,原因正在于他有着家国之恨、身世之感而激发出的真感受。"庾信文章老更成",并不是说他的文章风格是"老成",而是说他的作品老而更成,亦即《咏怀古迹》中"庾信生平最萧瑟,暮年诗赋动江关"之意。作品中有真感受,也就是在作品中有作者生命力的流注。由作者生命力的渗透鼓荡而产生出的作品,就必然是有真面目、真性情的作品。四杰的文章是"当时体",这一方面是说明他们受到了时代的限制,另一方面也说明他们的作品体现了时代的特色。能将自己的生命与时代结合,能使自己的作品与时代共感,也就必然能在作品中流露出作者的真面目、真性情。因此,这些作品是与"伪体"不相容的,所以能够如"江河万古流",是"近风骚"的杰作。明确这一点,就可以是否"伪体"作为判断取舍的标准,而不必先存古今、新旧的心理。"清辞丽句",取之为邻;"龙文虎脊",无不可驭。钱谦益指出:"文章途辙,千途万方,符印古今,浩劫不变者,惟真与伪二者而已。"(《复李叔则书》,《有学集》卷三十九)"别裁伪体",就能学习、创造有价值的真文学、活文学,它规定了"转益多师"的方向。这一诗学宗旨,是贯穿于《戏为六绝句》之中的。而这样的结构形式,对后世也颇有影响。后代的论诗诗,不必都有明确的宗旨一以贯之,但在形式上,多以组诗的面貌出现,构成了论诗诗在形式上的特点之一。

总之,《戏为六绝句》的出现,标志了论诗诗的成立。后人仿而效之,不仅使之成为诗歌创作中的一体,也同样成为中国古代文学批评的重要形式之一。正如钱大昕指出:

> 元遗山论诗绝句,效少陵"庾信文章老更成"诸篇而作也。王贻上访其体,一时争效之。厥后宋牧仲、朱锡鬯之论画,厉太鸿之论词、论印,递相祖述,而七绝中别启一户牖矣。(《十驾斋养新录》卷十六)

(张伯伟著《中国古代文学批评方法研究》,390—394 页,中华书局,2002)

(6) 严羽《沧浪诗话》(节选)

诗 辩

禅家者流,乘有大小,宗有南北,道有邪正。学者须从最上乘,具正法眼,悟第一义。若小乘禅,声闻、辟支果,皆非正也。论诗如论禅,汉魏晋与盛唐之诗,则第一义也。大历以还之诗,则小乘禅也,已落第二义矣。晚唐之诗,则声闻、辟支果也。学汉魏晋与盛唐诗者,临济下也。学大历以还之诗者,曹洞下也。大抵禅道惟在妙悟,诗道亦在妙悟。且孟襄阳学力下韩退之远甚,而其诗独出退之之上者,一味妙悟而已。惟悟乃为当行,乃为本色。然悟有浅深,有分限,有透彻之悟,有但得一知半解之悟。汉魏尚矣,不假悟也。谢灵运至盛唐诸公,透彻之悟也;他虽有悟者,皆非第一义也。我评之非僭也,辩之非妄也,天下有可废之人,无可废之言。诗道如是也。若以为不然,则是见诗之不广,参诗之不熟耳。试取汉魏之诗而熟参之,次取晋宋之诗而熟参之,次取南北朝之诗而熟参之,次取沈宋王杨卢骆陈拾遗之诗而熟参之,次取开元天宝诸家之诗而熟参之,次独取李杜二公之诗而熟参之,又取大历十才子之诗而熟参之,又取元和之诗而熟参之,又尽取晚唐诸家之诗而熟参之,又取本朝苏黄以下诸家之诗而熟参之,其真是非自有不能隐者。倘犹于此而无见焉,则是野狐外道蒙蔽其真识,不可救药,终不悟也。夫学诗者以识为主,入门须正,立志须高;以汉魏晋盛唐为师,不作开元天宝以下人物。若自退屈,即有下劣诗魔入其肺腑之间,由立志之不高也。行有未至,可加工力。路头一差,愈骛愈远,由入门之不正也。故曰,学其上仅得其中;学其中斯为下矣。又曰:见过于师,仅堪传授;见与师齐,减师半德也。工夫须从上做下,不可从下做上。先须熟读《楚辞》,朝夕讽咏,以为之本;及读《古诗十九首》、乐府四篇、李陵、苏武、汉魏五言,皆须熟读,即以李杜二集枕藉观之,如今人之治经,然后博取盛唐名家,酝酿胸中,久之自然悟入。虽学之不至,亦不失正路。此乃是从顶(宁页)上做来,谓之向上一路,谓之直截根源,谓之顿门,谓之单刀直入也。

诗之法有五:曰体制,曰格力,曰气象,曰兴趣,曰音节。

诗之品有九:曰高,曰古,曰深,曰远,曰长,曰雄浑,曰飘逸,曰悲壮,曰凄婉。

其用工有三:曰起结,曰句法,曰字眼。

其大概有二:曰优游不迫,曰沉着痛快。

诗之极致有一,曰入神。诗而入神,至矣,尽矣,蔑以加矣,惟李杜得之,他人得之盖寡也。

夫诗有别材,非关书也;诗有别趣,非关理也。然非多读书,多穷理,则不能极其至,所谓不涉理路不落言筌者上也。诗者,吟咏情性也,盛唐诸人,惟在兴趣;羚羊挂角,无迹可求。故其妙处,透彻玲珑,不可凑泊。如空中之音,相中之色,水中之月,镜中之象,言有尽而意无穷。近代诸公乃作奇特解会,遂以文字为诗,以才学为诗,以议论为诗;夫岂不工,终非古人之诗也,盖于一唱三叹之音,有所欠焉。且其作多务使事,不问兴致,用字必有来历,押韵必有出处,读之反覆终篇,不知着到何处。其末流甚者,叫噪怒张,殊乖忠厚之风,殆以骂詈为诗。诗而至此,可谓一厄也。然则近代之诗无取乎? 曰有之,我取其合于古人者而已。国初之诗,尚沿袭唐人,王黄州学白乐天,杨文公、刘中山学李商隐,盛文肃学韦苏州,欧阳公学韩退之古诗,梅圣俞学唐人平淡处。至东坡、山谷始自出已意以为诗,唐人之风变矣。山谷用工尤为深刻,其后法席盛行,海内称为江西宗派。近世赵紫芝翁灵舒辈,独喜贾岛、姚合之诗,稍稍复就清苦之风。江湖诗人多效其体,一时自谓之唐宗。不知柢入声闻、辟支之果,岂盛唐诸公大乘正法眼者哉? 嗟乎!正法眼之无传久矣。唐诗之说未唱,唐诗之道或有时而明也。今既唱其体曰唐诗矣,则学者谓唐诗诚止于是耳,得非诗道之重不幸邪! 故余不自量度,辄定诗之宗旨,且借禅以为喻,推原汉魏以来,而截然谓当以盛唐为法,虽获罪于世之君子,不辞也。

延伸评论

诗话作为古代文学批评的一种形式,自宋代以降,已为人们所广泛运用。

由于其数量繁多,内容驳杂,很难一概而论。尤其是诗话这种形式的包容性很强,章学诚认为其可"通于史部之传记",又可"通于经部之小学",还可"通于子部之杂家"(《文史通义》内篇卷五《诗话》);再加上欧阳修撰《诗话》,便规定了"以资闲谈"的基本写作态度,谈的内容虽然以诗为主,实际上又并不限于诗。所以,从宋代开始,由于各个时代的文化或多或少存在着差异,因而各个时代的诗话也就或深或浅留下了特定的印记,形成其时代标志。从文化角度研究诗话的时代标志,一方面便于学者谨慎而准确地使用此类文献;另一方面,也能帮助人们透过诗话这一射角,窥见各个历史阶段在思想、政治、经济等方面的时代折光。(张伯伟著《中国古代文学批评方法研究》,471—472页,中华书局,2002)

参考书目

1. 张伯伟:《中国古代文学批评方法研究》,北京:中华书局,2002年。
2. 郭绍虞:《中国文学批评史》,上海:上海古籍出版社,1979年。
3. 罗根泽:《中国文学批评史》,上海:上海书店出版社,2003年。
4. 朱东润:《中国文学论集》,北京:中华书局,1983年。
5. 方孝岳:《中国文学批评》,北京:三联书店,1986年。
6. 王运熙、顾易生:《中国文学批评史》,上海:上海古籍出版社,1985年。
7. 袁行霈、孟二冬、丁放:《中国诗学通论》,合肥:安徽教育出版社,1994年。
8. 敏泽:《中国文学理论批评史》,北京:人民文学出版社,1981年。
9. 张少康:《中国文学理论批评史教程》,北京:北京大学出版社,1999年。
10. 刘若愚:《中国的文学理论》,郑州:中州古籍出版社,1986年。

思考题

1. 如何从时代线索概括中国古典文学批评方法的历史演变?
2. 如何从文学体裁的历史演变概括中国古典文学批评方法的时代特征?
3. 中国古典文学批评方法的优劣何在?
4. 中国古典文学批评方法是否可以进行现代转换?

后　记

　　本教材的编写动机来源于陶东风教授主编的另一本教材《文学理论基本问题》（北京大学出版社，2003年版）。这部引起了国内学术界和文学理论教学领域一定程度上震动的教材，在观念和方法论方面，给人耳目一新的感受。作为北京市精品教材立项资助和首都师范大学教学改革项目的成果之一，它已经成为了中国内地成百上千种《文学理论》教科书中的一种，履行着自己的使命。

　　2004年上半年，我接受了教研室布置的工作，主持申请立项并编写这部教材。我邀请南开大学王志耕教授、天津师范大学赵利民教授、湘潭大学季水河教授、深圳大学王朝洁同志，会同本教研室的魏家川博士、贾奋然博士一起组成了编撰班子。编撰工作从2004年7月开始，到2005年1月完成。

　　本教材的编撰分工如下：

　　导　　言　（邱运华）
　　第一章　社会学批评（王志耕）
　　第二章　意识形态批评（邱运华）
　　第三章　精神分析批评（季水河）
　　第四章　神话原型批评（赵利民）
　　第五章　形式主义—新批评（贾奋然）
　　第六章　结构主义—符号学批评（王朝洁）
　　第七章　解构主义批评（赵利民）
　　第八章　女权主义批评（贾奋然）
　　第九章　接受—读者反应批评（邱运华）
　　第十章　后殖民主义批评（魏家川）
　　附　　录　中国古典文学批评（魏家川）

　　全书的书稿完成后，由我和魏家川博士先后统稿，最终由我定稿。

　　在本教材编写动议和写作过程中，陶东风教授和文艺理论教研室的同仁给予了许多指导和帮助，特此感谢。

本教材的编写受到了首都师范大学 211 工程的立项资助、教务处和文学院教学改革立项资助，特此感谢。

由于编撰时间仓促，书中一定存在不少不当甚至错误之处，请读者方家批评、指正。

邱运华

2005 年 2 月